KB024307

그가 알던 여자들

그가 알던 여자들

1판 1쇄 | 2015년 3월 20일

지은이 | 미카엘 요르트 · 한스 로센펠트
옮긴이 | 박병화

펴낸이 | 모계영
펴낸곳 | 가치창조
편 집 | 박지연
디자인 | 한은경

등 록 | 제406-2012-000041호
주 소 | 서울시 마포구 모래내로 7길 12, 202
전 화 | 070-7733-3227 팩 스 | 02-303-2375
이메일 | shwimbook@hanmail.net

ISBN 978-89-6301-112-7 03870

가치창조 공식 블로그 http://blog.naver.com/gachi2012

LÄRJUNGEN

그가 알던 여자들

미카엘 요르트 · 한스 로센펠트 지음 | 박병화 옮김

가치창조

저녁 7시 30분쯤 택시가 톨렌스 거리로 꺾어질 때만 해도 리샤드 그란룬드는 더 큰 불행이 기다린다는 것을 꿈에도 생각하지 못했다.

4일 동안 뮌헨 일대로 출장을 다녀왔다. 독일인들은 7월인데도 하루 종일 일했다. 아침부터 저녁까지 고객 상담을 했다. 공장, 회의실, 끝없는 커피. 몸은 피곤했지만 마음은 흡족했다. 그의 전문 분야인 벨트컨베이어와 가공 벨트는 꼭 마음에 드는 것도 아니고 별로 호기심을 일으키는 분야라고 할 수도 없어서 저녁 식사 자리에서나 그 밖의 모임에서는 당연히 화제에 올리지도 않는다. 그래도 물건은 아주 잘 팔렸다. 정말 아주 잘 팔렸다.

비행기가 뮌헨에서 9시 5분에 출발하면 11시 20분이면 스톡홀름에 도착할 것이다. 그러면 잠시 사무실에 들렀다가 1시에 집으로 갈 수 있다. 카타리나와 늦은 점심을 먹고 나머지 오후 시간은 함께 정원에서 휴식을 취할 수 있을 것이다. 여기까지가 그의 계획이었다. 알란다행 비행기의 운항이 취소되었다는 사실을 알 때까지는 그랬다.

그란룬드는 루프트한자 매표소 앞에 늘어선 줄에 서서 1시 5분 비행기로 바꿨다. 뮌헨 프란츠 요제프 슈트라우스 국제공항에서 4시간을 더 보내야 했다. 들떠 있던 여행 기분도 시들해졌다. 체념하듯이 한숨을 내쉬며 그는 주머니에서 휴대전화를 꺼내 카타리나에게 문자를 보냈다. 식사는 혼자 해야 되겠다, 하지만 정원에서 같이 휴식할 시간은 아직 가능할 것이다, 날씨는 어떤지, 괜찮으면 테라스에서 같이 한잔하자, 지금 시간은 충분하니 한 병 사가지고 가겠다, 이런 내용이었다.

카타리나는 즉시 답신을 보냈다. “늦는다니 어이가 없네, 보고 싶어, 스톡홀름 날씨는 아주 좋아서 한잔하기에 그만이야, 멋진 선물을 기대할게, 키스.”

리샤드는 ‘면세점’이라는 간판이 붙은 가게 한군데로 들어갔다. 면세점이라고 해도 어차피 여행객들은 대부분 대수롭잖게 본다. 그는 혼합 음료 코너로 가서 광고에서 익히 본 병을 하나 집었다. 칵테일 모히토 클래식.

잡지 판매대로 가다가 그는 전광판에서 운항 일정을 확인했다. 26번 출구였다. 거기까지 가는 데 10분은 걸릴 것이다.

몇 가지 물건을 산 다음 리샤드는 카페로 들어가 커피와 샌드위치를 앞에 놓고 방금 나온 가든 일루스트레이티드를 한 장 한 장 읽었다. 시간은 무척 더디게 갔다. 그는 얼마 동안 수많은 공항 상점이 늘어선 길을 따라 걸으며 쇼윈도를 들여다보다가 잡지를 하나 더 샀다. 이번에는 생활 잡지였다. 그리고 다른 카페로 들어가서 탄산수를 마셨다. 화장실에 다녀오니 드디어 출구 쪽으로 갈 시간이 되었다. 26번 출구 앞으로 가니 또 짜증 나는 일이 기다리고 있었다. 1시 5분 비행기가 출발이 지연되어 1시 40분에나 탑승 가능하다는 것이다. 그러면 2시나 되어야 이륙할 것이다. 리샤드는 다시 휴대전화를 꺼내 카타리나에게 또 늦어진다는 사실을 문자로 알리며 비행기를 타고 다니는 것이 정말 피곤하다고 했다. 특히 루프트한자를 욕했다. 그러고는 다시 빈자리를 찾아 앉았다. 문자 답신은 오지 않았다.

통화를 시도했지만 카타리나는 받지 않았다. 어쩌면 누구와 만나 시내에서 식사를 하는지도 몰랐다. 리샤드는 전화기를 집어넣고 눈을 감았다. 출발이 지연되는 것에 화를 내봤자 달라질 것은 아무것도 없었다.

2시 가까이 되자 젊은 여직원이 다시 매표소를 열고 승객들에게 늦어진 것을 사과했다. 승객 전원이 기내에 앉고 승무원이 어차피 아무도 귀 기울이지 않는 안전 수칙을 익숙하게 설명한 뒤, 기장의 인사말이 나왔다. 기내의 표시등이 깜빡거렸다. 아마 계기 작동에 이상이 있다는 신호 같았지만 담당 기술자가 점검을 할 것이라 생각해서 그런지 신경 쓰는 사람은 아무도 없었다. 기장은 출발이 지연된 것을 사과하며 승객들의 양해를 구했다. 기내는 곧 숨이 막힐 것처럼 후텁지근한 공기로 가득 찼다. 리샤드는 이해심도, 좋게 생각하려던 기분도 싹 가시는 느낌이 들었다. 등과 겨드랑이가 땀으로 축축해졌다. 기장은 다시 두 가지 소식을 전했다. 좋은 소식은 작동 이상이 곧 해결될 것이라는 것이었고 나쁜 소식은 출발이 지연되는 바람에 이륙 지점을 놓쳐서 다른 비행기 아홉 대가 이륙할 때까지 대기해야 한다는 것이었다. 하지만 곧 차례가 되어 스톡홀름에 도착할 수 있다는 말을 덧붙였다. 기장은 다시 한 번 사과했다.

알란다 공항에 착륙한 것은 2시간 10분이나 늦어진 오후 5시 20분이었다. 생각하기에 따라서는 6시간이나 늦어진 것이다.

리샤드는 수하물 찾는 곳으로 가다가 다시 집으로 전화를 해보았지만 카타리나는 받지 않았다. 이번에는 카타리나의 휴대전화로 시도하다가 발신음이 다섯 번 울린 뒤 메일함으로 들어가 보았지만 허사였다. 어쩌면 정원에 나가 있어서 벨소리를 못 들었는지도 모른다. 리샤드는 수하물 벨트컨베이어가 있는 커다란 홀로 들어갔다. 3번 벨트 위의 안내판을 보니 2416기의 짐이 나오기까지는 8분을 대기해야 했다. 하지만 실제로는 12분이나 걸렸다. 그리고 리샤드가 자신의 짐이 보이지 않는다는 사실을 알기까지 다시 15분이 흘러갔다. 뿐만 아니라 루프트한자에 분실물 신고를 하기 위해 서비스 창구 앞에 줄을 서서 차례를 기다려야 했다.

리샤드는 수하물 취급소에 자신의 주소와 가방의 특징을 가능한 자세하게 적어준 다음 입국장을 지나 택시를 잡으려고 밖으로 나갔다. 후텁지근한 바람이 불었다. 이제 본격적인 여름이었다. 그는 카타리나와 멋진 저녁 시간을 보낼 생각이었다. 저녁놀을 바라보며 테라스에서 칵테일 럼주를 마실 생각을 하니 다시 기분이 좋아졌다.

리샤드는 택시를 기다리는 줄 뒤로 가서 섰다. 택시가 알란다 시내로 들어설 때 운전기사는 오늘 스톡홀름의 교통이 마비되었다는 말을 했다. 시내 전체가 완전히 교통지옥이었다는 것이다. 이 말을 하면서 운전기사는 시속 50킬로미터가 넘을 때마다 계속 브레이크를 밟았다. 택시는 끝없이 정체 차량이 늘어선 남부 방향의 E4고속도로로 빨려 들어갔다.

이 정도로 온종일 짜증 나는 일의 연속이었기 때문에 리샤드 그란룬드는 택시가 톨렌스 거리로 꺾어질 때만 해도 더 큰 불행이 기다린다는 사실은 꿈에도 몰랐을 것이다. 그는 신용카드로 택시 요금을 지불하고 집으로 걸어갔다. 정원은 꽃이 만발해 있었고 말끔하게 손질이 되어 있었다. 현관으로 들어선 그는 휴대용 가방과 비닐봉지를 바닥에 내려놓았다.

"나 왔어요!"

아무런 기척이 없었다. 리샤드는 구두를 벗고 주방으로 들어갔다. 주방은 비어 있었다. 혹시 카타리나가 정원에 있을지 몰라 창문으로 밖을 살펴보았지만 거기도 없었다. 카타리나가 일이 있을 때면 써놓는 쪽지도 보이지 않았다. 리샤드는 휴대전화를 들고 확인했지만 부재중 전화나 문자는 없었다. 집 안은 무척 더웠다. 햇볕이 뜨겁게 내리쬐이는데도 카타리나는 창의 블라인드를 내리지 않았다. 리샤드는 테라스로 통하는 문을 활짝 열어젖혔다. 그리고 샤워를 하고 옷을 갈아입기 위해 2층으로 올라갔다. 집으로 돌아오느라 하루 종일 부대끼다 보니 팬티까지 땀에 흠뻑 젖은 것 같았다. 그는 2층으로 올라가자마자 넥타이를 풀고 와이셔츠를 벗다가 침실 문이 열린 것을 보고 멈칫했다. 카타리나가 엎드린 자세로 누워 있었다. 이런 일은 처음이었다. 직감적으로 불길한 생각이 머리를 스쳤다.

카타리나는 몸이 묶인 채 엎드려 있었다. 숨이 끊어져 있었다.

지하철이 멈추면서 몸이 앞으로 쏠렸다. 유모차와 함께 탄 아기 엄마는 세바스찬 베르크만 바로 앞에 서서 실내 기둥을 꼭 끌어안은 채 초조한 눈빛으로 주위를 두리번거렸다. 상트 에릭스플란 역에서 승차한 뒤로 계속 긴장한 표정이었다. 아기는 울다가 두어 정거장 지나자마자 이내 잠이 들었지만 아기 엄마는 불안이 가시지 않은 얼굴이었다. 비좁은 공간에서 수많은 낯선 사람들 사이에 갇혀 있는 것을 못마땅해하는 기색이 역력했다. 여러 가지 면에서 세바스찬의 눈에는 분명히 그래 보였다. 최소한의 공간을 확보하려고 끊임없이 발을 이리저리 움직이면서도 다른 승객과 부딪치지 않으려는 태도였다. 입술 언저리에는 땀방울이 맺혀 있었고 잠시도 경계를 늦추지 않는 눈빛이었다.

세바스찬은 진정시키려는 의도로 미소를 보냈지만 여자는 슬쩍 곁눈질만 했을 뿐 계속 주위를 살피며 비상벨이 울리기라도 한 듯 스트레스로 가득 차 있었다. 열차가 회토리예트 역을 출발한 직후 다시 끼익하고 금속성 마찰음을 내면서 멈추었을 때 세바스찬도 덩달아 승객으로 가득 찬 열차 안을 둘러보았다. 어둠 속에서 1~2분간 서 있던 지하철은 천천히 덜커덩거리며 T-센트랄렌 역 방향으로 움직였다.

세바스찬은 보통 지하철을 이용하지 않았다. 특히 업무상으로 이동할 때나 관광 철에는 타지 않았다. 지하철은 너무 불편했고 혼잡했기 때문이다. 사람들이 빽빽이 들어차고 온갖 소음과 냄새가 가득한 환경에 도저히 적응이 되지 않았다. 대개는 걷거나 택시를 탔다. 혼잡한 분위기와 거리를 두기 위해서, 아웃사이더로 살려고 지금까지는 그랬다. 하지만 이제 상황은 전과 같지 않았다. 전혀 달랐다.

세바스찬은 열차 뒤편 문가에 기대서 옆 칸을 바라보았다. 그 여자의 모습이 옆 칸으로 이어지는 통로의 작은 창문 사이로 보였다. 금발에 신문을 보며 고개를 숙인 얼굴. 여자의 모습을 보며 그는 자신도 모르게 저절로 미소가 피어오르는 것을 느꼈다.

여자는 언제나 그랬듯이 T-센트랄렌 역에서 환승하려고 빨간 지하철 노선으로 가는 계단을 빠른 동작으로 내려갔다(스톡홀름의 지하철 노선은 파란색, 빨간색, 녹색으로 구분한다_옮긴이). 세바스찬은 어렵지 않게 여자를 따라갔다. 적당한 거리만 유지하면 물밀듯이 오가는 통근자나 지도를 보며 지나가는 관광객 사이로 몸을 가릴 수 있었다.

또 바싹 따라가지 않았다. 여자를 눈에서 놓치지만 않으면 되었다. 다만 어떤 경우에도 자신을 노출하면 안 되었다. 이 균형을 유지하는 것이 힘든 일이었지만 그는 차츰 익숙해졌다.

빨간 노선의 지하철이 12분 뒤에 예르데트 역에 멈추자 세바스찬은 내리기 전에 잠시 기다렸다. 이 역은 아주 조심해야 했다. 승객들은 대부분 한 역 전에 내렸기 때문에 승강장에는 사람들이 별로 많지 않았다. 세바스찬은 승차할 때 여자보다 먼저 탔었다. 하차할 때 여자의 뒤에 있어야 하기 때문이다. 여자는 걸음이 더 빨라졌다. 여자의 모습이 다시 그의 눈에 들어왔을 때는 벌써 에스컬레이터 중간쯤 올라가 있었다. 유모차를 끄는 여자도 예르데트 역이 목적지인 것이 분명했다. 세바스찬은 이 여자 뒤에 붙어서 따라가기로 했다. 에스컬레이터 쪽으로 걸음을 재촉하는 사람들 뒤에서 천천히 유모차를 끄는 태도로 보아 아기 엄마는 아마 그 속에 휩쓸리고 싶지 않은 것 같았다. 이 여자 뒤에서 따라가며 세바스찬은 자신과 아기 엄마 두 사람이 비슷하다는 생각이 들었다. 두 사람 다 똑같이 거리를 두고 따라가는 모습이었기 때문이다.

한 여자가 집에서 사망 상태로 발견되었다. 보통 토르켈 회글룬트가 이끄는 특별살인사건전담반이 즉시 관심을 쏟을 이유는 없었다. 대개는 가족 간의 불화나 양육권을 둘러싼 갈등이나 치정에 얽힌 사건, 아니면-차례차례 밝혀지듯이-알코올에 절은 비뚤어진 사회의 밤 문화에서 빚어진 비극적인 결말이었다.

경찰관이라면 여자가 집에서 살해되었을 때, 범인은 십중팔구 주변 인물이라는 것을 알았다. 따라서 스티나 카우핀이 저녁 7시 30분 무렵에 긴급 전화를 받았을 때 전화를 건 남자가 범인이 아닐까 생각한 것은 이상한 일이 아니었다.

"112 구조반입니다. 무슨 일이십니까?"

"아내가 죽었어요."

남자는 뭐라고 계속 더듬거렸지만 거의 알아들을 수 없었다. 슬픔과 충격으로 정신이 나간 목소리였다. 계속 오랫동안 말을 멈추는 것으로 보아 스티나는 남자가 흥분한 나머지 호흡을 가다듬는다고 생각했다. 스티나는 주소를 물어보았지만 남자는 말을 하지 못했다. 전화를 건 남자는 계속 아내가 죽었고 피가 낭자하다는 말만 반복했다. 온통 피투성이라는 것이었다. 그러면서 제발 와달라고 간청했다.

스티나는 손에 피를 묻힌 중년의 남자가 자신이 무슨 일을 저질렀는지 뒤늦게 깨닫는 모습을 떠올렸다. 마침내 남자는 툼바 지역의 주소를 말했다. 스티나는 전화를 건 남자에게-어쩌면 범인일지도 모르는-지금 있는 곳에서 그대로 기다리고 집 안은 절대 손대지 말라고 당부했다. 그리고 경찰관과 구급차를 보내주겠다고 말했다. 스티나는 수화기를 내려놓은 다음 후딩에에 있는 쇠데르토른 경찰에 사건을 알리고 순찰차를 보내도록 조치했다.

에릭 린드만과 파비안 홀스트는 순찰차 안에서 패스트푸드로 막 저녁 식사를 마쳤을 때 톨렌스 거리 19번지로 출동하라는 연락을 받았다.

두 사람은 10분 뒤에 현장에 도착했다. 이들은 차에서 내려 집을 바라보았다. 두 사람 다 정원 관리에는 별 관심이 없었지만 누군지 엄청난 돈과 정력을 들여 정원을 꾸몄다는 것을 알 수 있었다. 노란 목조주택 둘레로 눈부신 화초가 가득했기 때문이다.

두 사람이 정원 사이로 반쯤 걸어갔을 때 현관문이 열렸다. 이들은 반사적으로 허리 뒤춤에 찬 권총으로 손이 갔다. 문가에 선 남자는 반쯤 풀어 헤친 셔츠 바람으로 제복을 입은 경찰관들을 정신 나간 시선으로 보고 있었다.

"구급차는 필요 없어요."

두 사람은 눈을 마주쳤다. 문가에 선 남자는 충격을 받은 모습이 역력했다. 충격을 받은 남자는 아주 독특한 반응을 보인다. 행동을 예측할 수 없고 논리가 없다는 것이 특징이다. 남자는 몹시 낙심한 태도였고 맥이 쑥 빠진 것으로 보였지만 두 사람은 조금도 경계를 늦추지 않았다. 린드만은 계속 다가갔고 홀스트는 걸음은 늦추었지만 무기에서 손을 떼지 않았다.

"리샤드 그란룬드?" 린드만은 남자 쪽으로 마지막 발걸음을 떼면서 물었다. 남자는 린드만 뒤쪽을 살피는 표정이었다.

"구급차는 필요 없어요." 남자는 같은 말을 맥없이 반복했다. "전화 받은 여직원이 구급차를 보낸다고 그래서요. 필요 없다고 말한다는 것이 그만 깜빡……."

린드만은 남자 바로 앞으로 다가가 가볍게 팔을 잡았다. 남자는 움찔하더니 놀란 얼굴로 린드만을 바라보았다. 마치 린드만을 이제야 처음 본 것처럼 또 그렇게 가까이 다가올 수 있다는 것이 이상하다는 투의 표정이었다. 린드만은 손이나 옷에 피는 묻지 않았다고 적었다.

"리샤드 그란룬드?"

남자가 고개를 끄덕였다.

"집에 와서 보니 아내가 저기 엎드려 있었어요……."

"당신은 어디 있었는데요?"

"뭐라고요?"

"어디 갔다 왔냐고요. 집에 오기 전에 어디 있었어요?"

심한 충격을 받은 것이 분명해 보이는 남자에게 묻기에는 아직 적절하지 않은 질문인지도 모른다. 하지만 나중에 심문할 때와 비교하면 첫 만남에서 하는 진술이 도움이 될 때가 많다.

"독일에 출장 갔었어요. 비행기 출발이 지연되었죠. 첫 비행기는 운항이 취소된 데다가 두 번째 비행기는 늦게 출발했어요. 게다가 짐에 문제가 생겨서 시간을 허비했거든요……."

남자는 입을 다물었다. 무언가 생각에 몰두하는 모습이었다. 그러더니 갑자기 린드만의 눈을 바라보았다.

"내가 아내를 구할 수 있었을까요? 내가 제때에 도착만 했더라면 아내가 살 수 있었을까요?"

'만약 그랬다면' 하는 이 가정법은 사망 사건에서 흔히 보는 반응이었다. 린드만은 이런 식으로 생각하는 말을 자주 들었다. 린드만은 잘못된 시간에 잘못된 장소에 있었기 때문에 사람들이 죽는 것을 흔하게 경험했다. 이들은 만취한 운전자가 과속으로 차를 모는 바로 그 순간에 도로를 횡단한다. 하필이면 가스가 새는 바로 그 밤에 캠핑카에서 잠을 자고 열차가 진입하는 바로 그 순간에 철로를 건너간다. 또 전선이 끊어져 내리는 순간에 그 밑을 걸어가거나 술 취한 폭력배가 난동을 부리는 순간에 우연히 부근을 지나가며 반대편 차선에서 역주행하는 자동차를 만나기도 한다. 불가항력과 우연이 겹치는 경우가 많다. 열쇠 꾸러미를 두고 나와서 불과 몇 초 차이로 경비가 없는 철도 건널목을 건너다 변을 당하기도 한다. 그리고 비행기의 이륙이 늦어지는 바람에 아내 혼자 집에 있는 시간이 길어져서 살인범이 끔찍한 일을 벌일 수도 있는 것이다. 만약 그랬다면 하는 생각을 할 수밖에 없다. 사망 사건의 경우에 이런 생각을 하는 것은 아주 당연하지만 대답하기란 쉽지 않다.

"당신 부인은 어디 있나요? 그란룬드 씨?" 린드만은 대답 대신 부드럽게 물었다.

문가에 선 남자는 이 물음에 곰곰이 생각하는 눈치였다. 그는 여행에서 겪은 일과 갑자기 생각이 난 죄책감에서 지금 이 자리의 현실로 돌아오기를 강요하는 질문으로 받아들이는 것 같았다. 그 끔찍한 장면과 맞닥트릴 것을 강요하는 질문으로. 이제 그로서는 어쩔 수 없이 받아들여야 하는 현실이었다. 마침내 그는 현실로 돌아왔다.

"저 위에요." 리샤드는 뒤쪽을 비스듬히 가리키며 눈물을 흘렸다.

린드만은 우는 남자를 따라 집 안으로 들어가면서 동료에게 위층으로 올라가보라는 신호를 보냈다. 린드만은 남자 어깨 위에 팔을 가볍게 얹고 주방으로 따라가면서 아직 확실치는 않지만 이 남자가 살인범이라는 생각은 들지 않았다.

홀스트는 계단 아래쪽에서 권총을 꺼내 팔을 밑으로 쭉 뻗은 자세로 꽉 잡았다. 지금 동료가 위로해주고 있는 저 넋이 나간 남자가 살인범이 아니라면 아직 진범이 집 안 어딘가에 숨어 있을 위험이 있었다. 또 가능성이 크지는 않지만 범인은 여자일 수도 있었다.

계단을 올라가니 좀 더 작은 공간이 나왔다. 지붕 창문과 2인용 가구, 텔레비전 수상기, 블루레이 같은 것들이 보였다. 벽에 붙은 서가에는 책과 영화 DVD 같은 것들이 꽂혀 있었다. 문이 네 개 보였다. 그중 두 개는 열려 있었고 나머지 두 개는 닫힌 상태였다. 홀스트가 계단 맨 윗부분에서 보니 침실에서 죽은 여자의 발이 눈에 들어왔다. 침대 위였다. 그 장면은 특별살인사건전담반에 알려야 할 사건이라는 것을 의미한다고 생각한 홀스트는 재빠른 동작으로 그 다음 열린 문으로 들어갔다. 그곳은 서재였는데 비어 있었다. 닫힌 문 두 개는 각각 화장실과 옷장이 있는 방이었다. 이 두 곳도 비어 있었다. 홀스트는 권총을 다시 집어넣고 침실로 다가갔다. 그는 문 앞에서 갑자기 걸음을 멈추었다.

약 1주 전에 특별살인사건전담반의 요구가 이들에게 전달되었기 때문이다. 특별살인사건전담반에서는 사망 사건의 경우 다음의 기준에 해당하면 꼭 알려달라고 했다.

사망자가 침실에서 발견되었다.

사망자의 몸이 묶여 있다.

사망자의 목이 베였다.

토르켈의 휴대전화 벨소리 때문에 "생일 축하해!"(아이들이 부르는 노래로 〈해피 버스데이〉 같은 생일 축가_옮긴이)의 마지막 구절이 잘 들리지 않았다. 토르켈은 뒤에서 계속 "축하해! 축하해! 축하해! 축하해!" 소리가 반복되는 동안 전화를 받으려고 주방으로 들어갔다.

빌마의 생일이었다. 빌마는 이제 13세가 된 10대 소녀였다.

원래는 금요일이었지만 그날은 제 친구들과 저녁을 먹고 영화를 본다고 했다. 아빠처럼 나이 들고 따분한 집안사람은 평일에 오라는 것이었다. 토르켈은 이본느와 함께 스마트폰을 선물했다. 최신형으로 독특한 제품이었다. 이제까지 빌마는 언니의 낡은 것을 물려받거나 아니면 토르켈이나 이본느가 업무용으로 쓰던 낡은 모델을 얻어 썼다. 하지만 이제 새것이 생긴 것이다. 아마 기억이 맞다면 안드로이드가 장착된 신제품이었다. 빌리가 일러준 모델과 브랜드였다. 이본느는 빌마가 금요일부터 매일 밤 새 전화기를 끌어안고 잤을 것이라고 했다.

이날 저녁, 주방 식탁은 선물 탁자로 용도가 바뀌었다. 언니는 빌마에게 주려고 마스카라와 아이섀도, 립스틱, 파운데이션을 샀다. 빌마는 벌써 금요일에 이것들을 받았지만 이날 선물 전체와 함께 보여주려고 다시 식탁에 올려놓았다. 토르켈은 전화로 보고를 받으면서 속눈썹을 열 배는 돋보이게 해줄 마스카라를 손으로 집었다.

툼바에서 살인 사건이 일어났다. 침실에서 몸이 묶인 채 목을 베인 여자였다.

토르켈은 처음에, 빌마가 화장을 하기에는 나이가 너무 어리다는 생각이었지만 빌마에게 6학년에서 화장을 하지 않은 아이는 자신밖에 없으며 7학년 때 화장을 하지 않고 학교에 간다는 것은 있을 수 없는 일이라는 말만 들어야 했다. 토르켈은 이 말에 크게 반대하지 않았다. 시대는 변했다. 그리고 그는 빌마가 4학년 때 이런 주장을 하지 않은 것만도 다행이라 생각했다. 실제로 빌마가 다니는 학교의 다른 학부모들이 이런 일을 겪었지만 아이의 고집을 막지 못했다는 말을 들었기 때문이다.

토르켈은 통화를 끝낸 다음 마스카라를 탁자에 올려놓고 다시 거실로 들어갔다. 모든 정황으로 볼 때 그 여자는 연쇄살인의 세 번째 희생자라는 것을 가리켰다.

토르켈은 할머니 할아버지와 이야기를 나누던 빌마를 불렀다. 빌마는 노인들과 하던 대화를 방해받은 것에 별로 불만이 있는 것 같지 않았다. 빌마는 기대에 가득 찬 눈빛을 하고 토르켈에게 다가왔다. 마치 주방에 깜짝 놀랄 만한 선물이 기다리기라도 한 것 같은 얼굴이었다.

"아빠는 그만 가봐야겠다."

"크리스토퍼 때문인가요?"

토르켈은 이 질문이 무슨 뜻인지 알아차리는 데 시간이 약간 걸렸다. 크리스토퍼는 이본느에게 새로 생긴 남자였다. 토르켈은 몇 달 전부터 두 사람이 사귀는 것을 알았지만 그를 직접 만난 것은 이날 저녁이 처음이었다. 50세쯤 된 고등학교 교사였다. 이혼을 했고 아이들이 있었다. 사람은 좋아 보였다. 두 사람이 만나는 것이 긴장되고 불쾌하다거나 신경 쓰인다는 생각은 전혀 들지 않았다. 이 때문에 그는 딸이 묻는 말에 어떻게 대꾸할지 알 수 없었다. 빌마는 아빠가 즉시 대답을 못하는 것을 자신의 판단이 맞는 증거로 받아들였다.

"엄마에게 그 사람 부르지 말라고 했는데……." 빌마는 이렇게 말하며 뾰로통한 얼굴을 했다.

이 순간 토르켈은 자기 딸이 무척 귀여웠다. 제 아빠를 지켜주려는 의도가 엿보였다. 열세 살배기 아이가 사랑의 고통에 빠진 아빠를 보호하려고 한 것이다. 빌마의 세계에서는 이런 상황이 무척이나 기분 나빴을지도 모른다. 빌마라면 분명히 전의 남자 친구와 새로 사귀는 남자 친구가 서로 만나는 일을 벌이지는 않을 것이다. 물론 토르켈은 빌마에게 이미 남자 친구가 있는지는 확실히 알지 못했다. 그는 딸의 얼굴을 부드럽게 쓰다듬어 주었다.

"아니, 일 때문에 그래. 크리스토퍼와는 상관없어."

"정말이죠?"

"그래, 정말이야. 너와 단둘이 있다 해도 가봐야 해. 너도 아빠가 하는 일을 알잖니."

빌마는 고개를 끄덕였다. 빌마는 아빠가 어쩔 수 없이 일 때문에 외출을 해야 하고 한 번 나가면 쉽게 집에 들어오지 않는다는 것을 이해할 만큼은 아빠와 함께 살아보았다.

"살인 사건인가요?"

"그래."

토르켈은 더 이상 설명하지 않았다. 토르켈은 전부터 자신이 하는 일을 흥미진진하고 괴기스럽게 설명해서 아이에게 관심을 끌게 하는 일 따위는 하지 않겠노라고 다짐했기 때문이다. 빌마도 그런 아빠의 마음을 알았다. 그래서 더 캐묻지 않고 다시 고개만 끄덕였다. 토르켈은 진지한 얼굴로 빌마를 바라보았다.

"아빠는 엄마에게 새 사람이 생긴 것이 잘된 일이라고 생각한단다."

"왜 그렇죠?"

"왜 아니겠니? 이제 아빠와 같이 살지 않으니까 혼자 지낼 필요가 없는 거지."

"그럼 아빠도 새 사람이 생겼나요?"

토르켈은 잠시 망설였다. 새 여자가 있었던가? 그는 동료인 기혼자 우르줄라와 오랫동안 연애를 했다. 하지만 이들이 서로 관계를 확실히 정해놓고 만난 것은 아니다. 외근을 할 때는 같이 잠을 자기도 했다. 물론 스톡홀름에서 잔 것은 아니다. 또 저녁 식사를 같이 하거나 사적인 대화를 나눈 적도 없었다. 섹스를 하고 직무에 관련된 얘기만 나누는 것이 전부였다. 그러다가 이제는 그러지도 못했다. 몇 달 전에 옛날 동료인 세바스찬 베르크만을 수사에 끌어들였기 때문이다. 이때부터 토르켈과 우르줄라는 같이 일하는 동료로만 지냈다. 그래서 대답하기가 쉽지 않았다. 어떻게 부르든 두 사람의 관계가 우르줄라의 조건 때문에 한계가 분명하다는 사실은 큰 문제가 아니었다. 그것은 견딜 수 있었다. 하지만 토르켈은 우르줄라가 없으면 허전했다. 그가 생각하는 것 이상으로 그리웠다. 이런 자신에게 화가 났다. 이뿐만이 아니라 우르줄라는 요즘에 와서 남편인 미카엘과 다시 가까워진 것 같았다. 더욱이 몇 주 전인가는 두 사람이 함께 파리로 주말여행을 다녀오기도 했다. 그러니 그에게 새 사람이 있다고 할 수 있는가? 아마 아닐 것이다. 우르줄라와의 관계가 이렇게 미묘하다 보니 10대 초의 딸에게 대답하기가 쉽지 않았던 것이다.

"아니." 그는 이렇게 대답했다. "아직 새로 사귀는 사람은 없어. 하지만 이제부터 찾아봐야겠다."

그는 딸을 꼭 안아주었다.

"생일 축하한다." 그는 딸에게 속삭였다. "사랑해."

"저도 아빠 사랑해요." 빌마가 대답했다. "그리고 스마트폰도요." 빌마는 얼굴 가득 환하게 웃음을 머금었다.

시동을 걸고 툼바 쪽으로 차를 모는 토르켈의 입가에는 계속 미소가 번졌다.

그는 우르줄라에게 전화를 했다. 우르줄라는 이미 나와 있었다.

토르켈은 차를 몰고 가면서 이번 사건은 먼저 피살된 여자들과 관계가 없었으면 좋겠다는 생각이 들었다. 하지만 그렇지 못했다. 침실로 들어가는 순간 그는 그것을 직감했다. 스타킹과 잠옷 등 현장 상황은 세 번째 희생자라는 것을 말해주고 있었다.

'한쪽 귀에서 다른 쪽 귀까지'라는 말로는 목이 갈라진 상처를 표현하기에 충분치 않았다. 목뼈를 관통한 상처라는 말이 더 정확할 것이다. 마치 뒤로 열어젖히기 위해 통조림 뚜껑을 조금만 남겨놓고 딴 것 같았다. 목이 완전히 절단되었다. 이런 상처를 내려면 엄청난 힘이 들어갔을 것이다. 벽이고 바닥이고 온통 피투성이였다.

우르줄라는 이미 도착해서 사진을 찍고 있었다. 그리고 피를 밟지 않으려고 조심하면서 방 안을 샅샅이 살폈다. 우르줄라는 별일이 없는 한 언제나 현장에 가장 먼저 가 있었다. 토르켈이 온 것을 본 우르줄라는 고갯짓으로 인사만 까딱하고는 계속 일에 몰두했다. 이미 짐작하고 있었지만 토르켈은 우르줄라에게 물었다.

"동일범이죠?"

"분명해요."

"오는 길에 뢰브하가 교도소에 전화했더니 그 친구 계속 복역하고 있다고 그러던데요."

"우리도 알고 있었잖아요."

토르켈은 고개를 끄덕였다. 그는 침실에서 죽은 여자를 보면서 이 사건이 마음에 들지 않는다는 생각이 들었다. 이미 다른 집 침실에서 잠옷을 입은 채로 죽어 있는 여자들을 보았다. 피살자들은 똑같이 스타킹으로 손과 발이 묶인 채 강간을 당하고 거의 목이 잘려나갈 정도로 상처를 입었다.

이런 수법으로 피살된 여자를 처음 목격한 것은 1995년이었다. 그리고 1996년 봄에 범인을 체포할 때까지 똑같은 수법의 살인 사건이 세 번이나 이어졌다.

힌데는 종신형을 언도받고 뢰브하가 교도소에 수감되었다. 힌데는 항소를 포기한 채 계속 그 교도소에 복역하고 있었다.

그런데 이후의 희생자들도 힌데에게 당한 여자들과 똑같은 수법으로 피살된 것이다. 똑같은 수법으로 손과 발이 묶여 있었다. 목에 깊은 상처를 남긴 수법도 같았다. 이것은 범인이 연쇄살인범일 뿐만 아니라 모방 범죄를 저질렀다는 의미였다. 무슨 이유에선지 15년 전의 살인 사건을 그대로 따라 한 것이다.

토르켈은 잠시 수첩을 훑어보고는 다시 우르줄라에게 고개를 돌렸다. 우르줄라도 당시 사건 수사에 참여했었다. 우르줄라와 세바스찬, 그리고 이후 강제로 조기 퇴직을 한 트롤레 헤르만손이 있었다.

"남편 말에 따르면 피살자가 오늘 오전 9시에 문자로 답신을 보냈는데 오후 1시에는 답이 없었다더군요." 토르켈이 입을 열었다.

"그럴 거예요. 사망 시각은 5시간에서 15시간 전으로 추정되니까요."

토르켈은 고개만 끄덕였다. 그는 우르줄라의 판단이 맞는다는 것을 알았다. 아마 그가 이유를 물었다면 다리의 경직 상태나 소화 상태, 또는 팔다리의 변색 정도를 가리키며 어려운 병리학 용어를 늘어놓았을 것이다. 토르켈은 오랫동안 경찰에 몸담고 있었지만 굳이 이런 것을 배우려고 애쓰지 않았다. 누가 이런 것에 대해 물으면 그는 상식적인 대답에서 벗어나지 않았다.

우르줄라는 손으로 이마에 흐르는 땀을 씻었다. 위층은 아래층보다 훨씬 온도가 높았다. 작열하는 7월의 태양이 하루 종일 집을 달궈놓았다. 피 냄새에다가 사람 눈에 보이지는 않지만 이미 부패하기 시작한 시신 때문인지 파리가 방 안에 날아다니고 있었다.

"잠옷은 확인했어요?" 토르켈이 다시 한 번 침대 위쪽을 살피면서 물었다.

"어떻게 된 거죠?" 우르줄라는 카메라를 내려놓고 유행이 지난 면직 잠옷을 쳐다보았다.

"아래로 내려와 있네요."

"남편이 그랬는지 모르지요. 알몸을 가려주고 싶었을 테니까요."

"알았어요. 시신에 손을 댔는지 남편에게 물어봐야겠군요."

토르켈은 침실에서 나왔다. 주방에서 넋이 빠져 있는 남편에게 가봐야 했다. 이번 사건은 정말 그의 마음에 들지 않았다.

키가 큰 남자는 서너 시간 잠을 잤다. 집에 들어오자마자 곧장 잠에 빠졌다. 그는 언제나 의식을 치르듯이 이렇게 했다. 아드레날린이 그의 혈관을 타고 흘렀다. 그는 자신의 몸 안에서 정확하게 무슨 일이 벌어진 것인지는 몰랐지만 언제나 짧은 시간의 활동으로 일주일 치 에너지가 바닥이 났다는 느낌을 받았다. 그런데도 시계가 울려서 다시 잠에서 깼다. 다시 활동을 개시할 시간이었다. 그는 침대에서 빠져나왔다. 할 일이 너무 많았다. 모든 것을 정확하게 처리해야 한다. 정확한 시간에 정확한 순서에 따라 해야 한다. 의식을 치르듯이 한 치도 오차가 없어야 한다.

의식화된 행동이 없다면 모든 것은 뒤죽박죽이 될 것이다. 일이 꼬이고 불안해진다. 의식을 치르듯이 해야 통제가 된다. 의식은 나쁜 것을 덜 나쁘게 보이게 하고 고통도 더 작아 보이게 해준다. 의식은 어둠을 물리친다.

남자는 니콘 카메라를 컴퓨터에 연결하고 사진을 재빨리 하드디스크로 옮겼다. 앞부분의 사진들은 울면서 두 손으로 가슴을 가린 여자가 서 있는 장면이었다. 여자는 그가 잠옷으로 몸을 덮어주기를 기다렸다. 여자의 콧구멍에서 아랫입술로 피가 흘러내렸다. 오른쪽 가슴으로 흐른 두 방울의 피는 말라붙었다. 처음에 여자는 옷을 벗기를 거부했다. 아마 옷이 자신을 보호하고 구해줄 것으로 믿었나보다.

마지막 36번째 사진에서 여자는 초점을 잃은 눈으로 카메라를 들여다보고 있었다. 그는 침대 옆에 무릎을 꿇고 여자에게 밀착해서 고개를 숙이고 있었기 때문에 갈라진 목에서 천천히 흘러나오는 피의 온기가 느껴질 정도였다. 그 무렵 피는 이미 여자의 몸에서 거의 다 나와서 침구 일부를 적시고 시트에 흡수되었다.

그 사이에 그는 빠른 동작으로 사진을 찍었다. 잠옷을 입은 모습, 스타킹으로 묶은 모습, 속옷을 벗긴 모습. 섹스를 하기 전과 후의 모습. 칼로 목이 베인 모습.

불안.

관찰.

결과.

모든 일이 잘된 것 같았다. 36장의 사진 전부를 써먹을 수 있을 것이다. 최고의 작품이었다. 디지털카메라의 성능은 한이 없었지만 그는 구식 필름의 용도를 벗어날 생각이 없었다. 36장의 사진이면 충분하다. 그 이상도 그 이하도 아니다. 의식이었다.

토르켈이 계단을 내려올 때 빌리는 현관에서 무릎을 꿇고 자물쇠를 찾고 있었다. 빌리는 자신의 상관 쪽으로 고개를 돌렸다.

"제가 보기에는 문에 침입 흔적은 없는데요. 여러 가지로 보아 여자가 문을 열어준 것 같습니다."

"우리가 들어왔을 때 테라스로 통하는 문이 열려 있었어요." 토르켈이 말했다.

빌리가 고개를 끄덕였다.

"그 문을 열고 들어온 거예요." 토르켈이 설명했다.

"남편은 어때요? 충격을 받아서 완전히 정신이 나간 것 같은데요."

"목소리로 보아서는 안정을 찾은 것 같아요."

"다시 만나봐야겠군요. 반야는 어디 있어요?"

"밖에 있어요. 방금 왔어요."

"위층에 컴퓨터가 있어요." 토르켈은 고개로 계단 쪽을 가리켰다.

"컴퓨터에 뭐가 있는지 확인해봐요. 다른 피해자들과 연관되었다면 단서가 나올지도 모르니까요."

"그러면 세 번째 희생자라는 말인가요?"

"가능성이 높아요."

"수사팀에 합류시킬 사람이 필요하지 않을까요?"

토르켈은 이 질문에 대답하지 않았다. 사실 그는 세바스찬 베르크만을 팀에 끌어들이는 것이 어떨지 말하고 싶었다. 토르켈은 진작부터 이런 생각이 들었지만 그 생각을 떨쳐 버렸다. 세바스찬을 끌어들인다는 것은 분명히 장점보다 단점이 훨씬 더 컸다. 하지만 이것은 오늘 저녁 이전의 상황이었다. 세 번째 희생자가 생기기 전의 상황이었다.

"좀 더 두고 보자고요."

"그래도 모방 범죄라는 것을 감안해야 한다는 말이죠."

"두고 보자고요."

토르켈의 어조는 빌리에게 더 이상 묻지 않는 게 좋다는 신호였다. 빌리는 고개를 끄덕이며 일어섰다. 빌리는 토르켈의 좌절감을 이해할 수 있었다. 족적이나 지문, 정자, 모발 등 흔적은 아주 많았지만 결정적인 단서가 없었기 때문이다. 똑같은 방법으로 몸이 묶인 채 피살된 첫 번째 희생자가 발견된 지 29일이 지났지만 이들은 수사에서 한 발짝도 진전을 보지 못하고 있었다. 태연하게 증거를 남긴 것으로 보아 범인은 자신에 대한 기록이 수사 선상에서 발견되지 않는다는 것을 아는 것 같았다. 범인은 아주 치밀해서 단순히 흔적을 남겼을 리가 없다. 따라서 전과자의 소행이라고 볼 수가 없었다. 특히 중범은 아니었다. 하지만 위험을 무릅쓰려고 한 흔적은 있었다. 어쩌면 상황이 위험을 무릅쓰게 했는지도 모른다. 이 두 가지 가능성이 수사진을 긴장시켰다. 이것은 범인이 다시 살인을 저지를 가능성이 아주 높다는 것을 의미했기 때문이다.

"반야하고 본부로 들어와요. 처음부터 다시 시작해봅시다."

희생자들 사이에 어떤 연관성을 발견하기만 한다면 상당한 성과를 올릴 수 있을 것이다. 그렇게만 된다면 범인에 대하여 더 많은 단서를 포착할 수 있을 것이고 범위를 좁힐 수 있을 것이다. 최악의 경우는 범인이 무작위로 범행 대상을 골랐을 경우이다. 만약 시내에서 한 여자를 쫓아가다가 동정을 살피며 범행을 계획하고 적당한 때를 노린 것이라면 수사는 난항을 겪을 것이다. 만약 그렇다면 범인이 실수를 하지 않는 한 수사팀이 단서를 찾는 데는 오랜 시간이 걸릴 것이다. 그리고 놈은 아직까지 단 하나의 실수도 저지르지 않았다.

빌리는 단숨에 계단을 뛰어올라가 아직도 우르줄라가 증거물을 찾고 있던 침실 쪽을 힐끗 쳐다보고는 서재로 들어갔다. 서재는 2평도 되지 않을 만큼 아주 작았다. 한쪽에는 사무용 의자가 딸린 책상이 있었고 밑으로는 바닥이 긁히지 않도록 플렉시 유리가 깔려 있었다. 책상 옆에는 선반이 있고 그 위에 인쇄기와 모뎀, 라우터, 서류, 여러 사무용품이 놓여 있었다. 책상 위쪽 벽에는 사진 여덟 장이 붙어 있는 길쭉한 게시판이 있었다. 그중 하나는 피살된 여자만 보이는 사진이었는데, 빌리의 기억으로는 타를 'th'로 쓰는 카타리나라는 이름이었다. 하얀 여름옷을 입고 짙은 색 머리에는 밀짚모자를 쓴 채 사과나무 앞에서 카메라를 향해 웃으며 서 있는 모습이었다. 스웨덴의 여름을 홍보하기 위한 광고사진 같았다. 외스텔렌 지역으로 보였다. 남편 리샤드 혼자 찍은 사진도 보였다. 8인승 요트에서 찍은 것으로 갈색으로 탄 얼굴과 선글라스를 쓴 모습에 초점을 맞춘 사진이었다. 나머지 여섯 장은 부부가 함께 찍은 사진이었다. 모두가 바싹 붙어서 포옹을 하거나 웃는 모습이었다. 두 사람은 여행을 많이 한 것으로 보였다. 어떤 사진에는 야자수를 배경으로 해변의 백사장에서 찍은 것도 있었고 또 두 장은 뉴욕과 쿠알라룸프르라는 것을 빌리는 알 수 있었다. 두 사람에게 아이는 없는 것 같았다. 따라서 이번 사건에 엄마를 잃은 아이는 없는 셈이었다.

빌리는 사진 앞에 서서 다정하게 웃는 부부의 모습을 바라보았다. 모든 사진이 부부가 서로 안고 있는 모습을 보여주었다. 사진 찍을 때는 언제나 그런 포즈를 취하는 것 같았다. 어쩌면 두 사람이 서로 너무도 잘 어울린다는 것을 보여주기 위해 그런 자세를 취했는지도 모른다. 하지만 두 사람의 관계를 보여주기 위한 것 같지는 않았다. 그들이 얼싸안고 있는 모습은 서로 꾸밈없이 사랑하고 있는 것으로 보였기 때문이다. 빌리는 좀처럼 사진에서 눈을 뗄 수 없었다. 거기에는 그를 힘껏 끌어당기는 행복 같은 것이 담겨 있었다. 사진 속의 두 사람은 너무도 행복해 보였다. 지극한 사랑과 삶의 활기가 우러났다. 빌리는 평소에 이런 것을 보고 감동을 받는 일이 결코 없었으며 희생자와 자신 사이에 직업적인 거리를 두는 데 아주 익숙해 있었다. 물론 유족을 보면 가슴이 아프고 안되었다는 생각이 들기는 했으나 마음속 깊이 슬픔이 스며들지는 않았다. 그는 이번에는 다르다는 것을 정확하게 알았다. 그는 최근에 한 여자를 알게 되었는데 그 눈빛과 활짝 웃는 표정이 사진 속의 여자를 닮았다는 생각이 들었다. 이 때문에 비극은 입체적인 현실로 다가왔다. 빌리는 뮈를 생각했다. 오늘 아침에 뮈는 이불을 머리끝까지 뒤집어쓰고 잠에 취한 상태에서 빌리와 섹스를 했다. 뮈는 조금만 더, 조금만 더 하면서 오전 내내 그를 붙잡으려고 했다. 미소 짓는 뮈의 그 모습은 벽에 붙은 사진의 얼굴과 똑같았다. 하지만 끔찍하게 목을 베이고 손발이 묶인 채 강간을 당한 방 안의 여자와 같은 모습은 결코 아니었다. 그렇지만 사진 속의 여자는 같은 사람이었다. 순간 빌리는 피투성이가 된 채 누워 있는 여자를 보고 뮈를 보는 것 같은 느낌이 들었다. 그는 고개를 돌리고 눈을 감았다. 전에는 이렇게 무서운 장면을 목격한 적이 없었다. 단 한 번도 없었다.

빌리는 다시는 가까이 다가갈 엄두가 나지 않았다. 그는 그것을 알고 있었다. 그는 폭력과 공포가 자신에게 일어나게 해서는 안 된다는 생각이 들었다. 또 그런 짓에 물이 들어서도 안 된다. 그런 행위는 사랑을 파괴하는 것이며 사랑을 겁에 질리게 하고 불안하게 만드는 것이다. 그는 욕구와 사생활 그리고 일을 서로 구분해야 한다는 것을 갑자기 뼈저리게 깨달았다. 이런 거리를 두지 않는다면 모든 것을 잃고 말 것이다. 빌리는 뮈를 끌어안고 섹스를 할 수는 있었지만 이렇게 끔찍한 느낌을 뮈와 공유할 수는 없을 것이다. 그가 하는 일은 뮈와의 관계 속으로 끌어들이기에는 너무도 어둡고 끝없이 살벌한 것이었다. 집에 돌아가면 뮈와 오랫동안 섹스를 하게 될 것이다. 아주 오랫동안. 뮈는 어떻게 된 일인지 이유를 물을 것이다. 그리고 빌리는 유감스럽게도 거짓말을 할 것이다. 하지만 빌리는 뮈에게 진실을 말할 용기가 나지 않았다. 그는 돌아서서 책상 위에 있던 노트북을 집어 들고 반야를 데려가기 위해 아래층으로 내려갔다.

키 큰 남자가 컴퓨터에 모든 사진을 인쇄하라는 신호를 보내자 인쇄기는 즉시 익숙한 소리를 내며 지시에 따랐다. 인쇄기가 가로10, 세로 15센티미터 규격으로 윤기가 나는 사진을 쏟아내는 동안 남자는 노트북에 사진을 저장할 폴더를 새로 만들고 그곳에 사진을 복사했다. 그리고 안전한 웹사이트에 로그인을 하고 관리자 등록을 한 다음 폴더를 저장했다. 이 사이트에는 정체를 알 수 없는 주소 'fyghor.se'가 있었다. 사실 이 이름은 의미가 없는 글자를 무작위로 조합한 것으로서 검색 엔진이 즉시 찾아내지 못하게 한다는 데 유일한 의미가 있었다. 사이트에서 따로 찾아볼 것이 없는 사람이 우연히 발견하게 되더라도 보이는 것은 어지러운 글자 배열뿐이고 이마저도 야하게 번쩍이는 배경 때문에 읽을 수 없을 것이다. 활자체와 색깔이 산발적으로 변하는 글은 책이나 국가공문서, 논문 같은 데서 발췌한 내용이거나 무의미한 글들이고 단락도 없고 부분적으로는 띄어쓰기도 없으며 그저 이리저리 이상한 그림이나 스케치가 아무런 논리적 맥락도 없이 나열되었을 뿐이다. 말하자면 누군가 컴퓨터가 제공하는 그래픽의 가능성을 확인하기 위해 모든 방법을 시험해본 것처럼 보이는 사이트였다. 분명치 않은 이유로 이 사이트에 접속한 73명 가운데 가장 오래 머문 사람의 접속 시간은 1분 26초였다. 키 큰 남자는 바로 이것을 노린 것이었다. 5페이지까지 클릭해보거나 카트리네홀름시의 기념비 글자 한가운데에 있는 작은 빨간 점을 발견한 사람은 아무도 없었다. 이 점을 클릭하면 새 페이지가 나타나면서 비밀번호와 아이디를 묻는다. 이런 다음에야 그가 방금 저장해 놓은 사진 폴더에 접근하게 되어 있었다. 폴더명은 아무 의미도 없는 '3'이었다.

그 사이 인쇄기가 작업을 마쳤다. 남자는 출력한 사진을 넘기면서 장수를 세었다. 모두 36장이었다. 남자는 클립으로 사진을 한 뭉치로 고정시켰다. 그리고 게시판이 걸려 있는 방 끝으로 가서 게시판 우측 모퉁이에 있는 못에 사진 뭉치를 걸었다. 못 위의 자리에는 검은 사인

펜으로 3이라는 번호가 쓰여 있었다. 그는 잠시 그 위에 '1'과 '2'라고 쓰인 못에 걸린 사진을 훑어보았다. 침실에서 반나체로 공포에 떨며 우는 여자들이었다. 그중에 왼쪽에 있는 사진은 34장으로 두 장은 찍지 못했다. 섹스하기 전의 장면으로 그가 너무 서두르는 바람에 촬영에 실패했다. 의식에서 벗어났던 것이다. 이 때문에 그는 자신을 질책하면서 다시는 그런 실수를 반복해서는 안 될 것이라고 마음 깊이 다짐했다. 이와 달리 두 번째 여자의 사진은 다 채웠다. 그는 다시 카메라를 집어 들고 끔찍한 사진 뭉치가 걸려 있는 게시판을 촬영했다. 제1단계는 해냈다. 그는 카메라를 책상 위에 내려놓고 문가에 있던 스포츠 백을 집어 들고 주방으로 들어갔다.

남자는 가방을 주방 바닥에 내려놓고 지퍼를 연 다음 그가 사용한 스타킹을 싼 셀로판지와 종이 포장을 꺼냈다. 스타킹은 필립 마티뇽의 노블리스 50 베이지색. 언제나 똑같았다.

그는 싱크대 밑에 있는 문을 열고 스타킹 꾸러미를 넣은 다음 다시 닫았다. 그런 다음 다시 가방에서 칼을 싼 비닐봉지를 꺼냈다. 그리고 피 묻은 비닐을 싱크대 밑의 문을 열고 집어넣은 다음 수도를 틀고 미지근한 물로 칼날을 씻었다. 금속에서 흘러내리는 핏물은 하수구에서 왼쪽으로 돌면서 사라졌다. 그는 칼 손잡이를 잡고 불빛에 칼을 돌려 보았다. 남은 핏자국이 보이자 그는 세제와 솔을 이용해 깨끗이 흔적을 없앴다. 이어 조심스럽게 물기를 닦은 다음 칼을 다시 가방에 넣었다. 그리고 조리대 위의 세 번째 서랍을 열고 3리터짜리 냉동용 팩 뭉치를 꺼내 한 칸을 잘라내고는 뭉치를 다시 넣고 서랍을 닫았다. 그리고 칼을 팩에 말아 가방에 넣었다. 그런 다음 그는 주방을 나갔다.

빌리는 집 안을 돌아다니다 마침내 정원에 있는 반야를 보았다. 반야는 테라스와 커다란 유리창을 등지고 서 있었다. 반야 앞에 보이는 잘 다듬어진 잔디는 두 개의 화단으로 이어졌다. 빌리는 화단의 꽃이 무엇인지는 몰랐지만 반야도 꽃이 화려해서 이곳으로 오지는 않았을 거라고 생각했다.

"잘돼가요?"

반야는 빌리가 다가오는 소리를 못 들었는지 몸을 움찔했다.

"흔적 따위는 없어요, 그걸 물어본 것이라면요."

"알았어요……."

빌리는 한 걸음 뒤로 물러섰다. 반야는 자신이 한 대답이 불필요하게 냉랭하다는 것을 알았다. 어쩌면 방금 동료가 물어본 것은 일과 전혀 무관한 것인지도 몰랐다. 사실 빌리는 반야를 잘 알고 있었다. 그는 반야가 이런 범죄를 얼마나 싫어하는지 알았다. 낭자한 피나 성폭력 때문이 아니다. 반야는 더 끔찍한 사건도 이미 본 사람이다. 하지만 이번에 피살된 사람은 여자였다. 그것도 자기 집에서 희생된 것이다.

여자들이 집에서 강간당하고 피살되는 일이 있어서는 안 된다. 여자들은 그렇지 않아도 언제 어디서나 위험에 노출되어 있다. 술집이나 디스코 장에서 집으로 돌아갈 때는 가능하면 눈에 띄지 않는 옷차림을 해야 한다. 또 지하도나 공원, 한적한 길은 피해야 하고 밤에는 아이팟으로 음악을 들어서도 안 된다. 여자들에게 이동의 자유는 제한되어 있으며 행동의 가능성도 한계가 있다. 그러나 적어도 집 안에서만큼은 안전이 보장되고 공포를 느끼지 않아야 한다.

"하나 찾은 것 같은데!" 반야가 몸을 돌려 테라스 쪽으로 가면서 말했다.

빌리는 반야를 좇아갔다. 두 사람은 니스 칠을 한 마루를 걸으면서 나무를 엮어 만든 의자 네 개와 파라솔이 딸린 탁자가 있는 곳을 지나갔다. 빌리가 볼 때는 테라스용 가구라기보다는 아이스크림을 파는 카페 분위기였다. 게다가 하얀 나무로 만든 일광욕 의자 두 개를 보니 주인이 저녁놀을 감상하면서 시원한 음료수를 마시는 장면이 떠올랐다.

"저거예요." 반야는 맨 왼쪽 창문을 가리켰다.

빌리는 두리번거렸다. 그 지점에서는 건물 1층이 거의 다 보였다. 빌리의 눈에는 토르켈이 리샤드 그란룬드와 이야기를 하며 증거 확보를 위해 집 안 여기저기를 살피는 모습만 보였다. 반야는 무엇을 발견했다는 건지 좀처럼 보여주려고 하지 않았다.

"뭔데요?"

"저거요." 반야는 같은 말을 반복하면서 다시 그 지점을 가리켰다. 이번에는 좀 더 정확했다. 이제 빌리는 반야가 하는 말을 알아들었다.

바로 그의 눈앞에 있었다. 유리창에 3~4센티미터 크기로 거의 정사각형 모양의 자국이 나 있었고 그 아래 작은 점이 보였다. 이 두 가지 흔적을 다시 반달 모양의 자국 두 개가 왼쪽과 오른쪽에서 감싼 형태였다. 빌리는 그것이 무엇인지 즉시 알아차렸다. 누군가, 추측컨데 범인이 이마와 코를 유리창에 대고 실내를 엿본 것이다. 두 손으로 밖의 불빛을 가리고 얼굴의 기름기를 유리창에 남긴 것으로 보였다.

"키가 큰 자예요." 빌리는 증거를 확인하려고 바싹 다가갔다. "나보다 커요."

"만약 이 자국을 범인이 남긴 것이라면 저 맞은편 집에서 보였을 거예요." 반야는 화단 뒤편에 있는 이웃집을 가리켰다. "누군지 범인을 목격했을 가능성이 있어요."

빌리는 그럴 것 같지 않았다. 한낮에, 그것도 7월의 평일에 목격자가 있다고? 부근의 주택들은 주인이 휴가를 떠난 것 같았다. 경찰차가 도착했을 때 길거리에서 호기심에 몰려오거나 정원에서 눈에 띄지 않게 일하는 사람들은 거의 없었다. 이 동네는 여름이면 거의 인적이 끊기는 지역 중의 하나였다. 이곳 주민은 돈이 많은 사람들이라 여름 별장으로 떠났거나 요트를 타러 갔거나 아니면 외국 여행을 떠났다. 범인은 이런 사실을 알았을까? 그것을 염두에 둔 것일까? 그럴 수도 있다.

물론 수사팀은 집집마다 찾아다니며 이 일대에서 탐문 수사를 벌일 것이다. 또 빌리가 추정한대로 희생자가 범인을 집 안에 들인 것이라면 범인은 집 앞에서 접근했을 것이다. 테라스 문을 두드렸다면 공포와 불신을 키웠을 것이고 집 안으로 들어갈 기회는 현저하게 줄어들었을 것이다. 따라서 범인은 분명히 앞쪽에서 접근한 것이고 그렇다면 눈에 잘 띄는 정원 사이로 난 길을 이용했을 것이다. 먼저 발생한 두 사건의 현장과 똑같았다. 하지만 이웃 주민들에 대한 탐문 수사는 별 도움이 안 되었다. 특이한 것이나 누군가를 본 사람이 아무도 없었기 때문이다. 자동차나 자전거를 본 사람도 없었고 길을 묻거나 특이한 물건을 팔려고 온 사람도 보지 못했다. 주위를 배회하거나 수상한 행동을 보인 사람도 보지 못했다. 이상한 것이나 수상한 사람을 본 주민은 아무도 없었다.

여자가 끔찍하게 살해되었다는 것 말고는 이 일대는 평상시와 똑같았다.

"토르켈이 본부로 들어가라고 그랬어요." 빌리가 말했다. "지금 뭔가 먼저 사건과 연관 점을 찾아야 할 텐데."

"당장이라도 찾아야 해요. 놈이 갈수록 빨라지니까요."

빌리는 고개를 끄덕였다. 첫 번째와 두 번째 사건 사이에는 3주의 간격이 있었다. 그런데 세 번째 사건은 두 번째 사건이 일어난 지 겨우 8일 만에 발생했기 때문이다. 두 사람은 거의 골프장처럼 짧게 깎은 잔디밭을 건너갔다. 잔디는 가뭄과 무더위에도 노랗게 죽은 부분이 한 군데도 보이지 않았다. 반야는 모자가 달린 남색 옷을 입고 옆구리에는 노트북을 낀 채 걷는 동료를 바라보았다.

"아까 퉁명스럽게 말해서 미안해요."

"괜찮아요. 그때 짜증이 났을 때였으니 그럴 수도 있지요."

반야는 빌리를 보며 미소를 지었다. 빌리와 한 팀이 되면 복잡할 것이라곤 없었다.

침실.

가방을 든 키 큰 남자는 창 옆에 있는 서랍장으로 다가갔다. 그는 스포츠 백을 서랍장에 내려놓고 맨 위의 서랍을 열었다. 그리고 오른쪽의 옷더미에서 꼼꼼하게 갠 잠옷을 하나 꺼내 가방에 집어넣었다. 그리고 왼쪽에서 포장된 필립 마티뇽 노블리스 50 베이지색 스타킹 하나를 집어 역시 검은색 가방에 넣었다. 남자는 다시 지퍼를 닫고 가방을 두 옷더미 사이의 빈틈에 넣었다. 틈의 간격은 가방에 꼭 맞았다.

당연하다.

서랍을 닫았다. 그러고는 남자는 주방으로 돌아갔다. 그는 주방의 청소도구함에서 꼼꼼하게 접은 종이 봉투를 하나 꺼내 냉장고 쪽으로 가면서 봉투를 펼쳤다. 냉장고에는 330CC 병에 든 과일 탄산수인 레모네이드와 '마리'라는 상표가 붙은 비스킷이 있었다. 채소 통에는 바나나가 있었다. 그는 바나나 두 개를 꺼내 레모네이드와 비스킷 그리고 윗 칸에서 꺼낸 초콜릿과 함께 종이 봉투에 담았다. 그리고 세 번째로 싱크대 밑의 문을 열고 염소가 담겨 있었던 빈 플라스틱 병을 집었다. 병을 종이 봉투에 담을 때 가볍게 소독약 냄새가 났다. 그리고 이 봉투를 현관 옆 바닥에 내려놓았다.

남자는 돌아서서 집 안을 쓱 훑어보았다. 조용했다. 몇 시간 만에 처음이었다. 의식이 시작된 것이다. 그는 준비를 완료했다.

다음 행동을 위한 준비는 완벽하게 마쳤다.

이제 기다리기만 하면 된다.

자정이 막 지났을 때 반야는 회의실로 들어섰다. 흐린 녹색 빛 카펫 한가운데 회의용 원형 탁자가 있고 그 둘레로 의자 여섯 개가 놓여 있다. 팀원 협의나 화상 회의를 위한 컨트롤 데스크가 하나 있고 책상 위에는 영사기 장치가 있다. 탁자 위에는 탄산수 병이 몇 개 놓여 있고 빈 컵이 네 개 보였다. 유리창이 없어서 회의실 밖은 보이지 않았고 밖에서 들여다볼 수도 없었다. 한쪽 벽에는 빌리가 수사 중인 사건의 새로운 자료를 붙여놓는 화이트보드가 걸려 있었다. 반야가 들어갈 때 빌리는 막 카타리나 그란룬드의 사진을 붙이고 있었다. 반야는 빈 의자에 앉아서 벌거벗은 사진 세 장을 책상 앞으로 끌어당겼다.

"그런데 오늘 밤에 뭐 했어요?"

빌리는 이 질문에 약간 놀랐다. 그는 반야가 사건에 대한 질문을 할 것으로 기대했었다. 피살된 세 여자 사이에 어떤 연결 고리 같은 것을 찾지 못했는지 또는 무슨 진척이 없었냐는 질문 같은 것을 예상했었다. 물론 반야가 자신의 동료에게 전혀 무관심한 것은 아니라고 해도 빌리가 아는 반야는 목표 지향적인 경찰관이었다. 그리고 보통 근무

중에 수다를 떨거나 사적인 대화를 하는 것을 피했다.

"야외 극장에 갔다 왔어요." 빌리가 대답하면서 반야 옆에 가서 앉았다. "잠깐 쉬었다가 바로 연극을 보러 갔지요."

반야는 놀랍고 믿어지지 않는다는 눈빛으로 빌리를 쳐다보았다. "연극 좋아하지 않잖아요?"

반야의 말이 맞았다. 그가 반야와 예외적으로 근무 외적인 대화를 한 번 했을 때 빌리는 연극을 '죽은 예술 형식'이라고 말한 적이 있었다. 그는 영화가 나오면서 연극은 완전히 죽었다고 생각하는 사람이었다. 마치 자동차가 발명되고 난 뒤 말과 마차가 사라진 것과 같다는 것이었다.

"여자를 한 명 사귀는데 연극을 보러 가자고 해서……."

반야가 미소를 지었다. 숨겨놓은 여자가 있는 것이 분명했다.

"연극을 싫어하는 걸 보고 그 여자가 뭐래요?"

"내 말을 곧이듣지 않았는지도 모르지요. 어쨌든 나는 1막 도중에 벌써 잠이 들었으니까요. 그러는 당신은 뭐 했는데요?"

"그냥 집에 있었어요. 힌데에 대한 기록 좀 읽어 보았어요."

바로 그 이유 때문에 반야는 다시 사무실로 나온 것이다. 또 자정이 지난 시간에 쿵스홀멘의 텅 빈 이 건물에 두 사람이 쭈그리고 앉아 있는 이유이기도 했다.

45분 전에 두 사람은 수사가 단 한 발짝도 진척되지 못한다는 사실을 인정할 수밖에 없었다. 세 명의 희생자들 사이에는 연결 고리가 없었다. 나이도 다 달랐고 두 사람은 결혼했지만 한 사람은 이혼했다. 아이가 있는 여자는 한 사람뿐이었다. 피살자들이 같은 지역에서 자란 것도 아니고 같은 학교에 다니지도 않았으며 같은 직종에 근무한 것도 아니다. 세 사람은 같은 모임이나 조직에 가입하지도 않았고 동일한 취미가 있는 것도 아니었으며 남편이나 전남편 사이에 뚜렷한 연결 고리가 있는 것도 아니었다. 또 페이스북이나 다른 소셜네트워크에서 친하게 어울리지도 않았다. 세 여자는 서로 모르는 사이였다. 어떤 공통점도 없었다.

적어도 빌리나 반야가 발견한 단서에 공통점은 없었다. 빌리는 실망한 얼굴로 노트북을 닫고 노곤한 몸을 의자에 기댔다. 반야는 일어나서 게시판 쪽으로 다가갔다. 그리고 세 여자의 사진을 들여다보았다. 한쪽에는 생생하게 살아 있는 모습이었고 다른 쪽에는 죽은 모습이었다. 맨 오른쪽에는 수직으로 90년대 희생자들의 사진이 걸려 있었다. 그것은 이번 사건과 놀랄 만치 비슷한 사진 아홉 장이었다.

"정확하게 이 여자들을 본뜬 거예요."

"나도 그 생각을 했어요. 도대체 어떻게 똑같이 할 수 있죠?"

빌리도 덩달아 일어나 동료 곁으로 다가갔다. "두 놈이 서로 아는 사이가 아닐까요?"

"꼭 그렇다고 볼 수는 없어요. 옛날 사진은 다 공개된 것이니까요."

"그게 어딘데요?" 빌리는 의아한 표정으로 물었다. 신문이 이렇게 끔찍한 사진을 보도했다고 생각하기는 어려웠다. 그리고 1996년은 오늘날처럼 인터넷이 온갖 정보를 알려주던 시절도 아니다.

"세바스찬이 쓴 책 두 권 중에 들어 있어요." 반야가 빌리 쪽으로 돌아서면서 대답했다. "그 책 읽어봤어요?"

"아니요."

"읽어봐야 해요. 아주 좋은 책이에요."

빌리는 대답 대신 고개만 끄덕였다. 세바스찬에 대한 반야의 태도를 감안하면 이런 표현은 반야로서는 보기 드물게 긍정적인 언급이었다. 빌리는 반야에게 질문을 할까 망설이다가 매번 시기를 놓쳤다. 게다가 반야는 저녁 내내 짜증 난 얼굴이었다. 하지만 빌리는 자신도 모르게 말이 튀어나왔다. "토르켈이 끌어들일까요?"

"세바스찬 말이에요?"

"네."

"정말 그러지 않으면 좋겠어요."

반야는 자기 자리로 돌아가서 서류를 찾고는 출입문 쪽으로 갔다. "하지만 뢰브하가에 가서 힌데를 꼭 만나볼 필요는 있지요." 반야는 문을 열고서도 그 자리에 서 있었다. "내일 봐요. 그리고 토르켈에게 전화해서 오늘 성과가 없었다는 말도 하고요."

반야는 대답도 기다리지 않고 빌리 혼자 사무실에 남겨놓은 채 사라졌다. 결국 좋건 나쁘건 좋지 않은 소식을 전하는 일은 빌리의 몫으로 남았다. 언제나 그랬다. 빌리는 시계를 힐끗 쳐다보았다. 그는 한숨을 쉬며 휴대전화를 집어 들었다.

세바스찬은 누군가 자신의 얼굴을 만지는 느낌에 잠에서 깨었다. 그는 눈을 번쩍 뜨고 낯선 침실을 이리저리 둘러보았다. 그리고 왼쪽으로 돌아누우면서 어젯밤 이곳으로 오던 일을 머릿속으로 재구성해보았다. 그는 반야를 집까지 미행했었다. 그리고 반야가 집 안으로 들어가는 것을 보았다. 그리고 익숙한 자신만의 감시 초소로 돌아가려고 했을 때 갑자기 반야가 다시 밖으로 나왔다. 잠시 뒤 순찰차가 나타나고 반야는 차에 올라탔다. 무슨 일이 벌어진 것이다. 반야는 현장에서 필요한 인력이었기 때문이다.

그를 필요로 하는 곳은 없었다.

그는 피곤한 몸으로 지나치게 큰 자신의 집으로 돌아갔다. 하지만 집에 도착하자 갑자기 따분하다는 생각이 밀려왔다. 불안하고 불쾌한 기분을 벗어나는 길은 하나밖에 없었다. 그래서 세바스찬은 지역신문의 예술 공연란을 훑어보고는 성인교육회관에서 열리는 공연에 가보기로 결심했다. '유시 비외를링: 잊을 수 없는 테너'라는 프로그램이었다. 이 테너 가수에 관심이 있는 것은 절대 아니지만 예술 공연의 객석에는 보통 여자가 많았기 때문이다.

잠시 생각한 끝에 세바스찬은 세 번째 열에 있는 40대 중반의 여자 옆에 가서 앉았다. 혼자 온 사람으로 결혼반지도 끼지 않았다. 중간 휴식 시간에 세바스찬은 대화를 시도했다. 그리고 무알코올 음료를 가지고 와서 대화를 계속했다. 함께 저녁 식사를 하자는 약속도 했다. 공연이 끝난 뒤 바사스탄에 있는 여자 집까지 짤막한 산책을 하며 걸었다. 그리고 섹스도 했다.

지금 그 여자가 세바스찬을 깨운 것이다. 엘리노르 베릭비스트. 올렌스 백화점의 판매원으로 생활용품 코너에 근무하는 사람이었다. 몇 시나 된 것일까? 밖은 환했지만 한여름이었기 때문에 이것만으로는 시간을 알 수 없었다. 엘리노르는 베개에 팔을 받치고 손으로 턱을 괸 자세로 세바스찬을 향해 누워 있었다. 나머지 한 손으로는 세바스찬의 얼굴을 쓰다듬고 있었다. 마치 낭만적인 코미디를 구경하는 것 같은 자세였다. 영화에서라면 매혹적이지만 실생활에서는 극도로 신경을 날카롭게 하는 코미디였다. 붉은빛이 감도는 헝클어진 금발이 얼굴을 조금 가렸다. 엘리노르가 손가락을 세바스찬의 코에 올려놓고 지그시 누르는 동안 보이는 미소는 얼핏 '뻔뻔하다'는 인상마저 주었다.

"좋은 아침, 귀여운 잠꾸러기!"

세바스찬은 한숨을 지었다. 그는 꼭 필요했던 숙면을 취하고 난 뒤 어린애처럼 인사를 받는 것과 여자가 풍기는 낭만적인 동거의 분위기를 보는 것 중에 어떤 것이 더 마음에 안 드는지 알 수 없었다. 아마 뒤의 것이 더 한심할 것이다.

세바스찬은 여자의 집까지 짧은 거리를 걸었을 때 이미 이런 결말이 날 것으로 예상했다. 여자는 세바스찬의 손을 잡았다. 그리고 꼭 움켜쥐었다. 걷는 내내 그랬다. 분명히 두 사람은 여름밤 스톡홀름의 거리에서 흔한 연인처럼 보였을 것이다. 서로 만난 지 5시간밖에 지나지 않았을 때였다. 조금은 끔찍한 일이었다. 세바스찬은 모든 것을 잊어버리고 작별 인사를 할까도 생각해보았지만 어차피 투자한 시간과 노력을 포기하기에는 너무 멀리 왔다는 생각이 들었다.

섹스는 지루했다. 그리고 별로 힘이 들지는 않았지만 섹스가 끝난 뒤 지금까지 몇 시간 잠을 잘 수 있었다. 적어도 서너 시간은 잤다. 세바스찬은 코를 잡은 엘리노르의 손에서 벗어나려고 돌아눕고는 헛기침을 했다.

"몇 시나 된 거죠?"

"6시 반, 그쯤 되었어요. 오늘은 뭘 할 건데요?"

"유감스럽게도 일하러 가야 해요."

거짓말이었다. 그는 일하지 않았다. 몇 달 전 베스테로스에서 특별살인사건전담반에 잠시 투입된 것을 빼면 일하지 않은 지가 벌써 여러 해 되었다. 현재로서는 전혀 할 일이 없었다. 앞으로도 그럴 것이다. 그에게 실제로 흥이 날 만한 일은 전혀 없었고 엘리노르 베릭비스트와 더불어 즐거울 일은 더욱 없었다.

"내가 깨우지 않았다면 얼마나 더 잤을 것 같아요?"

이건 또 웬 멍청한 질문이람? 그가 그것을 어떻게 알겠는가? 아마 꿈을 꾸다가 깨기도 할 것이다. 그가 꿈을 꾸지 않는 날은 거의 없었다. 그리고 어떤 꿈을 꾸게 될지 미리 알려줄 수는 없는 노릇이다. 또 굳이 그런 이야기를 해주고 싶은 생각도 없었다. 그는 가볼 생각이었다. 이 집과 바사스탄 지역에서 가능하면 빨리 떠나고 싶었다.

"글쎄, 9시까지 잤을까? 그건 왜 물어요?"

"2시간 반 더 자는 거네요." 엘리노르는 다시 손가락을 놀리며 세바스찬의 이마와 콧등, 입술을 쓰다듬었다. 몇 시간 전에 보였던 것보다 훨씬 더 다정한 동작이었다. 세바스찬은 침대에서 빠져나가려던 계획이 무산되는 느낌을 받았다.

"더 잘 생각이 없다면……." 엘리노르가 말을 이었다. "당신의 중요한 일을 하러 가기 전에 같이 뭔가 다른 시간을 보내면 어떨까요? 2시간 정도." 엘리노르의 손은 계속 움직이며 아래로 내려와 세바스찬의 턱과 목을 어루만지고 이불 밑에서 가슴을 쓰다듬었다.

세바스찬은 엘리노르와 눈을 마주쳤다. 엘리노르의 눈동자는 녹색빛을 띠었다. 왼쪽 눈동자에는 갈색 점이 보였다. 이 점 때문에 동공은 엘리노르가 뭔가를 갈망하며 밖으로 나가고 싶어 하는 것처럼 보이게 했다. 엘리노르의 손은 계속 밑으로 내려갔다.

이미 경험한 대로 세바스찬이 엘리노르 베릭비스트와 함께 즐길 일은 있었다.

아침 식사.

어떻게 엘리노르가 세바스찬에게 아침을 먹도록 했을까? 경솔하게 섹스가 끝난 뒤에 얼떨결에 한 약속일까?

주방에는 안뜰 쪽으로 열린 창이 있었지만 그래도 실내는 더웠다. 집 밖은 오토바이가 굉음을 내며 지나가는 소리가 들린 것 말고는 조용했다. 세바스찬은 식탁을 쳐다보면서 오늘이 무슨 요일인지 생각해 보았다. 요구르트와 두 가지 콘플레이크, 뮤즐리, 새로 짠 과일주스, 치즈, 햄, 소시지, 오이절임, 토마토, 피망, 멜론. 수요일인가? 아님 화요일? 엘리노르가 빵 굽는 판을 오븐에서 꺼내 작은 바게트 빵을 바구니에 담는 동안 주방은 구수한 빵 냄새로 가득 찼다. 엘리노르는 세바스찬을 식탁에 앉히고 다시 넓은 공간 한가운데 있는 키친 아일랜드(싱크대, 레인지대 등을 중앙에 두어 네 방향에서 사용할 수 있게 한 주방 가구_옮긴이) 쪽으로 돌아섰다. 세바스찬은 배가 고프지 않았다. 전기 주전자에서는 삑삑 하고 물 끓는 소리가 났다. 엘리노르는 다시 식탁으로 와서 세바스찬 앞에 놓인 찻잔에 뜨거운 물을 부었다. 세바스찬은 찻잔 속의 냉동 건조된 커피를 저으며 물이 곧 암갈색으로 변하는 것을 지켜보았다. 엘리노르는 이런 세바스찬의 눈빛을 못마땅해하는 표정으로 생각했다.

"미안해요, 인스턴트커피밖에 없어서. 나는 차만 마시거든요."

"상관없어요."

엘리노르는 자기 잔에도 물을 부은 다음 다시 주전자를 갖다 놓으려다 멈칫했다.

"우유 마실래요?"

"아니요."

"필요하면 금방 데울 수 있어요."

"아니, 고맙지만 필요 없어요."

"정말이에요?"

"네."

"알았어요."

엘리노르는 그의 맞은편에 앉아서 티백을-레몬-잉베르-뜨거운 물에 담그고 아래위로 몇 차례 반복해서 들어 올렸다 담갔다 했다. 엘리노르는 다시 세바스찬의 눈을 보면서 미소를 지었다. 그는 미소로 분명한 호의를 드러내려는 태도에 약간 질려서 재빨리 시선을 돌렸다. 그는 이곳에 머무를 생각이 없었다. 세바스찬은 보통 이런 상황을 피했다. 그리고 이제 그는 그 이유를 알 것 같았다. 그는 이렇게 터무니없는 동거의 감정, 이런 공동생활의 환상을 견딜 수 없었다. 어쨌든 다시 기회가 주어진다 해도 이 여자를 다시 보지는 않을 것이다. 그는 엘리노르가 꿀 한 술을 찻잔에 넣고 젓는 동안 냉장고에 시선을 고정시키고 잡념을 떨쳐버리려 애를 썼다. 엘리노르는 바구니에서 바게트 빵을 꺼내 길게 자르고는 버터를 바르고 치즈와 햄, 노란 피망 두 조각을 얹었다. 그리고 빵을 깨물어 씹으면서 세바스찬을 바라보았다. 그는 여전히 엘리노르 뒤쪽의 공간에 시선을 고정시켰다.

"세바스찬?"

그는 어깨를 으쓱하며 무슨 일이냐는 듯 엘리노르를 바라보았다.

"무슨 생각을 해요?"

그는 너무 멀리 와버렸다. 또다시 사라지고 싶은 곳까지 온 것이다. 이 순간은 깨어 있는 정신을 요구하고 있었다. 이 시간은 세바스찬으로서는 거의 낯선 것으로서 뭔가에 홀린 기분이었다. 극단적으로 직업에 신경을 쏟고 성공을 거두던 시절에는 떨쳐버리고 싶을 만큼 곤란하거나 불쾌한 생각에 빠진 적이 별로 없었다. 그가 바라는 것 이상으로 생활에 큰 영향을 주는 일이 생길 때는 그냥 단순하게 며칠 간 그에 대한 생각을 하지 않으면 그만이었다. 그리고 다른 일을 하거나 더 열심히 일에 매달렸다.

세바스찬 베르크만은 결코 자제력을 잃지 않는 남자였다. 그 어떤 일이나 사람 때문에 통제력을 잃는 일이 없었다. 어쨌든 지금까지는 그랬다. 그런 그가 이제 변했다. 인생이 그를 뒤흔들고 마음을 상하게 했다. 그것도 처음이 아니라 벌써 두 번째였다.

3개월 전에 베스테로스로 왔을 때만 해도 그는 크리스마스 연휴 이틀째에 태국에서 발생한 재난의 상처를 오래 간직하지 않았다. 그의 본래 목표는 부모의 집을 파는 것이었다. 그리고 집 안의 잡동사니를 치우는 과정에서 편지 몇 통을 발견하게 되었다. 1979년에 어머니 앞으로 온 것으로서 세바스찬의 아이를 임신한 여자가 보낸 편지였다. 자신의 수중에 없었던 이 편지를 발견하자 세바스찬은 발송인을 찾으려고 온갖 노력을 기울였다. 당시 옛날 특별살인사건전담반의 동료들은 베스테로스에 있었다. 세바스찬은 경찰 기록에 접근하기 위해서 수사팀의 환심을 사려고 했다. 그가 원하는 것은 얼굴 생김새와 주소였다. 확실한 정보가 필요했다. 그리고 실제로 모든 정보를 얻었다. 그가 찾아가자 한 여자가 스토르스케르스가탄 12번지의 집 문을 열어주었다. 안나 에릭손의 얼굴이 나왔다. 그때 그는 확신이 들었다. 맞다. 그에게는 딸이 한 명 있었다. 하지만 딸은 세바스찬이 아빠라는 것을 전혀 몰랐을 것이다. 이내 다른 아빠가 생겼기 때문이다. 발데마르 리트너. 물론 이 사람은 반야가 자신의 소중한 딸이 아니라는 것을 알고 있었다.

이런 연유로 세바스찬과 그의 딸은 서로 알고 지낼 기회가 없었다.

만약 이것이 밝혀진다면 많은 것이 뒤죽박죽이 될 것이다. 모두가 피해를 볼 것이다. 그러므로 세바스찬은 결코 딸을 찾지 않겠다는 약속을 해야 했다. 문제는 다만 두 사람이 이미 만난 적이 있다는 것이었다. 만났을 뿐 아니라 함께 근무하기도 했다. 베스테로스에서 세바스찬과 반야 리트너는 함께 일한 것이다.

딸은 특별살인사건전담반의 여자 수사관이었다. 날씬하고 힘이 넘치며 능률적으로 집요하게 일하는 경찰이었다. 세바스찬은 다시 딸을 찾은 셈이었다.

이후로 그는 반야의 뒤를 쫓아다녔다. 그 이유는 세바스찬 자신도 알 수 없었다. 단순히 딸의 모습을 지켜보고 싶은 마음 그 이상은 아니었다. 그는 결코 자신의 신분을 드러내지 않았다. 무슨 말을 하겠는가? 뭐라고 설명할 수 있겠는가?

이런 그가, 지금 무슨 생각을 하는지 묻는 엘리노르를 바라보고 있는 것이다. 그는 "아무 생각도 안 해요." 하면서 최소한의 반응을 이끌어낼 대답을 했다. 고개를 끄덕이는 것으로 보아 엘리노르는 세바스찬의 대답에 만족했거나 적어도 세바스찬이 자신을 주목하고 있는 사실에 만족하는 것 같았다. 세바스찬은 멜론을 한 조각 입에 물었다. 멜론을 삼키자 목이 막히는 기분이 들었다.

"요즘은 무슨 일을 하는데요?"

"그건 왜 물어요?"

답변을 거부하는 불친절한 반문이었지만 세바스찬은 곧 이런 관계를 끝낼 수 있을 것이라 판단했다. 그는 그렇지 않아도 내키지 않는 아침 식사 자리가 서로 더 가까워지는 계기가 되는 것을 절대 원하지 않았다. 두 사람은 서로를 충분히 알고 있었다. 엘리노르는 이미 그의 이름이 세바스찬 베르크만이며 책을 저술한 심리학자라는 것을 알고 있었다. 그는 이 이상의 사적인 질문을 요령 있게 회피했고 대신 어렵지 않게 화제를 돌리면서 엘리노르의 관심사에 귀를 기울이는 척 했다.

"일하러 간다고 했잖아요." 엘리노르가 말을 이었다. "하지만 지금은 7월 중순이고 대부분 휴가를 가는 계절이라 요즘 뭐 하는지 물어본 거예요."

"일종의…… 보고서 같은 것을 쓰고 있어요."

"뭐에 관한 보고서요?"

"그러니까…… 후속테스트(follow-up testing)라고 할까요. 경찰대학에서 필요한 거죠."

"심리학자인 줄 알았는데요."

"물론 심리학도 연구하지만 때로 경찰 일도 해요."

엘리노르는 고개를 끄덕였다. 그리고 차를 한 모금 마시고는 빵으로 손을 내밀었다.

"보고서는 언제 끝나요?"

아이코, 뭘 그리 꼬치꼬치 묻나.

"대강 2주 정도면."

녹색 빛의 눈을 가진 이 여자는 그가 거짓말을 한다는 것을 정확하게 꿰뚫고 있었다. 아무래도 상관없었다. 그 여자가 자신에 대해 무슨 생각을 하는지에 대해서는 아무런 관심도 없었지만, 두 사람 다 연출에 불과하다는 것을 알면서도 아주 버젓이 그가 여자와 함께 아침 식사를 한다는 사실은 불쾌했다. 두 사람은 종이 다른 존재였다. 이 정도면 충분하다. 그는 의자를 뒤로 밀었다.

"이제 가봐야겠어요."

"전화할게요."

"당연하죠."

세바스찬 뒤에서 문이 닫혔다. 엘리노르는 자리에 그대로 앉아서 세바스찬의 걸음 소리를 들었다. 계단을 내려가고 있었다. 엘리노르는 빙그레 미소를 지었다. 세바스찬이 걸어서 내려가는 소리가 똑똑히 들렸다. 엘리노르는 발자국 소리가 들리지 않을 때까지 자리에 앉았다가 일어나서 다시 침실로 들어갔다. 그리고 창문으로 다가갔다. 그가 거리를 가로질러 왼쪽으로 꼬부라지는 모습을 볼 수 있을 것이다. 하지만 세바스찬은 그렇게 하지 않았다. 엘리노르는 구겨진 침대 위로 몸을 던졌다. 세바스찬이 잔 자리에 누웠다. 그가 누웠던 자리의 시트를 뒤집어쓰고 그의 베개에 코를 들이대고 깊이 들이마셨다. 그리고 가능한 한 세바스찬의 냄새를 오랫동안 자신의 몸속에 간직하려고 숨을 멈췄다. 그를 자신의 몸속에 간직하기 위해서.

반야는 프리함넨 맞은편 언덕에 있는 주택에 살고 있었다. 세바스찬이 판단할 때 방이 세 개 딸린 집이 분명했다. 약 100미터 떨어진 바위에서 관찰하면 이 정도는 확실하게 알 수 있었다. 그 집은 기능주의 양식으로 된 연노란색의 주택단지에 있었다. 7층 건물이었다. 반야가 사는 집은 5층에 있었다. 눈에 띄는 집 안의 움직임은 없었다. 반야는 아직도 자고 있는 것 같았다. 물론 일하러 나갔을 수도 있지만 당장 반야가 보이지 않는다고 해서 큰 차이는 없었다. 사실 그는 어디로 갈지 몰라서 그냥 와본 것이다.

몇 주 전만 해도 그렇지 않았다. 그때는 무조건 반야를 보아야 한다는 결심이 확고했다. 반야가 무슨 일을 하는지 봐야만 했다. 그래서 세바스찬은 바위에서 보는 것보다 더 좋은 위치를 확보해야 한다고 마음먹었다. 이런 생각에 그는 낭떠러지 아래 웅덩이에 자라고 있는 큼직한 활엽수에 기어 올라가려는 시도까지 했다. 처음 몇 미터는 놀랄 만치 쉽게 올라갔다. 그는 머리 위에 있는 굵직한 가지가 튼튼한 발판이 될 것으로 여기고 계속 올라갔다. 그리고 손으로 가지 하나를 만져 보고는 더 높이 올라갈 가능성이 있다고 판단하고 다시 올라갔다. 나뭇잎 사이로 햇볕이 내리쬐는 가운데 신선하고 상쾌한 냄새가 풍겼다. 그는 갑자기 모험심에 불타는 어린애 같다는 생각이 들었다. 도대체 나무에 올라와본 것이 얼마나 되었던가? 아주 오랜 세월이 흘렀다. 그 시절이 그리웠다.

그때는 몸이 유연했다. 민첩했다. 아버지가 용기를 북돋아서 나무에 오른 것은 아니었다. 아버지는 언제나 세바스찬이 지적인 모험심을 키워야 한다는 생각이었다. 또 세바스찬의 음악적인 재능과 예술적이고 창조적인 능력을 계속 닦아야 한다고 말했다. 어머니는 세바스찬의 옷을 걱정했다. 부모님 중 누구도 세바스찬이 나무에 오르는 것을 좋아하지 않았지만 그럴수록 그는 틈만 나면 나무에 올라갔다. 그런 그가 이제 나이 들어 아슬아슬하고 금지된 행동을 하는 기분을 만끽한 것이다.

얼마 뒤 아래를 내려다본 세바스찬은 그 높이에서 다시 밑으로 내려가기가 쉽지 않다는 것을 깨달았다. 어쨌든 무사히 내려가기란 간단치 않았다. 날렵하고 민첩한 동작은 누가 봐도 이제는 세바스찬과 어울리는 특징이 아니었다. 현기증을 느끼며 공포심이 밀려오던 그 순간 윗도리가 뾰족한 가지에 걸리면서 그는 중심을 잃었다. 그리고 모험심에 불타던 어린아이는 갑자기 몸이 둔한 중년의 남자로 변했다. 그는 순간적으로 젖 먹던 힘까지 동원해 팔에 힘을 주고 수 미터 높이로 뻗어 있는 나뭇가지를 잡았다. 세바스찬은 어린 날의 모험심도 윗도리도 포기해야 한다고 생각했다. 그리고 조심조심 나무 기둥을 더듬거리면서 아래로 자연스럽게 미끄러질 수밖에 없다고 생각했다. 아래 가지로 미끄러지다가 멈출 때는 손이 무척이나 쓰라렸다. 마침내 다리를 후들거리면서 다시 땅을 밟았을 때는 윗도리가 찢겨져나갔고 정강이 안쪽은 길게 찰과상을 입어서 화상을 입은 것처럼 따가웠다.

이런 경험을 한 이후로 그는 익숙한 바위 위에 서서 반야의 집을 관찰하는 것으로 만족했다. 그 정도로도 충분했다. 이것도 이미 정신 나간 짓이었다. 그 순간 반야가 밖을 내다보고 세바스찬이 자기 집 창문 앞에 있는 나무에 매달린 모습을 보았다면 어떻게 될까 하는 생각은 하지 않았다.

밖에서 보면 반야의 집은 산뜻한 인상을 주었다. 현대적인 감각의 커튼. 창문턱에는 빨간색과 흰색의 꽃들이 보였다. 빛을 조절하는 창문의 조명. 동북쪽으로 난 아담한 발코니. 반야는 여기서 화창한 날이면 아침 7시 20분부터 7시 45분 사이에 모닝커피를 마셨다. 이때 세바스찬은 어쩔 수 없이 몇 그루의 노간주나무 뒤로 몸을 숨겨야 했다. 낯설기만 했던 이 나무가 이제는 친숙해질 정도였다. 그의 딸은 고정된 생활이 몸에 밴 여자가 분명했다. 딸은 매일 아침 7시에 일어났고 주말이면 9시나 되어야 일어났다. 화요일과 목요일에는 출근하기 전에 6킬로미터 구간에서 조깅을 했다. 일요일에는 조깅 거리를 두 배로 늘렸다. 때로는 근무시간이 길어져서 저녁 8시 전에는 집에 오지 않을 때도 있다. 외출하는 일은 드물었고 외출해도 술을 한 잔 할 때뿐이다. 그것도 한 달에 고작 한두 번, 친구들과 어울릴 때였다. 세바스찬이 관찰한 범위에서 볼 때 딸에게는 남자 친구가 없었다. 목요일에는 스토르스케르스가탄에 있는 부모 집에 가서 저녁을 먹는다. 이곳에 갈 때는 혼자지만 돌아올 때는 대개 발데마르 리트너가 바래다준다. 반야의 아버지이다.

이들 두 사람은 멀리서 걸어오는 모습만 봐도 무척 다정한 것 같았다. 함께 웃을 때가 많았고 산책이 끝날 때면 꼭 다정한 포옹을 했다. 그리고 그 아버지는 반야가 집 안으로 들어가기 전에 이마에 키스를 했다. 언제나 그랬다. 그것이 두 사람의 관계를 알리는 상징이었다. 반야의 친아버지가 얼마간 떨어진 지점에서 보고 있다는 것을 제외하면 그것은 아름다운 광경일 수도 있었다. 바로 이 순간이 거의 예외 없이 세바스찬을 가슴 아프게 했다. 어딘가 야릇한 고통이었다.

질투 이상으로 가슴 아픈 것이었다. 질투 이상으로 큰 고통이었다. 어떤 괴로움보다 견디기 어려웠다. 그것은 세바스찬이 결코 살아보지 못한 인생에 대한 고통이었다.

2주 전, 세바스찬이 경찰청 부근의 이탈리아 식당에서 반야와 발데마르가 식사를 하는 모습을 보았을 때, 그의 머릿속에 아이디어가 하나 떠올랐다. 호의적인 발상은 아니었다. 정반대였다. 하지만 이 생각이 들자 세바스찬은 느낌이 좋았다. 적어도 이 순간만큼은 좋았다.

시간이 지나면서 발데마르에 대한 그의 질투심은 분노로 변했고 이 분노는 그동안에 혐오감 외에는 달리 표현할 수가 없는 심정으로 바뀌었다. 세바스찬의 딸과 그토록 가깝게 지낼 수 있는, 키가 훤칠하고 멋진 남자에 대한 증오였다. 그 자신의 딸과 그토록 다정하게 지내고 포옹하는 관계, 그것은 본래 세바스찬의 몫이었다. 딸에게 사랑을 받을 사람은 바로 그였다. 세바스찬. 어느 누구도 아닌 그 자신이었다.

세바스찬은 벌써 여러 차례 자신의 신분을 밝히고 반야와 온갖 이야기를 주고받고 싶었지만 언제나 마지막 순간에 마음을 돌렸다. 어떤 방식으로든 반야에게 접근해서 두 사람 사이에 일정한 관계가 형성된 뒤에 모든 얘기를 들려주겠다는 계획을 남몰래 품기도 했다. 그러면 적어도 한동안 딸 곁에 머무를 수 있는 기회가 찾아올 것이다. 두 사람이 서로 알고 지낼 기회가 올 것이다. 어쩌면 반야는 세바스찬이 사기를 친다고 생각할지도 모른다. 하지만 그런 가능성이 이런 계획을 실천하는 데 방해가 된 것은 아니었다. 오히려 세바스찬의 커다란 문제는 그가 언제 어떤 조건에서 진실을 말하더라도 반야와 발데마르의 관계를 깨트릴 것이라는 점이었다. 그렇게 되면 반야는 세바스찬을 미워할 것이다. 벌써 반야는 세바스찬에게 별로 좋지 않은 감정을 갖고 있었다.

반야와 관계된 문제에서 간단한 것은 하나도 없었다.

하지만 반야 스스로 자신의 아버지에 대해 의심을 품기 시작하면…… 문제는 다르다. 이런 방법이 성공에 이르는 유일한 길일 것이다. 그러면 세바스찬은 반야 스스로 발데마르가 뻔뻔하게 서 있던 아버지의 지위에서 내려오도록 만드는 데 성공할 것이 분명하다. 그리고 이것이 불가능한 것도 아니다. 어느 날 갑자기 반야가 발데마르에 관한 진실을, 어떤 추한 과거사를 알게 되는 것이다. 떳떳하지 못할 뿐만 아니라 화려한 겉모습을 훼손할 비밀이 드러나는 것이다. 규격화된 세계관으로 스스로 터득한 발견과 체험을 뒤집을 수 있는 것은 아무것도 없다는 것을 세바스찬은 알고 있었다. 그러므로 언제나 말보다 행동이 중요하다. 스스로의 체험에 따른 행동은 가장 값진 것이다.

이렇게 본인의 직접적인 발견으로 자연스럽게 발데마르에 대해 의심하는 마음을 일깨울 수 있을 것이다. 발데마르가 완벽한 아버지가 아니라 뭔가 다른 존재라는 것을, 아니 이보다 훨씬 올바르지 못한 존재라는 사실을 깨닫는 것이다.

반야가 이런 각성을 하도록 세바스찬이 도울 수 있다면 반야 자신은 절망감과 자신을 둘러싼 진실로 혼란을 일으킬 것이다. 이런 상황이 되면 반야는 외로움과 환멸을 느낄 것이며 진실에 대해 마음을 열 것이다. 그리고 진실을 알 기회를 은밀히 반기기까지 할 것이다. 자신을 기다리고 이제까지 남몰래 자신의 곁을 맴돌던 아버지의 모습을 반가워할 것이다. 바로 그 순간 반야는 세바스찬을 껴안고 아버지가 필요하다고 털어놓을 것이다. 상처받고 딛고 설 생존의 터전을 잃어버렸다고 생각하며 친아버지를 기꺼이 받아들일 준비가 되었다고 말할 것이다.

이 계획은 세바스찬의 생각에 더할 나위 없이 좋은 것으로 보였다. 빈틈이 없어야 하고 실천에 옮기려면 복잡하기도 하지만 일단 성공하면 인생이 달라질 계획이었다.

하지만 계획을 추진하려면 사전 조사가 필요했다. 완벽한 인간은 없다. 사람이라면 누구나 숨기는 것이 있기 마련이다. 이것을 밝혀내기만 하면 된다. 아주 그럴듯한 방법으로 드러내야 한다.

동시에 세바스찬의 계획은 너무 악랄한 것이어서 그 자신도 잠시 망설였다. 언젠가 발데마르를 궁지로 모는 일에 그가 간여했다는 사실이 알려진다면 반야와 부녀 관계를 되찾을 기회는 영영 날아가 버릴 것이다. 하지만 계획이 성공하기만 하면 그가 그토록 찾아 헤매던 인생의 전개가 마련될 것이다.

이탈리아 식당 맞은편에 있는 집 입구에 서서 세바스찬은 반야를 위해서라면 이 계획을 추진할 가치가 있다고 결심했다. 반야는 온갖 난관을 무릅쓰고 싸울 가치가 있는 딸이었다.

그렇지 않아도 세바스찬은 삶의 의욕이 없던 터였다.

이런 생각으로 그는 주저하는 마음을 깨끗이 잊고 곧장 집으로 가서 여러 해 동안 사용하지 않던 전화번호를 찾아보았다. 옛날 경감의 전화번호로 이 사람은 지금의 토르켈과는 정반대 유형으로 쉽게 흥분하고 부도덕하며 언제라도 필요하다면 매정하게 등을 돌릴 인물이었다. 이 사람은 전 부인을 개인적으로 뒷조사하며 현재의 남편을 마약단속법 위반으로 감옥에 보내려고 증거를 조작한 것이 드러난 뒤 특별살인사건전담반에서 쫓겨났다. 전 부인과의 사이에서 난 아이의 양육권을 독차지할 생각으로 한 짓이었다. 이 사람이야말로 지금 이 순간 세바스찬이 필요로 하는 바로 그런 인물이었다.

트롤레 헤르만손.

트롤레는 발신음이 아홉 번 울린 뒤에 전화를 받았다. 그는 즉시 옛날의 추억을 떠벌리느라 정신없었지만 세바스찬은 그런 것에 무관심하다는 것을 분명히 밝히고 자신의 용무를 간단히 설명했다. 세바스찬은 수고비로 2000~3000크로나를 지불하겠다는 제안을 하면서 용건을 마무리하려고 했지만 트롤레는 대가를 사양했다. 그는 뭔가 할 일이 생긴 것만으로도 꽤나 기뻐하는 것으로 보였다. 그러면서 다만 며칠간 시간을 달라는 것이었다.

2주 전의 일이었다.

이때부터 트롤레는 여러 차례 세바스찬과 통화를 하려고 했지만 세바스찬은 그의 전화가 올 때마다 받지 않았다. 그는 집 안에 꼼짝 않고 앉아서 전화벨이 계속 울리는 소리만 들었다. 그렇게 자주 전화를 할 사람은 트롤레뿐이 없다는 것을 그는 알고 있었다. 무엇보다 세바스찬은 트롤레가 조사한 결과가 자신이 진정 알고자 하는 것인지 확신이 서지 않았다. 혹시 그가 아직도 이 일을 하고 있다면 그가 넘지 못할 어떤 한계가 있는 것이 아닐까?

이제 세바스찬은 자포자기의 심정이 마음속 깊이 커지는 느낌을 받았다. 반야의 집 앞에서 바위에 앉아 몇 시간 보내고 오늘은 엘리노르와 섹스를 하고 어제처럼 내일은 또 다른 여자와 섹스를 할 것이다. 텅 빈 집, 공허한 인생. 그는 뭔가를 할 수밖에 없었다. 그에게는 변화가 필요했다. 이런 기분으로 그는 주머니에서 휴대전화를 꺼내 번호를 선택했다.

트롤레는 벨이 세 번째 울릴 때 전화를 받았다.

"그렇지 않아도 언제 전화가 올 건지 기다렸네." 트롤레가 잠이 덜 깬 목소리로 말했다.

"정신없이 바빴어." 세바스찬은 전화기를 귀에 댄 채 반야의 집에서 멀리 떨어지며 대답했다. "지금 여행 중이야."

"거짓말 하지 마. 지금 그 여자 뒤를 쫓고 있잖아. 딸 말일세."

이 말을 듣는 순간 세바스찬은 깜짝 놀랐지만 곧 트롤레가 발데마르의 딸을 말한다는 것을 알아차렸다. 당연히 발데마르의 딸을 말한 것이다.

"그건 어디서 알았나?"

"자네보다야 내가 낫지."

세바스찬은 옛날 동료가 통화를 하며 만족한 기분으로 침을 삼키는 소리가 들리는 것 같았다.

"그런 것까지 조사하라고 부탁하진 않았잖아." 세바스찬은 화가 난 목소리로 대꾸했다.

"그건 알지만 나는 철저한 사람이야. 전직 경찰관이란 말일세."

"뭐 좀 찾아낸 건 있나?"

"아주 많지. 부정적인 건 없던데. 그런 타입은 어딜 봐도 성자처럼 보이거든."

세바스찬이 잠시 뜸을 들이는 동안 트롤레가 서류를 뒤적이는 소리가 들렸다. 그것은 그를 유일한 혼돈으로 빠트릴 가능성이 매우 높은 증거물이었다.

"이름은 발데마르 리트너. 1953년 예테보리 출생." 세바스찬이 다시 전화기를 귀에 대자 트롤레가 설명을 시작했다. "처음에 공과대학에 들어갔다가 경제학으로 전공을 바꿨고 1981년 안나 에릭손과 결혼. 그리고 부연하자면 안나는 남편의 성을 따르지 않았어. 전 부인이나 다른 자녀는 없고 전과 기록도 없네. 회계 감사관으로 오랫동안 근무. 그러다가 1997년 이직을 하고 경리 감사에서 세무 자문까지 온갖 일을 하며 여러 회사를 전전했지. 딸이 사는 집 비용까지 지불하고 그 이듬해에 벡스홀름에 커다란 여름 별장을 구입한 걸 보면 돈을 아주 잘 벌었던 것 같네. 내가 조사한 바로는 따로 만나는 애인은 없어. 하지만 이런 유형의 인물이 사용하는 PC를 해킹해달라는 부탁을 한 건 받았는데 이 친구도 조사해보면 뭔가 나올지 모르지. 그리고 작년에 병에 걸렸어."

"정확하게 무슨 병인데?"

"폐의 세포 변이. 자네도 알다시피 우리 모두가 언제 걸릴지 모르는 암이야. 자네 모친도 암으로 돌아가셨잖아."

세바스찬은 트롤레가 지난 몇 주간 자신의 생활까지 샅샅이 조사한 것을 기분 나쁘게 들추자 못 들은 척 했다. 더운 날씨에도 몸이 덜덜 떨렸다. 발데마르가 암에 걸렸다고? 그럴 리가 없다. 자신에게서 딸을 빼앗아간 그 남자는 인생의 절정기를 보내는 것으로 보였기 때문이다. 하지만 그런 모습은 어쩌면 반야를 만날 때 잘 보이려고 애를 쓰기 위해 쓴 가면인지도 모른다.

"봄이 되면 치료가 될 거라고 하더군." 트롤레가 덧붙였다. "어쨌든 암에 걸린 사람치고는 꽤나 건강하다는 판정을 받았어. 쇠데르말름 병원의 진료 기록에 접근할 수는 없었지만 그저 일상적인 검사만 받는 것으로 되어 있었네. 그러니까 위험 단계는 벗어난 거야."

세바스찬은 실망한 나머지 자신도 모르게 투덜거렸다.

"그건 그렇고 또 다른 건 없나?"

"지금 당장은 없어. 자네가 관심 있다면 여기 서류는 얼마든지 있네."

"아니, 그건 필요 없어. 그러니까 그 사람의 경력이 백설처럼 깨끗하다 그 말이지?"

"지금까지는 그래. 하지만 이제 시작이니까. 자네가 원한다면 더 파볼 수도 있네."

세바스찬은 곰곰이 생각해보았다. 그가 우려했던 것보다 상황은 더 심각했다. 발데마르는 자신의 딸에게 없어서는 안 될 유일한 존재일 뿐만 아니라 이제 회복기에 접어든 환자로서 살아남을 사람인 것이다. 암으로 죽을 위기에 처했다가 죽음의 대기실을 떠나 가족의 품으로 돌아갈 성자였다. 세바스찬에게는 일말의 기회도 없었다. 기차는 이미 떠난 것이다.

"아니, 아니, 그럴 필요는 없고. 어쨌든 고맙네. 다음에 수고비를 가지고 한 번 들를게."

그는 수화기를 내려놓았다.

이 계획을 위해 할 만큼은 했다.

새 직장을 얻은 지 3일째. 마침내 그는 상표와 접착제가 붙은 스티커를 찍어낼 수 있는 기계를 마련했다. 그는 복도로 나가 소장실임을 알리는 금속 간판 앞으로 가서 섰다. 그는 스티커 뒷면의 껍질을 벗겨내고 문에 붙였다. 반듯하지 않은 것 같았지만 상관없었다. 중요한 것은 누가 이 방의 주인인지 분명히 알려주는 것이었으니까.

교도소장

토마스 하랄드손

그는 한 걸음 뒤로 물러나 만족한 미소를 머금고 그것을 바라보았다.

새로운 직업.

새로운 인생.

그는 몇 달 전에 이 자리에 지원했지만 사실 실제로 자신이 임명되리라는 기대는 하지 않아다. 충분한 자격이 없어서가 아니라 이 무렵에 그의 인생에서 뜻대로 되는 일이 하나도 없었기 때문이다. 경찰서에서는 새로 부임한 상사 케르스틴 한저와 관계가 원만하지 못했다. 솔직히 말하면 경찰로 성공적인 경력을 쌓을 가망은 없었다. 원인은 주로 한저가 그의 능력을 인정하지 않는 데다가 사사건건 방해만 했기 때문이다. 그의 좌절감은 날이 갈수록 커졌다.

집에서도 늘 긴장의 연속이었다. 애정이 없거나 매사가 귀찮기만 해서가 아니라 늘 목표에 집착했기 때문이다. 아내인 제니는 불임 치료를 시작했고 이들 부부의 생활은 제니의 임신 가능성을 기준으로 돌아갔다. 밤이나 낮이나 제니는 수태에 매달렸고 그는 한저와 일, 고된 직장 분위기에 지쳐 있었다. 그의 인생은 제대로 필 것 같지 않아 보였다. 그래서 늦겨울에 만사를 제치고 응모한 이 자리를 자신이 얻는다는 예상은 전혀 하지 못했다. 게다가 공석이 된 교도소장 자리를 여름 이전에는 채우지 않는다는 신문 공고도 났었기 때문에 베스테로스 경찰의 직무에만 충실하기로 하고 응모 사실 자체는 차츰 잊고 지냈다.

그러던 중 특별살인사건전담반이 출동하는 사건이 발생했고 그는 총상을 입었다. 상황은 하랄드손이 총상을 입고 수술해야 하는 사태로 결말이 났다. 그는 부상 부위가 가슴이라고 했지만 진료 기록에는 '쇄골 하부'라고 되어 있었다. 어쨌든 상처는 완전히 낫지는 않았다. 지금도 새로 단 명찰을 꼭 누르면 상처 부위가 따끔거릴 정도로 아팠다.

총상은 어떤 면에서 전환점이 되었다. 그가 수술을 마치고 마취에서 깨어났을 때 제니가 옆에 앉아 있었다. 제니는 불안한 얼굴이었지만 다행이라고 했다. 그가 살아남아 다행이라는 말이었다. 총알은 흉막 아래를 찢었고 늑막에 출혈을 일으켰으며 나중에는 오른쪽 흉낭에도 출혈이 있었다. 하랄드손은 무엇보다 총상이 얼마나 고통스러운 것인지를 깨달았다. 그는 3주간 병가를 얻었다. 이 기간에 그는 집에서 쉬면서 경찰서로 복귀하면 어떤 일이 벌어질까를 상상해보았다. 아마 주 경찰국장이 환영 연설을 하면서 하랄드손의 영웅적인 행위에 찬사를 보낼 것이 분명했다. 어쩌면 공로를 치하해 작은 훈장을 수여할지도 모른다. 커피와 케이크를 곁들인 조촐한 환영 파티는 물론이고 동료들은 상처 난 가슴 부위에 조심하면서 격려조로 그의 어깨를 두드릴 것이다. 또 모든 동료가 중상을 당한 느낌이 어떤지, 이 사건에 대해 어떤 생각을 하는지 그의 생각을 듣고 싶어 몰려들 것이다.

하지만 그가 복귀했을 때 상황은 예상과는 전혀 달랐다. 주 경찰국장의 환영사도 없었고 훈장 수여도 없었다. 아무튼 젊은 여직원들이 커피와 케이크를 차리고 간단한 환영식은 했지만 기대와는 달리 어깨를 두드리거나 호기심을 보이는 동료는 별로 없었다. 하지만 그는 분위기가 전과 다르게 변한 것이라고 여겼다. 말하자면 어느 정도 자신에 대한 존경심의 표시로 받아들인 것이다. 어쨌든 근무 중에 총상을 입는 경찰관이 많은 것은 아니며 통계적으로 볼 때 베로테로스에서 그런 사건이 다시 일어날 가능성은 거의 없었다. 그는 말하자면 전 직원을 대신해 총알을 맞은 것이다. 오랜만에 처음으로 만족한 기분을 맛보며 그는 업무에 복귀했다. 물론 한저가 마음에 걸리기는 했지만.

집에서도 분위기가 바뀌었다. 제니와 그의 관계는 더욱 다정해졌고 늘 그래왔다는 듯이 두 사람은 전보다 더 상대에게 애착을 가졌다. 두 사람이 기대한 것 이상으로 그들은 상대를 소중하게 생각했다. 두 사람은 끊임없이 섹스를 했다. 해도 지나치게 했다. 무엇보다 서로 상대 가까이 다가가려고 했기 때문에 하지 않을 수가 없었다. 더 다정하고 뜨거웠으며 기계적인 태도는 줄어들었다. 아마 이런 분위기가 섹스의 전제 조건일지도 모른다.

총상을 입은 지 정확히 5주가 되는 날 그는 면접을 보러 오라는 통지를 받았다. 그리고 바로 그날 제니는 임신 테스트에서 긍정적인 결과를 들었다. 바로 이날 그의 인생에 일대 전기가 찾아왔다.

그가 이 자리를 차지한 것이다. 나중에 알았지만 한저는 그에게 유난히 후한 근무 평점을 매겼다. 어쩌면 그가 그 여자를 잘못 판단했는지도 모른다. 물론 한저가 상사로 있던 그 세월 동안 두 사람이 불화를 빚은 것은 사실이지만 정작 문제가 불거졌을 때, 뢰브하가 교도소를 운영하는 그의 능력을 올바로 평가해야 하는 상황에서 한저는 자신의 직분에 충실했다. 그 여자 자신의 사적인 감정을 배제하고 하랄드손의 뛰어난 리더십과 경영 능력을 사실에 기초해 판단한 것이다. 경찰서 안에서는 한저가 그를 내치기 위해 후한 점수를 준 것이라고 수군대는 험담이 들렸지만 사람들은 남이 잘되면 시기하기 마련이다. 교도소장이 된 토마스 하랄드손, 그를 시기한 것이다.

그는 자신의 방으로 들어갔다. 별로 크지는 않았지만 어쨌든 그의 전용공간이다. 커다란 사무실에서 자리를 옮겨 다니던 시절은 끝났다. 그는 여전히 텅 비어 있는 책상 뒤의 푹신한 의자에 앉아 한껏 몸을 뒤로 젖혔다. 그리고 컴퓨터를 켰다. 부임 3일째라 업무에는 아직 익숙하지 않았다. 하지만 이거야 완전히 정상적인 일이다. 그는 부임 이후로 감호 감방에 있는 재소자 한 사람의 정보만 요구했다. 특별살인사건전담반에서 그에게 관심을 보였기 때문이다. 어제만 해도 다시 전화가 왔었다. 하랄드손은 책상 위에 있는 서류에 손을 얹었지만 서류 대신 차라리 제니에게 전화나 해볼까 하는 생각이 들었다. 특별한 용무가 있는 것은 아니었고 그저 어떻게 지내는지 궁금했기 때문이다. 요 며칠 두 사람은 별로 가깝게 지내지 못했다. 뢰브하가는 베스테로스에서 약 60킬로미터 떨어져 자동차로 거의 한 시간이 걸리는 거리였다. 게다가 낮의 길이도 더 길어졌다. 지금까지는 아무 문제도 없었다. 제니는 눈에 띄게 행복에 겨운 표정을 지었다. 지금 제니가 바라보는 세상은 희망으로 가득 차 있었다. 제니 생각을 하면 저절로 미소가 피어올랐다. 그가 막 제니에게 전화를 하려는 순간 노크 소리가 들렸다.

"들어와요." 하랄드손은 전화기를 내려놓았다. 문이 열리더니 40대의 여비서인 아니카 놀링이 고개를 디밀었다.

"손님이 왔는데요."

"누군데요?" 하랄드손은 재빨리 책상 위에 펼쳐진 달력의 일정표를 보았다. 달력의 스케줄에 따르면 1시나 되어야 약속이 잡혀 있었다. 그가 잘못 본 것인가? 아니면 정확하게 말해 아니카가 착오를 일으킨 것인가?

"특별살인사건전담반이라는데요." 아니카가 대답했다. 그러면서 하랄드손의 생각을 읽은 것처럼 덧붙였다. "약속이 되어 있었던 것은 아닙니다."

하랄드손은 자신도 모르게 투덜거렸다. 그는 특별살인사건전담반에서 뢰브하가에 관심을 기울이는 일은 전화로 제한되기를 바랐었다. 그들은 베스테로스에서 그에게 결코 좋은 대접을 해주지 않았다. 오히려 정반대였다. 사건이 발생했을 때 그가 끊임없이 새로운 수사 방식을 제안해도 그들은 그를 수사팀에서 제외시키기 위해 무엇이든 했다.

"특별살인사건전담반 누구랍니까?"

"여자는 이름이……." 여비서는 손에 든 수첩을 바라보았다. "반야 리트너고요, 남자는 빌리 로젠이랍니다."

다행히 토르켈 회글룬트는 아니었다. 두 사람이 처음 만났을 때 토르켈은 하랄드손에게 중요한 역할을 맡을 것이라고 말해놓고는 그 다음 날 한 마디 해명도 없이 그를 수사팀에서 빼버렸다. 터무니없는 사람이었다.

하랄드손은 반야와 빌리를 만나는 것이 내키지 않았지만 도리가 없었다. 그는 비서가 대기하는 문 쪽을 바라보았다. 그때 적당한 구실이 생각났다. 지금은 몹시 바쁘니 다음에 다시 와달라고 아니카에게 당부하자는 생각이었다. 나중에 며칠 지나 그가 업무에 익숙해지면 다시 와달라고 하면 된다는 생각이었다. 좀 더 준비를 한 다음에 만나는 것이 좋을 것이다. 그런데 비서에게 거짓말을 부탁해도 되는 것인가? 하랄드손은 이제까지 여비서를 둬본 적이 없었지만 이런 일도 비서의 임무에 속하는 것이라고 생각했다. 결국 비서는 소장의 업무를 덜어주기 위해 있는 것이 아닌가? 비서가 특별살인사건전담반 사람들을 내칠 수만 있다면 오늘 나머지 하루는 편안하게 보낼 수 있을 것이다.

"지금 너무 바쁘다고 말해줘요."

"무슨 일로 바쁘신데요?"

하랄드손은 어리둥절한 눈으로 아니카를 바라보았다. 지금 사무실에서 바쁜 일은 별로 없었다.

"업무가 바쁘단 말이죠. 제발 두 사람에게 다시 와달라고 말해줘요."

아니카는 미심쩍은 눈으로 바라보더니 문을 닫았다. 하랄드손은 컴퓨터의 비밀번호를 치고 의자를 돌려 창밖을 내다보았다. 그러면서 비서가 귀찮은 손님들을 내쫓기를 기다렸다. 이제 귀찮은 일은 없고 느긋한 여름 오후가 이어질 것이다.

다시 노크 소리가 들렸다. 이번에는 들어오라는 소리가 없었는데도 문이 벌컥 열리더니 반야가 발자국 소리를 저벅저벅 내면서 소장실로 쳐들어왔다. 반야는 하랄드손을 보더니 놀라서 멈칫했기 때문에 따라 들어오던 빌리와 부딪칠 뻔했다. 반야의 얼굴에는 전혀 어울리지 않는 자리에 어울리지 않는 사람이 앉아 있다는 표정이 역력했다.

"여기서 뭐 해요?"

"이제 여기서 일해요." 하랄드손은 푹신한 의자에서 몸을 일으켰다. "내가 소장이에요, 며칠 전부터."

"임시로 와 있는 거죠? 그렇지 않다면 어떻게……?" 반야는 여전히 이해할 수 없었다.

"아뇨, 새 일자리에요. 소장 발령을 받았습니다."

"아하……."

빌리는 반야의 입에서 "세상에 어떻게 이런 일이!"라는 말이 튀어나오기 전에 선수를 치며 찾아온 용건을 말했다.

"우린 힌데 때문에 왔어요."

"그런 줄 알았어요."

"그걸 알면서 우리를 안 보려고 해요?" 반야가 다시 나섰다. 반야는 방문객 의자에 앉으면서 하랄드손을 못마땅한 눈으로 흘겨보았다.

"새로 왔으니 바쁜 일이 어디 한두 가지겠어요?" 하랄드손은 핑계를 대면서 책상을 손으로 가리켰지만 이 순간 책상은 바쁜 일을 보여주기에는 너무 비어 있었다. "그렇지만 기왕 들어왔으니 몇 분 정도는 시간을 내보죠. 무엇을 알고 싶은데요?"

"지난 몇 달간 그자에게 특이 사항은 없었어요?"

"특이 사항이라면?"

"그러니까…… 비정상적인 행동을 한다든가 습관이 바뀌었다든가 감정의 동요를 일으킨다든가 뭐 그런 거 말이에요. 정상에서 벗어난 태도 말이죠."

"내가 들어본 바로는 없습니다. 어쨌든 그의 관찰기록에는 없어요. 난 아직 그자를 만나보지도 못했어요."

반야는 고개를 끄덕이는 것으로 보아 이 대답에 만족한 것으로 보였다.

빌리가 입을 열었다.

"그가 외부와 연락을 취할 가능성이 있습니까?"

하랄드손은 책상 위에 있는 서류를 집어 당기고 펼쳐보았다. 그러면서 집에 가지고 갔던 이 기록을 아침에 다시 갖고 나오기를 잘했다고 생각했다. 특별살인사건전담반에서 전화한 바로 다음 날로 그는 헌데에 관한 모든 정보를 모아오라는 지시를 내렸기 때문에 상황을 앞서서 주도할 수 있었다.

"이 기록에 따르면 도서관에 가서 책이나 신문, 잡지를 보는 것은 허용이 됩니다. 인터넷은 제한적으로 허용이 되고요."

"어떤 제한이죠?" 빌리가 즉시 물었다.

하랄드손은 알지 못했다. 하지만 누구에게 전화를 해봐야 하는지는 알았다. 뢰브하가의 보안 책임자인 빅토르 베크만이다. 빅토르는 벨소리가 울리자마자 곧 전화를 받고는 즉시 오겠다고 답했다. 세 사람은 삭막하고 썰렁한 소장실에서 빅토르가 오기를 기다렸다.

"어깨는 좀 어때요?" 빌리가 잠시 뒤에 물었다.

"가슴이죠." 하랄드손은 반사적으로 빌리의 말을 정정했다. "아주 좋아요. 완전히 나은 것은 아니지만 이제 괜찮아요."

"다행이네요."

"네."

다시 침묵이 이어졌다. 하랄드손이 커피를 내놓을까 생각하고 있을 때 빅토르가 들어왔다. 빅토르는 큰 키에 체크무늬 셔츠와 치노 바지를 입었다. 빌리가 서로 인사를 나누면서 보니 짧은 머리에 갈색 눈, 몽고인 같은 턱수염을 기른 빅토르는 빌리지 피플(1970년대 후반에 유행했던 디스코 붐을 타고 결성된 미국의 디스코 그룹_옮긴이)을 연상시켰다.

"물론 포르노는 안 됩니다." 빌리가 제한의 범위에 대한 같은 질문을 하자 빅토르가 대답했다. "폭력물도 거의 보기 힘들고요. 인터넷 차단장치는 엄격하게 해놓았습니다. 우리가 직접 차단 프로그램을 개발했어요."

"소셜 네트워크는요?"

"안 됩니다. 그것도 완벽하게 차단되었습니다. 힌데가 외부와 피시로 통신할 수 있는 가능성은 전혀 없어요."

"방문한 사이트도 추적할 수 있나요?" 반야가 끼어들었다.

빅토르가 고개를 끄덕였다. "우리는 3개월간 방문한 기록을 저장해 놓고 있습니다. 보시겠습니까?"

"네, 부탁해요."

"힌데도 자기 방에 컴퓨터가 있나?" 대화에 끼어들고 싶은 하랄드손이 재빨리 물었다.

"있기는 하지만 인터넷 연결은 되지 않습니다."

"그럼 그자는 컴퓨터로 무엇을 합니까?" 빌리는 빅토르를 향해 있던 하랄드손에게 물었다.

"낱말 퀴즈 게임을 합니다. 스도쿠(일본에서 개발된 퀴즈 게임_옮긴이) 같은 거죠. 그리고 글을 아주 많이 써요. 두뇌를 많이 사용한다고 봐야죠."

"그럼 전화 통화나 우편물 같은 것은 어떻게 되죠?" 반야가 물었다.

"전화는 하지 못합니다. 우편물도 거의 오는 것이 없죠. 편지는 오지만 다 똑같은 겁니다." 빅토르는 빌리와 반야를 의미심장한 눈길로 바라보며 대답했다. "사랑으로 그를 '치료'할 수 있다고 주장하는 여자들이 보내는 편지예요."

반야가 고개를 끄덕였다. 그것은 인생의 작은 수수께끼 같은 것이었다. 전국에서 가장 잔인하게 미친 남자가 여자들에게 발휘하는 흡인력 같은 것이었다.

"그 편지들도 있겠죠?"

"물론입니다. 원본은 힌데에게 있지만 복사를 해두니까요. 복사본도 얼마든지 보여드릴 수 있어요."

빌리와 반야가 수고 좀 해달라고 부탁하자 빅토르는 자료를 찾으러 나갔다. 보안 책임자가 문을 닫자 하랄드손은 책상 위로 허리를 숙였다.

"왜 힌데에게 그렇게 관심이 많은지 물어봐도 되나요?"

반야는 이 질문을 묵살했다. 지금까지 특별살인사건전담반에서 모방 범죄를 저지른 범인을 쫓고 있다는 사실은 언론에 노출되지 않았다. 또 요즘 일어난 살인 사건에 어떤 연관성이 있다고 생각하는 사람도 아직은 없었다. 아마 휴가철이라서 신문사에는 보조 직원뿐이 없는 것도 이유였을 것이다. 특별살인사건전담반에서는 언론의 관심을 최소한도의 선에서 억제하려고 했다. 특별살인사건전담반이 하는 일을 아는 사람이 적을수록 비밀을 유지할 가능성이 컸기 때문이다.

"그자와 이야기 좀 나누고 싶은데요." 반야가 대답 대신 말하며 일어났다.

"힌데 말인가요?"

"네."

"그건 안 됩니다."

오늘 들어 두 번째로 놀라서 반야는 멈칫했다. 반야는 의아하다는 눈빛으로 하랄드손을 바라보았다.

"왜 안 되죠?"

"힌데는 면회가 허용되지 않는 특별 감호동 소속이라서요. 사전에 신청을 해서 허가를 받아야 합니다. 미안해요." 하랄드손은 도와주지 못해 유감이라는 듯 두 팔로 제스처를 취해 보였다.

"우리가 누군지 알면서도 그래요?"

"규정이 그렇게 되어 있습니다. 나도 어쩔 도리가 없네요. 아니카가 방문자 면회 신청서를 줄 겁니다. 내 비서 말이에요."

반야는 하랄드손이 자신의 새 권력을 즐기고 있다는 느낌을 지울 수 없었다. 별로 놀랄 일도 아니었다. 전에는 그가 반야보다 직급이 훨씬 낮았기 때문이다. 하지만 아무리 인간적으로 이해한다고 해도 그의 어색한 태도는 빌리와 반야에게 난감한 것이었다.

"신청서가 처리되는 데 얼마나 걸리죠?" 반야는 감정을 자제하면서 물었다.

"보통 삼사 일 걸리지만 당신들은 예외로 하죠. 아무튼 특별살인사건전담반에서 나왔으니까. 가능한 서둘러 볼게요."

"고마워요."

"천만에요."

반야는 인사도 없이 나가버렸다. 빌리는 가볍게 목례를 한 다음 따라 나가 문을 닫았다.

하랄드손은 닫힌 문을 물끄러미 바라보았다. 모든 일이 잘 처리되었다. 그는 커피를 가지고 와서 제니에게 전화를 할 생각이었다. 이제 나머지 하루는 느긋하게 보낼 수 있을 것이다.

부임 3일째였다.

"그러니까 지금도 그 여자를 쫓아다니는 거 아네요?" 스테판은 훤히 안다는 눈빛으로 세바스찬을 바라보았다. 그 눈빛은 마치 "내가 당신보다 당신을 더 잘 알아. 거짓말하지 마요."라고 말하는 듯 했다. 세바스찬이 싫어하는 눈빛이었다.

"내 생각은 달라요."

“선생님은 매일 그 여자 집 앞에 가 있잖아요. 시내를 나가도 따라가고 일을 하거나 부모 집에 갈 때도 따라가고. 그런 행동을 뭐라고 하는지 알아요? 선생님이라면 뭐라고 부를까요?”

“나는 그 아이에게 관심이 있을 뿐 그 이상은 아니오.”

스테판은 한숨을 내쉬면서 밝은 빛이 감도는 소파에 몸을 기댔다.

“지난번에 나무에 올라간 일을 놓고 나눈 대화를 기억하죠?”

세바스찬은 대답하지 않았다.

“선생님도 자신의 행동에 놀랐던 것을 기억하냐고요. 선생님도 미친 짓이라고 했잖아요.” 스테판은 잠시 말을 끊고 다시 세바스찬을 응시했다. “선생님은 ‘병적’이라는 표현까지 했단 말이에요.”

세바스찬은 여전히 대답은 하지 않고 덤덤한 얼굴로 스테판을 마주 바라보았다. 그는 자신의 심리 치료사를 반박할 생각은 없었다.

“자유로운 시간을 즐기고 있는 사람을 쫓아다니는 것을 선생님은 뭐라고 부릅니까?”

“그 아이는 내 딸이오.” 세바스찬은 자신의 행위를 옹호하려고 했다. “나는 그렇게 할 수밖에 없어요. 그 아이를 안 볼 수가 없다고요.” 그는 자신의 말이 스테판의 귀에 얼마나 억지로 들릴 것인지 잘 알았다. 그러면서도 스테판이 트롤레를 언급하지 않아 다행이라고 생각했다.

스테판은 고개를 가로저으면서 이런 대화가 갈수록 어처구니없다는 것을 강조하기라도 하듯 잠시 창밖을 내다보았다. 스테판이 어떻게 해도 두 사람은 끊임없이 이 고통스러운 화제로 되돌아왔다.

반야는 세바스찬이 갑자기 찾아낸 딸이다. 반야 자신은 이런 사실을 모르고 있으며 아마 앞으로도 모를 것이다. 혹시 알게 될 수도 있을까? 그런 기회가 올까? 이것은 희망인 동시에 세바스찬이 끊임없이 부닥치는 의문이었다. 그로서는 해결되지 못한 의문이었다. 그의 속마음은 두 갈래로 분열되었다.

스테판은 세바스찬의 증상을 확실히 이해할 수 있었다. 바로 이 지점에서 두 가지 문제가 서로 충돌하는 것이었다. 한쪽에 있는 의지와 소망, 욕구가 다른 쪽에 있는 현실과 충돌하는 문제였다. 언뜻 보면 서로 조화를 이룰 수 없는 것이었다. 이 지점에서 대답하기가 매우 까다로운 의문이 발생했다. 스테판은 상담을 하면서 늘 이런 문제와 부딪친다. 환자들은 바로 이 순간에 그를 찾기 때문이다. 그들 자신도 답을 찾지 못할 때 찾아오는 것이다. 인간적인 일이고 또 조금도 이상할 것이 없었다. 다만 이 상황이 이상한 것은 지금 그의 앞에 앉아 있는 사람이 하필 세바스찬 베르크만이라는 사실 때문이었다. 언제나 답을 알고 있고 결코 의혹에 빠지지 않는 것을 생활신조로 삼는 남자였다. 스테판으로서는 어느 날 도움을 청하면서 불쑥 자기 앞에 나타나리라고는 예상하지 못하던 남자였다.

세바스찬은 대학에서 스테판을 가르친 강사였다. 모든 동기생들은 세바스찬의 강의에 어떤 반감을 갖고 있었다. 그의 강의는 사실 유익한 것이었지만 세바스찬은 강의 첫날부터 모든 학생들에게 대학에서 누가 제대로 된 강의를 하는 것인지 과시하려고 했다. 그는 자신의 명성에 집착했고 그 영광을 누구와도 나누려고 하지 않았다. 어떤 학생이 그의 설명에 의문을 표하거나 그의 주장이나 이론에 비판적인 의견을 말하기라도 하면 그는 굴욕감을 느끼고 조롱을 받았다고 생각했다. 그러면 나머지 강의 시간은 물론이고 학기 내내, 연구 생활 내내 정신적으로 괴로워했다. 그러므로 "질문 있나요?"라는 세바스찬의 말이 나오면 언제나 쥐 죽은 듯 조용한 침묵이 이어지게 마련이었다.

스테판 라센만이 예외였다. 그는 세바스찬과 겨루기 위해 철저한 준비를 했다. 뼈대 있는 학자 집안의 마지막 후예로 룬드에 있는 집에서 저녁 식사를 하는 시간은 논쟁을 위한 훈련장이었다. 그는 고도의 지성을 갖추고 누구나 두려워할 만큼 맞대응이 불가능한 사람을 찾아 토론 훈련을 했다. 게다가 세바스찬은 그의 형인 에른스트를 연상시켰다. 에른스트는 명성에 집착하는 유형이었고 누가 옳은지를 놓고 지나친 논쟁을 벌일 때가 많았다. 세바스찬과 마찬가지로 에른스트에게도 중요한 것은 누가 옳으냐가 아니라 누가 옳다고 인정받느냐는 것이었다. 이런 특징이 두 사람을 지적인 도전 욕구에 사로잡히게 만들었다는 것을 스테판은 완벽하게 간파했다. 스테판은 그들에게 저항했다. 바로 그들이 바라는 바였다. 하지만 스테판은 두 사람에게 궁극적인 승리를 안겨주지는 않았다. 그는 논쟁이 마무리될 때쯤이면 그 다음 의문을 제기했다. 그리고 이런 의문을 끊임없이 제기했다. 두 사람은 결정적인 타격을 가할 생각에 길고 기진맥진해질 수밖에 없는 싸움에 휘말려들었다. 이것만이 그들을 녹초로 만드는 유일한 길이었다.

한 2년쯤 되었을까. 어느 날 아침, 세바스찬이 치료소 앞에서 스테판을 불러 세웠다. 마치 과거로부터 튀어나온 유령 같았다. 피곤한 눈빛과 구겨진 옷차림으로 보아 세바스찬은 밤새 거기서 그를 기다린 것으로 보였다. 그는 이미 그때부터 과거의 세바스찬이 아니었다. 그는 쓰나미로 아내와 딸을 잃었으며 이후로 몰락을 거듭했다. 그의 강의와 끊임없는 독서, 직업적인 성공은 옛날 일이었고 고통스런 생각과 반감에 젖어 점점 섹스 중독에 빠져들었다. 달리 찾아갈 사람이 없었다고 세바스찬은 설명했다. 아무도 없었다는 것이다. 그래서 두 사람은 상담 약속을 했다. 그리고 늘 세바스찬의 조건에 맞췄다. 심리 치료의 간격은 몇 달이 되기도 했고 때로는 며칠 만에 다시 이루어지기도 했다. 그렇지만 두 사람이 접촉을 완전히 끊은 적은 없었다.

"반야가 어떻게 생각할 것 같아요? 이것을 반야도 알게 될까요?"

"그 아이는 내가 미쳤다고 하겠지. 어쩌면 경찰에 신고를 하고 나를 저주할지도 모르지." 세바스찬은 잠시 침묵하다가 말을 이었다. "나도 알아요. 하지만 나는 그 아이 생각밖에 할 수 없다고…… 하루 종일……." 세바스찬이 쉰 목소리로 말했다. 끝에 가서는 거의 속삭이는 어조로 변했다. 그는 갑자기 힘이 빠지고 감정에 휩싸인 것이, 또 발성 능력이 손상된 것이 아주 못마땅했다. "완전히 새로운 느낌이요. 나는 언제나 자제하는 데 익숙했었는데……." 세바스찬이 소곤거리듯이 말을 이었다.

"정말이에요? 그러니까 반야가 딸이라는 사실을 알기 전까지는 자제력이 있었다는 말인가요? 그럼 자제력을 발휘해서 선생님의 인생을 완전히 망가트리는 멋진 계획이었다는 말이네요? 그렇다면 정말 축하해요. 그 계획은 확실히 성공을 거두었으니까요."

세바스찬은 물끄러미 심리 치료사를 바라보다가 목소리에 좀 더 힘을 싣고 대답했다. "당신, 면허증을 박탈당하지 않은 것이 기적이로군."

스테판은 고개를 숙였다. 세바스찬을 환자로 대하는 것이 최선의 방법이었다. 친절한 태도를 내던지고 냉랭하게 대할 필요가 있었다.

"선생님은 내가 보호하는 것을 바라지 않는군요. 모든 사람들이 평생 선생님 하는 대로 내버려 두었지요. 나는 그렇게 하지 않을 것입니다. 선생님은 쓰나미로 가족을 잃은 뒤 완전히 파멸했어요."

"그래서 반야가 필요한 것 아닌가?"

"하지만 반야도 선생님을 필요로 하나요?"

"아니지."

"반야는 이미 아버지가 있어요. 안 그래요?"

"그래."

"그리고 이 사실을 입 밖에 내면 누가 이익을 볼 것 같아요?"

세바스찬은 입을 다물었다. 그는 대답을 알고 있었지만 말하고 싶지 않았다. 스테판은 꼼짝 않고 몸을 앞으로 내민 채 앉아서 답변을 재촉하고는 세바스찬의 입장에서 말했다.

"아무도 없어요. 선생님도 반야도 이익이 되지 않죠. 이득을 볼 사람은 아무도 없단 말입니다." 이 말을 하면서 스테판은 몸을 뒤로 젖혔다. 그의 눈빛은 좀 더 따뜻해졌다. 그리고 좀 더 현실적으로 변했다. "선생님은 다른 사람의 인생에 끼어들기 전에 너무 독특한 인생을 살았죠. 반야를 미행하는 일을 그만두세요. 차라리 다시 일어나 정상적으로 생활하는 데 시간을 투자하세요. 지금처럼 정신 나간 행동은 구렁텅이로 몰고 갈 뿐이라고요. 선생님 자신의 인생을 살란 말입니다. 이런 노력을 한 다음 다시 그 다음 단계에 대해 논의하기로 해요."

세바스찬은 고개를 끄덕였다. 스테판의 말은 당연히 옳았다. 누구나 자신의 삶을 가져야 다른 사람과 그 인생을 공유할 수 있는 법이다. 따분한 자신의 진료실에서 지루하면서도 영리한 스테판이 하는 말은 옳았다. 이것이 세바스찬은 너무도 화가 났다. 트롤레를 가담시키는 것이 유일한 해결책이라고 믿은 것은 아마 잘못이었을 것이다. 그래도 그것은 편한 방법이었다. 자신의 생활을 송두리째 끌어들이는 것보다 훨씬 편했다. 그리고 어쨌든 훨씬 재미가 있는 생각이었다.

스테판이 그의 생각을 중단시켰다. "상담 모임을 주관하고 있는데,

일주일에 두 번씩 만나요. 오늘 저녁과 내일입니다. 선생님도 참가하시죠."

처음으로 세바스찬은 상대를 의아한 눈으로 쳐다보았다. 스테판이 어떻게 그런 생각을 단 한순간이라도 할 수 있단 말인가?

"나보고 상담 모임에 참여하라고?"

"네, 여러 가지 이유로 생활이 꼬인 사람들이에요. 선생님에게도 뭔가 귀에 익은 말 같지 않은가요?"

세바스찬은 겉과 달리 내심으로는 스테판이 집단치료같이 상투적인 수법에 자신을 내맡기려고 해서 기뻤다. 그는 절망적인 생각에서 몇 걸음 빠져나와 혼란이 풀리는 해방감 같은 기분을 맛보았다.

"아주 낯익기도 하지만 또 아주 지루한 생각이야." 그의 목소리는 다행히도 다시 정상으로 돌아왔다. "내가 그런 모임에 나갈 거라고 생각했다면 당신 정말 멍청하구먼."

"난 선생님이 오면 좋겠는데요."

"안 가!"

세바스찬은 자리에서 일어나며 상담은 끝났고 자신은 더 이상 대화할 생각이 없다는 것을 강조하려고 했다.

"선생님이 참석해야 한다는 것이 제 판단입니다."

"당신 생각은 알겠지만 내 대답은 변함없어."

세바스찬은 문 쪽으로 갔다. 이상한 분노가 밀려왔다. 분노는 이상한 생각에 불을 지폈다. 스테판은 정말로 그가 코를 훌쩍거리며 울먹이는 자조 집단(self help group)에 얼굴을 내밀 거라고 여겼단 말인가? 어림없는 소리. 절대 그런 일은 없을 거야.

세바스찬은 문을 닫았다. 에너지가 솟구치는 느낌이 좋았다. 어쩌면 오늘 중으로 무슨 일을 해낼 것 같았다. 평소 익숙하지 않은 느낌이었다.

세바스찬은 프레스카티 방향으로 난 길을 끝가지 걸어간 뒤에야 혼란한 기분이 가셨다. 그는 스테판에게 자신이 새 삶을 개척할 수 있음을 보여주고 싶었지만 다시 극심한 피로가 몰려왔다.

그때 그는 며칠 전에 했던 생각이 다시 불현듯 떠올랐다. 집에서 '범죄 심리 분석 입문'이라는 주제로 세 시간짜리 강의를 위해 작성했던 원고를 발견했을 때 떠오른 생각이었다. 강의 원고는 서재의 신문 뭉치와 서류 더미 밑에 깔려 있었는데 바쁜 일도 없고 따분해서 평소에는 사용하지 않던 서재로 들어갔을 때 찾아낸 것이다. 그는 그 글을 언제 작성한 것인지 기억이 나지 않았지만 재앙을 당하기 전인 것만은 분명했다. 요즘에는 수시로 불안한 냉소주의가 그의 생각을 사로잡았지만 그 원고는 이런 생각에서 완전히 자유로울 때 쓴 것이다. 세바스찬은 그 원고를 속독으로 두 번 읽어보았다. 그리고 자신이 쓴 글에 깊은 인상을 받았다. 자신도 한때는 정말 글을 잘 썼다는 것을 알 수 있었다. 통찰력이 있고 전문 지식이 풍부하며 독자를 사로잡는 글이었다.

그는 잠시 원고 뭉치를 손에 든 채 책상에 앉아 있었다. 그는 좀 더 나았던 자신의 모습과 마주치는 묘하고도 초현실적인 느낌에 사로잡혔다. 그는 잠시 뒤 방 안을 둘러보며 갑자기 이렇게 나았던 시절의 세바스찬을 증명해주는 것들을 두루 발견했다. 벽에 걸린 학위증, 그 자신이 쓴 책과 논문, 신문 기고문, 모두가 그가 사용한 언어였다. 서재는 또 다른 삶의 부유물로 가득 차 있었다. 옛날 기억을 떨쳐버리려고 그는 창가로 다가갔다. 방금 받은 인상을 지워버리기 위해 길거리를 내다보았지만 갑자기 과거 인생의 잔재가 여기저기서 튀어나오는 느낌이었다. 그 아래 골동품점 앞에 늘 차를 세워두었다는 기억이 났기 때문이다. 자신의 자동차를 몰고 여기저기 가볼 데가 많았던 오랜 옛날 일이었다.

스테판과 상담을 마치고 집으로 왔을 때 세바스찬은 며칠 전에 받은 인상으로 기분이 좋았다. 그는 서재로 들어가 서류 뭉치를 넘겨보았다. 그는 계약서나 이름을 찾아보았다. 분명히 누군가 당시 그에게 세 시간짜리 강의를 부탁한 것이 분명했다. 잠시 뒤 그는 형사 범죄학 대학의 계약서 사본 두 장을 찾아냈다. 날짜는 2001년 3월 7일로 되어 있었고 '범죄 심리 분석 입문'을 주제로 총 3회의 강의에 합의한 내용이었다. 세바스찬은 자신이 왜 이 강의를 맡지 않았는지 기억을 더듬었다. 2001년이면 그가 한창 잘나가던 시절이었다. 그때 자비네가 태어났고 릴리와 쾰른에 살 때라 아마 더 중요한 일을 하고 있을 때였을 것이다. 그래서 그런 일은 무시했을 가능성이 있다. 세바스찬의 서명은 보이지 않았고 맞은편에 베로니카 포스라는 대학 강사의 이름이 적혀 있었다. 이 이름은 생각이 나지 않았다. 세미나 담당자였다. 세바스찬은 그 대학으로 전화를 해 혹시나 하는 마음에 이 여자의 이름을 물어보았다. 비록 이 사람이 계약서를 보낸 뒤로 오랜 세월이 흐르기는 했지만 베로니카 포스는 아직 그곳에서 근무하고 있었다. 안내 센터에서는 전화를 연결해주려고 했지만 그는 계약서에 이름이 적힌 여자가 나오기 전에 전화를 끊었다. 그런 다음 그는 다시 원고를 손에 쥐고 책상에 앉았다. 어쨌든 그 여자는 지금도 그곳에 있었다.

그는 범죄학 대학이 들어선 건물로부터 200~300미터 떨어진 곳에서 멈췄다. 'C동'이라는 글씨가 쓰인 것으로 보아 세 번째 건물이라는 뜻 같았다. 범죄 심리 분석 입문이라는 강좌에서 그가 범죄 심리 분석을 마무리하는 단계와 같았다. 환상적인 발상은 반드시 대학 세계의 두드러진 특징은 아니다.

세바스찬이 빛이 바랜 파란색의 건물을 살펴보니 수도에 있는 학문의 전당이라기보다 70년대식의 조립식 주택단지가 연상되었다. 갑자기 실망감이 그를 엄습했다. 정말 차이가 있을 거라고 생각했단 말인가? 어떤 차이를? 그는 의구심을 떨쳐버리고 대신 실망감을 억제하려고 애썼다. 이제 베로니카 포스를 만난다. 그것으로 새로운 시작이다.

생각은 간단했다. 우선 짤막한 초청 강의로 시작할 것이다. 낮이면 반야를 쫓아다니고 밤이면 여자들을 전전하는 생활에서 벗어나는 작은 계기가 될 것이다. 아웃사이더라는 느낌에서 벗어나는 것이다. 트롤레에게 전화를 걸어야 하는 모든 동기에서 벗어날 것이다.

하지만 택시가 동쪽 주차장으로 접근했을 때 이미 최초의 의혹들이 다시 밀려왔다. 변한 것이 전혀 없다는 한심한 느낌이 그를 사로잡았기 때문이다. 그곳은 전과 똑같았다. 이제 변한 것은 그 자신이었다. 어떻게 이럴 수 있단 말인가? 그는 C동 건물로 힘차게 발을 내딛으면서 이런 생각을 떨치려고 애를 썼다. 마치 근육의 힘으로 자신의 의혹을 극복할 수 있다는 태도였다.

저만치서 나이나 팔꿈치에 책을 낀 것으로 보아 여학생으로 보이는 소녀들이 가고 있었다. 이들 중 금발을 한 학생 한 명은 반야를 연상하게 했다. 물론 반야보다는 어리겠지만 큰 차이는 없어 보였다. 세바스찬은 그 여학생을 바라보았다. 그는 반야 때문에 C동 건물 앞에 나와서 있는 것 같았다. 스테판의 말이 옳았다. 그가 본격적으로 반야와 알고 지내고 자신의 진정한 정체성을 포기하려면 먼저 자신만의 삶이 필요하다. 어쩌면 자신을 받아줄지도 모른다. 자신을 사랑하지는 않아도 받아줄 수는 있을 것이다.

그는 그 자신의 인생이 필요했다. 그래서 여기 와 있는 것이다.

그는 에너지가 역류하는 기분을 느끼며 C동 건물로 걸어갔다. 오랫동안 떠나 있던 세계로 다시 들어가는 것이다.

그는 운이 좋았다. 마침 베로니카 포스는 일정이 없어 즉시 세바스찬과 만날 수 있었다. 대학 안내소의 여직원은 그를 데리고 긴 복도를 따라가다가 책상 하나와 밝은색 의자 두 개가 있는 조그만 사무실로 안내했다. 책상 뒤에 앉은 여자는 그가 들어가자 놀라는 표정이었다. 그는 미소 띤 얼굴로 인사를 하고는 묻지도 않고 앞에 놓인 의자에 앉았다.

"안녕하세요, 세바스찬 베르크만입니다."

"알아요." 여자가 짤막하게 대답했다. 여자는 마주 미소를 보내는 대신 읽고 있던 서류철을 덮고는 그를 바라보았다. 그는 여자의 눈빛이 자신을 만나 어리둥절한 것인지, 화가 난 것인지 잘 알 수 없었다. 하여튼 그 눈빛에는 뭔가가 있었다.

"베로니카 포스 선생님이죠?"

"네." 여전히 무뚝뚝한 대답이었다.

"전에 계획했던 강의 때문에 왔습니다." 세바스찬은 상의 안주머니에서 얼마 전에 찾아낸 계약서를 꺼내 여자 앞에 내밀었다. "강의 주제는 범죄 심리 분석에 대한 기본 과정입니다."

베로니카는 계약서를 받아 잠시 훑어보았다.

"하지만 이 계약서는 적어도 10년은 된 것이네요."

"네, 거의 그 정도 되었을 겁니다." 세바스찬은 솔직하게 대답했다. "어쩌면 아직도 관심이 있을 거라 생각했죠. 자료는 최근의 사례를 반영한 겁니다." 그는 될 수 있는 대로 부드럽게 미소를 지으려고 했다. 뭔가 노력을 해야 한다는 느낌이 들었기 때문이다. 그리고 무슨 이유에선지 예금계좌가 마이너스로 떨어졌는데 아직도 채워 넣지 못하고 있다는 기분이 들었다.

"지금 장난하는 거예요?" 베로니카는 안경을 벗고 그를 쏘아보았다.

"아니요, 장난이라뇨? 그럴 기분이 아닙니다. 정신도 온전하고요." 그는 다시 미소를 지었지만 베로니카는 그렇지 않았다. 그 눈빛에는 뭔가 있었다. 그가 어디서 본 듯한 뭔가가 있었다.

"내가 이 용건으로 의논해야 할 이유 한 가지만 대보세요. 지금도 연구 생활을 하기는 하나요? 선생님은 온데간데없이 사라졌다가 갑자기 다시 나타나 10년 전의 계약을 이행하라고 하는 건가요?"

세바스찬은 미소 작전을 그만둬야겠다고 결심했다. 이 수법은 그를 적대적으로 대하는 이 여자 앞에서는 전혀 쓸모없다는 것이 드러났기 때문이다. 여자는 점점 세바스찬의 신경을 건드렸다. 하지만 일이 성사되게 하려면 이런 기분을 내보이지 않는 것이 더 좋을 것이다. 아무튼 그는 간단하게 훌륭한 강의를 하겠다는 의사를 내비쳤다. 그리고 어쨌든 베로니카는 당시 그에게 강의를 의뢰한 바로 그 여자였다. 그의 전문적인 안목과 우수한 지식 때문에 그를 초빙하려고 했던 사람이다. 그는 여전히 그때의 안목과 지식을 갖고 있었다. 아직은 약간의 존경도 기대할 수 있었다.

"나는 아직도 스웨덴 최고의 프로파일러예요. 비록 최근에는 대학에서 적극적인 활동을 하지는 않았지만 실망시키지 않을 것을 약속할 수 있습니다."

"그러면 그동안에는 어디서 활동하셨는데요? 90년대 이후 발표한

책이 고작 한 권뿐인가요? 지금 활동은 하시는 건가요? 뭐라도 하기는 하는 거냐고요?"

"좋습니다. 내 능력을 의심한다면 시범 강의를 할 용의가 있어요. 단 한 번만 들어봐도 알 수 있을 겁니다."

"네, 그것에는 익숙하시겠죠. 한 차례의 강의는……."

세바스찬은 갑자기 베로니카의 어조가 바뀐 것을 느꼈다. 갑자기 사적인 감정이 배인 것 같았다. 분노나 마음의 상처가 담긴 목소리였다. 그는 베로니카 포스를 쳐다보았지만 여전히 기억이 나지 않는 얼굴이었다. 잠시 낯익어 보였던 눈빛도 아무런 도움이 되지 못했다. 혹시 몸이 불은 것은 아닐까? 아니면 빠졌나? 헤어스타일을 바꿨나? 알 수 없었다. 그의 머리는 분주히 움직였다. 이 여자에게는 기억과 관계된 뭔가가 있었다. 무뚝뚝하고 날카로운 목소리를 들어보면 분명 뭔가가 있었다. 그는 갑자기 희미한 기억이 떠올랐다. 또렷한 기억은 아니었지만 평소에 생각하지 못하던 장면으로서 갑자기 그 여자의 벌거벗은 몸을 어디선가 보았다는 확신이 들었다. 반드하겐에 있는 어느 건물의 층계참에서 본 것 같았다. 희미한 입상, 오랜 스냅사진 같은 장면이었다. 설마 그가 냉정하게 버린 여자일까? 아니면 여자가 그를 버린 것이든가? 최악의 결말로 헤어진 것인지도 모른다.

베로니카는 그가 보는 데서 계약서를 찢어버리고는 욕설의 의미로 가운뎃손가락을 삐쭉 내밀었다.

일이 꼬여도 너무 꼬였다. 안타깝게도.

"신임 뢰브하가 교도소장이 누구인지 맞춰 봐요!" 반야는 의자에 편안히 앉아 방 안에 있는 나머지 동료 세 명을 바라보았다.

빌리는 슬며시 웃음을 머금었다. 반야는 그 생각을 쉽게 떨쳐버릴 수 없었다. 스톡홀름으로 돌아올 때부터 이미 반야는 토마스 하랄드손과 다시 마주친 일을 계속 입에 담았다. 뢰브하가 교도소장이 되어 있을 줄은 전혀 짐작도 하지 못했다. 이걸 어떻게 받아들여야 할까? 어떻게 그런 일이 있을 수 있단 말인가? 뇌물을 챙겼든가 머리가 완전히 돌지 않고서야 있을 수 없는 일이었다. 아니라면 누군가 의도적으로 뢰브하가를 망칠 생각을 하지 않고서는 그런 발령은 반야의 생각으로는 설명이 불가능했다. 빌리는 반야가 주장하는 말을 계속 말없이 듣기만 했다. 빌리는 반야처럼 하랄드손에 대해서 흥분하지는 않았고 그를 다시 만난 것이 반갑기까지 했다. 물론 하랄드손이 별로 똑똑한 사람은 아니었지만 베스테로스에서 힘들게 근무를 한 이 남자는 측은하고 동정의 여지도 있었다. 어쨌든 하랄드손에게 야심이 없는 것은 아니었다. 그리고 적당히 뒷받침만 해준다면 그는 새 직책을 잘 수행할 수도 있는 인물이었다. 적어도 빌리는 속으로는 그러기를 바랐다. 그는 이 방 안에서 이런 희망을 품은 사람은 자신밖에 없다는 것을 너무도 잘 알았다. 그는 책상 너머로 우르줄라와 토르켈을 바라보았다. 두 사람은 모르겠다는 듯이 고개를 흔들고 있었다.

“나는 교체되었다는 것도 몰랐는데.” 토르켈은 이렇게 말하면서 네 번째 빼온 자판기 커피를 한 모금 마셨다.

“토마스 하랄드손이에요.” 반야는 어이없다는 눈길로 동료들을 바라보면서 그들의 반응을 주목했다. 그러자 반응이 나왔다.

“그 하랄드손? 베르테로스에 있던 사람 말이에요?” 우르줄라는 잘못 들었다는 듯이 미간을 찌푸렸다. 반야가 고개를 끄덕였다. “아니 어떻게 그 사람이 거기 가 있어요?” 우르줄라가 물었다.

"나도 몰라요, 수수께끼죠."

"그 사람 어떻게 지내요?" 토르켈이 나지막이 안부를 물었다.

반야는 토르켈이 놀라지도 않고 화를 내지도 않는다고 생각했다. 오히려 약간 걱정하는 투였다.

"새 직책에 아주 만족해하는 것 같던데요."

"부상당한 어깨 말이에요."

"말로는 아직도 다 낫지는 않았다고 하지만 완전히 회복한 것 같았어요." 빌리가 재빨리 대답했다.

"다행이군요." 어쨌든 하랄드손은 토르켈이 현장 지휘를 할 때 총상을 입은 직원이었다. 그리고 케르스틴 한저와 베스테로스 경찰에 그의 안부를 확인하기 위한 전화를 해보지 않은 것에 대해 미안한 마음도 있었다. 계속 알아봐야겠다고 마음은 먹었지만 실행에 옮기지는 못하던 터였다. "그래, 그 사람은 뭐래요? 힌데에 대해서 말이에요." 토르켈은 말을 이으면서 오늘 모인 주제로 넘어갔다.

"뭐 자기 자리에 앉아서 뢰브하가 사람들이 늘 하던 태도로 나오죠."

"힌데는 만나봤어요?"

"아뇨, 면회 신청을 해두었어요. 사전 검토를 거치지 않고는 누구도 면회할 수 없다는데요."

"그게 얼마나 걸리는데요?"

"삼사 일 정도요."

"좀 당겨볼 수 없는지 알아봐야겠군요."

반야는 고맙다는 듯이 토르켈을 보고 고개를 끄덕였다. 누군가 힌데를 모방했다면 힌데 역시 수사 대상이 될 수 있다. 반야는 힌데를 만나고 싶었다. 단지 용의선상에서 제외하기 위해서라도 만나야 했다. 만약 그렇지 못하다면 그는 사소하나마 혐의를 벗을 수 없다. 반야는 이 약간의 혐의가 싫었다. 가능하면 한 가지 사건에 드러난 여러 단서를 서로 짜 맞춰야 한다. 반야는 한 가지 가능성이라도 서로 관련이 없다는 이유로 배제할 수는 없었다. 그런다면 아마 자신의 임무에 충실하지 않았고 최선을 다하지도 않았다는 느낌을 받을 것이다. 반야는 집에서 어릴 때부터 이런 가르침을 받았다. 아버지는 반야가 처음 학교에 가던 날 불안해할 때, 가장 먼저 이것을 가르쳐주었다. 사람은 최고가 될 필요는 없지만 최선의 노력을 해야 한다는 말이었다. 능력 이상은 할 수 없지만 그 능력을 다 발휘하지 않는 것은 어리석다고도 했다. 25년이 지났어도 반야는 아직 이 가르침대로 살고 있다.

"그 밖에 뢰브하가에서 또 다른 건 없었어요?" 토르켈이 물었다.

반야는 빌리를 쳐다보았다. 빌리는 가방에서 A4용지 한 묶음을 꺼내 책상에 올려놓았다. 나머지 팀원은 고개를 숙이고 복사한 인쇄물을 하나씩 집었다.

"힌데가 지난 3개월 동안 방문한 웹사이트를 살펴보았는데 별다른 건 없어요. 대개 스웨덴과 외국의 신문이었죠. 그 밖에 몇몇 블로그에 들어갔는데 지금 보는 대로예요." 빌리는 방금 책상에 펼쳐놓은 기록을 가리켰다. "또 토론 사이트도 많이 방문했는데요, 철학이나 다른 정신과학을 토론하는 곳이었고 심리학을 주제로 한 곳도 있었어요."

우르줄라는 인쇄물을 들여다보면서 물었다. "그자가 토론에도 참여할 수 있나요?"

"아뇨, 그는 볼 수만 있어요. 그가 외부에서 연락을 받을 수 있는 유일한 방법은 편지뿐이에요. 지난 6개월 동안 세 통을 받았죠. 두 통은 그를 만나고 싶어서 면회 방법을 묻는 여자 두 명이 보낸 겁니다. 또 힌데가 석방되면 찾아와달라고 했죠."

"병적이에요." 반야가 입을 열었다. 반야는 토르켈과 우르줄라가 동의의 뜻으로 고개를 끄덕이는 모습을 보았다.

"세 번째 편지가 흥미로울 수도 있어요." 빌리가 한 페이지 넘기자 나머지 직원도 따라 했다. "이 편지는 스톡홀름에서 칼 발스트룀이라는 남자가 보낸 건데요, 힌데의 범행에 큰 관심을 갖고 있고, 편지 내용 그대로 읽으면 '네 명의 여자를 희생시키려고 결심하기까지의 과정을 자세히 알고 싶어서' 개인적으로 만나고 싶다고 했습니다. 실용 철학으로 학사 논문을 쓰는 사람이죠. 내가 볼 때는 힌데에게 깊은 인상을 받은 것 같았어요."

"그들이 서로 만났어요?" 우르줄라가 물었다.

"아뇨. 뢰브하가에서 하는 말로는 힌데가 전혀 답장을 보내지 않았답니다."

"그래도 그 남자를 조사해 봐요." 토르켈이 당부했다. "아무튼 냄새가 나요." 토르켈은 인쇄물을 내려놓고 안경을 머리 위로 밀어 올렸다. "툼바의 이웃 주민에 대한 탐문 수사는 아무 성과가 없어요. 친구나 친척들도 그란룬드 가족이 감시당하거나 어떤 형태로든 위협을 느낄 만한 일은 없었다는 거예요. 남편에게는 혐의가 없고. 실제로 사건이 일어나던 시간에 독일에 있거나 비행기로 돌아오던 중이었으니까요."

방 안에는 무거운 침묵이 감돌았다. 이것은 토르켈이 현장 주변에서 범행을 목격한 사람이 아무도 없다는 사실을 알려준 뒤로 세 번째 이어지는 분위기였다. 또 주변 인물 중에서 다만 얼마라도 범행 동기가 있는 사람이 없다는 것이었다.

토르켈이 우르줄라를 향해 돌아섰다. "감식반에서 새로 온 건 없나요?"

"정액과 모발이 새로 발견되었어요. 범인의 것으로 단정할 수는 없지만 DNA 검사를 위해 린셰핑으로 보냈어요. 그리고 잠정적인 검시 소견으로는 경동맥과 기도를 잘렸고 출혈이 있기 전에 질식사한 것으로 판정이 나왔어요. 이것도 다른 희생자들과 같아요." 우르줄라는 입을 다물고 낙심하는 제스처를 해 보였다. 그 이상은 할 말이 없었다. 그 이상은 발견된 것도 없었다. 그 밖에는 아무 단서도 없었다.

토르켈은 헛기침을 했다. "우리가 모두 아는 대로 희생자 세 명 사이에 연결 고리가 될 만한 것을 아직 찾지 못했어요. 그러니까 다음 희생자가 누가 될지도 모르는 거라고요."

토르켈의 단정적인 말은 다시 갑갑한 침묵을 유발했다. 범인이 다시 범행을 저지르지 않는다는 보장이 거의 없었다. 아마 또 다른 여자가 희생될 것이다. 그리고 이들은 그것을 저지할 아무런 방법도 없었다.

반야가 의자를 뒤로 밀고 일어났다. "발스트룀이라는 사람부터 만나 보죠."

반야와 빌리는 칼 발스트룀을 대학 철학부에서 만날 수 있을 것으로 기대했지만 그는 그곳에 없었다. 해마다 이 무렵이면 대학교는 완전히 인적이 끊긴다는 말만 들었다. 전화를 해봐야 하나? 전화는 해보지도 않았고 그럴 생각도 없었다. 집으로 직접 찾아가 볼까? 칼은 여름에 졸업논문을 쓴다고 했다. 대학에서는 두 사람이 이미 알고 있는 주소를 불러주었다. 포스카르바켄. 학생 기숙사 3층이었다.

방에서 음악이 흘러나왔다. 반야는 지갑에서 경찰 패찰을 꺼낸 다음 벨을 눌렀다. 길게 눌렀다. 건물이 방음이 안 되는 건지, 음악 소리가 너무 큰 건지 알 수 없었다. 마침내 손에 찻잔을 든 채 문을 연 칼 발스트룀은 낯선 방문객들이 층계참에 서 있는 것을 보고 의아한 눈으로 바라보았다. 두 사람이 경찰 패찰을 보여주는 동안에도 반야는 음악이 너무 시끄럽다는 것을 알 수 있었다.

"경찰에서 나온 반야 리트너와 빌리 로젠입니다. 잠시 얘기 좀 나눌 수 있을까요?"

"무슨 얘기요?"

"좀 들어가도 될까요?"

칼은 옆으로 비켜서면서 두 사람을 안으로 들였다. 실내는 더웠고 새로 만든 빵과 케이크 냄새가 났다.

"미안하지만 신발 좀 벗어주겠어요? 방금 바닥 청소를 했거든요."

칼은 좁은 문간을 지나 침실로 들어가더니 인쇄기와 함께 책상에 있는 컴퓨터로 가서 음악을 껐다. 반야와 빌리는 신발을 벗고 실내로 들어섰다. 거실에는 간이 주방 시설이 있었고 구석에 소파가 있었다. 그리고 벽에는 벽걸이 텔레비전이 있었다. 맞은편에는 학습 자료가 수북이 쌓인 작은 책상과 의자가 있었다. 소파 위의 벽에 붙은 커다란 유리장만 아니라면 전형적인 학생 방이었다. 유리장 안에는 핀으로 꽂아놓은 나비 표본이 있었다. 큰 것이 예닐곱 종, 작은 것이 스무 종 가까이 되었다. 다양한 색깔의 날개는 영원히 날갯짓이 마비된 상태로 펼쳐져 있었다. 표본을 쭉 훑어본 반야는 그중 두 종의 이름을 알 수 있었다. 공작나비와 노랑나비였다. 나머지 표본은 스웨덴 토착종인지 아닌지 알 수 없었다.

"무슨 일로 오셨는데요?"

칼이 나비에 대한 반야의 생각을 중단시켰다. 그는 침실에서 나와

문을 닫았다. 그리고 팔짱을 낀 채 두 경찰관을 살펴보았다. 반야가 빌리를 흘끔 보자 빌리도 핀에 꽂힌 나비 표본을 보고 있었다.

"우리가 찾아온 것은 당신이 몇 주 전에 에드바르트 힌데에게 보낸 편지 때문입니다." 반야가 대답하고는 소파에 앉았다. 빌리는 간이 주방 쪽의 벽에 기대서 있었다.

"그런데요?" 칼은 책상 앞에 있던 의자를 당기고 의아한 눈빛으로 쳐다보면서 앉았다.

"왜 그에게 편지를 썼지요?" 반야가 되물었다.

"그 사람과 만나고 싶어서요."

"무엇 때문에요?"

"그 사람이 내 논문 작성에 도움을 줄 수 있을 거라고 판단했기 때문입니다."

"실용 철학 분야에서 말인가요?"

"네, 그런데 왜 경찰에서 이 일에 관심이 있는 거죠?"

반야는 대답하지 않았다. 두 사람이 찾아온 목적을 칼이 모를수록 그는 그만큼 적당한 대답을 할 수 없을 것이다. 빌리도 같은 생각을 하고는 화제를 바꿨다.

"실용 철학으로 뭘 하나요? 그러니까 내 말은 나중에 그것으로 무슨 일을 할 수 있느냐는 거죠."

칼은 의자를 약간 돌리고 입가에 경멸조의 눈빛을 띠면서 빌리를 바라보았다.

"그건 왜 묻죠? 경찰 일이 싫어졌나요?"

"철학이란 것이 원래 이론적인 것 아닌가요?" 빌리는 마치 칼이 질문을 못 들은 것처럼 다시 반문했다. "실용 철학자는 무얼 하나요? 선교 활동? 아님 시민대학에서 강좌를 여나요?"

"실용 철학이 뭔지 모른다고 해서 그렇게 조롱하면 안 되죠."

"아, 미안합니다. 그냥 궁금해서 물어본 거예요."

빌리를 바라보는 칼의 못마땅한 시선은 빌리의 사과를 받아들이지 않겠다는 기색이 역력했다. 반야는 칼이 입을 다물기로 작정하기 전에 다시 본래의 주제로 돌아가기 위해 끼어들었다.

"당신이 힌데에게 보낸 편지를 우리도 봤어요."

칼은 잠시 빌리를 더 쏘아보더니 이윽고 반야 쪽으로 고개를 돌렸다.

"나도 그런 줄 짐작했습니다."

"어떻게 보면 힌데를 우러러본다는 느낌도 없지 않아 있던데요."

"아뇨. 우러러본다는 것은 틀린 표현이고요, 힌데가 나를 매혹시킨 겁니다."

"그자는 연쇄살인범이에요. 그게 매혹당할 만한 일인가요?"

칼은 의자 앞으로 몸을 내밀었다. 방금 전에 비해 대화에 흥미를 느끼는 것이 분명해 보였다. "물론 범행 자체가 매혹적인 것은 아닙니다. 거기에 이르기까지의 과정이 너무도 흥미롭다는 거죠. 그가 내린 결정들, 여러 숙고의 순간들 말입니다. 나는 그 사람을 이해하려고 하는 겁니다."

"왜죠?"

칼은 잠시 이 질문을 골똘히 생각하는 것 같았다. 마치 경찰이 아니라 교수에게 자신의 생각을 설명하려는 것처럼 보였다.

"그의 살인은 의도적 행위입니다. 계획을 세우고 충분한 검토를 거친 거예요. 그에게는 살인하겠다는 소망이 있었어요. 그리고 이 소망을 실현시킨 거죠. 나는 이 소망이 어디서 발생하는 건지 알고 싶은 겁니다."

"그건 내가 말해 주죠. 그의 병든 뇌에서 나온 거예요"

칼은 반야를 보고 거의 너그러운 눈빛으로 미소를 지었다. "그 정도로는 학술 논문에 도움이 안 됩니다. 게다가 지금 하신 말씀은 어떤 특정 소망은 '병적인 것'으로 분류해야 하고 이와 달리 사회적으로 인정된 것, 가령 강아지를 갖고 싶은 소망은 '건전한 것'으로 분류해야 한다는 전제가 깔려 있어요."

"그럼 여자 네 명을 살해한 것이 건전하다는 건가요?"

"살인 행위 자체는 우리 사회에서 용납할 수 없는 충분한 이유가 있죠. 하지만 살인을 실천하려는 소망을 '병적' 또는 '건전한' 기준에 따라 평가하기가 어렵다는 말입니다. 인간은 사회적으로 어떻게 행동해야 하는지 규칙을 만들었죠. 우리는 어느 누가 다른 사람을 죽이는 것을 당연히 받아들일 수 없어요. 하지만 그것을 행하고 싶다는 소망까지 정말 받아들일 수 없는 걸까요?"

반야는 속으로 탄식을 했다. 꼭 모든 것을 분석할 필요가 있을까? 이해하고 납득하기 위해 모든 것을 철저히 조사해야 한단 말인가? 반야가 볼 때 이 문제는 너무도 간단한 것이었다. 다른 사람을 죽일 생각을 했다면 그건 병적인 것이다. 그리고 이 생각을 실천에 옮긴다면 그것은 더 병적인 것이다. 아니면 철저히 악한 것이든가.

"힌데에게 답장을 받았나요?" 빌리가 물었다. 한편으로는 지루한 철학 강의를 더 듣고 싶지 않았기 때문이고-실제로 철학 강의 같았다-또 한편으로는 반야의 기분이 점점 나빠지는 것으로 보였기 때문이다.

"유감스럽게도 못 받았어요."

"이 토론 사이트에 글을 올리나요?"

빌리는 힌데가 지난 3개월간 방문한 웹사이트의 인쇄물을 칼에게 건넸다. 칼은 복사물을 받아 꼼꼼하게 읽어보았다. 그때 주방 쪽에서 알람시계 소리가 들리자 칼은 인쇄물을 옆에 놓고 자리에서 일어났다.

"빵이 익었다는 신호에요."

칼은 주방 쪽으로 건너가 오븐을 꺼내 문을 열었다. 그리고 조리대에서 두툼한 장갑을 끼고 뜨거운 오븐에서 양철판을 꺼냈다. 반야는 빵틀에서 누렇게 익은 두 덩이의 빵을 보자 갑자기 배고프다는 생각이 들었다. 두 사람은 칼이 빵이 제대로 익었는지 보려고 빵을 찔러보는 동안 기다렸다. 칼은 빵 한 덩이를 집어 돌려보고는 뒤집어서 틀 위에 올렸다. 그는 두 번째 덩어리도 똑같이 뒤집어 올려놓으면서 반야를 향해 잠깐 고개를 돌렸다.

"어느 부서에 계신데요?"

"특별살인사건전담반입니다."

칼은 잠시 빵 굽는 일을 멈췄다.

"그가 탈옥했습니까?"

"아뇨."

"하지만 누군가 살해당했잖아요. 그래서 힌데에게 관심을 보이는 것 아닌가요?"

반야는 순간 빌리를 쳐다보았다. 칼 발스트룀은 두뇌 회전이 빠를 뿐만 아니라 조그만 정보도 유난히 빠르게 분석할 줄 알았다. 게다가 누군가 힌데의 수법을 모방했다는 것까지 간파한 것이다. 반야는 속마음을 내비치지 않고 말을 이었다. "어제 오전 10시부터 오후 3시 사이에 어디 있었죠?"

"집에 있었죠. 공부했습니다."

칼은 깨끗한 행주를 빵 위에 올려놓고는 오븐을 닫았다.

"공부는 혼자서 해요?"

"네."

"하루 종일 당신을 본 사람이 아무도 없나요?"

"없습니다."

작은 방 안에는 침묵이 흘렀다. 더 이상 물어볼 필요도 없었다. 반야는 이미 칼 발스트룀을 자세히 조사해봐야겠다고 결심을 굳혔다. 반야는 소파에서 일어났다.

"미안하지만 DNA 검사에 협조해줄 수 있어요?"

칼 발스트룀은 대답하지 않았다. 그는 고개를 뒤로 젖히면서 입을 벌렸다. 반야는 주머니를 뒤적여 면봉 봉지를 꺼냈다. 그리고 재빨리 면봉 하나를 칼 발스트룀의 구강에 넣었다 뺐다.

"이 목록 본 적이 있나요?" 반야가 면봉을 작은 플라스틱 관에 꽂아 넣고 뚜껑을 닫는 동안 빌리가 물었다. 칼은 돌아서서 빌리가 내미는 목록을 받았다.

"토론 사이트군요. 여기 있네요." 칼은 이름을 하나 짚어 보이면서 목록을 빌리에게 돌려주었다. 빌리는 그 이름을 보았다. 그들에게는 별 도움이 되지 않았다. 원칙적으로는 전혀 도움이 되지 않았다. 설사 칼이 이 사이트에 열심히 참여하는 것을 힌데가 안다고 쳐도 그는 칼과 연락할 방법이 없었다. 아무튼 이곳은 접촉 공간이었다. 그리고 이제까지 전혀 아무런 성과도 없던 것에 비하면 약간은 진전이라고 할 수도 있었다.

현관을 지나가면서 반야가 다시 고개를 돌렸다. "그 곤충 말인데요."

"그게 무슨 상관입니까?"

"곤충을 바늘로 찔러보고 싶은 소망은 어디서 생겼나요?"

칼은 반야의 무지를 너그럽게 보아 넘길 수 있는 것처럼 다시 미소를 지었다. 마치 반야가 그 이상은 알 수 없는 어린 소녀라는 듯한 표정이었다. 반야는 비록 발스트룀을 만난 지가 15분뿐이 안 되었지만 그 미소가 끔찍했다. 그것은 세바스찬 베르크만이 거만하게 히죽거리는 모습을 꼭 닮았기 때문이었다.

"그건 소망이 아니라 관심이죠. 나는 인시류(나비류) 연구가예요."

"그 말은 나비 수집가라는 뜻인가요?"

"전문가죠. 나비 전문가."

"나비는 어떻게 되죠? 바늘로 꽂아도 살아 있나요?"

"아뇨, 먼저 초산에틸로 죽입니다."

"그 말은 당신이 죽은 동물에 관심이 많다는 뜻이군요."

칼은 머리를 갸우뚱했다. 마치 반야가 방금 뭔가 지나친 말을 했다는 듯한 태도였다.

"그 다음엔 내가 어릴 때 잠자리에서 오줌을 싸고 불장난을 좋아하지 않았냐고 물어볼 거죠?"

반야는 대답하지 않았다. 반야는 빌리와 나란히 허리를 숙이고 신발을 신으면서 이렇게 건방진 시선을 더 이상 견딜 수는 없다는 생각이 들었다.

"하지만 이미 연쇄살인범은 모두 침대에 오줌을 싸거나 불을 지르거나 동물 학대자라는 가정이 너무 단순화한 논리라는 것을 알잖아요?"

"당신은 연쇄살인범에 대해 아는 것이 많은 것 같군요." 빌리가 허리를 일으키면서 칼에게 대꾸했다.

"특히 그 분야에 대해서 졸업논문을 쓰고 있으니까요."

“논문 제목은 뭔데요?”

“시민사회와 모순되는 개인의 욕구”.

빌리는 칼의 눈빛을 보고 갑자기 이 주제가 자전적인 배경과 연관성이 클 거라는 느낌이 들었다. 후덥지근한 온도에도 오싹하는 기분이었다.

“제목이 좀 으스스하군요.”

빌리와 반야가 포스카르바켄을 빠져나와 자동차를 세워둔 곳으로 갈 때 빌리가 두 사람이 생각한 것을 털어놓았다. 반야는 고개를 끄덕이며 선글라스를 쓰고는 얇은 상의 단추를 잠갔다.

“기분 나쁜 친구에요. 키도 크고요.”

“그래요, 나도 그 생각을 했어요.” 빌리는 대답하면서 차가 아직 25미터나 떨어져 있는데도 자동차 열쇠 리모컨을 눌러댔다. “저 친구 감시를 붙일까요?”

“약간 긴장이 풀린 것으로 보였어요. 만약 범인이라면 우리가 확실한 물증을 갖고 있다는 걸 알 텐데요.”

“잡아넣게 될지도 모르지요.”

“그게 무슨 말이에요?”

“언론에서는 아직 각 사건을 서로 연관 짓지 않고 있잖아요. 그리고 저 친구를 주목하는 언론은 아직 전혀 없고 말이지요. 만약 범행을 저지를 때 스릴을 맛보았다면 이 맛이 점점 약화되면서 뭔가 다른 짓을 할 가능성이 있어요. 이때 체포해서 재판을 받게 한다면 무슨 짓을 했는지 드러날 테고 결국 범인이라는 것도 밝혀지지 않겠어요? 저 친구가 뭔 짓을 했는지 밝혀내는 거예요.”

반야는 보도에 서서 놀란 눈으로 빌리를 바라보았다. 빌리가 쉴 새

없이 그렇게 길게 말을 늘어놓는 것도 처음이었고 그렇게 열띤 주장을 늘어놓는 것도 처음이었기 때문이다. 물론 기술적인 문제를 설명할 때는 달랐지만. 그러나 이건 연쇄살인에 관한 문제였다.

빌리는 반야가 제자리에 멈춰 선 것을 보자 돌아섰다. 선글라스를 쓰고 있었지만 반야의 눈빛에 놀란 기색이 보인다는 것을 그는 알았다.

"왜 그래요?"

"뭔가 알아냈지요?"

"그래요, 그럼 안 되나요?"

"아니요, 물론 아니지요." 빌리의 목소리에는 어딘가 반야가 말을 아껴야 하고 절대 그것을 가볍게 보면 안 된다는 암시가 담겨 있었다. 어쨌든 지금 여기서는 아니다.

"DNA 검사 결과가 나올 때까지 그 친구 감시를 붙여야겠어요." 반야는 대신 이렇게 말한 다음 차에 올라타고 문을 닫았다. 빌리가 시동을 거는 동안 반야는 안전띠를 맸다.

"그 여자는 대체 누구예요?" 반야가 물었다.

"어떤 여자요?"

"연극 보러 간 여자요."

"아, 아무도 아니에요."

이 말은 당연히 아무도 아닌 사람이 아니라는 의미가 분명했다. 반야는 절로 미소가 나왔다. 돌아가는 길에 빌리에게 사실대로 털어놓게 할 작정이었다.

폴헴스가탄. 또다시 왔다. 세바스찬은 그 사이 단골이 된 카페에 들어가 늘 앉는 자리에 앉았다. 여기서는 그가 옛날에 일하던 직장이 아주 잘 보였다. 특별살인사건전담반. 반야의 근무처이기도 했다. 세바스찬은 벌써 세 번째 커피를 홀짝이면서 다시 벽에 걸린 시계를 쳐다보았다. 그는 자책했다. 그는 프레스카티에 있는 대학교까지 걸어가서 여자를 만나보도록 한 스테판을 원망했다. 거기까지 가서 만나본 다음에야 그 여자가 자신을 증오한다는 것을 알았기 때문이다. 차라리 이 카페에 앉아 반야를 기다리는 편이 더 좋았을 것이다. 그러면 훨씬 힘이 덜 들었을 것이다. 여기서는 그냥 앉아서 내다보기만 하면 된다.

폴헴스가탄에 있는 이 카페는 아주 편했다. 과거의 직장에 가까이 있을수록 그는 마음이 안정되었다. 여기서는 굳이 몸을 숨길 필요가 없었다. 카페에 앉아 있는 이유를 얼마든지 댈 수 있기 때문이다. 반야나 다른 누가 그를 본다고 해도 옛날 동료를 기다린다고 하면 그만이었다. 약속을 했는데 약속이 미뤄졌다고 해도 된다. 이런 주장을 받아들이지 않는다 해도 얼마든지 다른 핑계를 댈 수 있다. 다시 특별살인사건전담반에 들어가고 싶어서 왔다고 할 수도 있을 것이다. 어쨌든 이 말은 곧이들을 것이다.

하지만 다시 들어가고 싶은 마음은 없었다. 베스테로스에서 사건이 연달아 발생한 다음에는 더욱 그랬다.

하지만 들어가고 싶다고 해야 앞뒤가 맞는다. 그러면 그들은 그가 카페에 앉아 커피를 마시며 칙칙한 회색빛 건물을 바라보는 이유를 이해할 것이다. 그가 복귀하고 싶어 하는 것으로 생각할 것이다. 만약 반야가 자기 집 앞 언덕에 서 있는 그를 보았다면 그로서는 납득할 수 있는 설명을 하기가 훨씬 더 어려웠을 것이다.

벽시계의 큰바늘은 벌써 반 바퀴나 돌아가 5시 25분을 가리켰다. 카페 안에 다른 손님은 없었다. 방금 전까지 애정 문제로 옥신각신하던 젊은 커플은 그도 모르는 새에 사라지고 카페 주인으로 보이는 나이 든 여자가 식탁에 있는 샌드위치를 치우고 있었다. 세바스찬은 다시 창밖을 내다보았다. 칙칙한 회색 건물. 하지만 그는 자신이 찾는 대상을 발견하지 못해 이제 일어서야 할 시간이라는 것을 알았다. 문제는 이제 무엇을 할 것인가였다. 집으로 돌아가 두 번째 인생의 나머지를 보낼 마음은 없었다. 익숙해진 반야의 집 앞에 있는 언덕으로 가보는 것이 좋을지 판단이 서지 않았다. 그것은 위험할 수도 있다. 확률적으로 보아 언제든 한 번은 발각될 위험성이 있었다. 그래도 마음속의 불안과 혼란을 걷어내려면 뭔가를 해야 했다. 이날 하루는 정말 재수가 없었다. 가볍게 섹스라도 한다면 생각을 다른 데로 돌릴 수 있을 것이다. 어제 만난 엘리노르 베릭비스트가 가장 손쉬운 상대이기는 했지만 그 여자를 다시 보고 싶은 생각은 없었다. 그를 잡아두려고 하면서 계속해서 꼬치꼬치 캐묻는 엘리노르의 태도나 그의 손을 잡는 것도 짜증이 났다. 가까이 하기에는 분명한 한계가 있었다.

세바스찬은 뒤틀린 심사를 카페 주인에게 퍼부었다. "커피 맛이 형편없어." 그는 이렇게 말하면서 주인을 쏘아보았다.

"새로 끓여드리죠." 주인이 싹싹하게 대답했다.

"당신은 나 때문에 지옥에라도 뛰어들겠다는 말투로군." 세바스찬은 씩씩거리면서 한 마디 던지고는 카페에서 나갔다.

후덥지근한 여름 공기가 기다리는 밖으로 나오자 그래도 단골 카페인데 하는 생각이 들었다. 하지만 카페야 얼마든지 새로 고를 수 있다. 스톡홀름이 마음에 드는 게 하나 있다면 카페가 많다는 것이었다. 여자도 많았다.

잠시 호텔 바를 돌아다니며 아무 성과를 얻지 못한 세바스찬은 여자 사냥으로 이 불쾌한 하루를 끝내야겠다는 계획이 수포로 돌아갔다는 느낌을 받았다. 이날 하루는 그야말로 끝없는 실패의 연속이었다. 그 동안에 왕립도서관도 문을 닫았다. 홈레고르덴에 있는 이 화려한 건물은 그가 여자를 낚기 위해 애용하는 곳으로 성공 확률이 가장 높은 곳이었다. 여자들은 세 번에 두 번은 그의 미끼를 물었다. 그의 기술은 간단했다. 열람실 한가운데 앉아 책 몇 권을, 특히 그 자신의 저서를 펼쳐놓고 남들 눈에 뜨이게 하는 것이었다. 그런 다음 자신이 새 저술을 하는데 그럴듯한 표현이 떠오르지 않아 고심하는 척 하면 된다. 적당한 시간에 여자 한 명이 그의 책상 옆을 지나갈 때까지 이 짓을 계속하는 것이다. 그리고 바로 이 순간에 "안녕하세요, 제가 새 저서를 쓰고 있는데 혹시 문장 하나에 대해 의견 좀 물어봐도 될까요?" 하면 된다. 이 작전이 매끄럽게 이뤄지기만 하면 이때부터 앙글라이스 호텔로 가서 와인 한 잔 나누는 것은 금방이었다.

세바스찬은 아무 계획도 없이 무더운 시내를 계속 돌아다니는 것이 점점 짜증 났다. 자신이 마음먹은 일은 아무것도 될 것 같지 않았다. 그는 점점 화가 났다. 걸어갈수록 분노가 점점 끓어올랐다. 이날 하루는 정말이지 재수가 옴 붙은 날이었다. 마음먹은 게 하나도 이루어지지 않은 더러운 날이었다.

그는 무엇이 되었든, 누가 되었든 보복하고 싶은 기분이었다. 트롤레에게 전화를 해서 더 깊이 캐보라고 할 수는 있을 것이다. 겉으로 완벽해 보이는 이 인간의 인생을 깊이 파서 오점을 밝혀내는 계획이었다. 사실 모든 책임은 안나 에릭손과 발데마르 리트너에게 있었다. 그는 안나의 뒤를 샅샅이 캐봐야 하는지도 모른다. 어쩌면 완벽해 보이는 이 중산층 시민을 몰락시키려면 안나가 유일한 약점이거나 빈틈일 수도 있었다. 그들로서는 떳떳하지 못한 일이 안나를 통해서 노출될지도 모른다. 어쨌든 안나는 거짓말이나 비밀 같은 것에 생소한 사람도 아니고 반야는 자신의 아버지에 대한 진실을 알 턱이 없다. 안나는 분명히 진실을 파묻는 것을 정당화하며 반야를 위한 최선의 방법이라고 했다. 하지만 누가 그렇게 할 권리를 안나에게 주었단 말인가? 누구에게 신의 권리를 부여받았다는 것인가? 세바스찬은 자신의 딸 가까이 있기를 바랐지만 현재로서 가깝다는 것은 적어도 100미터 이상은 떨어져 있다는 것을 의미했다. 마치 접근 금지 명령이 내려진 것 같은 식이었다. 그는 걸음을 멈췄다. 그는 트롤레에게 전화를 해서 뒷조사를 확대하라고 부탁하고 싶었다. 또 안나 에릭손도 샅샅이 조사하게 할 생각이었다. 물론 세바스찬은 지난 몇 달간 반야가 가짜 아버지만큼 엄마와 가깝지 않다는 것을 눈치채기는 했지만 이 조사에서 잘하면 쓸 만한 소득이 나올지도 모르는 일이었다. 세바스찬은 휴대전화를 꺼냈다가 잠시 다른 생각을 한 다음 다시 집어넣었다. 왜 전화를 해? 그는 방향을 돌려 가까운 택시 정거장으로 걸어갔다. 직접 찾아가는 것이 가장 좋은 방법이다. 트롤레는 셰르홀멘에 살고 있다. 그는 믿을 수 있는 사람이었다. 트롤레도 가족을 잃었기 때문에 세바스찬을 이해할 수 있을 것이다.

빌리는 소파에 앉아 아이패드를 끼고 인터넷 서핑을 하고 있었다. 뮈는 샤워 중이었다. 빌리는 곧 함께 식사를 하러 나갈 생각이었다. 반야와 함께 돌아오는 길에 맥도널드에 들렀지만 뮈를 만날 것을 알았기 때문에 그는 아무것도 주문하지 않았다.

뮈와 빌리는 한여름에 만난 뒤로 함께 지내고 있었다. 옛날 고등학교 친구가 셰렌가르텐에 있는 유뢰 섬에 여름 별장을 갖고 있었는데 이 친구가 여기서 3년째 파티를 열었다. 이번 여름에는 다른 동기생이 자기 친구와 여동생 남매를 데리고 함께 참석했다. 이 여동생이 뮈 레딩 헤드베리였다. 전통 요리인 청어를 먹는 시간에 두 사람은 우연히 나란히 앉게 되었고 저녁 내내 이야기를 주고받다가 새벽녘까지 함께 붙어 지냈다. 이후 두 사람은 파트너가 되었고 거의 매일 만났다.

그러나 빌리는 포스카르바켄에서 본부로 돌아오는 길에 반야가 캐물어도 일체 이런 내용을 발설하지 않았다. 보통 그는 반야에게는 모든 얘기를 했다. 어쨌든 대부분 숨기는 것이 없었다. 또 반야가 직장 동료라기보다는 누이 같다는 생각이 들 때가 많았지만 이번 일에는 신중했다. 이유는 간단했다. 반야가 뮈를 좋아하지 않을 것이 분명했기 때문이다. 뮈가 인생 및 직업 상담사여서 좋아하지 않을 것이다.

반야는 장점이 많은 여자였다. 하지만 목표 지향적인 반야는 자신의 인생을 제대로 통제하지 못하는 사람과 지내는 데 어려움이 있었다. 반야가 볼 때는 연수를 받고 계속 자기 개발을 하며 다양한 학습 과정을 밟고 강연에도 참석하며 목표를 설정하는 생활이 정상이었다. 하지만 동기부여를 하고 성과를 올리는 데 누군가의 도움이 필요하다면 반야는 이것을 변덕이나 선천적인 약점으로 이해했다. 자신이 무엇을 해야 할지 모르는 사람은 단순히 의지가 없기 때문이라는 것이 반야의 일관된 견해였다. 그리고 진지한 심적 고민이 있다면 당연히 자격을 갖춘 심리학자를 찾아가야지 정체를 알 수 없는 신세대의 상담사가 학위를 땄다고 해서 비싼 상담료를 그에게 지불해가며 고민을 털어놓는다는 것은 반야의 생각에서는 있을 수 없는 일이었다. 그렇다. 반야는 뮈를 좋아하지 않을 것이 분명했다.

물론 두 사람이 사귀는 데 반야의 허락이 필요한 것은 아니지만 뮈에 대해서는 모르는 편이 훨씬 편했다. 반야가 몰라야 빈정거리는 말이나 왠지 모르게 비꼬는 말도 안 들을 것이다. 특히 팀 내에서 자신의 입지를 다지려는 목표를 갖고 열심히 근무하는 이 시점에서는 반야가 모르는 것이 빌리에게는 더욱 절실했다.

뮈는 처음에 근무하기가 편한지 빌리에게 물었다. 단순한 대답을 요하는 단순한 질문이라 빌리도 간단하게 대답했다. 빌리로서는 이보다 더 좋은 직장과 더 좋은 동료들을 상상할 수 없었다. 그리고 시간이 지나면서 뮈는 빌리의 직업에 대해 점점 자세하기 묻기 시작했다. 뮈는 빌리가 무슨 일을 하는지에 관심을 보였고 정확하게 그의 임무가 무엇인지 알려고 했다. 흔히 소름 끼치는 살인 사건에 대해 흥미 위주의 얘기를 듣고 싶어 하는 다른 사람들과는 달랐다. 이보다 뮈는 빌리의 직업 자체에 대해 관심이 있었다. 빌리라는 사람에 대한 관심이었다. 그리고 빌리는 그의 입을 열게 하려는 뮈의 태도가 마음에 들었다. 그래서 빌리는 자신의 일에 대해 설명하기 시작했다. 가령 낮에는 무슨 일을 하는지와 같은 얘기였다. 뮈는 실무적이고 구체적인 것을 들으려고 고집했다. 결국 뮈는 빌리가 이마를 살짝 찌푸리는 모습을 보는 것으로 만족해야 했다.

"들어보니 당신은 경찰관이라기보다 무슨 기술자 같다는 생각이 드네."

이 말은 빌리의 마음속에 깊이 새겨졌다. 갑자기 빌리는 자신이 무슨 임무를 부여받고 무슨 일을 수행하는지 분명해졌다. 인터넷 검색이나 하고 심부름을 다니거나 수색하는 일이 고작이었다. 이런 생각을 하면 할수록 그는 자신의 역할이 보조원에 불과하고 본격적인 수사와는 거리가 멀다는 것을 깨달았다. 이런 문제에 대하여 빌리는 자신이 이제 어느 지점에 와 있는지 찬찬이 돌아볼 때라는 의견을 가진 뮈와 의논을 했다. 뮈는 어떤 길을 걸을지 과감하게 답을 구해야 하는 시점이라고 말했다. 하지만 빌리는 정확한 답을 알 수 없었다. 결코 그런 생각을 해보지도 않았다.

그는 일하러 나갔고 일은 편했으며 일이 끝나면 귀가했다. 빌리는 시간순으로 일을 정리하고 가능한 모든 자료에서 얻은 정보를 종합해서 사건의 구조를 짜 맞추는 능력이 자신에게 있다는 것을 알았다.

하지만 자신의 모든 능력을 다 동원했던가? 아니, 그렇다고는 할 수 없었다. 그리고 수사팀에서 자신의 목소리를 내는 것도 어려웠다. 토르켈 회글룬트는 스웨덴 최고의 경찰관이며 반야와 우르줄라도 각각 자기들이 맡은 분야에서-최고는 아닐지 몰라도-전국에서 세 손가락 안에 꼽히는 능력자들이었다. 하지만 빌리는 이 단계에는 결코 오를 생각이 없었다. 그는 뮈 앞에서 이런 사실을 털어놓았다. 그리고 솔직히 말해 그런 수준에 요구되는 자질을 자신이 갖췄다는 생각도 하지 않았다. 그래도 그는 팀 내에서 동등한 자격을 지닌 수사관이었다. 아마 이것은 분명할 것이다. 그리고 이미 이런 자격을 갖추기 위한 노력을 시작했다. 시간이 허락하는 대로 곧 세바스찬의 저서도 읽어볼 생각이었다.

뮈는 목욕 가운을 입고 손수건으로 머리를 묶은 채 욕실에서 나왔다. 뮈는 소파로 와서 빌리 옆에 앉았다.

"우리 같이 뭐 하면서 보낼 건지 생각해봤어?" 뮈는 이렇게 묻고는 가볍게 키스를 하고 빌리의 어깨에 머리를 기댔다.

"배고파."

"나도 마찬가지야. 그건 그렇고 오늘 밤 비타베리 공원에서 콘서트가 있는데, 8시에."

비타베리 공원에서 8시, 여름밤. 말만 들어도 멀리서 통기타를 치면서 흥겹게 흥얼거리는 음유시인의 냄새가 풍기는 것 같았다. 스스로 분위기에 도취되어 몸을 흔드는 모습. 사람이 적어도 75분 정도 그렇게 흥겹게 즐길 때면 아주 너그럽기 마련이다. 하지만 빌리는 짐짓 뮈의 제안을 못 들은 척 했다.

"영화 보러 가는 건 어때?"

"여름이잖아."

"그건 대답이 아냐."

"어딘가 야외가 더 좋지 않을까?"

"실내는 아주 시원하지."

순간 뮈는 '좋은 것'과 '시원한 것'을 놓고 저울질하는 것 같더니 드디어 고개를 끄덕였다.

"좋아. 하지만 영화는 내가 고를 거야."

"당신은 언제나 따분한 것만 고르면서."

"좋은 영화를 고르면 되지."

"당신이 고르는 것은 평이 좋게 난 영화야. 그건 다른 거라고."

뮈는 어깨에 기댔던 머리를 들고는 빌리를 빤히 바라보았다. 지난주에 빌리는 여름 특별 프로그램으로 나온 누벨 바그(Nouvelle Vague: '새로운 물결'이란 뜻의 프랑스어로 1950년대 후반부터 나타난 새로운 양식의 영화를 말함_옮긴이)를 주제로 한 영화에 푹 빠져 있었다. 어쩌면 이번에는 우주선이나 인조인간이 나오는 영화일지도 모른다. 어쨌든 그가 무엇을 보고 싶어 하든지 상관없었다.

"오케이. 영화는 당신이 골라. 단 식당은 내가 고른다는 조건이야."

"좋아."

"그럼 먼저 당신의 그 새 장난감으로 예약부터 해." 뮈는 빌리의 무릎에 있던 아이패드를 툭 쳤다.

"이건 새것도 아니고 장난감도 아냐."

"그렇다면 그런 거고……."

뮈는 자리에서 일어나 몸을 내밀고 다시 한 번 빌리의 입에 키스를 하고는 옷을 갈아입으려고 침실로 들어갔다. 빌리는 미소를 지으면서 뮈의 뒷모습을 바라보았다. 그는 뮈가 마음에 들었다.

오늘 일과는 끝났다.

토마스 하랄드손은 컴퓨터를 껐다. 방금 그는 전력 회사에서 내보내는 공익광고를 보았다. 모든 전열기를 켜두지 않고 사용하지 않을 때 끄기만 해도 스웨덴 3대 도시에 난방을 할 수 있을 만큼 전기를 절약할 수 있다는 내용이었다. 난방이 아니라 조명을 말하는 거겠지. 그리고 3대 도시가 아니라 단독주택 세 가구를 말하는 것이 아닐까? 아니면 스웨덴 3대 도시의 단독주택 세 가구를 말하는 거든가. 어쨌든 그로서는 계산이 번거로운 일이었다. 그는 더 이상 자세하게 생각하고 싶지 않았다. 다만 에너지와 자원을 절약할 필요는 있었다. 지구의 자원이 무한정 있는 것이 아니므로 절약은 중요한 문제였다. 또 그는 곧 아기가 생긴다. 아이를 위해 그는 무엇이든 아껴야 했다. 그래서 그는 컴퓨터를 완전히 끈 것이다.

하랄드손은 일어나서 의자를 책상에 붙이고는 갈 채비를 했다. 그때 계속 책상 위에 있던 에드바르트 힌데의 서류가 눈에 뜨였다. 그는 나가려다 말고 멈칫했다. 특별살인사건전담반에서는 힌데에게 관심이 있었고 다시 올지도 모른다. 잠깐 서류를 들여다본다고 나쁠 것은 없었다. 하지만 그는 시간이 없었다. 그는 시계를 쳐다보았다. 제니는 8시 정각이면 식사를 준비해놓고 기다리고 있을 것이다. 볼로냐식 양고기를 곁들인 리가토니(Rigatoni : 바깥쪽에 줄무늬가 있는 튜브 모양의 파스타_옮긴이). 어떤 유명 요리사가 텔레비전에 나와 이 요리를 보여준 이후로 이것은 제니의 식단에서 단골 메뉴가 되었다. 처음에 그가 맛있다는 반응을 보였기 때문에 그는 이제 이 요리가 계속 나와도 감히 사실대로 말할 수가 없었다. 제니는 오늘 일을 마치고 장을 보았는데 집에 도착했을 때 갑자기 감초 아이스크림이 먹고 싶었다고 했다. 그래서 그는 귀갓길에 잠시 예정에 없던 주유소에 들러야 했다. 그리고 아마 저녁 식사를 마친 다음 제니가 볼 영화도 빌려야 할 것이다. 그러자면 에드바르트 힌데의 서류를 검토하기에는 시간이 부족할 것 같았다.

계속 힌데가 마음에 걸렸다.

그는 다시 시계를 보았다. 집까지 가는 데 45분이 걸린다. 아이스크림과 영화 때문에 중간에 지체할 것을 감안하면 55분이 필요하다. 그러면 이제 여유 시간은 30분밖에 없었다. 물론 특별살인사건전담반에서 다시 나오기 전에 잠깐 힌데에 관해서 요모조모 알아두어서 나쁠 것은 없었다. 심리 평가서나 보고서는 좋았고 아무 문제도 없었다. 또 하랄드손은 범죄자들에 대한 경험이라는 무시 못할 지식을 쌓을 기회도 생긴다. 어쩌면 그는 힌데와 신뢰가 깔린 개인적인 대화를 나눔으로써 그가 특별살인사건전담반의 공식 심문에서는 털어놓지 않은 내용을 말하게 할 수도 있을지 모른다. 하랄드손은 따라서 경찰 신분이 아니라 같은 시민의 자격으로 만나는 것이다. 계속 시계를 바라보던 하랄드손은 마침내 결심을 하고 잠깐 특별 감호동에 가보기로 했다.

에드바르트 힌데는 6시 반이 조금 지나서 교도관들이 호출했을 때 깜짝 놀랐다. 저녁 6시에 나오는 식사가 끝난 뒤에 호출하는 적은 한 번도 없었기 때문이다. 보통 저녁 식사로 20분의 시간이 주어진다. 그런 다음에 식판을 회수해 가면 다음 날 아침 6시 반에 잠을 깨울 때까지 혼자 지낸다. 12시간 동안 혼자서 책을 읽거나 생각에 잠기거나 한다. 날이면 날마다 평일이고 주말이고 늘 똑같다. 아무런 일도 일어나지 않는 단조로운 시간을 이렇게 보내면서 반평생을 지낸 기분이었다.

그렇다고 낮에 보내는 12시간 동안에 별다른 일이 있는 것도 아니었다. 아침 식사를 마치면 20분간 목욕을 할 수 있고 이어 30분간의 자유 산책 시간이 주어진다. 물론 혼자서 이 시간을 보내야 한다. 산책은 선택 사항이기 때문에 원하면 이 시간에 도서관을 이용할 수 있다. 그는 대개 도서관을 택했다. 저녁이 되면 다시 욕실을 사용할 수 있고 자기 방으로 돌아가서 저녁 식사를 기다린다.

그는 2주에 한 시간씩 심리 치료사와 상담을 했다. 힌데는 오랜 세월 많은 심리학자를 만나봤지만 그에게는 모두가 지루하다는 공통점이 있었다. 뢰브하가에서 수형 생활을 하던 초기에 그는 그들이 듣고 싶어 하는 말을 했다. 하지만 이제는 이런 노력도 하지 않았다. 무슨 말을 하든 실제로 관심을 갖고 듣는 사람은 없는 것 같았기 때문이다. 단 한 발도 앞으로 나가지 못하고 상담의 가시적인 성과가 없이 14년의 세월이 흐르자 집요하게 찾아오는 심리 치료사들도 지쳤을 것이다. 최근에 온 사람은 전임자들의 기록을 한 번도 읽어본 것 같지 않았다.

그래도 심리학자의 면회는 중단되지 않았다. 그가 단순히 처벌만 받는 것으로는 부족하다고 판단했기 때문일 것이다.

또 사회 복귀 교육까지 받아야 했다. 더 선한 인간이 되어야 했다.

틀에 박힌 일상과 무의미한 날들이 그의 하루하루였다. 그의 인생이었다. 정해진 틀에서 벗어나는 일이 거의 없었다. 그러다가 오늘 저녁에 이변이 일어난 것이다. 교도관 두 명이 그를 방에서 나오라고 하더니 면회실로 데리고 갔다. 면회실에 와본 것이 언제인지 까마득했다. 몇 년이나 되었을까? 3년? 4년? 아니면 그 이상? 그는 기억이 나지 않았다. 면회실은 전에 와본 그대로였다. 벽으로 꽉 막힌 삭막한 공간. 안전유리로 된 창문에는 촘촘한 창살이 있다. 의자 두 개. 그 사이에 바닥에 단단히 고정된 탁자가 있다. 그리고 탁자 판에는 두 개의 금속 고리가 박혀 있다. 교도관들은 그가 딱딱한 의자에 앉기를 기다렸다가 두 손에 채워진 수갑을 이 고리에 묶었다. 그러고 나서 그들은 면회실에서 나갔다. 힌데 혼자 남았다. 그와 면회하려는 사람이 누구인지는 곧 밝혀질 것이기 때문에 그가 머리 아프게 누구인지 궁금해 할 필요는 없었다. 대신 그는 마지막으로 이 탁자에 수갑이 묶인 채 만났던 사람을 생각해보기로 했다. 그러나 생각이 나지 않았다. 그때 문이 열리면서 누군가 들어오는 소리가 들렸다. 힌데는 돌아보고 싶은 충동을 억눌렀다. 그는 꼼짝 않고 앉아서 정면만 바라보았다. 누가 찾아와 주기를 고대했다는 감정을 드러낼 필요는 전혀 없었다. 그의 뒤에서 발자국 소리가 멎으면서 누군가 제자리에 섰다. 아마 그를 보고 있을 것이다. 힌데는 이 방문자가 무엇을 보고 있는지 알았다. 신장이 170이 될까 말까 한 작고 홀쭉한 남자를 보고 있을 것이다. 머리는 숱이 많이 빠졌다. 좀 잘 보이기 위해 옷깃까지 내려오게 하려 해도 머리숱은 너무 적었다. 그는 특별 감호동에 있는 다른 재소자들과 똑같은 옷을 입었다. 연한 무명바지에 소매가 길고 디자인이 단순한 무명 풀오버. 방문객이 더 가까이 다가오면 그는 무테안경 뒤로 약간 물기가 밴 파란 눈을 보게 될 것이다. 사흘 동안 면도를 하지 않아 텁수룩하고 창백하게 꺼진 두 뺨, 55세의 나이보다 더 들어 보이는 남자를 보게 될 것이다.

이제 그 남자는 계속 다가왔다. 힌데는 남자라는 것을 확신했다. 걸음걸이와 향수 냄새가 없는 것으로 알 수 있었다. 보고 나니 그의 생각이 맞았다. 몸집이 작고 체크무늬 셔츠에 치노 바지를 입은 지극히 평범해 보이는 남자가 맞은편 의자에 앉았다.

"안녕하세요. 내 이름은 토마스 하랄드손이고 새로 부임한 교도소장이에요."

힌데는 처음으로 방문객의 눈을 들여다보았다.

"에드바르트 힌데입니다. 만나 뵈어 반갑습니다. 소장님은 저에게 세 번째시군요."

"뭐라고요?"

"교도소장 말이에요. 소장님이 세 번째시라고요."

"아하……."

삭막한 면회실에는 침묵이 감돌았다. 환풍기에서 윙 하고 나는 작은 소리가 유일한 소음이었다. 복도에서도 아무 소리가 들리지 않았고 밖에서는 일체 아무런 소음도 들어오지 않았다. 힌데는 신임 소장을 똑바로 바라보기만 했다. 먼저 침묵을 깰 생각은 없었다.

하랄드손이 헛기침을 했다. "어떻게 지내는지 잠깐 보고 갈려고 왔어요." 그는 이렇게 설명하면서 긴장한 빛으로 힌데에게 미소를 보냈다.

힌데도 정중하게 미소로 답했다. "아주 친절하시군요."

두 사람은 다시 입을 다물었다. 하랄드손은 의자에 앉은 채 몸을 약간 뒤척였다. 힌데는 계속 입을 다문 채 방문객을 쳐다보기만 했다. 그냥 어떻게 지내는지 보려고 들러보는 사람은 아무도 없다. 앞에 앉은 남자는 분명히 뭔가 원하는 것이 있다. 힌데는 그것이 뭔지 알 수는 없었지만 계속 꼼짝 않고 앉아서 말없이 쳐다보기만 하면 결국 그것이 뭔지 드러날 것이다.

"여기서 지내기가 괜찮아요?" 하랄드손은 마치 힌데가 집에 있다가 이제 막 감옥에 들어온 것 같은 어조로 물었다.

힌데는 웃음을 참느라고 애를 먹었다. 그는 지금 앞에 있는 남자가 어떤 사람인지 아직 몰랐다. 첫 번째 소장은 다부진 사람으로서 힌데가 뢰브하가에 들어올 때 정년을 2년 앞두고 있었다. 그는 처음부터 힌데에게 '허튼 짓'은 절대 용납하지 않겠다는 것을 분명히 했다. 나중에 알았지만 그 말은 힌데가 오직 정해진 규칙만 따라야 하고 그에게 허용된 말만 해야 한다는 뜻이었다. 원칙적으로는 독단적으로 생각하는 일도 금지한다는 것이었다. 당시 그는 오랫동안 독방에서 지내야 했다. 12년간 재직했던 두 번째 소장은 이와 달리 얼굴이 잘 떠오르지 않았고 그가 기억하는 한, 말을 나눠본 적이 없었다. 하지만 세 번째 소장인 이 토마스 하랄드손은 가깝게 알아 두면 아주 유익할 것 같았다. 힌데는 맞은편의 남자에게 침착하게 미소를 보냈다.

"네, 덕분에 잘 지냅니다. 소장님은요?"

"나야 뭐 이제 3일째니, 아직 괜찮지……."

다시 침묵이 이어졌다. 하지만 알맹이도 없는 이 대화가 책상 맞은편에 앉은 남자에게는 만족스러웠나 보다. 이 때문에 힌데는 작전을 바꿔 말을 걸어보기로 했다. 그는 다시 미소를 보내며 물었다.

"사모님은 이름이 뭔가요?"

"그건 왜 물어요?"

힌데는 탁자 위 자신의 오른손 너머 있는 하랄드손의 왼손을 고갯짓으로 가리켰다.

"반지가 보여서요. 소장님이 결혼했다는 걸 알았으니까요. 요즘 사람들 중에는 다른 남자와 결혼하는 남자도 있는 모양인데 설마 소장님은 아니시겠죠?"

"아니, 아니, 그럴 리가……." 하랄드손은 손사래를 쳤다. "나는 아니오……." 그는 입을 다물었다. 도대체 무엇 때문에 힌데는 자신에게 그런 생각을 했을까? 아직까지 하랄드손에게 동성애자라고 말한 사람은 아무도 없었다. 단 한 명도 없었다.

"아내 이름은 제니요. 제니 하랄드손."

힌데는 속으로 슬며시 웃었다. 동성애자가 아니냐는 암시보다 상대 부인에 대해서 더 잘 알아내는 방법은 없다.

"자녀는요?"

"첫째가 태어날 거요."

"아, 축하해요. 아들인가요, 딸인가요?"

"아직 모르지."

"기대가 더 크겠군요."

"그래요."

"나는 아직까지 임산부를 죽인 적은 없습니다."

느닷없는 이 말을 듣자 하랄드손은 약간 불안해졌다. 지금까지는 아무 문제가 없었다. 첫 만남이라 힌데의 마음을 누그러트리기 위해 가벼운 잡담을 나누다가 특별살인사건전담반 얘기로 넘어갈 참이었다.

하지만 힌데의 마지막 언급은 그를 혼란스럽게 했고 겁이 나기까지 했다. 이자의 말은 이곳 감옥에서는 한계가 있으니 임산부를 살해할 엄두를 못 낸다는 뜻일까? 아니면 단지 아직까지 기회가 없어서 그렇게 못했다는 말일까? 하랄드손은 소름이 끼쳤다. 차라리 무슨 뜻인지 모르는 편이 나을 것 같았다. 이제 예정된 방향으로 화제를 바꿀 때가 되었다.

"특별살인사건전담반에서 당신과 얘기를 나누고 싶은 모양이던데." 그는 가능한 한 중립적인 어조로 지나가는 말투로 말했다.

이거였군. 자신을 찾아온 사람의 진정한 관심사였다.

힌데는 이제야 대화에 구미가 당기는 것으로 보였다. 그는 의자에서 일어나더니 약간 삐딱하던 표정이 밝아졌다. 정신을 차렸나보다. 민감한 반응이었다.

"그 사람들이 지금 여기 와 있습니까?"

"아니, 하지만 하루 이틀 내로 올 거요."

"무엇 때문에요?"

"그 말은 없던데, 당신 생각은 왜 오는 것 같아요?"

힌데는 이 말을 무시했다. "나하고 얘기하고 싶어 한다면서요?"

"그건 그런데, 당신에게 무슨 볼일이 있을까?"

"누가 오는데요?"

"반야 리트너와 빌리 로젠."

"소장님 생각에는 내가 그들이 올 거라는 것을 아는 것이 두 사람에게 아무 상관도 없을까요?"

하랄드손은 갑자기 말머리를 잃고 더듬거리면서 생각에 빠지지 않을 수 없었다. 하…… 상관이 없지 않겠지. 그의 계획은 특별살인사건전담반에서 나올 거라는 것을 헌데에게 알려줌으로써 그들이 왜 그에게 관심을 갖는지 뭔가 알아낼 수 있지 않을까 하는 것이었다. 그리고 뭔가를 알아낸다면 하랄드손이 동료들에게 약간이나마 도움이 될 수 있을 거라는 바람이었다. 한 번 경찰이면 영원한 경찰이 아니던가(스웨덴에서는 경찰과 교도소가 똑같이 법무부 산하 조직으로 일원화되어 있다_옮긴이). 이제 그는 자신의 계획이 어그러졌다는 씁쓸한 느낌을 맛보았다. 특별살인사건전담반에서는 이런 것을 알면 안 되었다.

"그건 나도 정확히 모르겠는데." 그는 진지한 얼굴로 힌데에게 대답했다. "내가 아는 것은 당신도 알 권리가 있다는 것뿐이오. 그렇다고 그들이 왔을 때 올 것을 알고 있었다는 말을 무턱대고 할 필요는 없겠지. 당신도 경찰이 어떤 사람들인지 잘 알잖소."

그는 얼굴 가득히 미소를 보이면서 말을 마쳤다. '우리 대 그들'을 암시하는 미소였다. 공동의 적을 인정하는 데 합의를 요구하는 미소이기도 했다.

힌데도 마주 미소를 지었다. 그는 14년 형기 전 기간에 걸쳐 지금 몇 분간 만큼 웃어본 적이 없었다. 하지만 그만큼 가치가 있는 웃음이었다. 그는 교도소장 토마스 하랄드손이 자신에게 큰 쓸모가 있을지도 모른다는 느낌을 받았다.

"네, 경찰이 어떤 사람들인지 알죠. 걱정 마세요. 아무 말도 안 할테니."

"고마워요."

"하지만 소장님, 나에게 살짝 빚진 겁니다."

하랄드손은 수갑 찬 이자의 말이 농담인지 아닌지 알 수 없었다. 그는 계속 미소를 보내고 있었지만 그의 눈빛에는 무척이나 진지한 말이라는 기색이 엿보였다. 하랄드손은 다시 몸이 오싹하는 것을 느꼈다. 이번에는 숨길 수도 없었다. 그는 재빨리 자리에서 일어났다.

"이제 가봐야겠군……. 만나서 반가웠어요."

"오히려 내가 반갑죠."

하랄드손은 문 쪽으로 가서 문을 두드렸다. 그가 마지막으로 힌데를 돌아보니 그는 창문을 똑바로 바라보고 있었다. 곧 밖에서 문이 열렸다. 하랄드손은 면회실을 나가면서 오늘 대화가 계획대로 진행되지 않았다는 것을 알았다. 그리고 이 대화로 이득을 본 사람은 그보다 힌데라고 느꼈다. 뭔가 개운치 않은 느낌이었다. 그래도 낭패를 본 것은 아니라고 자위했다. 특별살인사건전담반에서는 두 사람이 얘기를 나눴다는 사실을 알 수 없을 것이다.

어쨌든 이제는 출발해야 한다. 아이스크림도 사고 영화도 빌려야 한다.

힌데 때문에 골치를 썩을 일은 없겠지.

트롤레는 처음에 문을 열어주지 않으려고 했다. 세바스찬은 트롤레가 안에 있는 것을 알고 있었다. 그가 적어도 5분 동안은 벨을 누른 다음에야 이 옛날 동료는 드디어 문을 살짝 열었다. 문틈으로 세바스찬을 쳐다보는 그의 눈은 충혈되어 있었다. 트롤레의 뒤로 보이는 집 안은 형체를 알아보기 어려울 정도로 어두컴컴했다. 안에서는 먼지와 탁한 공기, 쓰레기 냄새가 밖에까지 풍겨 나왔다.

"무슨 일인데?"

"잠잤어?"

"아니. 무슨 일이냐고?"

"자네하고 이야기 좀 하려고."

"시간 없어."

트롤레는 면전에서 문을 도로 닫으려고 했지만 세바스찬은 잽싸게 구두코를 문틈으로 디밀었다. 이런 동작은 영화에서 수도 없이 보았지만 직접 해보기는 처음이었다. 모든 일은 언제나 처음이 있기 마련이다.

"내 얘기 들으면 자네도 좋아할 거야!" 세바스찬은 잠시 뜸을 들였다가 결정적인 미끼를 던졌다. "돈이 있네."

문틈이 조금 더 벌어지면서 층계참에서 비치는 빛으로 트롤레의 얼굴이 조금 더 환해졌다. 그는 정말 늙었다. 이제 겨우 50대 말일 텐데 10년은 더 들어 보였다. 엉겨 붙은 회색빛 머릿결은 어지럽게 밑으로 흘러내렸고 면도도 하지 않은 얼굴이었다. 몸은 수척했고 담배와 술 냄새가 뒤섞인 악취가 코를 찔렀다. 이미 현직에 있을 때부터 트롤레는 술을 마다하는 법이 없었고 이제 15년이 지나 직장도 가족도 없는 지금은 술만 마시는 것으로 보였다. 그는 누더기나 다름없는 하얀 티셔츠에 운동복 반바지를 입고 있었다. 맨발에 보이는 발톱은 누렇게 변색이 되었고 길게 휘어 있었다. 나이만 먹은 것이 아니라 몸도 망가진 사람 같았다.

"난 돈에 별 관심 없어."

"그럴 수도 있겠지. 하지만 몇 푼 생겨서 나쁠 것은 없지 않나?"

"대체 얼마나 있는데?"

세바스찬은 상의 안주머니에 손을 넣고 지갑을 꺼내 안에 든 것 전부를 보여주었다. 100크로나짜리 지폐와 20크로나짜리가 여러 장 보였다.

"일을 해도 돈 때문에 하는 건 아닐세." 트롤레는 손으로 돈을 만져보면서 중얼거렸다.

"나도 알아." 세바스찬은 고개를 끄덕였다.

트롤레가 지난 몇 년 동안에 완전히 변한 것이 아니라면 맞는 말이었다. 그가 돈 때문에 하는 일은 하나도 없었다. 물론 경찰관으로 재직하던 시절에 사소한 부수입을 거절하지는 않았지만 결코 이런 소득에 군침을 흘리지는 않았다. 그에게 중요한 문제는 다른 사람들을 끝장낸다는 것이었다. 그들을 파멸시키는 것이었다. 계획하고 기다리고, 정보를 수집하고 사건을 조종하고 마침내 이들의 인생을 조그만 지옥으로 바꿔놓는 것. 이것이 본래 트롤레의 가담 동기였다. 다른 사람들을 꼭두각시로 만드는 기분. 돈은 단지 반가운 보너스에 지나지 않았다.

"좀 들어가도 돼?" 세바스찬은 이렇게 물으면서 지갑을 다시 집어넣었다.

"자네 생각이 바뀐 건가?" 트롤레는 이렇게 말하며 층계참이 떠나가도록 큰 소리로 웃었지만 들여보내려는 동작은 보이지 않았다. 대신 문틈으로 얼굴만 내민 채 말했다. "어쨌든 자네는 늙은 트롤레가 필요한 거군……."

세바스찬은 고개를 끄덕이고는 좀 더 자세하게 말하기 위해 고개를 숙였다. "그래, 하지만 밖에서 이렇게 의논할 생각은 없단 말일세."

"평소와 달리 까다롭게 구는군. 좀 그대로 있어 봐." 트롤레는 못마땅하다는 듯이 얼굴을 잔뜩 찌푸렸다.

세바스찬은 비웃는 듯한 남자를 피곤하게 바라보았다. 트롤레는 그렇잖아도 언제나 힘들어 보였지만 오랜 세월 술에 절어 살아서 그런지 이런 특징이 훨씬 더 심해진 것 같았다. 잠시 세바스찬은 문가에 서 있는 자신에 대해 생각해보았다. 그 자신도 계속 술을 퍼마셨다면 어떻게 되었을까? 쓰나미 이후 시험 삼아 복용해본 대로 마약을 했다면 어떻게 되었을까? 스테판이 없었다면? 반야를 찾아내지 못했다면? 갑자기 그에게는 모든 일이 훨씬 더 중요하게 보였다. 이 네가지 '……했다면'이 그와 몰락한 트롤레 헤르만손이 떨어진 거리였다. 더 이상 잃을 것이 없는 이 남자와의 차이였다.

"나는 자네가 이 일을 끝까지 철저히 캐주었으면 하네. 가능한 것은 무엇이든 찾아내. 온 가족과 엄마에 대해서도. 엄마 이름은 안나 에릭손이야."

"엄마가 누군지는 나도 알아." 트롤레가 그의 말을 끊었다. 트롤레는 그르렁거리는 소리를 내며 한숨을 쉬고는 그의 제안을 생각해보는 듯 손으로 수염을 쓰다듬었다.

"좋아. 수락하지. 하지만 먼저 자네가 이유를 설명해야 하네."

"이유라니?" 세바스찬은 트롤레가 이미 이유를 알까봐 겁이 나면서도 그렇지 않기를 바랐다.

"에릭손과 리트너의 집안에 무슨 특별한 일이 있냐는 걸세. 또 그 집 딸은 왜 그렇게 쫓아다니나? 자네에게는 너무 어리지 않나?"

"내가 무슨 말을 해도 자네는 믿지 않을 거야."

"그래도 말해봐!"

"싫어."

트롤레는 세바스찬의 단호한 눈빛을 보고는 이 '싫다'는 말에 타협의 여지가 없다는 것을 알았다. 그래, 언젠가는 이유를 털어놓게 만들어 주지. 트롤레는 이미 이 제안을 수락하기로 결심했지만 모든 것으로 미루어보아 세바스찬이 이 문제를 심각하게 받아들이는 상황을 좀 더 즐겨보려고 했다.

"세바스찬, 나는 자네를 좋아했네. 아마 나뿐이 없었을 거야. 자네가 전화했을 때 자네가 좋아서 하는 거라는 말을 했지." 트롤레는 충혈된 눈으로 마치 자신의 말을 인정하라고 간청이라도 하듯 세바스찬을 응시했다. 친구 사이에 못할 말이란 없었다.

"나를 좋아해서 이 일을 한다는 말을 하지는 않았네. 대신 누군가를 구렁텅이로 몰아넣을 기회라서 한다고 했지. 이 일이 자네에게 짜릿한 흥분을 안겨줄 거라서 한다는 말이었네. 트롤레, 나는 자네를 알아. 그러니 누군가를 궁지로 몬다는 생각을 먼저 하지는 말게. 트롤레, 내 제안을 받아들일 건가, 아닌가?"

트롤레는 다시 웃었지만 이번에는 과장이 덜한 것 같았다. "자네는 나를 좋아하지 않아. 단지 달리 아무도 없기 때문에 나를 찾아온 거야."

"자네와 똑같지."

두 남자는 말없이 서로 바라보기만 했다. 그러다가 트롤레가 세바스찬에게 손을 내밀었고 잠시 망설이던 세바스찬은 축축한 트롤레의 손을 잡았다. 차가웠다. 하지만 꽉 움켜잡으며 악수를 하는 그 손에는 힘이 넘쳤다.

"물론 돈 때문에 일을 하는 건 아니지만 무료 봉사도 아닐세."

"얼마를 원하는데?"

"1000크로나. 자네가 약간 불순한 목표를 달성하는 데 대한 대가지." 이 말과 동시에 트롤레는 재빨리 문을 닫았다.

"며칠 내로 전화해!"

다시 조용해졌다. 세바스찬은 돌아서서 천천히 2층 건물을 걸어 내려갔다.

아네테 빌렌은 이날 저녁이 좋았다. 이미 오후 3시에 마음속으로 저녁이 되기를 기다렸다. 아네테는 늘 똑같은 순서를 반복했다. 따뜻한 물로 오랫동안 샤워를 하면서 머리를 감고 살구향이 나는 표피 제거용 비누로 온몸을 문질렀다. 이 비누는 바디샵(The Bodyshop : 친환경 제품을 판매하는 화장품 회사_옮긴이)에서 산 것이었다. 이어 잠시 따뜻한 욕실에 앉아 몸을 말리고 몸에 물기가 약간 남아 있을 때 약국에서 사 온 보디로션을 발랐다. 아네테는 어디선가 습기가 로션을 더 잘 흡수하기 때문에 젖은 몸에 로션을 발라야 피부에 윤기가 난다는 것을 읽은 적이 있었다. 이어 목욕 가운을 입고 맨발로 침실 겸 거실로 사용하는 공간을 걸어 다녔다. 원래 거실과 별도로 침실이 하나 있지만 이것은 아들 방이라 비록 아들이 집을 나간 지가 오래되었어도 사용하지 않았다. 이 방은 언젠가 아들이 다시 돌아올지 모른다는 마지막 희망의 상징이었다. 그 방이 필요하고 엄마가 필요해서 다시 돌아올지도 모르는 일이었다.

만약 방 안의 물건을 치운다면 아들의 가출은 돌이킬 수 없는 궁극적인 현실로 드러날지도 모른다.

아네테는 자신의 옷장을 열고 조심조심 블라우스와 스커트 등 옷과 스타킹 따위를 꺼내기 시작했다. 한 번은 면접을 보러 가려고 사둔 옷을 꺼낸 적도 있었다. 면접에는 가지 않았지만. 아네테의 옷 중에는 마치 세련된 옷차림을 한 낯선 손님처럼 눈에 띄는 것도 있었다. 아네테는 여러 옷을 침대 위에 펼쳐 놓고 침대에 자리가 모자라자 세 칸으로 된 소파와 소파 탁자에 올려놓았다. 이어 방 한가운데 서서 색깔과 디자인, 원단 별로 다양하게 몸에 걸쳐 보았다. 아네테는 집 안에서는 마음대로 할 수 있다는 느낌이 들었다. 밖에 나가면 자신이 대수롭지 않은 사람일지 모르지만 여기 방 안에서는 무엇이든 자신의 뜻대로 할 수 있었다. 자신의 앞에 펼쳐진 옷은 자신의 인생이었다. 이제 그것들을 마음껏 걸쳐보고 골라 입을 인생이었다.

스스로 생각하기에도 멋지다는 느낌이 들자 아네테는 현관으로 걸어가 고리에 걸린 거울을 들어내고 침실 겸 방으로 돌아와 벽에 세워 놓았다. 그리고 한 걸음 뒤로 물러서서 자신의 모습을 비춰보았다. 방금 샤워를 하고 짧은 분홍색 목욕 가운을 입은 몸이 거기 서 있었다. 아들이 엄마의 40세 생일 선물로 사준 것이었다. 거울을 볼 때마다 아네테는 자신이 나이가 들었다는 사실을 실감했다. 숱이 빠진 머리뿐이 아니라 피부의 윤기도 줄어들었다. 벌거벗은 몸으로 거울 앞에 서는 것을 중단한 지는 오래되었다. 세월의 흔적이 묻은 자신의 몸을 보면 맥이 빠졌다. 그렇다고 자신의 몸을 부끄러워할 정도는 아니었다. 아네테는 여전히 여성적인 유연한 몸매를 지녔고 체중이 불지도 않았다. 오히려 몸은 아직도 호리호리했고 늘씬한 다리와 단단하고 풍만한 가슴을 가졌다. 다만 피부만 해마다 꺼칠해졌고 윤기가 빠지면서 주름이 늘었다. 아무리 표피 제거용 비누를 사용하고 노화 방지 제품을 써보아도 피부는 마치 오랫동안 햇볕을 쪼인 복숭아처럼 갈수록 쭈글쭈글해지는 것 같았다. 이것이 아네테는 불안했다. 특히 이제부터 늙어간다는 느낌을 받았기 때문이다. 아직도 갈 길이 까마득한데 어느 날 갑자기 이 자리에 다시 서면 자신을 못 알아보는 날이 올지도 모른다. 하필이면 새로운 삶을 시작하려는 지금 그런 생각이 들었다. 진지하게 올바로 살려고 하는 이 마당에.

아네테는 이런저런 잡념을 떨쳐버리기 위해 옷을 입어보기 시작했다. 여러 가지로 조합하고 가장 잘 어울리는 세트를 고르기 위해 모든 것을 섞어서 입어 보았다. 오늘은 어떤 사람이 되어야 하나?

좀 더 젊어 보이려면 불거진 풀오버에 아무렇게나 입은 듯한 청바지 차림을 하거나 레이스가 달린 짤막한 검은색 상의로 검은빛의 스포티한 여성으로 꾸밀 수도 있었다. 아네테는 이런 여성의 모습이 좋았다. 특히 이런 모습을 하고 싶을 때는 과감하게 어두운 빛의 립스틱을 발랐다. 아네테는 검은 옷을 입고 머리를 검게 염색할 용기가 있는 여자가 완벽하다는 느낌이 들었다. 하지만 아네테는 옷차림에 맞추려고 염색을 할 생각은 없었다. 그래서 아네테는 계속 옷을 입었다가 벗었다. 그리고 이제 점잖으면서도 사무적인 분위기의 하얀 블라우스에 어두운 색의 스커트를 입어보았다. 이런 여성의 이미지도 아네테는 마음에 들었다. 어느 때건 자신이 동경하는 이미지였다. 하지만 이런 스타일에는 까다로운 것이 많았다. 머리가 좀 더 부풀어 오르고 부드럽게 곡선을 형성해야 한다. 태도도 세련되어야 한다. 모든 것이 더 우아해야 한다. 아마 언젠가는 이런 스타일이 몸에 밸지도 모른다. 또 곧 이렇게 될 수도 있을 것이다. 이런 생각을 하면서 수없이 옷을 입었다가 벗었다. 하얀 바지에 까만 블라우스, 불거진 풀오버에 청바지, 니트웨어……. 아네테는 입어주기를 기다리며 옷장에 걸려 있는 다양한 정체성의 옷을 입어보는 것이 좋았다. 거울 앞에서 다양한 여자의 모습이 나타났다. 새로운 여자, 좀 더 우아한 여자, 좀 더 흥미로운 여자……. 그 모습은 아네테가 아니었다. 계속 다른 여자였다. 정확하게 이것이 아네테의 문제였다. 거울에 비치는 모습이 어떤 여자이든 아네테는 그 모습을 할 용기가 없었다. 확신과 시험 삼아 입어보던 재미는 점차 의혹과 불안으로 바뀌었다. 옷을 고르는 일이 갈수록 조심스러워졌고 선택의 폭이 점점 좁아졌다.

이렇게 옷과 씨름하는 일과는 거의 반나절이나 걸렸다. 아네테는 점점 눈에 띄고 세련된 취향으로 향하다가 마침내 자신의 모습이나 옷을 대수롭잖게 여기게 되었다. 마지막에 가서는 항상 세 가지 가능성이 남았다. 검은색 블라우스, 흰색 블라우스, 터틀넥 풀오버. 이 중에 하나를 골라 청바지를 입는 것이다.

스테판은 어디서 세바스찬을 찾아야 하는지 알고 있었다. 경찰청 앞과 반야의 집 앞. 이 두 곳이 대화할 때면 늘 등장하는 장소였다. 그래서 스테판은 여기서 시작하기로 결심했다. 시간은 이미 저녁 8시가 넘었기 때문에 경찰청에서는 가능성이 아주 적었다. 스테판은 안내실로 전화를 해서 산드함스가탄 44번지라는 반야 리트너의 주소를 받아 자동차의 내비게이션에 이 주소를 입력했다. 이때부터 시간은 더디게 갔다. 집단치료는 9시에 시작했다. 그리고 스테판은 자신의 원칙과 반대로 이 행사를 이끌었다. 원래 모든 절차는 환자 자신의 자율에 맡겨져 있었다. 참여하는 사람 자신이 스스로 참석 여부를 결정하는 것이 중요한 전제였다. 하지만 세바스찬은 달랐다. 세바스찬을 아는 것이 그에게는 방해가 되는 것처럼 보였다. 그는 의도적으로 잘못된 결정을 내렸다. 스테판이 이런 환자를 처음 보는 것은 아니었다. 이런 사람을 어쩔 수 없이 집에 보내는 일이 가끔 있었다. 하지만 세바스찬은 어떤 의미에서 그의 친구이기도 했다. 두 사람의 관계가 복잡하기는 해도 친구라고 할 수도 있었다. 그리고 이런 경우에는 가끔 원칙을 위반하기도 하는 법이다. 만약 그가 스스로 세바스찬을 돌려보낸다면 누가 그의 방종한 생활을 제지한단 말인가?

스테판은 44번지에서 좀 떨어진 곳에 차를 세우고 내려서 걸어갔다.

걸으면서 스테판은 그늘에 가린 주변의 주택들을 둘러보았다. 약간의 간격을 두고 나란히 줄지어 있는 주택들은 현관 앞까지 자연을 그대로 살리는 설계 원칙을 지킨 것 같았다. 44번지 입구의 자전거 거치대에는 성인용과 아동용 자전거 몇 대가 세워져 있었다. 스테판은 걸음을 멈추고 주위를 둘러보면서 적당한 곳에 자리를 잡고 이 건물에 있는 집들을 엿보는 것이 좋을지 잠시 생각해 보았다. 도로에서도 멀찍이 떨어져 있고 남들 눈에 안 띄는 곳이 좋겠다는 생각이 들었다. 건물 뒤로는 빽빽한 활엽수로 에워싸인 바위 언덕이 있었다. 그곳은 나무 덤불에 가려 잘 보이지 않았다. 그가 적당한 곳을 찾아냈다는 것은 곧 세바스찬 베르크만이 빽빽한 나무 숲 뒤에서 불안한 얼굴로 엿보는 모습이 확인되면서 드러났다.

"여기서 도대체 뭐 하는 거요?" 세바스찬이 물었다.

스테판은 나뭇잎 사이로 화난 얼굴을 하고 자신을 바라보는 남자가 모습을 드러내자 터져 나오는 웃음을 가까스로 참았다. 스테판은 꼭 담배를 피우다 걸린 10대 같은 기분이 들었다.

"선생님이 새로운 보금자리에 있는 모습을 보고 싶어서 왔죠."

"쓸데없는 소리. 누가 보기 전에 어서 가 봐요."

스테판은 머리를 흔들면서 좀 더 잘 보이도록 세바스찬과 얼마 떨어지지 않은 탁 트인 풀밭 쪽으로 걸어 나왔다.

"선생님이 나와 같이 가기 전에는 안 갑니다. 집단치료 시간이 이제 30분밖에 안 남았다고요."

세바스찬은 계속 화난 얼굴로 스테판을 바라보았다. "당신이 지키는 그 원칙은 다 어디 간 거요? 대체 자율이라는 규정은 어떻게 된 거냐고?"

"그런 원칙은 젊은 여자를 자신의 딸이라고 주장하며 나무 덤불에 숨어 엿보는 중년 남자에게는 적용되지 않습니다. 이제 가시죠?"

세바스찬은 머리를 흔들었다. 그의 마음속은 냉랭했다. 자신의 세계가 갈수록 무너진다는 기분이 들었다. 그는 알몸을 드러낸 것처럼 수치스럽다는 느낌이 들었으나 그 상황에서 반격하는 것 외에는 뾰족한 방법이 떠오르지 않았다. 하지만 동시에 지금 눈앞에 있는 남자는 자신을 다른 눈으로 보게 만들었다. 그러면서도 자신이 진실에 눈을 돌리고 늘 똑같은 대답을 하게 만들었다.

그는 트롤레를 만났다. 그리고 이곳으로 왔다.

그는 패배했다.

"제발 부탁인데, 스테판. 그만 가 봐요! 날 좀 내버려 두라고!"

스테판은 사방이 트인 풀밭을 벗어나 세바스찬이 숨어 있던 나무 그늘로 걸어 들어갔다. 그리고 다가가 세바스찬의 손을 잡았다. "선생님을 불편하게 하려고 여기 온 것이 아니에요. 또 해를 입히려고 온 것도 아니고요. 선생님을 위해서 온 거란 말입니다. 정말 내가 가기를 원하신다면 가 드리죠. 하지만 속마음으로는 내 말이 맞다는 것을 아실 겁니다. 이 상황에서 빠져나와야 하니까요."

세바스찬은 자신의 치료사를 바라보면서 말없이 잡힌 손을 뺐다.

"집단치료에는 안 가요. 내 자존심이 아직 용납하지 않아."

"아, 그래요?" 스테판은 진지한 표정으로 세바스찬을 쳐다보았다. "하지만 좀 생각해 보세요. 지금 어떤 상황에 놓여 있는지 보라고요."

세바스찬은 대답할 마음이 전혀 없었다. 그는 이제 빠져나갈 길이 보이지 않았다.

"지난주에 나는 차가 들어갈 수 있도록 차고 청소도 하고 잡동사니를 치우겠다고 말했었죠. 여러분 생각에는 내가 그 일을 했을 것 같습니까?"

세바스찬 앞에 앉아 있는 스티그라고 불리는 남자가 이야기를 시작한 지 10분이 지났다. 그런데도 그 남자는 아직 할 말이 많이 남은 것 같았다. 그는 비대한 몸집 속에 수많은 이야기보따리를 감춰놓은 것처럼 계속 푸념을 늘어놓았다.

"나는 그냥 그런 일을 할 에너지가 없었어요. 나는 스스로 어떤 결정을 내릴 수가 없었습니다. 밥 먹고 난 뒤 설거지를 하든가 쓰레기를 치우든가 하는 일도 나에게는 엄청 신경이 쓰였죠. 여러분도 아시겠지만 이런 생각을 하는 사람이 어떻게 되겠어요? 이대로 계속할 수는 없는 거죠……."

세바스찬은 고개를 끄덕였다. 남자의 말에 공감해서가 아니었다. 오히려 이 뚱뚱한 남자는 벌써부터 따분한 사람이라 여기고 그가 다시 입을 열자 귀를 기울이지 않았다. 하지만 그가 고개를 끄덕이면 괴물같이 뚱뚱한 이 남자는 자신의 메시지가 잘 전달되었다 생각하고 자신의 무욕증에 대해 시시콜콜 예를 들지 않을 것이라 생각했기 때문이다. 개인적인 문제가 있어 여기 모인 다양한 사람들은, 스테판의 말에 따르면 세바스찬이 도와줄 수 있는 사람들이라고 했다. 여자가 넷, 남자는 스테판과 세바스찬 자신을 제외하면 둘이었다. 스티그가 한숨을 내쉬며 다시 지루한 잔소리를 늘어놓으려고 하자 스테판이 제지했다. 세바스찬은 아직도 스테판에 대한 분노가 가시지 않았지만 스티그의 말을 중단시킨 그가 무척이나 고마웠다.

"당신의 경우에는 가벼운 우울증이 있다는 것이 드러났습니다. 의사를 만나보거나 약을 처방받은 적이 있나요?"

스티그는 고개를 흔들더니 잠시 자신의 그런 결정에 만족한 듯한 표정을 지었다. 하지만 곧 스티그는 다시 방금 전부터 세바스찬의 짜증을 유발한 큰 한숨을 지었다. 한숨 소리는 너무 크게 들렸다. 그리고 다시 장황한 말이 이어졌다.

"사실 약을 먹을 생각은 없습니다. 전에 한 번 약을 복용해봤지만 부작용 때문에……."

세바스찬은 고개를 돌리고 하품을 했다. 이 사람들은 어떻게 이 지루한 얘기를 견딘단 말인가? 뚱보 옆에 말없이 둘러앉아 있는 사람들이 신기할 정도였다. 이들은 세바스찬처럼 개인적인 좌절을 겪고 이제 차례가 오면 길게 한숨을 토한 뒤 재미라고는 없는 자신의 인생에 대해 보고할 기회를 기다리는 것인가? 다른 사람의 흔해 빠진 문제에 대해 전혀 신경을 쓰지 않으면서도? 세바스찬은 스테판에게 분노와 애원이 담긴 시선을 보내려고 했으나 스테판은 스티그가 하는 말을 열심히 듣고 있었다. 할 수 없이 세바스찬은 앞에 앉은 여자에게 눈길을 돌렸다. 하얀 블라우스에 청바지를 입은 여자는 호리호리한 몸매에 눈에 잘 띄지 않는 모습이었다. 여자는 몸을 조금 내밀고는 속삭이듯 작은 목소리로 스티그의 수다를 중단시켰다.

"하지만 약이 그 증상에 도움이 된다면 부작용이 있다 해도 다시 복용해봐야 하는 것 아닌가요? 도움이 된다면 나쁠 거는 없을 텐데요?"

나머지 참석자들이 고개를 끄덕이며 이 말이 맞다는 듯 한두 마디씩 뭐라고 했지만 세바스찬은 여자의 진의를 알 수 없었다. 단순히 누군가 힘들게 발표를 하게 되어 가벼운 기분으로 한 마디 던진 것인지 아니면 자신이 하는 말을 정말 믿어서 그런 것인지 알 수 없었다. 세바스찬은 여자를 자세히 쳐다보았다. 40은 넘은 것 같았지만 정확한 나이는 가늠할 수 없었다. 날씬하고 자그만 몸매에 검은 머리는 숱이 적었고 가벼운 화장을 했다. 초조하게 만지작거리는 커다란 목걸이를 빼면 수수한 옷차림이었다. 여자는 다른 사람들의 눈길을 확인하고는 말을 이었다. 세바스찬은 이 여자가 남들의 시선을 받고 싶으면서도 길게 시간을 빼앗을 엄두는 내지 못한다는 인상을 받았다. 이 여자도 자주 압박감을 받을까? 침묵을 강요받는 상황에 익숙해진 것일까? 세바스찬은 격려의 뜻으로 미소를 보내고는 다른 사람의 시선을 피하려는 여자의 눈을 다시 응시했다.

"저도 그런 상황을 알아요." 이제 여자의 차례였다. "모든 것이 그대로 있다는 느낌이 들 때가 있죠. 아무것도 할 수 없는 느낌이에요."

세바스찬은 계속 여자에게 미소를 보냈다. 그는 방금 예상 외로 이날 밤 수확이 괜찮을 것 같다는 생각을 했다.

"바로 그겁니다, 아네테." 스테판이 맞장구쳤다. "앞으로 나갈 수가 없다면 다른 방법을 시험해 봐야 하지 않겠어요? 아네테, 당신은 실제로 그렇게 했죠."

아네테는 고개를 끄덕이고는 말을 이었다. 세바스찬은 여자가 용기를 얻어 자세하게 설명하려고 하는 모습을 지켜보았다. 세바스찬은 여자가 하는 말을 들으며 스테판과 여자 두 사람이 서로 잘 아는 사이라고 생각했다. 여자의 설명 속에 스테판의 표현이 들어 있다는 것을 알 수 있었다. 이 여자는 오래 다닌 사람이었다. 오랫동안 치료를 받아온 환자로서 자신이 치료 받은 과정을 설명하는 것이었다. 스테판의 격려나 그치지 않는 다정한 미소는 세바스찬의 판단이 맞다는 것을 뒷받침했다. 작고 눈에 띄지 않는 아네테는 오랫동안 스테판의 치료를 받은 것이 분명했다. 세바스찬은 웃음을 지어 보였다. 스테판은 자신의 환자를 아끼는 마음이 대단했다. 세바스찬 자신이 불과 한두 시간 전에 산드함스가탄 44번지 앞의 활엽수 그늘에서 직접 겪은 것도 아마 이런 스테판의 마음을 증명하는 것인지도 모른다. 그는 직업에 충실하기 위해 애쓰는 사람이었다. 실제로 도움을 주기 위해 무척이나 애를 썼다. 몸집이 작고 잘 눈에 띄지 않는 아네테 같은 사람이야말로 스테판이 정말 걱정하는 사람이었다. 그가 좋아하는 사람인지도 모른다. 세바스찬은 두 사람이 연출하는 분위기로 이것을 알 수 있었다. 바로 여기에 스테판의 아킬레스건이 있었다.

세바스찬은 머리색이 짙은 그 여자에게 다시 미소를 보냈다. 무척이나 다정한 미소였다. 모든 과정이 저절로 이루어졌다. 갑자기 세바스찬은 집단치료에 세바스찬 베르크만을 참석시킨 일이 무사하지 못하다는 것을 어떻게 스테판에게 보여줄 수 있을지 알 것 같았다.

75분간 둥그렇게 모여 앉아 있던 일행이 행사를 끝내기 전에 순서에 정해진 대로 커피를 마실 시간이 되었다. 스테판은 노련하게 선발한 가까운 사람들에게 상투적인 말을 주고받게 함으로써 사교적인 관심의 긍정적인 힘을 이끌어 내는 것으로 모임을 마쳤다. 그리고 세바스찬에게는 그가 이 모임에서 아무런 역할을 하지 못했다는 것을 환기시키는 차가운 눈길을 보냈다. 세바스찬은 그런 시선에 하품으로 대응했다. 그리고 두 사람이 일어날 때 재빨리 커피 탁자와 여자가 있는 곳으로 피했다. 스테판은 이내 스티그와 좀 더 젊어 보이는 다른 남자와 토론에 휩쓸렸다. 이 남자는 계속 '술' 얘기를 하며 자신의 아내를 '나이 든 여편네' 또는 '정부政府'라고 부르고 있었다.

스테판에게는 이런 모임이 잘 어울린다는 생각을 하며 세바스찬은 아네테를 바라보았다. 아네테는 커피가 놓인 탁자를 지나치며 아무것도 집지 않는 것으로 보아 그냥 가려는 것으로 보였다. 세바스찬은 여자가 가는 쪽으로 서둘러 따라갔다.

아네테는 천천히 출구 쪽으로 걸어가고 있었다. 커피를 마시고 갈 것인지 아닌지 분명치 않은 태도였다. 아네테는 언제나 이런 식이었으며 이런 태도를 저녁 모임을 갈무리하는 세련된 방식으로 여겼다. 어쨌든 아네테는 오래 치료를 받은 환자 중의 한 사람이었다. 모임에서 비중이 큰 환자였고 언젠가 스테판은 아네테가 진정한 집단치료의 전문가라고 치켜세운 적이 있었다. 물론 농담으로 한 말이었지만 아네테는 일주일 내내 이 말을 곱씹었다.

자신을 전문가라고 부른 것이다. 그때까지 아네테에게 이런 말을 해준 사람은 아무도 없었다. 아네테는 이곳이 자신이 있을 곳이라는 것을 알았다. 일행과 함께 둥그렇게 모여 앉아 있을 때면 남들의 시선을 받으며 앞으로 나갈 용기가 생겼고 발언을 한 뒤 이어지는 커피 시간에는 다른 참석자들의 칭찬을 받기도 하고 거꾸로 모임에서 다른 사람들이 한 발언에 긍정적인 반응을 표하기도 했다. 하지만 오늘 밤은 뭔가 달랐다. 맞은편에 앉았던 새로 나온 남자 때문이었다. 그 남자의 시선은 아네테의 마음에 이상한 느낌을 불러일으켰다. 처음에는 그 눈빛을 보고 깜짝 놀랐다. 그리고 이 뒤에는 호기심이 생겼다. 뭔가 자신의 마음을 들여다보는 것 같은 눈빛이었다. 달리는 표현할 방법이 없었다. 아네테가 이야기를 시작했을 때 그 남자는 귀를 기울이며 자신을 바라보았다. 거만하다기보다 어딘가 에로틱한 분위기가 마치 눈빛으로 자신을 벌거벗기는 기분이었다. 하지만 성적이라기보다 지적인 매력을 풍겼다. 이 느낌을 말로는 표현할 수 없었다. 이전에는 이런 느낌을 받아본 적이 없었다.

그는 계속 아네테를 바라보고 있었다. 정말 그랬다.

그 느낌은 뭔가 자극적이면서도 동시에 불안을 일으켰다. 그래서 아네테는 모임이 끝난 뒤에 곧장 집으로 가려고 결심했다. 이제 아네테는 출구로 향하는 발길이 자신도 모르게 느려진 것을 깨달았다. 마음속 한구석에서는 주위를 한 바퀴 더 돌고 그 남자의 시선을 다시 확인하고 싶었다. 또 한편으로는 그냥 달아나고 싶기도 했다. 곁눈으로 살피니 그 남자가 다가오고 있었다. 자신감이 넘치는 모습이었다. 분명한 목표가 있는 것 같았다. 자신을 향해 오는 것은 확실했다. 아네테는 그의 목표에 맞춰야만 했다. 적어도 이 남자와 몇 마디 말이라도 나누지 않는다면 나중에 후회할 것이다. 남자는 저녁 내내 아무 말도 하지 않았다. 그런 그가 이제 입을 열었다.

"안녕하세요, 커피 생각이 전혀 없으신가요?"

남자의 목소리가 마음에 들었다.

"글쎄요…… 저는……." 아네테는 재빨리 머리를 굴렸다. 거절의 뜻을 보이지 않으면서도 변덕스럽고 우유부단하다는 느낌을 주지 않으려고 했다. 이제 아네테는 남아서 커피를 마시고 싶었지만 어떻게 이런 마음을 표현한단 말인가? 그가 아네테에게 이런 말을 하려면 진작 문 밖으로 한 발을 내딛었을 때 해야 했다.

"오세요, 커피와 아몬드 몇 개 먹는 시간도 없진 않으시겠죠?"

남자가 아네테를 구해주었다. 아네테를 가지 못하게 붙잡는 말이, 가지 말라고 설득하는 말이 필요했기 때문이다. 이 마당에 거절하는 것은 예의에 어긋날 것이다. 그래서 아네테는 고마운 뜻으로 미소를 지었다.

"그럼요. 그 정도 시간이야 있죠."

두 사람은 나란히 커피 탁자가 있는 곳으로 돌아갔다.

"내 이름은 세바스찬 베르크만입니다." 남자는 자신을 소개하며 아네테에게 손을 내밀었다. 아네테는 그 손을 잡으면서 어색하다는 느낌을 받았지만 남자의 손은 따뜻했고 그의 미소는 더 따뜻했다.

"아네테 빌렌이에요. 만나서 반갑습니다."

그는 한동안 아네테의 손을 꼭 잡았다. 아네테는 어색한 느낌이 갑자기 사라진 것 같았다. 그는 아네테를 바라보았고 아네테는 단순한 시선 이상의 느낌을 받았다. 바라보는 것 이상의 느낌이었다. 그는 아네테 자신이 원하는 사람으로서 자신의 모습을 바라보고 있었다.

"오늘 밤 별로 말씀을 안 하시던데요." 아네테는 보온 주전자에서 커피를 따르면서 입을 열었다.

"내가 한 마디라도 했던가요?" 남자는 계속 미소를 지으면서 물었다.

아네테는 고개를 흔들었다. "안 했죠."

"나는 듣는 데 더 익숙합니다."

"그건 좀 이상하군요. 그러니까 제 말은 다른 사람의 말을 들으려고 오는 경우가 그렇다는 거죠. 참석자들은 대개 뭔가를 말하고 싶어 해요." 아네테는 말을 하면서 탁자에서 몇 걸음 떨어졌다. 이제 다른 사람들에게 방해받고 싶지 않았기 때문이다. 세바스찬도 아네테를 따라가며 관심을 표하기로 마음먹었다.

"모임에 나오신 지는 얼마나 되었어요?"

아네테는 사실대로 말해야 할지 아닌지 생각해보았다. 사실 정확하게 기억이 나지 않을 정도로 오래되었다. 그건 안 돼. 그대로 말하면 너무 처량하게 들릴 것이다. 너무 연약하게 보일 것이다. 이 남자가 자신에게 잘못된 인상을 받을지도 모른다. 그러면 섣부른 판단을 내릴 것이다. 그래서 아네테는 기간에 관해서는 거짓말을 하기로 했다.

"1년 반쯤 되었어요. 이혼하고 직장도 잃은 다음 아들이 애인을 만나 캐나다로 떠났거든요. 저는 일종의…… 공황 상태에 빠졌죠."

지나치게 많으면서도 너무 때 이른 설명이었다. 그는 이 모임에 왜 나오는가가 아니라 얼마나 되었는가를 물은 것이기 때문이다. 아네테는 자신의 문제가 별것 아니라는 듯 재빨리 어깨를 으쓱해 보였다.

"이 말을 할 수밖에 없었어요. 그런 상황에서 빠져나오기 위해 여기 나오는 거니까요." 아네테가 재빨리 덧붙였다. "어쨌든 살고 봐야 하잖아요?" 아네테는 그를 향해 미소를 지었다.

세바스찬은 잠시 스테판을 건너다보았다. 스테판은 여전히 두 남자와 토론하느라 정신이 없었다. 세바스찬의 눈길이 세 남자에게 가 있는 동안 아네테는 갑자기 자신이 이미 그를 싫증나게 해서 남자에게 작별 인사를 할 구실을 주었고 이 만남이 곧 끝나리라는 느낌을 받았다. 갑자기 숨이 가빠왔다. 마음 한구석에서 가벼운 공포의 증상이 치밀어 오르면서 아네테는 자신이 무슨 짓을 하든 외롭게 살라는 저주를 받은 것 같았다. 하지만 그 순간 남자가 다시 자신에게 고개를 돌리면서 매혹적인 미소를 머금었다.

"그럼 선생님은 어떻게 여기 나오셨는데요?" 아네테는 자연스럽고도 꾸밈 없어 보이는 어조로 물었다.

"스테판이 뭔가 도움이 될 거라고 말해서 나왔어요."

"왜 그런 말을 했을까요? 선생님과 무슨 상관이 있다고?"

세바스찬은 황급히 주위를 둘러본 뒤 대답했다. "우리가 아직 그런 대화를 할 단계는 아닌 것 같은데요."

"아직 아니라고요?"

"네. 하지만 그 단계로 발전할 수도 있겠죠." 남자의 대답에서 나오는 직설적인 표현에 아네테는 놀라면서도 기뻤다.

"이 모임에서 말인가요?"

"아뇨, 어딘가 다른 데서, 우리 둘만이 있는 곳에서요."

그의 자신감이 아네테를 매혹시켰다. 아네테는 절로 나오는 미소를 억제할 수가 없었다. 동시에 남자의 눈길을 용감하게 맞받았다. "저와 사귀고 싶은가요?"

"그렇다고 볼 수 있죠. 기분 나빠요?"

"여기 참석자들은 대부분 누군가를 사귀려고 나오지는 않아요."

"아주 잘되었군요. 그럼 경쟁자가 거의 없다는 뜻이니 말입니다." 그는 이렇게 대답하면서 아네테에게 한 걸음 더 가까이 다가섰다. 남자의 애프터 셰이브 로션 냄새가 풍겼다.

그는 목소리를 낮췄다. "내가 예의에 어긋난다고 생각하신다면 당장 이 자리에서 사라지겠습니다."

아네테는 기회를 잡았다. 아네테는 남자의 어깨에 손을 얹으면서 한 순간 다른 사람의 몸에 손을 댄 것이 얼마나 오래되었는지 생각해보았다. "아니, 그러실 필요 없어요. 저도 상대의 말을 잘 듣는 사람이라는 걸 알아 주세요."

"그러실 것 같군요. 하지만 이야기를 하고 싶지는 않습니다."

이번에도 아네테는 그의 시선을 피하지 않았다. 아네테의 용기가 또 다른 용기를 불렀다.

세바스찬은 아네테와 함께 자리를 빠져나오면서 스테판에게 목례를 했다.

일은 약간 쉽게 풀렸다. 앞으로도 잘될 것 같았다.

두 사람은 택시를 집어타고 몇 분 지나지 않아 키스를 나누기 시작했다. 하지만 아네테의 키스는 소심했고 혀를 부딪치는 것을 피했다. 아네테는 뭔가 어색했고 불안했다. 그가 자신의 이런 생각을 눈치챘다는 것을 알았다. 아네테는 속마음을 내보이고 싶지는 않았다. 그리고 그가 목덜미를 쓰다듬을 때 자신을 진정 원한다고 믿고 싶었다. 어쩌면 이 남자는 키스를 멈추고 자신을 바라볼지도 모른다. 따뜻하고 욕구에 넘치는 것이 아니라 경멸적이고 냉랭한 눈길을 줄지도 모른다. 다시 미소를 보내겠지만 이번에는 악의가 담겨 있을 수도 있다. 아네테는 남자에게 어떤 반응을 보일지 생각해보았지만 아무 생각도 나지 않았다. 남자가 하는 대로 몸을 맡기지 않고 스스로 이런 것은 중요하지 않다고 자신을 설득할 수 있을 것 같았다. 그러면 남자가 떠난다고 해도 마음이 덜 아플 것 같았다. 전에도 이런 경험이 한 번 있었기 때문이다.

세바스찬은 자신이 여기저기 더듬자 아네테의 몸이 굳어지는 것을 느꼈다. 하지만 여자는 손을 뿌리치지는 않았다. 세바스찬은 섹스에 거부반응을 보이는 여자라는 느낌을 받아 잠시 차에서 내려 가버릴까도 생각해보았다. 그러나 아네테는 뭔가 자신을 유혹하는 매력이 있었다. 여자의 민감한 특징이 그를 끌어당겼다. 아네테는 순간적으로 그 자신의 예민한 감각을 잊게 만들고 그의 자아에 불을 댕겼다. 사실 그는 여자가 손길을 받아들이고 섹스를 즐기든 말든 전혀 상관이 없었다. 그가 여자를 따라온 것은 여자 때문이 아니다. 아네테는 그에게 단지 심심풀이에 지나지 않았다. 그렇잖아도 따분했던 하루를 중도에 끝마치는 것뿐이다. 자신의 보복 계획의 일부였을 뿐이다.

그는 다시 키스를 했다.

아네테의 집은 릴리에홀멘에 있었는데 새로 생긴 쇼핑센터에서 5분 거리였고 도심 고속도로가 보이는 곳이었다. 집에 도착해서야 비로소 두 사람은 마음이 안정된 것 같았다. 거실에는 먼지가 많았고 온통 잡동사니가 나뒹굴고 있었다. 아네테는 지저분해서 미안하다고 하면서 황급히 침대를 치우더니 나뒹굴던 물건을 한 아름 안고 거실에서 나갔다.

"나 때문에 청소를 할 필요는 없어요." 세바스찬은 아네테의 뒤에 대고 큰 소리로 말하면서 침대에 앉아 구두를 벗었다.

"누가 올 거라는 생각은 못 했어요……." 아네테가 옆방에서 말하는 소리가 들렸다.

세바스찬은 실내를 둘러보았다. 흔히 보는 거실 풍경이었는데 세간은 여기 사는 사람의 특징을 그대로 드러내었다. 한쪽에는 창 쪽 벽에 커다란 1인용 침대가 있었다. 이때 세바스찬은 다른 방이 더 있다는 것을 알았다. 왜 아네테는 그 방에서 잠을 자지 않을까? 혼자 산다고 말하지 않았던가? 편지함에도 이름은 하나밖에 보이지 않았었다.

다른 쪽에는 선반에 동물 인형들이 수북이 쌓여 있었다. 크기와 색깔이 각기 다른 여러 종류의 동물들이었다. 곰과 호랑이, 돌고래, 고양이…… 동물 인형 외에 베개와 침대 커버, 이불이 보였다. 실내 전체는 안전한 보금자리에 대한 열망을 드러내었다. 차갑고 혹독한 현실이 들어올 수 없도록 자신을 보호해주는 연약하고 다정한 누에고치에 대한 소망 같은 분위기가 풍겼다. 세바스찬은 벽에 걸려 있는 거울에 자신을 비춰보았다. 여자는 차갑고 혹독한 현실을 방금 스스로 끌어들인 것이다. 다만 여자가 모를 뿐이었다.

세바스찬은 이 여자의 인생에서 어떤 사건이 있었기에 이렇게 자신감이 없고 지나친 보호 욕구가 생겼을지 가만히 생각해보았다. 어떤 충격을 받은 걸까? 잘못된 관계? 아니면 인생을 좌우하는 잘못된 결정 때문에? 혹시 더 심각한 이유가 있었을까? 부당한 침해를 받거나 부모와의 관계를 방해받은 것일까? 그는 그 이유를 알 수 없었고 알고 싶지도 않았다. 그의 관심은 오로지 섹스와 몇 시간의 잠뿐이었다.

"거울을 다른 데로 치워도 될까요?" 그는 이렇게 물으면서 거울을 들어올렸다. 이 방에서 여자와 섹스를 하는 모습이 비치는 것은 어딘가 찜찜했다. 그는 에로틱한 모험을 할 생각은 없었다. 만일 일을 시작하기도 전에 여자가 이불 속으로 들어가 불을 꺼달라고 하면 섹스를 할 마음이 사라질 것 같았다.

"문간에 걸어두면 돼요." 욕실에서 들리는 것 같은 목소리였다. "옷을 입어볼 때마다 거울을 가지고 들어오거든요."

세바스찬은 거울을 들고 현관으로 나가서 거울을 걸어두는 못을 발견했다.

"옷을 좋아하나요?"

세바스찬은 다시 여자의 목소리가 들리자 돌아보았다. 이번에는 가까운 데서 들렸다. 여자는 그새 옷을 갈아입었다. 레이스가 달린 자극적인 까만 옷에 검은 립스틱을 바른 모습이었다. 갑자기 여자는 완전히 다른 모습으로 변했다. 눈에 확 띄는 여자로 변한 것이다.

"옷을 좋아해요." 여자가 말했다.

세바스찬은 고개를 끄덕였다. "아주 잘 어울려요. 멋있네요." 그는 솔직하게 말했다.

"정말로요? 즐겨 입는 옷이에요." 아네테는 세바스찬 쪽으로 다가와 키스를 했다. 세바스찬도 마주 키스를 했지만 이번에는 여자가 그를 유혹했다. 그는 여자가 하는 대로 맡겼다. 아네테는 자신이 원하는 대로 했다. 세바스찬은 여자의 옷을 벗기려고 했지만 여자가 뿌리쳤다. 이 옷은 분명히 여자에게 중요한 의미가 있는 것 같았다.

옷을 입은 채로 섹스를 하려고 하는 것이다.

우르줄라가 카타리나 그란룬드의 임시 검시 보고서를 세 번째 읽으면서 마지막 페이지를 들여다보고 있을 때 로베르트 아브라함손이 회의실 문을 두드리고는 잘 손질한 머리를 불쑥 디밀었다. 그는 우르줄라가 달가워하지 않는 수배 전담반의 반장이었다.

"빌어먹을! 당신네 일은 당신네가 알아서 좀 하라고요!"

우르줄라는 무슨 일이냐는 듯 읽고 있던 보고서에서 눈을 떼었다.

"지금 또 기자들이 나에게 전화를 하고 난리란 말이오." 아브라함손이 다시 말을 이었다. "특별살인사건전담반과 연락이 안 된다고 나를 귀찮게 하잖아요!"

우르줄라는 약간 끼는 상의 차림에 햇볕에 얼굴이 탄 이 남자를 어리둥절한 눈으로 바라보았다. 우르줄라는 일하는 중에 누가 방해하는 것을 몹시 꺼렸다. 특히 로베르트 아브라함손처럼 우쭐대는 멍청이가 방해할 때는 더 심했다. 그럴 자격이 있다 해도 마찬가지였다. 그래서 우르줄라는 대수롭지 않다는 듯 짤막하게 대답했다.

"그런 건 토르켈에게 말해요. 토르켈이 언론을 담당하잖아요."

"그 사람 어디 있는데요?"

"몰라요. 직접 찾아보든지요."

우르줄라는 다시 보고서로 눈길을 돌리면서 그만 가주었으면 좋겠다는 자신의 뜻을 로베르트가 충분히 알아차리기를 바랐다. 하지만 로베르트는 가기는커녕 성큼성큼 우르줄라를 향해 안으로 들어왔다.

"우르줄라, 당신이 정신없이 바쁠지 모르지만 특별살인사건전담반의 사건 때문에 사람들이 나에게 전화할 때는 두 가지 이유밖에 없다고요. 당신들이 그들과 연락을 끊었든가 그들이 쫓을 만한 어떤 새로운 근거가 생겼든가. 이번에는 두 가지 다 해당되는 것 같은데요."

우르줄라는 피곤하게 한숨을 쉬었다. 우르줄라는 팀 내에서 신문에 나는 것은 무엇이든 무시하는 사람이었다. 우르줄라는 가능하면 증거를 합리적으로 분석하는 자신의 능력을 침해할 추가 정보가 없기를 바랐기 때문이다. 그럼에도 이번 사건은 꽤나 골치 아프다는 것을 알았다.

특별살인사건전담반에서는 세 가지 사건을 서로 연관지어 '스톡홀름에서 연쇄살인'이라는 자극적인 제목의 기사가 실리는 것을 가능하면 피하려고 했다. 기자들에게 불필요한 억측을 할 빌미를 될 수 있으면 주지 않는 것이 토르켈의 핵심 전략이었다. 일단 언론이 발 벗고 달려들면 무슨 일이 일어날지 알 수 없는 노릇이었다. 특히 내부 단속을 잘해야 했다. 사건이 정치적 쟁점으로 확대되는 것은 쉬운 일이었고 정치적 영향력이 미치기 시작하면 수사는 엉망이 될 것이다. 그때는 '능률적인 수사'를 주문하든가 '결과를 가져오라'는 요구가 빗발칠 것이고 이것은 최악의 경우에 증거가 부족한 것은 고려하지 않고 윗선에서 수사하라는 의미가 될 수도 있기 때문이다.

"대체 누가 전화했어요?" 우르줄라가 물었다. "번호나 줘 봐요. 토르켈에게 전화해보라고 할 테니."

"지금까지는 엑스프레센의 악셀 베버 한 사람뿐이오."

우르줄라는 이름을 듣고는 미소를 지으면서 의자에 깊숙이 등을 기댔다. "베버? 이봐요, 그 사람이 당신에게 전화했을 때는 무슨 이유가 있었을 것 아닌가요?"

로베르트의 얼굴이 벌게졌다. 그는 손가락을 치켜 올리면서 마치 학교를 주제로 한 영화에 나오는 교사 같은 제스처를 해보였다.

"잘 몰라서 그랬다는 걸 당신도 알잖아요. 서장도 내 말을 인정했다고요."

"그렇다면 서장 한 사람뿐일걸요." 우르줄라는 다시 몸을 내밀면서 갑자기 진지한 어조로 덧붙였다. "당신이 베버에게 슬쩍 정보를 흘린 것 같군요. 살인 사건에 대해서."

로베르트는 덤벼들 것 같은 얼굴로 우르줄라를 쳐다보았다. 그는 자기주장을 굽힐 생각이 없었다. "어떻게 할 건지 생각해봐요. 우리는 지금 21세기에 살고 있다고요. 언론과 협조하는 것을 배워야지. 특히 복잡한 사건일 때는."

"특히 수고의 대가로 신문에 사진이 실리고 영웅 대접 받을 때겠죠." 우르줄라는 말을 잠시 끊었다. 자신이 별것 아닌 걸 가지고 인색하게 군다는 것을 모르는 것은 아니었지만 그래도 이대로 멈출 수는 없었다. "그 윗도리 보니 생각나네요." 우르줄라는 말을 이었다. "전에는 날씬해 보였는데, 당신 먹는 것 좀 줄여야겠어요. 알죠? 카메라 앞에서는 5킬로그램 더 나가 보인다는 것을?"

로베르트는 상의 단추를 풀어헤쳤다. 우르줄라는 그의 눈이 분노로 이글거리는 것을 보고 반격을 할 것으로 예상했다. 하지만 로베르트는 억지로 화를 삼키고는 돌아서서 문 쪽으로 걸어갔다.

"당신들, 내가 한 말 잊지 마!" 그는 한 마디 덧붙였다.

그래도 우르줄라는 수그러들지 않았다. "친절하기도 하네, 로베르트. 그리고 베버가 우리 내부 정보를 쓰기라도 한다면 어쨌든 그가 어디서 그 정보를 얻었는지는 뻔한 거죠."

"나는 당신네 사건에 대해 아는 게 없어."

"여기 왔잖아요. 벽에 걸린 화이트보드 내용도 다 보았고."

로베르트는 회의실에서 나갔다.

우르줄라는 그가 쿵쿵 발자국 소리를 내면서 유리문 너머로 멀어지는 소리를 들었다. 우르줄라는 일어나 문으로 다가가서 그가 실제로 가버렸는지 확인했다. 그리고 나가서 복도를 따라 걸으면서 거의 텅 비다시피 한 사무실들을 지나갔다. 아무것도 숨길 것은 없겠지만 그래도 우르줄라는 토르켈에게 대응할 여지를 주고 싶었다. 토르켈의 방은 비어 있었다. 옷걸이에 걸려 있는 상의도 보이지 않았고 컴퓨터는 꺼져 있었다. 몇 시나 된 것일까? 휴대전화는 23시 25분을 가리키고 있었다. 토르켈에게 전화를 해야 할 것 같았다. 하지만 전화를 하고 싶지 않았다. 그러는 자신이 바보 같고 우스꽝스럽고 어리석은 것 같았지만 그래도 하고 싶지 않았다.

사무실에서 그와 마주치는 것은 아무 상관이 없었고 그와 함께 근무하는 데도 문제는 없었다. 하지만 밤늦게 전화를 하는 것은 달랐다. 이런 태도는 논리적이지 못했고 비록 이러는 자신이 싫기는 했지만 우르줄라의 이런 태도에는 이유가 있었다. 보통 밤에 전화를 하는 것은 문제가 안 되었지만 일 때문에 하기는 싫었다. 새로운 살인 사건이 발생하거나 진행 중인 수사에 기술적으로 시급히 해결할 문제가 있지 않고서는 하기 싫었다. 지금은 이런 경우에 해당되지 않았다. 베버에 관한 일은 내일 아침에 설명해도 될 것이다. 우르줄라가 밤에 그에게 전화를 한다면 그건 그를 원할 때뿐이다. 두 사람이 사용하는 호텔 방이나 그의 집으로 전화를 하는 것이다. 우르줄라는 그가 필요할 때만 전화를 했다.

그럼에도 우르줄라는 망설였다. 지금 그가 필요한가? 최근에 와서 우르줄라는 이렇게 스스로 묻기 시작했다. 두 사람의 은밀한 관계를 청산한 것은 생각보다 마음에 들었다. 처음에는 해방감을 느끼기까지 했다. 아주 간단했다. 우르줄라는 남편인 미카엘에게만 관심을 집중했고 인생의 나머지 부분을 단순하게 도려냈다. 토르켈은 노련한 경찰이었기 때문에 우르줄라의 태도는 두 사람이 함께 근무하는 데 아무런 영향을 주지 않았다. 처음에는 토르켈의 시선을 의식했지만 우르줄라가 그 시선에 대응을 하지 않을수록 자신을 바라보는 일은 점점 줄어들었다. 이러면서 우르줄라는 자신의 결정이 옳았다는 확신을 갖게 되었다. 그러면서도 토르켈 생각을 하지 않을 수 없었다. 갈수록 생각이 더 간절했다.

우르줄라는 회의실로 돌아가 자신의 물건과 검시 보고서를 챙기고는 엘리베이터를 타고 지하 주차장으로 내려갔다. 더 이상 일할 생각이 싹 가셨다. 베버의 일 때문에 자신이 머리 아프게 신경 쓸 것이 아니라 토르켈에게 넘기기 위해서라도 빨리 이 일을 그에게 알려야 했다. 이것이 특별살인사건전담반의 확고한 언론 대책 방침에도 맞았다. 언론을 상대하는 직원은 단 한 사람, 언제나 토르켈뿐이었다. 다른 부서에서는 공보관을 따로 두었지만 토르켈은 이것을 거부했다. 그는 모든 것을 자신이 직접 통제하려고 했다.

우르줄라가 육중한 철제문을 열고 약간 떨어진 곳에 주차해 있는 자신의 차로 걸어가는 동안 네온등이 자동으로 깜빡였다. 네온등은 한여름 한밤중에 저 혼자 깜빡이고 있었다.

우르줄라는 문을 열고 차에 올라탄 다음 시동스위치에 열쇠를 꽂고 돌렸다. 차는 이내 시동이 걸렸다.

우르줄라는 토르켈에게 전화를 할 생각이 없었다. 오늘 밤은 아니었다. 옛날에 함께 지내던 기억이 떠올랐다. 그가 낯선 도시의 호텔에 묵을 때였다. 토르켈은 우르줄라의 말을 잘 못 알아들었다. 다른 일 때문에 전화한 것으로 생각한 것이다. 우르줄라는 다시 시동을 껐다. 그리고 자리에 앉은 채로 꼼짝하지 않고 이리저리 생각을 굴렸다. 지금 전화를 하는 것이 무슨 의미가 있을까? 그가 믿어줄까? 그는 자신이 바라는 대로 생각할 것이다. 이것은 일에 관한 전화이다. 그 밖에 아무런 의미도 없었다. 우르줄라는 문자를 보내기로 했다.

엑스프레센의 베버가 우리와 접촉하고 싶어해요. 이 일로 여러 차례 전화를 했나봐요. 수배반의 로베르트 아브라함손에게.

우르줄라는 '전송'을 누르고 옆 자리에 전화기를 내려놓았다. 하지만 아무 답도 없었다. 우르줄라는 미카엘이 며칠 전에 자신에게 하던 말을 생각하지 않을 수 없었다.

"언제나 당신이 먼저야, 무엇이든 당신의 조건을 따라야 한다고, 우르줄라."

이 말이 꼭 맞는 것은 아니었다. 우르줄라는 실제로 변화하려고 노력했다. 그래서 애인과 헤어지기까지 했다. 사실 미카엘 때문은 아니었고 자신이 화가 나서, 실망스러워서 그랬을 뿐이다. 하지만 결국 미카엘 때문이기도 했다. 그는 그럴 자격이 있는 사람이었으니까.

하지만 정말 그랬을까? 우르줄라는 의자에 등을 기대고서 무표정한 얼굴을 하고 앞 유리창으로 적막한 주차장을 내다보고 있었다. 잠시 뒤 네온등이 꺼졌다. 네온등은 움직임을 인식하는 방법으로 작동했다. 우르줄라는 캄캄한 주차장에서 혼자 앉아 있었다. 불빛이라고는 각 모퉁이에 있는 녹색 비상등과 옆에 놓인 휴대전화의 화면뿐이었다. 차 안에는 전화기의 흐릿한 불빛이 비치고 있었다. 얼마 지나자 전화기의 불빛도 사라지고 완전히 암흑천지로 변했다. 미카엘이 한 말이 머릿속에서 계속 울렸다.

당신의 조건에 따라. 모든 것은 당신의 조건에 따라.

우르줄라는 실제로 남편과 진정한 파트너가 되기 위해 노력했다. 두 사람의 조건을 평등하게 맞추려고 했다. 주말여행도 함께 했고 저녁 식사도 거품 목욕도 함께 했다. 하지만 표면상으로 친절하고 낭만적이고 짜릿해 보이는 모든 것이 사실 우르줄라에게 너무 하찮은 것이었다. 지난번에 두 사람이 파리로 함께 여행을 했을 때도 이것이 두드러졌다. 두 사람은 손을 잡고 시내를 배회하기도 했고 많은 대화를 나누기도 했다. 낭만적인 가로수 길을 따라 긴 산책도 했고 관광객에게 매혹적인 사크레쾨르대성당 주변을 돌아다니기도 했다. 나이 든 레스토랑 가이드를 따라 낭만적인 술집을 찾아다닌 적도 있었다. 파리에서 즐겨야 할 모든 것을 즐겼고 부부가 경험해야 할 모든 것을 경험했다.

우르줄라에게는 의미가 없었다.

우르줄라는 솜처럼 부드러운 세상에서 날카롭게 모가 난 돌이었다. 흔히 관계라고 불리는 현상에 꼭 들어맞을 수 없는 형태를 지녔다. 우르줄라는 일정한 거리가 필요한 여자였다. 자신의 통제권을 요구하는 사람이었다. 곁에 누군가가 있어주어야 할 때도 많았다. 하지만 많다

뿐이지 언제나는 아니었다. 우르줄라가 원할 때만 있어야 했다. 하지만 원할 때는 정말 그 사람을 필요로 했다. 진정으로 필요했다. 미카엘이 말한 것이 바로 이것이었다. 미카엘. 그는 정말 우르줄라를 잘 알았다.

우르줄라는 불빛이 다시 반짝이자 생각에서 깨어나 로베르트 아브라함손이 서류 뭉치를 팔꿈치에 끼고 주차장으로 들어오는 모습을 바라보았다. 그가 걷는 동작조차 화가 났다. 거드름을 피우는 걸음걸이. 한밤중에 썰렁한 지하 주차장에 세워둔 차로 걸어가는 것이 아니라 마치 여름 신상품을 위한 패션쇼 무대에 오른 모델 같은 동작이었다. 그는 검은색 사브로 들어가더니 요란하게 시동을 걸었다. 우르줄라는 그가 완전히 사라질 때까지 기다렸다가 다시 시동을 걸고 기어를 넣고는 그 자리를 떠났다.

우르줄라는 너무 늦기 전에 집으로 돌아가야 했다.

토르켈은 우르줄라의 문자를 받고 어떻게 할지 잠시 생각해보았다. 악셀 베버는 훌륭한 기자였다. 만일 그가 이 사건에 대한 정보를 입수했다면 각 사건 사이에 연관성이 있다고 판단하는 것은 단지 시간문제였다. 어쩌면 벌써 이렇게 판단했을지도 모른다. 토르켈은 자신의 컴퓨터 앞에 앉아서 엑스프레센의 홈페이지에 이번 사건에 대해 눈에 띄는 기사가 실렸는지 확인해 보았다. 하지만 다행히도 톱뉴스는 계속 무더위에 관한 기사뿐이었다. 네 칸을 내려가자 마지막 살인 사건에 대한 기사가 보였다.

언론에서는 지금까지 별다른 눈치를 채지 못한 것으로 보였다. 하지만 베버는 이미 사건의 배경을 캐기 시작했다. 토르켈은 휴대전화를 집어 들었다. 베버에게는 근무시간에 전화하는 것이 덜 성가시겠지만 토르켈은 지금 당장 그 기자가 무엇을 아는지 확인하고 싶었다. 토르켈은 기자들의 전화번호를 입력해 놓고 있었다. 베버는 즉시 전화를 받았다.

"네, 베버입니다."

"특별살인사건전담반의 토르켈 회글룬트입니다. 내게 연락하려고 했었나요?"

"네, 전화 주셔서 고맙습니다. 방금 휴가에서 돌아왔어요. 한데 여자 세 명이 살해되었다는 기사가 떠서요."

잔소리는 생략하고 즉시 본론으로 치고 들어왔다. 토르켈은 입을 다물었다. 휴가라. 그래서 베버가 아직 연결 고리를 찾지 못한 거였군.

"한 달 사이에 말이죠." 토르켈의 대답이 없자 베버가 말을 이었다. "게다가 스톡홀름 광역권에서요. 여기저기 알아보니 여러 가지로 동일범 소행으로 보입니다만. 또 특별살인사건전담반이 투입되었다면 좀 더 자세한 것을 알 수 없을까 해서요."

토르켈은 민첩하게 이리저리 생각해 보았다. 그에게는 두 가지 가능성이 있었다. 분명히 확인해주든가 아니면 언급을 회피하든가 두 가지뿐이었다. 토르켈은 사건에 관계된 것이 아니라면 언론을 상대로 거짓말하는 일은 가능하면 피했다. 이번에는 그런 방침에 해당되지 않았다. 그는 기자회견을 염두에 두고 있었다. 기자회견을 열어 제한된 정보를 발표하고 반대급부로 몇 가지 수사 방향에 대한 조언을 듣거나 새로운 출발의 계기를 만들 생각이었다. 그러자면 준비가 필요하고 어떤 정보를 내어줄지 꼼꼼하게 따져봐야 한다. 어떤 경우에도 많은 말을 하지는 않을 작정이었다. 이런 연유로 토르켈은 간단히 대답했다.

"그 문제에 대해서는 언급할 수 없습니다."

"연쇄살인범이라는 사실에 대해 확인해 줄 수 없다는 건가요?"

"네."

"그것을 부인하는 겁니까?"

"그것도 언급하지 않겠습니다."

토르켈과 베버 두 사람 모두 언급하지 않는 것과 부인하지 않는 것은 같은 의미이며 동시에 누구도 토르켈이 언론에 중요한 정보를 흘렸다는 주장을 하지 못하리라는 것을 알고 있었다. 토르켈은 그렇게 할 필요가 전혀 없었다. 기꺼이 정보를 떠벌리고 다닐 경찰관들은 얼마든지 있었기 때문이다. 팀 내에서가 아니라 집에 가서 떠벌린다. 증인신문이나 대질신문에서 이 때문에 문제가 되는 경찰관들이 많았다. 너무 많은 사람이 너무 일찍 너무 많은 정보를 알기 때문에 빚어지는 현상이었다.

"내일 오전에 기자회견을 열 겁니다."

"무슨 기자회견이죠?"

"당신도 와보면 알 겁니다."

"가죠. 그리고 이미 확보한 정보는 기사에 사용하겠습니다. 전화 주셔서 고마워요."

토르켈은 전화를 끊었다. 기자회견. 내일 오전. 못할 것도 없지. 바싹 달려든 베버도 있는 자리에서 뭔가 새로운 내용을 공개해야 한다. 어떤 식으로든 정보 누출을 통제하려면 뭐라도 내놓아야 한다. 이런 상황은 언제나 외줄타기 묘기나 다름없다. 이들이 확보한 정보를 너무 오래 비밀에 부치면 소문이 퍼져나갈 수 있다. 그러면 전반적인 치안 문제를 놓고 피곤한 논란이 일어날 가능성이 있다. 또 연쇄살인범이 활개치고 다니는데 경찰은 왜 아무 말도 없느냐고 여론이 시끄러워질 것이다. 그리고 수사팀은 시민들의 제보가 필요했다. 토르켈의 입장에서 가장 바람직한 것은 공개수사를 하기 전에 새로운 단서를 확보하는 것이었다. 어쩌면 여론의 관심으로 사건이 부풀려질 수도 있지만 이보다 몇몇 용의자를 궁지로 몰 수도 있을 것이다. 하지만 이번에는 달랐다. 확보한 단서가 전혀 없었다. 수사는 한 발도 앞으로 나가지 못하고 있었다. 운이 좋다면 여론의 주의를 환기시켜 몇 가지 제보가 들어올 수도 있을 것이다. 토르켈이 확실히 믿는 구석은 하나 있었다. 사건이 처음 머리기사로 나가는 날 틀림없이 한 사람은 모든 기사를 꼼꼼하게 읽고 사건을 둘러싼 모든 보고와 논란에 촉각을 곤두세울 것이다. 바로 연쇄살인범 자신이다. 모방 범죄를 저지른 장본인. 수사팀은 이자에게 미끼를 던질 수 있다. 이자의 자만심을 건드려 실수를 유도하는 것이다.

희망 사항이었다.

토르켈은 검색엔진의 창을 닫고 기지개를 켰다. 유난히 바쁜 하루였다. 의문점은 수없이 많은데 정작 얻어낸 답은 거의 없었다.

끝없이 생각이 꼬리를 물었다. 딸들, 여름 별장, 거기 가서 무엇을 할 것이며 두 딸이 거기까지 가지 않으려고 하면 어떻게 할 것인가. 특히 엘린이 여름방학 마지막 몇 주를 별장에서 보내는 데 항의했다. 어쨌든 빌마는 가자고 하면 좋다고 따라나설 것이 분명했다. 빌마는 아직 10대 초의 아이니까. 토르켈은 언제나 이 시기가 두려웠다. 두 딸이 성숙해가는 요 몇 년이 두려웠다. 차라리 남자 친구들과 어울리며 나이 든 아빠나 외스테르예틀란드에 있는 작은 별장에서 멀리 떨어져 저희들 자율적으로 보내는 것이 더 좋을지도 모른다. 그것이 자연스러울 것이다. 어쨌든 교육적으로는 아이들 스스로 독립적인 개성을 키우는 것이 중요하다. 토르켈은 자신이 이렇게 했다는 것을 알았다. 하지만 사실은 그렇게 간단하지 않았다.

아이들 문제만이 아니었기 때문이다. 그에게는 함께 집으로 들어가려는 사람이 없었다. 그것이 어디든 마찬가지였다. 이본느에게는 크리스토퍼가 있었다. 보렌 호반에서 2주간 휴가를 같이 보낼 파트너로 생각한 것은 아니지만 이본느에게 새로운 남자가 생겼다는 사실은 그가 혼자라는 사실을 더욱 실감 나게 했다. 완전히 혼자였다.

토르켈은 책상에서 뻣뻣한 몸을 일으켜 거실을 한 바퀴 돌았다. 실내 풍경은 마음에 들지 않았다. 전보다 먼지가 더 많이 쌓인 것 같았다. 그는 늦은 시간인데도 청소를 하기로 결심했다. 먼저 잡념을 떨쳐버릴 필요가 있었다. 또 어지러운 실내가 부끄럽기도 했다. 사실 그는 아주 청결하게 지내는 사람이었지만 잔인한 연쇄살인에 온통 그의 시간을 빼앗겼다. 언제나 그랬다. 일에 전념할 필요가 있을 때면 집 안은 언제나 이 모양이었다. 골치 아픈 사건의 서류가 책상에 수북이 쌓여 있을 때면 집 안 꼴은 순식간에 아수라장이 되었다. 어쨌든 이혼한 뒤론 그랬다.

특별살인사건전담반에서 일을 시작한 뒤로는 그래도 나아진 편이었다. 이유는 오직 하나였다. 그가 이끄는 팀은 스웨덴 전국을 상대로 필요한 장소에서 활동을 했다. 특별살인사건전담반은 필요한 정보가 없는 현지 경찰 당국에 복잡한 살인 사건의 진상을 규명하는 데 도움을 주도록 설립된 특수 조직이라는 정책 때문이었다. 이런 이유로 토르켈은 출장이 잦았고 수사에 집중할 때는 호텔에서 지냈다. 이 동안 그의 집 안은 각종 수사 자료로 어질러지는 일을 면했다. 하지만 이번 사건은 달랐다. 스톡홀름에서 사건이 발생했기 때문이다. 그것도 가장 골치 아픈 사건이었다. 집 안 정리는 엄두도 내지 못했다. 이제 그에게는 청소를 할 것이냐 잠을 자러 갈 것이냐 두 가지 선택이 있었다.

토르켈은 주방부터 시작하기로 했다. 지난주에 두 딸과 함께 먹은 저녁 식사 찌꺼기가 싱크대 주변에 그대로 있었고 여러 날 쌓인 신문과 편지가 주방 식탁 위에 어지럽게 흩어져 있었다. 그는 빠른 속도로 청소를 했다. 30분쯤 지나자 주방은 만족할 정도로 깨끗해졌다. 이어 거실로 들어가 치우기 시작했다. 소파와 탁자를 정리하고 우편물을 확인하려고 할 때 문에서 벨이 울렸다. 그는 시계를 쳐다보았다. 너무 늦은 시간이었기 때문에 문을 열기 전에 그는 문에 달린 구멍으로 밖을 내다보았다.

그 여자가 서 있었다.

그는 약간 놀라면서 문을 열고 인사를 한 뒤 여자를 안으로 들였다. 토르켈이 가장 먼저 한 생각은 엉망진창이던 집 안을 치운 뒤라 다행이라는 것이었다. 여자에게는 아무래도 상관없을지 모르지만 그래도 지저분한 것을 보여주는 것보다는 나았다. 그래서 그는 마음이 약간 개운했다. 여자는 토르켈을 보더니 먼저 거실로 들어갔다.

"내가 보낸 문자 받았어요?"

"받았어요."

"베버가 당신과 연락하려고 했던 모양이에요."

"알아요. 벌써 통화했어요."

"잘했네요."

토르켈은 문가에 그대로 서서 여자를 쳐다보았다.

베버의 일에 그가 어떤 반응을 보일지에 대해 왜 그렇게 관심이 많은 거지? 여자는 그에게 연락했고 이제 그 일은 자신의 소관으로 넘어왔다. 하지만 토르켈은 여자가 왔다는 사실이 기뻤고 잡아두기 위해서라면 무슨 일이든 할 수 있을 것 같았다.

"내일 오전에 기자회견을 열 거예요. 베버가 연관성을 눈치챈 것 같더군요."

"힌데와 연관 짓는다고요?"

"아니, 살인 사건이 서로 연관 있다는 것을 말이에요."

"아하……."

여자는 고개를 끄덕이더니 다시 복도로 나갔다.

"당신이 문자를 받았는지 물어보려고 들렀어요. 이제 집에 가봐야 해요."

여자는 아름다웠다.

"그건 전화로 말할 수도 있을 텐데요."

"배터리가 다 닳아서요."

거짓말이 분명했다. 우르줄라는 그가 자신의 속마음을 꿰뚫어보는 것 같았다.

"가봐야 해요."

토르켈은 우르줄라를 붙잡으려면 무슨 말을 해야 하는지 생각해보았다. 우르줄라는 남아 있기 위해 어떤 핑계를 대야 하는지 생각해보았다. 이런 생각을 하며 두 사람은 말없이 서 있었다.

마침내 침묵을 먼저 깬 사람은 토르켈이었다. 그는 적당한 말을 골라 하려고 애를 썼지만 언제나 첫마디는 상투적인 말뿐이 나오지 않았다. "요즘 어떻게 지내요, 우르줄라?"

우르줄라는 그를 힐끗 보더니 평소에 아무도 사용하지 않는 현관 옆의 흰 의자에 앉았다. 우르줄라는 직설적인 여자였다.

"우리 어떻게 되는 거예요?"

"그게 무슨 말이에요?"

"당신하고 나 어떻게 되는 거냐고요?"

"모르겠어요." 토르켈은 자신의 느낌을 제대로 표현할 수 없어서 답답했다. 그는 솔직한 대답을 해야겠다는 생각이 들었다. 아주 솔직한 대답을. 우르줄라가 그를 쳐다보았지만 그는 눈빛의 의미를 알 수 없었다.

"내가 부서를 옮길까요?" 우르줄라가 입을 열었다.

이 갑작스런 제안이 솔직한 대답을 하려던 그의 기분을 싹 가시게 만들었다. 타들어가는 불안이 그를 엄습했다.

"아니, 잠깐. 대체 당신 무슨 말을 하는 거죠?"

상황은 그가 기대했던 것과는 딴판이었다. 아무튼 그는 정신을 가다듬고 손을 내밀었다. 그가 원하는 것을 말로 표현할 수는 없었지만 그의 두 손이 그 마음을 대변할 수도 있을 것이다.

"몇 주 전에 파리에 다녀왔어요."

"나도 알아요. 미카엘과 함께 갔다 온 것을요."

"참 기분이 이상했어요. 낭만적인 주말여행을 위해 할 수 있는 건 뭐든지 했거든요. 그런데 기분을 내려고 할수록 자꾸 집에 가고 싶은 거예요."

"그렇지 않으면 당신이 아니지요."

"내가 어떤데요?"

우르줄라의 혼란스러운 눈빛은 진정으로 보였다. 토르켈은 미소를 보내면서 자신의 손안에서 차츰 따뜻해지는 여자의 손을 쓰다듬었다.

"당신은…… 좀 복잡한 사람이지요. 완전히 만족하지도 못하고 완전히 기분을 풀지도 못하고요. 당신은 우르줄라에요."

"그 말은 모든 일을 내 조건에 맞춘다는 뜻인가요?"

이제 토르켈은 솔직히 말해도 될 것 같았다.

"그래요. 언제나 그랬어요."

"하지만 그것 때문에 당신과 문제는 없었잖아요."

"없었지요. 나는 내가 당신을 변화시킬 수 있다고 생각하지는 않아요. 또 그럴 생각을 해본 적도 없었고요."

우르줄라는 그를 쳐다보면서 일어섰다. 하지만 떠나기 위해서가 아니라 남아 있기 위해서였다.

3시 무렵에 집으로 돌아간 우르줄라는 벨라의 침대로 기어들어갔다. 벨라는 웁살라에 있다가 집에 들러 밤을 보낼 곳이 필요할 때면 이 침대에서 잘 때가 많았다. 우르줄라는 딸이 예고도 없이 집에 와 있어 자신을 놀라게 하기를 바랐지만 침대는 텅 비어 있었다. 벨라가 오지 않은 지는 벌써 여러 주가 지났다. 지난번에 딸은 남자 친구인 안드레아스와 6월 초에 같이 와서 이 방에서 며칠 묵고는 노르웨이로 떠났다. 다음 학기가 시작하기 전에 방학 동안에 레스토랑에서 일을 하며 돈을 벌기 위해서였다. 우르줄라는 벨라의 옷가지를 옆으로 치우고 책상에 딸린 의자에 앉아 빈 침대를 바라보았다. 침대 옆 탁자에는 벨라가 요즘도 밤에 잘 입고 자는 까만 그린데이 티셔츠가 있었다. 열다섯 살 때든가 음악회에 간다고 떼를 써서 사준 옷이었다. 우르줄라는 그때 딸을 차로 태워다 주었다. 차 안에서 두 사람은 티셔츠를 놓고 설전을 벌였다. 우르줄라는 그 티셔츠가 너무 비싸다고 말했지만 벨라는 그것이 살아가는 데 중요한 옷인 것은 말할 것도 없고 필수품이라고 끝까지 우겼다.

딸은 공부도 잘했고 배구도 잘했고 못하는 것이 없었다. 벨라는 우르줄라를 꼭 닮았다. 학교에서는 수석이었고 지식이 세상을 이해하는 데 필요한 유일한 것인 양 손에서는 책이 떠날 날이 없었다. 우르줄라는 갑자기 딸과 다시 가까워지기 위한 조치를 취해야겠다는 느낌이 들었다. 이들 모녀는 너무 닮았고 장점과 단점도 아주 비슷했다. 딸에게 몇 가지는 가르쳐 주어야 했는지도 모른다. 예를 들어 지식만으로는 세상을 살아갈 수 없다는 것을 가르쳐야 했다. 책으로는 습득할 수 없는 것도 있으며 토론으로 결론을 내거나 논리적으로 설명을 할 수 없는 것도 있다는 것을 알려주었어야 했다. 예컨대 다른 사람과 가까이 지내는 것 같은 문제가 그랬다. 가깝다는 느낌이 가장 힘들었다. 이런 느낌이 없다면 거리가 생길 수밖에 없다. 그것은 삶의 중심에서 약간 벗어난 생활로 우르줄라가 잘 아는 것이었다. 어쩌면 벨라와 가까이 지내기에는 너무 늦었는지도 모른다. 딸은 그동안 우르줄라가 필요했던 것과 똑같은 거리를 요구했다. 우르줄라는 곱게 개켜 놓은 티셔츠를 집어 들고 냄새를 맡아보았다. 새로 빨아놓은 것이었지만 우르줄라는 벨라의 체취를 맡을 수 있을 것 같았다. 우르줄라는 기회가 되는대로 말해야겠다고 마음먹었으면서도 꺼내진 못한 말이 생각났다.

"제대로 말을 하지는 못해도 엄마가 너를 사랑한다는 것을 알아야 해. 사랑한다." 우르줄라는 다시 한 번 티셔츠의 냄새를 맡아보고는 탁자 위에 올려놓고 욕실로 들어갔다.

우르줄라는 다시 몸을 씻었다. 이미 토르켈의 집에서 샤워를 했지만 다시 씻는 것이 당연하다는 생각이 들었다. 이도 닦았다. 그런 다음 우르줄라는 미카엘이 자고 있는 침대로 조심스럽게 올라갔다. 그리고 그 옆에 누워 미카엘의 덥수룩한 머리를 뒤에서 쳐다보았다. 돌아누운 미카엘은 깊은 잠에 빠진 것 같았다. 우르줄라는 긴장이 확 풀리면서 온전한 일심동체는 아닐지라도 어떤 만족감을 맛보았다. 그리고 자신은 늘 주변 사람들의 일부분만을 소유하고 있다는 것을 깨달았다. 언제나 전체가 아니라 일부분일 뿐이었다. 그리고 자신도 일부만을 되돌려 주었다. 그 나머지는 줄 수가 없었다.

벨라의 티셔츠와 똑같았다. 우르줄라는 딸을 사랑했지만 그 사랑은 오직 티셔츠로만 설명할 수 있었다.

자비네가 꿈속에서 그에게 왔다. 그는 손으로 자비네를 잡았다. 언제나처럼.

물거품이 이는 물결. 거대한 힘. 엄청난 소음. 그는 놓쳤다. 자비네를 잃어버렸다. 자비네는 파도에 휩쓸렸다. 언제나처럼.

그는 자비네를 잃어버렸다. 영원히.

세바스찬은 언제나처럼 불안한 꿈에서 깨어났다. 그의 시야에는 아네테가 들어왔다. 아네테는 아직도 까만 옷을 입고 있었다. 검은 립스틱 자국은 반쯤 지워져 있었고 베개에는 립스틱 흔적이 남았다. 아네테는 아름다웠다. 세바스찬은 이것을 어제는 전혀 눈치채지 못했다. 아무도 보는 사람이 없는 밤에만 피는 꽃 같았다. 이 아름다움의 절반만 밖으로 가지고 나갈 수 있다면, 그 절반만이라도 집 밖 세상으로 가지고 나갈 수만 있다면 하는 생각이 퍼뜩 세바스찬의 머리를 스쳤지만 그는 즉시 이런 생각을 떨쳐버렸다. 이 여자를 이해하거나 도와주는 것은 그가 할 일이 아니었다. 그는 자신을 위해 할 일도 벅찼다.

그는 조심조심 침대에서 빠져나갔다. 침대가 너무 좁고 지나치게 푹

신해서 그런지 등이 뻐근했다. 게다가 꿈자리가 뒤숭숭했고 오른손이 저렸다. 바닥에 흐트러진 그의 옷 옆에는 장미 무늬가 박힌 곰 인형이 있었고 '세상에서 가장 좋은 엄마에게'라는 글이 쓰여 있었다. 세바스찬은 잠시 아네테가 이 인형을 직접 산 것은 아닌지 생각해보았다. 그는 침대에서 자고 있는 이 여자가 어떤 분야에서도 가장 좋은 사람이라는 상상은 하기가 어려웠다. 그는 곰 인형을 집어서 인사의 표시로 아네테 옆 자리의 침대에 올려놓았다. 그리고 마지막으로 여자를 쳐다본 뒤 소리 나지 않게 옷을 주워 입고는 나갔다.

밖은 더웠다. 정말 더웠다. 새벽 5시가 조금 못된 시간이었는데도 그가 밖으로 나가자 열기가 그를 덮쳤다. 어디선가 열린 창문으로 스톡홀름 일대에 '열대성 무더위'가 기승을 부린다고 뉴스를 전하는 목소리가 들렸다. 그는 갑자기 열대라고 부르는 더위가 어떤 것인지 의아했다. 다만 개인적으로 또다시 지독하게 날씨가 덥다는 것만 알았을 뿐이다. 연일 무더위였다. 밤이고 낮이고 똑같았다. 아네테의 집에서 100미터도 채 걷지 않았는데 벌써 땀이 흐르기 시작했다. 그는 지금 자신이 있는 위치가 어디인지, 어떻게 릴리에홀멘 중심가로 갈 것인지 몰라 그저 주변 지리가 눈에 익을 때까지 무작정 헤맸다.

지하철 옆에 간이매점이 있었다. 그는 그쪽으로 다가가 문을 들어 올리고 커피 자판기로 가서 커다란 종이컵에 카푸치노 한 잔을 뽑았다.

"6크로나만 더 내면 비스킷도 먹을 수 있어요." 세바스찬이 다가가자 매점에 있는 젊은 남자가 말했다.

"비스킷은 필요 없어."

계산을 하던 젊은이는 의미심장한 눈빛으로 세바스찬을 훑어보더니 이해한다는 어조로 말을 이었다. "밤에 힘들었나 봐요."

"그게 자네와 무슨 상관이야!"

세바스찬은 종이컵을 들고 돌아섰다. 그는 왼쪽으로 꼬부라졌다. 긴 보도가 이어졌다. 릴리에홀름브로를 지나고 다시 호른스가탄을 따라 슬루센까지 간 다음 셉스브로와 스트룀브로를 지나 스탈로가탄으로 내려갔다. 마침내 스트란드뵈겐이 나왔고 여기서부터는 집까지 곧장 이어지는 길이었다. 집까지 계속 걸어가자면 땀에 흠뻑 젖을 것이 분명했지만 다시 지하철을 탈 생각은 없었다. 정 힘들면 택시를 집어타면 된다는 생각이었다.

호른스가탄에서 구두끈이 풀어졌다. 세바스찬은 종이컵을 도로변에 있는 전원 공급 상자에 올려놓고 몸을 숙여 다시 끈을 맸다. 끈을 매고 일어서다가 그는 셔츠 가게의 흐릿한 쇼윈도에 비치는 자신의 모습을 들여다보았다. 자기 몰골을 보니 힘든 밤을 보내지 않았냐는 물음은 정확한 지적이었다. 그는 이날 아침 50대의 나이보다 더 늙어 보였다. 이마에 긴 머리칼이 달라붙은 한물간 모습이었다. 면도도 하지 못했고 피곤한 몸에 눈은 푹 꺼져 있었다. 새벽 5시에 미지근한 커피가 담긴 종이컵을 들고 혼자 서 있는 모습이라니…… 낯선 여자와 또 하룻밤을 보내고 집으로 가는 길이었다. 이제 어디로 가는가? 도대체 어디로 향할 것인가? 집밖에 없다. 하지만 집에서 누가 기다리는가? 현재 그가 주인으로 살고 있는 그레브 마그니가탄의 집에는 주방과 욕실 외에 손님용 객실이 그가 사용하는 유일한 공간이었다. 방 네 개는 사용하지 않았다. 그 외에 아무도 살지 않는 집 안은 늘 블라인드가 쳐진 채 어두컴컴하고 적막했다. 그러니 이제 어디로 간단 말인가? 2004년 크리스마스 연휴 둘째 날 이후로 그는 어디로 헤매고 다녔던가? 대답은 아주 간단했다. 특별한 목적지가 없었다. 그는 이런 생활에 만족한다고 스스로 다짐했다. 바로 이것이 자신이 원했던 것이라고, 자신이 스스로 선택한 것이라고, 마치 집 안의 어느 방 하나처럼 늘 어두컴컴한 상태에서 인생이 자신의 곁을 지나가는 광경을 수동적으로 바라보는 것이라고 다짐했다.

그는 그 이유를 알고 있었다. 그는 다시 정상을 되찾기 위해 어쩔 수 없이 자비네를 포기하는 상황이 두려웠던 것이다. 또 릴리도 있었다. 자신의 인생을 계속 살아가기 위해 자신의 딸과 아내를 잊어야 한다는 것이 두려웠다. 그는 그럴 생각이 없었다. 그는 많은 사람이, 아니 대부분의 사람이 소중한 가족을 잃은 이후 어렵지 않게 인생을 되찾는다는 것을 알았다. 계속 삶을 이어간다는 것을 알았다. 죽은 자에 대한 추억은 때가 되면 현실과 화해를 했다. 대부분 인생의 한쪽 구석이 떨어져 나가도 계속 살아갔다. 그에게서처럼 인생이 송두리째 망가지지는 않았다. 그것도 알고 있었다. 하지만 그는 이제껏 그렇게 망가진 인생을 수리하고 싶지는 않았다. 한 번도 그렇게 하려고 한 적이 없었다.

이러던 중에 반야가 그의 일상에 의미의 빛을 던져주었다. 그리고 이제 그는 과감하게 변화를 위한 첫 발걸음을 떼려고 하는 것이었다. 트롤레가 그의 임무를 성공적으로 수행한다면 세바스찬은 발데마르와 그의 딸 사이에 쐐기를 박는 데 성공할 수 있을 것이다. 문제는 다만 그 이후의 일이 어떻게 진행될 것인가였다. 만일 단단하게 자리 잡은 반야의 세계를 뒤흔들고 위기로 몰아넣는 데 성공한다고 해도 그 이후에는 반야를 다시 끌어들이기 위해 아버지로서 존재할 필요가 없단 말인가? 그런 충격적인 일이 일어나기 전에 그가 반야의 일상생활의 일부가 되는 것이 가장 이상적일 것이다. 혐오스런 일부가 될 가능성도 배제할 수 없지만 반야가 필요할 때면 언제든 달려갈 수 있을 정도로 가까이 있는 존재가 되는 것이다.

반야에게 일상생활의 일부가 된다면 그에게는 두 가지 측면에서 유익할 것이다.

반야의 일상은 특별살인사건전담반이다. 세바스찬이 과거에 일하던 곳이다. 예전에 그가 소속감을 갖고 일하던 곳이다. 일정한 기여도 했다. 일을 하면서 인생을 맛보게 해준 곳이다.

다른 사람의 일부가 되기 전에 자신만의 인생을 가질 필요가 있다. 새벽 5시 언저리에 땀에 젖고 피곤하고 공허한 그였지만 갑자기 모든 부분이 의미 충만한 전체로 드러났다. 이윽고 그는 반야 곁에서 지내며 자기 자신의 인생을 찾기로 결심했다. 갑자기 이루어진 결심이었다.

어둠침침한 쇼윈도를 마지막으로 한 번 더 들여다보면서 그는 모든 것을 바꾸기로 마음먹었다.

토르켈은 경찰청 지하 주차장으로 차를 몰고 들어간 다음 시동을 끄고 차에서 내렸다. 아우디의 에어컨 때문에 차의 실내 온도가 17도로 쾌적해서 그랬는지 잠을 별로 자지 못했는데도 엘리베이터로 걸어갈 때는 충분한 휴식을 취한 것처럼 몸이 가뿐했다. 그는 어제 일에 대해서는 깊이 생각하지 않기로 했다. 또 큰 기대도 하지 않기로 했다. 두 사람이 침대에 함께 누웠을 때 그가 우르줄라를 그리워했다는 것이 분명히 드러났다. 한순간 그는 여자 옆에 바싹 붙어 품에 안을까도 생각해봤지만 감히 그럴 용기가 나지 않았다. 그는 우르줄라가 그것을 원치 않는다는 것을 알았다. 그럼에도 어제 우르줄라는 어느 때보다 더 가까이 그의 곁에 있었다. 마치 자신의 집인 양 그와 함께 있었다. 그에게 돌아온 것이다. 그를 택한 것이다. 완전히 돌아온 것은 아니라고 해도 아무튼 돌아왔다.

우르줄라는 아마 누군가를 전적으로 선택할 수 있는 여자는 아닐 것이다. 그리고 토르켈도 그런 조건 속에서 살 수 있을 만큼은 나이가 든 남자였다.

그가 아침에 눈을 떴을 때 우르줄라는 가고 없었다. 그는 우르줄라가 침대에서 빠져나가 돌아가는 소리를 듣지 못했다. 간다는 인사를 하려고 깨우지도 않았다. 하지만 그가 무엇을 기대하겠는가? 우르줄라는 우르줄라일 뿐이다.

토르켈이 안내소로 들어가 뒤에 앉아 있는 직원에게 목례를 건네자 제복을 입은 그 경찰관은 토르켈에게 신문을 건넸다. 토르켈은 첫 번째 출입문에 사용할 출입 카드를 꺼냈다. 하지만 문에 도착하기도 전에 누군가 뒤에서 인사하는 소리를 들었다.

"좋은 아침!"

토르켈은 첫눈에 노숙자인가 하는 생각이 스쳤지만 돌아서 자세히 보니 그 방문객을 알아볼 수 있었다. 안내소 맞은편 소파에 앉아 있던 세바스찬이 몸을 일으키고 있었다. 세바스찬은 그곳에서 앉아 꾸벅꾸벅 졸다가 토르켈을 보고 다가오고 있었다.

"세바스찬! 여기서 뭐 하는 거예요?"

토르켈은 세바스찬을 향해 마주 걸어가면서 껴안고 싶은 충동을 누르고는 인사의 표시로 손을 내밀었다. 세바스찬이 그 손을 살짝 잡았다.

"당신을 만나려고요. 약속을 하지는 않았지만 시간 좀 낼 수 있겠지요?"

세바스찬답다고 토르켈은 생각했다. 아무 때나 이런 식으로 나타나는 사람이었다. 자기가 괜찮으면 상대도 괜찮아야 한다는 식이었다.

이들이 4월에 베스테로스의 사건을 해결한 뒤에 세바스찬은 훌쩍 떠나버렸다. 두 사람 사이에 수년째 방치되고 있는 우정을 다시 살리는 일 따위에는 아무런 관심도 보이지 않았다. 토르켈은 그에게 여러 번 기회를 주었지만 세바스찬은 두 사람이 다시 돈독해질 수 있는 기회를 요리조리 빠져나갔다.

토르켈은 잠시 이 친구를 매정하게 대해야 할지 생각해보았다. 지금은 시간이 없다고 돌려보낼까 생각해 본 것이다. 실제로 시간은 없었다. 아마 그러는 것이 당연하고 최선일지도 모른다. 또 올바른 판단일 것이다. 경험으로 보아 세바스찬이 불쑥 찾아온 것은 결코 좋은 일일 리가 없었다. 그럼에도 토르켈은 눈짓으로 따라오라는 신호를 보내고는 출입 카드를 문자 인식기에 집어넣은 다음 세바스찬을 특별살인사건전담반으로 데리고 갔다.

"피곤해 보이네요." 토르켈이 엘리베이터로 들어가 5층을 누른 다음 입을 열었다.

"피곤하니까 그렇지요."

"오래 기다렸나요?"

"한두 시간."

토르켈은 시계를 보았다. 7시 10분 전.

"그럼 오늘 일찍 일어났겠군요."

"집에 들어가지 않았어요."

"어디 있었는데요?"

"나도 어디 있었는지 생각이 안 나네요."

두 사람은 입을 다물었다. 낯모르는 여자의 목소리가 목적지에 도착했다는 것을 알려주면서 엘리베이터의 문이 열렸다. 토르켈이 먼저 나갔다. 두 사람은 복도를 따라 나란히 걸어갔다.

"요즘은 뭐 하고 지내나요?" 자신의 방으로 향하면서 토르켈이 사무적인 어조로 물었다.

세바스찬은 조금 감동을 받았다. 어쨌든 제대로 대접을 해주었기 때문이다.

"뭐 하고 지내는지는 당신도 알잖아요."

"하는 일이 없군요."

세바스찬은 대답하지 않았다.

토르켈은 어느 사무실 앞으로 가더니 문을 열고 세바스찬과 함께 들어갔다. 그리고 문을 열어놓은 채로 상의를 벗어 벽에 있는 옷걸이에 걸었다. 세바스찬은 2인용 의자에 앉았다.

"커피 마실래요?" 토르켈이 책상 뒤에 앉아 마우스로 절전 모드에 있던 컴퓨터를 깨우면서 물었다.

"생각 없어요. 나 일 좀 해야겠어요. 솔직하게 말하면 일자리가 필요해요. 그래서 온 거예요."

토르켈은 세바스찬의 의도가 무엇인지 알 수 없었다. 마음속으로는 이렇게 이른 아침에 불쑥 나타났다는 것은 세바스찬에게 어떤 목표가 있는 것이 분명하다는 생각이 들었다. 세바스찬 자신에게 도움이 되는 일일 것이다. 그렇다고 해도 잘못 들은 것이 아닐까?

"일자리가 필요하다고요? 여기서요?"

"그래요."

"안 돼요!"

"왜 안 돼죠?"

"내가 함부로 사람을 쓸 수는 없어요."

"당신이 필요하다고 한마디만 하면 되잖아요."

"그건……."

토르켈은 갑자기 세바스찬의 눈을 마주 보기가 힘들었다. 이것이 그의 약점이었다. 현재 상황으로 볼 때 특별살인사건전담반에서 세바스찬이 필요할까? 정말 필요했다면 이쪽에서 직접 세바스찬에게 전화를 했을 것이 아닌가? 그렇게 하지 않은 것은 토르켈 자신이 세바스찬을 다시 수사팀으로 불러들이는 것을 내심 반대했기 때문이 아니겠는가?

그는 자신이 옛 친구에게 버림받았다는 느낌을 받았기 때문에 그 친구의 전문적인 능력을 평가하는 데도 이런 느낌을 적용한 것이 아닐까? 사실 그는 세 번째 사건에서 세바스찬이 있는 것이 도움보다 해가 될 거라고 마음을 다잡았었다.

세바스찬은 토르켈의 침묵이 자신의 제안을 실제로 검토하는 증거라고 해석했다. 그는 몸을 내밀었다. "생각해 봐요, 토르켈. 당신은 내 능력을 알잖아요. 내가 도움이 된다는 걸 잘 알면서 그래요. 베스테로스에서도 우리가 이런 얘기를 했잖아요."

"아니, 이런 말 한 적 없었어요. 내 기억으로는 당신이 우리와 부딪치기만 했지요. 나와 우리 팀을 전혀 안중에도 두지 않다가 말도 없이 사라지지 않았나요?"

세바스찬은 고개를 끄덕였다. 사실이 그랬으니까. "그래도 별문제 없었잖아요."

"당신에게는 그랬겠지요."

이때 문 두드리는 소리가 나더니 반야가 들어왔다. 반야는 소파에 앉아 있는 손님을 흘낏 쳐다보았다. 그 눈빛에는 반야가 이 방문객을 마땅찮아 한다는 기색이 역력했다.

"여기서 뭐 해요?"

세바스찬은 벌떡 일어났다. 이유는 그 자신도 몰랐다. 반야가 들어올 때는 그렇게 하는 것이 올바른 태도라고 생각했을 뿐이다. 마치 제인 오스틴Jane Austen의 소설에 나오는 구혼자 같다는 생각이 들었다. 반야를 마지막으로 본 지가 24시간뿐이 안 되었다는 사실은 전혀 중요하지 않았다. 이것도 그에게는 너무 긴 시간이었다.

"안녕, 반야!"

반야는 세바스찬을 거들떠보지도 않았다. 대신 토르켈에게 못마땅한 눈길을 보냈다.

"잠깐 들르려고 온 거예요. 마침 이 부근에 왔다기에……." 토르켈이 말했다.

"어떻게 지내요?" 세바스찬은 다시 말을 붙이려고 했다.

반야는 계속 세바스찬을 무시하고 토르켈에게 말했다. "모두 대기하고 있어요."

"알았어요. 금방 갈게요. 오늘 오전에 기자회견을 할 거예요."

"기자회견이라고요?"

"그래요, 그 얘기를 하던 중이었어요. 2분 내로 갈게요."

반야는 고개를 끄덕이고 세바스찬에게는 눈길도 주지 않고 나가버렸다. 토르켈이 고개를 돌리니 세바스찬은 방을 나가는 반야의 뒷모습을 지켜보고 있었다. 반야는 유난히 세바스찬에게 쌀쌀맞게 대했다. 그것도 무례할 정도였다. 반야에게 조금 지나친 것 같다고 말해주어야 할 것 같았다. 하지만 동시에 반야의 태도는 세바스찬을 다시 받아들이지 않겠다는 토르켈의 결심을 굳히도록 해주었다. 토르켈이 자리에서 일어나자 세바스찬은 다시 그를 향해 돌아섰다.

"기자회견이라…… 요즘 무슨 사건에 매달리는데요?"

토르켈은 세바스찬에게 시시콜콜 말하지 않는 게 좋다는 것을 알고 있었다. 그는 책상 주변을 서성이다가 세바스찬에게 다가가 그의 팔을 잡았다.

"나도 당신이 일을 매끄럽게 처리한다고 생각해요."

"내 말이 그 말이에요."

"그리고 나도 당신을 도울 수 있기를 바라요."

"당신이라면 그렇게 할 수 있잖아요."

"아니, 나는 할 수 없어요."

침묵이 이어졌다. 토르켈은 세바스찬의 눈에서 실망의 빛을 보았다.

"어떻게 좀 해봐요. 당신에게 애원하게 만들지 말아줘요."

"가봐야 해요. 나를 만나고 싶으면 아무 때나 전화해요. 근무시간은 빼고요."

토르켈은 세바스찬의 팔을 지그시 누른 다음 돌아서서 나갔다.

세바스찬 혼자 남았다. 결과를 예상은 했었지만 그래도 너무 실망스러웠다. 맥이 쏙 빠지는 기분이었다. 그는 잠시 더 서 있다가 밖으로 나갔다.

도대체 아무도 도와주지 않으려고 하는데, 다른 사람의 일부가 되기 전에 자신의 인생을 갖는다는 목표가 어떻게 이루어지겠는가?

이 사람 당장 창문 청소를 해야겠군. 세바스찬은 칼라베겐의 전경을 내다보면서 창에 뿌옇게 때가 묻은 것을 보고 생각했다. 밖에는 스타트오일에서 빌린 화물차 한 대가 주차장 두 칸을 차지하고 시야를 가리고 있었다. 30세쯤 되어 보이는 두 남자가 커다란 피아노를 끌어내려고 낑낑거리고 있었다. 세바스찬은 이 작업이 이미 불가능하다는 판단을 내렸지만 그래도 호기심을 갖고 바라보고 있었다. 피아노는 너무 큰 데 비해 두 녀석은 호리호리했다. 간단한 계산으로도 불가능했다.

스테판은 항상 참석자 전원에게 제공하는 커피에 넣을 우유를 사려고 세바스찬을 진료실에 혼자 남겨두고 세븐일레븐에 가고 없었다. 세바스찬은 왼쪽에 있는 커튼을 더 넓게 벌려 밖이 잘 보이도록 한 다음 다시 커다란 의자에 앉아 두 녀석이 피아노를 내가려고 하는 작업을 바라보았다. 그러다가 등을 기대고 눈을 감았다.

돌아왔다. 세바스찬이 다시 주도권을 쥐고 잔인하게 반격할 순간이 온 것이다. 그는 다시 눈을 뜨고 잠시 피아노 운송 작업을 바라보았다. 두 녀석이 먼저 위치에 그대로 서서 어떻게 피아노를 나를 것인지 말을 주거니 받거니 하는 모습으로 보아 작업은 난관에 부딪친 것 같았다. 세바스찬은 그만 흥미를 잃고 탁자 위에 있는 다옌스 뉘헤테르 신문의 새로운 기사로 시선을 옮겼다.

외국에 관한 기사가 있었고 국내 뉴스로는 다른 기사가 올라왔다. 사실 그는 뉴스에 관심이 없었고 오직 한 가지만 찾고 있었다.

그의 시선은 탁자 위에 꽂아놓은 꽃으로 쏠렸다. 꽃꽂이는 스테판다웠다. 새로 나온 다옌스 뉘헤테르와 새로 꺾어온 꽃. 갓 끓인 커피와 우유. 스테판은 현재를 중심으로 살고 있었다. 마치 하루하루가 의미가 있다는 식이었다.

몇 분 지나지 않아 문 여는 소리가 들리더니 스테판이 저지방 우유를 들고 들어왔다. 세바스찬은 거의 읽어보지도 않은 신문을 탁자에 놓고 스테판에게 목례를 보냈다.

"커피 들래요?" 스테판이 커피메이커 쪽으로 가면서 물었다.

"당신이 따로 우유를 사러 나갔다오기까지 했는데 거절할 수 없지."
"거절하는 데 익숙하잖아요?" 스테판이 웃으면서 말했다.
세바스찬도 따라 웃었다. "그럼 거절하지."
스테판은 고개를 끄덕이고는 자신의 잔에 커피를 따랐다. 그리고 새로 사 온 우유를 뜯어 한 모금 섞었다.
"지난번에 오고 얼마 안 지났는데요." 스테판이 잔에 가득 부은 커피를 쏟지 않으려고 조심하며 의자로 걸어가면서 말했다.
"나도 알아."
"기분이 좋아 보여요. 무슨 좋은 일이라도?"
"좋은 일은 무슨……." 세바스찬은 될 수 있으면 흥분하지 않으려고 웃었다. 그는 가능하면 승리감을 오랫동안 음미할 생각이었다.
"글쎄요, 그런 느낌이 들어서……."
스테판은 꽃꽂이가 놓인 탁자에 커피 잔을 내려놓고 앉았다. 잠시 침묵이 이어졌다. 세바스찬은 이제 얘기를 시작할 때가 되었다고 생각했다.
"오늘 반야를 만났어."
스테판은 놀랐다기보다 맥이 빠지는 기분이었다. "지난번에 그 여자와 접촉하지 않기로 약속한 것으로 아는데요. 그래, 반야가 뭐라든가요?"
"빌어먹을, 이 사람 여기서 뭐 하는 거냐고 하더군."
스테판은 고개를 흔들었다. "약속했잖아요."
"당신이 생각하는 그런 게 아냐. 일자리를 구하러 갔다가 만났다고."
"어디서요?"
"특별살인사건전담반에서."

"그런 우연이……."

"생각해 봐요. 당신도 내가 무슨 일이든 해야 한다고 말했잖아. 그래서 일거리도 찾고 내 인생을 제대로 펼쳐보려고 갔던 거지. 당신 말이 맞았어. 문제는 흥미가 있는 일이라야 한다는 거요. 내가 도전해 보고 싶은."

"아하, 그러니까 어제 괴로워하던 그날 밤과는 반대였네요."

세바스찬은 대답하지 않고 다시 창밖을 내다보았다. 두 녀석은 자리에 주저앉아서 담배를 피우고 있었다. 피아노는 꿈쩍도 하지 않은 상태로 옆에 그대로 있었다.

"집단치료는 참석하는 것이 훨씬 나아요." 스테판이 다시 입을 열었다. "대화라는 것을 어떻게 이어가는지 알잖아요."

세바스찬은 진지한 눈빛으로 스테판을 바라보았다. "말했다시피 그건 내 체질에 맞지 않아. 그래도 호의를 갖고 하찮은 문제를 놓고 수다를 떠는 것을 들어주려고 했지. 당신은 그런 일이 질리지도 않아?"

"이제는 익숙해졌어요. 그보다 더 큰 인내가 필요한 다른 환자도 있는걸요." 스테판은 의미심장한 어조로 말했다.

세바스찬은 비아냥거리는 듯한 이 말에 아무 대꾸도 하지 않았다. 곧 이보다 훨씬 심한 공박을 받을 것이 분명했기 때문이다. "어쨌든 오늘 저녁에는 오지 않을 거요."

"지금 그 일에 전기가 필요하다고요."

"내 생각은 달라요. 그런데……." 세바스찬은 입을 다물었다. 의도적인 침묵이었다. 강의를 해본 경험에서 그는 의도적으로 입을 다무는 식으로 갑자기 태도를 바꾸는 것이 종종 효과가 뛰어나다는 것을 알았다. 지금 그는 최대의 효과를 내려고 했다. 그런 다음 폭탄 발언을 하려는 것이었다. "어제 모임이 끝나고 아네테와 같이 잤어."

스테판의 얼굴이 새파랗게 질렸다. 당혹스런 표정이 역력했다. "말도 안 돼! 왜 그런 터무니없는 짓을 저질렀죠?"

세바스찬은 미안하다는 제스처를 취했다. "실수였소. 그럴 생각이 아니었는데."

"그럴 생각이 아니었다고요? 다시 말해 봐요. 그럴 생각이 아니었다는 게 무슨 뜻인지."

스테판은 마음을 진정하려는 듯 의자에 등을 기댔다. 세바스찬이 만족할 만큼 완전히 성공적인 반응은 아니었다.

"그냥…… 기분 풀이로. 당신도 알다시피 뭔가 다른 생각에 몰두해 보려고 그런 거요. 내가 그런 사람이란 걸 당신도 알잖아." 그는 짐짓 관심을 보이는 척 하며 스테판을 바라보았다. "당신 그 여자 잘 알아?"

"그 사람은 나에게 오랫동안 치료를 받아왔어요. 아들이든 전 남편이든 모든 사람에게 버림받았다고 생각하는 사람이라고요. 다른 사람을 신뢰하는 데 문제가 있는 환자죠. 극단적인 자책감도 갖고 있고."

"그래, 그건 나도 짐작했지. 나에게 달라붙어 떨어지지 않으려고 하더군. 잠자리에서 정말 무섭게 달려들더라고."

스테판이 의자에서 벌떡 일어나는 바람에 커피가 쏟아졌다. 이제까지 그래도 이해하려고 하면서 참고 있던 태도는 온데간데없이 사라졌다. 그는 극도로 분노한 표정이었다.

"대체 무슨 짓을 저지른 건지 납득이 안 돼요? 일어나 보니 혼자 있다는 걸 알았을 때 그 여자 심정이 어땠을지 알아요? 당연히 아침밥은 같이 먹지 않았을 테니까."

"안 먹었지. 좋지 않은 경험이 있어서."

"그래서 이제 그 사람에게서 도망칠 생각인가요?"

"그럴 생각이야. 언제나 그게 최선책이니까." 세바스찬은 다시 의도적인 침묵을 한 다음 너무 안타깝다는 눈길로 스테판을 바라보았다. "미안해, 스테판. 하지만 말했잖아, 집단치료는 나에게 아무 도움이 되지 않는다고."

"문제는 다른 데서라도 무슨 수단을 찾느냐 못 찾느냐라고요. 내 눈앞에서 당장 꺼져요!" 스테판은 손가락으로 문을 가리켰다. "그 눈빛을 더 이상 견딜 수 없으니까."

세바스찬은 고개를 끄덕이고 자리에서 일어났다. 그는 다엔스 뉘헤테르와 꽃꽂이가 놓인 탁자 곁에 스테판을 혼자 두고 나갔다.

스테판의 말이 맞았다.

하루하루가 그에게는 의미가 있었다.

키 큰 남자는 집으로 왔을 때 들뜬 기분이었다. 그는 가판대에 신문이 나왔을 때 즉시 표지와 머리기사를 훑어보았다. 기자회견에 관한 보도가 있었다. 그에 관한 기사였다. 그는 이 모든 기사를 읽어보고 싶은 마음이 굴뚝같았으나 단순히 집으로 돌아가 신문을 펼쳐볼 수는 없었다. 그는 자신의 의식儀式을 따를 수밖에 없었다.

집 안으로 들어간 그는 재빨리 익숙한 동작으로 현관의 불을 켜고 문을 닫았다. 신발을 벗어 신발장에 넣은 다음 슬리퍼를 신었다. 얇은 윗도리는 벗어서 커다란 손전등을 제외하고는 비어 있는 옷걸이에 걸었다. 몸에 걸친 모든 것을 벗자-겨울에는 목도리와 모자, 장갑도 벗었다. 언제나 정해진 순서대로 했다-화장실 문을 열고 그곳의 불도 켰다. 언제나 사방이 막힌 공간에 들어가면 네온등 불빛이 눈에 들어오기까지는 순간적으로 완전한 암흑 속에서 언짢은 기분이 들었다. 그는 작은 선반에 있는 작은 손전등이 제대로 작동하는지 점검한 다음 바지의 지퍼를 내리고 소변을 보았다. 갑자기 정전이 되는 것에 대한 대비였다. 그는 손전등을 세면대에 놓고 손을 씻은 다음 다시 제자리에 올려놓고는 화장실 문을 열어놓은 채 나왔다. 이어 거실의 불을 켜고 왼쪽으로 방향을 튼 다음 주방으로 들어가서 불을 켰다. 천장 등뿐 아니라 싱크대에 달린 램프도 켰다. 주방에서도 손전등 두 개를 점검했다. 둘 다 이상이 없었다. 이제 남은 것은 침실뿐이었다. 천장 등과 독서등을 켜고 탁자 위의 손전등도 점검했다.

집 안은 온통 불빛으로 가득 찼다. 그럴 필요가 있어서 그런 것은 아니었다. 햇빛도 모든 창문을 통해 실내로 들어왔다. 빛을 가리거나 어둠이 생길 여지는 전혀 없었다. 창밖에 롤 블라인드도 없었고 안쪽에는 커튼도 없었다. 이 집으로 이사 왔을 때 키 큰 남자가 가장 먼저 한 일이 블라인드를 제거하는 것이었다. 오늘 같은 날은 전깃불이 필요 없었다. 그래도 의식에 속하는 일이었다. 필요하지 않은 일도 하다 보면 그것이 중요할 때 잊어버릴 것을 전혀 두려워할 필요가 없다.

오래전에 그가 살던 동네가 정전이 된 적이 있었다. 그의 집뿐만 아니라 어디나 온통 암흑천지였다. 칠흑 같은 어둠이 일대에 가득 찼다. 그는 즉시 가까운 곳에 있던 손전등을 찾았으나 배터리가 다 닳은 데다가 안의 전구도 고장이 나 있었다. 그는 손전등을 오랫동안 점검하지 않았었다. 이것은 의식을 행하기 이전의 일이었다. 당시 그는 엄청난 공포에 휩싸여 몸이 말을 안 들을 정도였고 구토를 했으며 다시 전기가 들어올 때까지 방바닥에 꼼짝 못하고 여러 시간 누워 있었다.

원래 그는 여름이 좋았다. 더위를 좋아하는 것이 아니라 빛을 좋아했다. 한여름 철이 가장 좋았다. 그의 마음에 든 것은 빛이지 휴가가 아니었다. 그는 근본적으로 휴가철을 싫어했다. 특히 한여름의 휴가를 싫어했다.

한여름 밤이 자신과 맞지 않는다는 것을 처음으로 느꼈기 때문이다. 자신이 다른 사람들과는 다르다는 것도 이때 처음 알았다.

그가 서너 살 먹었을 때였다. 가족들은 차를 몰고 해변의 풀밭에서 벌어진 축제장으로 갔다. 이들이 도착했을 때는 이미 가건물들이 세워져 있었다. 축제장은 사람들로 붐볐기 때문에 이들은 돗자리와 피크닉 바구니를 들고 축제장에서 멀리 떨어진 곳에 자리를 잡을 수밖에 없었다. 바람결에 악사들의 나팔소리가 간간이 들리는 가운데 이들은 그곳에 앉아 샌드위치와 딸기케이크를 먹었고 엄마와 아빠는 백포도주를 마셨다. 3시에 무도회가 시작되었다. 많은 사람이 무도회에 참여했고 너덧 개의 원을 그리며 손에 손을 잡고 춤을 추었다. 그는 춤추는 것이 좋았다. '목사님의 어린 까마귀'와 '노간주나무를 돌아요'가 그가 좋아하는 노래였다. 율동은 너무도 흥겨웠다.

아마 이런 습관은 더 일찍 시작되었겠지만 그는 더 이상은 기억이 나지 않았다. 최초의 경험은 그곳에서 있었다. 한여름이었다. 엄마는 그를 데리고 햇빛을 받으며 밖에서 두 번째 원에서 춤을 추었다. 그의 작은 손은 엄마의 손에 쥐여 있었다. 그는 이때 행복을 맛보며 엄마를 올려다본 기억이 났다. 하지만 춤을 추는 동안에도 엄마의 시선은 먼 곳을 향해 있었다. 정신이 나간 모습이었다. 노래도 부르지 않았고 웃지도 않았다. 엄마의 몸은 자동적으로 춤의 동작을 따라갈 뿐이었다. 아무런 감정도 관심도 없었다. 그는 놀라면서 약간 겁이 나서 엄마의 손을 잡아당겼다. 두 사람의 눈이 마주치는 순간 엄마는 그를 내려다보면서 미소를 지었지만 눈빛에는 미소가 담겨 있지 않았다. 마치 모든 것이 이상 없다고 달래려는 듯, 기계적이고 몸에 밴 태도 같았다. 하지만 이상이 없는 것이 아니었다. 이날 오후는 말할 것도 없고 그 이후로도 마찬가지였다.

"엄마는 지금 몸이 안 좋아." 엄마는 그가 무릎에 올라오지 못하게 하거나 한낮에 커튼을 내리고 침실에 누워 있을 때면 이렇게 말했다. 바닥에 앉아 턱을 괴고 있을 때면 엄마는 계속 울었다. 이때는 엄마가 나타나지 않아 아빠가 그를 유치원에서 데려와야 했다. 이런 날이면 엄마는 밥을 차려 줄 생각이 없다고 말했다. 또는 방에 들어가 문을 닫고는 그를 몇 시간이고 혼자 있게 내버려두었다.

"엄마는 지금 몸이 안 좋아." 아빠는 이렇게 말하면서 "쉿, 조용히 해!" 하고는 왜 거실에서는 언제나 슬리퍼를 신어야 하는지, 왜 울거나 겁을 내서도 안 되고 화를 내서도 안 되는지 그에게 열심히 설명했다. 엄마가 일어날 때까지 몇 시간이고 조용히 있어야 하고 거의 눈에 띄지 않게 잠자코 있어야 하는 이유는 단지 엄마가 몸이 안 좋기 때문이었다. 엄마가 함께 놀아주지 않는 것도 아빠가 돈 벌러 나갔을 때는 아들로서 엄마를 잘 돌봐야 하는 것도 그 때문이었다.

훗날 그가 어느 정도 자란 뒤에는 스스로도 이렇게 말했다. 학교 친구들이 왜 학교에 잘 안 나오는지, 왜 엄마가 집에서 그와 함께 놀아주지 않는지 물을 때면 또 왜 어디든 함께 가지 않는지, 축제장에도 안 가고 운동도 같이 하지 않는지 물을 때면 그도 엄마 핑계를 댔다.

"엄마가 지금 몸이 좋지 않아."

몸이 좀 좋아질 때면 엄마는 그에게 이렇게 나쁜 엄마 밑에서 자라 불쌍하다는 말을 한 적도 많았다. 하지만 이 말보다 엄마는 아픈 것이 그에게 책임이 있다는 말을 더 많이 했다. 그를 낳지 않았으면 모든 일이 훨씬 더 잘되었을 거라는 말도 했다. 그가 엄마의 인생을 망가트렸다는 말이었다.

그가 열 살이 되었을 때 엄마는 더 이상 함께 살지 않았다. 엄마는 어디론가 사라졌다. 그는 엄마가 어디로 갔는지 몰랐다. 엄마는 아빠를 찾아와도 그는 보지 않았다. 이상하게 이때부터 아빠는 집에 있는 시간이 많았다. 하필 그가 혼자서 잘 지낼 때였다. 한편으로는 그가 충분히 나이 들었기 때문이기도 했고 또 한편으로는 엄마가 집에 없어 더 이상 걱정할 필요가 없기 때문이기도 했다. 그리고 한참 시간이 흐른 뒤에야 그는 아빠가 이 당시 일에 파묻혀 지냈다는 것을 알았다. 멀리 떨어져 지내는 날이 많았다. 아빠는 병자를 돌볼 수 없었고 책임을 그에게 미루었던 것이다. 아마 이 때문에 그는 아빠를 증오했어야 했는지도 모른다. 하지만 이런 사실을 알았을 때 그는 이미 훨씬 더 증오하는 일과 사람들이 많았다.

그의 어머니는 집을 나간 지 1년 반 만에 죽었다. 장례식 기간에는 뒤에서 자살이라고 수군대는 소리가 많이 들렸지만 그는 확실히 알 수 없었다.

이후 6개월이 지났을 때 낯선 여자가 그의 생일날 찾아왔다. 소피아라는 이름이었다. 늘 그런 것처럼 생일 파티는 없었다. 도대체 찾아올 사람이라곤 없었기 때문이다. 수년 동안이나 사람들과 접촉하는 일도 없었고 학교에도 잘 나가지 않았기 때문에 그는 친구가 없었다. 그런데 소피아는 그에게 선물을 갖고 왔다. 슈퍼 닌텐도 게임이었다. 벌써 1년 전부터 갖고 싶었던 것이지만 그런 것은 너무 비싸고 집에는 그런 걸 살 돈이 없다는 말만 들어야 했던 게임기였다. 하지만 소피아는 별로 대수롭게 여기지도 않는 눈치였다. 본 게임 외에 게임이 네 가지나 들어 있었다. 그는 이 여자가 아빠나 자신보다 돈이 더 많다는 것을 즉시 알아차렸다.

소피아는 밤이면 집에서 묵고 갔다. 아버지와 한방에서 잠을 잤다.

훗날 아빠가 설명한 바에 따르면 두 사람은 아빠가 일하는 경매장에서 알게 되었다. 소피아는 경매의 전문 지식도 있었고 경매에 관심이 많았다. 많은 물건을 경매에 내놓기도 했고 좋은 물건을 사들이기도 했다. 비싼 것들이었다. 그는 소피아를 좋아했다. 소피아는 그가 아빠에게 오랫동안 했던 것보다 아빠를 더 행복하게 했다.

이후 몇 개월 동안 그는 소피아를 자주 보았다. 찾아오는 날이 훨씬 더 많아졌다. 어느 주말인가 아빠와 소피아는 함께 여행을 떠났다. 그리고 돌아올 때는 약혼을 한 상태였다. 그때 아빠는 그와 진지한 대화를 나누었다. 결혼을 하고 이사를 갈 것이라는 말을 했다. 모든 것을 떠나 소피아에게로 간다는 것이었다. 소피아는 시내의 넓은 집에 살고 있었다. 그는 아빠가 소피아를 좋아한다는 것을 의심하지는 않았지만 동시에 소피아의 돈이 무시 못할 역할을 했을 거라는 생각을 했다. 아빠는 이제 살기가 좋아질 것이며 잘만 하면 남부럽지 않을 거라고 말했다. 또 그 이상으로 형편이 필 기회라는 말도 했다.

새로운 출발, 새로운 인생, 더 나은 인생이 기다린다는 것이었다. 그는 마땅히 새로 일어나는 모든 기회를 누릴 자격이 있었다. 이번에는 모든 일이 순조로울 것 같았다. 어떤 것도 누구도 이런 생활을 깨트리지 못할 것이라 생각했다.

아빠가 약혼을 하고 몇 주가 지난 다음 그는 처음으로 소피아의 가족을 만났다. 소피아의 부모로서 60대 부부인 레나트와 스베아 그리고 소피아의 남동생인 칼이었다. 켈하겐의 별장에서 저녁 식사를 할 때였다. 아주 친절한 사람들이었다. 마실 것을 흘렸을 때 그는 겁이 나서 숨어버렸지만 그를 나무라는 사람은 아무도 없었다. 식사 시간이 길어지면서 그는 점점 마음이 편해졌다. 소피아의 가족은 즐겁게 살았고 정신이 이상한 사람은 한 명도 없었다. 아빠와 그가 작별 인사를 하려고 했을 때 소피아의 아버지가 그를 옆으로 불렀다.

"너도 알겠지만 내 이름은 레나트란다. 하지만 네가 원하면 그냥 할아버지라고 불러도 돼. 이제 우리는 한가족이니까."

그는 기꺼이 할아버지라고 불렀다. 그는 친절한 갈색 눈에 잘 웃는 머리가 희끗희끗한 그 남자가 좋았다. 그때는 그랬다. 서로 알고 난 직후에는 그랬다. 같이 소풍을 가기 전까지는 그랬다. 같이 놀기 전까지는 그랬다.

당시 그는 어둠에 대한 두려움이 없었다.

의식을 다 마친 다음 키 큰 남자는 주방에 앉아 떨리는 손으로 신문을 펼쳤다. 마침내 그들이 알아냈다. 시간은 오래 걸렸지만 그들은 두 번째와 세 번째 희생자를 첫 번째 희생자와 연관시킨 것이다. 그들은 그에 대한 기사를 썼다. 그가 불안과 충격을 몰고 왔다고 쓰여 있었다. 옆에는 그가 찾아갔던 집의 사진이 보였다. 그 동네에 사는 한 여자는 걱정스런 얼굴로 딸을 안고 있었다. 그는 두 번째 신문을 펼쳤다. 모든 기사가 다 비슷비슷했다. 하지만 범행이 판에 박힌 듯이 똑같은데도 그의 수법을 제대로 묘사한 기사는 어디에도 보이지 않았다. 아마 기자들은 그 이상 자세한 내용을 모르거나 아니면 노련한 전문가의 솜씨를 모르는 것 같았다. 경찰의 발표는 간단했다. 경찰은 단지 연쇄살인으로 추정된다는 말만 했다. 경찰은 스톡홀름 시민들에게, 특히 집에 혼자 있는 여자들에게 낯선 남자를 집에 들이지 말라는 당부를 했다. 그리고 몇 가지 단서는 있지만 그 이상은 없다고 했다. 경찰은 세 명의 희생자 사이에 있을 수 있는 공통점이나 세부적인 수사 내용에 대해 언급하지 않았다. 경찰은 그의 의미를 깎아 내리려고 했다. 그를 대수롭지도 않고 주목할 행동을 하지도 않는 사람으로 만들고 있었다. 이번에도 또 그랬다. 하지만 그들은 성공하지 못할 것이다. 아직 끝난 것이 아니다. 때가 되면 그들은 그가 존중해야 할 적수라는 것을 깨달을 수밖에 없을 것이다. 몸서리치는 전문가라는 것을 뼈저리게 느낄 것이다.

키 큰 남자는 일어나서 두 번째 서랍을 열고 가위를 꺼냈다. 그리고 다시 앉아 그에 관한 기사를 꼼꼼하게 오려냈다. 이 일을 마치자 그는 오려내고 남은 신문을 접어서 식탁 위에 포개어 놓았다. 그러고 나서 그는 꼼짝 않고 앉아 있었다. 새로운 상황이었다. 따라서 새로운 의식을 만들어 내야 했다. 그는 자신에 관한 기사가 앞으로 더 나올 것이라고 확신했다. 이것은 시작일 뿐이다. 그는 갑자기 다음 단계로 들어선 것처럼 몸이 근질근질했다.

온 세상이 꼭꼭 숨어 있는 그를 찾느라 야단법석을 떠는 단계였다. 그가 모습을 드러내기를 기다리는 단계였다.

그는 자리에서 일어나 청소 도구함으로 갔다. 진공청소기 옆에는 폐휴지를 담는 봉투가 있었다. 그는 주방 식탁 위에 있는 신문을 집어 봉투 안에 넣었다. 이어 도구함 문을 닫고 오려낸 것을 가지고 책상으로 갔다. 그는 편지 봉투가 들어 있는 맨 위의 서랍을 열었다. 세 가지 크기의 봉투가 있었다. 그중 큰 봉투 하나를 집고 그 안에 오려낸 것을 집어넣었다. 엑스프레센과 아프톤블라데트에서 오린 기사였다. 그는 다른 신문이 후속 기사를 내면 이것들보다 앞에 분류해 넣어야겠다고 마음먹었다. 인터넷 기사를 복사하면 따로 담아둘 생각이었다. 그는 일어나 서랍장으로 가서는 맨 꼭대기 서랍을 열고 기사가 담긴 봉투를 까만 스포츠 백 밑에 넣어두었다. 이렇게 해야 했다. 오려내고 나머지를 한데 모아 폐휴지 봉투에 담고, 오려낸 것은 편지 봉투에 담아 서랍장에 넣어 두는 것. 이것은 의식이었다. 그는 곧 안정을 되찾았다.

이제 키 큰 남자는 책상으로 가서 컴퓨터 앞에 앉아 인터넷에 접속하고 fyghor.se. 로 들어갔다. 이어 최근에 들어온 흔적을 하나하나 확인해 보았다. 긍정적인 신호로 보였다. 이어 7페이지로 가서 긴 기념비 글자 한가운데 숨어 있는 보랏빛이 나는 파란 단추를 눌렀다. 새로운 페이지가 열리자 그는 비밀번호를 쳤다. 순간 이 페이지에 어떤 변화가 생긴 것을 보자 숨이 멎을 것 같았다.

새로운 계약이 들어온 것이다.

그는 이미 준비를 마쳤다.

네 번째였다.

엘리베이터는 일주일 내내 운행되지 않았다. 세바스찬은 4층에 있는 자신의 집까지 계단을 걸어 올라갔다. 더 이상 흘릴 땀이 없을 정도로 온몸이 흠뻑 젖은 것은 문제가 아니었다. 집까지 오는 동안 태양은 계속 뜨겁게 내리쪼였다. 이번 여름은 어디를 가나 하루 종일 무더웠다. 세바스찬은 오늘 새벽 4시에 일어난 이후 해가 계속 중천에 떠 있다는 느낌을 받았다. 어디를 봐도 그늘을 구경하기 힘들었다. 고기압권이 장기간 형성되는 통에 거리의 신문은 계속 새로운 말을 만들어내기에 바빴다. '기록적인 더위', '슈퍼 여름' 같은 말로는 모자랐다. '더

위 지옥'이나 '지옥 같은 여름'은 지난주에 새로 나온 표현 중의 일부일 뿐이었다. 시민들은 탈수증상으로 병원에 실려 간 사람들이 있다거나 주차 중인 차 안에서 개가 죽었다는 보도로 그런 표현을 실감했다.

그의 집 문에 꽃이 걸려 있었다. 회색 종이로 싸인 꽃다발 속에 스카치테이프로 붙인 쪽지가 보였다. 세바스찬은 꽃다발을 들고 집 안으로 들어갔다. 그는 끈도 풀지 않고 구두를 벗으면서 쪽지를 읽었다. 내용은 보지 않아도 이미 알 수 있었다. 누군가 그에게 꽃을 보냈는데 수령하는 사람이 없어 문에 걸어두고 간다는 내용이었다. 주방으로 가서 종이를 벗겨보니 빨간 장미였다. 10여 송이는 될 것 같았다. 비싸 보였다. 밑줄기에는 작은 카드가 붙어 있었다. 누군가 그에게 무엇인가 축하한다는 내용 같았다. 예쁜 글씨로 단지 '축하해요!'라는 말 한 마디와 밑에 엘리노르라는 이름이 보였다.

손을 잡기 좋아하는 여자.

세바스찬은 아침 식사를 같이 한 것이 실수라는 것을 깨달았다. 그때도 이미 알고 있었지만 다시 확인하는 기분이 들었다. 그는 꽃다발을 싱크대 설거지 통으로 내던진 다음 잔을 하나 꺼내 물을 따라 벌컥벌컥 들이켜고 또 한 잔을 따라 마셨다. 그리고 주방에서 나갔다. 그는 잠시 이 여자가 무엇을 축하한다는 것인지 곰곰이 생각해보다가 신경쓰지 않기로 했다.

집 안은 밖보다 별로 시원하지 않았다. 곰팡내와 먼지 냄새가 풍겼다. 잠시 창문을 열어놓을까 생각해보았으나 별 차이가 없을 거라는 것을 알았다. 대신 그는 몸에 걸치고 있는 것을 전부 벗고 벗은 것을 치우지 않은 객실의 침대로 던졌다. 빨래도 한 뭉치가 넘을 정도로 잔뜩 쌓였지만 그는 개의치 않았다.

그는 건물이 너무 조용하다는 생각이 들었다. 수도관의 물소리나 화장실의 물 내리는 소리가 들리지 않았다. 맞은편 집에서 아이들이 떠드는 소리도 들리지 않았고 계단을 오르내리는 발자국 소리도 들리지 않았다. 건물 전체가 빈 것 같았다. 이렇게 조용한 것으로 보아 이웃에 사는 사람들이 대부분 여행을 떠난 것으로 보였다. 그들이 보고 싶은 것은 아니었고 또 대부분 이름도 모르는 사람들이었다. 그는 주민 회의나 대청소일, 동네 축제 같은 것은 철저히 피했다. 그래서 그런지 그 동안에 크리스마스 신문(예수와 산타클로스 이야기를 중심으로 그림과 시가 들어간 아동용 크리스마스 신문_옮긴이)과 5월의 꽃(소원 성취를 비는 꽃 선물_옮긴이)을 가지고 오거나 장난치기 위해 벨을 누르는 아이들도 다행히 없었다. 그래도 너무 조용했다.

그가 스테판을 찾아간 것은 기대했던 것만큼 효과를 일으키지 못했다. 세바스찬은 승리했다는 느낌을 가지고 그를 찾아갔었다. 그는 스테판에게 두 사람의 만남에서 의제를 결정하는 것은 자신이라는 것을 확실하게 보여줄 생각이었다. 예를 들어 그 멍청한 집단치료를 그에게 요구했을 때 주도권을 쥐는 것이 중요하다는 생각이 갑자기 들었기 때문이다. 그는 기분 전환을 위한 싸움이 시작되었다는 생각이었다. 하지만 스테판은 싱겁게 물러났다. 이것은 전혀 만족스럽지 못한 결과였다.

세바스찬은 객실로 들어가 침대 끝 벽에 붙은 텔레비전을 켰다. 그가 막 치우지도 않은 침대로 누우려고 할 때 전화벨이 울렸다. 처음에는 낯선 소리에 흠칫하고 놀랐다. 집 전화 소리였기 때문이다. 틀림없이 트롤레일 것 같았다. 그대로 무시하고 안 받을까 하다가 호기심이 발동했다. 어쩌면 트롤레가 뭔가 찾아냈는지도 모른다. 좀 더 자극적인 것일 수도 있다. 그는 주방으로 들어가 뭔가 기대하는 마음으로 전화기를 들었다.

"네?"

"꽃 받았어요?"

세바스찬은 눈을 감았다. 트롤레가 아니었다. 트롤레와는 거리가 먼 사람이었다. 여자 목소리. 전혀 즐겁지가 않았다.

"누구세요?"

"엘리노르 베릭비스트예요."

"누구시라고요?" 세바스찬은 피곤하다는 느낌을 받으며 모르겠다는 투로 물었다. 당연히 상대가 누군지는 목소리를 듣는 즉시 알았다. 하지만 여자의 기대를 채워 줄 마음은 전혀 없었다.

"엘리노르 베릭비스트라고요. 유시 뵈외를링 공연에서 만나서 우리 집에도 왔었잖아요."

"아, 생각나네요." 세바스찬은 이제야 비로소 이름을 알겠다는 투로 대답했다.

"내 이름을 들었을 때 분명히 알았을 텐데요. 그렇죠?"

"용건이 뭔데요?" 세바스찬은 뜻밖이라는 듯이 물었다.

"당신의 수호성인의 날이라 축하하려고요. 오늘이 야코브 성인의 날이잖아요."

세바스찬은 대답하지 않았다. 아마 그의 본명 전체를 위키피디아 같은 데서 찾아본 것 같았다. 그와 연락할 방법을 찾느라 인터넷을 헤매고 다녔을 모습이 눈에 선했다. 어떻게든 다시 만나려고 한 것이다. 그가 어떤 비공개 전화번호 같은 것을 저장한 적이 있었나? 전에는 있었다. 하지만 그게 지금도 그대로 남아 있었단 말인가?

"당신 이름이 야코브 세바스찬 베르크만 맞죠?" 확인하는 질문이었지만 여자 목소리에는 틀림없을 것이라는 확신이 배어 있었다.

세바스찬은 자신이 원망스러웠다. 그는 그때 바로 나왔어야 했다. 여자가 그의 손을 잡는 그 순간 작별을 해야 했다. 그때 물리쳐야 할 것을 이제 뒤늦게 거절해야 하는 상황에 빠진 것이다.

"미안하지만, 지금 막 섹스를 하고 나서 샤워가 급해요."

그는 전화를 끊었다. 그리고 다시 벨이 울리지 않을까 조마조마하며 몇 분간 그대로 서 있었지만 전화는 오지 않았다. 세바스찬은 주방에서 나갔다. 아무튼 반은 사실대로 말했다. 섹스를 한 것은 아니지만 샤워는 정말 하려고 했으니까. 그가 막 욕실로 들어가려는데 객실 텔레비전에서 나오는 목소리에 귀가 번쩍 뜨였다.

"……하지만 경찰은 동일범 소행으로 보고 있습니다……."

세바스찬은 객실로 들어갔다. 뉴스 방송이었다. 젊은 남자가 화려한 정원을 배경으로 어떤 주택 앞에 서 있었다.

"……세 번째 희생자도 자신의 집에서 살해되었습니다. 경찰은 시민들에게 경계를 늦추지 말고 특히……."

세바스찬은 텔레비전을 뚫어지게 바라보았다.

토르켈은 정문으로 통하는 출입구 문을 열고 나갔을 때 이미 누가 와 있는지 알았다. 1분 전, 수사팀과 회의실에 앉아 있을 때 전화를 받았기 때문이다. 안내소에서 손님이 찾아왔다고 전해온 전화였다. 세바스찬 베르크만.

토르켈은 지금 바쁘니 방문객에게 기다려야 한다는 말을 전해달라고 했다. 그러자 안내소의 여직원은 세바스찬이 이미 그런 말이 나올 것을 예상하고 당장 내려오지 않으면 토르켈에 대해 아는 것을 모두 발설하겠다고 말했다는 내용을 설명했다. 안내소에서 만나는 모든 사람에게 자세한 내용을 하나도 빠트리지 않고 터트리겠다고 했다는 것이다. 거나하게 취한 밤 우메오의 스타드스 호텔과 쌍둥이 얘기부터 시작할 것이라고 말했다는 것이다. 토르켈은 당장 내려가겠다고 대답했다. 안내소의 여직원이 미안하다며 전화를 끊자마자 토르켈은 부리나케 회의실에서 나왔다.

예상하던 일이었다. 뉴스가 나가고 신문과 텔레비전에서 연일 살인사건 보도에 열을 올릴 때 이미 세바스찬이 준비하고 있을 것을 예상했다.

안내소 문을 열자마자 세바스찬이 다가왔다.

"정말인가요? 연쇄살인이라는 보도가?"

"세바스찬……."

"벌써 세 여자나 살해했다고 하던데요. 이건 아주 보기 드문 경우에요. 나도 수사에 참여해야겠어요."

토르켈은 주위를 둘러보았다. 안내소에서 이런 대화는 절대 하고 싶지 않았다. 그렇다고 세바스찬을 무작정 사무실로 데려갈 수도 없는 노릇이었다.

"세바스찬." 그는 마치 옛날 동료의 이름을 반복해서 부르는 것이 상대를 달래고 관심을 끊게 하는 가장 좋은 방법인 양 다시 불렀다.

"문제가 된다면 내가 꼭 팀의 일원이 될 필요는 없어요. 그저 자문위원이라도 되겠다는 거예요. 지난번처럼 말이에요."

토르켈은 조그만 돌파구가 생기는 느낌이었다. 바늘처럼 작은 구멍이지만 어떻게든 이 상황을 모면할 수도 있을 것 같았다.

"그럴 수는 없어요." 토르켈은 단호하게 대답했다. "비용이 얼마나

드는지 당신도 알잖아요. 내가 신청해도 추가예산을 허용하지 않을 거예요."

이 순간 세바스찬은 냉정을 잃었다. 그는 한동안 토르켈을 쏘아보더니 상대의 말을 잘못 들은 게 아닌지 하는 표정을 지었다. "당신 지금 나를 내치려고 그 잘난 조직이나 예산 타령을 하는 건가요?" 호통을 치는 듯한 목소리였다. "빌어먹을…… 토르켈, 당신 능력이면 충분히 할 수 있잖아요!"

맞다. 토르켈은 할 수 있다고 솔직하게 말해야 했다. 아니면 적어도 이런 반응보다는 더 나은 대답을 해야 했는지도 모른다. 하지만 그는 지금 안 된다는 생각을 굳히고 뻔히 막다른 길로 빠질 것을 알면서도 자신의 말을 따르게 하자고 결심했다. 멀리서 가물가물 보이는 바늘구멍만 한 돌파구가 점점 작아지는 느낌이었다.

"당신 의도가 어떤 것인지 생각 좀 해봐요. 내 말이 틀려요?" 이번에는 단호한 목소리가 아니었다. "당신 생각을 납득할 수 없네요."

세바스찬은 실망스런 눈빛으로 토르켈을 쳐다보았다. "나는 얼마든지 납득이 되는데요. 무보수로 일하겠어요. 지난번처럼 말이에요. 내가 여기 이러고 있는 게 싫다면, 토르켈 진심으로 하는 말인데, 내가 당신 운영비를 올리지는 않을 테니 다른 방법을 생각해 봐요."

"세바스찬……."

"수사를 지켜보기만 할게요. 손해 볼 것 없잖아요. 내가 정말 잘할 수 있는 골치 아픈 사건이 다시 터진 거예요."

토르켈은 아무 말이 없었다. 사실 세바스찬이 한 말은 별로 중요하지 않았다. 어쨌든 세바스찬은 그의 말을 듣지 않을 것이다. 뭔가 낌새를 채고 자신이 듣고 싶은 얘기를 다 들려주지 않는 한 물러서지 않을 것이다.

"내가 찾아와서 팀이 열 받았겠지요. 그래도 지금 연쇄살인 사건이 터졌는데 나를 받아들이지 않는다면 당신들은 직무 유기를 하는 거나 다름없어요."

토르켈은 주위를 둘러본 다음 출입 카드를 꺼내 문자 인식기에 넣었다. 자물쇠가 끽 하는 소리를 내고 열렸다. 그는 문을 열었다. 세바스찬은 이것을 거절의 신호로 받아들이고 전략을 바꾸기로 했다.

"토르켈, 지금 나는 내 인생을 되찾으려고 하는 거예요. 정말이에요. 그래서 일이 필요하다고요."

토르켈은 잠시 생각에 잠겼다. 자신의 인생을 변화시키고 보다 나은 인간이 되겠다고 주절대는 세바스찬의 넋두리에는 관심이 없었다. 지난번 베스테로스에서도 똑같은 주장을 했었다. 그를 다시 팀에 받아들였지만 토르켈은 이것이 세바스찬에게 도움이 되지 않았다는 것을 확신했다. 하지만 그에 앞서 한 말……. 세바스찬의 지식을 수사에 활용하지 않는다면 정말 직무 유기일지도 모른다. 특히 범인이 모방 범죄를 저질렀다는 사실을 감안하면 그의 도움이 절실했다. 여자가 세 명이나 살해되었다. 또 팀원들은 모두 추가 희생자가 나올 거라고 확신하고 있었다. 게다가 사건 발생 이후 한 달이 지나도록 확실한 단서는 확보하지 못했다. 추가 범행을 막으려면 할 수 있는 수단을 모두 동원하는 것이 그의 의무가 아닐까? 그는 다시 세바스찬을 향해 돌아섰다.

"좋아요. 일단 문으로 들여보내지요. 하지만 수사팀으로 가는 건 아니에요."

"그럼 뭐 하러 들어가나요?"

"먼저 수사팀과 논의를 해야 해요."

"나에 대해서요?"
"그래요."
"뭐 하려고요? 찬반 투표라도 하겠다는 건가요?"
"네."
세바스찬이 찌푸린 얼굴로 토르켈을 보았을 때 그는 농담이 아님을 알았다. 세바스찬은 고개를 끄덕였다. 한 걸음 한 걸음 접근하는 것이다. 여기까지 왔는데 다시 내치기야 하겠는가.

토르켈은 다시 회의실로 들어갔다. 팀원들은 그가 나갈 때의 자세 그대로 앉아 있었다. 커피가 다시 채워져 있었고 그의 잔도 마찬가지였다.
"한 잔 더 마시고 싶을지 몰라 내가 따라 놓았어요." 우르줄라가 의자를 뒤로 빼고 앉으며 말했다. 마치 토르켈의 생각을 읽은 것 같았다.
"고마워요."
그는 우르줄라를 보며 미소를 지었다. 우르줄라도 같이 미소 지었다. 직장 동료 이상의 은밀한 미소였다. 이때 그는 세바스찬을 다시 받아들이는 데 거부감이 드는 것이 순전히 자신의 이기심 때문이 아닐까 하는 생각이 들었다.
"방금 칼 발스트룀의 DNA 분석 결과를 놓고 얘기하던 중이었어요." 우르줄라가 다시 입을 열었다. "그 사람은 아니에요."
토르켈은 생각에 잠겨 고개만 끄덕였다. 이쪽에는 큰 기대를 걸지 않았었다. 그런 기대를 했다면 너무도 순진한 생각일 것이다. 자신을 드러내는 편지 한 장 썼다고 범인을 잡겠는가. 토르켈의 생각은 잠시 사건을 벗어났다. 우르줄라와 그가 재결합한 현 시점에서 지난번과 똑같은 실수를 저질러 관계를 깨트리고 싶지는 않았다. 두 사람의 관계에는 분명한 규칙이 있었다. 75퍼센트는 우르줄라가 결정하는 규칙이었다. 다만 두 사람이 직업상 밖에 있을 때로 제한되는 관계였다. 집에서는 안 된다. 미래의 설계 같은 것도 없었다. 그리고 토르켈은 우르줄라에게 흔들림 없는 신뢰를 보여야 했다. 이것은 토르켈이 스스로 정한 규칙이었다.

두 사람의 첫 번째 규칙은 근본적으로 똑같은 것이었지만 이제는 우르줄라가 먼저 이 규칙을 깼다. 그의 집에 스스로 찾아왔기 때문이다. 이것은 어김없는 '집에서'였다. 그가 아니라 우르줄라의 생각이었다. 언젠가는 세 번째 규칙마저 깰지도 모르는 일이었다. 아마 그렇게 되면 토르켈은 점점 장래에 관한 얘기를 하게 될 것이다.

"대체 누가 전화한 거예요?" 반야가 물었다.

토르켈은 반야 쪽으로 돌아서며 생각을 다듬었다. 만일 우르줄라와 미래를 설계할 생각이 있다면 그가 베스테로스에서 정한 네 번째 규칙은 절대 위반하면 안 될 것이다. 언제나 신의를 지키겠다고 했다. 언제까지나. 이런 연유로 그는 헛기침을 하고 몸을 앞으로 숙이면서 입을 열었다.

"세바스찬이었어요. 그를 수사팀에 끌어들일지 말지 생각 중이에요."

그러자 기대한 것과 별반 다를 바 없는 반응들을 보였다. 세바스찬을 합류시킬 수도 있다는 말을 듣고 반야와 우르줄라가 서로 주고받는 눈길은 어떤 경우든 그를 가까이 두고 보는 것에 거부감이 있다는 속내를 확연히 드러냈다. 빌리는 의자 뒤로 등을 기대며 미소를 띠었다.

"반야와 우르줄라가 어떤 생각을 하는지 알아요." 토르켈이 다시 입을 열었다. "하지만 나는 세바스찬이 도움이 되지 않을 거라고는 확신하지 못하겠어요."

반야가 뭐라고 말할 듯 크게 한숨을 쉬었지만 토르켈이 손으로 제지했다.

"나도 그가 수사에 합류할 때 생길 결과가 어떤 건지 알아요. 마찰도 있을 테고 수사에 집중도도 떨어지겠지요. 또 별 효과가 없을 수도 있고요. 그래서 나는 이번에는 전원 찬성이 필요하다는 생각이에요."

"그럼 전원 찬성이 아니라면요?" 반야가 물었다.

"그럼 받아들이지 않는 거지요."

방 안에는 침묵이 감돌았다. 반야와 우르줄라는 세바스찬을 내치자고 약속이라도 한 듯 다시 눈길을 주고받았다. 그 눈빛은 두 사람 중 한 사람만 만족한다는 뜻인가 아니면 두 사람 공통의 뜻인가?

"나는 문제될 것이 없다고 봅니다." 빌리가 갑자기 입을 열었다. "나는 세바스찬이 도움이 될 거라고 믿어요."

반야가 어리둥절한 표정으로 빌리를 쳐다보았다. 지금 도대체 무슨 생각을 하는 거야?

"좋아요." 토르켈은 약간 놀라면서 고개를 끄덕였다. 기대 이상이었다.

빌리는 반야의 시선을 받고는 자신의 대답을 해명하지 않으면 안 될 것 같았다. "아무튼 그는 연쇄살인의 전문가고 지금 우리는 연쇄살인범을 잡으려고 하니까요."

반야는 아무 대답 없이 화난 얼굴로 벌떡 일어나더니 게시판으로 갔다. 그리고 손바닥처럼 훤히 알고 있는 사진을 들여다보았다. 토르켈은 반야가 아랫입술을 꽉 깨문 것을 보고 개인적인 의견과 직업적인 결정 사이에서 흔들리는 사람이 자신뿐이 아니라는 것을 알았다. 반야가 토르켈을 향해 돌아섰다.

"정말 세바스찬이 오면 여기서 범행을 저지른 자를 찾을 가능성이 더 커진다고 생각해요?" 반야는 뒤에 있는 게시판의 피살된 여자들을 팔꿈치로 가리키며 물었다.

정당한 의문 제기였다. 토르켈이 개인적인 감정을 배제하고 문제를 객관적으로 접근한다면 대답은 분명했다. "나는 그렇게 생각해요."

반야는 물끄러미 앞을 보며 고개를 끄덕이고는 자기 자리로 돌아갔다. "그렇다면 나와는 생각이 다르네요, 유감스럽게도."

토르켈은 반야를 향해 미소를 지어 보이고는 의자에 등을 기댄 채 팔짱을 끼고 초점 없는 눈으로 멍하니 책상을 바라보고 있는 우르줄라 쪽으로 돌아섰다. 나머지 팀원은 우르줄라가 생각할 시간을 주었다.

"칼 발스트룀마저 용의 선상에서 배제해야 하는 지금 우리에게는 확보된 단서가 전혀 없어요. 아무리 작은 단서라도 하나 있다면 당연히 내 대답은 절대 안 된다지요." 우르줄라는 시선을 위로 올리고 토르켈을 쳐다보았다. "하지만 우리에게는 아무것도 없다고요."

"그러니까 그를 환영한다는 거예요?"

"그게 아니라, 세바스찬이 이 사건에 뭔가 기여할 수 있을까, 없을까라는 물음이라면 당연히 있다는 거죠."

실내에는 다시 침묵이 이어졌다. 그때 반야가 일어나더니 "그 사람은 종잡을 수 없는 골칫거리라고요."라고 씩씩거리며 말했다.

"적응하지 못하면 그때 내쳐도 늦지 않아요." 빌리가 말하며 똑같이 일어나 반야와 우르줄라를 바라보았다. "베스테로스에서도 아주 잘못하기만 한 건 아니죠. 그리고 반야도 그 사람의 저서가 좋다고 말했잖아요."

반야는 자기 앞에 서 있는 빌리를 빤히 쳐다보았다. 사람이 변한 것 같았다. 잠시 뒤 반야는 빌리에게 고개를 끄덕여 보이고는 토르켈 쪽으로 돌아섰다.

"세 분 모두 정말 그렇게 생각한다면 더 논의할 것도 없네요. 받아들이자고요."

"찬성하는 거예요?"

반야는 고개를 힘차게 가로저었다. "그건 아니지만 전체의 의견을 따를게요. 수사팀을 분열하는 사람이 되고 싶지는 않으니까요. 세바스찬 문제는 그렇게 처리해요."

"만일 세바스찬이 제대로 못하면, 빌리가 말한 대로 그때 가서 내치자고요." 토르켈이 반야를 보며 말했다. 우르줄라는 씁쓸한 미소를 짓는 것으로 보아 세바스찬을 별로 신뢰하지 않는 것이 분명했다. 토르켈은 못 본 척 하고 일어나 문으로 갔다. "그럼 그 사람을 데리고 올게요."

그의 예상보다 간단하게 처리되었다. 훨씬 더 간단했다. 유감스럽게도 이것은 상황이 얼마나 절박한가를 반증하는 것이었다.

세바스찬은 회의실로 들어오더니 인사 한 마디 없이 곧장 게시판으로 다가갔다. 무척 기대에 찬 모습이라고 토르켈은 생각했다. 크리스마스이브의 아이 같았다. 세바스찬은 사진을 잠시 훑어보았다. 그는 의아한 표정을 지었다. 사진이 뭔가 잘못되기라도 했다는 건가?

"새로운 희생자들인가요?"

"그래요."

세바스찬은 다시 사진 쪽으로 돌아서서 자세하게 살폈다. 그가 아는 한 범행 수법은 구석구석 흉내를 냈지만 차이도 있었다. 다른 방, 다른 여자를 상대로 한 모방 범죄였다.

그는 다시 토르켈 쪽으로 향했다. 이번에는 놀랐다기보다 화가 난 표정이었다.

"왜 첫 번째 희생자가 났을 때 나에게 곧바로 전화하지 않았어요?"

"힌데의 짓이 아니라고요." 반야가 말했다.

"힌데가 한 짓이 아니란 건 나도 알아요. 그래도 왜 나에게 연락하지 않았냐고요?" 세바스찬은 반야에게 대답하며 화난 표정을 굳이 숨기지 않았다. "하마터면 힌데가 도망치거나 적어도 그를 석방해준 걸로 생각할 뻔 했지 뭐예요. 이건 세밀한 부분까지 힌데를 모방한 사람이 저지른 거예요. 겉으로 보면 현장 상황은 똑같지요. 진작 나를 불렀어야지요."

"왜 그렇게 생각하죠?" 반야가 대들듯이 물었다.

자신의 의지와 달리 반야는 세바스찬이 들어오는 순간 반발심 같은 것을 느꼈다. 그는 다시 들어오게 되어 기쁘다거나 고맙다는 말 한 마디 없었다. 모두 어떻게 지내냐는 의례적인 인사도 질문도 없었다. 그와 같은 처지에 놓인 정상적인 사람이 드러낼 행동은 한 구석도 찾아볼 수 없었다. 그는 당당한 팀의 일원인 것처럼 아무렇지도 않게 저벅저벅 발자국 소리를 내며 들어왔다. 반야는 이런 태도에 화가 났다. 지금처럼 얼굴 한편에 웃음을 머금는 표정도 싫었다. 마치 반야가 뭘 모른다는 투였다. 칼 발스트룀이 지었던 웃음과 똑같다는 생각이 들었다.

"왜 그런다고 생각해요?" 세바스찬이 반문하고 대답했다. "나는 누구보다 힌데를 잘 알아요."

"그게 무슨 의미가 있는데요?" 반야는 물러설 생각이 전혀 없었다.

세바스찬은 지금 회의실에 들어온 지가 얼마나 되었다고 저러는가? 적어도 자신만만한 얼굴은 조금도 변하지 않았고 자제하는 태도도 볼 수 없었다. 토르켈은 팀원들이 너그럽게 받아들였다는 말을 그에게 하지 않은 것인가? 그는 이제 회의실을 점령한 것처럼 으스대며 아니, 사건 전체를 지휘하는 것처럼 잘난 체 하는 것으로 보였다. 이제 반야는 직무상 마땅히 할 일을 할 차례였다.

"이 범인은 전혀 다른 동기를 가진 다른 사람이라고요. 힌데에 대해 안다고 했는데 그건 이 사건에 별로 도움이 되지 않아요."

"내가 아는 것은 언제나 큰 도움이 되었어요. 그렇지 않다면 당신들이 나를 받아들였겠나요. 내가 여기 온 것은 당신들이 나를 매력적으로 보아서가 아니에요. 지금까지 수사 상황을 누가 얘기 좀 해 줄 수 있을까요?"

반야는 한숨을 지었다.

빌리가 일어났다. "우리가 파악한 상황을 간단히 요약하죠." 그는 이렇게 말하며 한 마디 대꾸나 반응도 기다리지 않고 곧장 게시판으로 갔다.

토르켈이 반야를 보니 어깨만 으쓱할 뿐이었다.

"오케이." 세바스찬은 의자 하나를 잡고 우르줄라 옆으로 가서 앉았다. "만나서 반가워요." 그가 속삭였다. 그를 바라보는 우르줄라의 눈빛에는 반가움이라고는 찾아볼 수 없었다. "내가 보고 싶었어요?"

우르줄라는 짧게 고개를 흔들고는 게시판 앞으로 가서 서 있는 빌리를 주목했다. 빌리는 40세쯤 되어 보이는 여자 사진을 가리켰다. 갈색 눈에 머리를 앞으로 가지런히 늘어트린 여자는 카메라를 향해 웃고 있었다.

"6월 24일. 브로마의 마리아 리에. 독신. 한여름 이후 출근하지 않자 친구들이 불안해짐."

빌리의 손가락은 인물사진에서 현장사진으로 옮겨갔다. 거기 여자가 누워 있었다. 스타킹에 묶여 엎드린 자세였다. 성폭행을 당한 뒤 예리한 칼에 자상을 입고 살해되었다. 칼은 경동맥과 기도를 절단했다.

세바스찬은 물끄러미 바라보며 고개를 끄덕였다. 모든 것이 낯익었다. 마치 과거로 돌아간 것 같았다. 모방범에 대해 뭔가 알 것 같다는 생각이 순간 머리를 스쳤다. 이런 수법은 몇 차례 있었지만 연쇄살인을 모방하는 경우는 거의 없었다. 흔한 것은 학교 내 총기 난사 사건을 모방한 경우였고 몇몇 경우에는 영화나 컴퓨터게임의 잔인한 살인 장면을 흉내 낸 것이었다. 물론 이렇게 모방을 하는 사람은 본래의 사건에 병적으로 집착하는 특징을 보였다. 그 밖에 또 뭐가 있더라? 모방범이 정신적으로 장애가 있다는 것은 분명하지만 본보기가 된 범인과는 달랐다. 본래의 연쇄살인범이 이따금 겉으로 정상적으로 보인다면, 즉 보통 사람과 다를 바 없는 인상을 준다면 모방범은 유별난 특징을 노출하는 경우가 빈번하다. 모방범은 은둔 형태의 생활을 한다. 자신감도 약하다. 유아 시절의 경험이 동기로 작용하는 경우가 많다.

언제나 마찬가지다.

자신이 본보기로 삼은 살인범과 똑같이 한계를 뛰어넘고 극단적인 폭력을 행사하지만 주도적으로 자신의 방법을 찾아내고 범행 대상을 직접 선정할 정도로 강하지는 못하다. 그래서 본보기가 될 살인범이 있어야 한다. 모방범의 모든 수법은 이것이 특징이다. 따라서 수사팀에서 찾고 있는 남자는 두드러진 주목을 받지 않는다.

"침입의 흔적 없음." 빌리의 설명이 이어졌다. "피해자가 범인을 자발적으로 들어오게 한 것으로 보이는데 이건 다른 피해자들과 동일하고요. 집 안에서 다툰 흔적 없고 정액과 치모, 지문을 현장에 남겼어요."

빌리는 손가락으로 다음 그림을 가리켰다. 45세에서 50세 정도로 보이는 금발의 여자. 파란 눈. 윗입술에 작은 흉터가 있는 것으로 보아 어렸을 때 언청이 수술을 한 것으로 추정된다. 겉으로 보아서는 첫 번째 희생자와 닮은 점이 없다. 이 여자를 보는 순간 세바스찬의 머릿속에 어떤 생각이 스치고 지나갔지만 너무 희미하고 순간적이라 정확하게 무엇인지는 알 수 없었다.

"7월 15일. 자네트 얀손 뉘베리. 뉘네스함. 남편과 두 아들이 축구 경기를 마치고 귀가한 다음 발견되었어요. 피해자는 자신의 블로그에 저녁 내내 혼자 있어 편하게 지내고 있다는 글을 남겼죠. 따라서 범인은 범행 시간을 맞출 수 있던 것으로 보입니다."

"다른 사람도 블로그를 사용하나요? 먼저 리에 같은 사람도요?" 세바스찬이 물었다.

빌리는 고개를 흔들었다. "아뇨. 하지만 리에는 페이스북을 하는데 거기에 '독신'으로 등록했어요."

세바스찬이 고개를 끄덕였다. 그 자신은 어떤 소셜 미디어에도 가입하지 않았기 때문에 그토록 많은 사람이 생면부지의 상대와 그 많은 정보를 주고받는 것을 의아하게 생각하고 있었다. 요즘 비어 있는 집에 범인이 침입하는 것은 쉬운 일이다. 즐거운 휴가 계획을 떠벌이면서 주인 스스로 이런 정보를 블로그나 신상 소개란에 기꺼이 흔적으로 남기기 때문이다. 이런 습관은 이들의 안전과 직결된다. '독신'이라는 말은 외롭다는 뜻이고 동시에 무방비 상태라는 것을 의미한다.

"화단과 계단에서 족적이 발견되었는데 남편이나 아들들의 것과는 달랐어요. 정액은 마리아 리에에게서 발견된 것과 동일인의 것으로 판명되었고요."

"그럼 그자가 의도적으로 흔적을 남겼다는 건가요?"

"여러 정황으로 보아 그런 것 같아요." 토르켈이 대답했다. "아니면 아주 미숙한 자거나. 하지만 미숙한 자라면 우리에게 진작 단서를 남겼겠지요. 그런데 이번 사건은 그렇지도 않거든요."

"어쩌면 경찰에 알려진 인물일 수도 있지요." 세바스찬이 걱정하는 눈빛으로 고개를 끄덕이며 말했다. "모방범은 대개 어떤 식으로든 범죄를 저지를 배경을 갖고 있어요. 하지만 곧바로 살인으로 시작하는 것은 극히 이례적인 경우에요."

"이자가 흔적을 남긴 것은 어떤 의미일까요?" 빌리가 물었다.

세바스찬은 빌리를 쳐다보았다. 분명히 뭔가 달라졌다. 지난번에 빌리는 수사의 기술적인 측면, 가령 감시카메라나 휴대전화, 통화 목록 같은 것에 관심을 쏟는 것으로 만족했었다. 전에는 뭔가 물어보면 컴퓨터에서 찾을 수도 있을 답이 나왔다. 하지만 지금 빌리는 전에는 자신의 의견이 따로 없었던 의문에 갑자기 관심을 쏟는 것으로 보였다. 지난번에 같이 일할 때보다 빌리는 능동적인 태도를 보이고 있었다.

"능력 과시에요. 설사 내가 흔적을 남겨도 당신들은 찾지 못한다는 식이지요. 이자는 자신이 경찰보다 한 수 위라고 생각하고 있어요. 게다가 이번 사건 전체를 자신과 연관시키기 위한 확실한 방법이기도 하고요. 아무리 방비를 해도 자신의 범행을 막지 못한다는 자신감을 보인 거예요."

"그자가 자신을 노출시키려고 한다는 말인가요?" 반야가 믿을 수 없다는 듯이 물었다.

"그건 아니지만 노출된다고 해도 자신의 범행이 여기서 끝나지 않는다는 걸 분명히 보여주려 한다는 거지요."

"어쨌든……." 빌리가 중단된 설명을 계속했다. "범행 수법이 동일하고 잠옷도 같습니다."

이어 빌리는 세 번째 사진을 가리켰다. 똑같이 짙은 색 머리였다.

"마지막으로 그저께 일어난 사건입니다. 카타리나 그란룬드, 44세. 흔적을 남긴 것도 똑같고 잠옷을 입은 것도 동일합니다. 모두가 동일해요. 더 이상은 없습니다."

빌리가 자리로 가서 앉는 동안 나머지는 침묵했다. 세바스찬이 입을 열었다.

"간격이 빨라지고 있어요."

"그게 중요한가요?"

"힌데는 일정한 냉각기가 있거든요. 간격이 빨라져도 거의 눈에 띄지 않을 정도에요."

"냉각기가 뭐죠?" 빌리가 물었다.

"두 사건 사이의 기간."

세바스찬은 일어나서 실내를 서성거렸다. 반야는 노골적으로 못마땅한 시선을 던지며 세바스찬의 뒤꽁무니를 쏘아보았다. 세바스찬은 회의실에 들어온 이후 반야에 대한 생각을 거의 하지 못했다는 것을 깨달았다. 사건에 정신이 쏠리다 보니 다른 생각은 잠시 뒷전으로 밀렸던 것이다. 힌데와 연관된 생각. 예전의 세바스찬 자신과 연관된 생각.

보다 나은 세바스찬. 최고의 세바스찬.

"연쇄살인범은 범행 뒤에 아주 신중한 태도를 보이지요. 실제로 체포되는 것이 겁이 나기도 하고 또 한편으로는 죄의식이 꿈틀대는 경우도 많아요. 상상으로만 하던 일을 실제로 저질렀다고 후회하는 거예요. 대부분 다시 범행 충동이 일기까지 쉬는 기간의 현상이기는 하지만. 이 주기가 약간 빨라질 수는 있어도 이번 사건처럼 급격히 단축되지는 않아요." 세바스찬은 말을 끊고 사진 쪽으로 제스처를 취했다. "이번 사건의 범인은 후회하는 것 같지 않아요. 범인들이 보이는 심리적 단계를 거치지 않은 거예요."

"그 말은?" 빌리가 다시 물었다. 빌리는 몹시 적극적이었다.

"이자는 누군가를 죽이겠다는 충동을 느낀 게 아니에요. 범행을 하나의 임무로 보고 있어요. 해결해야 할 과제 같은 거지요."

"어떻게 하면 추가 범행을 막을 수 있을까요?"

세바스찬은 어깨를 으쓱해 보였다. "나도 모르겠어요." 그는 토르켈 쪽으로 돌아섰다. "현장을 직접 봐야겠군요. 어쨌든 그저께 사건 현장은 봐야 해요."

"당신도 알다시피 현장 조사는 이미 우리가 마쳤어요." 토르켈이 뭐라 대답하기도 전에 우르줄라가 나섰다. "알고 싶은 게 있으면 그냥 물어봐요."

"당신들이 하나 놓친 게 있어요. 이자가 용의주도한 모방범이라면."

우르줄라는 화가 치솟는 느낌을 받았다. 자신이 놓친 것은 하나도 없었다. 국립 과학수사 연구소나 특별살인사건전담반에서 근무하면서 우르줄라는 절대 지나쳐 본 것이 없었다. 이것은 세바스찬도 정확히 알고 있다.

"뭘 놓쳤다는 건데요?" 우르줄라는 끓어오르는 분노를 억지로 삼키면서 물었다.

세바스찬은 이 물음에 대답하지 않고 다시 토르켈 쪽으로 향했다. "지금 현장에 가보면 안 되겠나요?"

토르켈은 한숨을 쉬었다. 그는 우르줄라를 너무도 잘 알았다. 우르줄라의 직업적인 능력을 의문시하면 무사하지 못할 것이 분명했다. 다른 일에서는 실수도 저지르고 약점도 있지만 전문 분야에서만큼은 최고의 실력자였다. 이걸 부인했다가는 봉변을 당할 것이다. 토르켈은 우르줄라가 세바스찬의 합류를 막지 못한 것을 벌써 후회한다는 느낌을 받았다.

"반야, 세바스찬과 툼바에 좀 다녀와요."

반야는 깜짝 놀라는 표정이었다. 세바스찬과 한 차를 타라는 제안에 어떤 반응을 보이는가는 찌푸린 얼굴이나 전체 몸동작으로 확연히 드러났다. "내가 가야 되나요?"

"그래요, 갔다 와요."

"자, 그럼 출발하자고요." 세바스찬이 얼굴 가득 웃음을 띠면서 문 쪽으로 걸어갔다.

세바스찬은 반야가 마지못해 일어나고 토르켈이 걱정스런 눈길로 바라보는 모습을 보자 자신이 다른 사람과 가까이 하지 못한 지가 꽤나 오래되었다는 것을 깨달았다. 그래도 그는 즐겁기만 했다. 그는 다시 일을 시작했을 뿐 아니라 첫날부터 딸과 같은 차에서 시간을 보낼 수 있게 된 것이다.

다른 사람의 일부가 되기 전에 자신의 인생을 찾은 것이다. 세바스찬은 이번 사건이 자신의 인생을 되찾는 과정에서 첫걸음이 될 것 같은 느낌이 들었다.

두 사람은 남색 볼보에 말없이 앉아 있었다. 반야는 프리드헬름스플란의 주차장을 나가면서 경비원에게 신분증을 내보이고는 드로트닝홀름베겐 쪽으로 차를 몰았다. 세바스찬은 반야를 주시하고 있었다. 언짢은 표정이 확연히 드러났다. 동작 하나하나로 화난 것을 알 수 있었다. 기어를 바꾸거나 난폭하게 차선을 변경할 때도 그랬고 세바스찬이 창을 열고 덥고 습기 찬 공기를 끌어들일 때 쏘아보는 모습도 그랬다.

"창을 열면 에어컨 작동이 제대로 안 되잖아요."

"모든 것을 누릴 수는 없지요."

세바스찬은 반야의 직설적인 어법이 마음에 들었다. 실제로 말투가 그랬다. 활기차고 강한 성격이었다.

그동안 멀리서만 바라보다가 이렇게 바로 옆에 앉아서 보니 어지러울 정도였다. 이런 시간이 한없이 만족스러웠다. 기분이 상하든 화를 내든 상관없었다. 그는 반야와 같은 차에 탄 이 순간이 언제까지고 지속되기만을 바랐다. 심지어 스톡홀름의 교통 상황마저 마음에 들 정도였다. 두 사람은 남쪽 방향의 E4고속도로를 계속 달렸다. 에싱에 안전지대를 지날 때 반야는 더 참지 못하고 입을 열었다.

"원래 마조히스트에요?"

세바스찬은 생각에서 깨어났다. 그는 무슨 말인지 잘 모르겠다는 표정으로 반야를 바라보았다.

"뭐라고요?"

"그럼 왜 돌아왔죠?" 반야의 눈은 분노로 이글거렸다. "왜 하필 아무도 반기지 않는 곳으로 왔냐고요."

"빌리는 나를 좋아하잖아요."

"빌리는 그저 싫다는 내색을 못하는 것뿐이라고요."

"그게 그거지."

세바스찬은 억지로 웃음을 지었다. 반야는 정말로 다른 사람의 생각 여하에 그의 태도가 좌우된다고 보는 것인가?

"미움 받는 것에 너무 익숙해서 다른 사람이 잠자코 있어주기만 해도 만족하나 보죠?"

"그런 것 같아요."

"그 정도로 멍청하지 않다면 미안한 줄도 알겠네요."

"고마워요."

그는 정말 고맙다는 표정으로 쳐다보았지만 이 말이 반야를 더 화나게 했다는 것을 알았다. 곁에 앉아 있다는 것 그리고 반야에 대해 아는 내용을 생각하며 두 사람만 같이 있다는 것이 묘한 기분이 들었다.

그는 반야에 대해 알고 싶은 것이 많았다. 무슨 꿈을 꿀까? 아침에 식탁에 앉아 있을 때는 무슨 생각을 할까? 아버지라고 생각하는 그 남자와 같이 있을 때는 무엇 때문에 웃을까? 언젠가는 세바스찬 자신과 가깝게 지낼 날이 올까? 지금처럼 반감을 가진 것과는 다른 날이 올 것인가?

"그만해요." 갑자기 반야는 자신을 뚫어지게 바라보는 눈길을 마주 쏘아보며 화를 냈다.

"뭘요?"

"그런 눈으로 쳐다보지 말라고요."

"어떻게 봤는데요?"

"지금 그런 눈길 말이에요. 어떻게 생각하든 난 관심 없지만요."

"내 생각을 알 수는 없을걸요."

반야는 역겹다는 듯이 세바스찬을 쳐다보았다. "정말 그만 봐요! 짜

중 나니까."

세바스찬은 다시 시선을 앞으로 돌렸다. 반야는 무엇인지도 모른 채 아무 생각도 없이 진실에 가까이 접근했고 그것을 만지작거렸다. 세바스찬은 어떤 불가능한 것을 향해 접근하고 싶었지만 그것은 생각하기 어려웠다. 하물며 이것을 말로 표현한다는 것은 한층 더 힘들었다.

"우리가 어떤 다른……." 세바스찬은 말을 끊었다가 다시 이었다. "우리 둘이 다른 상황에서 만났다면…… 그러니까 내 말은 어떤 이유에서……."

반야가 그의 말을 잘랐다. "세바스찬."

"왜요?"

"입 좀 다물어요."

그는 입을 다물었다.

반야는 가속 페달을 밟았다. 나머지 구간에서 두 사람은 일체 말을 나누지 않았다.

톨렌스 벡 19번지의 집은 스톡홀름 교외에서 흔히 보는 우아하게 잘 꾸민 주택 중 하나였다. 정원만큼은 보통 이상으로 애정 어린 손길로 관리가 잘되었다고 세바스찬은 생각했다. 이밖에 눈에 두드러지는 특징은 없었다. 다만 문에 노란색 글씨로 '사건 현장, 접근 금지'라고 쓰인 표시가 비극의 현장임을 말해주고 있었다. 세바스찬보다 1미터 앞에 가던 반야는 계단을 올라가 열쇠로 현관문을 열었다. 세바스찬은 전혀 서두르지 않고 잘 손질된 정원 한가운데 서서 집 전체를 살펴보았다. 빨간 기와를 얹은 2층집이었다. 노란 벽의 창틀에는 하얀색이 칠해져 있었다. 깨끗하게 정돈된 인상이었고 창문에는 커튼과 하얀 화분들이 보였다. 여기서 불과 며칠 전까지만 해도 꿈과 동경을 품은 부부가 살고 있었다. 이들은 아마 세상의 이목을 끌 생각은 없었을 것이다. 그저 나날의 삶에만 관심이 있었을 것이다.

반야가 문을 열고 세바스찬을 건너다보았다.

"들어갈래요?"

"당연하지요."

두 사람은 집 안으로 들어갔다. 실내에서는 곰팡내와 달콤한 금속 냄새 같은 것이 진동했다. 세바스찬은 이런 냄새가 아직도 배어 있는 것으로 보아 여자가 피를 많이 흘린 것이 분명하다고 생각했다.

"침실은 어디지요?"

"여자는 위층에서 살해되었어요. 뭘 찾을 건데요?"

"먼저 침실을 보고 싶군요."

반야는 신경질적으로 고개를 끄덕이면서 앞장섰다.

"따라와요."

두 사람은 묵직한 걸음으로 계단을 올라갔다. 언제나 똑같았다. 죽음은 힘과 목소리와 속도를 낮추는 경향이 있다. 두 사람은 침실로 가서 문가에 섰다. 방은 노란색의 은은한 무늬를 한 예쁜 벽지로 장식되어 있었다. 커튼이 처져 있고 침구를 치우기는 했지만 2인용 침대의 시트 위에 커다랗게 번진 검은 점이 모든 것을 말해주고 있었다. 세바스찬은 조심조심 안으로 들어가 주위를 둘러보았다.

"뭘 조사할 건데요?" 반야가 그새를 못 참고 투덜거렸다.

"작은 방이나 쪽방, 창고 같은 곳이요." 세바스찬은 대답하고 나서 쪼그린 자세로 침대 옆으로 갔다.

반야는 피곤한 눈빛으로 세바스찬을 바라보더니 침대 맞은편에 있는 하얀 미닫이문을 가리켰다.

"저기 옷장이 몇 개 있어요."

세바스찬은 돌아보지도 않고 머리를 흔들었다. "외부 잠금장치가 있어야 해요." 그는 쪼그린 채 앉아서 침실을 둘러보았다. 침대 옆 탁자에는 부부가 웃고 있는 흑백사진 액자가 있고 그 앞에 문고판 책이 몇 권 있었다. 액자의 유리에는 피가 튄 흔적이 보였다. 남편과 아내, 리샤드와 카타리나 그란룬드였다. 세바스찬은 특별살인사건전담반에서 빌리의 설명을 들었기 때문에 여자의 얼굴을 알 수 있었다. 그는 조심스럽게 사진을 손으로 잡았다.

"그래, 그 속에 뭐가 있어요?" 반야가 문가에 서서 소리를 질렀다.

세바스찬은 대답하지 않고 손에 든 사진을 계속 살폈다. 부부는 어느 해변에서 행복한 사랑의 표정을 짓고 있었다. 여자는 카메라를 바라보는 남편을 안고 있는 모습이었다. 고틀란드 같기도 했고 외틀란드 같기도 했다. 어쨌든 바위가 있는 어느 해안의 풍경이었다. 여름이 얼마 남지 않은 계절로 보였고 비극적인 사건이 일어나기 오래전의 모습 같았다. 세바스찬은 조심스럽게 사진을 제자리에 놓았다. 무슨 생각이 떠오르는 듯 했다. 희미하게 스치듯 지나가는 생각이었다.

"아니 도대체 이 갑갑한 방에 뭘 찾을 게 있다고 그래요?"

반야는 갈수록 짜증을 냈다. 세바스찬은 사진에서 눈을 떼고 반야를 건너다보았다.

"음식."

반야가 아래층으로 내려가는 동안 세바스찬은 위층을 자신의 관점에서 체계적으로 조사했다. 방은 세 개가 더 있었다. 그중 부부가 함께 서재로 쓰는 것으로 보이는 방에는 복사기와 인쇄기가 있었다. 컴퓨터는 빌리가 가져갔을 것으로 생각되었다. 한쪽 벽에는 서가가 있고 톰 클랜시의 스릴러물에서 요리책까지 다양한 제목의 책이 가지런히 꽂혀 있었다. 자신이 찾는 것을 발견하지 못한 세바스찬은 작은 거실로 들어갔다.

이어 세바스찬은 새로 수리한 것이 분명해 보이는 욕실을 잠깐 훑어보았다. 깨끗한 하얀 타일이 천장 밑까지 붙어 있었다. 욕조에는 물 마사지용 구멍이 난 시설이 있었고 샤워를 하는 칸은 따로 있었다. 모든 시설은 현대적인 감각의 부부가 원하는 멋진 욕실 그대로였다. 하지만 이것도 그가 찾는 것이 아니었다. 옷장이 있는 방이 그가 찾는 것에 맞게끔 완벽한 형태를 띠었지만 이 방도 외부에서 잠그는 구조가 아니었다.

그는 계단을 내려갔다. 주방은 집 뒤쪽에 있었다. 그리고 주방에서 커다란 목조 테라스로 가게 되어 있었다. 테라스 뒤로는 꼼꼼하게 손질한 정원이 펼쳐져 있었다. 모든 시설이 욕실처럼 밝고 현대적인 구조였다. 확 트인 주방은 하얀색의 찬장 문이 딸린 낯익은 구조였고 검은색 석판으로 된 조리대가 있었다. 한가운데는 키친 아일랜드와 높은 의자가 두 개 있었다. 싱크대 옆에는 그릇이 몇 개 보였고 그 밖에는 놀라울 정도로 청결했다. 세바스찬이 계속 식당으로 발을 옮기려고 할 때 반야가 부르는 소리가 들렸다.

"세바스찬!" 멀리서 부르는 소리 같았다. 반야가 다시 그를 불렀다. "세바스찬!"

"무슨 일이에요?"

"지하실이요!"

지하실로 통하는 문은 현관 바로 옆에 있었다. 세바스찬은 이 문을 바로 찾지 못했다. 좁고 어둠침침한 계단이 컴컴한 아래쪽으로 이어졌다. 좌우 벽에는 그란룬드 부부가 현대미술 몇몇 작품을 걸어놓은 것이 보였지만 이들이 별로 소중하게 사용하던 곳은 아닌 것 같았다. 가볍게 풍기는 퀴퀴한 지하실 냄새는 집 안 전체에 밴 들척지근한 냄새와 비교하면 한결 나았다. 계단 밑에는 한때 파티 장소로 쓰던 것으로 보이는 공간이 있었는데 이후에는 단순히 창고로 사용되는 것 같았다. 천장이 낮아서 세바스찬은 어쩔 수 없이 온수 파이프 밑으로 고개를 숙이고 내려가야 했다. 세로 벽 높은 곳에 붙은 지하실 창으로 들어오는 희미한 빛 외에 간단한 전기스탠드가 유일한 불빛이었다. 반야는 낡은 식품 저장실 문 앞에 서서 세바스찬을 똑바로 보고 있었다. 뒤에서 비치는 누런 등불 때문에 반야의 머리가 금빛으로 물든 것 같았다. 반야는 자물쇠에 평범한 열쇠가 꽂혀 있는 문을 가리켰다.

"여기요, 혹시 이런 거 찾는 거 아닌가요?"

"안에 들여다봤어요?" 세바스찬은 관심을 드러내며 반야 쪽으로 다가갔다.

"아뇨. 직접 보고 싶어 할 같아서……." 반야는 옆으로 한 걸음 물러났다. "그런데 지금 우리가 여기서 뭐 하는 건지 빨리 설명 좀 해 봐요."

세바스찬은 문을 본 다음 반야에게 눈길을 돌렸다. "사실 나는 내 생각이 틀리기를 바라요."

"아니, 그렇지는 않겠죠."

그는 반야의 말에 대꾸할 생각이 없는 듯 아무 말 없이 손잡이를 잡았다. 문은 잠겨 있었다. 세바스찬이 다른 손으로 자물쇠에 꽂힌 열쇠를 돌리며 문을 열었다. 이어 손잡이를 아래로 누르자 문이 열렸다. 안은 스탠드의 불빛이 미치지 않아 어두웠지만 바닥에 놓인 물건의 윤곽을 식별하는 데는 문제가 없었다. 세바스찬은 몸이 마비되는 것 같았다. 세바스찬은 손가락으로 문 뒤 어딘가 벽에 붙어 있을 전기 스위치를 더듬어 찾았다. 마침내 그가 스위치를 찾아 불을 켜자 조마조마하던 그의 불안감이 현실로 드러났다.

완벽하게 차려져 있었다. 과일주스, 마리아 비스킷 한 통, 바나나 두 쪽, 초콜릿 비스킷, 빈 염소 병.

그자였다.

그자의 짓이었다.

힌데.

두 사람은 회의실로 돌아갔다. 반야는 그란룬드 집에서 찍은 사진을 게시판에 붙였다. 세바스찬은 안절부절못하고 방 안을 서성거리고 있었다. 머리끝까지 화가 치밀었다. 모든 것을 예상했지만 하필 힌데와 다시 맞닥트리리라고는 생각하지 못했다.

"범인은 힌데의 방식을 알고 있어요. 이것을 알아내는 건 오직 한 가지 방법밖에 없다고요." 모두 자리에 앉은 뒤에 세바스찬이 입을 열었다.

"당신 책을 말하는 거예요?" 우르줄라가 물었다.

이것은 세바스찬과 툼바에서 돌아오는 길에 논의하던 중 반야가 말한 의견이기도 했다. 세바스찬은 즉시 반야에게 한 것과 똑같은 대답을 우르줄라에게도 했다.

"내 책에는 단지 그가 물건을 준비했다는 것밖에 안 나와요. 무엇을 어떻게 준비했다는 말은 없어요." 세바스찬은 게시판 앞에 서서 그란룬드 집 안의 지하실에서 철저하게 준비한 식품 사진을 손가락으로 두드렸다. "내용이나 위치가 에드바르트 힌데의 식품과 완벽하게 일치해요." 그가 설명을 이어갔다. "그런데 이런 말은 어디에도 쓴 적이 없거든요. 범인은 어떤 방식으로든 힌데와 접촉한 게 틀림없어요."

"하지만 무슨 수로요?"

똑같은 질문을 반야도 세바스찬에게 했었다. 세바스찬은 탄식을 했다. 하지만 20분 전에 차에 있을 때보다 더 아는 것이 없었다. 어떻게 접촉했는지는 그도 알 수 없었다. 그가 아는 것은 오직 자신의 판단이 옳다는 것뿐이었다.

"나도 몰라요. 하지만 이 정보는 힌데를 통하지 않고서는 알아낼 수 없다는 거예요."

"혹시 옛날 사건을 수사한 경찰로부터 알 게 된 건 아닐까요?"

불안감이 시시각각 퍼져나갔고 모든 시선은 빌리에게 쏠렸지만 빌리는 동료들이 놀라는 표정으로 바라보는 이유를 알 수 없었다.

"힌데는 외부와 연락하는 것이 불가능해요. 다른 방법이 없는지 찾아봐야죠."

"당시 수사에 참여한 사람은 나와 세바스찬, 우르줄라, 트롤레에요." 토르켈이 나지막이 사무적인 어조로 말했다. "그중 세 사람은 지금 이 방에 있고 트롤레가 여자 살인에 개입해서 전성기를 다시 한 번 되살릴 생각을 했다고 볼 수는 없어요. 아무튼 만나보기는 해야겠지요."

세바스찬은 몸이 굳어지는 느낌이었다. 정말 트롤레가 이 사건과 관계가 있단 말인가? 그가 폐인이라는 것은 의심할 여지가 없지만 여기에 개입했을까? 그가 술에 취해 적절치 못한 장소에서 적절치 못한 사람에게 횡설수설했을 가능성은 있다. 수사팀 중 누구도 그가 사건에 개입했다는 사실을 곧이듣지는 않겠지만 만약 반야가 그를 찾아가 심하게 압박을 가한다면 무슨 일이 벌어질까? 이런 상상을 하자 세바스찬은 생각이 달라졌다. 마음속으로 그는 반야가 트롤레를 몰아붙이는 광경을 그려보았다. 세바스찬이 그에게 조사를 의뢰한 이야기를 하면 어떻게 될까? 아뿔싸, 반야가 그를 괴롭히는 일이 벌어지면 절대 안 된다. 트롤레는 단지 재미있다는 이유로 그와 관계된 사실을 발설할지도 모른다. 세바스찬은 침을 꿀꺽 삼키고 회의실에서 진행되는 논의에 정신을 집중했다.

"내 말은 여러분 중에 발설한 사람이 있다는 게 아니에요. 현장에는 정복 경찰과 증거보전을 위해 나온 직원들도 있었죠." 빌리는 물러서지 않고 발언을 계속했다. "우리가 식품을 발견했다면 다른 누군가도 그것을 봤을 가능성이 있지 않을까요?"

"식품은 내가 힌데의 설명을 듣고 한참 뒤에 발견했어요. 만일 우리 스스로 찾아낸 거라면 토르켈과 우르줄라도 분명히 기억하겠지요." 세바스찬은 빌리를 똑바로 쳐다보았다. "생각 좀 해봐요! 빌어먹을."

"나도 생각해 봤지만 단지 보통의 사고 틀에서 벗어났을 뿐이죠……. 네, 좋아요. 내가 지나쳤습니다."

반야는 어리둥절한 표정으로 자신의 동료를 바라보았다. 그것은 빌리의 목소리이기는 했지만 빌리의 말은 아니었다. 빌리가 언제부터 보통의 사고 틀을 벗어났다는 것인가? 그리고 이뿐만 아니라 언제부터 자신을 그렇게 표현했다는 말인가?

"빌리와 반야 두 사람은 내일 힌데를 만나봐요." 토르켈이 지시했다. "면회가 허용되었으니까."

"도대체 식품이 이 사건과 무슨 관계가 있다는 거예요?" 우르줄라가 물었다. "왜 그것을 숨긴 거죠?"

"내 책에 나와 있어요." 세바스찬이 간단히 대답했다.

"나는 당신 책 안 읽었어요."

세바스찬은 우르줄라를 향해 돌아섰다. 우르줄라는 그를 보며 흐뭇한 웃음을 지었다. 어떻게 그럴 수 있지? 정말 이 여자는 순전히 반발심 때문에 일찍이 스웨덴어로 쓰인 연쇄살인에 대한 저서 중 베스트셀러라고 할 그의 책에 무관심한 척 한단 말인가?

"나도 안 읽었어요." 빌리도 한 마디 거들었다.

세바스찬은 탄식했다. 전국에서 가장 우수한 살인 사건 수사관의 절반이 실제로 그의 저서를 읽지 않았을 가능성이 있다는 것인가? 반야가 읽은 것은 이미 알고 있지만 그렇다면 토르켈은? 그는 토르켈을 응시했지만 눈빛만으로는 알 수 없었다. 토르켈이라면 그의 책을 읽어봤어야 하는 것 아닌가? 세바스찬은 다시 탄식을 했다. 그는 이미 여러 차례의 강연에서 에드바르트 힌데의 이야기를 해설한 적이 있다. 세바스찬은 이 이야기를 훤히 알고 있다. 이제 그 이야기를 다시 한 번 설명해주어야 할 것 같았다. 어쨌든 요약해서라도.

"힌데는 홀어머니 밑에서 성장했어요. 그의 모친은 병약해서 늘 누워 지냈지요. 유감스럽게도 다양한 측면에서 병적이었어요. 힌데는 첫 번째 경험을 아주 잘 기억한다고 말했는데……. 어느 수요일 날인가 그가 학교에서 돌아왔을 때, 그는……."

집 안에 들어오자마자 먹을 것을 준비했다. 프라이팬에 생선 토막을 지글지글 구웠다. 감자는 엄마가 가르쳐 준 그대로 뚜껑을 덮고 냄비에 끓였다. 그는 즐거운 마음으로 식사 시간을 기다렸다. 그는 생선 토막을 좋아했으며 디저트로는 그의 생일날 남았던 케이크를 먹기로 했다. 그는 노래를 흥얼거렸다. 비틀즈의 〈피로에 지친날 밤(A hard day's night)〉이었다. 당시 히트퍼레이드 1위에 오른 곡이었다. 막 토마토를 자르기 시작할 때 엄마가 그를 불렀다. 그는 칼을 내려놓고 안전을 생각해서 냄비의 불을 끈 다음 계단을 올라갔다. 엄마는 그가 책을 읽어주는 것을 좋아했다. 시간이 걸리는 일이었다. 글자를 배운 지가 얼마 되지 않았기 때문에 잘 읽지는 못했다. 단순한 아이들 책이 지루하기는 했지만 엄마는 그의 목소리를 듣는 것이 좋다고 말했다. 그리고 이 일은 훌륭한 연습이 되었다. 그의 엄마는 거의 언제나 침대에 누워 지냈으며 낮에도 일어나서 활동하는 시간은 얼마 되지 않았다. 이 시간은 몸이 좋은 날은 길어졌고 좋지 않은 날은 짧아졌다. 이날은 아주 좋은 날인 것 같았다. 잠옷 차림의 엄마는 건강한 얼굴로 침대 옆 자리를 두드리며 가까이 오라고 했다. 그는 엄마 말에 순종하며 옆에 앉았다. 그는 아주 총명한 아이였다. 교육을 잘 받았고 말도 잘 들었다. 학교에서도 공부를 잘해서 선생님이 좋아했다. 그는 공부를 좋아했고 또 공부가 쉬웠다. 머리가 좋았기 때문이다. 엄마뿐 아니라 선생님도 이렇게 말했다. 이미 초급 학년 때 상급반의 수학 문제부터 시작했다는 말도 있다. 엄마는 그가 컸다고 말했다. 또 올바로 자랐다고도 했다. 엄마는 그의 팔을 쓰다듬고 손을 잡았다. 엄마에게 그는 올바로 자란 아들이었다. 또 그가 엄마를 위해 해야 할 다른 일이 있었다. 엄마는 그의 손을 꼭 잡고 이불 밑으로 넣었다. 따뜻한 곳으로. 그의 손을 허벅지 위로 가져갔다. 엄마는 그의 손으로 무엇을 하려던 것일까? 추울 때면 그는 자신의 다리 사이에서 손을 녹일 때도 많았지만 그날은 추울 때가 아니었다.

"처음 이 일을 당했을 때 그는 여덟 살이었어요. 정확하게 무슨 일인지 알 수가 없었지요. 당연히. 그리고 그가 서른여덟 살 때 이 일이 끝난 거예요. 이때까지 그는 완전히 사람이 망가졌어요."

"그럼 30년 동안이나 그 짓이 계속되었다는 거예요?" 반야가 믿을 수 없다는 눈으로 세바스찬을 바라보았다.

"네."

"그는 왜 엄마 곁을 떠나지 않았나요? 아니면 왜 그걸 거부하지 않았죠?"

세바스찬이 종종 듣는 질문이었다. 왜 힌데는 그런 집에 그대로 머물렀을까? 그의 어머니는 병이 들고 혼자서는 자신을 돌볼 수 없었다. 그리고 그는 성장했다. 그런데 왜 집을 떠나지 않았는가? 혹시 엄마를 죽인 것은 아닌가? 아니면…… 어떤 다른 짓을 저지른 건 아닌가?

"우선 그는 너무 어렸어요. 또 엄청 겁이 나기도 했고요. 그러다가 보니 너무 멀리 와버린 거지요." 세바스찬은 고개를 절레절레 흔들었다. "현재의 우리가 있기까지의 배경에 대해 깊은 사색을 하지 않고서는 제대로 설명할 수 없는 문제에요. 그래도 이번 사건에는 별 도움이 되지 않겠지만. 당신의 상상력으로는 이 사람들의 관계를 이해할 수가 없을 거예요."

반야는 그저 고개만 끄덕였다. 자신을 모욕하는 말일 수도 있지만 참을 수 있는 문제였다. 반야는 여덟 살배기가 겪어야 했던 일을 상상할 수 없는 것이 차라리 다행이라고 느꼈다.

"그 일에 관여된 다른 사람은 없었나요? 또 아무도 이상하게 생각하지 않았나요?" 빌리가 흥미를 보이며 나섰다. "그러니까 그 일로 학교 성적에 영향을 주었다든가 하는 결과가 생기지 않았을까요?"

"그의 모친은 만약 누군가에게 이 일을 발설하면 자살하겠다고 아들을 위협했지요. 그가 아무도 눈치채지 못하도록 늘 그런 행동을 했다는 것이 아주 중요해요. 만약 어떤 식으로든 자신의 태도가 바뀌면 사람들이 이상하게 여기고 뭔가 낌새를 알아챌 거라고 생각한 거예요. 묘하게도 그가 '정상적'으로 행동할수록 이 일은 더 오래 지속되었지요. 그는 생각할 수 있는 모든 상황을 통제하는 데 달인이 된 거예요. 그렇게 되도록 강요받은 측면도 있고요. 조심하지 않으면 엄마가 죽는다고 생각했으니까요."

그의 모친은 침대에 배를 깔고 누운 자세로 잠옷을 위로 걷어붙였다. 그는 베개에 파묻은 엄마의 얼굴을 볼 수 없었다. 처음에 엄마는 자신의 뒤로 올라와 무엇을 하고 어떻게 움직여야 할지 자세를 설명했다. 그러는 사이에 엄마는 설명을 그쳤다. 입을 다물었다. 어쨌든 처음에는 그랬다. 그는 무슨 짓을 하는 건지 정확하게 알았다. 여기서 벗어날 길은 없었다. 엄마는 그를 불러 옆에 앉으라고 부탁했으며 그가 얼마나 착한 아이인지 설명하면서 이런 아들이 있어 기쁘고 또 그가 얼마나 자신을 행복하게 해주는지 말해주었다. 이어 엄마는 그의 손을 잡고 이불 밑으로 넣었다. 모든 과정은 늘 똑같이 진행되었다.

시간이 지나자 소리가 나기 시작했다. 베개 밑 어딘가에서 들리는 소리였다. 그는 이 소리가 싫었고 제발 그 소리가 들리지 않기를 바랐다. 그 소리는 이 짓이 곧 끝난다는 의미였다. 엄마와 그 짓을 벌이는 것이 그는 싫었다. 그 사이에 그는 다른 엄마들은 이 짓을 요구하지 않는다는 것을 알게 되었다. 그는 이 짓이 싫었다. 그리고 이어지는 소리는 더 싫었다. 소리가 들리고부터…….

"그의 모친은 그에게 섹스를 강요할 때마다 끝나고 벌을 주었어요. 그가 깨끗하지 않다는 이유로. 몸이 더럽다는 거였지요. 그가 뭔가 혐오스럽고 역겹게 했다는 이유로 그의 꼴을 볼 수 없다고 했지요."

그의 어머니는 창문도 없는 계단 밑 쪽방의 문을 열고 고갯짓을 했다. 그는 그 방으로 들어가 바닥에 앉았다. 차가운 바닥 한가운데 앉았다. 울거나 용서를 빌어도 소용없었다. 그랬다가는 자신만 더 힘들어질 뿐이었다. 갇혀 있는 시간은 꽤나 길었다. 그는 추워서 두 팔로 무릎을 감쌌다. 엄마는 아무 말도 없이 밖에서 문을 잠갔다. 베개 밑에서 소리가 들린 이후로 엄마는 아무 말도 하지 않았다. 그 소리가 실제로 말이었는지 그는 확실히 알지 못했다. 방 안은 어두웠다. 그는 얼마 동안이나 그곳에 앉아 있었는지 알지 못했다. 아무도 가르쳐주는 사람이 없었기 때문에 시계를 볼 줄도 몰랐다. 학교에서는 그때 막 시계 보는 법을 배울 때였다. 이후 그는 한 시간도 알았고 30분과 15분도 알게 되었다. 하지만 자신 소유의 시계가 없었기 때문에 그것은 중요하지 않았다. 시계가 없는 것이 전혀 나쁘지 않다는 생각을 할 때가 많았다. 만일 시계가 있다면 자신이 얼마 동안이나 갇혀 있었는지 알게 될 테고 그러면 무서워서 몸서리칠 것이기 때문이다. 갇혀 있노라면 엄마가 자신을 잊어버린 게 아닌지, 어디로 여행을 떠난 게 아닌지 생각할 때도 있었다. 어쩌면 자신을 버린 것인지 모른다는 생각도 했다. 어둠 속이라 시간 감각은 희미했다. 학교에서 선생님은 언젠가 개들은 시간감각이 없다는 설명을 한 적이 있다. 개는 혼자 있어도 그것이 한 시간인지 하루인지 모른다는 것이다. 어둠 속에 갇힌 그는 개와 마찬가지였다. 그는 시간 감각을 잃어버렸다. 오랫동안 갇혀 있어도 다섯 시간이 지난 건지 이틀이 지난 건지 정확하게 알 수 없었다. 단지 문이 열리기만 하면 기쁠 뿐이었다. 그는 개나 다름없었다.

그는 그런 상황을 이해하지 못했고 앞으로도 이해하지 못할 것 같았다. 그는 엄마가 시키는 건 뭐든지 했다. 그런데도 쪽방에 갇혔다. 어둠 속에서 추워서 덜덜 떨면서 갇혀 있었다. 그 짓은 그가 제안한 것이 아니었다. 그의 생각이 아니었다. 엄마가 그를 불러 침대로 올라오라고 한 것이다. 그런데도 엄마는 그의 눈빛을 보기 싫다고 했다. 더럽고 역겹다고 했다. 갇히고 나서 시간이 지나면 배가 고팠지만 배고픔은 다시 사라졌다. 이제는 목마른 것이 더 견디기 힘들었다. 그는 바닥에 오줌을 누었다. 다시 닦아내야 한다는 걸 알았기 때문에 오줌을 누고 싶지 않았지만 어쩔 수 없었다. 문이 열리면 그가 한 행동 때문에, 어질러 놓은 것 때문에 벌을 받았다. 벌을 받은 다음이면 다시는 그러지 않겠노라고 다짐해야 했다. 또 오줌뿐 아니라 큰 것을 보아야 할 때도 많았다. 오래 갇혀 있다 보면 더 이상 참을 수 없었기 때문이다. 오랫동안 문을 열어주지 않을 때는…….

"때가 되면 모친은 그를 꺼내주고 용서했지만 이 벌이 끝나지는 않았어요. 그리고 잘못을 뉘우치고 다시는 그러지 않겠다는 각오를 하도록 고추 끝에 커다란 집게를 물려놓은 거예요. 모친이 다시 집게를 떼어도 좋다고 할 때까지는 그 아픔을 견뎌야만 했지요."

세바스찬은 방 안에 있는 사람 모두 얼굴을 찌푸리는 것을 보았다. 빌리와 토르켈은 여자들보다 찌푸리는 표정이 덜 한 듯 보였다.

"믿을 수가 없어요." 빌리가 다시 입을 열었다. "어떻게 그런 일이 일어나는데 아무도 모를 수가 있죠? 학교도 자주 결석을 했을 텐데."

"모친이 병결 신청을 했어요. 천식이다 편두통이다 핑계를 대면서요. 그런데도 그는 공부를 잘했어요. 아무튼 고등학교 졸업 시험을 통과하고 대학에 갔으니까요. 또 전 과목에서 최고의 성적을 올렸고요. 대학을 졸업한 다음에는 생계를 위해 보건소에서 단순노동직을 구했어요. 능력이 뛰어났는데도 밑바닥 일을 한 거예요. 그리고 사람들과 깊은 교제를 피했지요. 아이큐 130에 '정상적'인 생활을 할 충분한 자질을 갖추었지만 깊은 인간관계를 맺을 형편이 못 되었던 거예요. 그러자면 어떤 형태로든 정서적으로 통해야 하고 또 감정 교류가 필요할 테니까요. 그러면 다 노출될 수밖에 없겠지요." 세바스찬은 잠시 설명을 멈추고 물을 한 모금 마셨다. "그의 어머니는 1994년에 죽었지요. 이후 1년 좀 더 지나 힌데는 다른 여자들과 접촉을 시도했어요. 첫 번째 희생자는 보건소에서 같이 근무하는 여자 직원이었는데 노골적으로 그에게 관심을 보이며 수시로 말을 나누려고 했어요."

그는 기다렸다. 손에는 잠옷과 스타킹이 든 가방이 들려 있었다. 그는 여자가 자신을 원한다는 것을 알았다. 여자는 그를 자신의 뜻대로 다루려고 했다. 여자는 그의 모친이 전에 했던 짓을 계속하려고 했다. 더럽고 못된 짓을. 여자는 그에게 벌을 안겨준 행위를 강요하려고 했다. 고통스럽고 어둠 속에서 굴욕감을 맛보게 한 그 짓을. 여자는 그 모든 것을 원했다. 하지만 그는 그 짓을 허용할 생각이 없었다. 이번에는 아니었다.

그는 여자의 집 벨을 눌렀다. 여자는 웃으며 그를 맞이했다. 그는 웃는 이유를 알았다. 하지만 이제는 놀랄 것이다. 이제는 그가 주도권을 쥘 테니까. 여자는 그에게 들어오라는 말을 하지 않았지만 이미 그는 여자에게 일격을 가했다. 잔인하게. 연달아 두 번 가격했다. 그는 침실로 안내하라고 강요했다. 이어 옷을 모두 벗고 잠옷을 입게 했다. 또 배를 깔고 누우라고 했다. 그는 스타킹으로 여자를 묶었다. 여자가 더 이상 움직이지 못하자 그는 침실에서 나왔다. 그는 마실 것이 담긴 봉지와 오줌을 눌 빈 병을 집었다. 그리고 여자가 자신을 가둘 공간을 찾았다. 그리고 지하실에서 그런 곳을 발견했다. 밖에서 맹꽁이자물쇠로 잠그는 곳. 어두컴컴한 곳. 들고 있는 물건들을 그 안에 펼쳐 놓았다. 이런 식으로 그는 벌을 이겨낼 것으로 생각했다. 나중에 벌어질.

"하지만 나중은 없었지요. 벌을 피할 목적으로 여자의 목을 절단했으니까요."

토르켈의 휴대전화가 울리고 있었다. 벨소리에 놀라 열심히 이야기에 귀를 기울이던 일행은 모두 몸을 움찔했다. 토르켈은 전화기를 들고 돌아서서 받았다.

"하지만 이미 여자가 죽어서 자신의 행동을 모른다는 것을 알았을 텐데요?" 반야가 다시 중단된 이야기로 돌아오며 물었다. "그는 왜 먹을 것을 거기 갖다 놓았나요?"

"만일에 대비한 준비지요. 여자가 다시 깨어나서 그에게 벌을 줄 것에 대비한 거예요. 굶어 죽고 싶지 않았으니까요. 하지만 모두 알다시피 그는 그 음식을 전혀 먹지 않았어요."

토르켈은 짧게 통화를 끝내고 다시 일행 쪽으로 돌아섰다. 표정으로 보아 좋은 소식이 온 것 같지는 않았다.

"네 번째 희생자가 나왔어요."

반야는 다른 팀원보다 한 발 먼저 도착했다. 회색 고층 건물은 이미 시체를 발견한 순찰 경찰들이 나무랄 데 없이 출입을 차단했다. 반야는 차에서 내리자마자 청백색 차단 띠 뒤에 있는 직원들에게 다가갔다. 세바스찬은 차 옆에 서서 건물을 바라보고 있었다. 그는 내키지 않아 하는 반야 옆자리에 앉아 타고 왔지만 반야는 긴급 출동하는 마당에 다시 그와 티격태격하는 것은 적절치 않다고 생각했다. 세바스찬은 하는 짓이 꼭 어린애 같았다. 하지만 반야는 그렇지 않았다. 근무 중인 경찰다웠다. 상황이 어느 정도 안정되면 반야는 토르켈에게 앞으로 세바스찬 베르크만은 제발 다른 사람 차에 태우라고 말할 생각이었다. 토르켈과 같이 타고 다니는 게 제격일 듯 했다. 아무튼 토르켈은 다시 세바스찬과 같이 출동하라고 했다.

문에서 경계를 서고 있는 경찰관이 반야를 알아보고는 인사를 했다. 반야도 그의 낯이 익었다. 에릭 뭐라고 하는 이름이었다. 훌륭한 경찰로 철저하고 신중한 사람이었다. 그가 짤막한 보고를 하자 반야로서는 예상한 대로라는 생각을 했다. 그와 그의 동료는 묶여 있는 시체를 발견하는 즉시 지시에 따라 특별살인사건전담반에 비상 연락을 했던 것이다. 그들은 아무것도 손대지 않고 즉시 현장에서 나가 집의 출입을 차단했고 현장이 훼손되지 않도록 건물 출입구를 봉쇄했다. 반야는 에릭에게 고맙다는 인사를 하고 나서 그때 막 도착한 우르줄라와 빌리, 토르켈에게 다가갔다.

"저 위는 벌써 출입을 차단했어요. 4층입니다. 빌리, 에릭과 같이 현장 보고서 정식으로 작성할 수 있지요? 현장을 가장 먼저 발견한 경찰이에요." 반야는 통제선 옆에 서 있는 제복 경찰을 가리켰다.

"왜 직접 하지 그래요?"

반야는 어리둥절한 눈으로 빌리를 보았다. "뭐 할 건데요?"

"당장 현장에 올라가보려고요."

"에릭을 만나보고 나서 올라가도록 해요." 토르켈이 두 사람의 대화를 제지했다.

빌리는 반발하고 싶었지만 꾹 참았다. 반야에게 똑같은 직급의 수사관이라는 것을 지적하고 싶었지만 반장의 지시를 따르지 않을 수 없었다. "알았어요." 빌리는 돌아서서 에릭에게 갔다.

나머지 세 명은 건물 안으로 들어갔다.

세바스찬은 여전히 자동차 옆에 서 있었다. 그는 빌리가 손짓하는 것을 보았지만 당장 무엇을 해야 할 지 알 수 없었다. 그는 몹시 불안한 마음으로 서성이며 자신이 예상하는 최악의 공포가 현실로 들어나지 않을까 전전긍긍하고 있었다. 설마 그럴 리야 없겠지. 아주 큰 건물이니까. 절대 그럴 리가 없다. 또 이 건물처럼 생긴 집들이야 얼마든지 있잖은가. 그럼에도 세바스찬은 불안해서 견딜 수 없었다. 온몸이 불안에 사로잡혀 다리가 마비된 듯 했다.

빌리가 다시 그에게 신호를 보냈다. "이리 좀 와 봐요!"

세바스찬은 이제 어쩔 도리가 없었다. 마음 한구석으로는 내키지 않았지만 이제는 확실하게 확인할 필요가 있었다. 어차피 조만간 알게 될 일 아닌가. 바로 이 자리에서 확인하고 넘어갈 필요가 있었다. 드디어 그는 다리에 힘을 주고 빌리가 있는 곳으로 다가갔다. 그는 빌리에게 맡기기로 했다.

두 사람은 셋집이 들어찬 건물로 들어가 돌계단을 올라갔다. 빌리는 발길을 서둘렀지만 세바스찬은 갈수록 걸음이 느려졌다. 흔히 보는 잿빛 계단이었다. 이런 계단은 수도 없이 보았다. 별 특징도 없는 어디서나 똑같이 생긴 계단이었다. 왜 이 계단이 유난히 마음에 걸리는 걸까? 그는 자신의 불안을 누그러트릴 뭔가를 찾았지만 그런 것은 보이지 않았다.

빌리가 4층에 올라간 소리가 들렸다. 거기서 누군가와 얘기를 나누는 듯 했다. 다음 모퉁이를 돌아가서 보니 경찰이었다. 두 사람은 열린 문 앞에 서 있었다. 복도에는 토르켈이 보였다. 세바스찬은 문 쪽으로 몇 발짝 다가갔지만 더 이상 치밀어 오르는 두려움을 억제할 수 없었다. 그는 덜덜 떨면서 그 자리에 주저앉았다. 숨이 막혔다.

세바스찬은 다시 일어나기 위해 정신을 차리고 집 안을 흘낏 바라보았다. 절망적인 기분으로 자신의 착각이기를 바라며 마지막으로 한 번 더 확인하려는 심정이었다.

하지만 착각이 아니었다.

즉시 거실 바닥에 놓여 있는 그것이 눈에 들어왔다.

빨간 장미 무늬가 들어 있는 갈색 곰 인형과 세상에서 가장 좋은 엄마라는 글귀.

토르켈은 덧신을 신었지만 침대가 있는 방으로 들어가려 하지 않았다. 동일범이라는 것은 의심할 여지가 없었다. 잠옷이나 팔다리가 묶인 것, 목이 벌어진 상처 등 모든 것이 동일범의 소행임을 보여주고 있었다. 그는 분노와 무력감을 동시에 느꼈다. 추가 희생자를 막을 수 없었기 때문이다.

우르줄라는 방 한가운데 다리를 벌리고 서서 용의주도하게 현장 사진을 찍고 있었다. 1차 현장 조사를 마치려면 몇 시간 걸릴 것이다. 그동안 토르켈과 나머지 팀원은 이웃에 대한 탐문 수사를 벌일 생각이었다. 그는 한두 시간 전에 경찰서에 신고를 한 여자부터 만나보려고 했다.
갑자기 뒤에서 세바스찬 목소리가 들렸다.
"토르켈."
평소보다 작은 목소리였다. 돌아서서 보니 세바스찬은 창백한 얼굴로 문 뒤의 계단 벽에 기대 있었다. 마치 벽이 다리를 지탱해주는 유일한 버팀목인 것처럼 보였다.
"무슨 일이에요?"
"당신에게 할 말이 있어요." 이제는 거의 속삭이는 목소리였다.
토르켈이 다가가자 세바스찬은 그를 몇 계단 밑으로 데리고 갔다. 그만 좀 가! 토르켈은 점점 짜증이 났다. 경찰에 몸담은 이래 최악의 사건을 만난 토르켈로서는 한가하게 노닥거릴 시간이 없었다.
"대체 무슨 일인데요, 세바스찬?"
세바스찬은 거의 애원하는 눈빛으로 그를 바라보았다. "그 여자, 아는 사람 같아요. 이름이 아네테 빌렌…… 맞지요?"
"그렇다 치고. 어쨌든 이 집 주인 이름이 그런 것 같던데."
순간 세바스찬은 다시 다리에 힘이 빠진 것처럼 벽에 몸을 기댔다.
"그 이름은 어떻게 알았어요?" 토르켈은 대수롭잖게 물었다.
세바스찬은 몹시 아파 보였다.
"전에 같이 집단치료를 받은 여자에요. 한 번. 꼭 한 번뿐이었어요. 그런 다음 섹스를 했어요."
그게 어쨌다고? 토르켈은 당연히 그런 말이 나올 줄 알았다. 세바스찬이 여자를 알고 나서 같이 잠을 자지 않은 적이 있었던가? 보통 세바스찬에게 그런 연애는 아무 의미가 없었다. 그에게 여자는 중요하지 않았다. 세바스찬은 정말 힘든 얼굴을 했다. 토르켈은 뭔가 이상한 생각이 들었다.

"얼마나 되었는데요?"

"5시 직전에 여기서 나갔어요."

"뭐? 오늘 아침에요?"

"그래요."

토르켈은 갑자기 주위의 모든 소음이 사라지는 것 같은 느낌이 들었다. 오직 눈앞에 있는 남자에게만 온 신경이 쏠렸다. 무슨 일이 있어도 듣고 싶지 않은 말을 막 뱉은 남자.

"어떻게 그럴 수가!"

"미안해요. 나도 모르겠어요." 세바스찬은 적당한 말을 생각했지만 떠오르지 않았다. "내 말은…… 그러니까 이제 나는 어떻게 해야 하지요?"

토르켈은 주위를 살폈다. 경찰관들이 빌리, 반야와 함께 이웃들에 대한 탐문 수사를 준비하는 모습이 보였다. 우르줄라는 검은 가방을 들고 와서 다시 근접 촬영을 하고 있었다. 토르켈의 시선은 다시 사색이 된 세바스찬의 얼굴로 돌아왔다. 경찰로서는 악몽이나 다름없는 사건으로 그가 방금 불러들인 얼굴이었다.

"일단 본부로 돌아가서 내가 갈 때까지 기다리고 있어요."

세바스찬은 힘없이 고개를 끄덕였지만 움직일 기색을 보이지 않았다. 토르켈은 암담한 기분으로 고개를 흔들며 순찰 경찰 쪽으로 향했다.

"누가 이 사람 좀 본부로 데려다주어야겠는데, 수고 좀 해줘요."

그는 다시 우르줄라가 있는 집 안으로 들어갔다. 생각만 해도 골치가 아픈 범죄 현장이었다. 하지만 그것은 느닷없이 그에게 발생한 두 가지 문제 중 작은 것이었다.

특별살인사건전담반으로 돌아오면서 세바스찬은 거의 아무 생각도 나지 않았다. 단지 여자 경찰관이 모는 차의 뒷자리에 앉아 있다는 생각밖에 나지 않았다. 그는 차 안에서 이날 하루를 단편적으로라도 이해하려고 궁리를 했다. 그러다가 목적지의 절반쯤 되는 어느 지점에서부터 공포감은 차츰 수그러들면서 논리적인 사고를 하게 되었고 기분도 나아졌다. 그는 이성적인 판단을 하기 시작했다. 극단적인 상황이었다. 아네테 빌렌이 죽었다. 피살당한 것이다. 생각하고 싶지 않지만 그의 가장 큰 의문은 전체적인 사건 수사에 그에게 역할이 주어질 것인가 여부였다. 그는 아네테 빌렌과 잠을 잤다. 그 직후 그 여자는 살해되었다.

그는 이것이 우연이라고 믿고 싶었다. 운명의 장난이라 여기고 싶었다. 그 밖에는 바라는 것이 없었다. 도대체 범인이 아네테 빌렌을 선택할 확률이 얼마나 된단 말인가? 그럴 확률은 거의 없었다.

지금까지 경찰은 범인이 대상을 물색한 범위의 지리적인 특징을 포착하지 못했다. 한 번은 툼바, 한 번은 브로마, 한 번은 뉘네스함이었다. 그리고 이제 릴리에홀멘에서 사건이 발생했다. 다른 여자들은 자신의 집에서 희생당했다. 두 명은 비교적 큰 단독주택이었고 한 명은 연립주택이었다. 그리고 이제 범인은 규모가 큰 임대주택 안에서 범행을 저질렀다. 이곳은 많은 사람이 사는 곳이라 발각될 위험이 큰 곳이었고 이것은 우연이라는 가정과는 맞지 않는다. 유감스럽게도. 아무리 궁리를 거듭해도 세바스찬은 똑같은 결론에 이르렀다.

어떤 형태로든 모든 사건이 서로 연관된 것이 틀림없어 보였다.

그와 아네테.

아네테와 범인.

세바스찬은 뾰족한 대책을 세우지 못한 채 특별살인사건전담반을 향해 계단을 올라갔다. 토르켈을 기다려야 했다. 수사팀에 남아 있게 될 것인지는 전혀 알 수 없었다.

그는 회의실로 갔다. 아무튼 그는 방으로 들어가 문을 닫은 다음 혼자서 생각에 몰두했다. 그는 사진과 여러 메모가 적힌 커다란 게시판 앞으로 갔다. 그리고 빌리가 시간순으로 기록한 사건 일지와 앞서 발생한 사건의 희생자들 사진을 들여다보았다. 곧 아네테 빌렌의 사진도 이곳에 걸릴 것이다. 아주 젊은 여자는 한 명도 없고 모두 40이 넘었다. 어쩌면 여기에 어떤 의미가 있을지도 모른다. 여자의 삶에는 사연이 있기 마련이다. 여기서 과거와 연관된 어떤 단서를 포착할 수 있을지도 모른다. 그는 빌리가 이미 모든 것을 샅샅이 조사한 것을 알았지만 어차피 토르켈이 오려면 몇 시간 걸릴 것이고 그때까지는 무엇이든 해야 했다. 일에 파묻히다 보면 다른 생각은 사라질지 모른다. 책상에는 수사팀이 릴리에홀멘으로 긴급 출동하면서 두고 간 서류가 세 가지 있었다. 모든 희생자에 대한 종합 정보가 담긴 것이었다. 재무부와 주민등록청의 공식 문서에서 증거물, 친구와 가족, 동료, 이웃들에 대한 조사 기록까지 모든 자료가 있었다. 이 안에서 혹시 다른 팀원이 발견하지 못한 사실을 찾아낼 수 있을까? 그럴 가능성은 적어 보였다. 이들은 스웨덴 최고의 수사팀이었다. 세바스찬은 그래도 부딪쳐보기로 했다. 그는 무조건 할 수밖에 없었다. 그는 범행 동기를 알아내야만 했다.

세바스찬은 서류를 읽기 시작했다. 첫 번째 희생자. 마리아 리에. 남편인 칼과 이혼한 지 얼마 되지 않았고 아직 이혼 절차는 끝나지 않은 상태였다. 이 서류에는 앞으로 전남편이 될 남자에 대한 심문 기록이 있었다. 빽빽한 글자로 10페이지나 되는 기록이었다. 세바스찬은 이 서류를 읽기 시작했다. 칼과 마리아 리에 부부는 결혼한 지 오래되었지만 슬하에 자녀가 없었다. 그러다가 언제부턴가 사이가 멀어졌다. 마리아 리에는 시내의 고용 안정 센터에서 판매직 담당자로 근무했다. 텔레 2(Tele 2 : 스웨덴 이동통신사_옮긴이)에서 일하는 남편은 작년에 젊은 여자를 사귀면서 몰래 연애를 시작했다. 그러다가 이들의 관계가 발각되었고 파경을 맞게 되었다. 마리아 리에는 돈이 필요했던 칼에게 집에 대한 지분을 지불했다. 그의 여자 친구는 이미 임신을 했기 때문에 두 사람은 함께 살 집이 필요했다. 마리아 리에는 이후 처녀 때의 성을 되찾았다. 카우프만. 이어 마리아는…….

세바스찬은 깜짝 놀라며 멈칫했다. 이 이름을 다시 보았다. 이럴 수가 있단 말인가?

카우프만.

카-우-프-만.

사진 촬영을 마친 우르줄라는 검시관이 시신을 인수하러 올 때까지 기다리기로 했다. 검시관은 자동차 사고로 도로가 막히는 바람에 늦어지고 있었다. 우르줄라는 창백하게 변한 여자 시신과 피로 젖은 침대를 잠시라도 벗어나려고 거실 창문 쪽으로 갔다.

밖은 여전히 눈부시게 푸른 하늘이 보이는 전형적인 여름날이었다. 뜨겁게 내리쪼이던 태양은 서쪽으로 기울어 집 위로 비치는 햇살은 다소 약해졌지만 피 냄새가 진동하는 방 안은 여전히 숨 막힐 듯이 더웠다. 우르줄라는 조심스럽게 발코니로 통하는 문을 열고 짙은 색 마루가 깔린 밖으로 나갔다. 밖은 조금 더 시원했다. 발코니는 작았지만 아담한 모습이었고 탐스럽게 핀 노란색 덩굴장미가 예쁜 화분에서부터 발코니 벽을 따라 기다랗게 뻗어 있었다. 장미는 손질이 잘되어 있었다. 우르줄라 생각에는 레버쿠젠 종이 틀림없었다. 어머니인 잉그리드는 장미 애호가로서 전에 스몰란드의 여름 별장 입구 옆에 두 가지 종의 장미를 키운 적이 있었다. 어머니는 딸에게도 장미 재배법을 가르치려고 했지만 우르줄라의 기억에는 그중 한 종의 이름과 진딧물 제거용 스프레이 냄새밖에 남아 있지 않았다.

우르줄라는 가구를 살펴보았다. 나무로 만든 접이식 의자 두 개가 하얀 칠을 한 금속 탁자 둘레에 놓여 있었다. 타원형으로 된 프랑스식 카페 테이블이었다. 탁자 위에는 예쁜 꽃 장식이 된 에나멜 설탕그릇밖에 없었다. 우르줄라는 누군가 불러 올려서 설탕그릇이나 집 안의 나머지 세간을 가지고 어떤 조사를 해야 할지 물어봐야겠다는 생각이 들었다. 수사팀이 남겨 둔 물건들에 대해서.

우르줄라는 발코니 난간에 서서 에싱에레덴 고속도로와 그 뒤로 펼쳐진 녹색 숲을 바라보았다. 도시 고속도로의 여러 차선 위에서 자동차들이 씽씽 질주하고 있었다. 이 집 안에서는 한 생명이 종말을 고했는데 바깥세상의 삶은 계속 이어지고 있었다. 인생은 아무리 막고 싶어도 막을 수 없는 영원한 강줄기 같았다. 한쪽에서는 아무리 견디기 어렵더라도 저 밖에서는 마치 아무 일도 없었다는 듯이 모든 것이 일상을 이어가고 있었다. 우르줄라는 심호흡을 하면서 산소를 폐에 가득 채웠다. 그리고 눈을 감고 생각에 잠겼다. 동일범의 소행이라는 것은 의심의 여지가 없었다. 잠옷과 스타킹, 갈라진 목의 상처부터 뒤에서 강간한 수법 등 모든 정황이 동일범임을 가리키고 있었다. 완벽을 기하기 위해 우르줄라는 밖에서 잠글 수 있는 식품 저장실을 찾아보았다. 집 안에는 그런 시설이 보이지 않았지만 여러 해 전에 이와 비슷한 건물에서 살아 본 경험이 있는 우르줄라는 그때 이후로 구조가 별로 바뀌지 않았으리라고 생각했다. 분명히 그런 공간이 있을 것 같았다.

역시 판단한 대로였다. 지하실에 그런 곳이 있었다. 철문 맞은편에 콘크리트 바닥으로 된 긴 복도가 이어졌다. 5미터 간격으로 설치된 알전구가 철망으로 엮어놓은 나무판자 칸막이벽을 비추고 있었다. 각 방마다 다듬지 않은 원목 그대로 만든 문이 있고 문에는 빗장이 달려 있었다. 코를 살짝 자극하는 냄새는 곰팡내가 분명했다. 지하실의 각 공간은 지난 30년간 건물 관리의 우선순위에 들어 있지 않은 것처럼 보였다.

우르줄라는 아네테의 집 호수와 같은 19번 방이 나올 때까지 똑같은 모양의 칸막이벽을 따라갔다. 맹꽁이자물쇠가 부서져 있었다. 우르줄라는 장갑을 낀 손으로 조심스럽게 문을 열고 안을 들여다보았다. 이제 지하실 방도 범행 현장의 일부였다. 아네테의 칸막이 방은 거의 비어 있었다. 우르줄라가 지나온 다른 방 대부분이 꽉 들어찬 것과 대조되었다. 아네테의 지하실에는 이삿짐용 상자와 판지 상자, 전기스탠드, 접이식 테이블, 한군데 포개져 있는 나무 의자밖에 없었다. 바닥 한가운데는 질서 정연하게 배치된 음식이 있었다. 과일탄산수, 비스킷, 바나나, 초콜릿 비스킷 그리고 소변을 위한 빈 병. 완벽한 순서, 똑같은 간격. 다른 현장과 똑같았다. 동료들에게 인정하고 싶지 않지만 현장 조사에 경험이 풍부한 우르줄라조차 갑자기 등골이 오싹하는 느낌이었다. 범인이 범행 현장마다 똑같은 배치 방식을 보여주는 정확성 자체가 불안했다.

우르줄라는 무릎을 꿇고 금속 줄자로 조심조심 각 물건의 간격을 측정했다. 예상한 대로 정확하게 4.5센티미터였다. 범인이 매번 측정을 했다는 생각이 들었다. 시간이 걸렸을 것이다. 범인은 언제나 정확한 계산에 따라 시간을 들였다. 거의 흔들림이라고는 없었다. 그에게는 정확을 기하는 것이 중요했다.

힌데처럼 의식이었다.

세세한 부분까지 그의 방식을 본딴 것이다.

우르줄라는 다시 소름이 끼쳤다.

우르줄라는 지하실에서 촬영을 마치고 다시 발코니로 돌아왔다. 집 안에서 토르켈의 목소리가 들리자 우르줄라는 갑자기 생각에서 깨어났다. 우르줄라를 찾는 토르켈은 발코니에 있는 것을 모르고 주방으로 들어간 것 같았다.

"토르켈, 여기에요!" 우르줄라가 소리 지르면서 창문을 두드렸다. 토르켈은 주방 밖으로 고개를 내밀고는 고개를 끄덕였다. 심각한 표정이었다.

토르켈은 발코니로 나와서 자신이 파악한 단순한 정보부터 말을 꺼냈다. "이웃 사람들에게 물어봤는데 아무 성과도 없어요. 아네테는 얌전하고 조용한 사람이었더군요. 별로 눈에 띄는 행동을 한 적도 없고. 전남편은 아주 역겨운 작자에요. 몇 달 전부터 아무도 얼굴을 보지 못하기는 했지만."

우르줄라는 고개를 끄덕이며 다시 허공을 바라보았다.

"시신을 발견한 그 친구라는 여자는 어때요?"

"레나 획베리. 여기서 한 블록 떨어진 곳에 살아요. 두 사람이 점심 약속을 했는데 아네테가 나오지 않았다는 거예요. 오후 내내 기다리다가 전화를 했는데 전화도 받지 않았다더군요."

우르줄라는 고개를 끄덕였다.

"사망 시간은 지금부터 12시간 미만이에요."

"아네테는 최근 몇 년 동안 힘든 생활을 한 것 같아요." 토르켈이 말을 이었다. "그래서 불안해진 레나가 퇴근하고 직접 찾아오기로 결심한 거지요. 편지통 틈으로 들여다보니 바닥에 피 흔적이 보였다더군요."

"어느 정도나 힘들었다는데요?"

"이혼한 데다가 아들은 외국으로 가버렸지, 직장을 잃었지, 온통 우울한 환경일 수밖에." 토르켈은 에싱에레덴 고속도로를 힐끗 바라본 다음 다시 입을 열었다. "반야가 지금 전남편을 찾고 있어요."

"그건 좋은데 문제는 동일범이라는 거예요. 다른 자가 아니라."

토르켈은 크게 한숨을 쉬었다. 우르줄라가 그를 쳐다보았다. 평소보다 화가 난 얼굴이었다. 범행 현장에서 좀체 볼 수 없던 표정이었다. 물론 이들은 모두 또 한 여자의 죽음을 막지 못한 것에 커다란 낭패감을 맛보았지만 이번에는 유난히 토르켈이 힘들어 보였다.

"모든 것을 철저하게 조사해야 해요." 토르켈은 우르줄라보다 자신에게 다짐하듯이 말했다. "하나도 빠짐없이."

두 사람은 한동안 말없이 고속도로를 바라보았다. 토르켈은 우르줄라 쪽으로 돌아서면서 손을 잡았다. 우르줄라는 어리둥절한 눈빛으로 그를 바라보았지만 손을 빼지는 않았다.

"우리는 지금 더 큰 문제가 있어요. 아주 큰 문제에요."

"그게 뭔데요?"

"사망 시간이 지금부터 12시간 미만이라는 것이 확실해요?"

"더위 때문에 확실하게 말하기는 어렵지만 대강 6시간에서 12시간

전이에요. 왜 그래요?"

토르켈이 우르줄라의 손을 꼭 잡았다.

"세바스찬이 어젯밤에 이 여자와 섹스를 했어요."

"그게 무슨 소리에요?"

"내 말은 우리의 세바스찬 베르크만이 이 여자와 섹스를 하고 12시간 전에 이 집에서 나갔다는 거예요."

이제 우르줄라도 기겁을 했다. 처음 두 마디는 크게 놀라지 않았으나 세 번째 내용은 달랐다.

세바스찬은 몸에서 모든 것이 빠져나가는 느낌이었다. 공기도 움직일 힘도 평형감각도. 거의 바닥으로 쓰러지기 직전에 간신히 테이블 모서리를 잡을 수 있었다. 연한 색의 나무판이, 마치 눈앞에서 입을 벌리고 있는 나락에서 구원해줄 마지막 가능성인 듯 그는 그 모서리에 달라붙었다.

그것은 불가능한 일이었다.

전적으로, 완전히 불가능했다.

그런데도 그것은 사실이었다.

그는 모든 사진과 심문 기록, 증언, 개인 자료를 계속 조사하고 나서 이 사실을 깨달았다. 온통 이전에는 알지 못한 연관성이나 기억과 부딪쳤다. 진실은 따로 움직이는 창백한 몸뚱이처럼 그의 앞에서 벌떡 일어나 의혹과 희망, 불확실성을 압박했다. 진실은 낯선 힘처럼 그의 영혼을 사로잡았다. 그는 부르르 떨면서 숨을 몰아쉬었다. 그를 짓누르는 잔인한 인식의 힘은 악몽 같은 창백한 형상과 마주친 카오락(Khao Lak: 태국 푸켓에 있는 해변 휴양지_옮긴이)의 어느 해변에서 있었던 그날을 연상시켰다. 거의 벌거벗은 몸으로 상처투성이에 피를 흘리며 표류물과 야자수 잎사귀 사이에 앉아 있던 그 당시, 그는 가족을 잃은 슬픔에 세상이 온통 캄캄해지면서 옴짝달싹할 수 없었다. 이번에는 특별살인사건전담반 사무실에서 똑같은 인식의 힘이 무서운 불안감으로 변했다. 생각하기조차 싫은 불안. 그는 자꾸 치밀어 오르는 공포심을 억제하기 위해 정신을 집중하고 잡념을 몰아내려고 애를 썼다. 그는 주먹을 불끈 쥐고 책상을 꽝 치다가 아파서 거의 비명을 지를 뻔했다. 자신을 다스리고 다른 생각에 집중하기 위함이었다.

잠시 뒤 그는 초인적인 노력으로 정신을 되찾았다. 어지럽기는 했지만 다시 평형 감각을 회복하고 비틀거리며 창문으로 다가갔다. 책상에 흩어져 있는, 또 벽에 걸린 죽은 여자들의 사진에서 벗어나 다른 모습을 보기 위해서였다. 밖에는 여전히 해가 뜨겁게 내리쬐이고 있었다. 그는 그날도 해변에서 해는 뜨거웠다는 생각을 하며 갑자기 마음속으로 다시 자비네의 손을 잡았다. 꼭 잡고 싶었다. 이번에는 놓치지 않을 생각이었다. 자비네의 어린 손안으로 숨고 햇빛에 달궈진 자비네의 피부와 가녀린 손가락을 잡고 그대로 사라지고 싶었다. 이 순간 세바스찬은 자비네의 하얗고 둥근 뺨, 생명이 넘치는 파란 눈, 어깨로 흘러내리는 머릿결을 마음속으로 그려보았다. 그는 자비네를 꼭 붙잡았다. 동시에 자비네와 자신을 보호하고 싶었다. 알 수 없는 이 연관성에 담긴 진실 앞에서. 자신의 딸과 함께 영원히 사라지고 싶었다.

그때 갑자기 딸이 사라졌다. 또다시 그의 팔을 벗어났다. 그만 혼자 남았다. 다른 죽은 자들의 사진으로 가득 찬 사무실에.

그는 팔을 쭉 내뻗었다. 당시 정신을 차리고 난 뒤 해변에서 그랬던 것처럼. 그리고 서서히 그 생각에서 벗어났다.

처음에 토르켈은 우르줄라의 반응을 보고 놀랐다. 그는 우르줄라가 화를 낼 줄 알았지만 예상과 달리 몹시 지쳐 보이는 얼굴을 하고 입을 다물었다. 그러다가 우르줄라는 질문을 퍼붓기 시작했다. 어떻게 그런 일이 있을 수 있냐? 그게 정말이냐? 세바스찬이 어울리지 않는 행동을 하는 것은 새로울 것이 없지만 그렇게 엄청난 실수를 저지른 것은 우르줄라조차도 믿을 수 없는 것처럼 보였다. 우르줄라는 조그만 발코니에서 오락가락하며 생각을 정리하려고 했다. 세바스찬이 저 앞에 있는 방에서 피살된 여자와 잠을 잤다. 모든 것이 거의 시차를 두지 않고 하루에 일어난 일이었다. 누군가 에드바르트 힌데를 모방했다. 아주 세부적인 수법까지. 세바스찬은 힌데를 검거하는 데 결정적인 단서를 포착해서 그를 철창에 보낸 당사자였다. 이 일은 세바스찬이 프로파일러로서 절정에 오른 업적이었고 오늘의 그를 있게 한 것이기도 했다. 아무리 궁리를 해보아도 우르줄라는 계속 똑같이 불안하면서도 불가능한 결론에 이르렀다. 가능해 보이지는 않지만 연관성이 있었다.

두 사람은 수사팀 전원에게 이 사실을 알려야 한다는 공통의 결론에 이르렀다. 두 사람이 계단을 내려가고 있을 때 토르켈은 세바스찬을 다시 끌어들이는 결정에 팀 전체가 참여해서 다행이라는 생각이 들었다. 그렇지 않았다면 책임질 수 없는 문제를 혼자 뒤집어쓸 뻔했다. 그는 이 순간 저 위에 있는 집에서 피살된 여자 때문에 마음 아프다는 생각을 하기가 싫었다. 하지만 아무리 떨쳐내려고 해도 그 생각은 사라지지 않았다.

빌리는 경찰차와 호기심에 점점 몰려드는 구경꾼들로부터 좀 떨어져 있었다. 그는 전화를 하면서 서성대고 있었다. 반야는 토르켈과 우르줄라 쪽으로 다가가면서 빌리가 있는 쪽으로 고개를 끄덕여 보였다.

"빌리는 지금 전남편이 있는 곳을 찾아 차를 보내려고 해요."

빌리는 이들과 등을 지고 맞은편 끝에 있는 사람과 계속 얘기를 나누는 중이었다.

"캐나다에 있는 아네테 아들을 찾았어요. 현지 경찰이 찾아가 소식을 전할 겁니다. 우리에게 연락하지 않으면 다시 전화를 해보려고요." 반야가 마저 설명을 했다.

토르켈은 초조하게 고개만 끄덕였다. 모든 절차가 매끄럽게 진행되고 있었지만 이 상황에서 정작 피해자와 가까운 사람들은 소식 전달 순위에서 완전히 뒷자리였다.

"다시 전화한다고 해요!" 토르켈은 빌리를 향해 날카로운 목소리로 소리쳤다.

"지금 전남편을 찾고 있는데요."

"나중에 다시 전화하라고요. 지금 당장 할 말이 있어요."

빌리는 대화를 끝냈다. 그는 지금까지 토르켈이 그렇게 다급한 목소리로 말하는 것을 들어본 적이 없었다. 또 그렇게 심각한 표정을 지은 것도 본 적이 없었다. 머뭇거릴 여유가 없었다.

네 사람은 접근 차단선에서 좀 떨어졌다. 그 뒤에 선 구경꾼들은 수사팀이 따로 은밀하게 모인 모습을 호기심 어린 눈으로 지켜보고 있었다.

"지금 예외적인 상황이 발생했어요." 토르켈이 설명을 시작했다.

반야는 토르켈과 우르줄라를 똑바로 쳐다보았다. 두 사람이 이렇게 화난 얼굴을 한 것이 언젠지 기억이 나지 않을 정도였다.

"세바스찬이 약 12시간 전에 피해자와 섹스를 했어요." 토르켈은 마치 사망 보고를 전하는 표정을 지으며 말했다.

빌리와 반야는 말없이 들으며 이게 무슨 소린지 생각하는 눈치였다. 그때 빌리의 전화벨이 울렸다. 아마 희생자의 전남편을 찾았다는 전화 같았다. 빌리는 한 발 물러나 전화를 받았다.

토르켈과 빌리는 반야와 함께 서둘러 경찰청으로 돌아갔다. 우르줄라는 법의학 연구소로 가서 압력을 넣어서라도 피살자의 최종 사망 시간을 가능한 빨리 확인하기로 했다.

물론 세바스찬과 티격태격하는 반야는 지금보다 더 사이가 틀어지겠지만 토르켈은 이번만은 자제하도록 당부했다. 적어도 당분간만이라도 그렇게 하라고 타일렀다. 수사팀은 여러 정보와 사실을 한데 모아 명확한 단서를 찾아내고 그 바탕에서 수사를 진행해야만 했다. 여자 네 명이 살해된 사건으로 여론의 집중적인 조명을 받을 것이 분명했다. 달리 선택의 여지가 없었다. 세바스찬의 일은 직무상으로 접근해야 하고 일체의 감정이 개입되어서는 안 된다. 아무리 사적인 감정이 있더라도 냉정할 필요가 있었다. 반야는 입을 꼭 깨물고 침묵하고 있었지만 빌리는 그 마음속에 화가 부글부글 끓어오른다는 것을 잘 알았다.

이들은 지하 주차장에 차를 세우고 말없이 엘리베이터로 가서 특별살인사건전담반 사무실로 올라갔다. 이들은 먼저 회의실에서 세바스찬을 찾았다. 회의실은 이들이 떠날 때와 똑같이 텅 비어 있었지만 책상 위가 어질러져 있었다. 이전 희생자들의 서류가 펼쳐져 있었고 사진과 보고서, 여러 기록이 여기저기 흩어져 있었다. 의자 하나가 바닥에 쓰러진 것으로 보아 누가 다녀간 것 같았다. 세바스찬일 가능성이 높았다.

"빌리, 여기 남아서 실내 정리 좀 해줘요." 토르켈이 빌리를 향해 말했다.

"알았어요." 순간 빌리는 반야에게 대신 좀 하라고 말하고 싶었지만 때가 적당치 않았다.

"그리고 빠진 것 없는지 잘 살펴봐요. 안 보이는 게 있으면 당장 연락하고요." 토르켈은 지시를 마친 다음 돌아서서 문 쪽으로 향했다.

이때 빌리가 토르켈의 발길을 멈추게 했다. "세바스찬이 살인 사건과 관계가 있다고 생각해요?"

토르켈은 걸음을 멈추고 허리춤에 손을 댄 채 진지한 얼굴로 빌리를 향해 돌아섰다. "우리가 아는 한, 그는 살아 있는 아네테 빌렌을 마지막으로 본 사람이에요. 이런 점에서 그는 어쨌든 관련이 있어요."

토르켈은 방에서 나갔다. 그와 반야는 발길을 재촉했다. 두 사람은 몇몇 정복 차림의 직원들이 자판기 커피를 마시고 있는 휴게실을 지나갔다. 그중 한 사람이 방금 전에 세바스찬을 보고 인사를 했는데 정신없이 그냥 가더라는 말을 전했다. 두 사람은 계속 서둘렀다. 토르켈의 사무실 문이 열려 있었다. 토르켈이 고개를 디밀고 안을 들여다보니 세바스찬이 갈색 소파에 쭈그리고 있는 모습이 눈에 들어왔다. 머리를 너무 깊이 숙여 잠이 든 건지 아니면 세상의 온갖 번민을 혼자 끌어안고 생각에 잠긴 건지 알 수 없었다. 토르켈은 문가에 서서 잔뜩 움츠러든 그 모습을 지켜보았다. 그가 이윽고 단호한 태도로 몇 발짝 걸어 들어가자 세바스찬이 천천히 위를 올려다보았다. 체념하는 빛이 역력했지만 눈빛은 여전히 살아 있었다. 마치 더 이상 빠져나갈 수 없는 막다른 길에 몰렸으면서도 전의를 불태우는 모습이었다. 세바스찬은 자리에서 일어났다.

반야가 문가에 모습을 드러내더니 세바스찬을 똑바로 쳐다보았다. 그가 그 안에 서 있었다. 반야는 치밀어 오르는 분노에 고개를 절레절레 흔들었다.

"자리 좀 피해줘요." 토르켈이 말했다. 그는 바로 눈앞에 있는 세바스찬을 보며 갑자기 자신이 직접 옛 친구와 조용히 대화를 하는 것이 최선의 방책이라는 생각이 들었다. 세바스찬도 당장 부딪치기보다 대화를 할 필요가 있었다. "그리고 문 좀 닫아요."

토르켈은 놀랍게도 이 상황을 쉽게 받아들이는 반야를 힐끗 쳐다보았다. 반야는 아무 소리 없이 박력 있게 문을 닫았다. 토르켈은 여전히 소파 앞에 서 있는 세바스찬을 바라보았다.

"앉아요."

토르켈은 자신의 질문에 대답을 듣기 위해 세바스찬 쪽으로 바싹 다가갔다. 우선 사정을 들어본 다음 그를 수사팀에서 내보낼 생각이었다. 중요한 것은 서둘러야 한다는 것이었다.

"당신과 나 사이에 분명히 해둘 게 몇 가지 있어요." 토르켈은 세바스찬과 마주 서자 힘을 주어 말했다.

"당신이 생각하는 것 이상이에요." 세바스찬의 목소리는 맑았고 적어도 토르켈만큼 명확했다.

토르켈은 세바스찬이 예상 밖으로 힘 있게 말하는 것에 화가 났다. 겨우 속삭이는 목소리로 말해야 마땅한 것 아닌가 하는 생각을 하며 그는 말을 이었다. "당연한 거지만 여기서 당신이 할 일은 끝났어요. 당신은 이제 수사와 관계가 없다는 말입니다."

"아니, 관계가 있어요."

"세바스찬, 내 말을 들어요!" 토르켈은 이제 화를 참을 수가 없었다.

그는 옛 동료를 움켜잡고 뒤흔들고 싶은 마음을 애써 억눌렀다. 정말 아직도 못 알아듣는단 말인가? "당신은 희생자 중 한 명과 섹스를 했어요."

"나는 희생자 네 명 전부와 섹스를 했어요." 세바스찬이 토르켈의 말을 가로막았다.

토르켈은 갑자기 입을 다물었다.

"최근은 아니지만…… 네 명 전부와 잠을 잤다고요."

토르켈은 얼굴이 하얗게 질리면서 충격으로 세바스찬을 쏘아보았다.

"이자는 보통 모방범이 아니란 말이에요, 토르켈. 뭔가 사적인 관계가 있어요. 나를 목표로 삼은."

얼마 뒤 수사진 전원이 다시 모였다. 법의학 연구소에 갔던 우르줄라도 불러들였다. 검시가 완전히 끝나지 않아 우르줄라는 최종 결과를 알지 못했지만 사안을 듣고 모든 일정을 팽개치고 달려온 것이다. 빌리가 서류를 다시 정리하고 말끔하게 치웠을 때 토르켈이 세바스찬과 회의실로 들어왔다. 빌리가 확인하니 서류는 빠짐없이 그대로 있었다. 반야는 벽에 부닥친 느낌이 들었지만 자발적으로 빌리 대신 아네테의 전남편 찾는 일을 떠맡았다. 다른 직원들과 합세해서 소재를 찾은 끝에 전부인의 사망 소식을 전하기 위해 순찰차를 보냈다. 그에게 소식을 전하면서 위로의 말을 건넨 경찰은 간단한 확인을 할 필요가 있었다. 무엇보다 범행 시각과 관련해 전남편의 알리바이를 입증하기 위해서였다. 마지막으로 회의실에 당도한 반야는 노골적인 분노를 드러내며 팔짱을 끼고 문가에 그대로 서 있었다. 가능하면 세바스찬과 떨어져 있으려는 태도였다. 세바스찬은 인사의 뜻으로 고개를 끄덕여 보였지만 입을 삐쭉 내미는 경멸의 시선만 받았을 뿐이다. 모든 사건이 명백하게 그를 지목하고 있었지만 오히려 그의 눈빛은 더욱 강렬했다.

"지금 우리는 아주 극단적인 상황에 직면했어요." 세바스찬이 설명을 시작했다.

반야는 고개를 흔들면서 더 이상 혐오감을 억제하지 못했다. "극단적인 상황에 처한 건 당신이지 우리가 아니에요."

토르켈이 질책하는 눈길을 보내며 입을 열었다. "일단 들어 봐요!"

세바스찬은 고맙다는 듯이 토르켈을 향해 고개를 끄덕해 보이고는 다시 반야를 향해 미안하다는 표정을 지으려고 했다. 이제는 반야와 다툴 생각이 없었다. 다른 건 몰라도 그것만은 피하고 싶었다. 그는 지금처럼 외로움을 느낀 적이 없었다.

그는 돌아서서 첫 번째 희생자의 사진 하나를 가리켰다. "처음에 나는 마리아 리에를 알아보지 못했어요. 대학에 다닐 때까지만 해도 이름이 카우프만이었거든요. 마리아의 서류를 보면 우리가 함께 대학에 다닌 걸로 나오는데 나는 그 당시 마리아 카우프만이라는 사람과 한동안 함께 지낸 기억이 난 거예요."

세바스찬은 침을 삼키고 카타리나 그란룬드의 사진을 가리키며 말을 이었다. "카타리나는 내가 알아봐야 했는데⋯⋯ 카타리나는 1997년 서적박람회의 저자 사인회에 왔었지요. 당시에도 이미 결혼한 상태였고요. 우리는 몇 차례 만났어요. 몸의 은밀한 부위에 녹색으로 된 작은 도마뱀 문신을 보고서야 알았어요."

반야는 다시 참지 못하고 입을 열었다. "좀 솔직하게 말할 수 없어요? 같이 잠잔 여자의 이름도 모르고 얼굴도 모르는 사람이 그 아래 어디에 문신이 있었는지는 기억한다는 건가요?"

"뭐라고 말해야 좋을지 모르지만……." 세바스찬은 미안한 표정을 지으며 대답했다.

"얼굴보다는 문신이 기억하기 더 쉬워요." 빌리가 말했다.

반야는 갑자기 빌리를 향해 돌아섰다. "지금 이 사람을 두둔하는 거예요?"

"내 말은 단지……."

"두 사람 다 그만둬요." 토르켈이 마치 서로 다투는 어린애들을 말리듯이 두 사람을 제지했다. "세바스찬, 계속해요."

세바스찬은 반야의 시선을 피하면서 마지막 사진을 가리켰다. 뉘네스함의 금발 여자였다. 두 번째 희생자. "자네트 얀손…… 이 사람은 알아보지 못하겠어요. 유감스럽게도 이 여자는 전혀 기억이 나지 않아요. 그런데 심문 기록을 보다가 이 여자의 별명이 '요요'라는 걸 보고 대학 졸업 뒤 몇 년 지난 다음에 '요요'라는 여자와 잠을 잔 생각이 났어요. 벡시외에서였는데…… 금발에 여기 흉터가 있었지요." 세바스찬은 자신의 윗입술을 가리켰다. "벡시외 출신의 자네트는 어릴 때 언청이 수술을 받았어요."

실내에는 다시 침묵이 이어졌다. 반야는 경멸하는 눈길로 세바스찬을 쏘아보았다.

세바스찬은 갑자기 엄청 피곤에 지치고 늙어 보였다. "이 여자가 죽은 건 내 책임이에요." 그는 작은 소리로 중얼거렸다. "당신들이 찾고 있는 연결 고리는 바로 나예요. 나와 힌데를 연관시키는 그 고리."

빌리는 논리적 사고가 작용하기 시작했다. "하지만 에드바르트 힌데는 뢰브하가의 철창에 갇혀 있잖아요. 정말 그가 이 사건과 관계있다고 확실하게 말할 수 있을까요?"

"누군가 세밀한 부분까지 힌데의 수법을 모방한 뒤-아무 관계도 없이-그걸 가지고 나에게 접근하려 했다는 것은 전혀 있을 법 하지도 않고 완전히 불가능한 일이에요. 희생자가 네 명이나 생겼어요. 그 네 명의 여자가 나와 잠을 잔 사이라고요. 반드시 연관성이 있어요."

다시 침묵이 이어졌다. 모두가 세바스찬의 말이 옳다는 것을 알았다. 아무리 원치 않더라도 그의 추리를 인정하지 않을 수 없었다.

우르줄라는 자리에서 일어나 여자들 사진이 걸려 있는 게시판으로 갔다. "왜 지금이에요? 왜 하필 이제야 사건이 발생한 거냐고요. 힌데가 범행을 저지른 건 15년도 넘었는데."

"그건 우리가 밝혀내야지요." 세바스찬이 해결의 열쇠를 쥐고 있다는 사실을 갑자기 깨달은 토르켈이 대답했다. 그는 세바스찬을 쳐다보았다. "당신 90년대에 힌데를 심문하고 나서 어떤 형태로든 그자와 접촉한 적이 있나요?"

"아니, 전혀 없어요."

다시 모두가 입을 다물었다. 토르켈은 자신의 수사팀 전원을 바라보다가 다시 한 사람씩 응시했다. 지금처럼 당혹과 충격, 분노가 뒤섞인 얼굴을 일찍이 본 적이 없었다. 그는 갑자기 무엇을 해야 하는지 깨달았다. 아마 평소 같으면 아무도 이해하지 못할 것이다. 그래도 그는 확신했다. 토르켈은 세바스찬만큼 에드바르트 힌데를 알지는 못했지만 세바스찬의 상대가 치밀하고 두뇌가 뛰어난 사이코패스라는 사실은 익히 알고 있었다. 당시의 수사에서 힌데는 수사진보다 늘 한 발 앞서 갔다. 세바스찬이 가세할 때까지는 그랬다.

당시에도 자기중심적인 심리학자를 수사팀에 합류시키는 데 팀원 대부분이 회의적인 반응을 보였지만 어쨌든 토르켈만큼은 생각을 바꿨다. 세바스찬이 수사진의 소중한 일원이라는 것이 입증되고 나서야 비로소 팀원들은 힌데를 체포할 단서를 찾을 수 있었다. 이것이 진실이었다. 그는 세바스찬이 필요했었고 지금도 마찬가지였다. 그는 누구보다 반야와 우르줄라 쪽으로 돌아서면서 헛기침을 했다.

"두 사람은 나와 생각이 다르겠지요. 그래도 내 말을 믿어야 해요. 나는 세바스찬과 동행해서 힌데를 심문할 생각이에요."

"어떻게 한다고요?" 그동안 잠잠히 있던 반야가 다시 어이없다는 표정을 지으며 나섰다. 두 뺨이 빨갛게 달아올랐다. 분노의 표시였다.

"두 사람은 내 말을 믿어야 해요. 만일 힌데가 세바스찬을 적수로 생각한다면 그리고 자신을 드러내기 위해 여기까지 올 준비가 되었다면……." 토르켈은 말을 중단하고 이상하리만치 침착해진 세바스찬을 건너다보았다. "그렇다면 세바스찬을 정말 그의 적수로 만들어주자고요. 진심으로 하는 말이에요."

"왜 그래야 하죠?" 물론 반야가 던진 질문이었다. "그래서 뭐가 생기는데요?"

"그가 계속 범행을 저지를 가능성이 있어요. 우리가 자신의 수법을 파악하고 있다는 사실을 일깨워줄 때까지는 위험하다고요."

"그 말은 세바스찬이 나서면 힌데가 그만둘 거라고 생각한다는 건가요?"

"어쩌면. 모르긴 해도 그러면 좋은 거지요."

나머지는 계속 침묵했다. 도대체 어디서부터 시작해야 좋을지 아는 사람은 아무도 없었다.

토르켈이 반야를 향해 말했다. "반야는 내일 세바스찬과 뢰브하가에 다녀와요."

"말도 안 돼요! 왜 하필 나에요?"

"반야는 평소에도 세바스찬을 주시하고 있잖아요. 만일 그가 제대로 못하면 누군가 한 방 먹여야 하는데 반야만 한 적임자가 누가 있겠어요?"

반야는 입을 다물고 처음으로 세바스찬을 쳐다보고는 다시 토르켈에게 눈길을 돌렸다. 비록 토르켈의 생각이 당혹스럽기는 했지만 반야는 그의 생각을 이해할 수 있었다. 물론 세바스찬과 힌데는 반야 자신이 완전히 납득하지는 못해도 어떤 방식으로든 연관된 것으로 보였다. 지금 토르켈은 힌데에게 정확하게 자신이 원하는 적수를 보내려고 한다. 이것은 원칙에 어긋나는 것으로서 오히려 반대로 나가고 있다. 불상사가 일어날 수도 있다. 반야는 토르켈을 향해 한 걸음 다가섰다.

"토르켈, 지금 뭘 하는 건지 알아요?"

"알아요."

반야는 자신을 거들 동료를 찾았지만 아무도 나서지 않았다.

빌리가 기지개를 켜면서 입을 열었다. "방금 떠오른 생각인데요, 시민들에게 일종의 경고를 보내야 하는 것 아닌가요?"

나머지는 이해할 수 없다는 듯이 빌리를 쳐다보았다.

빌리는 당황했다. "그러니까 내 말은…… 아시다시피…… 위험 상황에 있는 여자들이 많다는 거죠."

반야가 머리를 흔들었다. "그런 걸 어떻게 우리가 해요? 세바스찬의 사진을 들고 다니면서 '혹시 이 남자와 잠을 잤나요?' 하고 물어보라는 거예요? 대체 몇 명이나 되는지도 모르는데. 100명? 200명? 500명?"

세바스찬은 반야를 쳐다보고 다시 사망자들의 사진을 보았다. "할 말이 없군요. 나도 모르겠어요.”

우르줄라가 머리를 흔들면서 일어났다. “나는 나가봐야겠어요. 법의학실에 전화를 해서 좀 이성적인 사람과 대화를 하든지 해야지 원.”

토르켈은 우르줄라와 눈길을 마주치려고 했지만 우르줄라는 그를 보지 않았다. 우르줄라가 문을 열기 전에 빌리도 일어났다. 무슨 생각이 났는지 갑자기 힘이 넘치는 것처럼 보였다.

“잠깐만요. 하나 더 있어요. 범행 대상을 선정한 기준이 뭘까요?”

그는 빠른 동작으로 게시판으로 다가가 사진을 가리켰다. “세바스찬, 그자가 당신의 옛날 관계를 조사하고 오랫동안 준비를 했다고 쳐요. 그렇다면 마지막 희생자인 아네테 빌렌은 어떻게 설명이 되죠? 범인이 그 여자를 어떻게 알았을까요? 당신이 그 여자를 만난 것은 어제인데?”

나머지 일행도 빌리가 말하는 뜻을 파악했다. 이들은 마치 떨쳐내고 싶은 괴물의 입김이 등덜미에 닿는 느낌을 받았다.

빌리는 세바스찬을 진지한 표정으로 바라보았다. “누군가 미행하는 느낌을 받지 않았어요?”

이 질문에 세바스찬은 오싹하는 기분이었다. 왜 진작 그 가능성을 생각하지 못했을까? 왜 그와 죽은 여자들의 관계에서 시간적인 간격이 갑자기 줄어든 생각을 못했단 말인가? 그 시간은 수십 년에서 갑자기 24시간으로 변한 것이다. 아마 믿을 수 없는 사실을 받아들여야 한다는 충격 때문에 인식을 못했을 것이다.

“그 생각은 나도 못 했군요.”

하지만 이제 생각해봐야 한다. 그것도 철저하게.

이튿날 두 사람은 같이 엘리베이터를 탔다. 반야는 아래층으로 내려가는 숫자를 보여주는 문 위의 계기판만 보고 있었다. 지하 주차장이 있는 G층까지 가야 했다.

세바스찬은 하품을 하면서 피곤한 눈을 손으로 문질렀다. 그는 제대로 잠을 자지 못했다. 생각 때문에 잠을 이룰 수 없었다. 힌데, 피살된 여자 네 명, 공통분모 등 모든 생각이 밤새 그의 머릿속에서 오락가락했다. 4시에 잠이 들었지만 한 시간쯤 지나 악몽을 꾸다 다시 깨어났다. 꿈은 생각나지 않았다. 그는 일어나 커피를 마시고 샤워를 한 다음 경찰청으로 가서 반야를 기다렸다. 반야와 같이 힌데에게 가기 위해서였다.

반야는 8시 조금 지나 들어와 사무실 의자에 앉아 있는 그를 보았다. "준비됐어요?" 반야는 이렇게 묻고는 대답도 기다리지 않고 먼저 밖으로 나갔다.

세바스찬은 자리에서 일어나 반야를 따라 엘리베이터로 갔다.

"그렇다면 당신 때문에 여자 네 명이 목숨을 잃은 거예요." 반야는 그를 쳐다보지도 않고 말했다.

세바스찬은 아무 대답도 하지 않았다. 무슨 말을 하겠는가? 희생자들의 유일한 공통점은 그들이 그와 섹스를 했다는 것이다. 세바스찬 베르크만과 섹스를. 그것은 사형 언도인 셈이었다.

"혹시 몸에 경고 표시라도 달고 다녀야 하는 거 아닌가요? 당신은 에이즈 바이러스보다 더 위험해요."

"내가 그런 말을 들어도 싸다고 생각하겠지요." 세바스찬은 나지막이 대답했다. "하지만 잠시라도 입을 다무는 친절 좀 베풀면 안 되나요?"

반야는 쌀쌀맞은 눈길로 그를 쳐다보았다. "아, 미안해요. 귀에 거슬렸나요? 하지만 피해자는 당신이 아니라는 것을 알아야죠."

세바스찬은 대꾸할 생각이 없었다. 그래봤자 소용이 없었다. 어차피 반야가 모든 것을 이해하지는 못할 것이다. 그것이 가슴 아팠다. 반야가 상상하는 것 이상으로 고통스러운 일이었다.

맞다, 엄밀하게 따지면 피해자는 그가 아니다. 그렇지만 그의 책임도 아니다. 누군가 그가 밤에 엽색 행각을 벌인 것을 수십 년 뒤에 찾아내서 잔인하게 살인을 저지르고 엽기적인 방식으로 그에 대한 힘을 과시한다는 것을 예상한다는 것은 불가능한 일이다. 세바스찬이 쓰나미를 예상하거나 막을 수 없던 것처럼 불가능한 것이다. 그는 입을 다물었다. 아무 생각도 나지 않았다.

"누군가 미행하는 느낌을 받지 않았어요?"

빌리가 한 말이 세바스찬의 머리에서 떠나지 않았다. 누가 따라오는지 아닌지 어떻게 안단 말인가? 그는 몰랐다. 오늘 아침 택시를 타고 쿵스홀멘으로 갈 때 그는 이따금 거울로 뒤를 보았지만 그 많은 차 중에 하나가 자신의 뒤를 따르는 것인지 아닌지 확인하는 것은 불가능했다. 경찰이라면 혹시 그런 감각이 있을지 모르지만 그는 경찰도 아니다. 설사 경찰이라도 알 수 없을 것이다. 아무튼 그가 반야를 수개월째 미행하고 있지만 전혀 모르고 있잖은가. 세바스찬은 그렇다고 확신했다. 그렇지 않다면 이들이 지금 남색 볼보에 같이 앉아 가는 일은 없을 것이다.

반야는 익숙한 동작으로 주차장에서 차를 몰고 경비실 쪽으로 갔다. 차단기를 통과하면서 반야는 오른쪽 깜빡이를 켰다.

"잠깐!"

반야는 평소처럼 약간 화가 난 눈으로 그를 보았다. 세바스찬은 반야가 그런 얼굴 표정을 자신의 앞에서만 짓는 것이나 아닌지 잠시 생각해보았다. 하지만 이런 생각을 길게 할 시간은 없었다.

"좌회전해요. 정문을 지나가야겠어요."

"뭐 때문에요?"

"어렴풋이 짚이는 게 있어서 그래요. 정말 누가 내 뒤를 쫓는다면 그자는 아마 거기서 기다릴 거예요. 나는 늘 정문을 사용하거든요. 걷지 않을 때도 거기서 택시에서 내리고."

반야는 잠시 그를 바라보며 방금 한 말을 곱씹는 것 같더니 이윽고 고분고분 시키는 대로 좌회전을 한 뒤 거리의 차량 속으로 휩쓸려 들어갔다. 다시 좌회전을 한 뒤 정문이 있는 폴헴스가탄탄에 이르렀다.

"잠깐 세워봐요."

반야는 시키는 대로 차를 세웠다. 세바스찬은 눈앞의 도로를 바라보았다. 보도에는 행인들이 별로 보이지 않았다. 하지만 특별살인사건전담반 맞은편에 있는 크로노베리 공원은 잘 보이지 않았다. 어쨌든 차 안에서는 보이지 않았다. 세바스찬은 반야를 돌아보았다.

"망원경 있어요?"

"아뇨."

세바스찬은 다시 도로 맞은편으로 눈을 돌렸다.

그는 누군가를 미행하는 것에 대해서는 아는 것이 많았다. 눈에 띄지 않아야 하는 동시에 대상이 길을 가는 동안에는 놓치지 않을 만큼 가까운 거리를 유지해야 한다. 거리에 나온 사람은 누구나 목적지가 있는 것처럼 보인다. 할 일 없이 돌아다니거나 아무 계획도 없이 나온 사람은 없다. 그리고 공원이 있다. 이때 갑자기 그의 머릿속에 모퉁이에 있는 카페 생각이 났다. 당연하다. 별 의심을 사지 않으면서도 감시를 하기에는 최적의 장소이다. 바로 이런 이유로 그 자신도 카페를 자주 이용하지 않았던가.

"다음 모퉁이에 있는 카페 쪽으로 가 봐요." 세바스찬이 손으로 방향을 가리키자 반야가 다시 시동을 걸었다. 차가 정문 앞을 서행하고 있는 동안에 한 가지 생각이 세바스찬의 머리를 스쳤다. 혹시 둘이 동시에 거기 앉아 있었던 것 아니야? 미행자와 같이? 정말 감시하는 사람이 있었다면?

가능한 추리였다. 그럴 것 같았다. 하지만 확신은 없었다.

세바스찬은 옆 창으로 오른쪽에 주차한 자동차들을 살펴보면서 자신 외에 카페에 다른 단골손님이 없었는지 기억을 더듬었다. 그 자신과 똑같이 그곳에 자주 나타나 오래 앉아 있던 사람이 없었는지 생각을 해보았다. 떠오르는 얼굴은 없었지만 다른 손님들에게 특별한 관심을 두지 않은 것도 사실이다. 그야 다른 일에 정신을 쏟고 있었으니까.

주차할 자리가 없자 반야는 횡단보도 바로 옆자리에 보도를 반쯤 차지한 형태로 차를 세웠다. 두 사람은 차에서 내려 거리를 건너갔다. 반야는 한 걸음에 계단을 두 칸씩 올라가 문을 열었다. 문에 달린 작은 종이 세바스찬의 귀에 익은 딸랑거리는 소리를 냈다. 반야 뒤를 따라 막 카페 계단을 오르려고 할 때 그는 갑자기 몸이 굳어지는 느낌을 받았다. 방금 전에 지나친 형상이 머리를 스친 것이다.

차 안의 모습.

두 사람이 경찰청 정문을 지나치기 직전의 일이었다. 차 한 대가 오른쪽에 주차해 있었다. 두 사람은 그 차를 지나갔다. 파란색 포드 포커스. 정확하게 말하면 하늘색, 아기 잠옷 같은 색이었다. 그리고 선글라스를 낀 남자가 운전석에 앉아 있었다.

세바스찬의 생각은 서재 청소를 하려고 했던 날로 거슬러 올라갔다. 그는 창문 밖으로 예전에 주차하던 맞은편 골동품점 앞을 내다보았었다. 거기 다른 차가 주차해 있었다. 하늘색이었다.

"뭐 해요?" 반야는 아직도 문을 열고 선 채 세바스찬을 기다리고 있었다.

세바스찬은 반야의 목소리를 듣지 못했다. 생각이 꼬리를 물고 이어졌다. 스테판을 찾아간 일. 스테판이 우유를 사러 간 일. 두 녀석이 피아노를 나르려고 애쓰던 일. 작은 화물차 뒤에…… 하늘색 자동차. 그 차도 포드 포커스 같았다.

"세바스찬?"

그는 아무 대꾸도 하지 않고 돌아섰다. 차도를 가로질러 두 사람이 온 방향으로 발길을 돌렸다. 주차해 있던 차로 가보려는 생각이었다.

"어디 가요?" 반야가 그의 뒤에 대고 소리를 질렀지만 그는 아무런 대꾸도 하지 않았다. 대신 발걸음을 재촉했다. 멀리 뒤에서 카페의 종소리가 다시 울렸다. 반야는 문손잡이를 놓고 세바스찬의 뒤를 따라갔다. 그는 달리기 시작했다. 하늘색 포드 포커스의 운전석에 앉아 있던 남자가 움직이기 시작할 때 그는 자신의 추리가 맞았다는 느낌이 들었다.

앞으로 고개를 숙이고 있다. 차에 시동을 건다.

세바스찬의 발자국 소리가 더욱 커졌다.

"세바스찬!"

하늘색 차는 주차해 있던 곳에서 나왔다. 세바스찬은 주차해 있는 차 사이로 달렸다. 자신의 몸으로 그 차를 막을 수 있을 것 같았다. 이 순간 포드 포커스의 운전자는 유턴을 하려는 것 같았다. 하지만 세바스찬은 여기서는 유턴이 불가능하다는 것을 알았다. 길이 너무 좁았기 때문이다. 다시 직진 방향으로 가속 페달을 밟는 것으로 보아 운전자도 이것을 안 것이 분명하다. 그자는 세바스찬 정면으로 차를 몰았다.

"세바스찬!" 반야가 다시 외쳤다. 하지만 거리가 너무 멀었다. 반야의 목소리가 날카롭게 울려 퍼졌다. 반야는 무슨 일인지 즉시 알아차렸다.

차와 세바스찬의 거리가 10미터밖에 안 되는데도 운전자는 속도를 줄이지 않았다. 오히려 반대로 요란한 엔진 소리와 함께 속도를 높였다. 세바스찬은 순간 걸음을 멈추었지만 그자는 브레이크를 밟으려는 기색이 없었다. 마지막 순간 세바스찬은 도로변에 주차해 있는 두 대의 차 사이로 몸을 날렸다.

착각일지 모르지만 세바스찬은 무서운 속도로 돌진한 포커스가 자신의 구두 뒤축을 스치고 지나갔다는 느낌이 들었다. 그대로 달아나는 차는 빠른 속도로 멀어져갔다. 반야는 총을 꺼내들었지만 스톡홀름 한가운데서 달려가는 자동차 뒤에 대고 발사할 수는 없다는 것을 알기 때문에 다시 총집에 넣었다. 이어 반야는 세바스찬이 몸을 날린 위치에서 일어나는 곳으로 다가갔다. 반야는 그 지점에서 세바스찬이 부상을 당했는지 아닌지 볼 수 없었다.

반야는 그 옆에 무릎을 꿇고 물었다. "괜찮아요?"

세바스찬은 반야를 돌아보았다. 숨을 헐떡거리며 잔뜩 흥분한 모습이었다. 이마와 손에 난 상처에서 피가 흐르고 있었다.

"번호판! 번호판을 확인해요!"

"이미 끝났어요. 많이 다쳤어요?"

세바스찬은 몸을 확인해 보았다. 이마에 손을 대보고 피가 흐르는 손가락을 바라보았다. 주차해 있는 차 하나로 뛰어들 때 머리를 부딪치고 그 와중에 손도 다친 것 같았다. 자칫하면 큰 사고를 당할 뻔 했다.

그는 한숨을 내쉬었다. "괜찮아요."

그는 반야의 부축을 받으며 일어났다. 보도 양쪽에서는 지나가던 행인들이 무슨 일인지 궁금해 발길을 멈추고 보고 있었다. 세바스찬은 두 손으로 옷을 털었다. 크게 다친 곳은 없었다. 이어 두 사람은 예정을 바꿔 다시 세워둔 차로 돌아갔다.

"그자를 봤어요?" 반야가 물었다.

세바스찬은 어깨를 으쓱하는 순간 약간 통증이 느껴졌다. 처음 생각했던 것보다 많이 다친 것 같았다.

"모자와 선글라스."

두 사람은 말없이 볼보를 세워둔 곳으로 돌아갔다. 세바스찬은 차에 오르기 전 반야를 향해 입을 열었다. "빌리 말이 맞았어요. 누군가 내 뒤를 미행한 거예요."

세바스찬 자신도 이제야 그 사실을 분명히 깨달았지만 어떻게든 그것을 말로 표현하고 싶었다. 그는 확인하고 싶었다. 미행을 당했다. 가는 곳마다. 그런데도 그는 그것을 몰랐다. 있을 수 없는 일이라는 느낌이 들었다. 있을 법 하지 않을 뿐만 아니라 무엇보다 불쾌했다. 그가 감시를 당한 것이다.

"맞아요." 반야는 차 지붕 너머로 그를 보며 대답했다. 이번에는 전과 달리 화난 표정이 아니었다. 대단한 호의까지는 아니라 해도 그 얼굴에는 동정심 같은 것이 엿보였다. 이 순간 세바스찬은 무슨 일이 일어나든 다시는 반야의 뒤를 쫓지 않겠다고 결심했다. 다시는 반야의 집 앞에 서 있지도 않을 것이다. 지하철 옆 칸에 타고 뒤따르지도 않을 것이다. 자신의 프로젝트는 어쩔 수 없이 끝내야 했다. 트롤레에게도 전화를 해 손을 떼라고 할 것이 다. 이것으로 충분하다.

약 한 시간쯤 뒤에 이들은 다시 주차를 했다. 여전히 해가 뜨겁게 내리쬐이고 있었고 차 문을 열고 나가자 뜨거운 공기가 두 사람을 덮쳤다. 오는 길에 두 사람 사이에는 거의 말이 없었고 세바스찬은 이것을 다행이라 여겼다. 그는 조용한 가운데 혼자 생각에 몰두하고 싶었다.

차에서 내릴 때 반야의 전화기가 울렸다. 문을 닫는 것과 동시에 반야는 한 걸음 물러나 전화를 받았다. 세바스찬은 제자리에 멈춰 서서 높은 담장에 둘러싸인 을씨년스러운 건물을 바라보았다. 과거가 그를 맞이하고 있었다. 전혀 변한 것이라고는 없는 장소에 다시 왔다. 모든 것이 결코 생각대로 진행되지 않았다. 그는 새로운 삶을 살고 싶었다. 새 출발을 하고 싶었다.

다른 사람의 일부가 되기 전에 먼저 자신의 삶을 찾아야 한다.

그런데 지금 과거가 그를 맞이하고 있는 것이다. 이 사건 때문에 모든 것이 그를 과거로 돌려놓았다. 마지막으로 이곳에 와본 이후로 많은 세월이 흘렀다. 1999년 여름 그는 뢰브하가에 발을 들여놓는 것은 그것이 마지막이라는 생각을 하며 힌데와의 인터뷰를 끝냈었다. 그런데 지금 다시 이 자리에 서 있는 것이다.

철조망이 처진 높은 담장 안, 특별 감호방의 철창 뒤에는 스웨덴에서 가장 위험하고 광적인 범죄자가 복역 중이다. 세바스찬은 잠시 뒤에 있을 만남을 앞두고 가벼운 긴장이 이는 것을 느꼈다. 에드바르트 힌데는 머리가 아주 비상하고 술수에도 능한 자였다. 게다가 모든 사람의 마음을 꿰뚫어보는 재주가 있었다. 그를 대할 때는 정신을 바짝

차리지 않으면 순식간에 주도권을 빼앗기기 십상이었다. 예전의 모든 경험으로 미루어볼 때 세바스찬은 자신이 그를 확실하게 제압할 수 있다는 확신이 들지 않았다.

반야는 통화를 끝내고 다시 세바스찬에게 다가왔다. "포드 포커스를 찾는 중이에요. 쇠데르텔리에에서 도난당한 차래요."

세바스찬은 고개를 끄덕이기만 했다.

"2월에 도난당했더라고요."

세바스찬은 마치 잘못 들은 것처럼 의아한 얼굴로 반야를 쳐다보았다. 반야는 틀림없다는 듯 고개를 끄덕였다. 이 말은 그가 6개월 전부터 미행당했다는 의미는 아니겠지만 그럴 가능성을 배제할 수는 없었다. 세바스찬은 이 일이 어떤 결과를 가져올지 생각해보았으나 깊게 파고들고 싶지 않았다. 여러 가지 일이 있었다. 그는 심호흡을 했다. 이제 힌데를 만날 준비를 해야 한다.

두 사람은 정문으로 다가갔다. 경비원이 차에서 내릴 때부터 말없이 두 사람을 바라보고 있었다.

"힌데는 어떤 자에요?" 반야는 궁금한 표정으로 물었다. 그 목소리에는 평소에 세바스찬 앞에서 드러내는 비난조의 말투는 들어 있지 않았다. 반야도 사자 굴로 들어가는 느낌을 받은 것이 분명하다.

세바스찬은 어깨를 으쓱해 보이기만 했다. 그는 분명히 반야가 힌데 같은 인간을 만나보지는 못했을 거라는 생각이 들었다. 그런 자는 어디에서도 흔히 볼 수 없었다. 힌데와 보통 범죄자를 비교할 수는 없는 노릇이었다. 질투심에 불타 아내를 살해한 남편 같은 자도 아니고 문제 가정 출신으로 사고만 치는 낙제생과도 달랐다. 힌데는 전혀 다른 인간이었다. 따라서 반야에게는 비교할 만한 대상이 없을 것이다. 또

1995년부터 1996년까지 살인을 저지른 병적인 상황이나 힌데의 행위를 이해할 능력도 없을 것이고 힌데의 내면에 자리 잡은 어두운 심연을 상상하는 것도 힘들 것이다. 만일 반야가 지금까지 수사관 생활을 하며 겪은 범죄자와 힌데를 비교한다면 그것은 물리 수업을 듣는 중학생과 노벨 물리학 수상자를 비교하는 꼴이 될 것이다.

"당신도 내 책을 읽어야 해요."

"읽어봤어요."

반야는 경비원에게 다가갔다. "특별살인사건전담반에서 나온 반야 리트너와 세바스찬 베르크만이에요."

두 사람은 신분증과 면회 허가서를 내밀었다.

경비원은 두 사람이 내민 것을 받아들고는 정문 옆에 딸린 작은 경비 초소로 들어갔다. 이어 전화기를 들고 누군가에게 전화를 했다.

반야는 다시 세바스찬 쪽으로 고개를 돌렸다. "말 좀 해봐요. 어쨌든 그자를 알고 있잖아요."

"당신도 곧 알게 될 텐데요, 뭘."

"내가 뭐 특별히 주의해야 할 건 없나요?"

정문이 열리자 세바스찬은 손잡이를 잡고 반야를 들여보낸 다음 자신도 따라 들어갔다. 경비원은 그들에게 신분증과 면회 허가서를 돌려주었다.

"조심해야 해요."

두 사람은 뢰브하가 교도소로 들어갔다. 힌데를 향해서.

에드바르트 힌데는 다시 면회실에 나와 앉았다. 10분 전쯤 교도관 두 명이 그를 이곳으로 데리고 왔다. 손과 발에 족쇄를 찬 상태로 이곳으로 끌려왔다.

교도관은 탁자의 고리에 족쇄를 고정시켰다. 모든 것이 지난번과 똑같았다. 다만 이번에는 맞은편에 의자가 두 개 놓인 것이 달랐다. 특별살인사건전담반에서 오고 있는 중이다. 반야 리트너와 빌리 로젠이라는 경찰관이 찾아올 것이라고 토마스 하랄드손이 그에게 귀띔을 해주었었다. 그와 얘기를 하고 싶어 한다고 했다. 힌데는 무슨 이야기인지 궁금했다. 그들이 어디까지 파악한 것일까?

뒤에 있는 문이 열리면서 방문객이 들어왔다. 이번에도 그는 돌아보고 싶은 충동을 억눌렀다. 기다려야 한다. 그들이 접근하게 해야 한다. 비록 보잘것없는 주권이라도 분명하게 보여주어야 한다. 그들이 다가왔다. 곁눈질로 보니 두 사람이 그의 오른쪽으로 탁자를 지나가고 있었다. 두 사람이 바로 그의 앞에 섰는데도 그는 계속 창만 바라보고 있었다. 여자가 바로 그의 앞자리에 앉고 나서야 그는 고개를 돌렸다. 30세쯤 된 금발 미인. 파란 눈. 짧은 블라우스 밖으로는 운동으로 단련된 팔뚝이 드러났다. 여자는 아무 말 없이 책상 위로 까만 서류철을 꺼내놓고는 눈 하나 깜빡하지 않고 그의 시선을 마주 보고 있었다. 힌데는 아무 말 없이 시선을 여자의 동료에게 돌렸다. 남자는 계속 책상 옆 벽에 기대서 있었다.

빌리 로젠이 아니었다. 힌데도 잘 아는 남자. 그는 어쩔 수 없이 놀란 내색을 하지 않으려고 안간힘을 썼다.

세바스찬 베르크만.

참 모진 인연이었다. 그가 예상한 것 이상으로 질긴 인연이었다.

힌데는 자신의 목소리가 동요의 빛을 드러내지 않는다는 확신이 들 때까지 말없이 세바스찬을 응시했다. 이윽고 그는 얼굴에 미소를 보였다. 거의 환영한다는 표정으로 보일 정도였다.

"세바스찬 베르크만, 여기는 웬일이요?"

세바스찬은 아무런 반응도 보이지 않았다. 힌데는 그의 시선을 피하지 않았다.

세바스찬은 기억이 뚜렷했다. 샅샅이 상대를 관찰하듯이 훑어보는 눈. 사람의 마음을 파고드는 눈빛. 힌데는 이따금 상대의 눈을 보는 게 아니라 머릿속을 들여다보는 것 같은 느낌을 주었다. 그 머리에서 자신이 필요한 정보를 빼내가려고 하는 것 같은 눈빛이었다.

"오늘은 동행이 있네……." 힌데는 긴장이 풀린 목소리로 말하면서 반야 쪽으로 고개를 돌렸다.

"반야에요." 세바스찬이 소개하기도 전에 반야가 대답했다.

"반야." 힌데는 그 이름을 혀로 녹이듯이 발음을 해보았다. "반야…… 그 다음에는?"

"반야면 충분해." 재빨리 세바스찬이 끼어들었다. 힌데에게 필요 이상의 정보를 줄 필요는 전혀 없었다.

힌데는 다시 세바스찬 쪽으로 고개를 돌리고는 흥분이 가라앉은 듯 미소를 지었다. "어떻게 이렇게 오랜만에 어려운 발걸음을 하셨나? 책 판 돈을 다 써버렸나? 그래서 3부작을 쓸 계획이라도 있는 건가?" 힌데는 다시 반야 쪽으로 고개를 돌렸다. "이 사람이 나에 대한 책을 쓴 거 알아요? 그것도 두 권씩이나."

"알아요."

"나는 소유권을 주장할 수 있어요. 혹시 내 말이 틀렸나?"

반야는 힌데가 지껄이는 것에는 전혀 관심이 없다는 듯 말없이 팔짱을 낀 채 앉아 있었다. 이런 자의 수다에 일일이 관심을 쏟을 시간이 없다는 것을 보여주려는 태도가 분명했다.

"어쨌든." 힌데가 말을 이었다. "이 사람이 처음으로 나를 철창에 보낸 거요. 흐흐흐, 괴물 뒤에 감추어진 흑막을 들춰냈다고 할까." 그는 다시 미소를 지었다. 꼭 반야를 향해 웃었다기보다 잘나가던 시절의 달콤한 추억에 젖은 듯 초점 없는 시선이었다. 아니면 자신의 표현에 스스로 만족한 것인지도 모른다. "우리가 베스트셀러 목록을 점령했지. 저자 서명 이벤트도 있었고 유럽 전역에서 낭독회와 강연도 했고. 아마 미국에서도 했을걸. 그쪽은 어땠어, 세바스찬?"

세바스찬은 대꾸하지 않았다. 그는 아무 관심도 없다는 듯 벽에 기대서서 팔짱을 낀 채 에드바르트 힌데를 쏘아보는 눈길로 응시할 뿐이었다.

힌데는 무덤덤한 눈길로 그를 마주 보고는 고개를 조금 갸우뚱하면서 다시 반야를 향했다. "이 사람은 벙어리로군. 좋은 생각이야. 그래도 불편한 침묵은 딱 질색이야. 뭔가 말을 해 보라고. 수다를 떨든지 뭘 하든지, 질릴 때까지 이야기를 해 보자고." 힌데는 잠시 말을 끊었다. 마치 자신이 너무 많은 말을 한 것이 아닌지, 혹시 자신이 한 말 중에 세바스찬이 강연에서 예를 든 말은 없었는지 생각해보는 것 같았다. "나도 심리학자요." 그는 반야에게 강조했다. "내가 세바스찬보다 2년 선배지. 이 사람이 이 말 안 하던가요?"

"아뇨."

세바스찬은 긴장을 늦추지 않고 힌데를 보고 있었다. 도대체 무슨 꿍꿍이야? 왜 그런 이야기를 시시콜콜 하는 거지? 이자가 생각 없이 내뱉는 말은 하나도 없다. 일거수일투족마다 목적이 있다. 문제는 그 목적이 뭐냐는 것이다.

"이 사람은 우리가 서로 닮았다는 걸 인정하지 않아요." 힌데가 계속 입을 열었다. "여자관계가 복잡한 중년의 심리학자. 바로 이것이 우리의 공통점이죠. 안 그래 세바스찬?"

힌데의 시선은 반야에게서 세바스찬으로 옮겨갔다. 갑자기 반야는 힌데가 네 건의 살인과 관계가 있다는 확실한 느낌을 받았다. 단순히 영감에서 떠오른 생각이 아니었다. 어떤 방식으로든 이자가 실제로 사건에 개입했을 거라는 판단이었다. 정확하게 어떤 방식인지는 알 수 없었지만 이자는 두 사람이 이곳에 온 이유를 분명히 알고 있었다. 뭐라고 꼬집어 말할 수 없는 단순한 직관에서 나온 느낌이었다.

반야는 갑자기 영감이 떠오를 때가 많았다. 용의자를 상대하거나 알리바이를 확인할 때 이런 영감이 가장 자주 떠올랐다. 이럴 때면 마음속으로 갑자기 뭔가 관련이 있다는 확신이 들었다. 아무런 물증도 없고 그런 판단을 뒷받침하는 일련의 간접증거가 없어도 누군가 연루되었거나 심지어 범인이라는 생각이었다. 바로 그런 느낌이 든 것이다. 이런 판단은 가능한 모든 상황을 종합한 결과에서 나왔다. 몸동작의 표현이라든가 상대를 바라보는 시선, 평소의 대화 흐름에서 갑자기 벗어나는 어조 같은 것을 통해서 느끼는 판단이었다. 그리고 지금 힌데가 세바스찬을 상대로 보여주는 어투가 반야의 눈에 포착된 것이다. 작은 소리로 말하는 저음에는 거의 눈치채지 못할 정도의 자아도취와 승리감의 뉘앙스가 담겨 있었다. 흘려듣기 십상이지만 반야가 충분히 느낄 정도의 특징이었다. 반야로서는 인정하고 싶지 않지만 토르켈의 말이 맞았다. 힌데를 세바스찬과 부딪치게 하자는 판단은 옳았다.

"네가 내 여자들에 대해 뭘 알아?" 세바스찬은 목소리에 두 사람이 찾아온 본래 목적에 접근한다는 말투가 담기지 않도록 조심하면서 물었다.

"많다는 거야. 아니면 과거에는 많았다는 거지. 요즘에는 어떤지 모르지만."

세바스찬은 기대서 있던 벽을 벗어나 빈 의자를 끌어당기고 앉았다.

에드바르트 힌데는 그를 계속 주시하고 있었다. 그 사이에 늙었군. 힌데는 그 이유를 알 것 같았다. 단지 흘러간 세월 때문만은 아니었다. 세바스찬의 인생이 늘 평탄하기만 한 것은 아니었다. 힌데는 잠시 그가 독일 여자와 결혼한 얘기를 꺼낼지 망설였다. 또 세바스찬의 딸도 있었었다. 쓰나미도 있다. 그가 마침내 이 정보를 찾아냈을 때는 무척 기뻤지만 그렇게 단순하지만은 않았다.

세바스찬의 개인적인 재난은 언론에서 크게 다뤄지지 않았었다. 이걸 알아내기 위해 힌데는 추리 작업을 벌여야 했다. 퍼즐조각을 맞추듯이 머리를 굴리며 추정을 해보았다. 이 일은 그가 사망 실종자 명단에서 알 것 같은 이름 두 명을 발견하면서 시작되었다. 스웨덴 사람 또는 스웨덴 사람과 결혼한 다른 사람들의 명단이었다. 543명의 명단 중에 릴리 슈벵크와 자비네 슈벵크 베르크만이라는 이름이 눈에 들어왔다. 이어 그는 옛날에 보도된 신문기사를 체계적으로 조사했다. 그리고 드디어 1998년에 그는 발견에 성공했다. 세계적으로 유명한 프로파일러이자 저술가인 세바스찬 베르크만이 결혼한 정보를 알려주는 작은 기사였다. 상대는 릴리 슈벵크라는 여자였다. 이후 힌데는 독일 신문에서 어린 자비네도 찾아냈다. 그리고 몇 년 뒤 세바스찬의 부인과 딸이 사망 실종자 명단에 실렸던 것이다. 처음에 그는 기뻤지만 시간이 지나자 실망스러웠다. 뭔가 속은 느낌이 들었고 시기심 같은 기분을 맛보기도 했다. 그 스스로가 무서운 해일이 되었으면 하는 마음이었다. 세바스찬에게서 가족을 앗아가고 그를 폐인으로 만든 그 거역할 수 없는 힘이 되고 싶었다. 아무튼 그것은 유익한 정보였고 언젠가는 유용하게 써먹을 수 있으리라는 생각을 했었다. 하지만 지금 이 자리에서는 아니다. 처음 만날 때와는 상황이 다르다. 오늘은 무엇보다 이들이 무엇을 아는지를 알고 싶었다. 어디까지 진전이 있었는지. 이런 연유로 힌데는 침묵했다. 이제 맞은편에 앉은 두 사람이 말할 차례이다.

"여자 네 명이 살해되었어요."

반야는 힌데의 눈이 반짝이며 흥미를 느끼는 것 같은 표정 변화를 읽었다.

"좀 자세하게 말할 수 없어요?"

세바스찬과 반야는 순간 시선을 마주쳤다. 세바스찬은 눈치채지 않을 정도로 고개를 끄덕였고 반야는 책상 위에 놓은 서류철을 펼쳤다. 이어 첫 번째 현장에서 찍은 사진을 집어 들었다. 전체 상황을 한눈에 볼 수 있게 만든 사진이었다.

"잠옷, 스타킹, 숨겨둔 음식, 여자가 엎드린 상태에서 강간." 반야는 설명하면서 사진을 힌데에게 건넸다.

그는 재빨리 사진을 훑어보고는 정말 알 수 없다는 표정으로 반야를 바라보았다. "누가 나를 본떴군."

"바로 그 말이야." 세바스찬이 냉랭한 어조로 말했다.

"그래서 나와 얘기를 하자고 한 거였군. 난 또 웬일인가 했네." 힌데의 목소리는 정말 이제야 두 사람이 찾아온 까닭을 알겠다는 투로 들렸다. 궁금해하던 의문에 대한 답을 이제야 찾은 것처럼. 누구라도 곧이들릴 정도로 정말 몰랐다는 식으로 말했다.

아마 반야도 경계심을 품지 않았다면 이 말을 믿었을 것이다. 자신의 직관이 맞는다는 징후를 찾으려고 애쓰던 반야는 힌데가 결코 곰곰이 생각하지 않은 것이 분명하다고 생각했다. 뭔가 알고 있는 것이 분명했다. 처음부터 알고 있었다. 다만 가장을 할 뿐이다.

힌데는 짜증스럽게 고개를 흔들었다. "부럽기도 하지만 무엇보다 화가 나는군. 왜 자기 아이디어가 없는 거지? 요즘 사람들은 창의력이 없다니까. 독창성이라고는 없어요. 그저 흉내 내고 베끼기에 급급해. 수준도 형편없고."

"여기 이 짓은 다른 누군가가 혼자 할 수는 없어. 네가 없이는." 세바스찬의 목소리는 날카로웠다. 추상같은 목소리로 피고를 추궁하는 검사 같았다.

반야는 이런 방법이 힌데를 다루는 올바른 기술인지 의아했지만 자신보다 세바스찬이 힌데를 더 잘 알기 때문에 참견하고 싶은 욕구를 꾹 참았다.

힌데는 사진을 보다가 정말 어이없다는 듯이 눈을 치켜떴다. "내가? 나는 특별 감호방을 떠난 적이 없어요. 복역 중 휴가를 준 것도 아니고. 이동의 자유가 극도로 제한되어 있다니까." 그는 수갑과 사슬이 연결되어 있는 것을 강조하기 위해 팔을 들어 올리다가 막히는 동작을 보여주었다. "난 전화도 못해요."

"누군가 도와준 거지."

"정말 그렇게 생각해?" 힌데는 몸을 앞으로 내밀며 부쩍 관심이 당기는 표정을 지었다. 그는 이런 상황을 오랫동안 기다려왔다는 생각이 들었다. 대화를 하고 두뇌 게임을 하는 순간을. 세바스찬의 주장에 대해 자신의 반응을 보일 수 있는 순간이었다. 세바스찬의 주장에 동의를 할 수도 있고 그를 의혹에 빠트릴 수도 있으며 그를 주제에서 벗어나게 하거나 서로 마주 보는 가운데 머리를 굴리며 끝없이 제자리에서 맴돌게 할 수도 있다. 그러면서 상대에게 도전하고 도전 욕구를 자극할 수도 있다. 안타깝게도 그에게는 이런 도전의 시간이 없었다. 여기서 마주치는 인간들은 대부분 머리가 텅 빈 멍청한 놈들뿐이다. 지적인 측면으로 볼 때 평소에 교도소에서 그가 반박을 당하는 적은 없었다. 그 분야에서는 제 세상이나 다름없었다.

그는 의자에 등을 기댔다. "그래서 당신 생각에는 일이 어떻게 전개된다는 건데?"

"그 사람들 어떻게 골랐어?" 세바스찬은 힌데가 던지는 미끼를 무시하기로 했다. 그럴 생각도 없었다. 그의 질문에 대답하는 순간 대화의 주도권을 빼앗기게 되어 있었다. 주도권은커녕 질질 끌려다닐 것이다. 그걸 허용할 수는 없었다. 힌데에게는 그럴 수 없다.

"누구 말인데?"

"네 희생자들."

힌데는 한숨을 쉬며 머리를 흔들었다. 그는 세바스찬이 걸려들지 않아 실망했다. 그에게는 대꾸를 하지 않는 것이 좋을 것이다. 그의 반문을 무시하는 것이 상책이다. 다만 눈만 계속 마주치자. 마치 결투를 벌이는 사람처럼. 누가 주도권을 잡을 것이냐? 어떻게? 질문에 솔직하게 답하는 것은 최하책이다. 우선 긴장감을 누그러트리자. 대화를 하자. 흥미를 불러일으키는 것이다.

"세바스찬, 세바스찬, 세바스찬…… 당신 어떻게 된 거야? 본론을 말해. 머리 쓰지 말고. 당신은 묻고 나에게 대답을 요구하고. 동등한 자격을 가진 사람들끼리 이러면 되나?"

"우리는 동등하지 않아."

힌데는 조금 더 크게 한숨을 쉬었다. 이 미끼를 물면 절대 안 된다. 세바스찬은 이 자리에서 그와 대화를 하며 자신의 능력을 그와 비교할 생각이 없는 것 같았다. 힌데는 실망스럽게 의자에 등을 기댔다. "당신 얘기는 지루해, 세바스찬 베르크만. 전에는 그러지 않았잖아. 당신은 언제나……." 힌데는 적당한 말을 생각하는 눈치였다. "……도전을 자극하는 사람이었어. 그런데 지금은 어떻게 된 거지?"

"나는 사이코패스와는 장난칠 시간이 없어."

힌데는 세바스찬에게는 기대를 접기로 했다. 상대해봤자 정신만 어지럽고 의미도 없다. 그는 이제 옛날의 뛰어난 적수가 아니었다. 대신 세바스찬의 매력적인 동료에게 고개를 돌렸다. 여자는 너무 젊기 때문에 그의 미로로 충분히 끌어들일 수 있을 것이다.

"반야, 머리칼 좀 만져 봐도 될까요?"

"집어치워!" 세바스찬의 날카로운 목소리가 마치 채찍으로 공기를 가르듯 울렸다.

힌데는 깜짝 놀랐다. 강한 반응이었다. 고조된 억양. 무척 화가 난 목소리였다. 재미있다. 지금까지 세바스찬은 신중하고 흔들리지 않는 사람이었다. 자기중심이 확고해서 논란에 휩쓸리지도 않고 속내를 드러내지도 않았다. 그러므로 이렇게 순간적으로 분노를 폭발하는 것은 자세하게 검토해볼 가치가 있다. 힌데는 머리를 갸우뚱하면서 반야에게 고개를 돌렸다.

"머릿결이 아주 부드러워 보이네요. 내 생각에는 분명히 냄새도 향기로울 것 같은데."

반야는 맞은편에 앉은 수척한 남자를 바라보았다. 머리숱도 빠지고 눈자위는 축축하게 젖어 있었다. 이자의 의도가 뭘까?

14년이다.

14년 동안 철창생활을 했다.

반야는 이 기간에 힌데가 만나 본 여자는 많지 않을 것이라는 생각이 들었다. 아마 여자를 보았다 해도 힌데를 치료하기 위해 찾아온 심리 치료사였거나 기껏해야 도서관 직원이었을 것이다. 그가 이런 여자에게 손을 대보았을 것이라는 상상은 할 수 없었다. 그러므로 반야는 그의 바람을 이해할 수 있었다. 그의 열망을. 문제는 다만 이 열망이 얼마나 강한가 하는 것이다. 혹시 이런 열망을 이용할 수 있지 않을까? 반야는 한 번 부딪쳐보기로 했다.

“내 머리를 만지게 해주면 나에게 뭐가 생기죠?”

“그만둬!” 세바스찬이 다시 끼어들었다. 여전히 날카로운 목소리였다. “이자와 말하지 마요!”

힌데는 반야의 반발하는 듯한 시선을 쳐다보면서 상황을 분석해보았다. 이번에는 세바스찬의 목소리에 분노와 초조 이상의 무엇이 담겨 있었다. 어딘가 보호 본능 같은 것이었다. 여자가 그의 애인인가? 여자는 세바스찬보다 스무 살 이상 젊어 보였다. 90년대 말, 힌데가 알던 세바스찬은 누구보다 또래의 여자와 관계를 맺었다. 물론 그 사이에 이런 성향은 변했을 수도 있다. 그래도 두 사람의 거동을 보면 연인 관계 같지는 않았다. 오히려 그 반대였다. 동료를 쳐다보는 반야의 눈길은 몹시 싸늘했다. 그를 바라보는 시선에는 동료애 같은 것은 엿보이지 않았으며 그를 대하는 몸동작은 힌데 자신을 대하는 것과 다를 바 없이 적대적인 분위기를 풍겼다. 혹시 연인 관계를 속이기 위해 연기를 하는 것이 아닐까? 어쨌든 여자에게 더 가까이 접근해볼 필요가 있었다.

"두 사람 같이 자는 사이요?"

"무슨 헛소리에요? 아뇨." 반야의 대답이 즉시 튀어나왔다.

"그게 너와 무슨 상관이야?" 세바스찬도 동시에 씩씩거리며 대답했다.

힌데는 만족했다. 세바스찬의 대답은 주도권을 잡기 위한 답변 거부성 반응이었다. 이와 달리 반야의 대답은 감정에 따른 직접적인 것이었다. 순수했다. 두 사람은 연인 사이가 아니었다. 그러면 보호 본능 같은 목소리는 뭐지? 힌데는 다시 반야에게 고개를 돌렸다.

"조금만 몸을 앞으로 숙이고 머리를 이 속에 넣어볼래요?"

힌데는 수갑에 묶인 손으로 오목한 원을 그리고 거기에 손가락을 문지르며 음란한 제스처를 취했다.

"그러면 내 질문에 대답할 건가요?" 반야는 마치 일어날 듯이 의자를 뒤로 물렸다.

"그만두라는데도!" 세바스찬이 명령하듯이 쏘아붙였다. "제발 좀 그대로 앉아 있어!"

그 신중하던 세바스찬이 자기 나름대로 시나리오를 예상하며 불안해하고 있다. 이제 수위를 조금 더 높일 때다.

"머리를 만지면 한 가지 질문에 답하죠. 무슨 질문이든." 힌데는 반야를 똑바로 쳐다보며 말했다. "가슴을 만지게 하면 세 가지 질문에 답하고."

세바스찬은 벌떡 일어나 책상 위로 몸을 숙이고 힌데의 손을 꽉 움켜잡았다. 너무 갑자기 일어나는 바람에 의자가 쓰러졌다. 그리고 힌데의 손가락을 사정없이 짓눌렀다. 잔인할 정도로. 몹시 아팠지만 힌데는 아무 내색도 하지 않았다. 고통은 새삼스러울 것도 없었다. 아픈 것은 견딜 수 있었다. 이보다는 세바스찬의 평정심이 깨진 것에 기뻐하는 표정을 감추는 것이 훨씬 힘들었다.

"너 내가 한 말 못 들었어?" 세바스찬이 씩씩거리면서 힌데에게 얼굴을 바싹 들이대고 무서운 눈으로 쏘아보았다. 세바스찬의 숨결과 손바닥에 맺힌 땀이 느껴졌다. 그가 이긴 것이다.

"아니, 잘 들었지." 힌데는 세바스찬이 억세게 잡은 손을 풀어주자 손바닥을 비볐다. 힌데는 만족스러운 기분으로 의자에 등을 기댔다. 그의 입가에는 작은 미소가 번졌다. 그는 승리감을 맛보며 세바스찬을 바라보았다. "아무리 장난을 치고 싶지 않더라도 당신은 진 거야."

반야와 세바스찬은 말없이 특별 감호동을 나섰다. 순간적으로 세바스찬의 분노가 폭발한 이후 힌데와의 만남은 소득 없이 끝났다. 힌데는 더 이상 아무 말도 하지 않았고 의자 뒤로 등을 기댄 채 만족한 미소를 흘리며 세바스찬을 똑바로 쳐다보기만 했다. 이제 두 사람은 교도관의 안내를 받으며 출구 쪽으로 걸어갔다.

"나는 내 스스로 보호할 수 있다고요." 마침내 반야가 입을 열었다.

"정말이에요? 그렇다는 걸 보여주었다면 좋았을 텐데요." 세바스찬은 걸음을 늦추지 않고 대답했다. 그는 아직도 화가 풀리지 않았다. 힌데의 말이 맞았다. 그가 진 것이다. 아니, 그가 진 것은 반야에게 책임이 있다. 그러나 이것은 다른 문제다. 이 못지않게 화가 난 것은 다른 데 있었다. 힌데는 뭔가 베풀 수 있는 인간이 아니라는 것을 반야가 납득하지 못했기 때문이 아니다. 흥정을 할 수 있는 놈이 아니다. 그놈이 내미는 제안에는 언제나 함정이 있었고 무슨 약속을 하든 어기게 되어 있었다. 어쩌면 세바스찬 자신의 책임인지도 모른다. 반야는 힌데가 어떤 사람인지 물었었다. 진지하게 알고 싶어 했다. 그가 반야에게 충분한 대비를 하게끔 해주지 못한 것은 분명했다. 이것 때문에도 화가 난 것이다.

"어디 그럴 기회가 조금이라도 있었나요?" 반야는 세바스찬과 보조를 맞추기 위해 발걸음을 재촉했다. "그 유명하신 세바스찬이 무조건 끼어들어서 연약한 여자를 보호해야 했으니까요."

두 사람은 출구에 이르렀다. 육중한 철문 한가운데는 작은 창이 나 있었다. 안쪽에는 자물쇠나 손잡이가 없었다. 두 사람을 안내하는 교도관은 이들이 나누는 대화에는 전혀 관심이 없는 것 같았다. 그가 문을 두드리자 창 맞은편에 누군지 얼굴이 나타났다. 그 경비원은 안쪽에 아무 이상이 없는지 눈으로 훑어보았다. 또 사복을 입은 두 사람을 내보내도 되는지 확인하는 것 같았다.

세바스찬은 특별 감호방에서 힌데를 만나고 나온 이후 처음으로 반야를 쳐다보았다. "그자에게 당신 젖꼭지를 만지게 하면 정말 우리가 알고 싶은 말을 들었을 거로 생각해요?"

"그럼 내가 정말 그자에게 만지게 했을 거로 생각해요?"

밖에서 자물쇠를 따는 소리가 들리며 문이 열렸다. 세바스찬과 반야는 특별 감호방에서 나와 긴 복도를 따라 걸었다. 반야는 무엇이 가장 화가 나는 건지 알 수 없었다. 세바스찬이 점잖지 못하게 '젖꼭지'라는 막말을 해서 굴욕감을 준 것도 화가 났고 자신을 보호 대상으로 여긴 것도, 또 자신을 아랑곳하지 않고 앞에서 빨리 걸어가는 것이나 자신을 신뢰하지 않는 것도 화가 났다.

"한 번 장단을 맞춰준 것뿐이에요." 반야가 다시 세바스찬을 따라잡으며 말했다. "당신이 고상한 기사 흉내만 내지 않았어도 뭔가 캐낼 수 있었단 말이에요."

"아니, 그럴 수 없었을 거예요."
"왜 그럴 수 없죠?"
"그자가 당신보다 한 수 위니까."
반야는 걸음을 늦추고 뒤에서 세바스찬을 노려보았다. 그러면서 그나마 생기려던 호감을 접고 이제부터는 증오의 대상으로만 여기기로 결심했다. 이제는 끝이다.

아니카 놀링은 세바스찬과 반야를 자판기 옆 소파에 대기시키고 소장실에 들어가 손님 맞을 준비를 하라고 말해주고 싶었지만 아무 소용이 없었다. 세바스찬은 아니카의 책상을 지나 곧장 소장실 쪽으로 가더니 노크도 하지 않고 문을 벌컥 열었다. 책상 뒤에 앉아 있던 토마스 하랄드손은 깜짝 놀랐다. 놀람과 동시에 자신이 놀란 표정을 상대가 알아차렸다는 느낌을 받았다. 그는 고개를 들고 문가에 서 있는 남자를 즉시 알아보았다. 남자의 표정에는 눈에 들어온 광경을 믿을 수 없다는 기색이 역력했다. 첫마디부터 그런 생각을 드러냈다.
"당신 대체 여기서 뭐 하는 거예요?"
하랄드손은 헛기침을 하며 자리에서 일어났다. 동시에 약간의 주권이라도 되찾으려고 애를 썼다. 비록 전에는 그런 것이 존재하지 않았지만.
"이제는 여기서 근무합니다."
세바스찬은 이 말을 들으며 즉시 생각할 수 있는 유일한 결론을 내렸다. 베스테로스 경찰이 드디어 내쫓을 구실을 찾아서 토마스 하랄드손을 해고한 것이다. 아무튼 이 친구는 뢰브하가 교도소에서 교도관의 일자리를 얻었다. 교도소로 전직하는 경찰관이 하랄드손이 처음은 아니었다. 이런 곳으로 원치 않는 전직을 하는 경우는 당사자가 난폭하거나 경찰 조직에 부담을 줄 때 아니면 여러 가지 과오가 드러날 때였다. 순전히 무능하다는 이유로 이런 곳으로 밀려나는 경우는 없었다. 물론 그런 경우가 생긴다면 하랄드손이야말로 1순위의 후보일 것이다.

"그래그래, 누구나 경찰관으로서 적합한 건 아니지." 세바스찬은 이렇게 말하며 방으로 들어섰다.

반야는 세바스찬의 뒤를 따라 들어가며 하랄드손에게 고개를 까딱해 보였다. 그로서는 인사로 볼 수 없을 정도로 보일락 말락 한 동작이었다. 도대체 누구나 경찰관으로서 적합한 게 아니라는 세바스찬의 말은 무슨 뜻일까? 하랄드손이 여기 앉아 있는 이유를 어떻게 생각하는 걸까?

"소장은 어디 있어요?" 세바스찬이 방문객 의자에 앉으며 물었다.

"뭐라고요?" 하랄드손은 세바스찬이 무슨 말을 하는 건지 여전히 알아들을 수 없었다.

반야는 뢰브하가 교도소의 신임 소장이 누구인지 세바스찬에게 말해 준 사람이 아무도 없다는 생각이 나자 제자리에 멈춰 섰다. 일이 재미있게 돌아가고 있었다.

"당신 방금 뭐 했어요?" 세바스찬은 하랄드손 앞에 놓인 컴퓨터를 턱으로 가리키며 물었다. "소장 이름으로 포르노 사이트를 구경하고 있었나요? 그래서 베스테로스에서 쫓겨난 거예요?"

하랄드손은 한 마디도 알아들을 수 없었다. 모든 정황으로 보아 오해가 있는 것이 분명했다. 세바스찬은 그가 누구인지, 정확하게 그의 직책이 무엇인지 모르는 것이 확실했다.

"이제 여기서 근무한다니까요." 하랄드손은 어린애도 감정을 알아챌 정도로 또박또박 큰 소리로 말했다.

"그 말은 방금 했잖아요."

"여기서 근무한단 말이오." 하랄드손은 자신의 말을 강조하기 위해 책상을 손바닥으로 탕탕 두드렸다. "여기가 내 사무실이오. 내가 여기 교도소장이란 말이오."

세바스찬은 깜짝 놀랐다. 누군가 뒷문에서 나와 지금 비밀 카메라로 당신을 놀리는 중이라고 말해주는 것 같은 느낌이었다.

"당신이 교도소장이라고요?"

"그래요, 지난주부터."

"어떻게 그런 일이? 교도소장을 제비뽑기로 결정했나?"

반야는 마음에 쏙 드는 표현이라는 생각이 들었다. 이때 반야는 하랄드손과 그의 능력을 하찮게 보면서도 이자가 생각 이상으로 수사에 방해가 될 거라는 느낌이 강하게 들었다. 더구나 힌데가 살인 사건에 개입했다는 확신이 드는 이 마당에 어떡하든 이런 불상사는 피해야 했다. 세바스찬도 전에 같이 일해본 경험으로 더 나은 상대를 만나지 못해 안타까워하는 것 같았다. 반야는 세바스찬의 마지막 말에 하랄드손의 얼굴이 일그러지는 것을 보면서 세바스찬이 감정을 더 상하게 하는 말을 하기 전에 자신이 나서야겠다고 생각했다. 어쩌면 이미 늦었는지도 모른다.

"방금 힌데를 만나고 오는 길이에요." 반야가 빈 의자에 앉으며 말했다.

하랄드손은 반야 쪽으로 고개를 돌리며 미소를 띠었다. "알아요. 면회 허가를 내가 내주었으니까."

"우리 일을 수월하게 해주어 고마운데요, 그자에 대한 정보가 더 필요해요."

반야도 친절한 미소를 보내면서 하랄드손이 자세를 낮추고 긴장을 푸는 모습을 보았다. 세바스찬이 제발 입 좀 다물고 있으면 좋겠다는 생각이 들었다. 세바스찬은 먼저 충격에서 벗어날 필요가 있었다.

"그야 얼마든지 도와줄 수 있지만." 하랄드손이 고개를 끄덕이며 말했다. "그러자면 먼저 무엇을 수사하는 건지 알아야겠는데요."

그는 설득하는 눈빛으로 반야를 바라보았다. 특별살인사건전담반의 일을 방해할 생각은 전혀 없었지만 마땅한 대우를 받고 싶었다. 이들이 베스테로스에서는 함부로 대할 수 있었을지 모르지만 여기서는 아니다. 그의 교도소였고 그의 규칙이 있었다.

아니, 당신은 안 돼. 반야는 여전히 얼굴에 미소를 띠고 속으로 생각했다. 당신과는 상관없는 일이야. 그때 반야의 머릿속에 다른 대안이 스치고 지나갔다. 지금 필요한 정보를 얻고 뢰브하가를 떠나든가 아니면 정식으로 정보를 신청하는 것이다. 정식 신청 절차를 밟자면 시간도 걸릴 것이고 불필요한 잡음을 일으킬 수도 있다. 반야는 하랄드손에게 뭔가 호의를 보여주어야겠다는 생각이 들었다.

"우리는 지금 수사 중인 살인 사건에 힌데가 연루되었다고 확신하고 있어요."

이것은 드러내도 상관없는 정보였다. 문제는 다만 언론에서 연결 고리를 찾기 전에 시간을 버는 것이라고 반야는 확신했다.

"그자가 어떻게 그런 일을 할 수 있단 말이죠?" 하랄드손의 의혹은 정당했다. "특별 감호방을 벗어난 적이 없는데."

"그자가 범행을 저질렀다는 말이 아니오." 충격에서 어느 정도 회복한 세바스찬이 끼어들었다. 그는 하랄드손의 새로운 직책을 알고 어느 때보다 화가 났다. 분노가 끓어오르는 것 같았다. 몸속에서는 불쾌한 에너지가 솟구치는 느낌이었다. "우리는 그자가 연루되었다는 것이오. 범행을 저질렀다는 것과는 다른 말이지."

"왜 그렇게 생각하는지 물어도 될까요?"

"묻는 거야 당신 자유지만 대답은 해줄 수 없어요."

"외부에서 누가 도와주었다는 것이 우리 판단이에요." 반야는 세바스찬과 다른 대답을 했다. 세바스찬의 쏘아보는 눈길이 느껴졌다. "최근에 힌데와 가까운 사람 중에 출소한 자가 있나요?" 반야는 세바스찬이 한숨짓는 것은 아랑곳하지 않고 물었다.

"그건 모르죠."

"최근에 누가 출소했는지도 모른다는 거요?" 세바스찬은 그대로 앉아 있기가 갑갑했는지 몸을 일으키며 물었다. "당신 직책이 뭐라고 두 번씩이나 말했잖아요. 교도소장이라며?"

"부임 첫 주요. 그러니 모든 것을 파악할 수는 없잖아요. 지극히 정상이지." 하랄드손은 더 말하려다 그만두었다. 그는 전혀 그럴 이유가 없는데도 자신을 옹호하고 있었다. 제니는 이런 악습을 떨쳐버리라고 끊임없이 말했다. 질문을 받을 때마다 자신을 옹호하기에 급급한 태도를 버리라는 말이었다. 이 기분 나쁜 심리학자의 말을 무시하는 것이 상책이다. 어차피 그가 원하는 것을 들려줄 생각도 없잖은가. 이런 생각 끝에 하랄드손은 다시 반야에게 고개를 돌렸다.

"한 번 알아보죠."

그는 전화기를 들고 단축번호를 눌렀다. 세바스찬은 썰렁한 마룻바닥을 서성이며 이내 흥미를 잃고 말았다. 하랄드손은 전화로 대수롭잖은 얘기를 나눴다. 세바스찬은 문으로 향했다.

"어디 가요?" 반야가 물었다.

세바스찬은 대답 없이 소장실에서 나갔다. 그는 소파와 커피 자판기, 하랄드손의 여비서가 앉아 있는 작은 응접실로 들어섰다. 여비서는 아니카 뭐라고 자신을 소개했었다. 여자는 세바스찬을 쳐다보며 미소를 짓고는 다시 일에 매달렸다. 그는 여자를 관찰했다. 40세가량에 약간 과체중이었고 꼭 끼는 풀오버로 허리선을 강조한 차림이었다. 빨갛게 염색한 머리 밑으로는 물이 빠져서 본래의 머리색이 조금 드러나 있었다. 동그란 얼굴에 튀지 않는 화장, 가슴 사이에는 목걸이가 걸려 있었다. 두 손가락에 반지를 꼈지만 결혼반지는 아니었다. 이상하게도 세바스찬은 전혀 유혹할 마음이 생기지 않았다. 또 설사 자신이 원한다 해도 이 상황에서 섹스를 한다는 상상은 할 수 없었다.

"뭐 도와드릴 일이라도 있나요?" 아니카가 다시 고개를 들며 물었다. 아마 소장실에서 나온 뒤로 그가 자신을 훑어보고 있다는 느낌을 받은 것으로 보였다.

하랄드손은 사람들이 대부분 자신의 능력보다 한두 단계 위의 직책을 바란다는 폭넓게 퍼진 이론이 맞는다는 것을 보여주었다. 이런 생각을 하자 세바스찬은 짜증이 났다.

"소장이 커피 한 잔 갖고 오라던데요."

"뭐라고요?"

"우유는 빼고 설탕은 넣고 빨리 가져오라네요."

그는 이렇게 덧붙이면서 이 말에 여자가 못마땅한 표정을 짓는 것을 바라보았다. 아마 커피를 시켰다는 것보다 빨리 가져오라고 덧붙인 말에 감정이 상했을 것이다. 여자는 길게 한숨을 쉬면서 자리에서 일어나더니 자판기 쪽으로 다가갔다. 세바스찬은 좀 더 심한 장난을 치자는 생각이 들었다.

"흔해빠진 분말 커피는 싫다던데요. 카페에서 제대로 된 커피를 가져오라고 했어요. 제대로 된 잔에."

아니카는 잘못 들은 것은 아닌지 확인하려는 듯 뒤를 돌아보았다. 세바스찬은 그저 부탁한 말을 전해줄 뿐이라는 듯이 어깨를 으쓱해 보였다.

"두 분도 뭐 마시고 싶은 게 있으면 나가는 길에 가져오죠." 아니카의 목소리에는 화를 억누르려는 어투가 담겨 있었다.

"고맙지만 생각 없어요." 세바스찬은 그 기분을 이해한다는 듯 따뜻한 미소를 보냈다. "그냥 자판기 커피로도 충분할 텐데……."

아니카는 하랄드손도 그러면 얼마나 좋겠느냐는 표정으로 세바스찬에게 미소를 지어 보이고는 밖으로 나갔다.

세바스찬은 기분이 한결 나아진 상태에서 다시 소장실로 들어갔다. 마침 때맞춰 잘 들어갔다. 하랄드손은 전화기를 내려놓고 컴퓨터 쪽으로 돌아앉아 자판을 두드리기 시작했다.

"내가 아는 한 힌데와 특별히 가깝게 지낸 자는 없어요. 롤란드 요한손이라는 자가 힌데와 특별 감호동에 같이 있었는데 어느 정도 얘기를 나눈 것으로 보이네요. 요한손은 2년 전에 석방되었고요." 그는 모니터를 들여다보며 마우스로 페이지를 밑으로 내렸다. "맞아요, 9월이면 2년이네요."

"그 밖에 또 없나요?" 반야가 이름을 적으면서 물었다.

"도서관에서는 호세 로드리게스라는 자와 대화를 많이 했군요." 하랄드손이 계속 자판을 두드리면서 대답했다. "여기에는 8개월 전에 석방된 거로 나오는군요."

"그 두 사람에 대한 모든 정보가 필요해요." 반야는 두 번째 이름도

적으면서 말했다.

"그렇겠죠. 서류를 인쇄하죠. 나갈 때 아니카에게 받아가세요." 반야는 미소를 지으며 고개를 끄덕였다. 생각 이상으로 일이 수월하다는 생각이 들었다.

세바스찬과 반야가 자리에서 일어서려는데 아니카가 노크를 하더니 커피를 가지고 들어왔다. 세바스찬은 책상 뒤에 앉아 있는 하랄드손을 손으로 가리켰다.

"소장님에게 가져온 거요."

아니카는 하랄드손에게 다가가 말없이 커피 잔을 내려놓았다.

소장은 조금 놀라며 흐뭇한 표정으로 고개를 들었다.

"고마워요, 이렇게 친절할 데가!" 그는 잔을 잡고는 자세히 살피려는 듯 위로 조금 들어올렸다. "게다가 정식 커피 잔이네."

세바스찬은 아니카가 소장을 못마땅한 시선으로 힐끗 쳐다보고 말없이 나가는 모습을 지켜보았다. 그 광경을 보자 기분이 조금 풀렸다. 나가는 길에 하랄드손이 케이크도 좀 갖다달란다고 해볼까? 아니, 그건 너무 심하다. 그는 반야가 하랄드손에게 고맙다는 인사를 하는 말을 들으며 뒤를 따라 나갔다.

특별살인사건전담반 사람들이 방에서 나가자 하랄드손은 커피 잔을 들고 의자 깊숙이 등을 기댔다. 그는 한 모금 맛을 보았다. 자판기의 멀건 커피와는 달리 맛이 좋았다. 아니카에게 앞으로도 카페에서 정식 커피를 가져다줄 수 있는지 물어봐야겠다는 생각이 들었다. 하지만 그건 좀 기다려보기로 했다.

힌데가 살인 사건에 연루되었다고 했다. 여러 번.

한 번이 아니란다.

신문에서 읽어본 대로 그렇다면 이건 연쇄살인이라는 말이다. 거리의 신문에는 '여름의 학살'이라는 제목도 보였다. 한 달 새에 네 명이 목숨을 잃었다. 신문 보도로는 칼에 찔렸다고 한다. 대대적인 수사가 진행 중이었다. 특별살인사건전담반에서는 이 중대한 사건에 힌데가 어떤 방식으로든 연루되었다고 믿고 있었다. 하랄드손의 관리 하에 있는 특별 감호동의 에드바르트 힌데를 말하는 것이다.

그는 따끈하고 맛있는 커피를 한 모금 더 마셨다. 경찰은 감옥 밖에서 범인을 찾는 것이 분명했지만 누군지는 모르는 것 같았다. 혹시 힌데는 알고 있을까? 하랄드손 자신이 수사에 도움을 주는 것이 가능할까? 아니면 여기서 그치지 않고 힌데에게 아는 것을 털어놓게 할 수 있지 않을까? 물론 하랄드손은 이제 경찰이 아니지만 이런 본능은 자전거 타는 법이 그렇듯이 잊어버리는 것이 아니다. 이렇게 중요한 사건에 결정적인 공헌을 한다면 좋은 일이 아니겠는가. 언제까지 교도소장으로 있으란 법은 없었다. 결정적인 기여를 한다면 더 높은 자리로 갈 수 있을지도 모르는 일이다. 하랄드손은 커피를 한 모금 더 마신 다음 힌데를 좀 더 자주 만나야겠다고 결심했다. 그와 친해지는 것이다. 그자의 신임을 얻어야 한다. 그는 벌써 마음속으로 머리기사의 제목을 떠올렸다. 눈앞에 다가온 명예를 미리 맛보고 있었다.

정오가 조금 지나 수사팀은 다시 회의실에 모였다. 세바스찬은 집에서 샤워를 하고 있었다. 그는 뢰브하가 교도소를 방문한 성과가 전혀 없는 것 때문에 마음이 개운치 않았다. 아무 성과가 없었다는 것뿐이 아니었다. 이 때문에 힌데에게 승리감만 안겨준 것이다. 그는 세바스찬에게 굴욕감을 주었다. 샤워를 하면서 세바스찬은 힌데와 만난 일을 다시 머릿속으로 그려보고는 그것은 실제로 반야의 책임이라는 결론을 내렸다. 힌데와 흥정을 하려고 했기 때문이 아니다. 그가 개입한 상황을 두 사람은 더 이용할 수도 있었을 것이다. 장점으로 이용한다기보다 제로섬게임으로 몰고 갈 수 있었을 것이다. 문제는 반야였다. 반야가 누군가. 그의 딸이다. 세바스찬은 비밀을 간직한 채 그 자리로 갔었다. 90년대 마지막으로 만날 때까지만 해도 그는 힌데 앞에서 숨길 것이 없었다. 그는 손에 쥔 모든 카드를 활용할 수 있었고 자신의 뜻대로 반응을 조절할 수 있었다. 책상 맞은편에 앉은 상대가 자신에 대해 필요 이상으로 많이 아는 것에 전혀 신경을 쓰지 않고 그때그때 적절한 결정을 내릴 수 있었다. 이번에는 이것이 불가능했다. 힌데와 보조를 맞추기 위해서는 모든 조건을 활용해야 했다. 조금이라도 빈틈이 엿보일 때면 힌데를 대화로 끌어들일 수 있다는 것은 분명했다. 하지만 이번에는 힌데 앞에서 자신뿐만 아니라 반야에 대한 비밀도 있었다. 자신의 작전을 펼칠 수 없는 상황이었다. 이건 토르켈의 잘못이었다. 아니면 그 자신의 잘못이든가. 반야와 함께 뢰브하가로 가라고 했을 때 거절하고 빌리를 데려가야 했다.

안타깝게도 그때는 이 생각을 못했다.

회의실 안은 끈적끈적하고 후덥지근한 공기로 가득 차 있었다. 누군가 창문을 열어놓았지만 별 도움이 안 되었다. 실내에는 에어컨이 없었고 보통의 통풍 시설만 있어서 무더위를 견딜 방법이 없었다.

세바스찬은 우르줄라 옆으로 가서 앉았다. 모두 자리에 앉자 빌리가 프로젝터를 켜고 앞에 놓인 노트북 자판을 두드렸다.

"당시 복역했던 재소자 두 명을 어렵지 않게 찾을 수 있었어요. 소재를 완전히 파악했습니다."

빌리가 한 군데 클릭을 하자 벽에 50대 중반의 남자 사진이 비쳤다. 말총머리에 넓적한 얼굴, 코는 휘었고 눈 밑으로는 뺨까지 붉은 상처가 나 있었다. 수배자 사진 같았다.

"롤란드 요한손, 1962년 예테보리 출생. 두 차례의 살인미수로 중상을 입힘. 효과가 강한 다양한 마약 복용. 2001년부터 2008년까지 쾨브하가에서 복역. 이후 다시 예테보리로 돌아갔어요. 이자의 사회 적응 담당자와 얘기를 나눴습니다. 두 번째와 세 번째 사건이 날 당시 두 사람은 여행 중이었다고 하더군요. 이름을 알 수 없는 동행자들과 버스를 타고 외스텔렌으로 갔다고 합니다."

"지금 다시 마약을 하나요?" 반야가 물었다.

"아니요, 사회 적응 담당자 말로는 지금은 깨끗하대요. 하지만 정기적으로 참석하는 모임이 있어요." 빌리는 서류를 잠시 들여다보았다. "첫 번째 사건에 대한 알리바이는 없지만 어쨌든 어제는 예테보리에 있었다고 사회 적응 담당자가 그러더군요."

토르켈이 한숨을 쉬었다. 수사선상에서 요한손을 배제할 수밖에 없다는 데 대한 탄식처럼 들렸다.

"그 사회 적응 담당자는 어떤 사람이에요?"

"그 사람은……." 빌리는 노트북 옆에 놓인 서류를 뒤적거렸다. "이름이 파비안 프리델입니다."

"그 사람에 대해 뭐 알아낸 것은 있나요?"

빌리는 토르켈이 묻는 까닭을 잘 알았다. 요한손에 대한 알리바이는 모두 똑같은 한 사람에 근거한 것이기 때문이다. 범행에 두 사람이 가담했을 것 같지는 않지만 아무튼 요한손이 프리델에게 영향력을 행사해 자신의 알리바이를 증언하도록 강요했을 가능성은 있었다.

"별로 많지 않습니다. 제가 아는 한 주목할 만한 기록이나 보고는 없어요. 좀 더 자세하게 조사해보죠."

"그렇게 해요."

"또 버스 여행에 동행한 다른 사람들도 만나볼게요."

토르켈은 고개를 끄덕였다.

롤란드 요한손이 외스텔렌 일대를 돌아다니며 주스공장을 견학하고 해변에서 수채화를 그린 것은 사실이었다. 아무튼 버스에 동행한 알려지지 않은 사람들도 뭔가를 하기는 했다. 상황 파악을 빨리할수록 그만큼 용의 선상에서 배제할 수 있는 범위도 늘어날 것이다.

"그자와 다른 사람들에 대한 지문 기록을 요청해놓았어요." 우르줄라가 당연하다는 듯이 말했다. "범행 현장에서 나온 지문과 대조해볼 수 있을 거예요."

"좋아요." 토르켈이 대답했다. "그 사람들에 대한 증거 보전뿐 아니라 그날의 행적도 확인해야 해요."

"그럼 나는 이 프리델이라는 사람을 조사할게요." 빌리가 말했다.

"요한손의 이 상처는 뭐지요?" 세바스찬이 물었다.

"그에 대한 설명은 없던데요. 그게 중요한가요?"

"아니, 그냥 궁금해서요."

빌리는 다음 사진으로 넘어갔다. 젊은 남자로 남미인의 외모였다. 양쪽 귀에는 두툼한 금 귀걸이를 한 모습이었다.

"호세 로드리게스. 35세. 상해와 강간으로 2003년부터 뢰브하가에서 복역. 현재 쇠데르텔리에에 거주."

"거기는 포트 포커스를 도난당한 곳인데요." 반야가 한 마디 했다.

"맞아요. 나도 그 생각이 나서 현지 경찰에 연락했어요. 그들이 로드리게스를 심문했지요." 빌리는 의자에 앉은 채 자신이 한 발 앞서간다는 걸 과시하듯 몸을 길게 뻗으면서 기지개를 켰다. 수사팀이 말을 꺼내기도 전에 이미 일을 반쯤 마무리한 걸 자랑하듯 계속 설명을 했다. "현지 경찰 말로는 로드리게스가 그날 일을 자세하게 기억하지 못한답니다. 겉으로 보기에는 알코올의존증이 심해요. 적어도 간헐적인 증상이 있는 것 같습니다."

빌리는 노트북을 끄고 일어나더니 방금 벽에 비춘 사진을 출력한 것을 붙이려고 게시판으로 다가갔다.

토르켈은 다시 회의를 주재하면서 세바스찬에게 고개를 돌렸다. "힌데와 만난 일은 어떻게 됐어요?"

"별거 없었어요."

"별거 없다고요?"

세바스찬은 어깨를 으쓱해 보였다. "엄청 수척해졌더라고요. 그리고 반야의 젖꼭지를 만지려고 했는데, 그거 빼고는 별일 없었어요."

"하지만 그자는 살인 사건에 대해 뭔가 알고 있었어요." 반야가 세바스찬이 한 말은 무시하고 자신의 의견을 말했다.

토르켈은 의아한 눈길로 반야를 바라보았다. "그걸 어떻게 알았는데요?"

이번에는 반야가 어깨를 으쓱했다.

"느낌으로 알았죠."

"느낌으로?"

토르켈은 요란한 동작으로 의자를 밀치고는 벌떡 일어났다. 그리고 회의실 안을 서성거리기 시작했다.

"내가 데리고 있는 팀원 중에 한 사람은 연쇄살인범에 대해, 특히 에드바르트 힌데에 대해 전문가로 자처해서 개별적으로 만나게 해주었더니 고작 아무것도 알아낸 것이 없다 하네요."

그는 세바스찬을 쏘아보았다. 세바스찬은 잠시 아무 말이 없다가 물병을 집었다. 토르켈의 혈압을 생각해서 그는 아무런 변명도 하지 않았다. 토르켈은 대개 조용했지만 가끔 흥분할 때가 있었다. 그때는 흥분이 가라앉을 때까지 기다리는 것이 상책이었다. 세바스찬은 물병 마개를 열고 한 모금 마셨다. 그 사이에 토르켈은 세바스찬에 대한 말을 끝내고는 다시 반야에게 고개를 돌렸다.

"또 한 사람은 힌데가 연루되었다는 느낌이 있다고 하네요. 느낌으로 안다는 거예요. 그 다음에는 뭐가 나올 차례지요? 이제 점쟁이를 데려올 건가요? 빌어먹을!" 토르켈은 걸음을 멈추고는 손바닥으로 책상을 꽝꽝 쳤다. "여자들이 죽었다고요!"

실내는 쥐 죽은 듯이 조용했다. 밖에서는 자동차 소음이 들려왔다. 평소에는 들리는 줄 모르던 소리였다. 벌 한 마리가 창문으로 날아와서는 이리저리 날아다니면서 몇 차례 창문에 부딪치더니 다시 밖으로 나갔다. 팀원들은 꼼짝하지 않고 모두 다른 사람과 눈을 마주치지 않으려고 초점 없이 허공만 바라보았다. 단지 우르줄라만 한 사람 한 사람 얼굴을 훑어보며 자신에게는 질책이 떨어지지 않아 흡족한 얼굴을 했다. 세바스찬은 탄산수를 한 모금 더 들이켰다. 빌리는 이미 잘 붙어 있는 게시판의 사진을 다시 눌렀다. 반야는 집게손가락의 손톱을 쥐어뜯고 있었다. 토르켈은 잠시 탁자 옆에 서 있다가 단호한 자세로 다시 자기 자리로 돌아가서 앉았다. 숨 막힐 듯한 분위기를 진정시킬 사람은 그 자신밖에 없었다. 그는 심호흡을 했다.

"다시 두 사람에게 힌데를 만나게 하면 뭔가 알아낼 가능성은 있는 거예요?"

"나 혼자 가면 가능성이 있지요." 세바스찬이 여전히 의자에 등을 기댄 채 대답했다.

즉시 반야의 반응이 나왔다. "아, 그래요? 그게 내 책임이라 같이 안 가겠다는 건가요?"

"그렇게 말하지는 않았어요."

"방금 나 빼고 가면 성공할 수도 있다고 말했잖아요. 그 말이 무슨 뜻이죠?"

"나는 아무래도 상관없어요. 마음대로 생각해요!" 세바스찬은 나머지 탄산수를 마저 비우고는 트림을 했다. 이 때문에 그의 대답은 생각보다 뻔뻔하게 들렸다.

"지금 우리 팀이 제대로 돌아간다고 생각하세요? 네? 그렇게 생각해요?"

"반야……."

"토르켈 우리가 이 사람을 받아들이면 불화가 일어날 거라고 한 말 기억해요? 그래서 이 사람을 내보내자고 한 거라고요."

토르켈은 탄식했다. 그는 자제심이 부족했었다. 그렇잖아도 그때 팀 내부의 분위기는 좋지 않았었다. 문제는 현재의 이 분위기가 범인에 대해 아는 것이 전혀 없다는 절망감에서 온 것인지 아니면 이들이 세바스찬을 끌어들인 것 때문인지 하는 것이었다. 토르켈은 원인이 정확이 무엇 때문인지 알 수 없지만 싸움은 일단 말려야 한다는 생각이 들었다. 다만 일시적으로라도. 그는 자리에서 조용히 일어났다.

"좋아요……. 이제 모두 심호흡을 한 번 해보자고요. 날은 더운데 할 일은 쌓였고 긴 하루가 지났는데도 아직 오늘이 끝나려면 시간이 멀었어요." 그는 게시판으로 가더니 사진을 훑어보았다. 그리고 다시 일행을 향해 돌아섰다. "범인의 윤곽을 좀 더 좁혀 보자고요. 어떻게든 잡아야 해요. 우르줄라, 당신은 지문 대조를 해보고 DNA도 확인해 봐요."

우르줄라는 고개를 끄덕이면서 자리에서 일어나더니 회의실에서 나갔다. 토르켈이 계속 입을 열었다. "반야, 쇠데르텔리에로 가서 로드리게스의 기억이 살아났는지 확인하고요."

"우르줄라가 결과를 알아올 때까지 기다리는 것이 낫지 않을까요?"

"세바스찬을 미행한 것으로 추정되는 자동차가 그곳에서 도난당했다고요. 현재 로드리게스라는 사람을 자세하게 조사하는 거로는 부족해요."

반야는 고개를 끄덕였다. "하지만 저기 저 사람과는 같이 가지 않겠어요." 반야는 세바스찬을 쳐다보지도 않고 그쪽을 가리키며 분명치 않은 제스처를 썼다.

토르켈은 한숨을 쉬었다. "그래요. 그와 같이 가지 마요."

"당신 속을 당최 모르겠어요." 토르켈이 세바스찬과 함께 자신의 방으로 들어가며 말했다.

"어디 당신만 그런가요."

세바스찬은 소파로 가서 털썩 주저앉았다. 토르켈은 책상 앞에 있는 높은 의자에 쪼그리고 앉았다.

"당신은 여기 들어오려고 그렇게 애쓰더니 이제는 어떻게든 튀어나가려고 하잖아요."

"틈만 나면 나를 내보낼 생각만 하는군요. 한두 사람 모욕을 했다는 이유 하나로 말이에요."

"그 때문이 아니에요. 그 이상이라고요."

"아네테 빌렌이 살해될 줄은 정말 몰랐어요."

"당신을 여기 데리고 있으면 점점 위험성만 커져요. 어쨌든 피살자 네 명과 당신은 모두 관계가 있잖아요. 상부에서 어떻게 받아들일지 한 번 생각해 봐요."

"토르켈 당신이 언제부터 위의 눈치를 봤다고 그런 말을 해요?"

토르켈은 힘겹다는 듯이 한숨을 쉬었다.

"나는 언제나 그런 생각을 해왔어요. 그래야 우리 팀의 운신 폭이 넓어질 테니. 당신에게는 아무래도 상관없다는 걸 알아요. 하지만 마지막으로 당부하는데 제발 정신 좀 차려요."

세바스찬은 자신이 한 말과 행동, 수사팀에 합류하고 난 뒤 어떻게 처신했는지 생각해보았다. 그리고 자신은 언제나 똑같이 행동했다는 결론을 내렸다. 자신의 생각을 말했고 사람들을 한 번도 부드럽게 대하지 않았다. 어쨌든 어떤 경우에도 팀에서 나갈 생각은 없었다. 그는 반야 곁에 있어야만 했다. 하지만 이것이 유일한 이유는 아니었다. 갑자기 그것은 더 이상 최대의 이유가 아니라는 생각이 들었다. 며칠 전까지만 해도 누군가 그에게 반야에 대한 관심 또는 반야에게 집착하는 태도를 변화시킬 것이 있냐고 물었다면 그는 아무 것도 없다고 답했을 것이다. 하지만 이런 생각은 잘못된 것이다. 그동안 발생한 일이 다른 모든 것을 압도할 만큼 그의 정신을 빼앗아갔다. 설사 반야조차도 이 일만큼 중요하지 않았다. 여자 네 명이 그 때문에 목숨을 잃었기 때문이다.

"노력해볼게요." 세바스찬은 트로켈의 성화에 못 이겨 다짐을 하면서 정색을 하고 그를 쳐다보았다. "지금은 나가지 않을 거예요."

토르켈은 자리에서 일어나 틈을 조금만 남기고 문을 닫았다. 세바스찬은 토르켈이 다시 자리에 앉자 약간 심술궂은 눈으로 동료를 바라보았다. 도대체 무슨 말을 하려는 거야?

"빌리는 무슨 생각을 하는 거죠? 승진하려고 안달하는 것 같던데." 세바스찬은 재빨리 입을 열면서 따분한 설교에서 벗어나려고 화제를 바꿨다.

"딴소리 하지 마요!"

"당신이 노골적으로 눈치를 주는 것 같아 그러지요."

"빌리에 대해서는 다른 기회에 얼마든지 말해주지요." 토르켈은 앉은 채로 몸을 조금 앞으로 내밀며 기도하는 자세로 손을 모았다. 이런 태도는 좋지 않은 징조라는 것을 세바스찬은 알았다. 본격적으로 상대의 말을 경청하려는 자세였다.

"도대체 무슨 일이 생긴 건가요, 세바스찬? 당신은 전부터 이기적이고 오만하고 호감을 주지 못했지요. 그런데 우리가 다시 만난 뒤로는…… 만나는 사람마다 티격태격하는 것으로 보이니 말이에요."

토르켈은 한꺼번에 질문을 쏟아냈다. 그래, 무슨 일이 생겼을까? 세바스찬은 순간 토르켈에게 사실대로 털어놓을지 망설였다. 릴리에 대해서, 자비네에 대해서. 지금까지도 그렇고 앞으로도 경험하지 못할 행복을 맛보았던 옛날에 대해서. 자신의 모든 것을 앗아간 쓰나미에 대해서. 사실대로 말한다고 손해 볼 것이 뭘까? 어쩌면 팀 내에서 좀 더 자유로워질지도 모른다. 토르켈이 그를 동정하리라는 것은 분명하다. 그뿐이 아니다. 재난을 당한 뒤로는 세바스찬이 경험하지 못한 방법으로 일종의 공감을 표할 것이다. 아직 아무에게도 사실을 털어놓지는 않았지만 그래도…….

토르켈 같은 사람은 세바스찬의 모든 행동을 가족을 잃은 슬픔에서 나온 것으로 해석할 것이며 이런 친구가 보탬이 될 수도 있다. 그에게 더 너그러워질 것이다. 특히 다른 사람에게는 말하지 말라고 설득하면 관대해질 것이 분명하다. 두 사람만 비밀로 간직하자고 말하면 된다. 이것이 두 사람을 단단히 결속시켜줄 것이다. 이 방법은 회심의 카드로 활용할 수 있다. 그의 자유패(조커)가 되는 것이다.

하지만 세바스찬은 꼭 필요하기 전에는 이 카드를 사용할 생각이 없었다. 어쨌든 무슨 대답이든 토르켈에게 해주어야 했다. 단순하게 일어나서 행복하게 살라고 작별 인사를 하는 것은 지금은 적절치 않았다. 세바스찬은 어떤 대답을 할지 정확하게 알았다. 진지하게 말해야 한다.

"책임을 느끼고 있어요."

"살인 사건에 대해서." 이 말은 질문이 아니라 확인이었다.

세바스찬은 고개를 끄덕였다.

"어떤 점에서는 당신을 이해할 수 있어요." 토르켈이 말했다. "그런데 그 여자의 죽음에 대해서 죄책감이 없어요."

세바스찬은 이 말을 정확하게 알았다. 그의 이성도 알았다. 하지만 그의 감정은 다른 것 같았다. 그런데도 이런 말을 듣는 것이 아무렇지도 않았다. 어쩌면 스테판과 이런 대화를 해야 했는지도 모른다. 그러나 그는 모든 사실을 알고 난 뒤에도 그가 계속 치료사로 남을지에 대해서는 자신이 없었다. 세바스찬은 스테판에게 전화를 해서 전화 받는 사람에게 미안하다는 말을 전하게 했다. 그런데 스테판은 답신 전화를 하지 않았다. 그것도 스테판이 아네테가 살해되었다는 사실을 아직 모를 때였다. 만일 아네테의 죽음이 세바스찬과 같이 밤을 보낸 날과 관련이 있다는 사실이 알려지면 스테판과 그의 관계는 돌이킬 수 없이 깨질 것이다. 지금은 새로운 상담사를 찾아봐야 할 시간이다. 어쨌든 지금은 토르켈이 나서줘야 한다.

"마지막 희생자 있잖아요, 아네테. 당신도 알지요. 내가 그 여자와 잠을 잔 건 내 치료사에게 한 방 먹이기 위해서였어요."

"아하, 그럼 다른 여자들과 잠을 자게 된 동기는 뭔가요?"

세바스찬은 흥분이 가신 토르켈의 질문에 놀랐다. 그는 심한 질책을 예상했었다. 좀 부드러울지는 몰라도 어쨌든 유죄 판결 같은 비난을 염두에 두었었다. 토르켈의 윤리적 나침반은 극도로 정확하게 맞춰져 있었기 때문이다.

"무슨 말이에요?"

"내가 잘못 봤는지는 모르지만 당신은 전혀 올바른 선택을 하지 않아요. 당신의 여자 문제는 전부 일종의…… 심심풀이란 말이에요." 토르켈은 다시 의자에 등을 기댔다. "자네는 중독자에요. 여자는 근본적으로 누구이든 상관없지요. 지금까지도 그랬고 앞으로도 마찬가지에요."

세바스찬은 반박하지 않았다. 새삼스러운 말도 아니었다. 그 자신을 포함해서 스테판이나 탄탄한 관계를 염두에 두었던 다른 여자들도 벌써 여러 해 전에 이런 진단을 내렸었다. 새삼스럽게 놀라운 유일한 이유가 있다면 바로 토르켈과 이런 이야기를 진지하게 주고받고 있다는 것이다.

그가 옛날에 알았던 여자 세 명의 죽음에 대해서도 괴롭기는 했지만 그것은 다시 주워 담기에는 너무 오래된 한계가 있다. 후회하기에는 너무 먼 과거의 일이었다. 하지만 아네테는 다르다. 훨씬 괴로운 문제였다. 그는 아네테 때문에 말할 수 없이 마음이 아팠다.

"그 사람은 너무 자신감이 없었어요. 아네테 말이에요. 상대가 자신을 인정해줘도 쉽게 믿지 못했지요. 너무 단순해서……."

"당신 양심의 가책을 느끼는군요." 이번에도 물음이라기보다 확인 같은 말이 튀어나왔다.

세바스찬은 곰곰이 생각하지 않을 수 없었다. 양심의 가책 따위를 잊은 지는 오래되었고 그것이 어떤 느낌인지도 확실히 알 수 없었다.

"그런지도 모르지요."

"그 사람이 죽지 않았어도 그런 생각을 했을까요?"

"아니요."

"그럼 가책이라고 할 수도 없어요."

매정하지만 사실이다. 아네테를 무자비하게 이용했다는 사실이 그는 가슴 아팠다. 하지만 아네테가 죽을 수밖에 없었던 것은 그가 운이 나쁜 날 관계를 맺었기 때문이라는 것도 무시할 수 없는 사실이다.

"지금까지 어떤 식으로든 관계를 맺었던 여자 중에 지금도 만나는 사람이 있나요?" 토르켈은 화제를 다른 방향으로 몰고 갔다. 앞으로의 문제를 따지려는 태도였다.

"첫 여자와 마지막 여자 사이에 거의 40년의 세월이 흘렀어요. 이제 그 여자들은 조금도 기억이 나지 않아요."

토르켈은 자신이 파트너로 만난 여자는 몇 명이나 될지 생각해보았다. 두 명의 아내, 첫 아내 전에 만난 너덧 명, 아마 네 명일 것이다. 두 번째 결혼하기 전에 만난 몇 명, 그리고 우르줄라. 끽해야 열두 명이다. 그는 이 여자들 이름이 기억나지 않은 적이 한 번도 없었다. 하지만 세바스찬의 경우에는 이 숫자에 30 아니면 40을 곱해야 할 것 같았다. 기억이 날 리 없다.

"내가 할 말은 단지……." 토르켈이 말을 이었다. "누구나 그렇듯이 다시는 그런 과오를 되풀이하지 않는 게 당신에게 도움이 된다는 것뿐이에요." 그는 대화는 끝났다는 신호를 보내듯 자리에서 일어났다. "어쨌든 당신이 기억을 못한다면 어쩔 수 없군요."

세바스찬은 그대로 소파에 앉아서 멍한 눈으로 앞만 보고 있었다.

생각해 보았다.

몇 명이 기억났다.

반야는 발을 멈추고 시내 중심가에서 주위를 빙 둘러보았다. 모두가 보행자 전용 구역처럼 보였다. 반야가 서 있는 곳은 시의 38개 구역 중 하나인 쇠데르텔리에의 홉스예인데도 그랬다. 이 구역은 정부가 2009년에 주민들에게 '무시'되는 지역이 아니라는 것을 보여주기 위해 '특별한 관심'을 약속한 곳이었다. '낙후된 지역에 대한 구제 프로그램'이라는 사업이었다. 위성도시를 화려하게 치장한 구호는 사실 해결책이라기보다 문제투성이였다. 반야는 이 특별한 관심이 효과가 있는지 의문이 들었다. 어쨌든 관심의 흔적 따위는 보이지 않았기 때문이다.

반야는 30분 전에 내비게이션의 안내를 받아 그라뇌베겐으로 왔다. 몇 미터 더 가서 크바스타베겐 쪽으로 좌회전하면 6개월 전에 하늘색 포드 포커스를 도난당한 곳이 나온다. 호세 로드리게스는 갈수록 흥미를 끄는 인물이다.

반야는 주차를 시키고 차에서 내린 다음 갈색의 8층 주거용 건물을 올려다보았다. 건물 입구와 해당 집의 호수를 찾는 데는 오래 걸리지 않았다. 문이 열리지 않자 반야는 옆집 벨을 눌렀다. 문패에는 하다드라는 이름이 쓰여 있었다. 40대 중반의 여자가 문을 열었다. 반야는 신분증을 보여준 다음 옆집에 사는 호세 로드리게스를 만날 수 있는지, 또 어디가면 찾을 수 있는지 물었다.

"아마 시장 광장에 있을 거예요." 여자는 알아듣기 어려운 악센트로 대답하며 단지 추측이라는 걸 보여주려는 듯 어깨를 으쓱했다.

"거기서 일하나요?" 반야는 스톡홀름 시내의 회토리에트처럼 붐비는 시장을 바라보면서 물었다.

문가에 선 여자는 반야의 말이 우습다는 듯 미소를 띠었다. "아뇨, 그 사람은 일하지 않아요."

여자는 이 짧은 말로 이웃집 남자에 대해 생각하는 태도를 분명히 드러냈다. 표현 자체보다는 어투와 얼굴 표정에서 반야는 두 이웃 간에 별로 가깝게 지내지 않는다는 것을 알아차렸다. 반야는 알려줘서 고맙다는 인사를 한 뒤 시내 방향으로 발길을 돌렸다.

미용실과 레스토랑, 슈퍼마켓, 간이식당과 피자점, 노점과 청바지 가게 같은 건물들이 단순한 콘크리트 바닥 주변에 자리 잡고 있었다. 반야는 가을과 겨울에 이 황량한 동네로 몰아칠 차가운 바람이 머릿속에 그려졌다. 어쨌든 지금은 태양이 뜨겁게 내리쬐이고 있어 마치 뜨거운 바위 사막 한가운데 와 있는 것 같은 느낌이 들었다. 병원 건물이 드리운 그늘의 벤치 주변에서는 몇몇 사람이 빈둥거리고 있었다. 더위로 헐떡거리는 비쩍 마른 셰퍼드, 벤치에 앉아 있는 남자 몇 명과 여자 한 명 사이에 놓인 맥주 캔 두 개. 이 광경을 본 반야는 바로 여기서부터 로드리게스 찾는 일을 시작해야겠다고 마음먹었다. 반야는 벤치를 향해 걸어갔다. 벤치를 약 10미터쯤 남겨놓았을 때 그곳에 있던 다섯 명 전원이 반야를 주의 깊게 쳐다보고 있었다. 오직 개만 반야의 출현에 아무런 관심도 보이지 않았다. 반야는 건물 그늘로 들어서면서 로드리게스의 사진을 꺼냈다.

"혹시 이 사람을 어디 가면 만날 수 있는지 아십니까?" 반야는 그들에게 사진을 내밀었다. 굳이 용건을 에둘러 말하거나 꾸며서 말할 필요는 없었다. 반야가 다가가자 그들은 이미 경찰인지 아는 것으로 보였다.

"왜 찾는데요?" 개 줄을 잡고 있던 남자가 사진을 힐끔 들여다보더니 고개를 들면서 물었다. 회색 머리를 한 그 남자는 나이를 가늠하기가 어려웠다. 앞니 두 개가 빠져 있어 발음이 이상하게 들렸다.

"할 얘기가 있어서요." 반야는 말을 돌리지 않고 직설적으로 대답했다.

"그 사람도 할 얘기가 있을까요?" 다시 회색 머리의 남자가 말했다. 앞니 빠진 발음은 차라리 귀여울 정도였다.

반야는 굵직한 저음으로 어린애처럼 말하는 걸 보니 대접받기는 틀렸다는 생각이 들었다. 아마 그래서 셰퍼드를 데리고 다니는 건지도 모른다. 대접받지 못하는 데 대한 위안거리로.

"그야 그 사람 생각에 달렸죠." 반야의 대답도 거침이 없었다.

이런 대답은 그들이 듣고자 했던 말은 분명 아니었다. 마치 반야가 나타나기 전에 비밀지령을 받은 것 같은 표정들이었다. 그들은 다시 반야를 무시하고 하던 이야기들을 계속했다. 아무 말도 못 들었다는 듯, 담배에 불을 붙이기도 하고 개의 머리를 쓰다듬기도 했다. 또 남은 맥주를 찔끔찔끔 마셨다. 반야에게 조금이라도 관심을 보이는 사람은 아무도 없었다. 눈길 한 번 주지 않았다. 마치 반야가 눈에 보이지 않는 것 같은 반응이었다. 반야는 한숨을 쉬었다. 물론 다른 자리로 가서 다른 사람들에게 물어보고 알아낼 수도 있었지만 날씨가 더운 데다가 피곤해서 그만 집으로 돌아가고 싶은 마음뿐이었다. 반야는 청바지 주머니에서 100크로나짜리 지폐를 꺼냈다. "내가 알고 싶은 건 단 하나, 그 사람이 어디 있는가에요. 그는 내가 어디서 들었는지 절대 모를 겁니다."

"대개 주말농장에 붙어 있어요." 마른 몸에 머리가 긴 진 재킷의 남자가 재빨리 중얼거리더니 더러운 손을 떨면서 지폐를 집으려고 내밀었다. 반야는 이 정보가 확실한지 확인부터 하려고 돈을 든 손을 뒤로 뺐다.

"그게 어디 있죠?"

"저 아래요." 긴 머리의 남자는 방금 전에 반야가 온 쪽을 가리켰다. "호수 아래 있어요. 길 이름이 뭐더라…… 토맛스티겐이든가……."

거리 이름이었다. 이거면 충분했다. 반야가 그에게 100크로나짜리를 건네자 그는 돈을 받아 서둘러 상의 주머니에 찔러 넣었다. 다른 사람들의 못마땅한 시선은 전혀 아랑곳하지 않는 표정이었다.

반야가 내비게이션에 토맛스티겐을 입력하고 따라가자 그 길은 바로 근처에 있었다. 하지만 차로 가려면 한참 돌아가야 했다. 그래서 반야는 크바스타베겐 길을 따라 가다가 목적지 가까운 곳에 주차했다. 주거지 옆의 작은 숲을 가로질러 가자 바로 주말농장이 나왔다. 농장이라기보다는 휴가지의 공원 같은 곳이었다. 밭모퉁이에 있는 작은 건물은 농기구 창고가 아니라 규모가 7평은 됨직한 자그만 집들이었다. 밭은 관리가 잘 되어 있었고 여름용 가구와 그네, 그 밖에 농장 일을 하지 않을 때도 즐길 수 있는 여가 시설이 있었다. 반야 자신은 자연과 친숙해지고 싶은 생각이 없었다. 어쨌든 씨를 뿌리고 풀을 뽑고, 땅을 파고 나무를 쳐내는 이런 방식은 아니었다. 이 모든 것은 반야에게 아무런 의미가 없었다. 물론 반야도 정성껏 화분을 가꾸던 취미가 있었지만 어차피 이 계절이면 이런 곳의 자연은 아름답게 마련이다. 어디를 가나 녹색이 우거지고 꽃이 예쁘게 자랐으며 모든 담장 주변마다 벌과 나비가 날아다니고 있었다.

반야는 부근의 호수로 이어지는 자갈길을 따라 걸어가면서 주변 경치를 둘러보았다. 일대의 풍경은 의욕을 상실한 나머지 알코올의존증에 빠진 사람이 비틀거리면서 전원적인 분위기를 망칠 것으로 생각한 것과는 어울리지 않았다. 시장 광장에서 100크로나짜리를 받은 사람이 속인 것인가? 반야는 농장 지대가 끝나는 지점이 보이자 다시 돌아가려고 했다. 숲가의 아스팔트 보도 옆에 있는 벤치에 몇몇 사람이 모여 있었다. 길바닥에는 와인 종이 상자와 캔 맥주가 담긴 시스템볼라겟(Systembolaget : 스웨덴의 국영 주류 체인점_옮긴이)의 비닐 봉투가 나뒹굴고 있었다. 열 명 가까이 되어 보이는 숫자였다. 개도 두 마리나 되었다. 반야는 빠른 걸음으로 이들에게 다가갔다. 가까이 가자 무리와 좀 떨어져서 사과를 먹고 있는 남녀 두 사람이 보였다. 사과는 근처의 농장에서 훔친 것으로 보였다. 반야는 이들에게 다가가 사진을 꺼내고는 단도직입적으로 물었다.

"호세 로드리게스를 찾고 있는데 혹시 보셨나요?"

"나요."

반야는 고개를 오른쪽으로 돌렸다. 사진에 찍힌 남자의 얼굴을 보기 위해 고개를 숙여야 했다. 반야는 갑자기 피로가 몰려오는 것을 느꼈다. 피곤한 느낌과 분노가 함께 치솟아 올라왔다. 또다시 잘못 짚었기 때문이다.

"이거 타고 다닌 지 오래되었어요?"

"왜 물어요?"

"그래요, 아니에요?"

"얼마 전에 자동차에 치였는데……."

반야는 한숨을 쉬고 잠시 서서 기운을 차린 다음 돌아서서 즉시 그 곳을 떠났다.

"무슨 일이요? 뭐 때문에 그러는 거요?"

남자가 뒤에서 크게 소리쳤다. 반야는 돌아보지도 않은 채 손사래를 치면서 발길을 재촉했다. 이어 전화기를 꺼내 단축번호로 토르켈에게 전화를 했다. 통화 중이었다. 본부에서 막 반야에게 전화를 거는 중이었기 때문이다.

우르줄라는 휴게실 안에 서서 전자레인지 속에서 돌아가는 생선 그라탱(생선, 계란, 야채, 마카로니 등을 섞고 조미한 소스를 친 후 가루 치즈와 빵가루를 뿌려 오븐에서 노릇노릇하게 구워 낸 서양 요리_옮긴이)을 물끄러미 바라보고 있었다. 늦은 점심 식사, 또는 이른 저녁 식사였다. 미카엘과 전화하면 식사를 했다고 말하기 위해서였다. 왠지 집에 가기가 싫었다. 미카엘에게 가기가. 기만적인 가정생활이 계속 이어지는 저녁이 싫었다.

우르줄라가 막 집 생각을 떨쳐버리려고 할 때 휴대전화가 울렸다. 전화기는 물 잔과 식사 도구가 있는 식탁에 있었다. 우르줄라는 전자레인지가 있는 곳을 벗어나 어지럽혀진 주변을 그대로 놓아둔 채 휴게실을 가로질러 갔다. 사무적이고 삭막한 휴게실의 분위기를 사람이 사는 것처럼 보이게 하고 싶었다. 여섯 개나 되는 탁자 전체에 빨간 체크무늬 식탁보가 씌워져 있었고 여기에 어울리는 커튼과 벽에는 여자 사진이 붙어 있었다. 쿠션을 씌운 하얀 플라스틱 의자, 천편일률적인 꽃그림이 들어간 벽지. 꽃무늬는 몇몇 캐비닛 문이나 전자기기에도 붙어 있었다. 천정에서는 강렬한 네온등 불빛이 쏟아져 다른 모든 빛을 집어 삼켰다. 그나마 입구 옆에 있는 쇠로 만든 세 줄의 화분 받침대와 수조가 삭막한 분위기를 가려주었다. 직원회보에서 실내 환경 정비를 홍보할 때 표현했듯이 '식사하는 곳만이 아니라 재충전과 휴식을 위한' 공간이라는 것을 실감나게 해주었다. 이처럼 꾸미는 데 얼마나 비용이 들어갔을까? 우르줄라는 평소에 여기서 식사를 할 때도 재충전이나 휴식의 느낌은 받지 못했다. 배불리 먹는 데는 지장 없었으나 그거야 단장하기 이전에도 마찬가지였다.

우르줄라는 계속 울리는 전화기를 들고 화면을 보았다. 반야였다. 우르줄라는 전화를 받았다.

"여보세요."

"저예요." 반야의 목소리가 들렸다. 조금 숨이 가쁜 걸로 보아 어디로 가는 중인 것 같았다.

"알아요. 별일 없어요?"

"말도 마세요." 반야의 목소리는 잔뜩 화가 나 있었다. "로드리게스를 조사한 현지 경찰 말로는 간헐적인 알코올의존증 증상을 보인다고 했잖아요. 그런데 한 가지를 빠트렸더라고요. 그 사람은 휠체어를 타고 있었어요."

우르줄라는 슬며시 미소를 짓지 않을 수 없었다. 우르줄라는 평소에도 현지 경찰을 신뢰하지 않고 있었다. 반야의 이야기는 경찰이 수사에 방해가 되지는 않는다고 해도 적어도 도움을 주지는 못한다는 우르줄라의 견해를 뒷받침하는 것이었다. 우르줄라는 그 사이에 자신들이 로드리게스를 용의 선상에서 배제했다는 말을 지금 반야에게 하는 것이 좋을지 잠시 생각해 보았다. 로드리게스의 지문이나 DNA 분석 결과는 현장에서 발견한 증거와 일치하지 않았기 때문이다. 결국 반야에게는 나중에 알리는 것이 좋겠다는 결론을 내렸다. 그렇잖아도 반야는 오늘 너무 힘들어 보였다.

전자레인지에서 삑 하고 생선이 다 익었다는 신호를 보냈다. 우르줄라는 요리를 가져오기 위해 그쪽으로 갔다.

"좋게 생각해요. 쇠데르텔리에로 한 번 나들이 갔다고 생각하면 되잖아요."

우르줄라는 전자레인지 문을 열고 접시를 꺼냈다.

그때 누군가 뒤에서 휴게실로 들어오는 소리가 들렸다. 우르줄라가 돌아서서 보니 세바스찬이 문가에 기대서 있었다. 우르줄라는 모른 체하고 하던 일을 하면서 통화를 계속했다.

"오늘은 사무실에 들어가지 않을래요." 반야가 말했다. "토르켈에게 전해줘요."

"알았어요. 그럼 내일 봐요."

우르줄라는 통화를 끝낸 다음 전화기를 주머니에 집어넣고는 접시를 들고 식탁으로 갔다. 그리고 세바스찬에게 눈길을 돌렸다. "반야에요. 당신에게 인사 전해달라더군요."

"에이, 그럴 리가 없지요." 세바스찬이 무덤덤하게 말했다.

"그렇다니까요." 우르줄라는 사실이라고 강조하고는 자리에 앉았다.

세바스찬은 그대로 문가에 서 있었다. 우르줄라는 말없이 식사를 시작했다. 뭔가 읽을거리가 있으면 좋겠다는 생각이 들었다. 저 사람은 왜 저기 서 있는 거야? 뭘 원하는 거지? 아무튼 우르줄라는 아무 관심도 없었다. 우르줄라는 이 남자가 팀에 오래 남아 있어서는 안 된다는 생각이 확고했다. 희생자와 수사팀의 일원이 관계가 있다는 사실이 언론에 알려질 때 무슨 일이 일어날 것인지에 대해서는 생각하고 싶지 않았다. 토르켈이 그를 받아들이는 결정을 내릴 때 상부에 알리지 않은 것은 분명했다. 만약 일이 잘못되면 토르켈이 자리에서 쫓겨날 수도 있는 일이었다. 그는 세바스찬을 위해 위험을 감수한 것이다. 우르줄라는 세바스찬이 그런 토르켈의 심정을 알아줄지, 또 고마워하기나 하는 건지 의문이 들었다. 아마 그렇지 않을 것이다.

이제 우르줄라는 전혀 다른 문제를 곰곰이 따져보지 않을 수 없었다. 사적인 일이었다. 예를 들어 왜 집에 가기가 싫은지 하는 문제였다. 또 토르켈이 오늘 밤도 다른 계획이 있는지 궁금했다. 우르줄라는 왠지 불안했다. 지난번에 토르켈의 침대에 같이 누워 있을 때 그는 전 부인과 살던 생활을 설명하면서 이본느와 남자 친구에 대한 얘기를 한 적이 있었다. 우르줄라는 그 남자의 이름은 잊어버렸지만 토르켈이 앞으로 그들의 관계가 어떻게 전개될지 관심을 쏟는다는 인상을 받았다. 전부인의 사생활에 관심을 두는 것이다. 뭔가 그들의 관계는 간단치 않았다.

어쩌면 우르줄라 자신의 책임인지도 모른다. 자신이 두 사람의 관계에 대해 정해놓은 규칙 중에 두 가지를 위반했기 때문이다. 또 세 번째 규칙도 자신이 대수롭잖게 여긴다고 토르켈이 생각해도 이상할 것이 없었다. 사실은 그럴 생각이 없었지만.

"미카엘은 어떻게 지내요?" 세바스찬이 침묵을 깨면서 지나가는 말투로 물었다. 마치 자신의 생각을 읽힌 것 같아 우르줄라는 움찔하면서 손에 잡은 나이프를 놓쳤다. 나이프가 딸그락 하면서 접시에서 바닥으로 떨어졌다.

"그건 왜 물어요?" 우르줄라는 투덜거리면서 나이프를 집기 위해 허리를 굽혔다.

"뭐 그냥." 세바스찬은 어깨를 으쓱해 보였다. "잡담이나 하려고요."

"당신과 잡담을 왜 해요?"

우르줄라는 집어올린 나이프를 포크 옆에 놓았다. 우르줄라는 자리에서 일어났다. 식욕이 싹 가셨기 때문이다. 이자가 뭘 알까? 토르켈과의 관계를 아는 걸까? 그러면 안 되는데. 절대 좋을 리가 없었다. 세바스찬 베르크만은 아는 것이 적을수록 모두에게 좋았다. 어떤 분야든 똑같다. 세바스찬은 아무 관계도 없는 정보라 해도 누군가에게 뒤집어씌우는 재주가 있었다. 뭔가 이점을 끄집어낼 수 있다면 서슴지 않고 행동으로 옮기는 사람이었다.

세바스찬은 의자를 하나 끌어다가 앉았다.

"방금 생각난 것이 하나 있는데……."

우르줄라는 세바스찬과 등을 돌린 자세로 마른 수건에 손을 닦고는 돌아서서 나가려고 했다.

"조금만 앉아 있어봐요."

그가 맞은편 의자를 가리켰다.

"뭔데 그래요?"

"제발 좀 앉아보라니까요."

"시간 없어요."

우르줄라가 재빨리 그의 곁을 지나가려고 할 때 세바스찬이 우르줄라의 손목을 잡았다. 그의 말투는 평소와 달리 비꼬는 것 같지도 않았고 거만하지도 않았다. 또 눈빛을 보면 중요한 일 같았다. 그에게 필요해서라기보다 실제로 중요한 일인 것처럼 보였다. 뭔가 중대한 용건 같았다. 그리고 세바스찬이 보통 잘 사용하지 않는 '제발'이라는 말도 나왔다. 우르줄라는 다시 앉았지만 아무 때고 마음만 먹으면 빠져나갈 수 있게 멀찌감치 떨어졌다.

"방금 토르켈과 얘기를 나눴는데……." 세바스찬은 조금 망설이는 투로 말을 시작했다.

우르줄라는 몸을 사리면서 세바스찬이 심중에 둔 말이 마음에 들지 않을 게 분명하다는 생각을 했다.

"내가 희생자 네 명 전부와 관계를 가졌다는 거에 대해서." 세바스찬이 말을 이었다. "성적인 관계 말이에요."

우르줄라는 이야기가 어느 방향으로 전개될지 퍼뜩 알아차렸다. 자신과 토르켈의 관계에 관한 것이 전혀 아니었다. 아무 관심도 두고 싶지 않은 화제였다.

"살인이 계속 이런 식으로 일어난다면……." 세바스찬의 목소리는 갑자기 작고 진지해졌다. "또 더 많은 여자가 위험에 빠진다면……."

"나는 내 스스로 지킬 수 있어요." 우르줄라는 간단히 쏘아붙이면서 벌떡 일어났다.

"나도 알지만 단지……." 세바스찬은 우르줄라를 쳐다보았다. 정색을 하는 눈빛으로. "나는 나 때문에 당신에게 무슨 일이 일어나는 것을 원치 않아요."

"친절하기도 하군요." 우르줄라는 냉랭하게 대답하고는 다시 돌아서서 문 쪽으로 향했다. "이렇게 자상한 마음씨를 그때 보여주었으면 얼마나 좋아요!"

이 말 한 마디를 남기고 우르줄라는 돌아서서 나갔다.

감방 문을 두드리는 소리가 났다. 힌데는 읽고 있던 책을 내려놓고 황급히 방 안을 둘러보았다. 혹시 쓸데없이 나뒹구는 물건은 없는지, 비밀을 노출시킬 만한 것은 없는지 책상과 침대 옆 작은 탁자, 단 하나 밖에 없는 선반을 재빨리 훑어보았다. 방 전체를 살폈지만 별 이상은 없었다. 좁은 감방의 분명한 장점은 한눈에 훑어볼 수 있다는 것이었다. 있어서는 안 될 물건은 하나도 보이지 않았다. 힌데가 침대 모서리에 발을 걸치고 앉아 있는 자세를 취하려는데 문이 열리면서 토마스 하랄드손이 고개를 디밀었다.

"안녕, 내가 방해한 건 아닌가요?"

힌데는 오랜만에 들어보는 일상적인 인사에 놀랐다. 하랄드손은 마치 동네 이웃집이나 사무실 옆방 동료에게 잠깐 들러본 것 같은 표정을 지었다. 허물없는 태도로 보아 교도소장이 찾아온 것은 업무상의 용건 때문이 아니라 뭔가 다른 이유가 있는 것이 틀림없었다. 흥미가 당겼다.

"아뇨, 그저 누워서 책을 읽던 중이었어요." 힌데도 허물없는 태도로 대답했다. "들어오세요." 그는 손짓으로 들어오라는 제스처를 해보였다.

하랄드손이 감방 안으로 들어서자 뒤에서 문이 닫혔다. 힌데는 말없이 그를 바라보았다. 하랄드손은 특별 감호방에 처음 들어와 본 사람처럼 방 안을 둘러보았다. 힌데는 하랄드손이 이렇게 공손한 말투를 교도소 내에서 계속 사용할 것인지 어쩌면 자신에게 만나서 반갑다는 말까지 하지나 않을지 생각해보았다. 혹시 이렇게 좁은 공간에서 단출한 생활을 하는 것이 멋지다고 말할지도 모른다는 생각마저 들었다.

"집에 가는 길에 잠깐 들러보려고……." 하랄드손이 두리번거리는 눈길을 멈추고 말했다. 그가 이런 곳에 들어와 본 것은 처음이었다. 너무 비좁았다. 어떻게 이런 데서 지낼 수 있을까?

"사모님에게 가던 길이었군요." 침대에 앉은 힌데가 말했다.

"그래요."

"아기도 있죠?"

"네."

"몇 개월이나 되었나요?"

"11주요."

"예쁘겠군요."

에드바르트 힌데는 하나밖에 없는 의자에 앉은 하랄드손에게 미소를 보냈다.

이제 수다를 떨 시간이다.

"내가 궁금해서 그러는데……." 하랄드손이 자연스러운 목소리로 말을 시작했다. "특별살인사건전담반은 어떻게 된 거요?"

"어떻게 되다니요?" 힌데는 앞으로 몸을 내밀면서 물었다.

"아, 그냥 그 사람들이 별 얘기를 안 해서." 하랄드손은 반야와 세바스찬이 힌데를 만나고 나서 알아낸 것이 정확하게 무엇일까 생각해보았다. 그들은 힌데가 연쇄살인에 연루된 것으로 본다고는 했지만 그 말은 힌데를 만나지 않고도 할 수 있었을 것이다. 그리고 엄밀히 말해 힌데와 만난 것 자체에 대해서는 전혀 들려준 것이 없다는 생각이 들었다.

"사실 한 얘기는 전혀 없지……." 하랄드손이 덧붙였다.

힌데는 알아들었다는 듯이 고개를 끄덕였다. 하랄드손은 자신이 베스테로스에서 특별살인사건전담반과 일할 때 좋지 않은 경험을 한 얘기를 할지 잠시 망설였다. 어쩌면 힌데와 함께 그들을 비난하면서 한편이 될 수도 있을 거라는 생각이 들었다. 말하자면 힌데의 편이 되어 그들을 비난하는 것이다. 이때 침대에 앉아 있는 저자는 그 자신이 전직 경찰관이라는 사실을 까맣게 모를 것이라는 생각이 났다. 이자가 그걸 알 필요는 없지. 그러면 그냥 모르는 편이 더 좋을 것이다. 하랄드손은 힌데가 자신을 그저 순진한 책상물림으로 믿게 하자는 생각이었다.

"그래, 만나보니 어떤가요?"

힌데는 이 질문에 생각하는 눈치였다. 그는 허벅지에 팔을 얹고 턱을 손깍지에 괴었다.

"사실 좀 놀랐습니다." 마침내 생각에 잠긴 눈으로 그가 대답했다.

"어떤 점에서요?"

"제대로 대화를 한 것도 아니죠."

"대화가 아니라면?"

"내가 한 가지 제안을 했는데 그들은 받아들이려고 하지 않았죠."

"아하, 어떤 제안이었는데요?"

힌데는 일어나더니 적당한 말을 생각하는 눈치였다.

"내가…… 뭔가 요구했어요. 그 요구가 받아들여지면 내가 그들의 질문 한 가지 이상에 사실대로 답할 수도 있는 것이었죠."

그는 하랄드손이 미끼에 걸려드는지 살피기 위해 관찰했지만 의자에 앉은 남자는 어리둥절한 표정만 지었다.

"호의를 베풀면 대가가 나오는 식이죠." 힌데가 좀 더 자세하게 설명했다. "일종의 게임이라고나 할까요? 나는 그들이 원하는 것을 가지고 있고 그들은 내가 원하는 걸 갖고 있으니 이런 기회를 날려버릴 필요가 있겠어요? 그런데 세바스찬은 게임을 하려들지 않았죠."

힌데는 하랄드손의 눈을 들여다보았다. 이제 감이 잡히는가? 의도를 너무 노골적으로 드러낸 건가? 아무튼 그의 손님은 경찰관이었다. 그것도 바로 얼마 전까지. 이제 비상벨을 울리는 것 아닐까? 그럴 것 같지는 않았다. 힌데는 생각을 밀고나가기로 했다.

"똑같은 제안을 소장님께도 하고 싶습니다만."

하랄드손은 대답을 곧바로 하지 않았다. 힌데가 그에게 제공할 것이 무엇일까? 무슨 정보를 주고받는단 말인가? 만일 동의한다면 그것이 무엇인지 알게 되겠지. 하지만 왜 힌데가 그에게 뭔가를 제공한단 말인가? 당연히 무슨 이점을 얻기 위해서겠지. 특권이라든가. 아니면 단지 수형 생활이 지루해서 단조로운 일상에 뭔가 변화와 자극을 주려는 것일 수도 있다. 하랄드손은 머릿속으로 상대의 제안을 받아들일 때의 장단점을 비교해보았다.

장점이란 명백하다. 힌데가 그의 질문에 대답하는 것이다. 무슨 질문이든. 그러면 중요한 정보가 생기면서 나름대로 독특한 판단을 할 기회를 얻을 것이다. 잘하면 이 정보로 네 건의 연쇄살인에 대한 전문적인 안목이 형성될지도 모른다.

그럼 단점은? 그는 힌데가 그 대가로 뭘 원하는지는 알지 못했다. 하지만 그의 제안에 동의하지 않는다면 아무것도 얻지 못한다. 그의 요구가 규칙에 어긋나는 것이어서 또 무슨 이유로든 자신이 동의하지 않는다면 그도 대답을 거부할 것이다. 그러면 모든 게 허사가 된다.

사실 안 될 것은 없다.

하랄드손은 고개를 끄덕였다. "안 될 게 뭐요? 그런데 어떻게 그런 생각을 했나요?"

힌데는 조금이라도 흡족한 웃음을 터트리지 않으려고 애를 썼다. 대신 그는 순순히 상대의 의견에 따르는 척 미소를 띠면서 다정한 자세로 몸을 앞으로 당겼다. "내가 원하는 것을 말씀드리죠, 그리고 그걸 얻게 되면 무엇이든 물어보십쇼. 대답을 해드리겠습니다."

"사실대로 대답하기요!"

"약속합니다."

힌데는 합의가 이루어졌다는 것을 보여주기 위해 손을 내밀었다. 악수로 합의를 하는 것이다. 남자들끼리 그 이상은 필요 없었다.

"좋아요." 하랄드손은 고개를 끄덕였다.

두 사람은 손을 잡고 흔들었다. 이어 힌데는 침대로 돌아가서 벽에 등을 기대고 다리를 포갰다. 긴장이 풀린 자세였다. 가족적인 분위기였다. 이런 자세가 극적인 효과를 불러일으킨다. 그는 하랄드손을 관찰했다. 어디서부터 시작할까? 먼저 의자에 앉은 저 남자가 어디까지 같이 할 건지 밝혀내야 한다.

"혹시 지금 사모님 사진 갖고 있나요?"

"있기는 한데……."

망설이는 대답이었다.

"내가 가져도 될까요?"

"뭐요?" 하랄드손이 조금 당혹스러운 표정을 지었다. "단지 보기만 하려는 거요, 아니면 보관하겠다는 거요?"

"보관하려고요."

하랄드손은 망설였다. 뭔가 느낌이 좋지 않았다. 몹시 꺼림칙했다. 이런 요구는 예상하지 못했다. 운동 시간을 늘려주든가 식사를 개선

하든가 컴퓨터를 자유롭게 이용하게 하든가 어쩌면 맥주를 마시게 해 줄 수도 있다. 힌데가 뢰브하가에서 지내는 데 좀 더 편의를 제공하는 것은 들어줄 수 있다. 하지만 이건 아니다. 힌데가 제니의 사진을 갖고 뭘 하려는 걸까? 정신과 소견을 보면 이자는 성적인 충동은 없었다. 그러므로 사진을 갖고 자위를 할 것 같지는 않다. 그렇다면 뭐 때문에 사진을 달라는 것인가?

"왜 사진이 필요한데요?"

"그 말이 묻고 싶은 질문인가요?"

"아니……."

하랄드손은 이 말이 압력처럼 느껴졌다. 이자는 벌써 거래를 끝내려는 건가? 아니면 순순히 대답하려는 건가?

아무튼 사진 한 장일뿐이다.

그는 바지 뒷주머니에서 지갑을 꺼내 펼쳤다. 한쪽의 투명한 비닐 케이스 속에 제니의 사진이 들어 있었다. 1년 반쯤 전에 코펜하겐의 호텔 방에서 찍은 사진이었다. 하랄드손이 지갑에 맞게 오려낸 사진이라 배경에는 별로 보이는 것이 없었다. 어쨌든 제니의 표정은 행복해 보였다. 하랄드손은 이 사진이 좋았다. 제니 본연의 모습을 보여주기 때문이다. 이 사진은 메모리칩에도 저장되어 있다. 이것은 다시 뽑은 사진이었다.

사진 한 장일뿐이다. 그러면서도 하랄드손은 힌데가 내민 손에 사진을 넘겨줄 때 뭔가 큰 실수를 저지르는 것 같은 느낌을 떨칠 수 없었다.

"당신이 최근에 일어난 여자 네 명의 살인 사건에 연루된 것이요?" 사진의 주인이 바뀌자마자 하랄드손이 물었다.

"연루라는 표현을 쓴다면 그렇다고 할 수 있죠." 힌데는 대답하면서 손에 든 사진을 재빨리 훑어보았다. 30대 초반. 호리호리하고 호감이 가는 인상의 브루넷(Brunette : 머리털과 눈동자가 갈색인 백인_옮긴이) 여자였다. 좀 더 자세한 것은 나중에 확인하기로 했다. 그는 사진을 침대 옆 탁자 위에 올려놓았다.

"살인 사건을 알았나요?"

"네."

"어떻게?"

힌데는 머리를 흔들면서 다시 벽에 등을 기댔다.

"그건 두 번째 질문이지만 대가 없이 대답해 드리죠. 단지 소장님과 대화하는 것이 아주 마음에 든다는 걸 보여주기 위해섭니다."

그는 잠시 기교적으로 말을 끊은 다음 하랄드손의 눈을 바라보았다. 뭔가 기대하고 바라는 눈길이었다. 이 남자가 멀리 나갈 거라는 데는 의심의 여지가 없었다.

"특별살인사건전담반 사람들이 말해 주었죠." 드디어 그의 대답이 나왔다.

"그 전에 말이요." 하랄드손이 조급하게 재촉했다. "그 전에 뭔가 알고 있었나요?"

"그 질문에 대한 대답은 대가가 있어야 합니다."

"그게 뭐요?"

"생각할 시간을 줘요. 내일 다시 오세요."

힌데는 다시 침대에 앉으며 책으로 손을 내밀었다. 제니의 사진이 탁자로 미끄러졌다. 마치 사진은 벌써 잊어버린 것 같은 태도였다.

하랄드손은 대화가 끝났다는 것을 알았다. 만족스럽지는 않았지만 결정적인 정보를 알아내기 위한 시작에 불과하다는 생각이 들었다. 그는 자리에서 일어나 문을 두드리고는 감방을 떠났다.

사무실로 돌아가면서 하랄드손은 두 가지 결정을 내렸다.

하나는 에드바르트 힌데에게 사진을 주었다는 말을 제니에게 하지 않겠다는 것이었다. 제니를 설득할 방법을 알지 못했기 때문이다. 가능하면 빠른 시간에 사진을 다시 뽑기로 했다.

또 하나는 이날 일을 성공적으로 보기로 한 것이다. 두 번째로 어려운 결정에 직면했지만 잘된 것이라고 자위했다. 올바른 방향으로 한 걸음 내디딘 것이다.

"잘된 거야." 그는 긴 복도를 걸어가며 큰 소리로 중얼거렸다. 뭔가 스스로를 납득시키기 위한 소리로 들렸다. 그래서 그는 헛기침을 한 다음 다시 말했다. 더 큰 소리로. 단호하게.

"정말 잘된 거야!"

에드바르트 힌데도 자신의 방 침대에 누워 제니의 사진을 들여다보며 똑같은 생각을 하고 있었다.

반야는 너무 빠른 속도로 차를 몰았다. 언제나 그랬다. 몸속이 에너지로 가득 찬 느낌이었다. 집에 가면 한 바퀴 조깅을 할 생각이었다. 해가 지려면 아직 몇 시간 남았는데도 벌써 공기가 서늘해지고 있었다. 처음에는 조깅을 할 생각이 없었다. 계속 일에 매달리고 싶었다.

계속 파고들어 뭔가 달성하고 싶었다. 첫 번째 살인이 발생한 지 한 달이 지났지만 수사팀은 여전히 미궁을 헤매고 있었다. 힌데가 개입했다. 그러나 어떤 식으로 개입했는지는 모른다. 희생자들은 세바스찬과 연관이 있다. 이유는 모른다. 물론 보복일 것이다. 그렇다면 세바스찬이 수사팀에 가세하지 않았다면 어떻게 되었을까? 세바스찬이 다시 수사진의 일원으로 활동한다는 생각은 이제 도저히 할 수 없다. 그러면 아마 희생자들 간의 연관성은 결코 밝혀지지 않을지도 모른다. 그리고 무슨 보복이 보복을 당하는 사람조차 눈치채지 못하는 가운데 이루어진단 말인가? 혹시 힌데는 세바스찬이 수사에 합류한다는 사실을 염두에 두었을까? 이런 의미에서 이번 사건이 과거에 그가 사용한 수법의 복사판이라는 점을 그토록 중요하게 보는 것일까? 그래서 계속 힌데만 바라보고 있는 것인가? 그렇다면 이 연관성의 열쇠를 쥐고 있는 세바스찬에게 도움을 청할 수밖에 없는 것일까?

하지만 세바스찬이 수사팀에 적극적으로 합류해 이 사건이 자신과 개인적으로 연결되었다는 사실을 알아냈다고 해서 뭐가 달라졌는가? 살인이 그쳤는가?

끝없는 의문이 일었다. 그럼에도 밝혀진 것은 하나도 없었다.

이번 연쇄살인으로 호재를 만난 언론에서는 '사상 최악의 사건'이라는 제목을 뽑아내고 있었다. 언제나 그랬다. 반야는 가속페달을 더욱 힘껏 밟았다. 속도계의 바늘이 시속 140킬로미터를 가리키고 있었다. 반야는 시간만 낭비한 쇠데르텔리에에서 가능하면 빨리 벗어나고 싶었다. 처음부터 시간 낭비를 할 수밖에 없었던 것일까, 아니면 반야 자신이 시간을 낭비한 것일까? 반야는 실망감이 들고 초조한 나머지 오늘 나머지 일과를 제대로 수행할 수 없을 거라는 느낌이 계속 들었다.

반야는 핸즈프리를 켜고 번호를 눌렀다.

빌리가 막 주방에서 브로콜리와 파프리카, 양파를 썰고 있는데 휴대전화가 울렸다. 옆에서는 뮈가 프라이팬에 닭가슴살을 튀기면서 다른 프라이팬에는 약한 불로 캐슈너트를 볶고 있었다. 원래 닭고기는 솥에 넣고 삶아야 하지만 빌리는 솥이 없었다. 커다란 프라이팬도 여러 해 전에 빌리가 크리스마스에 부모에게 받은 것이었다. 한여름에 들어선 이후 빌리는 이 프라이팬을 지난 몇 년 동안 쓴 것보다 더 자주 이용하고 있었다. 뮈가 함께 요리하는 것을 좋아했기 때문이다.

"네, 여보세요." 그는 계속 채소를 썰면서 전화기를 귀와 어깨 사이에 끼우고 받았다.

"여보세요, 지금 어디에요?" 반야는 운전하며 통화를 하고 있었다.

도로의 소음 때문에 반야의 말이 잘 들리지 않았다. 한쪽에서는 핸즈프리를 사용하고 한쪽에서는 어깨에 전화기를 끼고 하자니 제대로 통화가 될 리 없었다.

"집이에요"

"쇠데르텔리에에 다녀오는 길이에요. 로드리게스는 얼마 전에 자동차 사고로 휠체어를 타고 있더라고요. 그러니 혐의가 없어요."

"아, 잠깐! 잘 안 들려서……." 그는 손으로 전화기를 가리고 뮈를 향해 "반야."라고 일러주고는 휴대전화를 조리대에 내려놓았다. 뮈는 즉시 무슨 말인지 알아듣고 고개를 끄덕였다.

"오케이, 이제 잘 들려요."

"거기 뭐가 칙칙 거리지요?"

"프라이팬에서 나는 소리에요."

"뭐 하고 있었는데요?"

"요리."

"뭐? 정말?"

"그래요."

갑자기 전화 상대편이 조용해졌다. 빌리는 반야가 어리둥절할 것이라고 생각했다. 보통 그는 가공식품이나 패스트푸드를 즐겨 이용했기 때문이다. 세븐일레븐 편의점이나 매점, 슈퍼마켓의 냉장고에 든 식품으로 끼니를 때웠다. 요리를 할 줄 몰라서가 아니라 단지 요리에 관심이 없고 요리에 소비하는 시간을 좀 더 유용하게 활용하고 싶었기 때문이다. 어쨌든 뮈가 옆에서 듣고 있는데 이런 이야기를 길게 하고 싶지는 않았다. 그는 여름 파티가 끝난 다음 날 요리가 취미라고 말했던 씁쓸한 기억이 있었다.

"전화한 특별한 용건이라도 있는 거예요?" 칼과 채소를 옆으로 치우면서 빌리가 물었다. 그는 빨간 칠리소스를 곱게 다지기 전에 옆에서 관심을 갖고 엿듣는 뮈를 흘겨보았다.

"그 사고가 정확하게 언제 일어난 건지 당신이 좀 알아봤으면 해서요."

"그 사람도 그걸 모른단 말이에요?"

"그는 얼마 전에 차에 치었다는 말만 했어요. 현지 경찰이 그런 사실을 말해주지 않다니 말이나 돼요? 너무 열 받아서 그냥 와버렸어요. 그런데 그자가 포드 도난 사건과 관계가 있을지도 모른다는 생각이 든 거예요. 아무튼 도난 지점 부근에 사니까요."

빌리는 동작을 멈췄다. 그러니까 반야는 간단한 조사를 부탁하려고 전화를 한 것이다. 어느 누구라도 간단히 알아낼 수 있는 일을 시키려고. 곁눈으로 보니 뮈가 고개를 흔들고 있었다. 빌리는 칼을 옆으로 치우고 전화기를 귀에 바싹 댔다.

"잠깐, 지금 내가 잘못 들었나요? 그러니까 그 사람에게 사고 시점을 묻는 것을 잊어버리고 와서 지금 그걸 나에게 알아내라는 거예요?"

"그래요, 바로 그거예요."

"나는 이미 집에 들어왔다니까요."

"내 말은 지금 조사하라는 게 아니에요. 내일 알아볼 수도 있잖아요."

"그럼 당신은 왜 내일 직접 알아보지 못하는데요?"

저쪽이 다시 조용해졌다. 빌리는 그 이유를 알았다. 반야는 누가 반박하거나 반문하는 데 익숙해 있지 않았다. 어쨌든 빌리가 이런 반응을 보이는 데는 익숙하지 않았다. 상관없다, 언제든 처음은 있게 마련이니까. 저도 곧 익숙해지겠지.

"그런 일은 당신이 전문이잖아요. 당신이 하면 훨씬 빠르니까 그러지요." 반야가 입을 열었다.

빌리는 목소리로 보아 반야가 당황하고 있다고 생각했다. 말이야 맞지만 그렇다고 노골적으로 이렇게 요구할 수는 없는 일이다. 그는 너무도 오랫동안 팀 내의 자질구레한 일을 도맡아 했다. 이제는 끝내야 한다.

"어떻게 하는지 알려 줄게요."

"그건 나도 알아요."

"그럼 직접 해요."

반야는 다시 입을 다물었다. 빌리가 뮈를 힐끔 쳐다보자 뮈는 진정시키듯 미소를 보냈다.

"……알았어요." 반야가 마지못해 대답했다. 그러고는 다시 조용해졌다. 몇 초 지나자 자동차 소음도 사라졌다. 반야가 전화를 끊은 것이다.

빌리는 휴대전화를 주머니에 집어넣었다. 뮈가 다가와 그의 팔을 잡았다. "기분이 언짢아?"

"괜찮아." 빌리는 잠시 뜸을 들였다가 사실대로 털어놓았다. "별일 아니야. 나라면 당장 알아냈을 것을."

"하지만 그 여자도 방법을 알잖아."

"그래. 근데 그 하찮은 일까지 나에게 떠넘기니까 그러지."

뮈는 더 가까이 다가와 빌리의 목에 팔을 감고는 그의 눈을 자세히 들여다보았다.

"다음에 그 여자가 또 뭔가 부탁하면 좋게 말해. 문제는 서로 돕지 않겠다는 게 아니라 당연한 듯이 부탁하는 거라고."

뮈는 빌리의 뺨에 입을 맞추고 손가락으로 쓰다듬더니 다시 조리대로 갔다.

우르줄라는 책상에 앉아 있었다. 일을 하고 싶었지만 정신 집중이 안 되었다. 생각은 자꾸만 과거로 향하고 있었다. 휴게실에서 나눈 대화가 아니라 훨씬 먼 과거로.

그 옛날.

그들의 관계로.

두 사람은 1992년 초가을에 처음 만났다. 세바스찬 베르크만. 그가 미국에서 교육을 받고 돌아온 프로파일러로서 예테보리 대학에서 강연을 했다. 주제는 연쇄살인범의 행동 특성과 범인이 현장에 남겨놓은 자세한 흔적에 관한 것이었다. 우르줄라는 당시 린셰핑에 있는 국립 과학 수사 연구소에서 근무하고 있었는데 전문적인 연수를 받고 싶어 참석 신청을 했다.

그 강연은 많은 사람의 흥미를 끌었고 실제로 큰 도움이 되었다. 그리고 세바스찬이라는 사람은 여러 가지로 매력이 있었다. 전문 지식도 풍부했고 활달한 성격이었다. 청중은 귀를 기울이며 강연 내용에 빨려

들어갔다. 우르줄라는 맨 앞자리에 앉아서 많은 질문을 했다. 강연이 끝난 뒤 두 사람은 세바스찬의 호텔 방으로 가서 섹스를 했다.

처음에 우르줄라는 이번 한 번뿐이라고 생각했다. 우르줄라가 일하는 분야에서는 정보가 빨랐고 이미 세바스찬에 대한 소문도 들었다. 이런 연유로 만남이 끝난 뒤 우르줄라는 다시 린셰핑으로 돌아갔다. 미카엘과 그때 막 학교에 들어간 벨라가 있는 집으로. 미카엘은 벨라를 학교에 데려다 주었고 이후로는 딸이 탁아소에서 오래 기다리지 않도록 오후에 일찍 퇴근했다. 우르줄라는 직장에 매여 있었기 때문이다. 언제나 그랬다. 너무나 바쁜 직업이었다.

미카엘은 당시 술을 끊은 지가 1년도 넘었다. 그리고 자신이 경영하는 회사에서 스스로 근무시간을 정해 놓았다. 이들이 사는 집은 환경이 쾌적했고 재정 문제도 걱정이 없었다. 두 사람은 각자 직업에 충실했고 벨라도 학교에서 적응을 잘했다. 도시 교외에 사는 전형적인 중산층의 생활이었다. 나무랄 데 없는 삶. 우르줄라는 이 정도면 만족스러운 인생이라고 생각했다.

그러던 어느 날 우르줄라가 국립 과학 수사 연구소에서 일을 마치고 귀가하려고 주차장으로 들어갔을 때 누군가 뒤에서 불렀다. 세바스찬 베르크만이었다. 우르줄라는 그를 보고 어리둥절했다.

그녀를 보려고 온 것이었다. 그녀를 원한 것이다.

우르줄라는 그를 보자 반가웠다. 자신을 찾아온 것이 기뻤다. 생각 이상으로 기분이 좋았다. 그래서 미카엘에게 전화를 해 야근을 해야겠다고 말했다. 이어 두 사람은 모텔로 갔다. 불륜을 저지른다는 생각에 마음이 조마조마했다. 그곳은 린셰핑이어서 누군가의 눈에 띌 수도 있었기 때문이다. 우르줄라는 그래도 상관없다는 생각이 들었다.

세바스찬은 그때 강연 일정이 끝났을 때였다. 이제 그는 휴가였다. 그래서 우르줄라만 원한다면 린셰핑에서 마음껏 휴가를 보낼 수 있었다.

이후 두 달 동안 두 사람은 시간 날 때마다 만났다. 점심시간 중에 만날 때도 많았고 어느 때는 우르줄라의 일과가 시작되기도 전에 만났다. 저녁 시간과 밤을 같이 보내는 일이 흔했다. 그는 언제나 시간 여유 가 있었다. 늘 만나고 싶어 했다. 우르줄라는 얼마나 자주 만날 것인지 또 얼마 동안이나 사귈 것인지 결심을 굳혔다. 아주 그럴듯한 구실이 생겼다.

12월에 우르줄라는 미카엘에게 스톡홀름으로 이사를 가자고 제안했다. 스톡홀름에 있는 강력사건 본부에 들어갈 계획이라는 말도 했다. 그렇잖아도 우르줄라는 국립 과학 수사 연구소의 일이 너무 힘들어 직장을 옮길 궁리를 하고 있을 때였다. 일이 힘들다고 생각하는 마당에 적극적인 의욕이 생길 리가 없었다. 우르줄라는 아드레날린이 필요했다. 수사하고 체포하는 활동적인 생활이 그리웠다. 그때 특별살인사건전담반의 신임 반장을 맡은 토르켈 회글룬트는 아주 평이 좋은 사람이었다. 뭔가 과감하게 새로운 출발, 새로운 시작을 할 때였다.

꼭 세바스찬 때문만은 아니었다. 우르줄라가 그 자리를 얻을 때 두 사람이 함께 특별살인사건전담반에서 근무할 수 있고 같은 도시에 살 수 있다는 것은 일종의 보너스였다. 마음에 쏙 드는 조건이었지만 이것이 이사를 하는 주된 이유는 아니었다. 아무튼 우르줄라는 사랑에 빠져 감정이 흔들리는 10대 소녀는 아니었다.

우르줄라는 결코 그런 사람이 아니었다.

두 사람의 관계가 언제든 끝날 수 있다는 것을 너무도 잘 알았다. 하지만 세바스찬과 더 가까운 곳에 살고 더 자주 만나는 것도 어찌 보면 관계가 깊어진 데 따른 결과일 수도 있었다. 우르줄라는 이때 처음으로 세바스찬과의 관계가 끝나면 뭔가 다른 대상으로 관심이 옮겨 갈 수도 있다는 사실을 깨달았다. 마음이 편한 관계로, 지금처럼 늘 똑같은 거리를 유지할 필요가 없는 관계로.

미카엘에게로.

벨라에게로.

다른 모든 사람에게로.

게다가 우르줄라의 언니는 퓔라르회이덴에 살고 친정 부모는 노르텔례에 살고 있었다. 주말에 벨라를 봐줄 누군가가 필요할 때 완벽한 조건이었다. 모든 조건이 이사 가는 것에 맞았고 반대로 린셰핑에 남을 이유는 없었다.

하지만 미카엘은 생각이 달랐다. 그의 회사는 린셰핑에 있었고 이미 탄탄하게 기반을 잡았으며 고객층도 서부 스웨덴에 몰려 있었다. 그가 왜 스톡홀름으로 가겠는가? 처음부터 다시 시작하란 말인가? 또 벨라는 어떻게 하라고? 이것이 그의 주장이었다.

벨라는 이미 학교에 들어간 지 6개월이 지난 데다 오래 사귄 친구들이 있고 새로 사귄 남자 친구들도 있었다. 그리고 선생님을 아주 좋아했다. 아무 탈 없이 잘 지내는 아이를 정든 환경에서 갑자기 떼어놓으라는 것이냐는 말도 나왔다.

우르줄라는 이런 생각에 반대했다. 아이들은 어디를 가나 친구를 빨리 사귀게 마련이고 미카엘도 스톡홀름에서 얼마든지 출퇴근할 수 있다는 말이었다. 이 기회에 좀 더 출장을 자주 다니면서 사업 반경을 늘려야 한다는 이유도 댔다. 반야는 이때 온 가족이 이사를 가야 한다고 설득하는 중에도 마음속으로는 남편과 딸이 함께 이사를 하지 않아도 나쁠 것은 없다는 생각이 들었다. 그러면서 어쩌면 오히려 그 편이 자신에게는 더 나을 것이라는 판단이 들기도 했다. 문제는 지속적인 변화를 줄 때인가 아닌가, 였다.

우르줄라는 운이 좋았다. 미카엘이 먼저 우르줄라 혼자 이사하는 게 좋겠다며 둘이 당분간 떨어져 살 수도 있다고 제안했기 때문이다. 그는 우르줄라의 직업 생활에 방해가 되는 것을 원치 않았으며 다른 사람들도 주말부부 생활을 하는데 한 번 해볼 수도 있는 것 아니냐는 의견이었다.

우르줄라는 겉으로는 이 말에 반발했지만 길게 반대하지는 않았다. 그리고 벨라와 이야기를 나누며 가능하면 자주 오겠다고 약속했다. 물론 딸은 엄마와 헤어지는 것을 슬퍼했다. 그것은 거의 이혼에 맞먹는 대대적인 생활 변화였다. 그래도 우르줄라는 아빠가 집을 나가면 딸이 분명히 더 크게 반발하리라는 것을 알았다. 어쨌든 벨라로서는 부모 한쪽은 남아 있는 셈이었다.

우르줄라는 특별살인사건전담반에 자리를 얻고 이사를 했다. 그리고 쇠데르텔리에에 방 두 개짜리 셋집을 얻었지만 세바스찬과 함께 지낼 시간이 없을 때만 이용했다. 특별살인사건전담반에서 두 사람은 직무적인 테두리를 절대 벗어나지 않았기 때문에 동료 사이를 넘어 사적인 관계를 맺고 있다는 것을 눈치채는 사람은 아무도 없었다. 직장 밖에서는 두 사람의 관계가 갈수록 깊어졌다. 또 직장 동료로서 즐길 수 있는 일도 많았다. 연극이나 영화를 보러 가기도 했고 레스토랑을 자주 찾았으며 우르줄라의 언니 부부와 함께 만나 저녁 시간을 보내기도 했다. 우르줄라는 주말이면 거의 빠짐없이 린셰핑으로 갔지만 집으로 돌아간다기보다 점점 집과 멀어진다는 느낌을 받았다. 그것은 '집에 간다'는 느낌이 아니었다. 남편보다는 세바스찬과의 관계가 자신에게는 훨씬 더 의미가 있다는 확신이 들었다. 그 차이가 너무 크게 느껴져서 깜짝 놀랄 때도 많았다. 봄이 되자 우르줄라는 마침내 스스로 그런 사실을 인정했다.

누군가를 사랑한다.

난생처음으로.

우르줄라는 자리에서 일어났다. 어차피 그 자리에 앉아 20년 전의 과거를 놓고 궁리를 해보았자 될 일은 아무것도 없었다. 그만 가보자는 생각이 들었다. 집으로 가는 거다. 어쨌든 여기서는 빠져나가자. 롤란드 요한손과 호세 로드리게스는 이제 용의자로 볼 수 없다. 현장에서 채취한 지문과 정자도 다른 사람의 것으로 밝혀졌다. 물론 그렇다고 그들 두 사람이 어떤 형태로든 사건에 연루되지 않았다고 단정할 수 있는 것은 아니다. 예를 들어 세바스찬을 미행한 자동차만 봐도 로드리게스가 사는 곳에서 불과 100미터밖에 떨어지지 않은 곳에서 도난당하지 않았던가. 어쨌든 이 일을 계속 추적할 것인가, 만일 한다면 어떻게 할 것인가 하는 문제는 내일로 미룰 수밖에 없는 노릇이다. 우르줄라가 엘리베이터 쪽으로 가다가 토르켈의 방을 지나며 들여다보니 비어 있었다. 무척 실망스러웠다. 그와 함께 저녁 식사를 하러 가면 한결 기분이 풀릴 텐데. 늦은 점심을 먹다가 중단해서 배가 고팠다. 배고픈 데 책임이 있는 그가 복도 끝에 서 있다. 보아 하니 우르줄라를 기다리는 것 같았다. 우르줄라는 쳐다보지도 않고 지나갔다.

"차 있는 데까지 같이 가줄게요." 세바스찬이 말하며 따라왔다.

"정말 웃기네. 필요 없어요."

"바래다주고 싶어. 진심이에요."

우르줄라는 한숨을 쉬고는 엘리베이터로 가서 단추를 누르고 기다렸다. 세바스찬은 말없이 옆에 서 있었다. 30초쯤 지나 엘리베이터 문이 열리고 우르줄라가 들어가자 세바스찬도 따라 들어갔다. 우르줄라는 G층을 누르고 문만 보고 있었다.

"바르브로 생각이 났어요." 세바스찬이 침묵을 깨고 입을 열었다. "그 사람에게도 말해주어야 하는데……."

우르줄라는 대답하지 않았다. 그저 아무 말도 못들은 척 했다.

"지금 어디 사는지 전혀 모르겠어요." 세바스찬이 말을 계속하자 우르줄라는 약간 미안해하는 말투로 들렸다. "혹시 재혼해서 이름을 바꾼 건 아닐까요?"

"나도 몰라요." 우르줄라는 톡 쏘는 소리로 그의 말을 막았다.

"내 생각엔 당신들이 다시……."

"아니." 우르줄라는 다시 그의 말을 가로 막았다. "그런 거 없어요."

세바스찬은 입을 다물었다. 엘리베이터가 멈추면서 문이 열렸다. 우르줄라는 내려서 지하 주차장으로 갔다. 세바스찬은 따라갔다. 우르줄라가 차 있는 곳으로 걸음을 재촉하자 똑똑 거리는 발걸음 소리가 콘크리트 바닥에 유난히 크게 울렸다. 세바스찬은 몇 발짝 뒤쳐져 따라가면서 경계하는 눈빛으로 무슨 변화나 움직임이 없는지 주위를 자세히 살폈다. 주차장은 비어 있었다. 우르줄라는 멀리서 리모컨 열쇠로 차 문을 연 다음 다가가서 뒷문을 열고는 가방을 집어던졌다. 이어 운전석 문을 열었다. 그 사이에 세바스찬이 보닛 쪽으로 다가왔다.

"자, 그럼 좋은 밤 보내고 조심해요!" 세바스찬은 돌아서서 다시 엘리베이터 쪽으로 걸어갔다. 우르줄라는 순간 생각해보았다. 어쩌면 불필요할지도 모르지만 만약을 생각해서…….

"세바스찬!"

세바스찬이 걸음으로 멈추고 돌아섰다. 우르줄라는 문을 열고 나가서 그에게 다가갔다. 그는 무슨 일이냐는 듯 의아한 얼굴로 바라보았다.

"당신 말이야, 어떤 일이 있어도 우리 얘기는 하면 안 돼!" 우르줄라는 작은 소리로 말하려고 했지만 생각 이상으로 벽에 부딪쳐 울리면서 크게 들렸다. "아무에게도 하지 마!"

세바스찬은 어깨를 으쓱했다.

"알았어요." 그는 지난 17년 동안 누구에게도 이 말을 한 적이 없었다. 그래서 지금도 태연하게 대답할 수가 있었다. 우르줄라는 어깨를 으쓱하며 짧게 대답하는 것을 무관심의 표시로 이해한 것이 분명했다.

"난 지금 심각하게 말하는 거예요. 만약 알려지면 절대 용서 안 할 거야!"

세바스찬이 우르줄라를 쳐다보았다.

"언제는 당신이 나를 용서한 적이나 있나?"

우르줄라는 그의 눈을 들여다보았다. 그 눈 속에 어떤 바람이 있는 걸까? 은밀한 기대 같은 것이?

"잘 가요. 그럼 내일 보자고요."

우르줄라는 돌아서서 차로 돌아갔다. 세바스찬은 우르줄라의 차가 사라질 때까지지 그 자리에 서 있다가 엘리베이터로 돌아갔다.

긴 저녁이 될 것 같았다.

스토르셰르스가탄 12번지. 오래도록 세바스찬의 마음속에 깊이 각인된 곳이다. 처음에 그의 발길을 이쪽으로 이끈 것은 양친의 집에서 찾아낸 편지였다. 그는 이곳에서 딸을 얻었다. 두 번째로 얻은 딸이었다. 그는 건물 정문을 열고 들어가 어두컴컴한 계단 쪽으로 발을 옮겼다. 이 건물에 발을 들여놓는 것은 두 번째였다. 처음에는 조마조마한 마음으로 기대감을 안고 계단을 올랐었다. 동시에 실망할지도 모른다는 의구심도 있었다. 이번에는 여러 가지 면에서 훨씬 발걸음이 무거웠다. 그는 4층에 이르렀다. '에릭손 리트너'라는 이름이 문패에 쓰여 있었다. 그는 숨을 깊이 들이마셨다가 다시 긴 한숨과 함께 숨을 토해냈다. 그리고 벨을 눌렀다.

"여긴 웬일이에요?" 문을 열고 그를 발견하자 여자가 내뱉은 첫 마디였다.

안나 에릭손.

마지막으로 보았을 때보다 머리가 짧아졌다. 일종의 단발머리 같았다. 변함없이 파란 눈, 변함없이 튀어나온 광대뼈와 얇은 입술. 안나는 해진 청바지에 헐렁한 체크무늬 면 셔츠 차림이었다. 너무 큰 것으로 보아 발데마르의 옷을 입은 것 같았다.

"당신 혼자 있어요?" 세바스찬은 흔해빠진 인사 같은 것은 생략하자고 생각하면서 물었다. 단지 친구나 누가 집 안에 같이 있는지 물어보기 위해서였다. 발데마르는 5분 전쯤 집을 나서는 것을 보았기 때문이다.

"다시 보지 않기로 했잖아요."

"알고 있어요. 혼자에요?"

안나는 그의 의도가 뭔지 알아차리는 눈치였다. 한 걸음 앞으로 나서면서 문을 막고 섰다. 이어 세바스찬의 등 뒤를 힐끔 살피고는 같이 온 사람이 없는지 확인한 다음 한결 작은 목소리로 말했다. "여기 오면 안 돼요! 안 보기로 약속했잖아요."

세바스찬이 기억하는 한 그런 약속은 한 적이 없었다. 그는 그저 반야와 발데마르를 만나거나 안나 자신을 찾지 말라는 말을 묵묵히 듣고 갔을 뿐, 약속을 하지는 않았다. 게다가 지금은 상황이 바뀌었다.

"당신과 급하게 의논할 일이 있어요."

"안 돼요!" 안나는 이렇게 말하면서 자신의 말을 강조하듯이 머리를 세차게 흔들었다. "당신이 반야와 함께 일했던 것만 해도 기가 막힌데. 우리는 더 이상 할 얘기가 없어요."

세바스찬은 안나가 사용한 시제가 이상했다. '일했던 것'이라니? 보아 하니 반야는 세바스찬이 다시 수사팀에서 같이 근무하게 되었다는 말은 하지 않은 것 같았다. 어쨌든 엄마에게는 하지 않았다.

"반야 때문에 온 게 아니에요." 세바스찬은 거의 애원조로 설명했다. "당신에 관한 문제라고요."

그는 앞에 선 여자가 깜짝 놀라는 모습을 보았다. 그는 짧은 순간 이들이 지난 수개월 간 어떤 처지에 놓였을지 짐작이 되었다. 지난 30년 동안 안나는 거짓말을 하며 살았을 것이다. 거짓말을 달고 살았을 뿐 아니라 이제는 거짓말이 인생의 탄탄한 바탕이 되었을 것이다. 그 정도 세월이라면 본인 스스로도 사실로 믿을 만큼 긴 시간이었다. 그럼에도 결국 그가 찾아오지 않았는가. 그의 존재는 외부의 침입자 같은 것으로서 모든 것을 일순간에 날려버릴 위력이 있었다. 안나가 그동안 쌓아올린 모든 것을 날려버릴 만큼 무서운 위협이었다. 안나가 소유한 모든 것이 날아갈 것이다. 그런데 와서는 안 되는 그가 이렇게 찾아온 것이다. 좋을 것은 하나도 없었다.

"뭐요? 나 때문에요?" 이렇게 묻는 안나의 목소리는 이제 수세로 몰린 것 같았다.

세바스찬은 전혀 둘러말할 필요가 없다고 생각했다.

"당신이 위험해질 수 있어요."

"그게 무슨 소리에요? 뭣 때문에요?" 안나는 화를 낸다기보다 당황하는 얼굴이었다. 문제는 그가 말한 진정한 의미를 깨달았느냐 하는 것이었다.

"좀 들어가도 돼요?" 세바스찬은 될 수 있는 대로 부드럽게 말했다. "내가 당신을 찾아온 이유만 말하고 금방 갈 거예요. 약속할게요."

안나는 이 말이 거짓인지 아닌지 따져보듯이 그를 살펴보았다. 혹시 뭔가 다른 숨겨진 의도가 있는 것은 아닌지 의심하는 눈치였다. 또 뭔가 기분 나쁜 일을 터트리는 것이나 아닌지 염려하는 것 같았다.

세바스찬은 진심에서 우러나는 눈길로 마주 바라보았다. 안나는 그대로 쫓아낼지 망설이는 것으로 보였다.

"제발……." 세바스찬은 애원했다. "중요한 일이 아니면 내가 오지도 않았어요."

안나는 한숨을 내쉬고는 눈을 내리깔고 옆으로 비켜서면서 문을 좀 더 넓게 열었다. 세바스찬은 안나를 살짝 밀치고 먼저 거실로 들어갔다. 안나는 마지막으로 계단 쪽을 한 번 더 살펴보고는 뒤따라 들어왔다.

스토르스케르스가탄 12번지 건물로부터 30미터쯤 떨어진 곳에서 키 큰 남자는 차 안에 앉아 있었다. 새로 생긴 차였다. 세바스찬 베르크만이 경찰청 앞에서 그에게 달려든 일이 있은 뒤로 포드는 누군가 대신 처분해주었다. 이제 그는 은색 도요타 아우리스를 몰고 다녔다. 그는 먼저 타던 차가 어떻게 되었는지 또 새 차가 어디서 난 것인지는 몰랐다. 아마 이 차도 훔쳤을 것이다. 그는 fyghor.se를 통해 언제 어디서 차를 가져갈 것인지 연락을 받았다. 차는 정확한 시간에 그리고 실제로 약속된 장소에 있었다. 열쇠는 시동 스위치에 꽂혀 있었다. 이제 그는 다시 세바스찬을 미행할 수 있었다. 하지만 이번에는 거리를 더 두었고 운전대에서도 잘 보이지 않게 앉아 있었다. 전보다 더 몸을 깊이 숙일 때가 많았다. 하지만 세바스찬은 미행을 신경 쓰는 것 같지는 않았다. 그는 단 한 번도 경계심을 품고 주변을 둘러보지도 않았고 미행을 따돌리려고 멀리 우회한 적이 없었다. 키 큰 남자는 한동안 함정을 파놓고 기다리는 것은 아닌지 의심하기도 했다. 그 심리학자가 주변 동정에 무관심하고 태연하게 갈 길을 가는 것은 뒤에서 경찰이 미행자를 잡기 위해 경계를 서기 때문이 아닌가 생각한 것이다. 하지만 그런 것 같지는 않았다. 그랬다면 키 큰 남자가 경찰을 진작 발견했을 것이다.

그 사이에 그들이 네 번째 여자를 발견했다. 여자의 집에서. 언론은 이 사건을 대서특필했고 키 큰 남자는 그날로 모든 신문을 사들였다. 신문은 운전석 옆자리에 쌓아두었다. 그는 신문을 보기 위해 집에 가고 싶은 생각이 간절했다. 제대로 대비를 하기 위해서. 그가 문서로 저장한 의식을 확대하고 다듬을 필요가 있었다. 이것은 그가 인터넷에서 신속한 실행 방법을 보고 깨달은 것이었다.

네 번째 여자는 쉽지 않았다. 그가 아는 한 세바스찬이 새로 사귄 여자였다. 특별살인사건전담반에서 근무하는 반야 리트너의 집 앞 바위에 있던 세바스찬을 그의 심리학 친구가 데려갔다. 세바스찬은 이 심리학자와 함께 모임이 열리는 곳으로 갔다가 두 시간이 지나자 네 번째 제물이 될 이 여자와 같이 나와 택시를 탔다. 두 사람은 여자의 집으로 갔다.

키 큰 남자는 여자가 정문의 비밀번호를 누르는 것을 훔쳐본 다음 세바스찬과 여자가 눈치채지 못하게 건물 안으로 따라 들어갔다. 안으로 들어간 그는 운 좋게도 그들이 몇 층으로 올라가는지 엿들을 수 있었지만 정확하게 어느 집으로 들어가는지는 알 수 없었다. 세바스찬이 여자의 집에 있는 동안 그는 다시 차로 가서 조사를 시작했다. 그는 4층에서 우편함에 적힌 모든 이름을 적어 왔고 4층에서 혼자 사는 여자가 아네테 빌렌 한 사람뿐이라는 것을 알아내는 데는 별로 시간이 걸리지 않았다. 물론 약간의 위험성은 있었다. 세바스찬이 따라 간 여자가 멀리 떠난 남편을 기다리는 처지일 수도 있었기 때문이다. 또 세바스찬이 방금 섹스를 나눈 상대가 기혼자가 아니더라도 동거하는 파트너가 있을 가능성도 있었다. 그래도 아네테 빌렌은 성공 가능성이 높은 상대였다. 그는 이 여자를 제물로 삼을 수 있다고 판단했다.

새벽 5시 무렵에 세바스찬은 이 집에서 나왔다. 키 큰 남자는 그가 피곤하고 기진맥진해 보인다고 생각하면서 시야에서 사라질 때까지 지켜보았다. 이제 조사한 내용이 맞는지 확인할 차례였다. 실수는 절대 용납되지 않는다. 키 큰 남자는 차에서 나와 정문의 비밀번호를 누르고 건물 안으로 들어간 다음 4층으로 올라갔다. 이제부터가 복잡했다. 이 시간에 벨을 누른다면 불필요한 이목을 끌 수 있다. 그러면 이웃집에서 깨어나 문에 달린 구멍으로 내다볼지도 모른다. 그리고 지금 서 있는 집이 분명히 맞는지도 확인해야 한다. 그는 조심스럽게 문을 두드렸다. 아무런 반응이 없었다. 이번에는 다시 좀 더 세게 계속 두드렸다. 안에서 기척이 났다. 발자국 소리가 들렸다.

"누구세요?" 문 안 쪽에서 잠에 취한 목소리가 들렸다.

"잠을 깨워 죄송합니다만 세바스찬을 찾으러 왔는데요." 그는 될 수 있는 대로 작은 소리로 말하면서 얼굴을 문구멍에서 잘 보이지 않게 돌렸다. 가능한 한 수상쩍게 보이지 않도록 애를 썼다.

“누구요……?” 안의 여자는 분명히 잠에서 덜 깬 것 같았다.

“세바스찬 베르크만요. 여기 있는 것으로 알고 왔는데…….”

“잠시만요…….”

안쪽에서는 잠잠해졌다. 몇 초나 지났을까. 아네테 빌렌은 혼자 있다는 사실을 안 것 같았다. 키 큰 남자는 이것으로 충분했다. 여자는 세바스찬을 찾았다. 여기 있는 것으로 알았다는 말이다. 이제 그는 더 이상 확인할 것이 없었다. 다시 여자의 목소리가 들렸을 때 그는 이미 문에서 한 걸음 떨어져 있었다.

“여기 없어요. 그 사람 갔어요…….”

두툼한 문이 가로막고 있었지만 그는 분명히 여자의 목소리에서 놀란 기색을 확인했다. 곧 울음을 터트리기라도 할 것 같은 목소리였다.

“아, 그래요? 방해해서 죄송합니다.”

남자는 아네테가 자신과 얘기를 할 생각으로 문을 열기 전에 부리나케 계단을 내려갔다. 그가 누구인지, 세바스찬에게 무슨 볼일이 있는지 물어볼 수도 있었기 때문이다. 그리고 세바스찬이 여기 있는지 어떻게 알았냐고 물어볼지도 모르는 일이었다.

게다가 키 큰 남자가 이 집에서 더 알아낼 것은 없었다. 우선 보고를 한 다음에 명령을 기다려야 했다. 그런 다음 다시 오면 된다.

이윽고 지시가 떨어졌다. 그 여자를 네 번째 목표로 삼으라는 것이었다.

키 큰 남자는 다시 그 건물 부근으로 가서 멀찌감치 주차를 한 다음 까만 스포츠 백을 둘러메고 건물을 향해 걸어갔다. 이어 4층으로 올라가서 다시 문을 두드렸다. 아네테는 집에 있었지만 문을 열려고 하지 않았다. 누구냐는 목소리가 들렸다.

"저예요. 새벽에 와서 세바스찬 베르크만을 찾던 사람……."

키 큰 남자는 여자가 문을 열게끔 작전을 짜왔다. 늘 하던 방식이었다. 대상이 정해질 때마다 방법은 달랐다. 새벽에 그냥 가버린 것이 석연치 않은 구석이 있다는 것은 분명했다. 세바스찬은 여자가 자고 있을 때 빠져나갔다. 여자를 혼자 남겨두고 가버린 것이다. 키 큰 남자는 이 상황을 이용하기로 했다.

"세바스찬과 같이 근무하는 사람인데요." 그는 문에 입을 바싹 대고 작은 목소리로 말했다. "그는 지금 두 사람의 소중한 만남을 이렇게 끝낸 것에 대해 마음 아파하고 있어요."

안쪽에서는 아무 반응이 없었다. 잠잠했다. 마침내 그만 꺼지라는 말이 여자의 입에서 나왔다. 어쨌든 반응을 보인 것이다.

"그는 아침부터…… 몸이 별로 안 좋아요. 문을 열어주시면 설명을 해드릴게요."

"그 사람이 당신을 보냈나요?" 마지못해하는 불쾌한 목소리였다. 키 큰 남자는 재미있으면서도 상상할 수 없는 발상이라는 듯이 웃었다.

"아니 아니요, 내가 여기 온 걸 알면 놀라 자빠질 겁니다."

그는 여자와 자신이 같은 처지에 있는 것 같은 인상을 주려고 했다. 여자의 신뢰를 얻으려고 했다. 두 사람이 공동으로 세바스찬 베르크만을 상대하는 것처럼. 이것이 키 큰 남자가 결심한 작전이었다.

"그 사람 바보처럼 행동할 때가 많죠." 그가 문틈으로 말했다.

대답이 없었다. 너무 멀리 나갔나? 하지만 안전 고리를 푸는 소리가 들리며 문이 열렸다.

키 큰 남자는 집 안으로 들어갔다.

이제 그는 스토르스케르스가탄에서 기다렸다. 다시 왔다. 세바스찬은 벌써 여러 차례 이곳을 다녀갔다. 집 안으로는 들어가지 않고 밖에서 머무르다 갔다. 대개는 반야 리트너가 이곳에 오는 목요일이었다. 반야의 부모가 사는 집으로 보였다. 안나 에릭손과 발데마르 리트너. 그런데 오늘은 집 안으로 들어갔다.

발데마르 리트너는 집에서 나갔다. 세바스찬은 그가 나올 때까지 기다렸다가 그 직후 집 안으로 들어갔다. 반야의 어머니와 연애를 하는 것일까? 그럴 수도 있다. 무엇이든 가능성이 있었다. 세바스찬과 이 집 안의 연관성에 대해서는 완전히 알 수 없었다. 그가 반야와 성적 관계를 맺지 않았다는 것은 키 큰 남자도 확실히 알고 있었다. 그래서 세바스찬이 반야의 집 앞에서 시간을 보내는 것에 대해서는 보고를 하지 않았다.

키 큰 남자는 몸을 앞으로 내밀고 12번지 건물을 건너다보았다. 그는 세바스찬이 빨리 나오기를 바랐다. 한여름이라고 해도 곧 어두워질 것이다. 알전구가 꺼져 있을 때의 지하실처럼.

안나 에릭손의 생각은 꼬리를 물고 이어졌다. 이런 경우를 책에서 더러 읽은 적은 있었지만 사람의 깊은 속내를 알 수 없다는 말을 이렇게 눈앞의 현실로 경험할 줄이야 상상도 하지 못했다. 안나는 무슨 말인지 알아들었다.

누군가 세바스찬의 옛날 애인을 죽였다. 안나 자신도 뉴스에서 들어 알고 있는 살인 사건이었다. 그런데 자신도 그 대상의 하나라는 말이었다. 자신도 죽을 수 있다는 말이다.

물론 그 옛날 두 사람이 연애를 한 것을 아는 사람은 아무도 없었다. 하지만 세바스찬은 누군가 자신을 미행한다고 말했다.

4월에 세바스찬이 모습을 드러낸 것으로는 시련이 부족하다는 것인가? 혹시 누군가 그 비밀을 아는 것일까? 또 반야에 대해서도?

자신이 목숨을 잃을 수도 있단다. 모두가 미치지 않고서야 어떻게 그런 일이 있을 수 있다는 말인가?

세바스찬은 지금 옆 소파에 앉아 있다. 안나는 그에게 아무것도 대접하지 않았다. 여기 있으면 안 되는 존재니까. 그런데도 여기 와 앉아 있다. 안나의 소파에. 안나의 집에. 안나의 인생 한가운데로 들어온 것이다.

안나의 인생은 세바스찬이 찾아옴으로써 어떻게 망가질지 알 수 없는 노릇이다. 안나는 그저 말없이 앉아서 앞만 바라보고 있었다. 초점 없는 시선으로.

세바스찬이 안나 쪽으로 좀 더 가까이 다가앉았다.

"내가 방금 한 말 이해하겠어요?"

안나는 천천히 고개를 끄덕이면서 마치 자신의 대답에 무게를 주려는 듯이 고개를 들고 그를 바라보았다.

"그래요, 하지만 이건 말도 안 돼요. 아무도 모르는데요."

"다른 사람들에 대해서도 누군가 안다고 생각하지는 않았어요. 하지만 그 사람들을 찾아냈다면 이놈은 당신도 찾아낼 수 있을 거라고요."

안나는 다시 고개를 끄덕였다. 이미 피살된 여자 두 명과 세바스찬이 관계를 맺은 것은 20년도 넘는 일이었다. 희생자는 모두 스톡홀름 출신이었다. 가족과 친구들이 주변에 널린 곳이다. 그런데도 그들은 피살되었다. 공포가 현실로 다가왔다. 불안감 때문에 위가 뒤집히고 오그라드는 기분이었다. 이상하게도 안나는 자신의 목숨이 경각에 달렸다는 것보다 누군가 어디서 반야에 대한 비밀을 알아내지 않을까 하는 불안이 더 크다는 것을 느꼈다.

"그럼 누군가 반야에 대해서도 알아낼 가능성이 있다는 말인가요?" 안나가 나지막이 물었다.

"그럴 리는 없지요. 그럴 가능성은 조금도 없어요."

세바스찬은 입을 다물었다. 그는 손을 뻗어 안나의 손을 잡으려고 했다. "한동안 어딘가에 숨어 있어요."

안나는 그의 손을 뿌리치며 일어섰다. 세바스찬의 위로를 받다니 당치도 않았다. 안나의 몸에 손을 대어서도 안 되고 안부를 걱정해서도 안 된다. 모든 책임은 그에게 있었다. 설사 누군가에게 도움을 요청한다고 해도 세바스찬 베르크만은 절대 아니다.

"그게 그렇게 간단한 문제가 아니에요." 안나는 실내를 서성거리면서 손으로 전혀 대책이 없다는 제스처를 썼다. "나는 일도 해야 하고 가족도 있다고요. 내 인생은 어떻게 하란 말이에요?"

"바로 당신의 그 인생 때문에 숨어 있으란 거예요."

안나는 거실 한가운데 멈춰 섰다. 유감스럽게도 세바스찬의 말이 맞았다.

"잠시 가 있을 데는 없어요?" 세바스찬이 소파에 앉은 채로 물었다.

"있기야 하지요. 그렇다고 도망치듯 사라지란 거예요? 뭐라고 핑계를 대고요? 발데마르에게는 뭐라고 말하고요? 반야한테는요? 반야에겐 무슨 말을 하죠?"

"아무 말도 하지 마요. 왜 집을 나가는지에 대해서는 반야에게 말할 필요가 없어요. 반야도 이해할 테니까요."

안나는 고개를 끄덕였다. 정신을 집중해 생각했다. 세바스찬이 일어나 안나에게 다가갔다.

"아무 집이나 가 있으라고요. 부모님이 아직 생존해 계신가요?"

"어머니가 계시지요."

"그럼 어머니 집으로 가요."

"모르겠어요……." 안나는 말을 끊고는 생각에 잠겼다. 겉모습과는 달리 머릿속에서는 갖가지 생각이 수없이 오갔다. 불과 몇 분 전까지 머릿속에서 희미하게 맴돌던 생각이 이제 분명한 형태를 띠고 떠올랐다. 이제 안나는 무슨 일을 포기하고 무슨 일을 계속할 것인지 알 것 같았다.

"어머니 집에 한 일주일가량 가 있으면 이상해 보일까요?" 세바스찬은 이 집에서 나가기 전에 분명한 결정을 들어야겠다는 생각을 하며 물었다.

"느닷없이 가는데 이상하지 않을 수가 있어요? 그동안 어머니와 가깝게 지내지도 않았는데요."

말은 이렇게 했어도 안나는 이미 가능한 시나리오를 속으로 그리고 있었다. 머릿속에 떠오른 생각을 신속하게 실천에 옮기자는 계획이었다. 발데마르가 밖에 나가 있는 동안에 어머니가 대신 전화를 할 수도 있을 것이다. 당장 오늘 저녁이라도. 어머니 쪽에서 안나를 와달라고 한 것이라고 말하면 된다. 어머니가 몸이 불편하거나 아니면 집 안에 정리할 일이 있어 불렀다는 핑계를 대도 될 것이다. 어쨌든 어머니가 도와줄 사람이 필요해서 불렀다고 하면 된다. 발데마르는 그 말을 믿을 것이다. 그러면 집에서 나갈 수 있다. 어머니께는 뭔가 다른 핑계거리를 대면 될 것이다. 일이 많다거나 거의 탈진할 정도여서 집에서 나올 수밖에 없었다고 말하면 될 것이다. 발데마르가 전화를 하면 어머니 곁에서 어머니를 도와줄 일이 있다고 하면 된다. 안나는 발데마르를 불안하게 하고 싶지 않았다. 더구나 그는 암 치료를 받은 지 얼마 되지 않았다. 어머니는 분명히 호응해줄 것이다. 딸 때문에 거짓말을 해줄 것이다. 안나가 당분간 어머니 집에 있어야 한다고. 그리고 살인범이 잡히면 다시 집으로 돌아가는 것이다. 어머니께는 몸이 한결 좋아졌다고 말하면 된다. 그리고 언젠가 이 일을 놓고 가족 파티 같은 자리에서 웃으면서 그때는 어머니가 오해하신 것이라고 말할 날이 올 것이다. 더 이상 자세하게 캐묻는 사람은 없을 것이다. 그러면 아무 일 없겠지. 반드시 아무 일도 없어야 한다.

"하여간 이 집에는 있으면 안 돼요!" 세바스찬이 경고하듯이 말했다. "당신에게 무슨 일이 생기면…… 누군가 당신을 찾아낼 테고 그러면 반야도 모든 것을 알게 될 거란 말이에요. 그건 최악의 시나리오라고요."

"알아요. 그래도 오늘 저녁에는 떠날 수가 없어요."

"왜 못 떠나는데요?"

그것은 안나의 계획에 맞지 않았기 때문이다. 너무 갑작스럽게 떠나는 인상을 주면 안 된다. 또 너무 늑장을 부리면 발데마르가 같이 가자고 할 것이다. 동행하고 싶어 할 것이다. 어쨌든 내일까지는 기다려야 한다. 내일도 얼마 남지 않았지만 그래도 내일이면 가능할 것이다.

"도저히 안 돼요." 안나는 그에게 간단히 대답했다. 세바스찬에게 계획을 설명할 마음도 없었고 용기도 나지 않았다. "그래도 상관없어요. 발데마르가 곧 들어올 거예요."

"그럼 나가서 발데마르가 올 때까지 계단에서 지키고 있을게요."

"안 돼요! 당신은 가야 해요. 지금 당장!"

안나는 처음 충격에서 어느 정도 벗어난 느낌이 들었다. 이번의 시련도 견뎌 낼 것이다. 그 숱한 역경을 오랜 세월 이겨온 것처럼. 어쨌든 세바스찬은 가야 한다. 안나는 그를 붙잡고 소파에서 끌어내다시피 했다. 이제 다시 에너지가 넘치는 기분이었다. 할 일이 많았다. 당황하면 안 된다. 가장 중요한 것은 무사히 이 고비를 넘기는 것이다. 모두를 위해 중요한 일이었다.

세바스찬은 자신이 할 수 있는 일이 더 이상 없다는 것을 알았다. 그는 고개를 끄덕이며 현관으로 나갔다.

"발데마르 외에는 누구에게도 문을 열어 주면 안 돼요."

"그 사람은 열쇠가 있어요."

세바스찬이 나가기 전에 다시 한 번 돌아보니 안나는 거실 한가운데서 깊은 생각에 잠겨 멍한 표정으로 서 있었다. 그는 안나가 무슨 생각을 하는 건지 알 수 있었다. 남편이 완치되었다는 말을 들은 지가 몇 달 되지 않았기 때문이다. 인생의 동반자가 암으로 죽을지도 모른다는 불안감에 얼마나 오랫동안 시달렸을까? 몇 달이 아니라 몇 년 동안 고통을 받았을지도 모른다. 그런 마당에 지금 자신이 새로운 걱정거리를 가지고 찾아온 것이다. 이 단란한 가정에 다시 죽음의 어두운 그림자를 안겨준 것이다.

"미안해요."

세바스찬으로서는 잘 쓰지 않는 표현이었지만 이번에는 진심에서 우러난 말이었다. 세바스찬은 허리를 굽히고 신발을 신었다. 안나는 정말 그가 가는 건지 확인하는 표정으로 문간으로 따라 나왔다. 세바스찬은 일어나서 문고리를 잡고 잠시 멈췄다. 그는 자신의 행동이 어느 때보다 더 밉살맞게 보이고 어울리지 않는 행동이었다는 사실을 진지하게 확인했다. 이제 그에 대한 비난을 깨끗하게 받아들이고 싶었다.

"그 사람이 물어보지 않았어요?"

"누구요?" 안나는 다른 생각에 빠져 있었다.

"발데마르 말이에요. 아이 아빠가 누군지?"

안나의 표정은 이 화제를 입에 올리고 싶지 않은 것 같았다. 세바스찬은 물론이고 누구와도 이 말을 입에 담고 싶지 않은 것 같았다.

"한 번." 안나는 간단히 대답했다. "하지만 대답하지 않았어요."

"그러니까 더 이상 안 물어봐요?"

안나는 어깨를 으쓱했다. "좋은 사람이니까요."

"무슨 말인지 알 만해요."

두 사람은 입을 다물었다. 특별히 할 말이 뭐가 있겠는가? 세바스찬은 문을 열었다. 안나는 세바스찬이 문고리를 놓자마자 그것을 잡고 그가 가는 것을 확인했다.

"미안해요." 세바스찬은 어두컴컴한 계단으로 내려가면서 같은 말을 반복했다.

"그래, 그 말은 벌써 했잖아요……."

안나는 세바스찬 뒤에서 문을 닫았다. 순간 세바스찬은 발을 멈추고 정말 지쳤다는 느낌을 받았다. 몸과 마음이 모두 지쳤다. 이날은 그의 평생에서 가장 긴 하루 같았다. 그래도 오늘이 끝나려면 아직 시간이 남았다. 몇 차례 더 거칠 단계가 남았다. 그는 무거운 발걸음으로 계단을 내려갔다.

키 큰 남자는 세바스찬이 휴대전화를 귀에 대고 건물에서 나오는 것을 보고 거의 포기하려고 했다. 그는 운전대 뒤로 더 깊이 몸을 숙였지만 자신이 미행하는 남자의 상체는 볼 수 있었다. 그는 상대를 정면으로 바라보아도 거리가 떨어진 데다가 날도 어둑어둑해졌기 때문에 얼비치는 유리로 세바스찬이 자신을 보지는 못할 것으로 확신했다. 그래도 그는 그렇게 하지 못했다. 세바스찬은 휴대전화를 집어넣고 맞은편 방향으로 걸어갔다. 키 큰 남자는 계속 꼼짝 않고 앉아서 눈으로 그의 뒤를 쫓았다. 세바스찬은 뭔가를 기다리는 것처럼 교차로에서 발을 멈췄다.

5분 뒤에 택시가 한 대 왔다. 세바스찬이 올라타자 택시는 출발했다. 키 큰 남자는 시동을 걸고 택시를 쫓아갔다. 일정 구간만 미행하는 것이었다. 약 30분가량 임무가 주어지기 전에 하는 습관이었다. 그는 이 일을 즐겼다. 미행 자체보다 거기서 주어지는 목표가 좋았다.

다섯 번째 목표.

어쩌면 여섯 번째도 주어질지 모른다.

처음 세 여자에 대해서는 이름만 받았다. 웹사이트로 이름과 주소만 받았다. 그는 이 여자들에 대해 조사했고 그들의 삶에 관해 알 필요가 있는 것들을 꽤나 많이 알아냈다. 그리고 적당한 시점은 스스로 선택했다.

네 번째 여자는 달랐다. 그 여자는 갑자기 튀어나와 행동하기 직전에 세바스찬과 잠을 잤기 때문이다. 분명한 본보기가 된 것이다. 문제는 없었다. 특별살인사건전담반에서 연관성을 파악했다는 것을 그는 알았다. 그들은 공통분모가 무엇인지 파악했다. 세바스찬이 수사진에 합류한 것이 그 증거였다. 선생님의 말씀에 따르면 이 사실을 알았기 때문에 세바스찬은 기억을 더듬어 옛날 파트너 중 몇 명을 만나 조심하라고 경고할 것이라고 했다. 물론 과거의 파트너 모두를 찾는 것은 불가능할 것이다. 비교적 최근에 관계를 가졌거나 주변 가까이 사는 사람들만 접촉해서 경고를 보낼 것이다. 반야 리트너의 어머니도 그들 중 한 사람일까? 이런 이유로 오늘 저녁에 그 집을 찾은 것일까? 가능성이 있어 보인다. 어쨌든 이 일은 보고할 가치가 있다.

택시는 계속 발할라베겐 길을 따라갔다. 그 길은 세바스찬의 집으로 가는 방향이 아니었다. 혹시 경고를 보낼 여자들이 더 있는 것인가? 키 큰 남자는 웃음을 참을 수 없었다. 어쩌면 이번에는 그가 스스로 결정해도 될는지 모른다. 생살여탈권을 쥐는 것이다. 다른 누구도 아닌 그가. 막강한 권력을 틀어쥐는 것이다. 이런 특혜를 준 것에 대해 그는 끝없이 고마운 생각이 들었다. 이런 권력을 좀 더 일찍 누리지 못한 것이 안타까울 뿐이다.

결혼식이 끝나고 시내의 큼직한 낡은 저택으로 이사를 간 뒤, 레나르트는 자주 찾아오는 손님이었다. 부인과 동행할 때도 많았지만 대개는 혼자서 왔다. 소피아와 그의 아버지가 밖에 볼 일이 있을 때면, 이런 일이 자주 있었는데, 레나르트가 아이와 놀아주는 일을 맡았다.

그는 그의 '할아버지'를 따랐다. 할아버지와 함께 숙제를 하거나 카드놀이를 하기도 했고 이 노인에게 닌텐도 게임을 가르쳐주기도 했다. 전학을 해서 친구는 없었지만 레나르트는 주말이면 그를 데리고 야외로 놀러 나갔다. 스칸센 놀이공원이나 카크네스 전망대 탑도 가보았고 유르고르덴과 성을 견학하기도 했다. 같은 또래의 아이들은 이미 가본 곳이었고 적어도 누구나 한 번쯤은 들어본 곳이지만 그는 난생처음 들어본 곳이었다. 레나르트는 여러 놀이기구를 타보라고 하면서 마음에

드는 것을 고르라고 했다. 낚시를 하기도 했고 스케이트를 타거나 열매 따기, 볼링을 했고 물놀이 공원에도 가보았다. 모든 것을 시험해봐야 했다. 그러다가 마음에 드는 것이 있으면 다시 해보았고 싫은 것은 다시 하지 않았다. 할아버지와 놀러 가는 것은 그의 마음에 쏙 들었다.

아버지와 소피아는 같이 오려고 하지 않았다. 두 사람은 그가 몇 시간 동안 밖에 나가 있는 것을 좋아하는 눈치였다. 물론 그런 말을 입 밖에 내지는 않았지만 그는 엄마와 함께 사는 세월을 겪으면서 어른들의 눈빛과 몸동작만 보고도 기분을 알아내는 특별한 재주가 생겼다. 이런 자질은 문제를 해결하는 능력으로 자연스럽게 발전했다. 엄마에게 완전히 적응하거나 엄마의 의지에 종속되는 습관에서 비롯된 재주였다.

어느 날 레나르트가 평소처럼 그를 데리러 왔다. 그는 기대에 부풀었다. 다시 야외로 놀러 가고 싶었다.

"어디로 갈 건데요?" 그가 물었다.

"가보면 알게 돼."라는 대답이 나왔다.

두 사람은 말없이 계속 갔다. 할아버지는 평소보다 긴장한 얼굴이었다. 말도 없고 무뚝뚝했다. 그는 분위기에 적응하려고 노인의 태도가 무슨 뜻인지 알아내려고 했지만 표정만 보아서는 알 수 없었다. 레나르트는 과묵하다는 새로운 인상을 주었는데 그는 할아버지의 이런 모습은 처음이었다. 그래서 그도 입을 다물었다. 그래도 될 것 같았다.

시내를 빠져나왔다. 좁은 길이 나왔다. 꾸불꾸불한 길이 계속 반복되었다. 방금 지나친 길로 다시 들어가는 것 같은 생각이 들기도 했지만 그는 묻지 않았다. 마침내 레나르트가 좁은 숲길로 들어섰을 때는 어디인지 전혀 알 수가 없었다. 길은 숲 속 빈터에 있는 작은 갈색의 통나무집 앞에서 끝났다. 녹색의 양철 지붕에 녹색의 지붕널과 덧창문이 달린 집이었다.

레나르트는 시동을 껐다. 두 사람은 차 안에 앉아서 그 오두막을 바라보았다.

"무슨 집이에요?" 그가 물었다.

"주말 별장이란다." 레나르트가 대답했다.

"할아버지 집인가요?"

"아니."

"그럼 누구 집인데요?"

"그건 중요하지 않아."

"여기서 뭐 하려고요?"

"곧 알게 될 게다."

두 사람은 차에서 내려 통나무집을 향해 걸어갔다. 여름이었다. 사방에서는 바람이 멎은 숲에서 나는 냄새가 났다. 전나무 사이에서는 바람이 불었지만 그들이 도착한 곳은 나무가 너무 빽빽해서 무더웠다. 벌레 우는 소리가 들렸다. 나무 사이로 호수의 수면이 보이는 것 같았다. 수영을 하러 온 걸까?

돌계단을 몇 개 올라가니 나무로 만든 녹색 문이 나왔다. 레나르트가 문을 열었다. 두 사람은 작은 문간으로 들어섰다. 벽에는 무늬목이 붙어 있었다. 벽에는 옷걸이가 바닥에는 신발장이 달려 있었다. 옷이나 신발은 보이지 않았지만 그는 집 안에 그들 두 사람만 있는 것이 아니라는 느낌이 들었다. 누군가를 보거나 무슨 소리를 들은 것은 아니었다. 단지 느낌일 뿐이었다. 오른쪽에는 꽤 큰 방이 있는 듯 했고 왼쪽에는 작은 주방이 있었다. 레나르트는 입구 바로 뒤에 딸린 문을 열고는 그곳의 계단을 가리켰다. 지하실로 내려가는 계단이었다.

"이 아래는 뭐가 있어요?" 그가 궁금해서 물었다.

"그냥 내려가!" 레나르트가 대답했다.

그는 양쪽 벽에 무늬목이 붙은 좁은 계단을 내려갔다. 계단 끝에 붙은 알전구가 계단뿐 아니라 그 아래 놓인 공간을 비춰주고 있었다. 지하실 바닥의 넓이는 집 전체의 약 절반가량 되는 것 같았다. 천정에는 나무 대들보가 보였고 벽은 돌로 되어 있었다. 창문은 없었고 습기 차고 서늘했다. 곰팡내 외에 뭔지 알 수 없는 금속 냄새 같은 것이 살짝 풍겼다. 바닥에는 카펫이 깔려 있었고 그 밖에는 비어 있었다. 앉을 만한 것은 아무것도 없었다. 또 가지고 놀 만한 것도 없었다. 그가 여기서 뭐 할 거냐고 물어보려는 순간 뒤에서 무슨 소리가 들렸다. 한 사람 이상이 내는 발자국 소리 같았다. 두 명도 넘는 것 같았다. 급히 움직이는 소리가 들렸다. 서둘러 들어오는 소리였다. 레나르트를 향해 뒤를 돌아보았을 때 그는 겁이 나기보다 어리둥절한 기분이었다. 레나르트는 계단 끝에 서서 벽에 있는 구식 회전 스위치에 손을 얹은 모습이었다. 그는 말없이 스위치를 내렸다. 딸깍하는 소리와 동시에 전구가 꺼지면서 실내는 어둠으로 가득 찼다.

너무 어두워서 그는 눈을 뜬 것인지 감은 것인지 분간이 되지 않았다. 짧은 순간 그는 한 줄기 빛이 계단 위에 비쳤다가 다시 어둠이 빛을 삼킨 것 같은 생각이 들었다. 분명치는 않았다. 반짝이던 전구 불빛이 일그러진 형태로 망막 속에 계속 남아 있었다. 전구 불빛이 몇 차례 깜빡이는 것 같았다. 이제 어둠뿐이 없었다. 하지만 계단 쪽에서는 분명히 발자국 소리가 들린 것 같았다. 발자국 소리와 함께 뭔가 기대에 찬 묵직한 숨소리도 들리는 듯 했다.

"할아버지!" 그가 소리쳤다.

하지만 아무런 대답도 들리지 않았다.

집으로 돌아갈 때 레나르트는 평소와 다름없었다. 놀라게 해서 미안하다는 말만 했다. 단지 장난 좀 한 거라고 했다. 이제 너도 다 컸으니 그런 장난쯤은 이겨낼 수 있어야 한다고 했다. 그러면서 별일 없었냐고 묻는 것이었다.

그는 별일 없었다고 고개를 흔들었다. 하지만 무서웠다. 소리가 무서웠다. 어두운 것도, 그 밖에 다른 것도 겁이 났다. 그는 레나르트가 다시 불을 켜고 그곳이 텅 비어 있다는 것을 알 때까지는 얼마나 어둠 속에서 서 있어야 하는지 몰랐기 때문이다. 다른 사람의 흔적은 보이지 않았다.

처음에는 그런 장난이 싫다고 말하려고 했다. 조금도 재미가 없다고. 하지만 입을 다물었다. 실제로 별일 없었기 때문이다. 그리고 밖으로 나와 차에 탔을 때는 실제로 그곳에 다른 사람이 왔다간 건지 확실히 알 수 없었다. 어쩌면 그가 단순히 겁이나 그런 생각을 한 건지도 몰랐다. 겁이 나서 누가 왔다고 상상한 건지도 모른다. 그는 할아버지에게 물어볼 용기가 나지 않았다.

두 사람은 맥도날드에 들러 아이스크림을 먹었다. 이어 새로 나온 비디오게임을 샀다. 집으로 돌아갔을 때는 모든 것이 평소와 다름없었다. 그는 무서웠지만 이날의 기억은 차츰 희미해졌다. 그 일은 계속 전에 한 번 꾼 악몽처럼 사라져갔다. 그러면서 현실에서는 결코 일어나지 않은 일처럼 느껴졌다. 엄마와 살 때 그는 새로운 상황에 빨리 적응하는 데 익숙해졌다. 새로운 분위기에 맞추었다. 약속은 깨지는 법이고 조건은 변하기 마련이라는 생각에 익숙해졌다. 그는 과거를 잊어버리고 머릿속에서 몰아내는 데 대가가 되었다. 바로 이런 능력을 그는 지금도 발휘할 수 있었다.

레나르트와 그는 계속 나들이를 갔다. 처음에는 망설였다. 같이 나가고 싶지 않았지만 곧 모든 것이 전과 같이 되었다. 두 사람은 즐겁게 놀았다. 마음에 드는 놀이를 했다. 무서웠던 기억은 점점 희미해졌다. 그러다가 언제쯤인가부터는 더 이상 기억이 나지 않았다.

어느 날 다시 여름 별장에 갈 때까지는.

몇 달이 지났을 때였다. 마지못해 그는 레나르트와 함께 숲 속 빈터에 있는 갈색의 통나무집으로 다시 갔다. 레나르트의 손을 잡고 갔다. 조금은 끌려갔다고 할 수도 있었다. 발길이 떨어지지 않았고 숨도 가빴다. 다시 문간으로 들어갔다. 여러 사람이 소리를 내지 않으려고 숨죽이고 있는 것 같은 특별한 적막 속으로 들어갔다. 그는 그들이 보이지는 않아도 집 안에 숨어 있다는 느낌을 받았다. 기다리고 있는 것 같았다. 이어 계단을 내려갔다. 알전구가 보였다. 레나르트는 다시 스위치에 손을 얹었다. 다시 어둠이 찾아왔다. 위에서 작은 소리로 분주하게 움직이는 소리가 들렸다. 이번에는 전구가 꺼지기 전에 쳐다보지 않았기 때문에 지하실 문이 살짝 열릴 때 스며든 흐린 빛으로 전보다 더 잘 볼 수 있었다. 그것은 사람들의 윤곽이었다. 벌거벗은 몸에 짐승 가면을 썼다. 여우와 호랑이의 가면이 뚜렷이 보였다. 정말 본 것일까? 그는 확실치 않았다. 너무 빨리 지나간 데다 불안 속에서 본 것이기 때문이다. 또 문이 열린 시간도 1~2초밖에 되지 않았고 다시 어두워졌기 때문이다.

스치고 지나가는 소리.

숨소리.

"그 사람들 누구예요?" 그는 집으로 돌아가는 길에 작은 소리로 물었다.

"누구를 말하는 거니?" 레나르트가 반문했다.

"가면 쓴 사람들이요."

"무슨 말인지 모르겠다."

이 일을 두 번 겪고 난 뒤에 그는 레나르트와 놀러 가고 싶지 않았다. 다시는 가고 싶지 않았다. 그는 아버지에게 이 말을 했다. 이유는 대지 않았다. 그냥 집에 있으면 안 되냐고 했다. 아빠는 그의 말을 들으려고 하지 않았다. 새로운 가족을 잘 이해하는 것이 중요하다는 말만 했다. 그 외에는 레나르트에게 손자가 없다는 말도 했다. 당연히 할아버지와 잘 지내야 한다는 말이었다. 그렇게 잘 놀아주는 할아버지가 생긴 것을 고맙게 생각해야 한다고도 했다. 그래도 그는 같이 나가고 싶지 않다는 말을 하려고 했지만 그런 것은 중요하지 않다는 말만 들었다. 더 이상 말이 통하지 않았다. 이상할 것도 없었고 슬플 것도 없었다. 알아들어야 했다. 엄마와 지낼 때와 똑같았다. 그의 감정은 중요하지 않았다. 언제나 중요한 것은 다른 사람의 생각이었다.

그래서 야외 나들이는 계속되었다. 대부분 전과 같았다. 보통 사람들과 보통의 놀이를 했다. 하지만 일정한 간격을 두고 그 별장에 다시 갔다. 그리고 이 간격은 점점 줄어들었다.

그는 그 집에 갈 때면 달리 방법이 없는지 궁리해보았다. 거기 가는 것이 자신과 무슨 관계가 있는 것일까? 자신의 태도 때문에 그러는 것일까? 혹시 자신에게 뭔가 잘못한 죄가 있는 것일까? 그는 이때부터 행동을 조심하기 시작했다. 할아버지가 그를 데리러 온다는 것을 알고 차 안에 들어가 앉을 때까지 유난히 행동에 신경을 썼다. 그러다가 야외 나들이가 즐겁고 재미있게 끝나면 그 다음에도 똑같이 이런 태도를 반복했다. 혹시 여름 별장에 갔을 때 그가 무슨 잘못을 했을 수도 있었다. 모든 일에 조심했다. 침대를 정리하는 일에서부터 옷을 똑바로 개는 일까지 모든 일이 중요했다. 뭐든지 소홀히 할 수 없었다. 음식을 흘리지 않으려고 애를 썼고 이도 꼼꼼하게 닦았다. 조그만 잘못을 저질러도, 사소한 것 하나를 놓쳐도 다시 어두운 지하실로 갈 수밖에 없다고 생각했기 때문이다. 아침 식사를 하러 갈 때 방에서 주방으로 가는 발걸음 하나하나도 조심스러웠다. 운동 가방을 챙길 때도 내용물을 정확한 순서에 따라 넣었다. 그의 삶은 갈수록 의식儀式에 지배되었다. 어느 날인가 그는 소피아가 아빠와 나누는 얘기를 엿들었다. 그가 잔다고 생각한 두 사람은 '강박관념'이라는 말을 했다. 그 말은 불안하게 들렸다. 아빠는 그와 얘기를 해보겠다고 약속했다.

아빠는 며칠 뒤에 그 말을 꺼냈다. 자신의 아들이 도대체 뭐에 쫓기는 거냐고 물었다. 그래서 그는 설명했다. 통나무 별장에 대해서, 짐승 가면을 쓴 사람들에 대해서 설명했다. 처음에는 단지 어둠 속에서 뭔가 지나가는 것만 같아 무서웠다고 했다. 그런데 지금은 다른 것이 어른거린다고 했다. 주변에 가득 찼다고 했다. 머리 위에도 마음속에도.

아빠는 그의 말을 믿지 않았다. 동물처럼 생긴 사람들이라니? 그는 가면을 쓴 사람들이라고 말하려고 했지만 말머리가 생각나지 않았다. 그래서 어물어물하면서 더듬거렸다. 부끄러웠다. 그 집이 어디에 있었지? 정확하게 생각나지 않았다. 갈 때마다 다른 길이 있었던 것 같았다. 그 집으로 통하는 길이 생각나자마자 다시 곧 희미해졌다. 모든 것이 눈앞에서 어른거리기 시작했다. 그 집은 숲 속에 있었다. 숲 속 빈 터였다. 아빠는 그를 꽉 움켜잡고 심각한 얼굴을 했다. 그러면서 다시는 그런 쓸데없는 말을 하지 말라고 했다. 똑바로 알아들었니? 다시는 꺼내지 마! 왜 그런 잡념을 떨쳐버리지 못해? 지금 모든 것이 평온한데 왜 이런 생활을 망치려고 들어? 이것이 아빠가 한 말이었다. 그렇게 이상한 행동을 하면 소피아가 힘들 것이라고 했다. 그러다가 언젠가 소피아가 아빠와 그를 싫어하면 어떻게 되겠느냐는 말도 했다. 그러면 우리는 어떻게 되겠느냐는 것이었다.

"모르겠어요." 그가 대답했다.

"나는 알아." 아빠는 이렇게 말하며 엄마가 어떻게 되었는지 생각해보라고 했다. 엄마는 바로 그처럼 헛것을 보는 병을 앓았고 그래서 현실을 분간 못하는 문제가 생겼던 거라고 했다. 혹시 유전인지도 모르겠다는 말도 나왔다. 만약 계속 그런 짓을 하면 어느 집에 그를 양자로 줘버리겠다고 했다. 혹시 아빠도 나를 가둬두고 싶은 것이 아닐까?

이후로 그는 별장에서 일어난 일을 아무에게도 절대 말하지 않았다. 누구에게도.

그럼에도 그 일은 다시 일어났다. 반복되었다.

이 일은 그의 16회 생일에서 몇 주가 지났을 때 완전히 끝났다. 레나르트가 죽었기 때문이다. 장례식이 진행되는 내내 그는 좋아서 웃었다. 그리고 그가 레나르트를 죽였다는 상상까지 했다.

택시가 멈추고 세바스찬이 내렸다. 바사스탄이었다. 엘리노르 베릭비스트가 사는 곳. 키 큰 남자는 이미 그 여자를 알고 있었지만 세바스찬이 다시 접촉을 시작했기 때문에 한 번 더 보고를 해야 할 것 같았다. 그는 시계를 보았다. 이제는 설사 세바스찬이 여자를 한두 명 더 찾아간다고 해도 오늘은 여기서 감시를 끝낼 수밖에 없었다. 그는 1단

기어를 넣고 서 있는 택시를 지나갔다. 그는 이번에는 자신이 제물을 고를 수 있기를 바랐다. 그렇게 되면 그는 안나 에릭손을 선택할 생각이었다. 세바스찬이 안나의 딸과 함께 근무한다는 사실은 반가운 보너스일 뿐이었다. 세바스찬은 엘리노르의 집으로 통하는 계단을 걸어서 올라갔다. 벨을 누르기 전에 그는 잠시 망설였다. 엘리노르는 그의 손을 잡고 늘어질 뿐 아니라 아침 식사를 같이 하자고 졸랐고 수호성인의 날에 꽃까지 보낸 여자였다.

엘리노르는 그가 깊은 관계를 지속하고 싶은 여자가 절대 아니었다. 들어가서 필요한 말만 끝내고 그대로 나오면 된다. 짧게 요점만 말하자. 이것이 그의 계획이었다. 자신의 방문을 오해할 여지를 조금도 남기고 싶지 않았다. 여자가 이 기회를 놓치지 않으려고 할 게 분명했기 때문이다. 그는 심호흡을 한 다음 벨을 눌렀다. 그가 문고리를 잡기도 전에 문이 활짝 열렸다. 엘리노르가 잔뜩 미소를 띠며 그를 보고 있었다.

"창문으로 당신이 오는 걸 봤어요." 엘리노르는 이렇게 말하면서 옆으로 한 걸음 비키고 들어오라는 제스처를 썼다. "들어오세요. 얼마나 보고 싶었는데요."

세바스찬은 속으로 한숨을 쉬었다. 그는 다시 돌아서서 나가고 싶은 욕구를 꾹 참았다. 모든 것을 무시하고 그냥 나가고 싶은 기분이었다. 하지만 그래서는 안 된다. 사실을 전달해야 한다. 그 자신을 위해서라도. 들어가서 필요한 말만 끝내고 나오는 것이다. 그는 계획대로 하자고 생각했다.

세바스찬은 집 안으로 들어섰다.

"나는 보고 싶지 않았어요. 그래서 그동안 오지 않은 것이고."

"아무튼 이렇게 왔잖아요." 엘리노르는 그의 옆구리를 툭 치며 곱게 눈을 흘기고는 문을 닫았다.

"웃옷 벗으세요." 엘리노르는 옷걸이대가 있는 쪽을 가리켰다.

"금발 갈 텐데 뭘."

"어쨌든 잠깐이라도 들어오세요."

엘리노르는 꾸밈없이 기대에 부푼 얼굴로 그를 바라보았다. 세바스찬은 잠시 생각해보고 자신의 용무가 문간에 서서 할 일은 아니라는 결론을 내렸다. 하지만 엘리노르 베릭비스트를 마주 보고 얘기를 하고 싶지도 않았다.

그는 웃옷을 벗지 않은 채 거실로 들어섰다. 창턱에는 화분이 가득했다. 작은 의자, 잡지를 넣는 칸이 딸린 소파용 탁자가 있었고 벽에는 책꽂이가 보였지만 책은 몇 권 되지 않았다. 외국 여행에서 가져온 것으로 보이는 도자기 장식과 기념품도 진열되어 있었지만 사진은 보이지 않았다. 문 양옆으로는 두 개의 받침대 위에 녹색 화초가 있었다.

"뭐 좀 마실래요?" 엘리노르가 소파에 앉으면서 물었다.

"아뇨."

"정말이에요? 커피라도 한 잔 안 할래요?"

"안 마셔요."

"지난번에 다녀간 뒤로 좋은 커피에 필터 달린 커피포트도 사 놓았는걸요."

엘리노르는 손으로 커피필터를 밑으로 내리는 시늉을 해보였다.

"고맙지만 괜찮아요. 커피는 됐고 당신과 할 얘기가 있어 온 거예요."

"무슨 얘긴데요?"

목소리에 무슨 기대가 담긴 것처럼 느껴졌다. 얼굴에 피어오른 작은 미소는 어떤 바람의 의미일까? 그는 여자가 듣고 싶은 말이 뭔지는 모르지만 둘러말하는 것은 의미가 없다고 생각했다. 세바스찬은 심호흡을 한 번 한 다음 이미 익숙해진 말을 쏟아냈다.

네 명의 여자가 살해되었다. 엘리노르도 뉴스를 읽어 안다고 했다.

피해자들의 유일한 공통점은 그들 모두가 세바스찬과 섹스를 했다는 것이다. 어떻게 그런 우연이 있냐는 반응이 나왔다.

아마 오랫동안 그를 미행한 것으로 보인다. 그러므로 살인범은 하룻밤 풋사랑을 나눈 여자에 대해서도 알 위험이 있다. 엘리노르는 그게 무슨 말이냐고 물었다.

경우에 따라서는 엘리노르도 위험할 수 있다는 뜻이었다.

엘리노르는 소파 끝으로 미끄러지면서 세바스찬을 심각한 얼굴로 쳐다보았다. "그럼 범인이 여기도 올 수 있다는 말인가요?"

"그럴 가능성이 있어요."

"그럼 나는 어떻게 해요?"

"가장 좋은 방법은 다른 사람 집에 가 있는 거예요. 잠시 숨어 있어요."

엘리노르는 양손을 무릎 위로 깍지 끼고 방금 그가 한 말을 곱씹는 것 같았다. 세바스찬은 기다렸다. 안나 에릭손에게 분명한 결심을 확인했던 것처럼 엘리노르가 상황을 제대로 파악할 때까지 기다린 다음 가려는 생각이었다. 실제로 집을 떠나 있겠다는 계획을 들으려고 했다.

"하지만 누구한테 간단 말이에요?"

이 질문에 세바스찬은 어리둥절했다. 그가 그걸 어찌 알겠는가!

그가 엘리노르에 대해 아는 것이라고는 유시 비외를링 공연이 끝난 뒤에 들은 것밖에는 없었다. 그때 시급히 집을 떠날 일이 생길 때 누구

집으로 갈 것인지 하는 의문에 대한 말은 없었다. 엘리노르도 그가 알리 없다는 것을 알았다. 그런데도 그에게 물어본 것이다. 당연히 이 말은 그를 짜증스럽게 했다.

"나야 모르죠. 아무라도 있을 것 아니에요?"

"모르겠어요……." 엘리노르는 입을 다물었다.

세바스찬은 일어섰다. 그는 할 일을 마쳤다. 더 이상 할 수 있는 것이 없었다. 위험하니 피하라는 경고를 해주었다. 이 정보를 어떻게 처리할 것인가는 그가 담당할 몫이 아니었다. 그럼에도 그는 엘리노르에게 일말의 동정심을 느꼈다. 그렇게 물어본 것을 보면 위급할 때 선선히 받아줄 사람이 아무도 없는 것 같았다. 정말 그렇게 외로운 사람인가? 그로서는 알 수 없었다. 그야 어차피 상관없었다. 하지만 소파 끝에 엉덩이를 걸치고 앉아 손이 마비된 듯한 모습을 보니 가련하기도 했다.

"급할 때는 호텔이라도 가야 해요."

엘리노르는 말없이 고개만 끄덕였다. 세바스찬은 잠시 생각에 잠겼다. 그냥 이대로 나가도 될까? 누군가에게 생명이 위험에 처했다는 말을 전한 뒤 예의상 얼마나 더 있어야 하는지에 대한 행동 규범 같은 것은 없었다. 그런 것이 있다 해도 그는 구애받지 않았을 것이다. 그래도 조금 더 있어야 하는 것 아닐까? 커피라도 한 잔 마시고 갈까? 그러면 여자가 오해할 것이다. 지나친 해석을 할 가능성이 있다. 아무튼 그에 대해 느끼는 감정을 강화시켜 주고 싶지는 않았다. 아마 이 여자를 보는 것은 이번이 마지막일 것이다. 이 관계를 질질 끌 이유가 어디 있는가? 주방에 30분 더 앉아 있는다고 이 여자의 외로움이 줄어들 것도 아니다. 아니다, 커피는 포기하자. 그는 계획대로 하기로 했다.

"그만 가야겠어요."

엘리노르는 고개를 끄덕이며 일어났다.

"문 앞까지만 같이 갈게요."

두 사람은 현관 쪽으로 나갔다. 세바스찬은 문을 열고 잠시 그 자리에 멈췄다. 무슨 말이라도 해줘야 할 것 같았지만 아무 말도 떠오르지 않았다. 다시 한 번 경고를 해준다는 것은 의미가 없었다. 사태의 심각성을 깨달았다는 것은 여자의 표정으로 알 수 있었다. 그가 계단을 내려가자 뒤에서 안전 고리를 거는 소리가 들렸다.

세바스찬이 가고 나자 엘리노르는 문에 기대서서 웃었다. 가슴의 박동이 더 빨라졌다. 두 다리는 가볍게 떨렸다. 그가 돌아왔다. 정말 돌아온 것이다. 엘리노르는 다시 거실로 가서 소파에 앉았다. 방금 전까지 세바스찬이 앉았던 자리였다. 아직도 세바스찬의 포근한 온기가 느껴졌다. 뿐만 아니라 그가 자신을 걱정해준다는 생각을 하니 마음속도 덩달아 따뜻해졌다. 아무도 집 안에 들이지 말라거나 낯선 남자를 조심하라는 그 모든 말은 다른 남자를 만나면 싫다고 말하는 성가신 방식과는 다른 관심의 표현에 지나지 않았다. 엘리노르는 그의 여자라는 고백이나 다름없었다.

엘리노르는 길게 등을 기댔다. 등받이에 그의 향기가 남아 있는 느낌이 들었다. 처음에는 그런 생각이 들지 않았지만 세바스찬은 수줍음을 타는 남자였다. 세련되지 못하고 쌀쌀맞은 겉모습 뒤에 숨겨진 진짜 모습은 수줍음이었다. 엘리노르는 진정 그가 원하는 것을 말할 기회를, 자신을 찾아온 본래의 목적을 털어놓을 기회를 몇 번이나 주었건만 그는 그 말을 못하는 사람이었다. 대신 그는 황당무계한 이야기를 지어냈다. 그 모든 것은 단지 엘리노르 자신과 가까워지고 싶은 욕구에서 나온 것이었을 뿐이다.

여기 있으면 안 된다고 한다. 거처를 옮기는 것이 불가피하다는 것이다.

엘리노르는 진지한 표정으로 듣는 척 하느라 꽤나 힘들었다. 정말 곧이듣는 척 해주었다. 사실 엘리노르는 소파에서 벌떡 일어나 그를 꼭 껴안고 그의 마음을 이해한다고 말하면서 용기를 주고 싶었다. 하지만 그냥 그가 하는 대로 내버려두었다. 엘리노르는 다시 웃음이 나왔다. 엘리노르를 원한다고 솔직하게 말하지 못하는 그 모습은 귀엽기까지 했다. 그래도 엘리노르는 그의 마음을 이해했다. 얼마든지 이해할 수 있었다. 두 사람은 마음이 통하는 것 같았다. 엘리노르는 눈을 감고 그가 앉았던 자리의 온기를 느껴보았다. 그런 자세로 몇 분간 그의 체취를 마음껏 음미했다.

우르줄라는 머리를 욕조 밖으로 내밀고 온몸을 더운물에 담갔다. 긴장을 털어내고 싶었다. 몸과 마음의 피로를 당장 씻어내야 했다. 어떻게 보면 속을 뒤집어 놓은 하루였다. 사건은 누구도 예측할 수 없게 새로운 전기를 맞고 있었다. 팀 내에서 마음이 편한 사람은 아무도 없었지만 우르줄라는 누구보다 자신이 그중에서도 가장 큰 타격을 입었다는 느낌이 들었다.

세바스찬과 연관되었다는 사실 때문에 잊고 있던 옛날의 기억이 끊임없이 살아났다. 어떻게든 마음을 굳게 먹고 그 기억을 떨쳐버려야만 했다. 망각의 세계 속에 가둬놓았던 그 기억이 되살아났다. 원치 않아도 느닷없이 튀어나와 신경을 피곤하게 하고 흥분시켰다.

우르줄라는 몸을 움찔했다. 아래층에서 무슨 소리가 들린 것 아닌가? 우르줄라는 물속에서 꼼짝하지 않고 귀를 기울였지만 집 안은 조용했다.

환청이었다. 망상일 뿐이었다.

미카엘은 집에 없었다. 그는 고객 몇 명과 식사하러 갔다. 늦게 들어올지도 모른다. 아마 늦어질 것이다. 그는 우르줄라에게 같이 가지 않겠냐고 묻지 않았다. 묻는 경우는 드물었다. 거의 없었다. 사업상의 용무로 식사를 할 때 미카엘의 방식은 품위 있는 부인을 동반하는 형태가 아니었다. 다행이었다. 사실 우르줄라는 솔직하게 말해 그의 직업에 별다른 관심이 없었다. 사업은 잘나갔고 미카엘은 자신의 일을 좋아했다. 우르줄라는 그 이상 알고 싶지 않았다.

집에 왔을 때 우르줄라는 배가 고팠다. 그래서 주방으로 들어가 대접에 요구르트 플레이크를 만들어 치즈와 파프리카를 얹은 덴마크식 호밀 빵과 함께 먹었다. 식사를 마친 다음 우르줄라는 냉장고에서 맥주를 꺼내 텔레비전 앞으로 들고 와서 앉았지만 정신을 집중할 수 없었다. 끊임없이 둘이 지내던 과거 생각이 났다. 그래서 텔레비전을 끄고 뜨거운 물에 몸을 담가 스트레스를 풀어야겠다고 마음먹은 것이다.

우르줄라는 모든 문과 창문이 제대로 잠겼는지 확인한 다음 욕실로 들어갔다. 이어 욕조에 향유가 담긴 배스볼을 내려놓고 물을 틀었다. 그리고 욕조에 물이 차는 동안 나가서 옷을 벗고 목욕 가운으로 갈아입었다. 다시 욕실로 들어갈 때는 터무니없는 생각이 나서 잠시 망설이다가 고개를 흔들었다. 하지만 혹시 모른다는 생각에 총을 들고 들어가 변기 뚜껑 위에 올려놓았다. 누군가 잠겨 있는 욕실 문을 부수고 들어오더라도 그 전에 대비할 수 있을 만큼 가까운 거리였다.

우르줄라는 이런 생각을 떨쳐버리려고 애를 썼다. 바보 같은 생각을 하다니. 아무도 들어오지 않을 것이다. 우르줄라는 자신을 위협할 사람이 없다고 확신했다. 이유는 단 하나, 세바스찬과 관계를 가졌다는 사실을 아는 사람이 절대 아무도 없었기 때문이다. 그들은 그 사실을 철저하게 비밀에 붙였다. 우르줄라가 세바스찬과 동료 이상의 관계를 맺었다는 것을 아는 사람은 극소수에 불과했다. 언니인 바르브로와 안데르스 부부만이 우르줄라와 세바스찬이 직무 외적인 이유로 만났다는 사실을 알고 있었다.

어느 여름날 언니와 둘이 베란다에서 식탁을 차리고 있을 때 언니 바르브로가 우르줄라에게 단도직입적으로 물었었다.

"세바스찬과는 어떻게 되는 거니?"

우르줄라는 좀 떨어진 정원의 그릴 앞에서 맥주를 들고 서 있는 안데르스와 세바스찬을 힐끔 쳐다보았다.

"그게 무슨 말이야?"

"세바스찬과 무슨 관계냐고?"

"같이 근무하는 동료야. 우리는 서로 좋아해."

"같이 자는 사이니?"

우르줄라는 대답하지 않았지만 이것으로 충분한 대답이 되었다.

"그러면 미카엘은 어떻게 하려고 그래?" 바르브로는 서랍에서 나이프와 포크 세트를 꺼내면서 마치 날씨 얘기를 하듯이 물었다.

"나도 모르겠어."

"린셰핑에는 언제 다녀왔는데?"

"지지난주 주말에."

그때 여덟 살 난 바르브로의 딸 클라라가 샐러드 통을 들고 밖으로 나왔다. 바르브로는 통을 받아들고 클라라의 머리를 한 번 쓰다듬어

주면서 묘한 시선으로 우르줄라를 바라보았다.

"고맙다, 얘야."

클라라는 고개를 끄덕이고는 다시 집 안으로 들어갔다.

"언니는 나를 몹쓸 엄마로 생각하네."

"내 생각은 단지 한쪽을 정리하고 나서 시작하라는 말이야."

이후로 두 사람은 더 이상 이 얘기를 꺼내지 않았다. 이날 밤은 물론이고 이후로도 절대 하지 않았다. 그때 우르줄라는 이날의 대화에 대해 많은 생각을 해보았다. 왜 미카엘을 버리지 못하는가? 세바스찬과의 관계는 전에는 전혀 맛보지 못한 느낌이었다. 그 느낌은 단순한 섹스 이상의 것이었다. 세바스찬은 영리한 사람이었다. 또 우르줄라가 영리한 것도 그는 좋아했다. 그는 타인과 갈등을 일으키는 것을 두려워하지 않았다. 필요할 때는 거짓말도 했다. 그는 모든 사람과 일정한 거리를 두려고 항상 신경을 썼다. 우르줄라에게도 마찬가지였다. 거리를 두지 않는 대상은 그 자신뿐이 없었다. 이 점에서 우르줄라와 같았다. 도전욕을 자극하는 사람이었다.

우르줄라는 세바스찬을 사랑했다. 하지만 상대도 그런지는 자신이 없었다. 두 사람은 자주 만났지만 항상 그런 것은 아니었다. 세바스찬보다는 우르줄라가 보고 싶어 할 때가 더 많았다. 두 사람은 섹스를 하고 나란히 누워 밤을 보냈지만 같이 사는 얘기를 한 적은 한 번도 없었다. 그래서 미카엘과의 관계를 끝낸다는 생각을 하면 깜짝깜짝 놀라고는 했다. 그렇게 되면 조건의 변화를 의미한다. 우르줄라가 결혼 상태를 유지하고 주말마다 규칙적으로 집에 가는 생활을 하는 한 세바스찬과 관계에서 달라질 것은 아무것도 없었다. 만약 갑자기 자유로운 처지가 되고 앞으로 어떻게 할 거냐고 묻는다면 무슨 일이 벌어질까?

우르줄라는 이 결과를 알고 싶어지다가도 다시 그런 생각을 떨쳐버리고는 했다. 두 사람의 관계는 이대로가 좋다는 생각이 들다가도 동시에 보다 나은 관계를 바라는 마음이 생기기도 했다. 좀 더 상대에게 매인 생활이 그립기도 했다. 혹시 이런 요구를 하면 세바스찬이 떠나지는 않을까? 그럴 위험이 있었다.

가을에 접어들자 우르줄라와 세바스찬이 만나는 횟수가 점점 줄어들었다. 미카엘은 회사일이 바쁜 데다가 혼자서 린셰핑의 집안일을 꾸려가는 것을 힘들어 했다. 더구나 몇 달 동안은 다시 술을 많이 마셨다. 집에서는 우르줄라가 필요했다. 우르줄라는 하루 이틀 직장을 쉬고 다시 집으로 거처를 옮겼다. 집에 들어가 보니 벨라와의 관계가 얼마나 악화되었는지 알 수 있었다. 자신의 딸이 엄마를 낯선 사람처럼 대한다는 느낌을 받았다. 아빠가 들어올 때까지 임시로 와 있는 사람처럼 보는 것 같았다. 미카엘은 늘 거리를 두었다. 병이 재발할 때면 그는 누구도-벨라는 예외였지만-그런 자신의 모습을 보는 것을 달가워하지 않았다. 우르줄라는 가능한 한 다시 살림을 돌보면서 딸과의 관계를 회복하려고 애를 쓰면서도 항상 밖으로 뛰쳐나가고 싶었다. 시부모를 부르는 일이 점점 늘어났다. 자신이 할 일을 시부모에게 넘기기 일쑤였다. 스톡홀름으로, 세바스찬에게로 돌아가고 싶었다. 그러다가 상황에 변화가 생겼다. 정확하게 뭐라고 말하기는 어려웠지만 두 사람의 관계는 이제 전과 달라졌다. 만나는 횟수가 줄었기 때문일까? 아니면 다른 이유가 있는 것일까? 집으로 들어가고 나서 세 번째 스톡홀름으로 돌아갔을 때, 우르줄라는 세바스찬이 뭔가 숨긴다는 느낌을 받았다.

세바스찬은 세바스찬이었다. 우르줄라는 이것을 잘 알고 있었다. 세바스찬은 바람둥이로 알려졌지만 우르줄라는 자신이 그를 만족시켜준다고 믿고 싶었다. 또 그러기를 바랐다. 그러면서도 자신의 희망이나 그의 말을 믿으려고 하지는 않았다. 이 모든 것에도 불구하고 어쨌든 우르줄라는 스웨덴 최고의 과학수사관이었다.

세바스찬과 주말을 함께 보낸 뒤 우르줄라는 몰래 빨래 통에서 그의 목욕 타월을 꺼내 보았다. 거기에는 분명히 섹스의 결과로 보이는 흔적이 남아 있었다. 우르줄라는 이것을 과거에 린셰핑에서 같이 일하던 동료에게 가지고 가 부탁을 했다. DNA 검사를 해보고 싶었기 때문이다. 이 동료는 즉시 경찰의 공적 업무가 아니라는 것을 알아차리고는 개입하기를 꺼렸다. 그러면서도 자신의 실험실을 사용하는 것은 말리지 않았다. 그래서 우르줄라가 직접 검사를 해보았다. 간단한 일이었다. 세바스찬의 DNA는 브러시에 붙은 머리칼을 가지고 와서 확인할 수 있었다.

분석 결과 세바스찬의 타월에 묻은 흔적 하나는 세바스찬에게서 나온 것이 분명했다. 하지만 다른 하나는 부분적으로 우르줄라 자신의 DNA와 일치했다. 검사 결과를 확인할수록 점점 놀라운 사실이 드러났다.

교과서에 나오는 예를 분명히 보여주었다. 과학수사의 기본이나 마찬가지였다. DNA 감식 결과가 정확하게 똑같지는 않아도 아주 비슷하다면 가까운 혈족을 의심할 수밖에 없는 것이다. 혈연관계가 가까울수록 DNA 구조는 더 비슷하게 되어 있다. 이때는 아주 비슷하다. 마치 형제자매처럼.

우르줄라는 세바스찬에게 사실대로 털어놓으라고 추궁했다. 그러자 정말 그가 바르브로와 잤다는 사실이 튀어나왔다. 그는 자신과 우르줄라가 변함없는 지조를 맹세한 적이 없다는 사실을 지적했다. 그리고 우르줄라가 수개월씩이나 떨어져 있었다는 말도 빼놓지 않았다. 그런 상황에서 어쩌란 말이냐, 독신자처럼 지내란 말이냐고 했다.

우르줄라는 즉시 관계를 청산했다.

어쩌면 우르줄라 자신이 그가 바람을 피도록 조장했는지도 모르는 일이다. 상대가 누군지 모른다면 누구라도 상관없이 우르줄라가 눈감아 줄 수 있는 문제일지도 모른다. 하지만 바르브로는 이야기가 다르다. 친 언니가 아니던가.

세바스찬과 관계를 정리한 뒤 우르줄라는 곧바로 멜라르회이덴으로 달려갔다. 집 안으로 들어가 온 가족이 집에 모여 있는 상황에서 이 일을 바르브로에게 추궁했다. 뭐? 한쪽을 정리하고 시작하라고? 바르브로는 딱 잡아뗐다. 우르줄라는 DNA 분석 결과를 내밀었다. 안데르스는 분노를 터트렸다. 클라라와 함푸스는 울기 시작했다. 바르브로는 처음에 어찌할 바를 몰랐다. 안데르스에게 핑계를 대랴, 아이들을 달래랴, 우르줄라를 욕하랴, 정신이 없었다. 우르줄라는 완전히 절망감에 빠져 그 집을 나왔다. 언니를 본 것은 그것이 마지막이었다. 후에 부모에게 바르브로와 안데르스가 이혼을 하고 집을 옮겼다는 소식을 전해 들었다. 어디로 이사를 갔는지는 알지 못했다. 결코 알고 싶지도 않았다. 우르줄라는 언니를 결코 용서할 수 없었다.

이 일이 있은 뒤로 린셰핑으로 돌아갔다. 벨라와 미카엘이 있는 집으로. 그때 미카엘은 치료를 끝내고 다시 활동을 시작했을 때였다. 두 사람은 여러 가지 상황을 논의한 끝에 결국 우르줄라는 스톡홀름으로 이사 가자고 설득했다. 우르줄라는 일을 좋아했고 단지 세바스찬이 짐승 같은 짓을 저질렀다는 이유로 사표를 쓰고 싶지는 않았다. 다만 이후로도 두 사람은 같은 직장에서 근무해야 할 처지였다. 이것이 걱정일 뿐이었다.

스톡홀름으로 돌아오자마자 우르줄라는 첫걸음으로 세바스찬에게 갔다. 그리고 전체적인 상황을 그에게 설명했다. 앞으로도 같이 근무는 하겠지만 그를 증오하고 있으며 그가 한 짓을 혐오한다고 말했다. 그렇지만 직장을 그만두는 일은 없을 것이라고 했다. 그가 더러운 짓을 하고 다녀도 일을 포기하지는 않을 것이라고 했다. 그리고 두 사람 사이에 있었던 일을 한 마디라도 벙긋하는 날이면 죽여 버릴 것이라고 단단히 일러두었다. 우르줄라는 실제로 그렇게 말했고 또 그럴 생각이었다.

세바스찬은 놀란 표정으로 고분고분 시키는 대로 하겠노라고 대답했다. 우르줄라가 아는 한 그는 자신이 한 말을 지켰고 어느 누구에게도 이 일을 발설하지 않았다.

미카엘과 벨라도 스톡홀름으로 왔고 이런 가운데 가정생활은 계속 이어졌다. 겉으로는 아무런 갈등도 없이 흘러갔다. 가정과 직장 모두 무사했다. 그러다가 1998년에 세바스찬이 직장을 그만두었을 때는 자신보다 더 행복한 사람은 없을 거라는 생각이 들기도 했다.

그 뒤 베스테로스에서 사건이 터졌을 때 토르켈이 세바스찬을 끌어들였다. 그리고 지금 두 번째로 세바스찬이 합류한 것이다.

이런 상황에서 뜨거운 물도 향유도 우르줄라에게는 스트레스를 푸는데 도움이 되지 않았다. 뿐만 아니라 장전된 총을 바로 곁에 두어야 하는 처지가 되었다.

우르줄라는 수년 동안 떨쳐버리려고 했던 일들을 생각해보았다.

그래, 세바스찬이 돌아왔다.

최악의 시나리오였다.

바깥세상은 여전히 해가 뜨겁게 내리쪼이고 있었지만 감호동의 죄수들은 평소와 같이 저녁을 맞을 준비를 하고 있었다. 몇몇은 이미 자신의 방으로 돌아갔지만 일부는 아직 휴게실에 남아 있었다. 입실 시간은 저녁 7시였다. 교도소 당국이 저녁의 여가 시간을 두 시간 줄였을 때 많은 죄수가 너무 이르다고 반발했지만 이들의 항의는 아무 소용이 없었다.

힌데는 보통 세면장이나 샤워실을 마지막으로 이용했다. 하지만 오늘은 혼자가 아니라 새로 입소한 신참 죄수도 함께 있었다. 이 사람은 아직 이곳의 불문율을 모르고 이틀 내리 7시 15분 전에 들어온 것이다. 신참의 무지한 행동에 자극을 받은 힌데는 적당한 기회에 이 시간에 세면장은 자신의 전용 구역이고 오직 자신만 사용할 수 있다는 것을 분명히 보여주려고 벼르고 있었다. 다른 재소자들은 이런 사실을 잘 알고 있었기 때문에 힌데가 나타나기 직전에 세면실에서 조용히 나가고 없었다.

힌데는 거울 앞에 서서 꼼꼼하게 얼굴을 씻고 있었다. 세면장은 한쪽에 대야 열 개와 타일을 붙인 벽에 깨지지 않는 안전유리로 된 거울이 붙어 있었다. 그리고 맞은편에는 샤워실과 화장실이 있었다. 그는 물에 젖은 얼굴을 들여다보았다. 그때 지나가는 교도관 두 명 쪽으로는 눈길도 주지 않았다.

"입실 15분 전이야!" 그중 한 사람이 세면장 안에 대고 소리를 지르고는 휴게실에 남아 있는 나머지 죄수들에게도 같은 말을 했다.

매일 저녁 반복되는 일과였지만 힌데는 전혀 귀담아듣지 않았다. 나날의 일과는 그의 몸에 분 단위로 정확하게 입력이 되어 있었기 때문에 시계가 필요 없을 정도였다. 그는 언제 일어나고 언제 식사를 하는지, 또 독서와 용변 시간은 언제인지 심리 치료 시간은 물론, 언제 씻어야 하는지도 정확하게 알고 있었다. 틀에 박힌 일과가 주는 유일한 장점은 비중이 높은 중요한 일에 정신을 집중할 수 있다는 것이었다. 이렇게 하는 동안에 그의 나날은 자동적으로 흘러가게 되어 있었다.

힌데는 까만 전기면도기를 손으로 들어올렸다. 그것은 그가 정말 싫어하는 몇 안 되는 물건 중의 하나였다. 그는 제대로 된 면도를 하고 싶었지만 면도날이나 면도칼은 감호동에서 생각할 수도 없었다. 그는 날마다 새로 자라는 억센 수염을 예리한 날로 밀어버리는 그날이 몹시도 그리웠다. 그것은 완전한 자유를 의미했다. 날카로운 뭔가를 손 안에 쥐는 자유. 이런 자유에 대한 열망은 너무도 컸다. 쇠붙이를 손에 잡는 자유가.

전기면도기가 작동을 시작했다.

거울로 보니 교도관이 휴게실 벽에 있는 텔레비전 스위치를 끄면서 소파에 앉아 있는 나머지 죄수 세 명에게 그만 들어가라는 말을 하고 있었다. 언제나 끝에 남아 있는 죄수는 그들 세 명이었다. 그들은 별 불만 없이 긴 복도를 따라 각자의 방으로 어슬렁거리며 돌아갔다. 그 뒤에서 하나밖에 없는 출입구의 자물쇠가 열리는 소리가 들렸다. 청소부가 온 것이다. 이 시간이면 늘 반복되는 일과였다. 재소자들은 각자의 방을 직접 청소했지만 공동구역이나 욕실은 용역 회사에 맡겼다. LS 청소 전문 회사였다. 오래전에는 재소자들이 사용하는 모든 구역을 그들에게 직접 청소를 시켰지만 10년 전에 이 강제 조치로 문제가 생겼다. 할당 구역을 놓고 폭력 사태가 발생했기 때문이다. 이 사고로 재소자 두 명이 중상을 입었다. 이후로 이 일은 청소 회사가 맡았지만 보통 죄수의 입실이 완료된 뒤에 들어왔다. 이곳을 담당하는 청소부는 30대 중반의 키가 크고 삐쩍 마른 남자로서 묵직한 금속으로 된 까만 청소차를 끌고 복도를 지날 때면 교도관들에게 고개를 끄덕이고는 했다. 교도관들은 그를 잘 알았기 때문에 친절하게 인사를 받았다. 그는 1년 전부터 뢰브하가의 청소를 맡고 있었다.

청소부는 늘 청소를 시작하는 세면장으로 청소차를 끌고 왔다. 아직 시간이 조금 남았던지라 그는 힌데와 신참이 다 씻을 때까지 기다렸다. 틀에 박힌 일과였다. 모든 재소자가 방에 들어가고 문이 잠긴 뒤에야 청소를 시작할 수 있었다. 청소부는 벽에 기대서서 기다렸다. 2~3분이 지나자 몇몇 교도관이 그쪽으로 왔다. 그들은 세면장 안의 두 죄수를 들여다보았다.

"너희 둘, 빨리 나와! 시간 다 되었어."

"6시 58분." 힌데가 손바닥으로 면도를 한 턱을 어루만지며 태연하게 대답했다. 그는 시간을 정확하게 알고 있었다. 여전히 교도관들은 거들떠보지도 않았다.

"시계도 없는데 그걸 어떻게 알지?"

힌데는 거울로 교도관 한 명이 손목시계를 보는 모습을 바라보았다.

"그만 떠들고 서두르란 말이야."

이 말은 힌데가 맞았다는 의미였다. 힌데는 미소를 지었다. 6시 58분. 아직도 1분의 여유는 충분히 있었다. 그는 면도기를 갈색 가방에 넣고 지퍼를 닫은 다음 마지막으로 얼굴을 씻었다. 신참은 여전히 꾸물거리며 갈 생각을 하지 않고 있었다. 힌데는 제시간에 일을 마치지 못하는 자들을 싫어했다. 교도관들이 다시 재촉하기 전에 힌데는 느긋하게 돌아서서 물방울이 뚝뚝 떨어지는 얼굴로 세면장을 나왔다. 이어 청소차를 지나가며 청소부에게 고개를 끄덕였다.

"랄프, 안녕!"

"안녕."

"오늘 밖에 날씨는 어때?"

"어제처럼 더워."

힌데는 새 종이 타월 뭉치를 보았다. 랄프가 세면장에서 플라스틱 용기에 넣어 사용하려고 가져온 것이었다. 그는 고갯짓을 하며 물었다. "종이타월 몇 장 가져가도 돼?"

랄프가 천천히 고개를 끄덕였다. "가져가."

힌데는 허리를 숙이고 위에서 세 장을 걷어갔다. 이 순간 교도관들은 한 걸음 앞에 가고 있었다. 하지만 신참에 신경 쓰느라 힌데는 주목하지 않았다.

6시 59분.

"이제 그만 들어가! 1분밖에 안 남았어."

그들은 누가 이곳의 주인인지 보여주려는 듯 문가에 떡 버티고 서 있었다. 힌데는 그런 태도를 완전히 무시했다. 그는 이미 자신의 방을 향해 가고 있었다.

6시 59분 30초.

그는 뒤에서 교도관들이 세면장으로 들어가는 소리를 들었다. 그는 그들이 안에 남아 있는 녀석에게 따끔한 맛을 보여주기를 바랐다. 고통스럽게 해주기를 바랐다. 고통이야말로 최고의 가르침이라는 것을 그는 스스로의 경험으로 터득했다. 고통보다 나은 수단은 없다. 하지만 여기는 스웨덴이었다. 스웨덴에서 그런 수법을 사용할 수는 없었다. 아마 그 녀석에게 경고나 몇 마디 해줄 것이 뻔했다. 기껏해야 운동 시간을 줄이거나 다른 혜택을 박탈하겠지. 힌데는 그 녀석에게 자신이 직접 정신이 들게 해주어야겠다고 마음먹었다. 교도관들이 할 수 있다는 기대는 하지 않았다. 그는 교도관들이 잔소리를 늘어놓는 것을 들으면서 자신의 판단이 맞다고 생각했다.

종이 타월 세 장을 들고 그는 자신의 방으로 들어갔다.

7시 정각.

정확하게 시간을 맞췄다.

뒤에서 문이 잠겼다.

힌데는 침대에 누워 종이 타월을 옆에 내려놓았다. 그는 뢰브하가의 질서에서 벗어나 자신의 일과를 누리는 이 시간이 좋았다. 자신만의 일과를 즐기는 시간이었다. 두 시간이 지나면 그는 시작할 것이다. 그는 천천히 가운데 종이 타월을 꺼내 기대에 찬 눈길로 펼쳤다. 그리고 뒷면에 가는 연필로 글자를 써넣었다.

5325 3398 4771

자유를 의미하는 열두 개의 숫자였다.

마지막 일정으로 그는 트롤레를 찾아가 부탁한 조사 활동을 중지시키기로 했다. 세바스찬은 근무 도중에는 물론이고 뒤에도 여러 번이나 휴대전화로 연락을 해보았지만 트롤레는 하루 종일 전화를 받지 않았다. 지금 다시 해보았지만 아무리 벨이 울려도 받지 않았다. 그는 점점 불안해졌다. 토르켈이 조만간 옛 동료를 찾아갈지도 모른다는 생각을 하자 등골이 오싹했다. 두 사람이 만나는 것은 불가피한 일이었다. 아무튼 트롤레는 90년대에 힌데 사건을 수사한 일류 경찰관 중의 한 사람이었고 토르켈은 어느 면에서 그를 존경하기도 했다. 인간적으로 본다면 토르켈과 반대되는 유형이지만 수사관으로서의 자질을 높이 평가하는 것이다. 트롤레에 대한 평가는 보는 사람 마음대로이지만 그가 훌륭한 실적을 올리고 성과를 쌓았다는 사실은 부정할 수 없었다. 조만간 토르켈은 트롤레를 찾아갈 것이다. 특히 수사가 답보 상태를 면치 못할 때는 만날 것이 분명하다. 경찰 업무를 제대로 한다면 그렇게 하게 되어 있다. 우선순위를 정하고 돌 하나하나를 뒤지며 가능성이 가장 높아 보이는 인물부터 조사하는 것이 경찰 일이다. 그리고 언제나 외부로 드러나는 현상을 따라 힘들게 일을 한다. 또 모든 생각과 가능성을 끝까지 확인한다. 그래도 되지 않을 때는 처음부터 다시 시작한다. 트롤레가 반드시 유력한 단서를 제공한다고 볼 수는 없지만 훌륭한 경찰이라면 그와 대화를 할 가치가 있다는 생각을 하지 않을 수 없다. 그리고 토르켈이야말로 훌륭한 경찰이 아니던가. 어쩌면 최고 수준의 경찰이라고 할 수도 있었다. 얼마 안 있으면 그는 트롤레라는 돌을 뒤집어 볼 것이다. 그렇게 되면 갑자기 모든 둑이 무너지고 세바스찬이 숨긴 모든 것이 드러날 것이다. 그러면 모든 것이 끝장이다.

트롤레 헤르만손이라는 인간은 조금도 믿을 수가 없기 때문이다.

세바스찬은 바로 그런 이유로 그에게 일을 맡긴 것이다. 트롤레는 양심의 가책 따위는 없고 도덕적인 사고를 하는 사람이 아니었기 때문이다. 그는 토르켈을 만나면-운이 나쁘면 반야 앞에서-세바스찬 베르크만이 반야 부모의 비리를 캐내는 일을 자신에게 맡겼다는 말을 히히거리며 실토할 것이 분명하다. 세바스찬은 이런 위험을 그대로 방치할 수 없었다.

다시 통화를 해봐도 되지 않자 세바스찬은 트롤레의 집으로 직접 찾아가기로 결심했다. 전화를 안 받는다고 그가 집에 없다는 의미는 아니었다. 세바스찬은 택시를 집어탔다. 밖의 공기는 조금 서늘해졌다. 그는 창문을 열고 신선한 공기를 들이마셨다. 밖에서는 얇은 옷을 입은 행인들이 저녁의 길거리를 어슬렁거리고 있었다. 시내는 여름밤의 더위 속에서 활기차게 돌아가고 있었다. 둘씩 셋씩 짝을 지어 지나가는 행인들은 모두가 젊고 행복해 보였다. 세바스찬은 외롭고 늙고 우울한 사람은 지금 이 시간 어디 처박혀 있을지 생각해보았다.

택시가 목적지에 거의 도착할 무렵 세바스찬은 내릴 준비를 하다가 맞은편 보도에 트롤레가 있는 것을 보았다. 커다란 검은색 외투를 걸친 그의 모습은 한눈에 알아볼 수 있었다. 도중에 지나친 사람들은 거의 다 웃옷을 입지 않거나 입어도 밝은색에 가벼운 옷감이었다. 이와 달리 트롤레는 마치 한겨울 추위를 걱정하는 사람 같은 차림이었다. 세바스찬은 황급히 차를 세우게 하고 운전사에게 100크로나짜리를 집어주었다. 세바스찬은 택시에서 내려 서둘러 트롤레의 뒤를 따라갔다. 트롤레는 수백 미터 앞에서 에크홀름스베겐 쪽으로 꼬부라지더니 시야에서 사라졌다. 집으로 돌아가는 길인 것으로 보였다. 세바스찬은 그의 뒤를 따라 달렸다. 오랜만에 뛰어보는 지라 다리와 가슴이 제대로 따라주지 못했다. 택시 안에 있을 때만 해도 느꼈던 서늘한 공기는 어느새 사라지고 없었다. 그가 막 에크홀름스베겐 모퉁이를 돌아 트롤레가 건물 안으로 들어가는 모습을 보았을 때는 땀이 흐르고 숨이 턱턱 막혔다. 세바스찬은 그 자리에 서서 숨이 가라앉기를 기다렸다. 그는 이제 트롤레가 어디 있는지 알았기 때문에 이렇게 땀을 흘리고 헉헉대면서 서둘러 만나는 것은 좋은 작전이 아니라고 생각했다. 세바스찬은 몇 분간 기다린 다음 건물 입구를 향해 다가갔다.

벨을 두 번 울렸을 때 트롤레가 문을 열었다. 지난번 만났을 때보다 훨씬 건강해 보였지만 그의 뒤로 보이는 집 안은 여전히 어두컴컴했고 그때처럼 역겨운 냄새가 밖으로 흘러나왔다.

"전화기를 보고 자네가 전화한 줄 알았지. 막 전화하려던 참이었네." 트롤레는 문을 활짝 열고 말하면서 세바스찬을 어리둥절하게 했다.

"할 얘기가 있네."

"아홉 번이나 전화를 한 걸 보고 분명히 무슨 일이 있다고 생각했지." 트롤레가 대답했다.

세바스찬은 웃음을 자제하면서 어두컴컴한 조그만 거실을 둘러보았다. 방 두 칸짜리로 보이는 집은 전혀 관리를 하지 않은 것 같았다. 사방에 신문지와 종이 상자, 잡동사니가 흩어져 있었다. 한쪽에는 롤 블라인드가 있었고 커튼은 없었다. 벽은 벽지도 바르지 않은 벌거숭이 그대로였다. 담배 냄새와 묵은 쓰레기, 오물의 악취가 풍겼다.

트롤레는 거실 안으로 들어오라고 했다. 소리도 없는 텔레비전에서 나오는 요리 프로그램이 유일한 빛이었다. 가구라고는 트롤레가 자는 곳으로 보이는 소파와 유리를 씌운 탁자가 전부였다. 원래는 비싼 것으로 보였지만 이제는 와인 병과 피자 상자, 꽁초가 수북이 쌓인 재떨이를 놓는 용도로 쓰이고 있었다. 소파 위의 천장은 누런 니코틴 때로 지저분하게 얼룩이 져 있었다. 트롤레는 세바스찬을 향해 팔을 벌리면서 날카로운 눈길로 바라보았다.

"내가 사는 곳에 온 걸 환영하네. 나도 한때는 아담한 교외에서 하얀 이층집에 산 적이 있지. 이게 지금은 내 집일세. 세상은 요지경이야, 안 그래?" 트롤레는 머리를 흔들며 소파로 가더니 때가 묻은 이불을 옆으로 치웠다. "앉아. 뭐 마실 것 좀 찾아볼까? 좋은 게 있을 거야."

세바스찬은 그대로 서서 고개를 흔들었다.

"생각 없어. 자네에게 일을 그만하라고 당부하러 온 걸세."

"무슨 결정을 내리든 이거부터 읽어보게나." 트롤레는 고개를 숙이더니 소파 옆에 놓인 하얀 이카(ICA: 스웨덴 식품소매점 연합_옮긴이) 봉투를 들어올렸다. 뭔지는 모르지만 서류로 가득 찬 것 같았다. 그는 이것을 세바스찬에게 내밀었다. "자, 받아."

"필요 없네. 없애버리게."

"먼저 읽어보라고. 30분이면 충분할 테니. 그 정도 시간을 투자할 가치는 있는 거니까."

세바스찬은 마지못해 봉투를 받았다. 1~2킬로그램 정도 될 것 같았다. 어쩌면 훨씬 더 무거워 보이기도 했다.

"알았어. 어쨌든 이제 그만두게나. 수고비를 줄 테니 아무에게도 이 일을 발설하지 않는다고 지금 약속해 주게. 우리 두 사람은 만난 적이 없는 거네."

비록 집 안은 어두웠지만 세바스찬은 트롤레의 눈이 반짝이는 것을 분명히 보았다. 흥미가 당기는 모습이었다. 좋은 신호는 아니었다.

"이 일을 물어볼 사람이 누가 있다고 그래?" 트롤레는 호기심을 보이며 물었다. "말해 봐, 세바스찬."

"아무것도 아니야. 그저 입을 다물겠다고 약속만 해주게."

"그야 어렵지 않지." 트롤레는 어깨를 으쓱했다. "하지만 자네도 나를 잘 알잖아. 내 약속이 믿을 게 못 된다는 것을."

"사례금을 두 배로 주겠네."

트롤레는 고개를 흔들며 손사래를 치더니 크게 한숨을 쉬었다. "나는 자네를 도운 거야. 그런데 이제는 나를 쫓아내고 타협을 하려고 해? 자네 나를 어떻게 보는 건가? 나는 우리가 친구인 줄 알았는데……."

"우리가 친구라면 이 일에 대해서는 침묵을 지킨다고 약속을 해줘. 자네의 약속을 지킨다고." 세바스찬은 흥분해서 토르켈을 몰아붙였다.

"그러지 말고 진실을 말해."

"누군가 이 사실을 알면 나는 완전히 끝장이야." 세바스찬은 애원하는 눈빛으로 트롤레의 매정한 눈을 바라보았다.

"왜 그래? 이 반야라는 여자는 도대체 누구야? 왜 그 여자를 미행하는 건가? 그리고 누가 나에게 물어본다고 그래? 나도 좀 알아야겠네. 알고 나서 그만두기로 하지. 하지만 먼저 진실을 알아야겠어." 처음으로 트롤레는 솔직한 심정을 말하는 것 같았다.

세바스찬은 그를 바라보았다. 아무리 둘러댄다고 해도 끄덕없을 것 같았다. 거짓말을 했다가는 일을 망칠 것이 분명했다. 만약 거짓말이 탄로라도 나는 날이면 트롤레는 야비하게 당장이라도 반야에게 달려가서 모든 것을 털어놓을 것이다. 반대로 사실대로 말했다가는 마음이 불안해 못 견딜 것이다. 하지만 그러면 시간은 조금 벌 수 있을 것이다.

"도대체 무슨 일이야?" 트롤레의 목소리는 빈정대고 있었다.

세바스찬의 생각은 분주하게 움직였다. 게다가 아직 이카의 봉투는 확인하지도 못했다. 트롤레가 찾아낸 것이다. 어쩌면 그 안에 진실이 들어 있을지도 모르는 일이다. 아마 그는 이미 알고 있을 것이다. 이럴 경우 만약 거짓말을 했다가는 일만 더 꼬이게 될 것이다. 세바스찬은 드디어 결심을 했다.

"그 여자는 내 딸이야. 반야가 내 딸이란 말일세."

그는 순간 트롤레가 이 사실을 모르고 있었다는 것을 눈치챘다.

하지만 이제 와서 더 이상 숨길 수는 없는 노릇이다. 그래서 그는 모든 것을 사실대로 말했다. 트롤레 앞에서 완전히 발가벗은 기분이었다. 설명을 마치고 나니 오히려 마음이 개운해졌다. 마음이 편해지니 봉투 안에 든 것도 대수롭잖게 보였다. 비밀을 유지한다는 것은 생각 이상으로 힘들었다.

트롤레는 말없이 앉아서 그를 쳐다보기만 했다. "이럴 수가! 어떻게 그런 일이." 마침내 트롤레가 입을 열었다. 트롤레는 다시 소파에 등을 기댔다. 생각에 잠긴 얼굴이었다. 이윽고 그는 세바스찬을 바라보았다. 그리고 갑자기 말투가 바뀌었다. 빈정대는 억양은 전혀 찾아볼 수 없었다.

"이제 어쩔 셈인가?"

"나도 모르겠어."

"그만 놓아주게나. 계획을 당장 중지해. 사태만 악화시킬 뿐이야."

트롤레의 말에는 세바스찬도 인정할 수밖에 없는 진지한 무게가 담겨 있었다. 그는 고개를 끄덕였다.

"자네 말이 맞아."

"날 좀 보게." 트롤레가 말을 이었다. "나도 놓아줄 수가 없었어. 다른 사람들 말도 듣지 않았고."

그는 입을 다물고 액자에 담긴 사진이 놓여 있는 창턱을 바라보았다. 남자아이 두 명, 여자아이 한 명, 한가운데 있는 여자의 얼굴에는 그가 한 것인지, 사인펜으로 덧칠이 되어 있었다.

"이제 나에게 남은 것은 사진뿐이야. 더 이상은 없어."

세바스찬은 아무 대답도 하지 않았다. 그는 동정 어린 눈길로 트롤레를 바라보았다.

"지나친 집착은 화를 부를 뿐이지." 나지막한 트롤레의 말은 그 자신을 향한 것 같았다.

세바스찬은 소파로 가서 그의 옆에 앉았다. 그는 순간 트롤레에게 큰 차이가 있다는 것을 분명히 말해줄까 생각해보았다. 일정한 거리를 두고 누군가를 쫓아다니는 것과 전 부인의 새 남편을 날조된 증거로 철창에 보내고 자기 자신의 아이를 납치하는 것은 전혀 다른 일이라고 말할지 망설였다. 결국 그는 이 말을 포기하고 말았다. 트롤레가 마음을 열고 솔직하게 나오는 마당에 그의 마음을 흔드는 말은 좋아하지 않을 것이다.

"자네 말고는 이 이야기를 아무에게도 하지 않았어."

그는 대신 이 말만 했다. "나도 그런 줄 알았어."

이어 나온 행동은 세바스찬을 의아하게 했다. 트롤레는 다정하게 그의 손을 잡았다. 믿음직하면서도 상대를 위로하는 제스처였다. 두 사람의 눈이 맞부딪쳤다. 트롤레는 이어 소파에서 벌떡 일어났다. 갑자기 에너지가 넘치는 표정이었다.

"누군가 자네를 미행했다면 자네는 그자를 안나 에릭손에게 곧장 데려간 거나 마찬가질세."

당연히 맞는 말이었다. 그럼에도 세바스찬은 미처 이 생각을 하지 못했다. 토르켈이 그동안에 거론된 여자 중 몇몇에게 조심하라는 말을 일러줘야 한다고 했을 때 그 말은 분명히 전화로 전하라는 뜻이었다. 하지만 휴게실에서 우르줄라와 이야기를 나눈 뒤 세바스찬은 직접 찾아가 말을 전해주기로 결심했다. 어떤 점에서는 이것이 그가 할 수 있는 최소한의 성의로 보였기 때문이다. 그는 여전히 자신이 미행당하고 있다는 생각은 조금도 하지 못했다. 세바스찬은 특별살인사건전담반

앞에서 파란색 포드에 치일 뻔 한 뒤론 이런 가능성을 배제했었다. 그자의 존재가 노출되어 끝난 일로 간주했기 때문이다. 다른 차로 계속 미행을 하리라는 예상은 하지 못한 것이다.

"그렇게 생각하나? 하지만 나는 벌써 안나를 만나서 경고를 해두었어. 그 사람은 어디론가 떠날 생각이야."

"그 일 때문에 어제 그 집에 간 건가?"

"나를 봤단 말인가?"

트롤레는 머리를 끄덕였다. 하지만 갑자기 다른 기억이 그의 머리를 스치고 지나갔다.

"본 게 또 있네."

세바스찬은 깜짝 놀랐다. 트롤레의 걱정스러운 어조가 마음에 안 들었다. 완전히 불길한 느낌이었다.

"지금까지는 별 염려를 안 했는데, 지금 자네가 미행당했다는 말을 듣고 보니 뭔가 이상하다는 생각이……."

트롤레는 미처 말을 끝내지 못했다. 세바스찬은 점점 더 불안해졌다.

"뭔데 그래? 자네가 무슨 염려를 안 했다는 건데?"

트롤레는 얼굴이 창백해졌다.

"자네가 그 집에 갔을 때 두 번이나 보았는데, 파란색 포드를 탄 놈을 봤어. 나는 그저 누군가를 기다린다고 생각했지."

이 말을 듣자 세바스찬도 소파에서 벌떡 일어났다.

"바로 그놈이야. 나를 미행한 자가."

"어제도 그자를 보았어. 그런데 차가 바뀌었더라고. 지금은 은색 일본 차를 타고 다녀."

"어떻게 생겼는데?"

"그건 모르겠고. 선글라스를 쓰고 있었거든."

"모자를 쓰고?"

트롤레는 고개를 끄덕였다.

"모자도 썼지."

두 사람은 집에서 나와 택시를 기다렸다. 세바스찬은 곧장 스토르스케르스가탄으로 가려고 했지만 트롤레는 먼저 미행하는 자가 있는지 확인부터 하자고 했다. 사방을 샅샅이 훑어봐도 은색 차는 어디에도 보이지 않았지만 두 사람은 한동안 안심할 수 없었다. 빈 택시가 오자 두 사람은 뒷자리로 올라탔다. 트롤레가 운전기사에게 지시했다. 아마 택시 운전기사는 이런 손님은 처음이었을 것이다. 트롤레는 계속 목적지를 바꿨고 지그재그로 운전하라고 하는가 하며 시내에서는 될 수 있는 대로 버스와 택시의 뒤에 붙으라고 했기 때문이다. 끊임없이 사방을 둘러보다가 족히 30분은 지나서야 마음을 놓았다.

그들뿐이 없었다.

마침내 트롤레는 칼라플란으로 차를 몰게 했다. 택시에서 내린 두 사람은 마지막 구간을 걸어서 갔다. 세바스찬은 불안 속에서 걸었고 마치 꿈을 꾸는 기분이었다. 여러 가지 생각으로 가닥을 잡기가 힘들었다.

스토르스케르스가탄에는 별로 행인이 보이지 않았다. 조금 떨어진 공원에서는 개를 끌고 나온 남자가 산책을 하고 있었다. 트롤레가 세바스찬 쪽으로 돌아섰다.

"자네는 여기 그대로 서 있게. 그자가 얼굴을 아니까."

세바스찬은 싫다고 말하려고 했지만 딱히 할 말이 떠오르지 않았다.

그래서 말없이 걸음을 멈추었다. 그 자리에서 안나와 발데마르가 사는 집을 바라보기만 했다. 창문에는 따뜻한 빛이 비치고 있었지만 사람은 보이지 않았다. 어떻게 범인을 여기로 데려올 수 있단 말인가? 얼마나 바보 같은 짓을 한 것인가?

"내 말 알아들었어?"

집을 바라보던 눈길을 거두며 결국 세바스찬은 마지못해 고개를 끄덕일 수밖에 없었다. 트롤레는 조용했지만 눈빛은 반짝반짝 빛나고 있었다. 세바스찬은 그렇게 활기가 넘치고 정신집중을 한 트롤레의 모습을 일찍이 본 적이 없었다.

"저 위에도 가서 살피고 올게." 트롤레는 말을 마치자 그 자리를 떴다.

세바스찬은 길모퉁이 건물의 그늘로 몸을 숨기고 트롤레가 가는 방향을 바라보았다. 그는 트롤레에게 신뢰를 얻은 것이 기뻤다. 트롤레는 짧은 구간을 어슬렁거리며 걸어갔다. 마치 잠시 저녁 산책을 나온 사람 같았다. 하지만 세바스찬은 그가 지나치는 길옆에 있는 자동차 하나하나를 꼼꼼하게 살피는 것을 알았다. 세바스찬은 다시 그 집을 바라보다가 갑자기 손에 든 이카 봉투의 무게가 느껴졌다. 트롤레는 이것을 더 이상 보관하지 않으려고 했고 세바스찬은 엉겁결에 별 생각 없이 들고 나온 것이다.

상황이 계속 변하는 것이 참 묘하다는 생각이 들었다. 며칠 전까지만 해도 세바스찬의 유일한 관심은 저 위에 사는 두 사람에게 타격을 입히는 것이었다. 그런데 이제는 그들을 구하려고 하는 것이다. 그는 조금 떨어진 곳에 휴지통이 있는 것을 보고는 그쪽으로 가서 손에 든 봉투를 버릴까 생각해보았다. 그때 트롤레가 돌아오는 모습이 보였다. 이번에는 맞은편 길이었다. 태연하게 걸으면서 통화를 하는 모습이었지만 주차한 차들을 꼼꼼하게 살피고 있었다. 그가 다가오자 전화기에 대고 하는 말이 들렸다.

"……네, 알았어요. 개인연금에 대해 만족하신다면…… 좋아요. 고맙습니다." 트롤레는 통화를 끝내고 전화기를 집어넣은 다음 세바스찬 곁을 지나갔다.

"가자고, 여기서 더 어물거릴 거 없어."

세바스찬은 재빨리 건물 그늘에서 빠져나와 트롤레를 따라갔다. 두 사람은 발할라베겐 쪽으로 꼬부라졌다.

"여자는 집에 있더군. 발데마르도 같이 있고."

"이제 뭘 하지?"

"할 건 아무것도 없어. 자네는 집에 가게. 여기는 내가 있을 테니."

"그래도……."

"뭐가 그래도야? 세바스찬."

트롤레는 한 발 앞으로 나서며 세바스찬의 길을 막고는 얼굴을 그에게 돌렸다. 그리고 세바스찬의 어깨에 손을 얹었다.

"나를 믿게. 자네를 도울 거야. 이 문제를 함께 해결하자고. 아무 때나 전화해도 돼."

그는 격려하듯이 어깨를 두드리고는 돌아서서 스토르스케르스가탄 쪽으로 다시 내려갔다. 세바스찬은 그 자리에 그대로 서 있었다. 그는 신뢰감을 맛보았다. 저 앞에 멀어져가는 남자가 거의 사랑스럽기까지 했다.

평소에 이런 감정은 아무에게도 가져보지 못했었다. 세바스찬은 그런 사람이었다. 그는 어떤 상황에서든지 모든 일을 혼자 힘으로 해결했다. 하지만 이제는 달라진 것이다.

그는 트롤레에게 한없이 고마운 마음이 들었다. 앞으로도 진정한 친구가 될 것 같았다.

세바스찬은 집으로 돌아갔다. 집에 도착하니 몹시 피곤했다. 그는 윗도리와 바지를 벗고 침대에 벌렁 누웠다. 이카 봉투는 아직도 확인하지 못하고 있었다. 그 내용을 확인할 마음이 없었다. 결국 감당하기 힘든 내용일 것이다. 그래서 침대 옆에 그대로 놓아두었다. 들여다볼 생각이 없었다.

오늘은 아니다.

아직은 아니다.

토르켈은 거실에서 이본느 옆에 앉아 있었다. 와인을 내오겠다는 것을 마다하고 대신 맥주만 마셨다. 그동안에 이본느는 다음 날로 예정된 고틀란드 여행을 위해 짐을 꾸리고 있었다. 이본느와 두 딸은 일주일간 고틀란드 서해안에 작은 별장을 빌렸고 딸들은 마지막 순간에 필요한 물건이 아빠에게 있다는 것을 알고는 갖다 달라고 부탁을 한 것이다. 그래서 토르켈은 필요한 물건을 몽땅 이삿짐용 상자에 싸서 가지고 왔다.

"타고 갈 배는 내일 언제 출발해?" 그는 맥주를 한 모금 마시면서 물었다.

"9시 반".

"그럼 태워다 줄 차가 있어야겠네."

"크리스토퍼가 태워다 줄 거야."

토르켈은 고개를 끄덕였다. 그렇겠지, 그 생각은 미처 하지 못했다.

"거기 있는 동안 그 사람도 거기 들를 건가?"

"아니, 어떻게 그런 생각을 해?"

"그냥."

토르켈은 만일 고틀란드로 자신이 찾아간다면 딸들이 아빠 앞에서 크리스토퍼 얘기를 할지 생각해보았다. 하지만 아무 생각도 나지 않았다. 어차피 딸들은 아빠와 별로 많은 대화를 나누지 않으니까. 특히 대화를 하고 싶을 때는 딸들이 유난히 말이 없었다. 뭐 별로 이상한 일도 아니었다. 이혼할 때 그와 이본느는 긴 말 없이 양육권 공유에 합의했었지만 딸들은 거의 이본느와 함께 살았다. 그는 일이 너무 바빠서 제대로 돌봐줄 시간이 없었다. 공무로 쫓기다 이따금 집에 들어오는 아빠와 함께 살 수는 없는 노릇이었다. 토르켈의 집은 딸들에게 언제나 '아빠 집'일 뿐이었다. 그는 이본느가 자신보다 딸들에게 더 잘해준다는 것을 분명히 알았다. 조금 가슴 아프기는 했지만 부인할 수 없는 사실이었다.

"빌마는 지난번 제 생일에 내가 그 사람 때문에 일찍 간다고 생각하던데." 토르켈이 다시 입을 열었다. "나중에는 일 때문에 간다는 것을 알기는 했지만."

"그 애가 정말 크리스토퍼 때문에 당신이 간다고 생각했단 말이야?"

"그래, 내가 불편해 하는 것 같아 걱정하더라고."

그 순간 이본느가 정말 불편했냐고 물어볼 것 같은 기분이 들었지만 이본느는 별 말 없이 짐을 챙기기만 했다.

"그래, 요즘 어떻게 지내?" 이본느는 가능하면 일상적인 어조로 들리게 하려는 것 같았다. 자신의 새 관계에 대해 토르켈이 어떤 느낌을 받을지 실제로 생각해보았다 해도 더 이상 내색하지 않으려는 태도였다.

"그럭저럭 지내. 희생자들 사이에 연결 고리를 찾아냈어. 그런데 세바스찬을 수사팀에 끌어들인 뒤로 좀 긴장된 분위기야."

"그래, 짐작이 가. 하지만 그걸 물어본 게 아니야." 이본느는 짐 꾸리는 일을 멈추고는 다시 토르켈을 바라보았다. "당신 새로 사귀는 사람 있어?"

토르켈은 생각에 잠겼다. 얼마 전에 딸도 같은 질문을 했었다. 하지만 이번에는 딸이 아니라 이본느였다. 그래서 그때와는 다른 대답을 할 수 있었다. 이본느에게는 사실을 말해도 상관없겠지.

"잘 모르겠어. 가끔 만나는 사람은 있는데 결혼한 여자야."

"그 여자, 남편과 헤어질 생각이 있는 거야?"

"그렇지는 않은 것 같아."

"그런 관계가 지속될 수 있을 것 같아?"

"모르겠어. 그렇지는 않겠지."

이본느는 고개를 끄덕이기만 했다. 순간 토르켈은 이 문제를 진지하게 의논하고 싶었다. 자신이 얼마나 외로운지 이본느에게 설명하고 싶었다. 우르줄라와의 관계를 좀 더 발전시키고 싶은 생각이 얼마나 간절한지 말하고 싶었다. 이런 얘기를 할 수 있는 상대는 별로 많지 않았다. 사실은 한 명도 없었다. 하지만 그 순간 기회는 지나가버렸다. 이본느가 화제를 바꾸었기 때문이다. 두 사람은 잠시 일상적인 대화를 나누다가 이본느의 여행에 대한 얘기를 주고받았다. 토르켈은 남은 맥주를 비웠다. 15분 뒤에 그는 자리에서 일어나 여행 잘 다녀오라는 말을 전한 뒤 딸들과도 작별 인사를 하고는 집으로 돌아갔다.

밖은 밤 10시가 지났는데도 더웠다. 토르켈은 집까지 먼 길을 천천히 걸어갔다. 가는 도중에 썰렁한 집으로 들어가는 시간을 늦추고 싶어 맥주를 한 잔 더 할까 하는 생각이 들었다. 그가 깊은 생각에 잠겨 있을 때 갑자기 한 건물의 문이 벌컥 열리며 뛰쳐나오는 사람과 부딪칠 뻔 했다. 그가 아는 얼굴이었다.

"어, 미카엘 아니에요? 안녕하세요!"

"아, 안녕, 안녕하……."

미카엘은 놀란 얼굴이었다. 마치 상대를 못 알아보는 것처럼 눈빛은 불안하게 깜빡였다. 두 사람은 여러 번 만났고 마지막으로는 베스테로스에서 얼굴을 본 사이였다. 그때 우르줄라가 그를 데려왔는데 그것을 토르켈은 세바스찬을 수사팀에 합류시킨 것에 대한 보복으로 생각했었다. 미카엘이 그곳에 나타나자 일이 묘하게 꼬였다. 우르줄라가 그를 절대 가까이 하지 않았기 때문이다. 미카엘은 베스테로스에서 뭘 할지 몰라 엉거주춤한 상태였고 그런 그를 우르줄라는 호텔 방에 혼자 있게 했다. 안타깝게도 그 호텔에는 미니바가 있어서 결국 미카엘은 병이 재발하고 말았다. 미카엘은 완전히 취해서 토르켈이 부축해야 했다. 아마 그때 일이 부끄러워 토르켈 앞에서 당황하는 것 같았다.

"아, 그래, 그런데 쇠데르에는 웬일이에요?" 토르켈은 분위기를 누그러트리며 물었다.

"아, 친구를 만나려고요……." 미카엘이 방금 나온 문을 턱으로 가리켰다. "축구 경기를 보려고요."

"어? 무슨 경기를 보았는데요?"

"아니, 그게…… 나도 모르겠어요. 별로 집중해서 보지 않았거든요."

"뭐라고요?"

침묵이 이어졌다. 미카엘의 눈빛은 당장 가야 하는 것처럼 계속 토르켈의 뒤쪽을 향해 있었다.

"그래요, 이제 나는 집에 가볼게요."

"알았어요. 우르줄라에게 인사 전해 주세요."

"그럴게요, 또 봐요."

미카엘이 그 자리를 떴다. 토르켈은 그의 뒷모습을 바라보았다. 미카엘이 긴장한 얼굴을 보인 것이 단지 토르켈의 상상이었을까? 토르켈은 속이 오그라드는 기분이 들었다.

혹시 미카엘이 무슨 눈치를 챈 걸까? 토르켈이 자신의 부인과 잔 것을 아는 것일까? 그렇다면 당장 추궁을 했겠지 하는 생각이 들었다. 분노를 터트렸을 것이다. 아니면 적어도 본체만체했을 것이다. 그런데 그는 오히려 당황한 표정이었다. 아무것도 모르는 것이 분명했다. 어제 우르줄라는 집으로 갔으니 미카엘과 같이 잤을 것이다. 다시 샤워를 하고. 그런 우르줄라가 이상하다는 생각이 들지 않았을까? 아무런 낌새도 느끼지 못한 것일까? 우르줄라를 너무 신뢰하기 때문에 자신을 속인다는 상상은 할 수 없는 것일까? 토르켈은 알 수 없었다. 하지만 미카엘이 뭔가 감을 잡았다고 해도, 설사 우르줄라가 다른 남자와 만난다는 확신을 한다고 해도, 하필 그 상대가 토르켈이라고 생각한다는 증거는 아무것도 없었다. 미카엘이 서둘러 토르켈과 헤어진 데는 뭔가 다른 이유가 있을 것이다. 우르줄라와 토르켈과는 전혀 상관없는 일일 것이다.

토르켈은 이렇게 확신하며 걸어갔다. 그 다음 모퉁이를 돌아가면 멋진 레스토랑이 있다. 보도에 잘 꾸민 파라솔도 있다. 맥주를 즐기며 식사를 할 수도 있을 것이다. 어디로 서둘러 갈 이유가 전혀 없었다. 어쨌든 그를 기다리는 사람은 아무도 없었다.

힌데는 늘 하던 대로 밤 1시까지 일을 했다. 이 일은 오직 그 혼자만을 위해 정신을 집중하는 일과였다. 지극히 순수하고 전혀 방해받지 않는 자신만의 시간 240분. 방 안에 감도는 적막은 해방을 의미한다. 유일한 소음이라고는 그의 낡은 노트북에서 나는 소리다. 꽤 오래된 모델이라 소음이 심하고 모뎀이나 무선 랜이 연결되어 있지 않아 교도소에서도 허가해준 것이다. 외부와는 통신할 수 없는 컴퓨터였다. 그런데 가능했다. 과거의 기준 때문이었다. 노트북은 형 집행의 안전 규정에 저촉되지 않았다. 하지만 이것은 어디서나 모바일 인터넷을 살 수 있는 시대에는 효력이 사라진 규정이었다. 선불카드나 조그만 USB를 이용하면 완벽한 기능이 들어간 작은 타원형 플라스틱 갑을 구입할 수 있기 때문이다. 열두 개의 숫자로 된 암호. 이것으로 전 세계에 접근할 수 있었다.

힌데가 몰래 모뎀을 반입해서 처음으로 외부 세계와 연결되던 날은 그의 생애 최고의 날이었다. 아니면 적어도 뢰브하가의 복역 생활 중 최고의 날이었다고 할 수 있다. 물론 자유를 박탈당하기 전에도 수많은 행복한 순간이 있었지만 그것은 다른 시간 영역의 일이었다. 이 이전의 일이었다.

힌데는 이날을 기준으로 자신의 인생을 이전과 이후로 구분했다. 그것은 그 자신의 삶을 바라보는 꽤 괜찮은 방법이었다. 인생의 고비에서 발생한 모든 근본적인 변화를 기준으로 이전과 이후로 보는 발상이었다.

엄마 이전과 이후.

세바스찬 베르크만 이전과 이후.

뢰브하가 이전과 이후.

모뎀 이전과 이후.

모뎀을 들여온 이후 그는 매일 밤 생산적이고 풍요로운 240분을 체험했다. 그는 입실 시간이 지난 뒤에만 이것을 사용했다. 오랜 경험으로 그는 밤 9시부터 새벽 1시 사이의 시간을 선택했다. 이 시간에는 갑작스런 검열의 위험성이 없었기 때문이다. 힌데 자신도, 책임 있는 교도소 담당자들이 어떻게 이런 상황을 허용했는지 이해할 수 없었다. 본래의 규정에는 모든 '사전 예고가 없는 감방 검열'은 불규칙하고 기습적이며 전혀 예측할 수 없어야 한다고 되어 있었다. 그럼에도 밤 9시부터 아침 6시 사이에는 검열이 없었다. 어쨌든 지난 6년 동안은 이랬다. 힌데는 이런 상황이 입실 시간을 일찍 당겨 예산을 절감하려는 바보 같은 생각에서 비롯된 것임을 즉시 알아차렸다. 이제 야간 경비조는 7시에 근무를 시작했다. 그렇지 않아도 감축된 야근 직원의 수는 계속 줄어들었기 때문에 기습적인 감방 검열은 물리적으로 불가능했다. 그리고 이런 조치는 언젠가 똑똑한 직원이 미비점을 발견하고 경비 원칙을 바꾸거나 야근 직원의 수를 늘릴 때까지는 계속될 것이다. 힌데는 처음에 스벤 티델 소장의 후임자가 뢰브하가에 새로 부임한다는 소식을 듣고 불안해했다. 하지만 새로 온 토마스 하랄드손이라는 사람을 두 번 만나보니 그런 문제점을 파악할 인물이 결코 못 된다는 것을 확신하게 되었다. 하랄드손이 교도소장으로 재직하는 한 모뎀과 자유로운 240분은 온전히 에드바르트 힌데의 몫이 될 것이다. 오직 그에게만 주어진 행운이었다.

매일 밤 그는 작은 플라스틱 갑을 침대 뒤에 있는 통풍 장치의 구멍 속에 숨겼다. 그는 티스푼의 손잡이를 잡고 통풍 장치의 창살을 들어 올리는 방법을 찾아냈다. 그리고 모뎀이 반입될 때까지 밤마다 그 뒤에 있는 벽돌에 이 스푼으로 작은 구멍을 팠다. 그 너머 통풍 밸브 왼쪽에 있는 벽돌이었다. 그리고 여기에 맞는 벽돌 형태의 조각을 만들어서 구멍을 막고 비밀함으로 이용했다. 설사 누군가 의심을 하고 통풍 장치의 뚜껑을 열어본다 해도 아무것도 볼 수 없는 구조였다.

그동안 그는 너무 숙달이 되어서 그에게 소중한 이 작고 하얀 모뎀을 꺼내는 데는 평균 2분이면 충분했다. 오늘은 이마저도 어떤 영감을 받아 더욱 빨라졌다. 그는 다이얼 접속으로 이미 오래전에 찾아놓은 시작 화면으로 인터넷을 시작했다.

Fyghor.se.

이곳에 들어가면 새로운 자료가 그를 기다리고 있었다. 그는 인터넷이 너무도 좋았다. 인터넷은 원하기면 하면 무엇이든 찾아주었다. 찾을 대상이 무엇인지 또는 누구인지 알기만 하면 되었다. 매일 240분간 인터넷을 했다.

매주.

매년.

밖에는 어둠이 밀려들고 있었지만 집 안은 빛으로 가득 찼다. 일을 마치고 집으로 돌아온 랄프는 엄격한 순서에 따라 의식을 거행하면서 모든 불을 밝혀놓았다. 그는 자신의 모든 활동에 대한 보고를 했고 이제 유난히 삭막한 거실의 조그만 하얀 테이블 곁에 앉아 있었다. 앞에 놓여 있는 것이라고는 까만 서류철이 유일했다. 그는 다시 신문기사를 분류했고 이것을 신중하게 사전에 정한 기준에 따라 정리했다. 그는 이 일이 즐겁고 기뻤지만 동시에 화가 나기도 했다. 한편으로는 까만 머리기사의 힘과 흑백사진의 유혹을 맛보는 것이 좋으면서도 동시에 자신의 숙달된 임무가 이 때문에 부분적으로 효력을 상실하는 것 같아

혼란스럽게도 했다. 보통 그가 느끼는 감정은 달콤한 사탕에 기뻐하는 아이들과는 다른 것이었다. 그는 자신의 욕구와 충동을 억제하는 데는 이미 익숙해 있었지만 내면에서 느끼는 압박감은 너무도 컸다. 그는 이것을 아직 문서화를 위한 최적의 시스템을 찾아내지 못한 탓으로 돌렸다. 완벽한 의식을 아직 갖추지 못한 것이다.

신문기사를 오려내어 취합하고 나머지 부분은 낡은 종이봉투에 집어넣는 의식의 제1부는 만족스러웠다. 하지만 봉투에 담고, 서랍장에 넣는 나머지 부분은 아직 약점이 남아 있었다. 어떻게든 이 부분을 시급히 바꾸고 개선할 필요가 있었다.

그는 기사를 보고 접촉하고 손으로 만져보고 싶었다.

이 때문에 그는 서류철을 장만했던 것이다. 처음에 그는 모든 것을 날짜별로 분류하고 매일 겉에 제목을 쓰기로 생각했다가 결국 신문별로 분류해서 개별 기사의 관점에서 사건 전체의 과정을 재빨리 파악할 수 있게 바꿨다. 그래도 계속 뭔가 부족했다. 뭔가 맞지 않았다. 그는 밤이면 자료를 다시 분류했다. 이번에는 기사 크기를 기준으로 삼았다. 처음에는 전면 기사를 고르고 다음에는 4분의 3쪽이 넘는 것, 그런 식으로 정리했다. 4분의 1쪽 이하의 기사가 없다는 것을 알고는 기쁘기도 했다. 그가 엄청난 보도 가치를 지녔다는 것은 분명한 사실이었다. 그로써는 전혀 새로운 느낌이었다.

뭔가 의미가 있는 존재. 주목을 받는 존재. 어떤 가치를 지닌 존재.

그는 새로운 방식이 만족스러웠다. 이제는 제대로 되었다고 느끼면서 그는 서류철을 덮고 자리에서 일어났다. 갈수록 자료는 채워졌다. 점점 더 많은 신문이 점점 더 자세한 보도를 했다. 내일은 새 서류철을 살 것이다. 어쩌면 두 개를 사야 할지도 모른다. 사건마다 전용 파일을 만들 수도 있다. 그가 성취한 어마어마한 사건에 대한 보도 자료를 평범한 에셀테(Esselte: 스웨덴의 세계적인 사무용품 기업_옮긴이)의 서류철에 보관하는 것은 이제 적절치 못했다. 그는 자신의 의미를, 이와 동시에 선생님의 의미를, 또 자신의 자부심을 표현해야 했다.

그는 밤의 행사를 마무리하기 위해 욕실로 갔다. 그리고 벽에 단단히 고정시켜 놓은 작은 모래시계를 뒤집었다. 쇠데르말름의 골동품점에서 발견한 것이다. 파란 나무 조각이 받치고 있는 유리에는 이렇게 쓰여 있었다. "시계의 모래가 가리킨다: 2분간 이를 속속들이 닦아라." 하루하루를 수월하게 해주는 동시에 의식의 힘을 지탱해주는 보조 수단이었다. 이제 그는 마지막 모래알이 밑에 쌓일 때까지 꼼꼼하게 칫솔질을 했다. 그리고 늘 하던 대로 치실로 정화 작업을 마무리했다. 그는 아침저녁으로 이 실을 사용했다. 구강을 청결하게 해주는 것이 마음에 들었다. 그는 잇몸에서 나오는 피 맛에 매혹되었으며 이 하얀 실로 여기저기에서 피가 나올 때까지 모든 이 사이를 다섯 번씩 청소했다. 이어 입을 헹구고 세면대에 뱉은 핏빛 물을 바라보았다. 또 헹구고 다시 뱉었다. 이번에는 핏빛이 묽어졌지만 물에는 여전히 붉은 빛이 감돌았다. 세 번째 헹구면 물이 더 맑아질지는 알 수 없었다. 두 번 이상은 절대 헹구는 일이 없었기 때문이다.

침실에 있는 노트북에서 신호음이 들렸다. 랄프는 즉시 무슨 의미인지 알았다. 선생님에게서 새로운 소식이 온 것이다. 컴퓨터는 fyghor.se가 업데이트될 때마다 신호를 보냈다. 당장 침실로 달려가는 것이 최선이겠지만 먼저 몸을 씻어야 했다.

선생님은 늘 인내를 당부했다. 그는 이 말씀을 명심해야 한다고 생각했다. 올바른 순서에 따라 일을 처리하는 내면의 바탕을 간직해야 했다.

의식.

기초.

그는 두 손을 수돗물에 담그고 액체비누의 펌프를 두 번 누른 다음 거품을 일게 했다. 그리고 손바닥을 여섯 번 문지르고 다시 여러 차례 물로 씻어냈다. 그러고 나서 정성껏 얼굴을 씻고 의식에 따라 수건으로 닦은 다음 부드러운 로션을 바르는 것으로 절차를 마쳤다. 이제는 선생님의 지시를 대할 준비를 마쳤다.

소식은 간단하고 명확했다. 새로운 지시였다. 스스로 고를 필요가 없었다. 선생님도 똑같은 대상을 지시했으므로 나쁠 것도 없었다.

안나 에릭손.

다음 제물이었다.

다섯 번째.

시계가 울렸을 때 트롤레는 네 시간밖에 자지 못했다. 그런데도 놀라우리만치 정신이 맑았다. 그는 즉시 잠자던 소파에서 일어났다. 평소에 적어도 아홉 시간을 자는데도 늘 몸이 무거웠던 것을 감안하면 이상한 일이었다. 그는 롤 블라인드를 걷어 올리고 이미 더운 열기를 내뿜는 아침 햇살을 바라보았다. 6시 이전에 일어난 것은 실로 오랜만이었다. 전에는 날마다 일찍 일어났다. 그때는 아이들을 유치원이나 학교에 데려다 주는 개를 길렀었다. 같이 출근하는 아내도 있었다. 당시로서는 이 모든 것이 인생이라고 느끼지 못했지만 사실은 그것이 인생이었다.

이제는 사라진 것을 뒤늦게 그리워하고 있는 것이다.

트롤레는 아침의 담배 한 대를 포기하고 대신 냉장고를 들여다보았다. 걱정한 대로 냉장고는 거의 비어 있었다. 그는 마지막 남은 우유 한 팩을 직접 들고 마신 다음 세븐일레븐에서 아침 식사를 해결하기로 했다. 이제는 건강을 유지해야 하고 식사와 수면 습관도 챙겨야 한다. 이렇게 하는 데 얼마의 시간을 들여야 하는지는 모르지만 이내 수면 부족에 시달릴 것은 분명했다. 문제는 고도의 정신 집중을 요하는 감시를 오래 계속했다는 것이다. 쉽게 정신이 흐려지는 단조로운 임무에 영향을 받으면 안 된다. 이 일을 떠맡을 사람은 혼자밖에 없고 교대해줄 사람은 아무도 없기 때문이다.

이런 이유로 그는 어젯밤의 활동을 1시 반에 끝냈다. 위에 보이는 집은 이미 몇 시간 전에 불이 꺼졌었다. 트롤레가 판단할 때 남편이 집에 있는 한밤중에 범행을 저지를 위험은 발데마르가 집을 떠나는 아침보다 가능성이 훨씬 낮았다. 지금까지 모든 범행은 여자가 혼자 집에 있을 때 일어났다. 트롤레로서는 굳이 이런 조건을 무시할 이유가 없었다. 그래도 계산상의 착오에 따른 위험성은 있었고 정확한 과학이 뒷받침된 판단도 아니었다. 어쨌든 그는 이 같은 결정을 세바스찬과 의논하지 않았다. 세바스찬은 이런 생각을 무모하다고 할 것이고 감정에 사로잡혀 있기 때문에 트롤레가 밤새도록 지켜봐야 한다고 주장할 것이 분명했다. 어쩌면 자신이 교대해준다고 나올 수도 있었다. 그래서 트롤레는 혼자 가기로 결심한 것이다.

계속 혼자서 일을 하려면 힘을 아낄 필요가 있었다. 또 감정에 휘둘리지 않은 채 이런저런 위험이 도사리고 있는 결정을 계속 내릴 수밖에 없었다. 이밖에 장비를 준비할 시간이 필요했다. 자동차와 무기도 있어야 했다.

그는 인터넷으로 렌터카를 주문했고 권총도 장만하기로 했다. 친구인 로게가 이날 중으로 하나 마련해주기로 한 것은 다행이었다. 트롤레는 그렇다고 그때까지 완전히 비무장 상태로 있고 싶지는 않았다. 그래서 주방으로 들어가서 의자를 고이고 올라가 냉장고 위에 있는 찬장 문을 열었다. 그곳에 있는 오래된 국수봉지 뒤쪽에 그가 찾는 것이 있었다. 비닐 봉투에 싸인 그것은 몇 년 전에 인터넷으로 구입한 테이저Taser 2 전기충격 총이었다. 트롤레는 작동이 되는지 시험해보았다. 그리고 가운데가 번쩍이는 이 충격 총에 흡족해 하면서 커다란 외투 주머니에 넣었다. 테이저가 생각보다 효과가 뛰어나다는 것은 확실했다. 언젠가 한 번은 밤중에 힘이 넘치는 거한에게 시험해본 적이 있었는데 녀석은 목에 한 방 맞자마자 나무토막처럼 무릎을 꿇고는 바닥에 벌렁 나자빠졌다. 트롤레는 안전을 생각해서 짬을 내어 배터리를 새로 구입했다. 물론 현재 남아 있는 것으로도 당분간은 충분할 것이다.

그는 집에서 나와 걸으면서 큰 통에 든 커피와 치즈를 얹은 빵을 샀다. 그리고 택시를 타고 시내로 가는 길목에 있는 렌터카 회사로 향했다. 그곳은 아침 6시 반이면 문을 열었다. 처음에는 흰색 닛산 미크라를 골랐다가 다시 짙은 청색 모델로 바꿨다. 흰색은 너무 눈에 띌 것 같았기 때문이다.

그는 주유소를 지나가다 담배와 포도당, 물, 비스킷을 샀다. 긴 하루가 될 것 같은 데다 언제 다시 식품을 구입할 틈이 날지 몰랐기 때문이다.

7시가 조금 지나서 그는 에릭손 리트너 집 앞에 자리를 찾았다. 보통 발데마르가 집을 나서서 출근하기 위해 지하철을 타는 시간에서 10분 전이었다. 그는 집이 잘 보이는 자리에 주차하고 가능한 한 등받이를 뒤로 하고 똑바로 앉아 있었다. 그때 갑자기 이날 아침에는 술 생각이 나지 않았다는 걸 알았다. 병에 담긴 물을 한 모금 마시자 느낌이 좋았다.

15분이 지나자 발데마르가 정장 차림을 하고 집에서 나와 걸음을 재촉하는 모습이 보였다. 지금까지 트롤레가 관찰한 바로는 그는 늘 정장을 입고 출근했으며 걸음이 빠르다는 것은 출근이 늦었다는 의미였다. 그는 펠퇴베르스텐 방향으로 걸어가면서 이내 트롤레의 시야에서 사라졌다.

보통 때 같으면 차에서 내려 그의 뒤를 따라갔겠지만 이제는 발데마르의 행적을 조사하려고 여기 온 것이 아니라 4층에 있는 부인을 보호하려고 온 것이었다. 아마 그 여자는 지금쯤 집에 혼자 있을 것이다. 그는 계속 이 상태가 유지되도록 만전을 기할 것이다. 세바스찬 말로는 여자가 곧 스톡홀름을 떠날 것이라고 했다. 여자가 무사히 출발할 수 있도록 하는 것도 트롤레의 임무였다. 트롤레는 주차 중인 다른 차들을 훑어보며 움직임이 없나 살폈다. 아무런 움직임도 없었다. 주위는 계속 조용하기만 했다. 그는 휴대전화를 집어 들었다.

안나 에릭손은 옷장에서 가방을 꺼냈다. 안나는 밤새 잠을 이루지 못했다. 잠을 잔다는 것은 생각도 할 수 없었다. 상황이 너무도 허무맹랑해서 당최 갈피를 잡을 수 없었다. 안나가 위험에 처했다는 세바스찬의 말이 진실이라는 것은 분명했다. 아직도 상황을 확실하게 파악한 것은 아니지만 심각하다는 것만은 똑바로 이해했다. 그것은 애원하는 듯한 세바스찬의 창백한 얼굴로 알 수 있었고 이 뒤에 딸이 살인 사건에 대해 짤막하게 들려준 얘기로도 입증이 되었다.

안나는 세바스찬의 말이 사실인지 의심스러웠기 때문에 그가 떠난 뒤 곧바로 반야에게 전화를 했다. 세바스찬이 개인적인 목적으로 안나를 집에서 나가게 했을 가능성도 배제할 수 없었기 때문이다.

반야는 스트레스를 받았는지 안나와 길게 통화하려고 하지 않았다. 안나는 반야를 진정시키고 될 수 있으면 자신의 관심사를 눈치채지 않게 하면서 딸에게 뭔가를 알아내려고 했다. 반야는 직무상의 비밀을 지키려고 하는 데다가 유난히 공사를 구분하는 성향이 있어서 특별히 얻어낸 정보는 없었다.

안나는 알아낸 정보가 너무 적어서 불안했다.

세바스찬이 다시 특별살인사건전담반에서 일하는 것은 확실했다. 또 사건도 매우 심각한 수준으로 그와 관련이 있는 것 같았다.

반야는 말을 아꼈고 엄마가 계속 꼬치꼬치 캐묻는다면 이상한 인상을 줄 것이 뻔했다. 하지만 짤막한 몇 마디로도 세바스찬이 한 말은 사실에 부합된다는 것을 알 수 있었다.

“나도 왜 그 사람이 이 사건까지 합류한 건지 모르겠어요.”

“뭐 때문이지? 그 사람이 직접 사건에 연루된 것도 아닌데.”

“바로 그거예요. 그 사람과 관계가 있다고요. 어떻게 말씀드릴지 모르겠네요. 내 말을 못 믿을 거예요……. 아무도 못 믿을 거예요.”

그러니까 세바스찬의 말이 맞았다. 안나는 갑자기 공포를 느낀다는 인상을 주지 않고 통화를 끝내려고 했다.

“아무도 못 믿을 거예요.”

안나는 믿었다. 믿을 뿐만 아니라 내막도 알고 있었다.

안나는 즉시 어머니에게 전화를 했다. 어머니에게는 적당히 꾸며서 구실을 댔다. 어머니는 어리둥절해 하면서도 안나가 찾아온다는 말에 좋아했다.

그 다음, 직장에 연락했다. 안나는 당분간 쉬어야겠다고 설명했다. 집 안 사정을 핑계 대자 납득했다. 직장에서는 안나에 대한 평가가 좋았기 때문에 건강을 염려해서 휴가에 이의를 달지 않았다.

안나는 동료들을 안심시켰다. 나이 드신 어머니와 같이 보내면서 정리할 일이 있다고 하면서 오래 걸리지 않을 거라고 했다.

이어 안나는 짐을 싸기 시작했다. 일주일 간 입을 옷을 챙겼다. 그리고 발데마르에게 전화해서 일찍 들어와 달라고 부탁했다. 안나는 혼자 있고 싶지 않았다. 남편에게는 친정어머니가 몸이 불편해서 잠시 어머니에게 가 있어야겠다고 했다. 발데마르는 데려다주겠다고 말했지만 안나가 거절했다. 자신의 어머니 문제이며 어머니를 못 뵌 지도 오래 되었다고 했다. 증상이 심각한 정도는 아니며 잠시 일을 접고 어머니를 만날 좋은 기회라고 둘러댔다. 발데마르는 안나의 말을 믿었다. 아무 낌새도 눈치채지 못한 것 같았다.

아마 안나의 거짓말 솜씨가 좋아서 그랬을 것이다. 그것도 아주 교묘한 솜씨였기 때문에. 안나는 언제부터 거짓말이 능숙해졌는지 생각해보았다. 안나는 언제나 정직이 중요한 덕목이라고 강조하는 사람이었다.

하지만 그것은 진실이 가슴 아프지 않을 경우에 한하는 일이었다. 진실이 아무런 문제를 일으키지 않을 때였다.

안나는 전부터 틈만 나면 반야에게 진실을 말하려고 했다. 거의 진실을 말하기 직전까지 간 적도 많았다.

하지만 일단 편리한 방어막이 되기 시작한 거짓말은 곧 수많은 작고 일상적인 거짓을 낳았고 이 거짓은 어느새 진실이 되어버렸다. 그리고 이렇게 진실이 된 거짓은 시간이 지나면서 캡슐에 담겨져 난공불락의 견고한 성이 되었다. 안나는 이 성으로 발데마르를 끌어들였다.

발데마르는 반야가 이해할 나이가 되면 있는 그대로 사실을 말해주려고 했다. 하지만 안나는 이 일을 계속 망설였고 진실 전달의 시점은 몇 주, 몇 달, 몇 년씩 뒤로 미루어졌다. 그러다가 진실은 언제부턴가 너무도 막중한 문제가 되어, 있는 그대로 밝혔다가는 모든 것을 파괴할 공포로 변했다. 시기를 놓친 것이다.

"반야에게 당신 말고 다른 아버지는 없어요." 안나는 언젠가 남편 앞에서 이렇게 단정했고 이후 두 사람은 이 문제를 그대로 방치했다. 반야와 발데마르는 서로 떨어질 수 없는 굳건한 부녀가 되었다. 혹시 발데마르가 유난히 정성을 들여서 그렇게 된 것은 아닐까? 딸에 대한 사랑을 아무도 의심하지 않도록? 이유가 무엇이건 간에 어쨌든 그런 노력은 성공을 거두었다. 반야는 안나보다 발데마르를 더 따랐기 때문이다. 어느 누구보다 더 좋아했다.

이상하게도 두 사람은 서로 잘 보완이 되었다. 진실을 밝히자던 발데마르도 세월이 가면서 잠잠해졌고 반야를 친딸처럼 사랑했기 때문에 그도 공범 의식을 느꼈다.

거짓의 성이 폐쇄된 것이다.

그러다가 몇 달 전 어느 날인가 그가 성문 앞에 나타났다. 세바스찬 베르크만이 오래전의 편지를 갖고 모습을 드러낸 것이다.

증거마저 캡슐에 담지는 못했다.

안나는 그를 보지 않으려고 했고 문전에서 내쫓았다. 그리고 어디론가 사라져주기를 바랐다.

하지만 세바스찬은 그렇게 하지 않았다.

안나는 그가 베스테로스에서 반야와 함께 일했다는 사실을 알았다. 그리고 지금 다시 일하게 된 것이다. 세바스찬은 알 수 없는 방법으로 성벽을 허물고 그들의 딸에게 접근했다.

하지만 반야는 그를 좋아하지 않았다. 유일하게 긍정적인 측면은 그것이 유일했다. 진실의 폭로를 막아줄 유일한 수단이었다. 이것을 제외하면 상황은 혼돈스러웠다. 안나는 비밀을 꼭꼭 감쌌다. 세바스찬의 신분을 아는 유일한 사람이었기 때문이다. 그리고 이 정보는 발데마르에게도 비밀에 붙였다.

안나는 발데마르를 보호하려고 했다. 어쩌면 자신과 다른 그를 믿지 못했기 때문인지도 모른다. 그는 거짓말을 견디기 힘들어했기 때문이다. 그래서 꼭 한 번 그가 반야의 생부에 대해 물었을 때 그것은 중요한 문제가 아니라고 대답한 것이다. 앞으로 어느 누구에게도 말하지 않을 것이며 이것이 발데마르에게 문제가 되면 즉시 관계를 청산하자는 말까지 했었다.

결국 발데마르는 계속 안나 곁에 머물렀고 다시는 물어보지 않았다. 그는 좋은 남편이었다. 안나가 생각하는 것 이상으로 좋은 사람인 것만은 분명했다.

그런데 이제 안나는 목숨이 위태로운 지경에 빠졌는데도 계속 거짓말을 할 수밖에 없는 처지가 되었다. 어쩌면 인과응보인지도 모른다. 사필귀정인지도 모른다.

전화벨이 울렸다. 벨소리에 안나는 깜짝 놀랐다. 또 광고 전화였다. 이번에는 인터넷선 연결을 홍보하는 것이었다. 안나는 한 마디 쏘아붙이고 전화를 끊었다. 끊고 나니 목소리가 귀에 익은 것 같았다. 어제였다. 밤늦게 누군가 전화를 하더니 개인연금에 대한 얘기를 하려고 했다. 방금 전화가 어제 그 목소리였을까? 몸이 오싹하는 기분이 들었다. 안나는 다시 전화기를 들고 그 번호를 알 수 있는지 확인했다.

하지만 어제처럼 오늘도 발신 번호가 뜨지 않았다.

이것이 무슨 의미일까? 어쩌면 단순한 편집증인지도 모른다. 그럼에도 그 목소리가 뭔가 이상하다는 느낌은 지울 수 없었다. 두 번 다 나이 들고 힘이 빠졌으면서도 쉰 목소리여서 도무지 전화 영업을 하는 사람이라는 생각은 들지 않았다. 그런 일을 하는 사람은 대개 젊고 호감을 주는 목소리였다. 뭔가 내세워야 하기 때문이다. 방금 전화를 건 남자는 달랐다. 그는 뭔가 다른 것을 원하는 것 같았다. 또 쏘아붙이는 말에 쉽게 떨어져 나갔다. 마치 전화를 끊는 반응에 만족한 듯 보였다. 안나가 집에 있어 안심하는 듯 했다.

안나는 초조한 마음에 창가로 가서 길거리를 내려다보았다. 아무것도 보이지 않았다. 어느 쪽을 봐야 하는지도 몰랐다.

안나는 현관문으로 가서 7중 경보 자물쇠를 잠그고 열쇠를 꽂아놓았다. 그런 다음 나머지 짐을 싸고 택시를 불렀다.

안나는 곧 중앙역까지 갈 수 있었다.

랄프는 벌써 10분이나 주차할 곳을 찾느라고 헤매고 있었다. 그는 데 예르스가탄에서 차를 몰면서 벌써 여러 번이나 스토르스케르스가탄을 지나갔다. 처음에는 막다른 길로 들어갔고 마지막에는 일방로여서 번번히 베르타베겐으로 길게 우회하면서 다시 그곳으로 돌아갈 수밖에 없었다. 그는 계속 이목을 끌면서 헤매는 것이 싫었다. 똑같은 은색 차가 반복해서 같은 지점을 지나간다면 호기심 있는 동네 사람의 눈에 쉽게 발각될 것이다. 그렇지만 선택의 여지가 없었다. 어차피 차는 있어야 했고 가능하면 현장 가까운 곳에 주차를 해야 했다. 그래야만 눈에 띄는 시간을 줄일 수 있을 것 같았다. 이것은 단독주택 동네의 장점이었다. 이런 동네에서는 주차 문제가 없었기 때문이다.

하지만 이번의 새 제물은 전보다 훨씬 힘들었다. 무엇보다 감시할 틈이 없었다. 첫 번째 대상은 여러 날 감시하면서 작전을 세울 수 있었다. 이번에는 감시가 부족했던 결과 아침 7시 반에서 8시 반 사이, 남편이 나가고 여자가 버스를 타고 두 정거장을 가거나 걸어서 근무처인 소피아헴머 병원으로 출근하기 전이 가장 안전하다는 결론을 내렸다.

동시에 그는 그 사이에 더 용감해졌다. 기술도 늘고 실력도 강해졌다. 첫 번째 일을 치르기 전에는 여러 차례 초조한 나머지 조그만 방해요인에도 작전을 중도에 포기해야 했다. 이웃집의 창문이 열려 있다거나 자전거가 지나간다든가 차에서 내릴 때 어느 집에서 어린애가 울기만 해도 포기할 정도였다. 몇 차례인가는 너무 겁이 나서 중도에 집에 돌아갈 때도 있었다.

하지만 세 번째부터는 이런 불안감이 차츰 가셨고 마지막 네 번째로 빌렌을 처리할 때는 즉흥적인 아이디어도 나왔고 좀 더 과감해졌다. 물론 모든 절차는 주어진 틀을 벗어나지 않았지만 그는 상황을 예리하게 파악했고 자신의 본능에 의지했다. 일을 마무리 한 다음에는 해방감을 느끼기까지 했으며 이후로는 자신이 임무를 충분히 감당할 수 있다는 자신감이 들었다. 이제 그는 노련한 경험자였다. 힘을 행사할 수 있는 남자였다. 그처럼 노련하게 임무를 완수할 수 있는 능력자는 전무하다고 할 수는 없지만 있다 해도 극히 적었다.

세부적인 절차 하나하나는 그가 생각했던 것보다 까다로웠다. 상상 속에서만 머물 당시에는 그랬다. 처음 칼로 사람의 목을 갈랐을 때는 자신의 몸에 이상이 생길 정도였다. 피부가 갈라질 때의 소리는 너무 이상했고 예상보다 살이 두꺼웠으며 내뿜는 피는 너무도 따뜻하고 끈적끈적해서 그는 잠시 정신적 공황에 빠질 정도였다. 하지만 차츰 익숙해졌고 솜씨도 늘어났다. 마지막에는 생명이 꺼지는 순간 여자의 눈을 들여다보기도 했다. 숭고한 느낌이었다. 신을 믿지는 않았지만 신이 지상의 인간을 내려다볼 때 같은 그런 기분이었다. 판단력에 영향을 줄 수도 있는 온갖 거친 감정으로부터 자유로운 형상으로서의 신과 같은 느낌이 들었다. 죽어가는 개미를 바라보는 기분이었다. 흥미롭기도 했다. 그 이상은 아니었다. 결국 한 명의 인간일 뿐이었으며 의식과 임무는 모든 인간보다 더 고귀한 것이었다.

하지만 처음부터 끝까지 가장 커다란 문제는 섹스 부분이었다. 그는 그것을 해야만 한다는 사실을 알고 있었다. 엄한 지시를 받았기 때문이다. 그것도 임무였다. 하지만 그는 섹스가 즐겁지는 않았다. 사실 그는 섹스를 감당할 수 없었다. 너무 긴장되고 역겨웠다. 그는 발기에 어려움을 겪었다. 여자가 너무 시끄러운 소리를 지르는 데다가 몸속으로 삽입을 하기가 힘들었다. 게다가 그는 여자를 좋아하지 않았다. 여자들의 몸은 둥그스름한 데다가 가슴과 엉덩이는 너무 힘이 없었다. 눈에 보이는 것은 살덩어리뿐이었다.

섹스를 치르는 과정은 그의 온 신경을 집중하도록 요구했다. 누군가와 몸을 밀착한다는 것 자체가 그는 싫었다. 이런 형태로는 아니었다. 절대 아니었다. 그렇다고 이 과정을 건너뛸 수도 없는 노릇이었다. 생략한다면 임무를 망치는 결과가 될 것이다. 그러면 패배하는 것이다. 그것은 그가 선생님의 발치에도 못 미친다는 의미일 것이다. 그러면서도 그는 왜 사람들이 그토록 섹스에 매달리는지, 왜 그런 짓을 원하는

지 이해할 수 없었다. 그에게는 커다란 수수께끼였다.

데 에르스가탄 길로 세 번째 들어서는데도 주차 공간은 여전히 보이지 않았다. 그는 시간에 차질을 빚을 것이 걱정되었다. 이 시간이면 이미 집에 들어가 임무를 시작했어야 했다. 그는 아침 일찍, 6시면 문을 여는 교외의 건축자재 시장에 가서 도장공이 입는 하얀 작업복을 구입했다. 여자에게 문을 열도록 구실을 만들기 위해서였다. 층계참에 페인트를 칠하는 도장공으로 위장하자는 아이디어가 그럴듯하다는 생각이 들었기 때문이다. 값싼 페인트통도 몇 개 샀고 얼굴 깊이 눌러쓸 수 있는 모자도 하나 구입했다. 자신이 보아도 그럴듯했다.

트롤레는 그 차가 벌써 두 번씩이나 옆으로 지나가는 것을 주목했다. 전에 한 번 본 차였다. 은색 일본차. 선글라스와 모자를 쓰고 운전하는 얼굴. 주차할 곳을 찾는 것으로 보였다. 트롤레는 물병을 내려놓고 본능적으로 주머니에 손을 대었다. 주머니에는 전기충격 총이 있었다. 그 총을 꺼냈다. 따뜻한 체온이 밴 까만 플라스틱을 손으로 꽉 잡았다. 트롤레의 맥박이 빨라졌다. 그는 사전에 세운 여러 가지 작전을 곰곰이 생각하기 시작했다. 경찰에 전화를 하는 것도 그중 하나였다. 토르켈과의 관계에는 문제가 없었다. 오히려 그가 끝없이 몰락하는 동안에도 토르켈은 그를 비난하지 않았다. 물론 트롤레가 보여준 모든 행위를 지지한 것은 아니지만 이것도 이상하다고 할 수는 없었다. 사실 엉망이 된 모든 상황은 트롤레 혼자의 책임이었다. 아무튼 트롤레는 옛 동료가 자신을 뒷받침해준다는 느낌을 받았다. 얼마 전부터 두 사람 사이에는 교류가 끊어졌지만 결코 토르켈 탓은 아니었다. 트롤레는 끊임없이 잠적 생활을 했기 때문이다. 왠지 모르게 그는 두 사람이 아직도 서로 존중한다는 생각이 들었다.

동시에 토르켈과 대화를 하면 세바스찬을 곤란한 처지에 빠트리는 결과가 될 것이다. 어떻게 그자가 반야 어머니의 집 앞에 있는 것을 알았는가? 트롤레는 거기서 뭐 하고 있었는가? 이런 질문이 나올 것이 분명했다.

트롤레는 어떤 경우에도 세바스찬을 궁지로 몰고 싶지 않았다. 지금은 아니다. 그는 진실을 알았고 두 사람의 운명이 비슷하다는 것을 잘 알고 있었기 때문이다. 그는 이번 문제를 해결하면 그 자신의 과오를 씻을 수 있다는 느낌을 받았다. 일을 그르치지 않고 성공적으로 해결할 기회였다.

하지만 아무리 그가 애를 쓴다 해도 세바스찬의 비밀은 드러나지 않을 수 없을 것이다. 어떤 식으로든 개입하지 않을 수 없기 때문이다. 만일 저 놈을 쫓아버리기만 하고 도망치게 내버려 둔다면 놈은 그의 손아귀를 벗어나 계속 다른 여자들을 위험에 빠트릴 것이다. 트롤레는 어떡하든 손을 쓸 수밖에 없었다. 일단 놈을 제압하고 계획은 그 다음에 세우자. 선택의 여지가 없었다.

결정은 그의 몫이었다. 트롤레만이 할 수 있는 일이었다.

어느 때보다 느낌이 좋았다.

그 차는 벌써 세 번째 그의 곁을 지나갔다. 트롤레는 결정을 내렸다. 일본차를 탄 놈은 아직 트롤레가 있다는 것을 모르기 때문에 트롤레는 결정적인 순간에 덮칠 수 있는 이점이 있었다. 그는 렌터카의 시동을 걸고 몇 분 뒤 천천히 출발했다. 그리고 교통법규를 위반하며 데 예르스가탄의 횡단보도 바로 옆에 차를 세웠다. 이어 차에서 내려 주차했던 지점으로 다시 걸어갔다.

이제 주차할 곳을 찾던 놈에게 갑자기 빈자리가 생겼다. 트롤레는 도요타를 모는 놈이 이 자리로 들어갈 거라고 확신했다.

랄프가 베르타베겐에서 보니 주차 공간이 보였다. 완벽한 자리였다. 여자 집의 건물 입구에서 불과 30미터밖에 떨어지지 않은 곳이었다. 하지만 운이 나쁘면 다른 차가 재빨리 먼저 차지할지도 모르기 때문에 그는 가속페달을 밟고 노란불인데도 빠른 속도로 교차로를 건너갔다. 난폭 운전을 하며 좌회전을 하고 다시 우회전을 했다. 이어 주차할 자리가 앞에 보이자 브레이크를 밟았다. 쓸데없이 이목을 끌고 싶지 않았다. 그는 조심스럽게 그 자리로 들어가 주위를 둘러보았다. 사방은 조용했고 아무런 움직임도 없었다. 너무 늦어서 화가 났다. 벌써 시간은 8시에 가까웠다. 그는 주머니에서 잭나이프를 꺼냈다. 나중에 임무를 수행할 때 사용할 식도는 평소처럼 옆 자리의 가방에 들어 있었다. 하지만 처음에는 작은 칼이 훨씬 요긴했다. 문을 열자마자 손가락을 입에 대는 신호를 보내며 들이댈 칼로는 잭나이프가 효과가 있었다. 목에 들이대며 충격과 죽음의 공포로 몰고 가는 데는 제격이었다. 이렇게 하면 대개 성공을 거두었다. 변장한 옷차림도 그럴듯하다는 생각이 들었다. 더구나 무기를 눈에 띄게 들고 있어도 거리낌이 없었다. 칼을 들고 있는 도장공이라고나 할까.

그가 안전띠를 풀고 막 차에서 내리려고 할 때 옆문이 열리면서 낯선 자가 안으로 얼굴을 디밀었다. 나이 든 남자였다. 반백의 머리에 길고 검은 코트를 입은 영감이었다. 눈빛만은 번쩍이고 있었다. 뭔가 요구하는 것으로 보였다. 손에 든 까만 플라스틱 덩어리는 낡은 손전등 같았다.

"이제 다 끝났어!" 남자는 이렇게 외치면서 이상하게 생긴 그 까만 물건을 그의 목에 대려고 했다. 찰칵하면서 전원이 켜지는 소리가 들렸다. 랄프는 반사적으로 오른팔을 들어 영감의 팔을 막을 수 있었다. 동작이 별로 민첩하지 못한 영감이었다. 이 바람에 까만 물건은 좌석의 목 받침대를 향했다. 랄프는 갑자기 그 물건이 무엇인지 알았다.

가느다란 푸른 불빛. 윙 하는 전기 작동 소리. 전기충격 총.

그는 다시 팔을 들어 상대의 팔을 밑으로 꺾었다.

트롤레가 욕을 하며 자신의 팔을 빼려고 할 때 키가 크고 삐쩍 마른 놈은 왼손으로 그를 가격했다. 주먹은 그의 입 바로 위를 맞췄지만 트롤레는 아프다기보다 더욱 화가 났다. 하지만 트롤레는 자신의 기습이 완전히 실패했으며 갑자기 난처한 처지에 빠졌다는 것을 알았다. 근접전에 미숙한 그는 빨리 이 상황을 모면할 필요가 있었다. 첫 번째 공격이 빗나가자 두 번째는 동작이 자유로운 왼손으로 뺨을 겨누었다. 그 놈은 끙 하는 신음소리를 내며 머리를 앞으로 조금 꺾었다.

혼전 순간에 트롤레는 다시 자유로워진 오른손으로 상대를 압박할 수 있었다. 이제 좁은 공간에서 빠져나와야 했다. 차 안에서 치고받고 싸울 수는 없는 노릇이었다. 그는 다시 테이저를 꼭 잡고 제대로 한 방 갈기려고 했다. 바로 그 순간 놈의 왼팔이 자신의 복부를 치는 동작이 보였다. 그는 공격을 피하려고 했지만 실패하고 말았다. 하지만 이 정도는 곧 벌어질 사태에 비하면 아무것도 아니었다.

그놈의 공격은 생각보다 강했다. 너무 아파서 트롤레는 갑자기 온몸에 힘이 쭉 빠지면서 손에 잡은 테이저를 놓치고 말았다. 어떻게 이런 일이 있을 수 있단 말인가?

놈이 두 번째 가격을 했을 때는 온몸이 부서지는 듯 고통이 심했다. 눈앞이 캄캄해지면서 트롤레는 놈이 이제는 주먹이 아니라 칼로 자신을 찌르고 있다는 것을 알았다.

세 번씩이나 찔렀다.

트롤레는 하체가 따뜻해지면서 축축하다는 느낌을 받았다. 곧 의식을 잃을 것 같았지만 마지막 순간 놈의 손으로 눈길을 돌릴 수 있었다. 그 손은 뭔가를 움켜쥐고 있었고 자신의 배에서는 뭔가가 튀어나와 있었다. 손에 쥔 것은 칼이었고 튀어나온 것은 자신의 창자였다. 트롤레가 마지막으로 본 것은 다시 자신을 찌르는 칼이었다.

랄프는 영감의 배에서 흘러나와 바짓가랑이로 쏟아져 내리는 피와 창자를 보았다. 참혹한 모습이었지만 그는 계속 찔렀다. 옆자리로 몸을 굽히고 긴 신음을 토하던 영감은 잠시 뒤 잠잠해졌다. 그의 몸은 계속된 랄프의 공격에도 별 반응을 보이지 않더니 드디어 계기판 쪽으로 천천히 쓰러졌다. 랄프는 공격을 멈추었지만 경계를 늦추지 않았다. 조금만 움직였어도 계속 공격을 퍼부었을 것이다. 갑자기 차 안이 조용해졌다. 랄프가 입은 하얀 도장공 작업복의 소매가 피에 젖어 빨갛게 물들었고 거기서 나는 피와 창자 냄새가 코를 찔렀다.

그는 재빨리 머리를 굴리며 생각에 잠겼다.

도대체 무슨 일이 벌어진 것인가? 그의 옆에서 죽어버린 이 빌어먹을 영감은 누구란 말인가? 또 다른 공격자가 나타날 것인가? 그는 초조한 눈길로 주위를 살펴보았지만 길에는 아무도 보이지 않았다. 자신의 차를 향해 다가오거나 주목해서 보는 사람은 아무도 없었다. 이 영감은 경찰에서 나온 사람 같지는 않았다. 경찰이라면 전기충격 총 따위가 아니라 제대로 된 총을 사용할 것이기 때문이다. 그렇기는 하지만 그의 정체나 아니면 적어도 그의 계획이 어떤 식으로든 노출된 것만은 분명했다. 이 남자가 그의 차로 공격해온 것은 우연일 리가 없었다.

“이제 다 끝났어!” 영감이 내뱉은 말은 이 한마디였다. 누군가를 기습하는 사람이 할 말은 아니었다. 선생님의 말씀이 옳았다. 선생님은 어떤 면에서 그가 치밀하지 못해서 자신을 드러낼 것이라고 했다. 어쩌면 이 일의 배후에 세바스찬 베르크만이 있는지도 모른다. 세바스찬은 랄프가 생각한 것 이상으로 강력한 적수였다. 자신이 감시당하고 있다는 것을 알아낸 것만 봐도 그랬다. 세바스찬은 경찰청 앞에서 그를 향해 돌진했었다. 자동차를 바꾸는 것만으로는 부족했는지도 모른다. 그렇다고 해도 뭔가 앞뒤가 맞지 않았다.

세바스찬이 차 안에 죽어 있는 이 남자와 관련이 있다면 경찰에서 나온 사람이어야 했다. 아무튼 세바스찬은 경찰을 위해 일하고 있기 때문이다. 그렇다면 더 많은 경찰이 엿보고 있어야 한다. 아주 많은 인력이 투입되었을 것이다. 어쨌든 랄프는 그들이 찾고 있는 주요 범인이고 가장 우선적인 검거 대상이기 때문이다. 그렇다면 다른 자들은 어디에 숨어 있단 말인가?

그는 이해할 수가 없었다.

그는 다시 불안한 눈길로 주위를 살폈다. 이 시간이면 이미 오래전에 들어가 있어야 할 집 앞에서 뭔가 움직임이 보였다. 택시였다. 그는 발각되지 않으려고 몸을 낮추었다. 안나 에릭손이 가방을 들고 문에서 나오는 모습이 보였다. 계획대로라면 안나를 쫓아가야 했지만 그것은 이제 불가능했다. 먼저 옷을 갈아입어야 했다. 시체도 치우고 차도 처분해야 한다.

그는 실패한 것이다.
선생님의 기대를 저버렸다.
결과에 책임을 져야 할 것이다.

아침에 경찰청에 왔을 때부터 반야는 화가 나 있었다. 사실은 어젯밤 잠자리에 들 때도 화가 났고 아침에도 기분이 나쁜 상태로 잠에서 깨었다. 아직 7시 반도 되지 않았지만 벌써 이날 하루는 온통 재수가 없으리라는 것을 정확하게 알고 있었다.

단지 수사에 진척이 없는 것뿐만 아니라 개인적으로 볼 때는 상황이 더 절망적이었다. 게다가 세바스찬 베르크만은 수사에 더욱 적극적으로 개입하고 있었다. 반야는 이것을 납득할 수 없었다. 어떻게 그는 피해자 네 명 모두와 관계를 맺었는데도 여전히 수사의 중심에 있을 수 있단 말인가? 세바스찬의 가담 자체가 힌데의 정신을 분산시켜 추가 살인을 억제할지도 모른다는 토르켈의 판단이 맞는다고 쳐도 이것은 무책임한 처사였다. 진상이 드러난다면 토르켈은 끝장이다. 언론이 폭로경쟁을 벌인다면 그는 견디지 못할 것이다. 반야가 분노하는 것은 이것뿐만이 아니었다. 반야가 토르켈을 좋아하는 것은 사실이었다. 그가 세바스찬 때문에 자신의 자리를 위태롭게 하는 것에는 사실 별 관심이 없었다. 이와 달리 반야가 극도로 흥분하는 것은 토르켈이 끊임없이 세바스찬에게 다른 팀원에 우선하는 특권을 주는 것이었다. 사실 세바스찬은 대단한 천재도 아니었다. 이 밖에도 그는 유난히 반야를 짜증 나게 했다. 그가 곁에 있을 때는 마음이 편치 않았고 또 언제나 반야를 이상한 눈길로 응시하기가 일쑤였다. 감시받는 기분이었다. 세바스찬은 반야를 못된 경찰로 만들고 있었다. 반야는 그를 혐오했다.

세바스찬이 끔찍할 정도로 싫었다.

그리고 어제 수사에 끈질긴 집념을 보인 일도 결국 쇠데르텔리에로 헛걸음만 한 결과가 되었다. 반야는 쇠데르텔리에도 싫었다.

또 빌리에게 간단한 부탁을 했을 때도 그는 한 마디로 딱 잘라 거절했다. "그럼 당신이 해요." 어떻게 이럴 수 있을까? 언제부터 팀 동료가 부탁하는데 상대보고 직접 하라는 대답을 했던가?

100크로나를 소비해가며 쇠데르텔리에에서 헛걸음을 치고 온 뒤 반야는 샤워를 하고 차를 끓였다. 그리고 버터 바른 빵을 들고 텔레비전 앞에 가서 앉았다. 그리고 이날 밤만은 평소처럼 주방 식탁에 사건 서류철을 펼치고 들여다보는 대신 휴식을 취하고 싶었다. 딴생각을 하고 싶었다.

하지만 그렇게 할 수 없었다.

게다가 엄마는 전화를 해서 할머니가 편찮으셔서 당분간 할머니 댁에 가 있겠다는 말을 했다. 물론 반야는 할머니가 얼마나 아픈지 물었지만 대수롭지 않다는 대답만 들었다. 그렇다면 왜 엄마는 할머니의 증상이 심하지도 않은데 휴가까지 내가며 집을 떠난단 말인가? 엄마는 아버지의 병에 대해서 그랬던 것처럼 이번에도 반야에게 사실을 말하지 않았다. 안나는 반야에게 진단 결과를 함구했고 별것 아닌 것처럼 얼버무렸다. 반야는 아버지의 상태를 알기 위해 아버지에게 직접 찾아가야만 했다. 엄마가 다시 거짓말을 한 것을 알자 아버지는 반야에게 사실대로 진단 결과를 전부 밝혔다. 반야는 이런 방식이 당최 마음에 들지 않았다. 물론 엄마는 딸을 염려해서 그런 것이기는 했지만 엄마의 동기가 무엇이든, 엄마의 거짓말은 이 무렵 모녀 사이를 서먹서먹하게 만들었다. 전부터 두 사람 사이에는 거리감이 있었다. 평소에 반야는 엄마를 안나라고 불렀고 반대로 발데마르에게는 아빠라고 했다. 우연히 그런 것은 아니었다.

언젠가 반야는 이 문제를 안나 앞에서 언급하지 않을 수 없었다. 거짓말이 아주 마음에 들지 않는다고 했다. 통화를 하면서 반야는 자신도 함께 할머니 댁에 가겠다는 말을 하고 싶었다. 하지만 휴가를 낼 수 없었다. 지금으로선 불가능했다. 벌써 한 달 이상이나 아무런 성과도 내지 못하는 마당에 간단히 일을 팽개칠 수는 없었다. 더구나 힌데와 관련이 있다는 정황을 포착한 시점이었다. 하지만 이 단서를 추적하는 일은 반야가 아니라 세바스찬의 몫이었다. 토르켈이 그렇게 결정했다.

밥맛 떨어지는 토르켈.

밥맛 떨어지는 세바스찬.

반야는 텔레비전을 끄고 밖으로 나갔다. 처음에는 가볍게 산책이나 할 생각이었다. 신선한 공기를 마시면서 다른 생각을 하고 몸을 피곤하게 만들고 싶었다. 하지만 그 다음 길목에서 술집이 보이자 들어갔다. 맥주를 한 잔 마신 다음 한 잔 더 마시고 다시 한 잔을 또 마셨다. 남자 몇 명이 반야와 어울렸고 이들은 함께 다른 집으로 옮겼다. 그리고 아는 사람들을 만났다. 그리고 맥주를 더 마셨다. 언제쯤인가 누군지 소주를 주문했다. 반야가 시킨 것인지도 모른다. 이 순간 반야는 한 녀석을 집으로 데려갈까도 생각해보았지만 결국 생각을 바꿨다. 어쨌든 반야가 집에 온 것은 2시 전은 아니었다. 어쩌면 2시가 넘어서 잠자리에 든 것 같기도 했다. 들뜬 기분이었거나 아니면 너무 취했던 것 같다. 전혀 반야답지 않았다. 평소대로 알람 시계가 울렸다. 그리고 지금 술에 취해 겨우 네 시간 자고 다시 경찰청으로 나온 것이다. 숙취 상태라기보다는 화가 났다. 여러 가지로 악조건이었다.

반야는 책상 앞에 앉아 컴퓨터를 켰다. 그리고 로드리게스를 검색하기 시작했다. 그러다가 로드리게스를 찾아내기는 했지만 그가 언제 어디서 몸이 마비될 정도의 사고를 당했는지에 대한 정보는 나오지 않았다. 계속 찾아보는 수밖에 없었다. 그때 갑자기 커피 생각이 났다. 어쩌면 두통약에다 카페인을 배합하면 효과가 뛰어날지도 모른다. 반야는 휴게실로 가서 싱크대 위의 찬장에서 커피 잔을 하나 꺼내 카푸치노를 가득 채우고 다시 자리로 돌아갔다. 그리고 맨 위 서랍에 있는 이부프로펜(소염진통제) 갑에서 한 알을 꺼내 커피 한 모금과 함께 삼켰다. 이어 다시 검색을 시작하려고 할 때 빌리가 들어왔다. 어깨에 가방을 둘러메고 손에는 자전거 헬멧을 들고 있었다. 빌리는 24단 기어가 달린 자전거를 갖고 있었다. 우주선과 같은 소재로 만든 것이었다. 당연히 모든 부품이 첨단 공학으로 이루어진 자전거였다. 반야의 자전거는 겨우 3단이었고 이나마 타지도 않았다.

"안녕, 잘돼가요?" 빌리가 인사를 하며 가방을 벗었다.

"네." 반야는 쳐다보지도 않고 대답했다. 반야는 대화를 피하려고 될 수 있으면 일에 집중하는 것처럼 보이려고 했지만 잘되지 않았다.

"지금 뭐 하는데요?" 빌리는 이렇게 물으면서 뭔지 보려고 반야의 책상 주변을 맴돌았다. 반야는 빌리의 몸이 뜨겁다는 것을 알았다. 두 뺨과 목덜미에서는 땀이 뚝뚝 흐르고 있었다. 빌리는 옆으로 한 걸음 물러서더니 티셔츠의 소매로 얼굴을 닦았다.

"로드리게스가 어떻게 휠체어를 타게 되었는지 조사하는 중이에요."

빌리는 은근히 자신을 비꼬는 말투라는 것을 알아차렸다. 사실 그는 이날 일과를 반야에게 필요한 정보를 찾는 것으로 시작하려고 했었다. 하지만 안타깝게도 반야가 벌써 하고 있었다. 뭐는 그가 어제 유난히 쌀쌀맞게 대했다고 했다. 물론 그는 이따금 결정적인 순간에 할 말을 하고 도움을 당연하게 받아들이는 생각을 고쳐주는 것도 괜찮다고 생각했지만 밤새 마음은 편치 않았다.

"뭘 찾는 건데요?"

"왜 물어요?" 반야는 모니터에서 시선을 떼고 처음으로 빌리를 쳐다보았다. "도와줄래요?"

빌리는 잠시 망설였다. 새로운 상황이었다. 반야는 단순하게 도움을 청한 것이 아니라 도와줄 건지 물어본 것이다. 이런 행동이 빌리를 놀려준다고 생각한 것일까? 두 사람이 함께 할 수밖에 없다는 것을 알기 때문일까? 아니면 어제 빌리의 행동을 본 이후 다시 그를 테스트하기 위해서일까? 빌리는 미리 조심해서 나쁠 것이 없다는 생각을 하고 반문했다.

"도움이 필요해요?"

"아니요."

반야는 다시 모니터로 향하고 자판을 두드리기 시작했다.

빌리는 잠시 어찌할 바를 몰라 그대로 서 있었다. 반야가 토라진 것은 의심할 여지가 없었다. 빌리에게 토라진 것이 분명했다. 아주 잘못된 것도 아니다. 그냥 무시해 버릴까? 시간이 지나면 화도 사그라지겠지. 그는 반야에게 오늘 싹싹하게 대하리라고 마음먹고 나온 길이었다. 그는 반야와 티격태격하고 싶지 않았다.

"커피 한 잔 할래요?" 가벼운 화해의 제스처를 써서 나쁠 것은 없다.

"고맙지만 벌써 갖고 왔어요."

반야는 카푸치노가 가득 찬 커피 잔을 고개로 가리켰다. 빌리는 멍한 눈으로 고개를 끄덕였다. 커피 잔을 먼저 봤어야 하는데. 하지만 아직 화해의 제스처는 남아 있다. 손을 내밀면 분명 뿌리치지는 않을 것이다.

"그 여자 이름은 뭐에요."

"누구요?"

"그 여자. 극장 같이 간…… 내 여자 친구."

반야는 다음 말을 기다리는 눈빛이었지만 빌리는 더 이상 할 말이 없었다. 그는 호기심으로 가득 찬 질문을 예상했고 뭐의 직업만 아니라면 반야가 묻는 모든 질문에 대답할 결심까지 했다. 어제 통화를 한 뒤에 반야는 분명히 나름대로 추측을 했을 것이다. 또 뭐의 존재가 싫었을 것이다. 돌이킬 수도 없고 언제까지나 변함없는 사실이었다. 빌리 자신도 되돌릴 마음이 없었다. 빌어먹을, 모든 것이 갑자기 골치 아프게 꼬였다. 반야는 계속 '그래서 어쩌라는 말이냐'는 눈길로 그를 보고 있었다. 빌리는 자신이 정말 바보 같다는 생각이 들었다. 마치 그가 자랑하듯이 말한 꼴이 된 것이다.

"아, 그저 관심 있는 줄 알고……."

"알았어요." 반야는 다시 검색에 열중했다. 그의 여자 친구 따위에는 관심 없다는 듯이. 단단히 화가 난 것이다. 아마 빌리뿐 아니라 다른 데도 원인이 있을 것이다.

"그래요, 그럼 나는 샤워하러 갈게요."

"그래요."

빌리는 잠시 더 서 있다가 사무실에서 나갔다. 힘든 하루가 될 것 같았다.

힌데는 도서관에 앉아 있었다.

비교적 소규모의 교도소치고는 뢰브하가의 도서관은 꽤나 컸다. 여기에는 아마 여러 이유가 있을 것이다. 우선 장기수들과 이들이 저지른 끔찍한 범죄를 감안했을 수 있다. 이들의 지적 능력을 발전시킨다는 아이디어에서 나온 것이다. 책과 지식이 보다 나은 인간을 만든다는 믿음에서 나온 발상이었다. 그리고 거의 모든 인간적 사고 뒤에 감춰진 이기적인 생각도 있다. 즉 교도소가 보유한 도서관이 우수할수록, 또 도서관에 출입하며 자기완성을 꾀하는 재소자가 많을수록 그 교도소는 더 우수한 평가를 받는다는 사실 때문이다. 훌륭한 도서관이 전문성과 적극적 교도 정책을 반영한다는 진부한 논리였다.

힌데는 청소를 둘러싼 소요를 겪은 뒤 이런 정책의 결과를 직접 경험했다. 이 사태 이후 몇 달 지나지 않아 도서관 시설이 확장되었고 한 층 더 높여 정신과학 분야에 중점을 둔 열람실이 만들어졌다. 외상 후 스트레스 장애(PTSD)를 지닌 유고슬라비아 출신 재소자들 간의 다툼도 도서관 시설로 막을 수 있는 것처럼 비쳐졌다. 아무리 이들이 반복적인 폭력 행위로 복역하고 있다 해도 열두 권짜리 〈르네상스 역사〉나 철학, 정신사 서적을 읽으면 교화될 수 있다고 생각하는 것 같았다.

물론 도서관에서는 전문 서적이나 소설 같은 도서를 비치하고 있다고는 하지만 쓸 만한 책을 보려면 꼼꼼하게 뒤져야 했다. 이 때문에 힌데는 시간이 걸리기는 했지만 이제는 위층 열람실에 앉아 자신의 애독서를 읽고 있었다. 나폴레옹이 1797년에 이탈리아령 알프스를 넘는 과정을 자세하게 기술한 책이었다. 당시 막 사령관에 임명된 나폴레옹이 서둘러 파견된 것은 이탈리아 내의 프랑스 연합군을 합스부르크 제국의 공격으로부터 보호하기 위해서였다. 이 명예로운 전투에서 나폴레옹은 전략적인 천재성을 여지없이 증명해 보임으로써 역사의 주역에 오르게 된다. 힌데는 틈나는 대로 이 책을 읽었지만 전투묘사나 크고 작은 충돌이 재미있어서도 아니고 원정의 문제점이나 현실 정치 때문도 아니었다. 이 때문이 아니라 이 책에는 나폴레옹의 개인적인 면모를 묘사한 장章이 있는 데다 무엇보다 그의 모친인 레티치아 보나파르트에 대한 관계가 들어 있기 때문이었다.

강한 어머니.

지배적인 어머니였다.

힌데는 바로 이 장에 나폴레옹의 비밀이 들어 있다고 생각했다. 그는 레티치아라는 단 한 명의 존재 때문에 너무도 많은 것을 원한 어린 나폴레옹을 마음속에 그려보았다. 레티치아가 투쟁 정신을 길러준 여인이라는 것은 분명했다.

힌데는 잠시 책에서 눈을 떼고 주위를 살폈다. 그는 시간이 12시에서 2~3분 지났으며 도서관의 직원 교대 시간이 되었다는 것을 알았다. 위층에 있는 교도관은 아래층 정문 옆에 있는 작은 접수대로 내려갈 것이고 교대 직원이 오자마자 동료와 함께 도서관에서 나갈 것이다. 새로 들어온 교대 직원은 처음에는 혼자라 더 크고 이용자가 많은 아래층에 머물 것이다. 그리고 10분 뒤 두 번째 교도관이 들어오면 두 사람 중 한 명은 위층으로 올라올 것이다.

힌데는 책을 옆으로 치우고 의자를 조심조심 끌면서 아래층 동정을 살피기 위해 난간 쪽으로 접근했다. 평소처럼 위층의 이용자는 힌데 혼자뿐이었다. 다른 재소자들은 위층에는 올라오지 않았으며 어쨌든 힌데가 있을 때는 오지 않았다. 아래층의 이용자들은 언제나 고분고분했다. 벌써 오래된 광경이었다. 마치 교도소 당국이 단 한 사람을 위해 수백만 크로나를 써가며 도서관을 한 층 더 확장한 것처럼 보였다.

세상을 굽어보는 느낌이었다.

화려한 낙성식이 끝나고 불문율이 자리 잡기까지는 몇 주가 걸렸다. 이 무렵 힌데는 자신에게 끊임없이 도움을 준, 키가 큰 친구 롤란드 요한손이 몹시 그리웠다. 롤란드는 다른 사람을 능가하는 유일한 재주가 있었다. 그는 겁이 없었고 감정이입이나 동정심같이 흔해빠진 감정 따위로 흔들리는 법이 없었다. 그럼에도 힌데에게는 충성스런 병사처럼 한없이 신의를 지켰고 힌데에 대해서는 굳게 입을 다물었다. 처음에 롤란드는 말이 많지 않았지만 힌데는 조심스럽게 그와 대화를 할 구실을 찾았고 그의 유년시절 그리고 그의 성격 형성의 배경이 된 암담한 환경을 알아내어 접근을 시도했다. 그의 부모는 알코올의존증이었다. 이런 가운데 고아원을 전전했다. 지속적이지 못한 환경 때문에 늘 불안했다. 어린 나이에 범죄를 저질렀고 마약도 했다. 억지로 이곳에 갇혀 지내는 재소자들의 90퍼센트는 흔히 가지고 있는 스토리였다. 다만 다른 사람과 차이가 있다면 롤란드는 머리가 좋다는 점이었다. 믿을 수 없을 정도로 지능이 뛰어났다. 이 점을 일찍이 간파한 힌데는 도서관의 책에 나오는 수법을 이용해 그를 테스트해보았다. 스탠포드-비네의 지능검사(Stanford-Binet-Skala)에서 롤란드는 172를 기록했다. 176이 넘는 사람은 전체에서 0,0001퍼센트에 지나지 않는다. 힌데가 만전을 기하기 위해 두 번째로 웩슬러 검사(Wechsler-Skala)를 하자 비슷한 결과가 나왔다. 롤란드 요한손은 둘도 없는 보배였고 힌데에게는 하늘에서 내려준 선물이나 다름없었다. 세상에서 버림받은 이 천재는 가혹한 삶과 암담한 환경 때문에 강철같이 단련된 인간이 되었다. 그는 깊은 내면에 감춰진 것을 결코 내보이지 않는 유형이었다. 힌데를 만나기 전까지는 그랬다. 마약이 주는 화학적인 자극은 정신적인 자극으로 대체되었으며 힌데는 그가 이후로 맡을 역할을 마련했다.

출소한 뒤 롤란드는 한동안 눈에 띄는 행동을 자제했다. 범죄도 저지르지 않았고 마약도 하지 않았다. 그는 신호를 기다렸다. 힌데의 수법은 스웨덴 일반 사회에서 20년간 우호적인 관계를 형성한 것보다 더 효과가 뛰어났다. 그는 롤란드에게 새로운 정체성을 확립하게 했고 자신에 대한 믿음이 생겨나게 했다. 그것은 몇 권이 되었든 전 세계의 어떤 책을 읽은 것보다 더 뛰어난 효과였다. 힌데는 교도소 담장 밖에 그토록 충성스런 노동력을 배치한 것이 기뻤지만 동시에 그가 그립기도 했다. 부분적으로는 둘 사이의 우정이 깊어졌기 때문이기도 했고 부분적으로는 뢰브하가에서 그의 힘이 롤란드가 없는 상태에서 약화되었기 때문이기도 했다. 힌데는 이제 3중 살인범인 이고르의 도움을 구하는 수밖에 없었다. 이고르는 능력이 나무랄 데 없었지만 안타깝게도 조울증을 앓고 있어서 전적으로 신뢰할 수가 없었다.

힌데는 아래층에 첫 교대 인력이 들어오는 모습을 지켜보았다. 오늘은 평소보다 조금 늦었지만 예상했던 시간 범위에서 벗어나지는 않았다. 그 교도관은 걸음을 멈추고 근무를 마치고 나가는 두 동료와 몇 마디 대화를 하고 있었다. 무슨 일인지 다 같이 웃음을 터트리더니 두 교도관은 새로 교대한 동료의 어깨를 두드리고는 점심 휴식을 위해 도서관을 떠났다. 그들은 문가에서 파란 옷을 입고 청소차를 끌고 막 도서관으로 들어오는 청소부와 마주쳤다. 두 사람은 청소부를 보자 고개를 끄덕이며 목례를 했고 청소부도 마주 아는 체를 했다. 랄프였다. 이어 랄프가 들어오다 발을 멈추고 막 접수대에 앉은 세 번째 교도관과 이야기를 나누는 모습이 보였다. 힌데는 살며시 엘리베이터 쪽으로 다가갔다. 그리고 마치 책을 고르는 것처럼 서가 뒤에 바싹 붙었다. 어차피 아래층의 교도관은 그를 주목하지 않았다. 그는 14년간 단 한 건의 사고도 일으키지 않은 힌데에게 안심하고 있었다. 편한 것을 찾느라 길이 잘못 든 것이다.

"위층부터 시작하죠." 랄프가 말하는 소리가 들렸다.

"네, 하고 싶은 대로 해요." 교도관은 태연하게 대답했다.

힌데는 랄프가 청소차를 엘리베이터 쪽으로 밀고 와서 단추를 누르는 소리를 들었다. 즉시 문이 열리고 랄프는 청소차를 엘리베이터 안으로 끌고 들어갔다.

경비 교대가 이루어지고 두 교도관 중 한 명이 위층으로 올라올 때까지 두 사람에게 주어진 시간은 약 9분이었다. 급하게 나눌 얘기가 있을 때를 제외하곤 랄프와 힌데가 이곳에서 만나는 일은 아주 드물었다. 인터넷 통신만으로는 충분치 못할 때만 만났다. 힌데는 이런 안전수칙을 철저하게 지켰다. 정기적으로 만나지 않는다는 것은 매우 중요한 원칙이었다. 교도관들이 눈치채지 못하게 하고 이들에게 불필요한 의심을 사지 않기 위해 정한 확고한 기준은 절대 규칙적인 만남이 있어서는 안 된다는 것이었다. 하지만 이들은 지금 만나야 했다. 랄프가 그에게 fyghor.se를 이용해 불안한 보고를 했기 때문이다. 누군가 그들의 단서를 포착했다는 것이다. 또 한 사람이 죽었다. 랄프가 습득한 운전면허증이 진짜라면 힌데도 아는 사람이었다.

트롤레 헤르만손.

숨 막히는 취조실에 있었던 경찰 중의 한 사람이었다. 당시 경감이었다. 강도 높은 심문을 하던 자리에서 꼬치꼬치 캐물으며 괴롭히던 경찰 중에서도 가장 시비조로 묻던 자였다.

그동안 경찰은 보이지 않았다. 그렇다면 이자는 도대체 무엇을 찾으려고 안나 에릭손의 집 앞에 있었단 말인가?

세바스찬과 관련된 것이 틀림없었다. 당시 그를 심문한 경찰은 세바스찬과 트롤레 헤르만손, 토르켈 회글룬트 세 사람이었다. 자주 교대되기는 했지만 이들 세 명 중 한 사람은 반드시 그 자리에 있었다. 그리고 이제 그들 중 한 명이 죽은 것이다. 이제는 경찰을 그만둔 사람이었다. 어떤 방식으로든 세바스찬 베르크만이 이 일의 배후에 숨어 있는 것이 분명했다. 세바스찬을 제외하고는 옛날 동료를 끌어들인다는 생각을 할 만한 사람이 없었기 때문이다. 세바스찬이 멋대로 일을 꾸민 것이 확실했다. 만약 특별살인사건전담반의 다른 사람이 랄프의 존재를 알았다면 이렇게 늙은 전직 경찰이 아니라 즉시 특수 기동대를 출동시켰을 것이다. 늙은 전직 경찰 혼자서 감당하게 하지는 않았을 것이다.

힌데는 엘리베이터에서 가장 가까운 서가 뒤로 갔다. 랄프는 엘리베이터에서 나오면서 문이 다시 닫히지 않도록 청소차를 문 사이에 세워 놓았다. 이어 총채를 들고 힌데가 있는 서가 쪽으로 갔다. 몇 차례 책 위의 먼지를 털며 입을 연 랄프는 속삭이는 목소리인데도 흥분한 기색이 역력했다.

"선생님이 써주신 대로 시체는 트렁크에 넣어두었어요."

"잘했어."

"차는 브리예리베겐에 있는 울브순다 공단 외곽, 멀리 떨어진 곳에 있어요. 그자가 어떻게 저를 찾았는지 모르겠어요."

힌데는 제자의 모습을 똑바로 보려고 책 두 권을 옆으로 밀었다. 그리고 제자를 물끄러미 바라보았다.

"네가 너무 주의를 게을리했어. 너 스스로 추적을 자초했다는 말이야."

랄프는 고개를 끄덕이며 부끄러워 고개를 숙였다.

힌데가 계속 입을 열었다. "안나 에릭손은 어떻게 되었어?"

"도망쳤습니다."

힌데는 고개를 흔들었다. "그 여자를 다음 대상으로 하기로 했잖아?"

"그렇습니다."

"너에게 항상 강조했지. 계획을 세우고 인내를 하고 그 다음에는 과감하게 실천하라고. 그렇지 않으면 모든 게 엉망이 되고 실패할 수밖에 없어. 지금 우리가 치명타를 입었다는 것을 알아?"

랄프는 너무 부끄러워서 힌데를 쳐다볼 수가 없었다. 오려낸 신문기사를 볼 때 느꼈던 자부심은 온데간데없이 사라졌다. 뭐라 말을 꺼내기도 전에 그는 힘없는 랄프로 돌아가 있었다. 상대를 쳐다볼 수 없을 정도로 주눅이 들었다. 그럼에도 그는 용기를 내어 한 마디 던졌다.

"그러면 왜 경찰은 그 자리에 없었을까요? 그걸 모르겠습니다. 왜 경찰은 보이지 않고 이 나이 든 영감이 튀어나온 거죠?"

"경찰은 모르기 때문이야."

"무슨 말씀이죠?"

"아마 누군가 네가 일을 벌일 거라고 예상한 거야. 바로 그곳에서. 하지만 경찰은 아니지."

"그게 누군데요?"

"누구라고 생각해?"

"세바스찬 베르크만요?"

힌데는 고개를 끄덕였다. "다른 사람일 리가 없어. 이유가 무엇이든 그는 동료들에게 안나 에릭손이 다음 희생자가 될 거라는 사실을 말하지 않은 거야."
"저는 이해가 안 됩니다."
"나도 마찬가지야. 아직은 모르겠어. 어떻게든 그 이유를 알아내야 해."
"완전히 이해가 되지 않아요……."
랄프는 자신을 경멸하는 것 같은 힌데의 눈길을 마주 볼 엄두가 나지 않았다.
"물론 이해되지 않겠지. 하지만 생각 좀 해봐. 세바스찬이 그 여자를 쫓아다닌다고 네가 보고했잖아. 그것도 오래전부터."
"누구 말인가요?" 랄프는 어리둥절해서 물었다.
"반야 리트너. 안나 에릭손의 딸 말이야." 힌데가 짤막하게 대답했다.
랄프는 아직도 납득이 되지 않았다. 바보 같다는 생각이 들었다. 이에 비해 힌데는 언제나 이해가 빨랐다. 수수께끼를 푸는 열쇠는 반야가 쥐고 있었다. 힌데가 가슴을 만지려고 했던 금발의 여자. 처음에 그는 그 여자가 세바스찬을 동행하고 뢰브하가에 왔다는 사실에 별 의미를 두지 않았다. 그런데 세바스찬이 그 여자를 보호하려고 한다는 것을 알아냈다. 이미 오래전부터 그랬다. 이유가 뭘까? 왜 세바스찬은 몇 주씩, 몇 달씩 특별살인사건전담반의 여자 수사관을 쫓아다니다가 특별살인사건전담반에 합류한 것일까? 알 수는 없지만 그냥 지나칠 일은 아니었다. 이 일이 중요하다는 것은 면회실에서 있었던 일만 생각해봐도 분명했다. 세바스찬은 무조건 반야를 보호하려고 했는데 이것은 세바스찬답지 않은 행동이었다. 세바스찬은 웬만해서는 다른 사람과 밀착된 관계를 갖는 인물이 아니었다. 간단히 말해 그는 사람을 좋아하지 않았다. 하지만 반야는 그에게 중요한 사람인 것으로 보였다. 힌데는 세바스찬의 돌출 행동 배후에 무엇이 숨어 있는지 반드시 알아내고 싶었다. 모든 정황으로 미루어볼 때 그는 그 배후의 일단을 발견한 것 같기도 했다. 배후를 캐보면서 세바스찬을 계속 주목할 필요가 있었다. 그는 여건이 허락하는 한 깊이 파보기로 마음먹었다.

랄프는 말없이 서서 긴장한 눈빛으로 주위를 살폈다.

"걱정 마! 아직 시간 여유는 있으니까." 힌데는 그를 안심시키려는 듯 미소를 지었다. "지금 집으로 가서 가족 전부를 조사하는 것이 좋겠다. 안나 에릭손이 언제 임신했는지, 반야는 언제 태어났는지, 그리고 남편인 발데마르가 언제부터 안나와 알게 되었는지 전부 조사해! 또 안나의 남자관계도 모두 알아야겠어. 어느 대학을 나왔는지, 몽땅 조사해!"

랄프는 고개를 끄덕였다. 선생님의 뜻이 무엇인지 완전히 이해되지는 않았지만 힌데의 눈길이 더 이상 경멸하는 것 같지 않아 마음이 조금 놓였다.

"알았습니다."

"오늘 중으로. 지금 당장 시작해! 몸이 안 좋다고 말하고 지금 집으로 가."

랄프는 충분히 알아들었다는 듯 고개를 끄덕였다. 그는 자신의 실패가 곧 퇴출을 의미하는 것으로 알고 겁이 났었다. 그것은 의미 없는 존재로 다시 살아간다는 것이었다. 파멸이나 다름없었다. 그랬다면 최악의 상황이었을 것이다. 그런데 이제 다시 임무를 부여받은 것이다. 보람찬 삶을 이어갈 수 있게 되었다.

"그러고 나서 다음 대상을 일러주실 건가요?" 갑자기 그의 입에서 튀어나온 말이었다.

예상치 못한 질문에 힌데는 심기가 불편해졌다. 지금 눈앞에 서있는 녀석에 대한 통제력을 벌써 상실했단 말인가? 그는 이 우스꽝스런 별종에게 모든 것을 전수해주었다. 어떻게 보면 이 녀석을 창조했다고도 할 수 있었다. 그런 녀석이 지금 그와 거래를 하려고 한다. 제 녀석이 어떤 위치에 있는지 확실하게 보여줄 필요가 있었다. 하지만 이 녀석이 필요한 지금은 아니다. 확신이 들 때까지는 그대로 내버려 두자. 이런 생각 끝에 힌데는 미소를 지으며 안심시켰다.

"랄프, 너는 나에게 아주 중요한 사람이야. 나는 네가 필요해. 원한다면 다른 선생을 찾아가도 돼. 하지만 이 일만큼은 마무리하라고."

이 순간 더 다소곳해진 랄프는 자신이 좀 앞서 나갔다는 사실을 깨달았다. 지나친 질문이었다.

"죄송해요, 저는 단지……."

"알아, 네가 무슨 생각을 하는지……. 너는 정말 열심히 하고 있어. 하지만 언제나 인내하라는 말을 기억해."

힌데는 고분고분 고개를 끄덕이는 랄프를 바라보았다.

"보고를 기다리마." 그는 말을 마치고 돌아서서 레티치아 보나파르트와 그 아들이 기다리는 자리로 돌아갔다.

랄프는 청소차를 엘리베이터 안으로 밀어 넣고 아래층으로 내려갔다. 1분도 채 지나지 않아 두 번째 교도관이 들어왔다. 완벽한 타이밍이었다.

예니퍼 홀름그렌은 하품을 했다. 피곤하거나 산소가 부족해서가 아니었다. 단지 레욘달스 호수로 이어지는 풀밭에 서 있는 것이 너무 지루했기 때문이다. 눈앞에는 방금 간단한 설명을 한 투입 경찰의 지휘자뿐만 아니라 그녀 자신과 마찬가지로 대부분 시그투나에서 온 동료 경찰들도 있었다. 예니퍼는 계속 나오려는 하품을 참으면서 자신이 찾아야 할 대상을 계속 머릿속에 그려보았다.

루카스 뤼드. 여섯 살짜리 아이.

이 아이가 몇 시간 전부터 실종 상태였다. 아이 어머니는 세 시간이라고 희망 섞인 말을 했다. 아이 아버지는 그것보다는 더 오래되었다고 걱정했다. 어쨌든 루카스는 침대에도 보이지 않았고 집 안 어디에도 보이지 않았다. 세 시간 전의 상황이었다. 가족들은 12시 반에 잠자리에 들었기 때문에 원칙적으로는 밤새도록 집에 없었다는 추리도 가능했다. 정확하게 아는 사람은 아무도 없었다. 아침에 잠에서 깨었을 때 집 안의 모든 문은 닫혀 있었다. 닫히기는 했지만 잠긴 것은 아니었다.

예니퍼는 제복 속으로 땀이 흐르기 시작하는 느낌을 받았다. 뜨거운 햇볕이 사정없이 등에 내리쬐이고 있었다. 아이의 실종은 예니퍼가 처음 맡은 사건이었다. 경찰대학에서 4학기를 이수하고 시그투나에서 수습 경찰로 근무한 지 두 달째였다. 이곳은 범죄 다발 도시가 아니었다.

지난 2개월은 마치 2년이나 다름없었다. 그래서 루카스 뤼드의 실종 사건을 접하자 처음에는 기분이 좋았다. 어린 꼬마가 사라진 사건이었다. 납치되거나 유괴 사건일 수도 있었다. 현장에 도착해 주변 상황을 확인하면서 마음속으로는 이런 생각을 품었다.

루카스가 메고 다니던 곰 모양의 조그만 가방도 보이지 않았다. 이밖에 가족들이 주말에 쓰려고 준비해 둔 콜라 두 캔과 알파벳 모양의 비스킷 한 봉지도 보이지 않았다. 아이가 집에서 달아났을 수도 있고 아닐 수도 있었다. 어쩌면 아침에 일어나 집 안사람들을 깨우지 않고 혼자 소풍을 가고 싶었는지도 모른다. 흔히 있는 일이다. 너무 진부하고 지루한 스토리였다.

예니퍼 홀름그렌은 훌륭한 경찰관으로서는 자신의 예상이 잘못되었을 수도 있다는 것을 알고 있었다. 어쨌거나 제발 좀 나타나라. 아이는 단순하게 집에서 없어졌다. 어쩌면 이 꼬마는 숲 속 어딘가에서 쓰러진 나무 기둥에 걸터앉은 채 가지고 간 것을 먹고 있는지도 모른다. 그러다가 날이 쌀쌀해지고 심심해지면 또는 날이 어두워지면 숨은 곳에서 기어 나와 다시 집으로 올지도 모른다.

길을 잃은 것이 아니라는 전제에서 할 수 있는 추리였다. 이 일대는 숲이 빽빽했지만 이 무렵에는 쉽게 흥분하거나 공포에 떨 환경은 아니었다. 기온으로 봤을 때 아이의 체온 저하를 염려해 구조대를 긴급 투입할 상황은 아니었다. 게다가 채석장도 있고 호수도 있기 때문에 길을 잃을 위험은 별로 크지 않았다. 이것은 아이 부모의 땅을 보자 예니퍼가 갑자기 떠올린 생각이었다. 아이가 호수 쪽으로 뛰어가다가 빠졌을 가능성도 있지만 이 집에는 선착장으로 쓰는 나무다리도 없었다. 또 빠졌다 해도 물결이 일지 않기 때문에 아직 얕은 곳에 있을 것이라는 생각이 들었다.

예니퍼는 수색 지역을 할당받았다. 1킬로미터 정도의 거리였다. 큰길 맞은편의 숲 속 길이었다. 예니퍼는 다시 희망을 걸었다. 오래전에 계획된 유괴 사건이라는 생각을 떨쳐버리려고 했다. 이 집안은 호수가 바라다보이는 저택을 소유하고 있기는 하지만 아이의 부모는 뭉텅이로 돈을 버는 사람들이 아니었다. 그래도 대로변에서 우연히 납치했을 가능성도 있지 않을까? 어린 꼬마가 길가에서 어슬렁거리고 있는 것을 보고? 성적 이상자거나 아동 성도착자의 행위일 수도 있지 않을까?

물론 예니퍼는 이 아이에게 불길한 일이 발생하거나 죽임을 당한 것은 아니기를 간절히 바랐다. 아이에게 실제로 심각한 일이 일어난 것이 아니기를 바랐지만 가볍게 긴장하거나 경계심을 발동하는 것도 나쁘지는 않다는 생각이 들었다. 수상한 차량을 발견했다는 보고를 주목하면서 수색하고 포위하고 발견해서 제압하고 범인을 체포하는 것이다.

이런 목적으로 경찰관이 된 것이다. 무더운 여름날에 숲 속을 헤치면서 몰래 소풍을 나갔을지도 모를 꼬마를 찾으려고 경찰이 된 것은 아니다. 그럴 생각이라면 유치원 교사가 되었을 것이다. 하지만 유치원에서 아이가 실종되었다는 것은 뭔가 잘못된 것이다. 그런 일은 흔치 않지만 어쨌든 경찰이 할 일과는 거리가 먼 것 같았다.

이런 생각을 하며 예니퍼는 숲길을 따라 걸었다. 지도를 보면 길은 일종의 자갈구덩이에서 끝나게 되어 있었다. 어쩌면 루카스는 자갈 밑에 파묻혔는지도 모른다. 자갈 언덕으로 기어오르다가 자갈더미가 무너질 때 같이 구덩이에 빠졌을 가능성도 있다. 그리고 허우적거리면서 더 깊이 구덩이 속으로 빨려 들어갔을 수도 있다. 자갈 구덩이에서 이런 일이 가능할까? 알 수 없었다. 구덩이로 달려가서 아이를 끌어 올리고 입에 묻은 흙을 털어주고 다시 살려내는 생각을 하고 있을 때 동료들이 다가왔다. 어쨌든 이런 생각이 나자 예니퍼는 걸음을 재촉했다. 걷는 동안에도 계속 나무 사이를 살폈다. 부모는 아이가 파란 면바지에 노란 티셔츠, 그리고 파란 체크무늬 속옷을 입었을 거라고 했다. 어쨌든 어제는 이 옷을 입고 있었는데 그 옷들이 보이지 않는다는 것이었다. 그러니까 예니퍼는 숲 속에서 움직이는 스웨덴 국기 같은 색깔을 찾아야 했다.

예니퍼는 왜 아이가 집을 뛰쳐나갔는지 생각해보았다. 여섯 살배기의 모험심이 아니라면 도망친 것일까? 예니퍼 자신도 어릴 때 부모에게 화가 난 적이 많았다. 그렇지 않은 아이가 어디 있겠는가. 그래도 도망간 적은 없으며 도망간 아이가 있다는 말도 듣지 못했다. 뭔가 말 못할 곡절이 있는 것은 아닐까?

예니퍼는 자갈 구덩이에 이르렀다. 갈증이 났고 땀이 줄줄 흘렀다. 주변에는 하루살이가 날아다녔다. 동료들은 지시에 따라 5분 간격으로 무전으로 보고를 했다. 예니퍼는 아무도 발견하지 못했는데 왜 5분마다 보고를 하란 건지 이해를 할 수 없었다. 뭔가를 찾아낸 대원만 보고를 하도록 하는 것이 좋겠다는 생각이 들었다.

어쨌든 예니퍼는 아니었다. 구덩이에 도착해 다시 숲을 돌아보려고 했을 때 뭔가 반짝이는 것이 보였다. 예니퍼는 눈을 가늘게 뜨고 손으로 해를 가렸다. 자동차 흙받기 일부와 부서진 전조등이 보였다. 구덩이에서 본 것은 자동차였다. 주차하기에는 어울리지 않는 곳이었다. 몹시 이상했다. 의심스러웠다.

혹시 창녀가 단골손님을 이곳까지 데려온 건 아닐까? 마약 패거리들일까? 아니면 유기된 시체가 있는 것이 아닐까?

예니퍼는 권총집을 열고 자동차 쪽으로 천천히 접근했다.

빌리는 샤워를 마친 다음 커피를 가져왔다. 그는 사무실 문을 열고 들어가면서 반야를 못마땅한 눈길로 쳐다보았지만 반야는 고개를 들지 않았다. 그래서 빌리는 더 이상 반야를 방해하지 말자고 다짐했다. 반야가 토라진 것이 아니기를 바랐다. 사실 그 자신도 도무지 이유를 몰랐다. 그가 기억하는 한, 두 사람이 본격적으로 다툰 적은 없었다. 의견 차이가 생길 때 토론을 하기는 했어도 싸움까지 가지는 않았다.

시간이 가면 해결되겠지 하는 생각이 들었다. 최악의 경우 미안하다고 사과하면 될 일이었다. 별로 유감스러울 것도 없었다.

그는 컴퓨터 앞에 앉아 로그인을 했다. 그리고 헤드폰을 쓰고 휴대전화의 스포티파이(Spotify: 유럽 기반의 음악 스트리밍 서비스_옮긴이)를 작동시킨 다음 서류철을 펼쳤다. 간밤에 잠이 오지 않아 쓴 것이었다. 간단히 주제별로 핵심만 간추린 글이었다. 자신의 생각을 한눈에 분류할 수 있는 방법으로서 사건 전체를 요약한 문서였다. 처음부터 오늘까지 있었던 일을 생각과 이론을 뒤섞어 적은 글이기도 했다. 빌리는 이제껏 이런 방법으로 일해본 적이 없었지만 여기서 어떤 아이디어가 떠오를지 알고 싶었다. 그는 의자에 등을 기대고 기록을 자세히 살펴보았다.

첫 번째 가능성은 누군가 세바스찬과 섹스를 나눈 상대를 죽이고 힌데의 수법을 그대로 본땄지만 이 범인과 힌데 사이에는 아무런 연결고리도 없는 경우였다. 이유는 모르지만 세바스찬에게 복수한다는 일념으로 바보 같은 작자가 저지른 짓이라는 가정이다. 이 추리는 가능성이 거의 없었다.

힌데는 어떤 식으로든 살인과 관계가 있었기 때문이다. 또 세바스찬도 이렇게 확신하고 있다. 그리고 반야도 세바스찬을 만났을 때 그런 느낌을 강하게 받았다. 따라서 이런 전제에서 출발해야 한다. 힌데가 개입한 것이다.

하지만 힌데가 살인을 저질렀을 가능성은 완전히 배제할 수밖에 없다. 그러면 빌리가 파악한 바로 이 경우에 남은 가능성은 두 가지밖에 없었다.

하나는 힌데가 누군가에게 살인을 사주했을 가능성이다. 어떤 기회를 이용해 접촉하고 모든 희생자는 일정한 공통점이 있어야 한다는 얘기를 나눈 것이다. 이에 대해 대화의 상대는 자기 나름대로 계획을 세워 세바스찬을 감시하고 이 방법으로 아네테 빌렌을 찾아낸 경우이다. 이것은 가능한 추리이기는 했지만 확률은 높지 않았다.

예를 들면 범인이 아네테 빌렌을 살해할 때 처리 방식을 바꿨다는 사실이 이 추리에 어긋난다. 희생자는 세바스찬의 과거와 관련된 여자가 아니라 갑자기 최근에 만난 여자로 바뀌었기 때문이다. 왜 범인은 이렇게 해야 했을까? 힌데가 미리 준비한 여자의 명단을 넘겨주었는데 그를 모방한 범인이 갑자기 계획을 변경해서 즉흥적으로 일을 꾸몄다는 말인가? 이것도 가능하기는 하지만 별로 있을 법 하지 않은 추리였다.

또 한 가지 변수가 있다면 힌데가 범인과 지속적으로 접촉을 하고 어떤 방식으로든 두 사람이 정보를 주고받았을 수도 있다. 아네테 빌렌이 희생자가 되었다는 사실은 빌리의 이런 추리에 힘을 실어주었다. 범인이 세바스찬을 미행했다면 아네테의 존재를 알았을 것이고 이를 힌데에게 보고했을 것이다. 그리고 보고를 받은 힌데가 아네테를 죽이라고 지시했을 수도 있다. 아니면 그 반대일 수도 있다. 즉 힌데가 최근의 관계를 알아보도록 지시를 내렸을 수도 있다. 세바스찬과 관계가 있다는 사실을 부각하기 위해서. 이 역시 있을 수는 있지만 가능성은 크지 않았다. 힌데는 외부와 연락할 수 없기 때문이다. 혹시 연결 수단이 있는 것이 아닐까? 빌리는 뢰브하가의 빅토르 베크만에게 전화를 해서 최근 며칠간 힌데의 인터넷 사용 기록을 보내달라고 부탁했다. 빌리는 여기서부터 파고들 생각이었다. 어쩌면 누군가 힌데가 방문한 사이트에 암호 메시지를 남겼을 가능성도 있다. 해묵은 추리소설에 나오는 흔한 수법이었다.

하지만 그렇다 해도 힌데가 무슨 수로 답변을 보낸단 말인가? 도서관에 있는 컴퓨터로는 채팅도 할 수 없고 메시지도 남길 수 없다. 어떤 식으로든 통신은 불가능했다. 그렇다면 결론은 단 한 가지…….

토르켈이 문을 열고 고개를 디밀었다.

"다들 모여요! 시작하자고요." 토르켈은 이렇게 말하면서 빌리의 어깨를 툭 쳤다.

빌리는 헤드폰을 벗고 책상 위에 펴놓았던 문서를 모아들고 방에서 나갔다. 반야는 그대로 앉은 채 눈을 꼭 감고 엄지와 검지로 이마를 마사지하고 있었다. 두통약은 별 효과가 없었다. 다시 맨 위 서랍에서 진통제를 꺼내 한 알 빼어 미지근해진 커피와 같이 마셨다. 그런 다음 복도로 나가다가 우르줄라와 부딪칠 뻔 했다. 몇 발짝 뒤에서는 세바스찬이 따르고 있었다. 반야는 그를 거들떠보지도 않았다. 그러고는 보란 듯이 "좋은 아침." 하면서 노골적으로 우르줄라 쪽으로 돌아서서 인사를 건넸다.

"안녕, 피곤해 보이네요."

반야는 고개만 끄덕이고는 재빨리 적당한 핑계를 찾았다. 어젯밤에 부정적인 생각으로 시달렸거나 주 중에 두통으로 고생한다는 인상은 절대 주고 싶지 않았다. 반야는 마침내 눈가에 피로의 기색이 담긴 그럴듯한 이유를 찾아냈다. 걱정거리가 있다고 하면 된다.

"할머니가 아파서요."

"저런, 걱정되겠네요." 우르줄라는 동정심이 가득한 눈빛으로 말했다. "심각한 증상은 아니겠지요?"

"아뇨, 안나가 갔는데 아마 전화할 거예요."

세바스찬은 걸어가면서 가벼운 미소를 띠었다. 안나가 드디어 떠났다. 오늘 이 도시를 벗어난 것이다. 걱정거리가 한 가지 줄었다. 그는 생각할 것이 너무 많았다. 무엇을 했는지, 무엇을 했어야 했는지, 앞으로 무엇을 해야 할지……. 그가 정말 멍청하게도 살인범을 안나 에릭손에게 데리고 간 것이라면 경찰관 두 명을 집 안에 대기시키고 범인을 기다리게 하는 것이 최선이었을 것이다. 그들을 집 안에 숨겨놓는 것이다. 발데마르가 집에서 나가면 안나 혼자 집에 남았다는 인상을 줄 것이고 그러면 범인이 나타나기를 기다리기만 하면 되는 것이다. 이것이 최선의 방법일 뿐만 아니라 올바른 방법이기도 했지만 불가능했다. 모든 희생자가 똑같은 이유로 살해된 마당에 어떻게 세바스찬 입으로 안나 에릭손이 다음 희생자가 될 수도 있다는 말을 한단 말인가? 그것은 불가능했다. 그래서 그는 트롤레에게 의지할 수밖에 없었다. 트롤레는 오전 내내 전화를 받지 않았다. 세바스찬은 불안해졌다. 그는 다시 휴대전화를 꺼내 트롤레의 번호를 선택하고는 회의실로 들어가 자리에 앉았다. 벨이 계속 울리는 데도 아무 응답이 없었다.

"세바스찬……." 토르켈이 초조한 빛으로 보면서 재촉했다. "그만 시작하자고요."

세바스찬은 통화를 포기하고 휴대전화를 다시 주머니에 집어넣었다. 반야는 탁자 가운데에 있는 물병으로 손을 내밀었다.

"자, 그러면……." 토르켈이 회의를 시작했다. "새로 밝혀낸 사실을 먼저 말해보자고요. 반야, 그 일은 파악했어요?"

반야는 남은 물을 황급히 마시고는 살짝 기침을 했다. "로드리게스는 자동차 절도를 저지를 수 없다는 사실을 알아냈어요. 파란 포드 포커스가 도난당한 것은 로드리게스가 E4고속도로를 질러가려다가 사고를 당한 지 이틀 뒤에 일어났으니까요. 그는 만취 상태였던 것으로 보입니다."

"그 밖에 다른 것은 없나요?"

"로드리게스에 관해서는 없어요. 어쨌든 그가 연루되었을 가능성은 전혀 없습니다."

토르켈은 고개를 끄덕였다. 다시 벽에 부딪쳤다는 표정이었다. 이 사건의 경우는 유난히 막히는 것이 많았다. 그는 다시 빌리에게 향했다. "빌리는 어때요?"

빌리는 등을 펴고 방금 작성 중이던 노트를 보면서 큰 소리로 말했다. "이 사건에서는 누가 누군가를 도와주었다는 것이 제 판단입니다."

"아, 대단해. 축하해요, 아인슈타인 박사!" 세바스찬이 보란 듯이 박수를 쳤다. "누군가 그를 돕는다는 것은 너무도 뻔한 얘기에요."

"살인을 말하는 게 아니에요. 정보를 주고받고 접촉을 한다는 거죠. 내 생각에는 뢰브하가 교도소 내에 도와주는 자가 있는 것 같습니다."

세바스찬이 잠잠해졌다. 모두가 흥미가 당기는지 몸을 앞으로 내밀었다. 물론 획기적인 발상은 아니었다. 수사팀에서도 이런 방향으로 생각을 안 해본 것은 아니었다. 하지만 뭔가 실마리를 찾을 수 있는 접근 방식을 찾아낸 것 같았다.

"그곳의 보안 책임자인 빅토르 베크만에게 물어봤죠." 빌리가 말을 이었다. "감호방의 재소자 중에 컴퓨터로 통신할 수 있는 사람은 아무도 없습니다. 하지만 두 사람은 전화를 할 수 있다더군요. 이들의 통화 내용은 녹음해서 저장되는데 이것이 그 내용을 적은 겁니다." 그는 다섯 장씩 철한 두툼한 인쇄물을 들고 일행에게 나눠주었다. 모두가 즉시 인쇄물을 들여다보기 시작했다.

"언뜻 보면 수상한 점을 발견할 수 없습니다. 하지만 이들이 일종의 암호를 사용했을 수도 있죠."

"이들이 대체 누구와 통화를 한다는 건가요?" 토르켈이 빌리의 활약에 어느 정도 깊은 인상을 받은 표정을 하며 물었다.

"여기 통화 목록이 있어요." 빌리는 다시 다섯 장짜리 인쇄물을 건넸다. 이름과 주소, 전화번호가 적힌 기록이었다. "특별히 많지는 않아요. 한 사람은 거의 여자 친구와 통화를 했고 나머지 한 사람은 극소수의 예외를 빼곤 어머니와 통화했어요. 어쨌든 이들을 만나봐야죠. 특히 전화를 받은 사람들을 만나봐야 한다는 것이 내 생각입니다."

"물론이지요." 토르켈이 방금 받아본 인쇄물에서 눈을 떼며 말했다. "반야가 이 일을 맡도록 해요."

반야는 놀란 표정을 짓지 않으려고 애를 썼다. 갑자기 세상이 거꾸로 돌아가는 기분이었다. 빌리가 수사의 진전에 결정적인 공로를 세웠기 때문이다. 이번에도 기술적인 측면이기는 했지만 어쨌든 자신보다 한 발 앞서 나간 것이다. 그런데 자신은 빌리가 준 명단을 들고 사람들을 만나서 물어보고 다니는 일이나 하는 처지가 되었다.

"알았어요." 반야는 조그만 목소리로 대답하며 테이블만 물끄러미 바라보았다.

"그 밖에 다른 것은 없어요?" 토르켈이 다시 빌리를 향해 물었다.

"만약 재소자 중에 아무도 없다면 그곳에서 일하는 사람 중에 있을 가능성도 배제할 수 없습니다. 직원 명단을 요청해놓았는데요, 우리가 가진 모든 자료나 정보와 맞춰볼 생각이에요."

"내 생각에는 교도소 직원 중에 우리가 가진 전과 기록에 오른 사람은 없을 거예요."

빌리는 어깨를 으쓱했다.

"힌데가 기계 조작에 능숙하다는 말들을 했잖아요. 그자는 누군가와 통신을 하고 있다고요. 내가 알기론……."

"그건 어떻게 알았어요?"

세바스찬이 다시 물었다. 이번에는 꽤나 호기심이 있는 얼굴이었다.

빌리는 자신의 이론을 설명했다. 네 번째 살인은 달랐다는 것을 지적했다. 세바스찬은 고개를 끄덕였다. 그리고 연쇄살인범이 갑자기 범행 방식을 바꾸는 경우는 흔치 않다는 말도 했다. 힌데가 줏대 없는 누군가를 완전히 손아귀에 넣지 않고서는 있을 수 없다는 말이었다. 그자에게 살인 자체는 힌데의 마음에 드는 행위보다 중요하지 않을 거라는 것이 빌리의 주장이었다. 불가능한 추리는 아니었다. 어떻게든 그자를 찾아내야 한다는 말이었다. 토르켈도 같은 결론을 내린 것이 분명했다.

"교도소 직원들을 점검해봐요. 그리고 필요하면 지원 인력을 데려가라고요. 빌리 잘해봐요!" 토르켈은 우르줄라 쪽으로 돌아서서 얘기하라는 제스처를 썼다.

"기술적인 측면에서는 어제 만큼의 정보를 확보했다고 볼 수 있어요. 보기에 따라서는 어제처럼 정보가 없다고 할 수도 있고요."

토르켈은 고개를 끄덕이더니 자신의 물건과 새로 받은 자료를 챙기고는 회의를 끝내려는 동작을 보였다.

"세바스찬은 어떻게 된 거죠? 뭘 했는지 들어봐야 하잖아요?" 반야는 잔뜩 뒤틀린 심사와 두통을 누군가에게 발산하듯이 찌푸린 얼굴로 입을 열었다. 반야가 언짢은 기분을 쏟아부을 사람이 또 누가 있겠는가? 반야는 앞으로 몸을 내밀고 도전적인 눈빛으로 세바스찬을 쏘아보았다. "도대체 한 일이 뭐죠? 바지나 제대로 걸쳐 입었나요?"

토르켈이 반야의 도가 지나친 말에 한마디 하려는데 전화벨이 울렸다. 세바스찬은 공격을 받을 때 능히 받아넘길 수 있을 거라고 확신하는 토르켈은 전화부터 받기로 했다.

세바스찬은 태연하게 반야의 시선을 맞받았다. 지금 몇몇 여자에게 조심하라고 이르고 다녔다는 말을 해야 한단 말인가? 사건의 재발을 방지하기 위해 그가 할 수 있는 일을 했다는 말을? 오늘은 전화로 몇몇 여자에게 똑같은 당부를 또 할 거라는 말을? 아니 그럴 수는 없다. 그렇게 하면 누구에게 조심하라고 했는지 알려고 들 것이고 또 한편으로는 여전히 미행당하고 있다는 것을 뻔히 알면서도 여자들을 찾아다니는 멍청한 짓을 저질렀다고 비난할 것이 분명하기 때문이다. 하지만 동시에 세바스찬은 반야가 이렇게 계속 모욕을 퍼붓게 내버려둘 수도 없었다. 반야는 그가 사건과 연관되었다는 사실을 물고 늘어진 것이다. 동정심은 전혀 찾아볼 수 없고 오직 경멸심만 드러냈다. 이 정도면 반야가 누구인지는 그에게 전혀 상관이 없었다. 이제는 세바스찬 베르크만이 자신을 옹호할 차례였다.

"바지야 제대로 입었지요. 가끔 바지 앞 구멍으로 고추를 꺼내 자위를 할 때도 있지만 지금은 당신이 보기에도 멀쩡하잖아요. 안 그래요?"

반야는 얼굴이 시뻘게지면서 신경질적으로 고개를 흔들었다. "당신을 혐오해요."

"나도 알아요."

토르켈은 통화를 끝내고 다시 팀원 쪽으로 돌아섰지만 방금 두 사람이 치고받는 말을 들은 내색은 하지 않았다.

"불에 탄 자동차 한 대를 발견했다는군요. 파란 포드 포커스라는데요."

"어디요?"

반야와 빌리, 우르줄라는 이 말을 듣는 순간 귀가 번쩍 뜨이는 듯, 다시 화색이 도는 표정이었다.

"브로에 있는 자갈 웅덩이 부근이래요. 여기 찾아가는 길을 적어놨어요."

"그럼 가보죠."

자갈 웅덩이로 간 빌리는 우르줄라의 지프 옆에 차를 세우고 시동을 끈 다음 잠시 기다렸다. 우르줄라가 차에서 내려 트렁크를 열고 장비가 담긴 커다란 가방 두 개를 꺼내는 모습이 보였다. 반야는 선글라스를 쓴 채 옆자리에 앉아 있었다. 머리를 목받이에 무겁게 걸치고 조용하게 고른 숨을 쉬고 있었다.

출발하기 전 차고에 들어서면서 반야는 빌리에게 열쇠를 던져주었었다.

"당신이 운전해요." 반야는 이렇게 말했다.

이 뒤로 두 사람은 서로 말을 하지 않았다. 단 한 마디도 나누지 않았다. 빌리는 말없이 운전을 하며 시내를 빠져나와 북부로 향했다. 18번 고속도로를 달리고 있을 때 빌리는 라디오를 켜도 괜찮겠냐고 반야에게 물었다. 아무런 대답이 없자 그는 더 보이스(The Voice: 네덜란드가 판권을 가지고 있는 서바이벌 오디션 프로그램_옮긴이)를 틀었다. 스눕 독Snoop Dogg이 나왔다. 음악이 나와도 별 말이 없어 빌리는 반야가 잠이 든 것으로 생각했다. 이어 브로를 떠난 뒤로 269번 도로 쪽으로 우회전한 다음 내비게이션이 가리키는 대로 룁스타의 자갈 구덩이로 이어지는 더 좁은 길로 접어들었다. 그리고 드디어 도착한 것이다. 빌리는 가볍게 반야의 어깨를 흔들었다.

"그만 깨요! 다 왔어요!"

"벌써 깼어요."

"좋아요. 어쨌든 도착했다고요."

반야는 몸을 일으키고 기지개를 켜더니 잠을 자다 깬 사람처럼 어리둥절한 눈으로 창밖을 바라보았다. 빌리는 한 마디 더 해주려다가 참았다. 두 사람은 차에서 내려 불에 탄 포드가 있는 곳으로 다가갔다. 자갈더미 사이로는 바람이 완전히 멎은 것 같았다. 여기저기서 벌레 우는 소리가 들렸다. 반야는 너무 더워 기온이 45도는 되는 것처럼 느껴졌다. 방금 쳐놓은 것으로 보이는 차단 띠 앞에는 20대 중반의 정복 여경이 서 있었다. 빌리가 계속 차 쪽으로 걸어가는 동안 반야는 그 여자에게 다가갔다.

"예니퍼 홀름그렌이에요." 정복 차림의 여자는 자신을 소개하면서 반야에게 손을 내밀었다.

"특별살인사건전담반의 반야 리트너에요. 당신이 차를 발견했나요?"

"네."

반야는 자동차를 바라다보았다. 정확하게 말한다면 자동차 형체가 남아 있는 물체를 봤다고 해야 할 것이다. 파란 차였다는 것은 군데군데 남아 있는 흔적으로 겨우 짐작할 수 있었지만 전체적으로는 불에 타서 망가진 상태였다. 잿빛이라고 하는 편이 더 정확했다. 타이어와 범퍼는 불에 녹아 있었고 실내 설비도 마찬가지였다. 문과 지붕은 열 때문에 찌그러져 있었고 유리는 모두 깨진 상태였다. 트렁크는 열려 있었고 보닛이 떨어져 나간 것으로 보아 엔진이 폭발한 것 같았다. 더 자세한 것은 우르줄라가 나중에 보고할 것이다. 우르줄라는 이미 잔해 주변을 맴돌면서 필요하다고 생각하는 모든 각도에서 사진을 찍고 있었다.

반야는 다시 예니퍼 쪽으로 고개를 돌렸다. "어디 손댄 데가 있나요?"

"네, 트렁크를 열어봤어요."

"왜 그랬죠?"

예니퍼는 불탄 차량을 보고하면서 특별살인사건전담반이 올 때까지는 아무것도 건드리지 말라는 지침을 받은 뒤로 벌써 이런 질문에 대한 답변을 준비해 두었다. 실제 이유는 혹시 트렁크 안에 폭력배간의 싸움에서 죽은 시체가 나오지나 않을까 하고 열어본 것이지만 이렇게 말하면 질책을 받을지도 모른다는 생각이 들었다. 특별살인사건전담반에서는 잘해야 멍청한 짓이라고 할 것이고 최악의 경우에는 시그투나 외곽의 자갈 구덩이에서 시체를 찾는 것은 직무유기라고 말할지도 모른다고 생각했다. 물론 몇 년 전에 할란드 부근의 E16번 고속도로에서 불에 탄 차량이 발견되었을 때 실제로 트렁크에서 시체 두 구가 나온 적이 있었다. 예니퍼는 당시 현장의 순찰차 안에 타고 있었던 것처럼 말해야 할지도 모르는 상황에 처했다.

그런데 이번에는 트렁크가 비어 있었다. 여러 궁리를 하면서 기다리는 시간에 예니퍼는 트렁크를 열어 본 그럴듯한 구실을 찾아냈다.

"우리는 실종된 6세 아이를 찾고 있거든요. 그 아이가 혹시 그 안에 갇혀 있지나 않은지 확인하려고 한 거죠. 또 날씨가 아주 더우니까요." 예니퍼는 생각지도 못한 이유를 하나 더 추가했다.

예니퍼는 특별살인사건전담반에서 나온 반야 리트너가 고개를 끄덕이는 것을 보았다. 그것은 예니퍼에게 트렁크를 열어본 이유를 받아들일 뿐만 아니라 조금 감동했다는 신호를 보내는 태도로 보였다.

"또 다른 건 없었나요?" 반야가 물었다.

"없어요. 그런데 왜 자동차에 관심이 있는 거죠? 무슨 사건과 관계가 있나요?"

반야는 정복 차림의 이 경찰관을 똑바로 쳐다보았다. 그 목소리에는 분명히 뭔가 알고자 하는 어조가 담겨 있었다. 반야의 신경을 건드리는 기대 같은 것이었다.

"그 아이는 찾았어요?" 반야는 못 들은 척하며 물었다.

"어떤 아이요?"

"그 아이 말이에요, 당신과 동료들이 찾고 있는……."

"아니, 아직요."

"그럼 빨리 가서 찾아봐요."

반야는 허리를 숙이고 차단 띠를 통과해 우르줄라와 빌리가 있는 현장으로 갔다.

예니퍼는 반야의 뒤를 바라보았다. 특별살인사건전담반이라고 했다. 그곳에 가야 한다. 예니퍼는 시그투나에서 연수 기간이 끝나면 곧 그곳에 지원할 생각이었다. 저 반야라는 여자는 몇 살이나 되었을까? 30세쯤 된 것 같다. 그래봤자 다섯 살 차이다. 새내기 같아 보이지는 않았다. 저 여자가 할 수 있는 일이라면 예니퍼 자신도 못할 리가 없다. 하지만 먼저 루카스 뤼드를 찾아야 한다. 이 일대에는 담셰레트라는 이름의 늪지대가 있다. 뭔가 희망이 보이는 듯 했다.

반야는 완전히 타버린 차로 가서 안을 들여다보았다. 차 안은 녹아버린 플라스틱과 불탄 전선, 휘어진 금속 조각 등 엉망진창이었다. 우르줄라는 계속 촬영 중이었지만 무엇보다 중요한 것은 현장 전체를 한눈에 볼 수 있는 장면이었다.

반야는 몸을 일으키며 물었다. "뭐 좀 찾아냈어요?"

"강력한 연소 촉진제 한두 가지…… 차 안에 누가 타고 있었는지 밝혀줄 만한 단서는 없고." 우르줄라는 카메라를 내리고 지붕 위로 반야를 바라보며 설명했다. "섣부른 판단은 금물이지만 더 이상 기대할 것은 없어요."

반야는 한숨이 나왔다. 번호판마저 타버려서 육안으로는 식별이 불가능했다. 반야는 이 차가 정말 문제의 포드 포커스인지도 알 수 없었다. 최악의 경우에는 엉뚱한 차를 확인하느라 아까운 시간을 허비할 가능성도 있었다. 누군가 폐차장에 가는 수고를 덜려고 이곳에 차를 버렸을 수도 있기 때문이다.

"나는 숲 속이나 한 바퀴 돌면서 뭐가 있는지 찾아볼게요." 빌리도 반야의 생각과 같은 것이 분명했다. 여기 남아봤자 반야로서는 별로 할 일이 없었다. 적어도 지금까지의 상황을 볼 때는 그런 판단이 들었다.

"뭘 찾을 건데요?"

"모르겠어요, 아무튼 뭐든 찾아봐야지요. 어쨌든 우리가 모두 여기서 어슬렁거려봤자 더 볼 건 없으니까요."

빌리는 현장에서 벗어나 차단 띠 밑을 통과해 어디론가 사라졌다. 반야는 그 자리에 서 있었다. 셋씩이나 차례로 급히 몰려왔지만 아무것도 건지지 못한 채 이제는 모두가 갑갑한 현상을 타개하려고 안간힘을 쓰고 있었다. 이들은 지지부진한 상황에서 벗어날 돌파구를 찾으려고 했고 그 돌파구를 이곳에서 찾으려고 달려온 것이었다. 하지만 기대는 실망으로 변했다. 찾아낸 것은 전혀 없다고 할 수 있었다. 족적을 찾는 것도 불가능했고 목격자도 없다. 물론 감시카메라도 있을 리 없다. 불에 타버린 차 주변에서 반야는 혼자 걱정에 잠겨 우두커니 서 있었다. 또 할 일이 뭐가 있을까? 빌리는 이곳에 모두 모여 있을 필요가 없다고 말했다. 모두는 아니지만 한 사람은 있어야 한다. 어쩌면 그것이 자신의 임무인지도 모른다. 빌어먹을, 날씨는 왜 이렇게 더운 거야?

빌리는 좁다란 자갈길을 따라 걸으면서 좌우를 꼼꼼하게 살폈다. 자신이 무엇을 찾는 건지, 뭘 찾기 바라는 건지도 몰랐다. 운이 좋으면 빌리가 이곳에 나타나리라는 것을 예상치 못한 범인이 뭔가 실수를 저질렀을 수도 있다. 또 어쩌면 빈 휘발유통을 버렸을지도 모르고 그 통을 들고 나오는 장면이 주유소의 감시 카메라에 남아 있을지도 모른다. 물론 그의 단순한 희망이었을 뿐이지만 어쨌든 숲길이라도 뒤지는 것이 잔뜩 심사가 꼬인 반야와 함께 불타버린 차만 바라보는 것보다는 훨씬 의미 있는 일이라는 생각이 들었다.

아무것도 발견하지 못한 채 800미터쯤 갔을 때 더 좁은 길이 나왔다. 다시 100미터쯤 더 걸어가자 왼쪽 갈림길 바로 옆에 붉은 나무로 지은 집이 보였다. 창틀과 모퉁이의 기둥을 하얗게 칠하고 단단한 암반 위에 세운 건물은 경사진 기와지붕이 딸린 외딴집이었다. 입구에는 차 두 대가 주차해 있었고 마당에는 세발자전거와 여러 가지 장난감이 흩어져 있는 것으로 보아 사람이 살고 있는 집이었다. 들어가 볼 필요가 있었다. 빌리가 그 집을 향해 다가가고 있을 때 오른쪽 뒤편 숲에서 바스락거리는 소리가 들렸다. 그는 돌아서면서 반사적으로 손을 허리의 총으로 가져갔지만 40세 전후로 보이는 여인이 개를 끌고 오는 모습을 보자 다시 긴장을 풀었다. 세터 종으로 긴 갈색 털의 개는 너무 더워서 그런지 마치 가슴 앞에 늘어진 넥타이처럼 긴 혀를 내밀고 있었다.

"경찰에서 나왔어요?" 몇 발짝 앞에서 자갈길로 들어서며 여자가 물었다. 목줄이 달린 개는 빌리를 보자 헐떡거리면서 꼬리를 흔들었다.

"네."

"여기서 뭐 하는 거죠? 하루 종일 경찰들이 깔려 있으니 말이에요." 여자와 개가 다가오자 빌리는 허리를 숙이고 꼬리치는 개의 머리를 쓰다듬어 주었다.

"실종된 어린애를 찾고 있어요."

"누가 실종되었는데요?"

"나도 모르겠어요. 이 부근에 사는 아이라고 하던데. 나는 저기 자갈 구덩이에서 불타 버린 차가 발견되어 온 거고요."

"아하."

"이 근처에 사시나요?" 빌리가 몸을 일으키면서 물었다. 개는 갑자기 빌리의 손에 관심을 보이며 핥으려고 했다. 염분이 부족해서 그런 것 같았다.

"저기 살아요."

여자는 빌리가 방금 가보려고 했던 길모퉁이의 빨간 집을 가리켰다.

"성함이 어떻게 되시지요?"

"카리나 토르스텐손이에요."

"빌리 로젠입니다. 혹시 아시는 것 없나요?"

"자동차 말인가요?"

"네."

"없어요."

"아마 어제 10시부터……." 빌리는 말을 멈추었다. 사실 그들은 그 차가 언제부터 자갈 구덩이에 있었는지 몰랐다. 냉각 상태로 보아서는 열 시간은 넘은 것 같았지만 이것을 제외한다면 언제 그곳에 버려졌는지는 종잡을 수 없었다. 그는 어깨를 으쓱해 보였다.

"……정확한 시간은 몰라도 어젯밤 사이에 불탄 것으로 보입니다. 혹시 그 시간대에 이상한 것 보신 것 없나요?"

카리나는 잠시 생각해보더니 고개를 흔들었다.

빌리는 마지막으로 한 마디 더 물었다. "예를 들면 개를 데리고 산책하시다가…… 낯선 자동차를 보지 않았나요? 이 동네 차가 아닌……."

"버섯을 따다가 남자를 한 명 봤어요."

고개를 흔들던 태도는 생각에 잠겨 끄덕거리는 동작으로 바뀌었다. "어제였어요."

빌리는 심호흡을 했다. 드디어 찾았다! 실제로 누군가를 본 목격자가 나타난 것이다. 지금까지 그들은 보이지 않는 기분 나쁜 유령을 상대했지만 카리나 트로스텐손은 정말로 누군가를 본 것이다.

버섯을 따다가 봤다고? 한여름에? 7월에?

카리나는 빌리의 의아한 눈빛을 알아챘다.

"첫 살구버섯은 요즘 머리가 나오죠. 지금은 조금 마르기는 했지만 초여름에는 비를 너무 맞아 남아나지 않거든요……." 카리나는 맑고 파란 하늘을 올려다보았다. "적당한 비는 별로 해롭지 않죠."

"어제 봤다는 그 남자요……." 빌리는 말머리를 놓치지 않으려고 카리나를 다시 본래의 화제로 돌려놓았다.

"저 위에서 내려왔어요."

카리나는 엄지손가락으로 자신의 어깨 뒤를 가리켰다. 자갈 구덩이가 있는 방향이었다.

"자갈 구덩이 말인가요?"

"네."

"그 남자 어떻게 생겼는지 기억하나요?" 빌리는 주머니에서 수첩과 펜을 꺼내 메모할 준비를 했다.

"키가 컸어요. 가죽재킷을 입은 모습이 숲에서 보는 옷차림은 아니었죠. 말꼬리처럼 긴 머리를 묶었고요. 한쪽 눈 위에는 커다란 흉터가 있었어요."

빌리는 메모를 멈췄다. 커다란 흉터라면 롤란드 요한손의 인상과 같다.

"왼쪽 눈 위에 나지 않았던가요? 위에서 아래쪽으로?" 빌리는 펜으로 자신의 얼굴에 대고 상처 모양을 그려보였다. 여자는 맞다는 듯이 고개를 끄덕였다. 빌리는 계속 메모했다.

"그 사람 어디로 가던가요? 누가 차로 데려갔나요?"

"아뇨, 버스를 탔어요."

"무슨 버스죠?"

"쿵셍엔으로 가는 557번 버스요. 저기서 그 버스에 탔어요."

여자는 큰 도로를 가리켰다. 빌리가 보니 카리나의 집에서 50미터쯤 떨어진 곳에 버스 정거장이 있었다.

"그때가 몇 시쯤인지 기억하나요?" 빌리는 숨을 멈췄다. 시간만 안다면 어떤 버스인지 알 수 있고 버스기사도 알 수 있고 그러면 목표에 접근할 수 있을 것이다.

카리나는 잠시 생각에 잠겼다. "12시 15분에서 20분쯤 봤으니까 그 사람은 12시 26분 차를 탔을 거예요."

"고맙습니다!" 빌리는 너무 기쁜 나머지 여자를 안아주고 싶은 충동을 억눌러야 했다. "정말 고마워요!" 빌리는 수첩을 집어넣고 그 자리를 떠났다.

멀리 가지 않아도 되었다. 100미터쯤 걸었을 때 반야가 차를 몰고 오는 모습이 보였다. 반야가 차를 세우고 창문을 내리는 동안 빌리는 숨을 고르고 있었다.

"어디 가려고요?"

"우르줄라가 지키고 있는데 뭐 할 일이 있어야 말이지요."

"알았어요." 빌리는 차 뒤쪽으로 돌아가 옆자리에 올라탔다. 그가 안전띠를 매자 반야는 출발했다.

"롤란드 요한손이 여기 왔다 갔어요."

반야는 빌리를 힐끔 쳐다보았다. 빌리는 반사적으로 브레이크를 밟는 것을 보고 반야가 놀랐다는 것을 알았다.

"힌데와 같은 시기에 뢰브하가에 복역했던 자 말이에요?"

"그래요."

"그걸 어떻게 알았는데요?"

"방금 저쪽 길모퉁이에 사는 여자를 만나고 오는 길이에요." 빌리는 앞에 보이는 빨간 집을 가리켰다. "그 여자가 어제 여기서 그를 봤다는 거예요."

"그럼 당신은 단순히 목격자를 찾으려고 나온 거고요?"

빌리는 어리둥절한 기분에 입을 다물었다. 그는 질문이 쏟아질 것으로 예상했다. 이 사건에 대해서. 또 요한손이 어떻게 여기 왔고 어디로 갔는지, 목격자는 어떻게 만났는지, 여자의 말을 믿을 수 있는지 시시콜콜 물어볼 것을 예상했다. 그런데 반야는 그 대신 아무 말도 없이 현장을 왜 떠났는지만을 묻고 있었다. 게다가 목소리에는 비난하는 어조마저 담겨 있었다.

"아니, 그저 주변을 둘러보려고 나선 거예요. 그러다가 그 여자를 만난 거고."

"그래서 곧바로 여자를 만나고 차에 대해서 물어봤어요?"

빌리는 한숨이 나왔다. 그는 새로운 사실을 알아냈다. 엄청나게 중요한 사실을 알아낸 것이다. 어쩌면 결정적인 단서가 될지도 모른다.

빌리는 "뭐가 중요한지 좀 알아라!"라는 말이 생각났다.

"아니, 처음에는 그냥 숲길을 따라 걷고 있었어요." 빌리는 될 수 있으면 반야를 자극하지 않으려고 나름대로 최선을 다했다. 그런데 자신이 듣기에도 학교 선생 같은 말을 하고 있었다. "그 여자는 개를 데리고 나왔다가 나를 보고 여기서 뭐 하냐고 묻더라고요. 그래서 사실대로 대답했지요. 그러니까 차를 버린 것으로 추정되는 시간에 얼굴에 커다란 흉터가 난 남자가 자갈 구덩이 쪽에서 오더라는 말을 한 거예요. 그럼 당신 생각에 내가 어떻게 해야 했는데요? 당신이 도착할 때까지 입을 꼭 다물고 있으라고 말해야 했나요?"

"아니, 물론 그건 아니지요. 그저 당신이 혼자 사라져서 물어본 거예요."

반야는 좌회전을 한 다음 속도를 높였다. 아직도 토라진 것으로 보였다. 대체 뭐 때문에? 빌리는 말없이 앉아서 지금까지 일어난 일을 머릿속으로 정리해보았다. 개를 데리고 나온 여자뿐만 아니라 그 전에 일어난 일까지.

무엇을 했고 무엇을 하지 않았는지.

아무리 생각해도 빌리는 뭘 잘못했는지 생각나는 게 없었다. 솔직히 말하면 반야를 위해서 조사하는 것을 거절하기는 했다. 자기 발전을 위한 야심이 있는 것도 사실이다. 뭔가 변화를 주고 싶기도 했다. 어쨌든 반야가 이토록 토라져 있는 이유가 뭔지 이제는 밝혀야 할 때다.

"도대체 왜 그러는데요?"

반야는 아무 말 없이 긴장한 눈빛으로 도로만 주시하고 있었다. 빌리는 물러설 생각이 없었다.

"한 번 당신이 말한 대로 하지 않았다고 또 내 방식대로 했다고 당신은 계속 입을 다물고 있잖아요." 빌리는 계속 말을 이었다. "나 때문에 위협을 느껴요?"

"위협이라니, 뭐 때문에요?"

이제야 반야의 목소리는 좀 밝아진 것 같았다. 그러면서 마치 어처구니없는 말을 듣자 실소를 금할 수 없다는 듯 얼굴을 찌푸렸다. 빌리는 앉은 자리에서 몸을 똑바로 세웠다.

"나 때문에!" 빌리는 힘주어 말했다. "내가 당신보다 잘할까봐 불안해요?"

반야는 이번에는 찌푸리는 대신 가볍게 씁쓸한 미소를 지었다. "응. 그래요. 분명해요."

반야의 시선은 계속 앞으로 향해 있었다. 빌리는 반야의 입가에 띤 미소가 사람을 깔보는 것 같다는 생각이 들었지만 단정할 수는 없었다. 어쨌든 반야가 내뱉은 세 마디가 빈정거리는 어투라는 것은 의심할 여지가 없었다.

"그게 무슨 뜻이지요?" 빌리는 이제 흥분한 기색을 굳이 감추려고 하지 않았다. 숨길 것이 뭐 있나? 그는 이제 화가 났다.

"뭐요?"

"당신의 웃음과 '응', '그래', '분명해'라는 말이 무슨 뜻이냐고요?"

반야는 바로 대답하지 않았다. 대응 방법은 여러 가지가 있다. 계속 침묵할 수도 있고 빌리와 빌리의 물음을 무시할 수도 있었다. 또 적당히 둘러대면서 불쾌하게 들렸다면 미안하다고 하며 그런 뜻이 아니었다고 말할 수도 있다. 아니면 사실대로 말할 수도 있다.

"내 말은 당신이 나보다 잘할지도 모르기 때문에 불안하지는 않다는 거예요."

"그게 아니잖아요, 왜 불안하지 않겠어요?"

"그럴 리가 없으니까요."

빌리는 다시 의자에 등을 기댔다. 그는 한동안 "왜?" 또는 "왜 아니야?"라는 질문을 계속 퍼붓고 싶었지만 그럴 까닭이 없었다. 반야는 경찰관으로서 빌리를 어떻게 생각하는지 아주 분명하게 말한 것이다. 그것으로 충분했다. 더 이상 덧붙일 게 없었다. 어쨌든 겉으로 볼 때 반야는 그런 생각이었다.

두 사람은 계속 입을 다문 채 갔다.

하랄드손은 고속도로로 들어서서 속도를 높이며 뢰브하가에 도착하는 시간이 꽤나 늦을 거라는 것을 분명히 알았다. 하지만 별일 아니라고 그는 자위했다. 그는 근무시간 기록 카드가 따로 없었다. 그는 소장이었고 또 지금은 휴가철이었다. 그러니 근무시간을 자유롭게 조정할 수 있었다. 말하자면 일종의 가불처럼 미리 여가를 당겨쓸 수도 있는 것이다.

시계는 평소처럼 정확한 시간에 울렸지만 제니가 여전히 잠에 취해 이불 속에서 그에게 파고들었기 때문이다. 제니는 그의 목과 어깨 사이에 머리를 고이고 팔은 그의 가슴에 올려놓은 자세였다. 임신했다는 흔적은 아직 분명치 않았지만 하랄드손은 벌써 자신의 몸에 닿는 제니의 배가 둥그스름하다는 것을 느낄 수 있었다. 그 배 속에 생명이 자라고 있었다. 그들의 아이였다. 반은 하랄드손의 반은 제니의 아이였다. 그는 아이가 제니를 더 닮기를 바랄 때가 많았다. 7대 3의 비율이면 좋겠다는 생각이었다. 제니는 너무 예뻤다. 모든 점에서 예뻤다. 외모보다도 전체적인 면에서 그랬다. 사람이 그토록 아름다울 수 있다는 생각은 꼭 통속소설을 보는 기분이었다. 어쨌든 제니는 그런 사람이었다. 따뜻한 마음씨에 남을 배려하는 태도, 지혜롭고 유머 감각도 뛰어나다. 모든 면이 아름다운 여자였다. 이렇게 아름다운 여자가 하필 자신의 아내라는 것이 믿어지지 않을 때가 많았다.

그는 임신한 것이 행복했다. 아빠가 되는 것도 물론 기쁘지만 무엇보다 제니가 행복해하는 것이 좋았다. 제니가 오랫동안 바란 것은 오직 임신뿐이었다. 그런 제니의 소망을 자신이 너무 오랫동안 충족시켜주지 못했다는 생각이 들었다. 그때는 부모가 될 수 없을 것 같았다. 누구의 '책임'인지는 중요하지 않았다. 임신이 안 되는 것만 가슴 아플 뿐이었다.

그는 아내를 너무 사랑했다.

이날 아침 그 사실을 말해주었다. 제니도 대답하면서 그를 더 꼭 끌어안았다. 어쩌다보니 그렇게 되었다. 그리고 조금 더 자고 난 뒤 그는 다시 제니에게 말했다.

"사랑해."

"나도 사랑해."

"내일 당신을 위해 준비한 게 있어."

"쉿!" 제니는 손가락을 입에 댔다. "아무 말 마요. 놀라게 그냥 내버려둬요."

내일이면 두 사람은 결혼 5주년을 맞는다. 하랄드손은 내일 하루를 위한 계획을 짜놓았다. 먼저 아침식사를 침대에 누워 있는 제니에게 가져다줄 생각이었다. 차와 나무딸기를 얹은 토스트, 치즈, 스크램블드에그, 파삭파삭하게 구운 베이컨, 멜론, 초콜릿 아이싱에 묻힌 딸기……. 그러다가 이렇게 하다보면 출근이 늦을 거라는 생각도 했다. 낮 동안에 제니가 일을 할 때 갑자기 찾아가서 차에 태우고 고급 웰빙 코스로 안내할 생각도 해두었다. 그리고 그 시간에 몇몇 사람에게 부탁해서 그들의 집 마당에 예술적인 솜씨로 사과나무를 심도록 할 계획을 세웠다. 잉그리드 마리 종이었다. 제니는 조금 신 사과를 좋아했으며 원예 회사든가 가든 센터든가 아무튼 뭐라고 부르든 그곳 사람들은 잉그리드 마리가 적당할 거라고 말했었다. 나무 이름도 예뻤다. 만약 딸을 낳는다면 아이 이름을 잉그리드 마리라고 부를 생각이었다. 잉그리드 마리 하랄드손. 하랄드손은 이렇게 잔뜩 기대에 부풀고 흥분한 기분으로 내일을 기다렸다.

결혼한 지 5년이 지났다. 목혼식(결혼 5주년을 기념하는 서양풍속_옮긴이)이었다.

이런 연유로 제니는 앞으로 해마다 사과를 딸 수 있는 나무를 한 그루 선물 받을 것이다. 봄이 되면 아름다운 꽃이 필 것이다. 이들은 첫눈이 내리기 전에 그 나뭇잎을 긁어모을 수 있을 것이다. 또 잉그리드 마리와 여기서 꺾꽂이를 해서 자란 나무로 올라갈 수도 있을 것이다. 나무에 오를 때는 조심해야 한다. 어쨌든 하랄드손은 자신과 제니가 나이 들어 사과나무 그늘 아래의 정원의자에 앉아 있는 모습을 벌써 마음으로 그려보고 있었다. 자녀들이 자라면 손자들이 생길 것이고 이들이 놀러 오면 함께 사과를 따가지고 와서 사과젤리도 만들고 사과주스도 만들 수 있을 것이다. 물론 자녀들이 직접 꺾꽂이를 해서 그들의 정원에 사과나무를 심을 수도 있을 것이다. 사과나무는 두 사람이 평생 함께 살면서 기쁨을 맛볼 선물이 될 것이다. 그야말로 사랑의 선물이다. 제니는 무척이나 기뻐할 것이다. 하지만 이것으로는 충분치 않다. 결혼기념일이니만큼 저녁에는 요리사를 집으로 불러들일 것이다. 출장요리 회사에 주문을 하면 모든 재료와 양념, 도구를 직접 가지고 올 것이다. 와인을 곁들인 완벽한 3단계의 요리를 먹을 수 있을 것이고 주방은 그 사람들이 깨끗이 치우고 갈 것이다. 두 사람은 그저 가만히 앉아 즐기기만 하면 된다. 함께 누리는 삶을.

잘못될 것은 하나도 없다.

휴대전화의 벨이 울렸다. 아바의 〈링 링〉이라는 노래였다. 그는 잠시 화면을 들여다본 다음 전화를 받았다. 직장에서 온 전화였다. 또 무슨 일이지?

"하랄드손입니다."

"지금 어디 계세요?"

여비서 아니카였다. 하랄드손은 무슨 일인지 당장 물어보려고 했다. 목소리에서 뭔가 일이 생겼다는 느낌을 받았기 때문이다. 지금까지 그는 자신의 행동에 분명한 이유를 댈 수 있었다. 또 아니카의 열성적인 근무를 칭찬해왔다. 예를 들면 카페에서 직접 커피를 사온 일을 높이 평가했다. 이 사실을 알고 계속 그렇게 하라고 격려해주기까지 했다.

"가는 중이오. 무슨 특별한 일이 있나?"

"심리 치료사들과 월례회가 있는 날이잖아요."

아뿔싸, 그걸 깜빡했네. 전부터 교도소장과 치료사들이 매달 마지막 수요일에 여는 회의가 있었다. 하랄드손은 이 모임을 연기할 생각이었기 때문에 달력에 표시를 해놓지 않았다. 그는 첫 모임이 있기 전에 회의 방식을 개선할 생각을 하다가 그만 모임 날짜를 확정하는 것을 잊어버렸던 것이다. 이제는 늦었다.

"어디서 열리는데요?"

"20분 뒤에 여기에서요."

하랄드손은 시계를 보았다. 도착하려면 30분은 걸릴 것이다.

"아무래도 늦겠는걸."

그는 이렇게 대답하고 전화를 끊었다. 아니카는 참석자들에게 소장이 오고 있는 중이고 정시에 도착할 것이라고 말할 것이다. 이제 그에게는 지각에 대한 핑계를 궁리할 시간이 적어도 30분은 있다. 교통 상황 때문에 늦었다고 말하는 것이 그럴듯할 것 같았다. 공사로 차선이 일부 폐쇄되어 교통 체증이 있었다고 하면 된다. 늦은 데 대해 사과를 해야겠지만 도로 상황을 미리 알 수 없다는 것을 이해하겠지. 그는 라디오를 크게 틀고 속도를 높였다.

빌리와 반야는 버스 차고의 휴게실에 앉아 그날 버스를 운전한 마모우드 카세미를 기다리고 있었다. 안내소의 여직원은 카세미가 10분 뒤에 들어와서 15분간 쉴 것이라고 말해주었다. 그때 빌리는 만일 그와 만나서 대화하는 시간이 15분을 넘기면 어떻게 되는지 물었다. 이에 여직원은 그러면 함께 버스를 타는 수밖에 없다고 설명해주었다. 버스 출발 시간을 늦출 수는 없으며 갑자기 대체 기사를 구할 수도 없거니와 운행 직전에 카세미와 근무시간을 바꿔줄 기사도 없다는 말이었다. 이 말을 들은 빌리는 속으로 질문을 15분 내로 끝내야겠다고 생각했다. 그는 반야가 무슨 생각을 하는지 알 수 없었고 앞으로도 계속 알 수 없을 것 같았다. 두 사람 중에 누가 더 우수한 경찰관인지를 놓고 말싸움을 벌인 이후 서로 한 마디도 말을 하지 않고 있었다. 누가 보면 유치하다고 생각할 것이다. 꼭 서로 고집을 피우는 어린애들 같았으니까. 하지만 그런 건 중요치 않다고 빌리는 속으로 생각했다. 문제는 그가 자신보다 능력이 떨어지는 경찰관이라는 말을 반야가 분명히 했다는 점이다. 어쩌면 그 말이 맞는지도 모른다. 정확한 지적인지도 모른다. 하지만 그 말을 하면서 반야가 보여준 자신만만하고 오만한 태도에 그는 화가 났고 가슴이 아팠다. 그는 이 말에 심한 타격을 받았다. 반야가 그런 말을 할 줄은 몰랐다. 빌리는 두 사람이 그렇게 심한 비난을 하는 사이는 초월한 것으로 알고 있었다. 물론 의견이 다를 수도 있고 또 같이 일하다 보면 이것은 지극히 정상이라고 할 수 있다. 하지만 견해 차이와 악의는 엄연히 다른 것이다.

두 사람을 휴게실로 안내한 사람은 안내소의 여직원이었다. 나무 탁자와 월귤나무 화환무늬가 들어간 식탁보, 플라스틱 의자, 커피메이커, 전자레인지, 싱크대 등이 갖춰진 편의 공간이었다. 벽에는 버스 및 교통문제와 관계된 현수막이 붙어 있었다. 특별히 수리할 것도 없지만 특별히 깨끗하다고 할 수도 없는 휴게실이었다. 앉아서 휴식하고 먹는 공간이었다. 필요 이상으로 길게 있을 곳은 아니었다. 실내에는 땀 냄새와 음식 냄새가 뒤섞여 있었다. 빌리는 한 탁자 앞에 앉았고 반야는 커피메이커 쪽으로 갔다.

"마실래요?"

"아니, 난 됐어요."

반야는 어깨를 으쓱하더니 돌아서서 종이컵에 커피를 채웠다. 반야는 다시 자리로 돌아와서 빌리 옆에 앉았다. 두 사람이 떨어져 앉으면 마모우드 카세미가 들어오다가 이상하다는 생각을 할 것 같아서 그런 것뿐이었다. 반야는 말없이 커피를 홀짝거리며 마셨다.

그때 40대 초반의 남자가 문가에 모습을 드러냈다. 키는 185센티미터 정도 되어 보였고 검은 머리에 턱수염이 나 있었다. 갈색 눈으로 바라보는 시선에는 긴장의 빛이 엿보였다.

"저기서 그러는데 나와 할 얘기가 있다고요?" 남자는 애매하게 엄지손가락으로 '저기'를 가리키며 입을 열었다.

반야는 안내소의 여직원을 가리키는 거라고 생각했다. "마모우드 카세미?" 반야가 물어보며 자리에서 일어났다. 빌리도 덩달아 일어났다.

"네, 무슨 일인데요?"

"특별살인사건전담반에서 나온 반야 리트너와 빌리 로젠입니다." 두 사람은 신분증을 내밀었다. 카세미는 별 관심 없는 시선으로 간단히 그것을 훑어보았다.

"어제 운행에 대해서 몇 가지 물어볼 게 있어서 왔습니다."

남자가 고개를 끄덕이고 세 사람은 나란히 탁자 앞에 앉았다. 반야는 이 버스 기사에게 롤란드 요한손의 사진을 내밀었다.

"이 사람 알아보겠어요?"

카세미는 사진을 받아들고 꼼꼼하게 살폈다.

"네, 알 것 같기도 하고……."

반야는 짜증이 났다. 요한손은 키가 엄청 큰 데다가 꼭 폭주족같이 험상궂은 얼굴이었다. 그를 본 사람은 반드시 기억을 할 수밖에 없는 얼굴이었다. 왜 카세미는 망설이는 걸까? 정확한 시간을 몰라 그러는 걸까? 그렇다 해도 기억하는지, 못 하는지는 전혀 망설일 필요가 없는 문제였다.

"어제 당신 버스에 탔을 텐데요." 빌리가 거들고 나섰다. "뤕스타에서."

"뤕스타라……."

"스텐토르프와 마리달 사이에 있는."

카세미는 사진에서 눈을 떼고는 피곤한 시선으로 빌리를 쳐다보았다. "뤕스타가 어디 있는지는 나도 알아요. 매일 지나다니는 곳이에요."

"미안해요."

침묵이 이어졌다. 반야는 커피를 한 모금 마셨다. 마모우드 카세미는 살살 다루는 편이 좋은 사람 같았다. 그는 사진을 다시 살펴보더니 탁자 위에 내려놓고 알았다는 듯 고개를 끄덕였다.

"네, 이 사람 어제 버스에 탔어요. 냄새가 나서 기억해요."

"무슨 냄새요?" 반야가 물었다.

"연기 냄새 같았어요. 꼭 불을 지른 것처럼."

반야는 힘이 솟는 듯 고개를 끄덕이고는 사람들이 시각적인 인상보다 냄새를 더 잘 기억하는지 생각해보았다. 그래도 버스 기사가 롤란드 요한손을 즉석에서 기억하지 못한 것은 전혀 이해할 수 없었다. 하지만 어떤 방식으로 기억하는가는 문제가 아니었다. 중요한 것은 기억을 해냈다는 것이다. 이제는 그가 좀 더 도움이 되는 말을 해주기를 바랄 뿐이었다.

"그 사람이 어디서 내렸는지 기억해요?"

"브루나요."

"뭐라고요?" 빌리는 머리를 앞으로 내밀며 물었다.

"브루나라고요." 카세미는 같은 말을 힘주어서 반복했지만 발음은 분명치 않았다.

"브레나?" 빌리가 물었다.

"브루나."

"그건 자동찬데." 빌리가 말했다.

카세미는 무슨 말인지 못 알아듣겠다는 눈빛으로 빌리를 쳐다보았다. "무슨 자동차 말이요?"

"불타는 자동차요. 브레나. 브레나!"(지명 'Brunna'와 '불타는 것'이라는 의미의 brenna를 분명치 않은 발음 때문에 혼동한 상황_옮긴이)

"아니, 아니. 그 사람은 브-루-나에서 내렸다고요. 마을 이름입니다."

잠시 뒤에 빌리는 제대로 알아들었다. 반야는 뒤늦게 알아듣고 얼굴이 빨개지는 빌리의 모습을 바라보았다. 빌리는 부끄러웠는지 탁자로 시선을 돌렸다.

"아, 네……. 미안합니다."

반야는 빌리의 어설픈 행동을 보자 속으로 웃음이 나왔다. 이 정도의 오해는 이해할 수 있었다. 이해할 수 있다고는 해도 선입관에서 나온 조금은 섣부른 반응이었다. 빌리는 바보우드 카세미가 언어 감각이 뒤떨어져서 동사의 형태를 잘못 사용한 것으로 받아들였던 것이다. 잘못 알아들은 것은 반야도 마찬가지여서 '브루나'를 불탄 자동차와 혼동했지만 입을 다물고 있던 것을 다행이라 여겼다. 특히 차 안에서 빌리와 티격태격했던 것을 생각하면 다행이었다.

"이 사람 전에도 본 적이 있나요?" 반야가 카세미를 똑바로 쳐다보면서 물었다.

"아뇨."

"분명해요?"

"꼭 장담할 수는 없어도 보지 못한 것 같습니다. 전에 보았다면 기억했겠지요. 여기 커다란 흉터가 나 있는데."

반야는 마지막 표현에 한 마디 덧붙이려다가 그만두었다. 여기 온 목적은 달성했기 때문이다.

빌리와 반야는 도와줘서 고맙다는 인사를 하고 다시 생각나는 것이 있으면 연락해달라며 전화번호를 남겼다. 두 사람은 버스차고를 떠났다. 함께 차를 타고 가면서도 말은 한 마디도 나누지 않았다. 버스 기사의 말로 관심은 브루나로 향하고 있었다. 이제 시간과 장소가 드러났다. 운이 좋으면 이곳에서 새로운 단서가 나올지도 모른다. 그리고 특별살인사건전담반으로 돌아가서 상황을 종합해볼 필요가 있었다.

돌아가는 차 안에서는 다시 침묵이 이어졌다.

세바스찬은 지금 자신이 초조한 건지 피곤한 건지, 아니면 정신을 잃을 정도로 화가 난 건지 알 수 없었다.

반야와 빌리, 우르줄라가 떠난 뒤, 그는 한 시간 가까이 사무실 안에서 서성거리고 있었다. 커피를 마셔도 너무 많이 마셨다. 정신을 집중해 자신이 무엇을 할지 궁리를 해보았다.

전화 통화.

이제는 더 이상 미룰 수가 없었다. 그는 회의실로 들어가 문을 닫았다. 방해받고 싶지 않았기 때문이다. 회의실은 어차피 평소에도 수사팀만 사용하는 방이었다. 그 자신도 이 팀의 일원이었다. 이제 뭔가 보여주어야 할 때였다. 자신의 힘을 발휘할 때였다.

그는 펜과 종이를 올려놓고 머릿속에서 맴도는 생각을 적기 시작했다. 어디서부터 시작해야 할까? 10년이나 20년 전의 과거로 돌아가는 것은 불가능했다. 그 여자들을 기억할 수는 없었다. 아주 단순한 사실이었다. 이름이나 용모는 어떻게 생겼는지, 어디에 살았는지, 무엇을 하는 사람인지 기억이 나지 않았다. 범인이 아네테 빌렌을 골랐다는 것은 반드시 특별살인사건전담반의 시선을 세바스찬 쪽으로 향하게 하려는 의도라고 볼 수는 없었다. 어떤 식으로든 힌데가 개입했지만 과거의 흔적을 찾을 수 없기 때문에 최근의 대상을 고를 수밖에 없었던 것이라고 볼 수도 있었다.

어쨌든 그는 이 일에 기억을 집중해보기로 했다. 그렇지만 수가 너무 많았다. 정말 힘든 일이었다.

다시 한 시간쯤 지났을 때 그는 여섯 명의 이름을 적을 수 있었다. 그가 4월 말에 베스테로스에서 돌아온 이후 관계를 가진 여자는 여섯 명이었다. 스톡홀름과 그 인근에서 안 여자들이었다. 그가 이름을 기억할 수 있는 여섯 명. 다섯 명이라고 해야 할지도 모른다. 여섯 번째 여자는 성을 몰랐고 어느 동네에 사는지도 기억이 확실치 않았기 때문이다. 일곱 번째 여자도 있었지만 이름은 기억나지 않고 사는 동네만 생각이 났다. 그는 컴퓨터를 이용해 전화번호를 전혀 물어보지 않은 여자들의 번호를 찾아보았다. 여자 쪽에서 전화번호를 적어주었다 해도 그는 받은 직후에 버렸었다.

전화를 걸기 전에 그는 베스테로스에서 수사하던 중 잠자리를 같이 한 여자 두 명도 포함시킬지 생각해보았다. 하지만 그때는 그가 감시를 받지 않을 때였다. 게다가 그중 한 명의 이름은 기억나지 않았다. 그 여자는 옛날의 부모 집 바로 옆에 살았었고 그 주소는 잊지 않았다. 룬딘이라고 했던 것 같았다. 나머지 한 명에 대해서는 지금도 기억이 또렷했다. 베아트리체 스트란드였다. 정말 이 여자에게도 전화를 해야 할까? 그렇지 않아도 힘들게 사는 사람이었다. 아들은 비행을 저질러 소년원에 들어갔으며 남편은 살인과 방화, 살인교사로 12년형을 언도받고 징역살이를 하고 있었다. 상처뿐인 인생이었다. 그런 여자에게 전화를 해 세바스찬과 잠자리를 같이 해서 생명이 위험에 처했다는 말을 한다면 도움보다 더 큰 상처만 안겨줄 것이라고 세바스찬은 생각했다.

그는 종이를 집어 들고 깊은 한숨을 쉬었다. 그러다가 이렇게 힘든 얘기를 뒤로 미룰 이유가 떠올랐다. 아직 트롤레의 연락을 받지 못했기 때문이다. 그는 다시 트롤레에게 전화를 했지만 여전히 받지 않았다. 그는 벌써 다섯 번째인가 여섯 번째 메시지를 남겨놓았다. 이렇게 연락이 되지 않기는 처음이었다. 세바스찬은 자리에서 일어나 회의실에서 나갔다. 이어 화장실에 다녀와 커피를 가져왔다. 점심을 먹으러 나갈지 생각하다가 다시 정신을 집중해서 어떻게 할지 생각해보았다. 전화를 할 곳은 다섯 군데였다. 이름과 사는 곳을 짐작해 번호를 찾아본다면 여섯 곳이 될지도 모른다.

무거운 발걸음으로 그는 다시 회의실로 들어가 문을 닫고 전화를 걸기 시작했다.

연속해서 바보짓이나 다름없는 꼴이 되어버렸다. 한 여자는 끈질기게 전화를 잘못 걸었다고 했다. 전혀 만난 적이 없다는 것이었다. 그 다음에 건 두 명은 그와 통화하기를 거부했다. 전화를 끊고 다시 걸어도 받지 않았다. 또 한 사람은 전화를 받았지만 사정을 설명하던 중 그만 의욕이 사라지고 말았다. 상대의 목숨이 위험에 처했다는 말을 하는 것이 결코 쉽지 않았다. 전화로는 할 일이 못되었다. 그래서 그는 그저 조심하라는 말과 낯선 사람을 집 안에 들이지 말라는 애매한 경고만 할 수밖에 없었다. 세바스찬의 설명은 두서도 없고 조리도 없었다. 결국 여자는 세바스찬의 의도가 뭐냐고 물었다. 그는 전화를 끊었다. 아직 한 명이 더 남았지만 그만 포기하고 말았다. 전화로 할 수 있는 일이 아니라는 것을 깨달았기 때문이다. 전화로 될 일이 아니었다.

동시에 그는 더 이상 누구도 개인적으로 만날 수는 없었다.

반야는 그가 수사에 어떤 기여를 했는지 물었다. 대답을 한다면 단순하고도 충격적인 것이 될 수밖에 없었다. 결국 아무 대답도 할 수 없었다. 그는 다시 힌데를 만나야 했다. 해결의 열쇠는 힌데가 쥐고 있었다. 세바스찬이 뭔가 할 수 있는 일은, 뭔가 찾아낼 수 있는 실마리는 바로 여기에 있었다. 그는 어쩔 수 없이 힌데를 만날 수밖에 없었다. 먼저 점심을 먹어야 한다.

세바스찬은 길모퉁이에 있는 이탈리아 식당으로 가서 피자를 가져왔다. 이날 아침 식사를 거른 데다 커피를 너무 많이 마셔 위산과다의 증상이 느껴졌다. 일을 시작하려면 어떻게든 배 속을 채워야 했다. 무엇이든 먹어야 했다. 그래서 '벨커' 피자로 결정했다. 햄과 버섯, 베이컨, 양파, 살라미 소시지, 바나나, 카레, 마늘, 베어네이즈 소스가 들어간 피자였다. 세바스찬은 음식에 과일이 들어간 것을 좋아하지 않았고 지금까지 한 번도 먹어본 적이 없었기 때문에 바나나 대신 고르곤촐라 치즈 가루를 뿌려달라고 했다.

그는 회의실로 피자를 들고 들어와 15분 만에 다 먹어치웠다. 직접 손으로 들고 콜라 반 리터와 함께 먹었다. 몇 분 지나지 않아 효과가 나타났다.

너무 빨리 먹은 데다 너무 배가 불렀다. 배 속이 가득 차 호흡을 못할 정도였다. 신트림을 몇 번 하자 기분이 조금 나아졌다. 약간 좋아졌다는 것이지 큰 변화는 없었다.

그는 의자에 등을 기대고 책상 밑으로 다리를 뻗었다. 그리고 배 위에 두 손을 모으고 눈을 감았다. 피곤했다.

그는 안나의 안전을 염려한 이후 밤새 충분한 잠을 자지 못했다. 집에 돌아왔을 때는 기분이 좋았었다. 잠시 트롤레와 만날 생각을 하다 이마저도 포기하고 침대에 누워 텔레비전을 보다가 2시 반에 잠이 들었다. 그리고 5시 직전에 꿈을 꾸다가 잠에서 깨고 보니 오른손으로 주먹을 꼭 쥐고 있었다. 손톱으로 긁었는지 몸 두 군데에 상처가 나고 피가 맺혀 있었다. 그는 손을 폈다 오므렸다 하면서 경직된 손을 풀었다. 이어 한동안 잠이 깬 상태로 다시 똑같은 꿈을 꿀 수 있을지 생각해보았다. 그는 방금 꾸었던 꿈의 세계로 다시 돌아가고 싶었던 적이 많았다. 이 꿈에 담긴 순수한 사랑의 감정을 순간순간 맛보고 싶었기 때문이다. 어쩌면 이 모든 것을 잠재의식으로 돌리고 그 자리에서 당장 일어나는 것이 당연히 올바른 행동이었을 것이다. 하지만 그는 그렇게 하지 않았다. 이 때문에 나머지 아침 시간이나 그날 하루가 훨씬 힘들 텐데도 그렇게 하지 못했다. 그는 꿈이 필요할 때가 많았다.

자비네의 존재를 느끼고 싶었다. 아주 가까이서 자비네의 조그만 손을 쥐고 싶었다. 자비네의 체취를 맡고 싶었다. 그 조그만 다리로 열심히 물속에서 노는 모습을 생생하게 경험하고 싶었다. 자비네의 목소리를 듣고 싶은 마음이 간절했다.

"아빠, 나도 저런 것 같고 싶어."

자비네가 그에게 남긴 마지막 말이었다. 다른 여자아이들이 물을 내뿜는 돌고래와 노는 모습을 보고 한 말이었다. 자비네를 안았을 때의 무게를 느끼고 싶었다. 햇볕에 그을린 수염이 텁수룩한 그의 두 뺨에 닿는 자비네의 고사리 같은 손을 느끼고 싶었다. 거의 쓰러질 듯 뛰어가며 깔깔거리는 웃음소리가 그리웠다. 품에 안겨 아빠의 목을 휘감는 손길이 그리웠다.

천둥치듯 무섭게 굉음이 울리던 순간. 자비네를 집어삼킨 파도. 그 파도는 자비네를 영원히 빼앗아 갔다.

회의실 문이 열리고 반야와 빌리, 토르켈이 들어왔다. 세바스찬은 의자에서 뒤척이다 거의 밑으로 떨어질 뻔 했다.

"잠잤어요?" 토르켈은 의자 하나를 끌어당기고 테이블 앞에 앉으면서 웃음기 없는 얼굴로 물었다.

"잠을 청하기는 했어요." 세바스찬이 대답하며 고개를 들었다. 그는 시계를 보았다. 금세 15분이 흘렀지만 그는 여전히 몸이 무거웠다.

"뭘 했기에 그렇게 피곤한데요?"

이렇게 묻는 반야의 질문에는 '아무것도 한 것이 없으면서'라는 뉘앙스가 깔려 있었기 때문에 세바스찬은 굳이 대꾸를 하지 않았다.

"우르줄라는 어디 있어요?" 그는 대신 이렇게 묻기만 했다. 그는 우르줄라가 할 말이 있을 것으로 생각했다.

"아직 자갈 구덩이에 있을 거예요." 토르켈이 대답했다. "아직 그쪽에선 소식이 없군요."

토르켈은 테이블 맞은편에 앉아있는 빌리와 반야 쪽으로 고개를 돌렸다. 두 사람은 입을 다물고 있었다. 서로 마주 보고 있었지만 먼저 말을 꺼내려고 하지는 않았다.

"당신이 말해요." 빌리는 이렇게 말하면서 보란 듯이 등을 의자에 기댔다.

"왜요?"

"그게 좋으니까요."

세바스찬은 눈앞에서 펼쳐지는 광경을 보자 점점 호기심이 생겼다. 두 사람이 오전에 나갈 때만 해도 의기가 투합했던 것은 확실했다. 뭔가 일이 있었던 것이 분명하다. 짤막한 대화였지만 두 사람 사이에 냉랭한 기운이 감도는 것은 속일 수가 없었다. 흥미로운 일이다.

반야는 어깨를 으쓱하며 두 사람이 경찰청에서 나간 이후로 벌어진 일을 간단하게 설명했다. 자갈 구덩이의 자동차며 목격자, 롤란드 요한손, 버스 기사와 브루나에 대한 보고였다.

"브루나에 가서 전부 조사해봤어요." 빌리는 묻지 않았는데도 입을 열었다. "그곳에 롤란드 요한손이라는 사람은 살지 않았고 이 이름으로 배달된 우편물도 없었습니다."

"그런데 바로 거기서 어제 자동차 도난 사고가 발생했죠." 반야가 다시 말을 가로채며 설명했다. "은색 도요타에요. 시간이 딱 들어맞아요."

"바로 그자야!" 세바스찬이 갑자기 소리쳤다. 자신도 모르게 터져 나온 목소리가 너무 컸기 때문에 세바스찬은 방 안의 모든 움직임이 갑자기 정지하고 마치 안무가 잘 된 무용영화의 한 장면처럼 일제히 그에게 고개를 돌리는 것을 알았다.

"그걸 어떻게 알죠?" 반야가 다른 사람도 묻고 싶은 바로 그 이유를 물었다.

세바스찬은 입을 다물었다. 그리고 속으로는 몹시 투덜거렸다. 그는 트롤레에게서 그를 미행하는 자가 은색 일본차를 몰고 다닌다는 말을 들어서 알고 있었다. 트롤레가 안나 에릭손의 집 앞에서 그자를 보았기 때문에 알게 된 것이다. 하지만 자신이 알고 있는 것과 설명할 수 있는 것은 전혀 짝이 맞지 않는 신발이나 다름없었다. 트롤레와 안나에 대해서는 말을 할 수 없었다. 단 한 마디도 해서는 안 되는 말이었다. 그리고 같은 이유로 도난당한 도요타가 사건과 관계가 있다는 것을 아는 체 해서도 안 되는 상황이었다. 그럼에도 그는 방금 바로 그 말을 해버린 것이다. 그것도 단호한 어조로 말했다. 나머지 팀원은 여전히 그를 긴장하는 시선으로 보고 있었다.

"나도 몰라요." 세바스찬은 나지막이 중얼거렸다. 그는 헛기침을 했다. 다시 이 상황에서 빠져나오기 위해서는 목소리가 그럴듯해야 했다. "그야 나도 물론 모르지요." 그는 같은 말을 반복했다. "그냥……느낌이에요."

"느낌이라고요? 당신이 언제부터 느낌에 의존했나요?"

이렇게 묻는 토르켈의 질문은 지극히 당연한 것이었다. 아무튼 일행 중에서 세바스찬을 가장 잘 아는 사람은 토르켈이었기 때문이다. 세바스찬이 이론과 가정을 제시하고 나서 뒤에 착오가 드러나는 일은 있었지만 그의 주장은 언제나 사실을 기반으로 한 것이었다. 사실을 기초로 가능한 추리를 했다. 두 사람이 함께 일을 한 그 오랜 세월 동안에 세바스찬은 토르켈에게 한 번도 느낌에 기초한 판단을 말한 적이 없었다.

세바스찬은 어깨를 으쓱했다.

"롤란드는 브루나에서 내렸어요. 그리고 거기서 자동차를 도난당했고요. 그러니까 어떤 방식으로든 롤란드는 사건에 연루된 거죠. 모든 정황이 그렇습니다. 네…… 그렇게 판단할 수밖에 없어요."

방 안에는 다시 침묵이 감돌았다. 반야는 머리를 흔들었다. 물끄러미 앞을 보고 있는 빌리는 마치 아무 말도 못 들은 것 같은 얼굴이었다. 토르켈의 눈빛은 세바스찬이 요즘 한 일에 대해 할 말이 많은 표정이었다. 이런 가운데 세바스찬은 쓸데없는 말을 했다. 토르켈은 세바스찬이 방금 한 말의 이유에 대하여 곰곰이 생각하는 눈치였다. 그 말 속에는 더 자세하게 알아봐야 할 무엇이 담겨 있었다. 세바스찬이 자신이 한 말에 대해 해명을 더 해야 하는지 생각하고 있을 때 토르켈은 다시 빌리와 반야에게 관심을 돌렸다.

"어찌 됐든 더 이상 소홀히 볼 문제는 아니에요. 두 사람은 도요타를 수배해봐요." 토르켈이 빌리를 향해 고개를 쳐들었다.

"이미 처리했어요." 빌리가 반야를 슬쩍 곁눈질하며 대답했다. "그리고 예테보리에 있는 롤란드 요한손의 사회 적응 담당자와 다시 만나봤어요. 파비안 프리델요."

"그 사람은 뭐래요?" 세바스찬이 관심이 당기는 눈빛으로 물었다. 그의 행동은 모두가 은색 도요타에 대한 조금 전의 반응을 다른 데로 돌리기 위한 것이었다.

"며칠 전부터 롤란드 요한손을 보지 못했다더군요."

"그게 무슨 말이지요?" 반야가 물었다. "며칠이라면 이틀이에요, 일주일이에요?"

"이 점에서는 파비안 프리델의 태도가 불분명해요."

"압력을 넣어야지, 안 되겠군요."

이 말은 질문이 아니었다.

"같은 생각이에요." 토르켈이 고개를 끄덕이며 맞장구를 쳤다.

다시 침묵이 감도는 가운데 모두가 방금 들은 말들에 대해 곰곰이 생각을 기울이는 기색이었다. 빌리는 모두가 생각하는 것을 간단하게 큰 소리로 요약했다. "그러니까 롤란드 요한손은 어떻게든 이 사건에 개입했다. 그런데 범행 현장의 단서는 그와 무관하다. 그는 첫 번째와 세 번째 살인에 대해서는 알리바이가 성립한다. 이런 결론이네요."

"그자의 알리바이도 프리델에게서 나온 거잖아요." 반야가 생각해볼 여지가 있다는 투로 덧붙였다. "만일 요한손이 그를 협박했다면 거짓말일 수도 있지요."

빌리는 고개를 흔들었다. "아니, 난 외스테를렌으로 여행 간 사람의 진술을 조사해봤어요. 롤란드 요한손은 정말 동행했더라고요."

"그럼 여행에 참여한 사람들을 더 만나봐요." 토르켈이 결론을 내렸다.

"어쨌든 전체를 지휘하는 자는 힌데에요." 이 모든 정보 가운데 가장 중요한 사실을 빠트리면 안 된다는 사실을 아는 세바스찬이 말했다. "내가 알아요."

"아하, 당신이 안다고요?" 반야가 빈정거리는 미소를 띤 채 물었다. "혹시 그냥 느낌으로 아는 것 아닌가요?"

"조용히 해요. 당신도 알잖아요. 여기 있는 사람 모두가 아는 사실이에요." 세바스찬은 일어서서 실내를 서성거렸다. "나는 롤란드 요한손을 만난 적이 없어요. 그자가 나에게 복수를 한다는 것은 있을 수 없다고요. 하지만 그자는 힌데와 연관이 있어요. 보는 것이 힌데와 연관이 있단 말이에요." 그는 돌아서서 토르켈을 바라보았다. "면회 신청은 어떻게 되었나요?"

"지난번에는 이틀이 걸렸어요."

"당신, 급한 용건이라고 했어요? 중요한 일이라고 말했냐고요?"

"맞춰봐요." 토르켈은 다시 빌리와 반야 쪽으로 고개를 돌렸다. "다른 건 어떻게 진행되나요?"

"정복 경찰을 뢰브하가에서 전화를 받은 사람들에게 보냈어요." 반야가 보고했다. "첫 번째 보고서가 곧 나올 겁니다."

"감호동의 직원 명단은 조금 전에 왔어요." 빌리가 덧붙였다. "곧 살펴볼 거고요."

토르켈의 시선이 다시 세바스찬에게 향했다. 짧은 순간 세바스찬의 눈빛은 전혀 이해할 수 없다는 표정을 짓더니 이어 그 밖의 일정에 대한 질문이 자신에게도 해당한다는 것을 알았다.

"그럼 나는 내 일을 계속할게요." 그는 나지막이 중얼거렸다.그 일이 뭔지 물어보는 사람은 아무도 없었다. 회의는 끝났다. 세바스찬은 마지막으로 회의실을 떠났다. 이제 이들이 뒤쫓는 것은 파란색 포드가 아니라 은색 도요타와 롤란드 요한손이었다. 토요타에 대해서는 트롤레도 이미 알고 있었지만 이 사건에 개입한 자가 한 명 더 있다는 사실을 모르기 때문에 빨리 이 정보를 알려줄 필요가 있었다. 아주 중요한 일일 수도 있었다. 밖으로 나가면서 세바스찬은 다시 한 번 트롤레에게 전화를 했다. 그는 여전히 전화를 받지 않았다.

그는 입실이 완료된 뒤에 노트북을 이용한다는 자신의 규칙을 깨트렸다. 그는 점심식사를 마친 직후에 문을 닫고 재빨리 인터넷에 접속했다. 이후 몇 시간 비교적 안전한 시간을 보낼 수 있었다. 그가 위험을 무릅쓴 것은 궁금한 것을 당장 확인하기 위해서였다. 랄프의 메일을 읽었을 때는 마치 시간이 정지한 것 같았다. 그는 생각에 빠진 채 컴퓨터 앞에 앉아 모니터를 응시했다. 이후로 5분이 흘렀는지, 10분이

나 20분이 흘렀는지 알 수 없었다. 어차피 상관없었다. 자칫하면 교도관들이 컴퓨터를 압수할지도 모르는 상황이었지만 그는 자신이 알아야 할 모든 것을 이미 알았기 때문이다.

안나 에릭손이 발데마르 리트너와 결혼한 것은 반야가 태어난 지 1년 반이 지났을 때였다. 그해 가을, 안나 에릭손이 임신했을 때 발데마르는 예테보리에서 대학에 다니고 있었다. 이 시기에 두 사람이 알고 지냈다는 것을 가리키는 어떤 증거도 없었다. 그리고 반야가 태어나던 당시 발데마르는 에식스에서 연수 중이었다. 아이가 갓 태어난 마당에 어떤 아버지가 그렇게 먼 곳에 가 있겠는가? 그가 스톡홀름으로 돌아온 것은 반야가 태어난 지 6개월이 지났을 때였다. 그리고 어떻게 찾아냈는지 랄프가 복사해둔 호적사무소의 출생신고서도 있었다. 거기엔 부父 미상이라고 되어 있었다. 단 두 마디. 어떤 여자가 아이를 낳고 부 미상이라고 신고하고 18개월이 지나서 아이의 생부와 결혼하겠는가? 그런 여자는 없다.

모든 정황은 생부가 미상이 아니라 무책임한 남자라는 것을 가리키고 있었다. 자신의 의무에 아랑곳하지 않고 이 여자 저 여자를 전전하는 무책임한 남자가 틀림없었다. 아들을 버리고 자기 하고 싶은 대로 미국으로 훌쩍 떠나간 남자.

세바스찬 베르크만.

그가 반야를 쫓아다닌 것도 갑자기 이해가 되었다. 그리고 반야가 눈치채지 못하게 멀리서 끈질기게 관찰하는 태도도 합리적으로 이해할 수 있었다. 또 두 사람이 동행해서 힌데를 심문할 때 반야를 보호하려는 태도도 논리가 맞았다.

정황은 분명했지만 힌데는 더 확신할 수 있는 증거가 필요했다. 이 문제에 관한 한 어떤 경우에도 착각은 금물이다. 그는 세바스찬 베르크만이 안나 에릭손과 이른 시기에 알고 지냈다는 사실을 반드시 알아내야 했다. 이들이 1979년에 관계를 가졌는지 확인할 필요가 있었다. 당시 안나 에릭손은 스톡홀름에서 대학에 다니지 않았기 때문에 이 사실을 밝혀내는 것은 간단치가 않았다. 하지만 랄프는 1979년 봄 학기와 가을 학기에 세바스찬의 세미나를 들었던 다른 사람을 찾아내서 두 사람의 관계를 보여주는 증거를 찾아냈다.

페이스북에서였다.

힌데는 수많은 사람이 페이스북에서 자신을 드러내는 것을 보고 믿을 수가 없었다. 전혀 거리낌이 없었다. 보안 조치가 거의 되지 않은 상황에서 누구나 접속해서 마음껏 들여다볼 수 있었다. 카린 레스탄데르도 그중 한 사람이었다. 이 여자는 1979년에 세바스찬의 강의를 들은 학생으로서 자신과 동창생들이 젊고 예뻤던 시절의 낡은 사진을 보여주는 것을 좋아했다. 그녀 스스로 말하듯 인생의 황금기였다. 카린의 갤러리 전체는 모든 방문자에게 열려 있었고 랄프도 그 방문자 중의 한 사람이었다. 방문자의 이용이 편하도록 카린은 사진을 연도별로 정리했고 많은 시간을 들여 사진마다 꼼꼼하게 설명을 곁들였다. 진실을 알고자 하는 사람에게는 자료의 보고였다.

1979년의 앨범에는 다섯 장의 사진이 들어 있었다.

그중 가장 중요한 것은 스웨덴 어딘가에서 열린 파티 장면이었다. 이 사진 속에는 카린과 세바스찬, 그리고 힌데도 아는 여자가 보였다. 안나 에릭손이었다. 모두가 카메라를 향해 웃고 있었고 세바스찬은 여자의 어깨에 손을 얹은 모습이었다. 조금 다정해 보였다.

사진 밑에는 다음과 같은 설명이 있었다. "대학의 가을 축제. 안나 에릭손도 참석. 이 친구는 어떻게 되었을까?"

저런, 그 여자는 과연 어떻게 되었을까?

아무튼 그 사실을 아는 사람은 한 명 있었다. 그는 마지막 퍼즐 조각을 맞춘 것이다. 힘들게 고민하던 의혹이 현실로 바뀌는 순간이었다.

모든 것이 들어맞았다. 안나는 1979년에 임신한 것이 틀림없었다. 어쩌면 이 가을 축제 무렵이었을 것이다.

그는 일어섰다. 아무리 참고 있으려 해도 그대로 가만히 앉아 있을 수가 없었다. 가늘게 보이던 빈틈이 커다란 구멍으로 변한 느낌이었다. 환상적인 생각을 숨기기에는 충분한 공간이었다. 걸작을 만들 수 있게 되었다. 완벽한 복수를 하는 것이다. 전체 계획을 갑자기 바꾸자니 머리가 어지러울 정도였다.

그 속에 그의 역할도 들어 있었다.

반야 리트너는 세바스찬의 딸이었다.

이제는 더 이상 의문의 여지가 없었다. 힌데 평생 최고의 날이었다. 그야말로 이전과 이후로 분리되는 역사의 분기점이었다.

반야를 알기 전과 반야를 알고 난 뒤.

이제 그는 도전욕이 생겼다. 오직 그 자신뿐이 없었다.

랄프는 이 계획에 방해만 될 것이다. 지금까지 그는 쓸모가 있었고 더구나 방금 보내온 정보는 결정적인 것이었다. 그럼에도 불구하고 랄프는 힌데의 눈을 정면으로 바라보지도 못하는 삭은 벌레 같은 존재에 불과했다. 커다란 덩치에 어린애 같은 녀석은 최근에 와서 그가 감당할 수 없는 역할을 맡으려고 했다. 힌데는 주로 fyghor.se에 올라온 자료를 보면서 랄프의 자신감이 점점 커진 것을 주목했다. 그가 우연히 골라 본 자료는 갑자기 온 도시를 충격과 공포로 몰고 간 살인범에 대한 링크 기사와 인용문으로 집중되어 있었다. 모든 페이지에서 그런 자신감이 묻어났다.

힌데에게 언론에서 전하는 범행 수법은 아무런 의미가 없었다. 진부하고 일차원적이며 어떤 진정한 만족도 주지 못하는 것이었다. 그런데도 랄프는 이런 보도에 깊은 감동을 받은 것으로 보였다. 녀석은 갑자기 주목받고 싶어 하는 10대 소년처럼 변한 것이다. 인정을 받고 싶어 안달하는 것 같았다. 물론 자연스러운 현상일 수도 있지만 힌데는 언젠가 이런 행동이 도를 넘으리라는 것을 진작 알고 있었다. 랄프의 개성이 변하는 속도는 어리둥절할 정도로 빨랐다. 전에는 힌데에게만 굽실거리던 녀석이 이제는 숭배 대상이 바뀌었다. 각광을 받고 싶어 했다.

그는 두 사람이 처음 만났던 당시를 기억에 떠올렸다. 랄프는 분명치 않은 어조로 힌데에 관한 모든 것을 읽었으며 두 사람의 감정이 비슷하고 공통점이 너무도 많다는 사실을 고백했었다. 힌데는 정중하게 그를 대화로 끌어들였다. 키가 크고 삐쩍 마른 녀석은 힌데에게 복종하겠다는 뜻을 분명히 밝혔고 힌데가 즉시 그를 조종할 수 있다는 가능성을 발견할 정도로 약점을 드러냈다. 당시로서는 어떻게 조종할지 미처 몰랐었다. 그럼에도 힌데는 즉시 그에게 영향력을 행사하기 시작했고 그 결과는 기대 이상이었다. 랄프는 자신의 병든 모친에 대한 얘기를 꺼냈다. 그러면서 두 사람이 분명한 공통점이 있다고 했다. 이때 힌데는 자신의 모친을 병든 사람으로 표현한 것 때문에 랄프에게 즉시 벌을 줄까도 생각해보았지만 생각과는 다른 결정을 내렸다. 처벌은 언제든 할 수 있지만 누군가를 자신의 뜻대로 조종할 기회는 훨씬 드문 법이기 때문이었다. 랄프는 자신의 '할아버지'에 대한 얘기도 했고 여름 별장과 동물 가면을 쓴 사람들 얘기도 했다. 또 두 사람이 피해를 받았다는 공통점도 말했다. 힌데는 그가 지껄이는 대로 내버려 두었다. 랄프는 제가 말하는 공통점보다 두 사람의 차이가 더 크다는 사실은 절대 이해하지 못할 녀석이었다.

랄프는 또 지금까지 살아오면서 자신의 의지를 한 번도 관철하지 못한 녀석이었다. 힌데는 언제나 자신의 뜻을 관철했다.

하지만 동시에 랄프는 바깥세상에서 사는 놈이기도 했다. 현실 세계에서 그의 대리인 역할을 하는 인물이었다. 그의 거대한 계획을 위한 일차적인 정보원이었다.

단기적으로 볼 때는 무시할 수 없는 존재였고 장기적으로 볼 때는 다른 대리인으로 대체해도 무방한 존재였다.

이런 생각을 하고 있을 때 그는 갑자기 기발한 아이디어가 떠올랐다. 반짝하는 아이디어 속에서 힌데는 이 벌레 같은 녀석에게 적합한 역할이 생각났다. 이익이 생길 때면 무엇이든 굽실대는 녀석에게 딱 알맞은 장소. 힌데는 새로운 광경을 눈에 그려보았다. 제대로만 하면 완벽한 계획이었다. 세바스찬에게 최대의 고통을 안겨줄 계획.

그는 랄프에게 다시 임무를 부여하기로 했다.

이제 남아 있는 대상은 많지 않았다.

힌데는 그중 하나를 고르기로 했다.

이 계획에 맞는 대상은 오직 엘리노르 베릭비스트뿐이었다.

계획. 인내. 과감한 실천.

이것이 현재 그에게 가장 중요한 세 마디였다. 이번에는 절대 실수가 용납되지 않는다. 긴 주방용 식도, 잠옷, 스타킹은 완벽하게 준비해서 현관 앞의 검은 백에 넣어두었다. 그 옆에는 봉투에 든 음식도 있었다. 디지털 카메라는 작고 예리한 라테르만 휴대용 칼과 함께 주머니에 들어 있었다. 이번에는 파란 폴로셔츠와 베이지색 치노 바지를 입었다. 준비물은 앞서 네 차례의 범행 때와 똑같은 것이었다. 말쑥하면서도 누구나 흔히 입는 옷차림이었다. 안나 에릭손에게 접근할 때는 처음으로 변장을 했었다. 변장이 꼭 필요할 거라는 느낌을 받았기 때문이다. 하지만 준비할 시간이 별로 없었기 때문에 그는 정확한 시간을 골라 습격할 수밖에 없었다. 여자는 혼자 사는 것도 아니고 이미 조심하라는 경고를 받았을 가능성도 있었다. 그는 여자가 집 안으로 들이도록 확실한 계획을 세워야만 했다. 그래서 변장이 필요했던 것이다. 이것은 의식에서 벗어난 것이었고 인과응보인지 결과가 예상에서 벗어났다. 뚱뚱한 영감이 다가와서 그를 놀라게 했기 때문이다.

랄프는 fyghor.se에서 엘리노르의 이름을 확인하자마자 길모퉁이에 있는 미장원으로 갔다. 처음에는 머리를 자르려고 간 것이 아니었다. 이발은 정확하게 91일마다 하기 때문이다. 의식이었다. 머리를 짧게 치기 위해서가 아니라 헤어스타일을 바꾸려고 갔지만 너무 불안했다. 또 모양은 같지만 색깔은 다른 모자를 골라 바지 뒷주머니에 찔러 넣고 선글라스도 쓰는 대신 폴로셔츠 단추 구멍에 꽂았다. 중요한 것은 이것들을 가지고 간다는 것이다. 의식을 중단한 게 아니라고 그는 자위했다. 변형시켰을 뿐이다.

그는 욕실 거울에 바치는 자신의 모습이 싫었다. 두 손으로 생소한 모양의 머릿결을 쓰다듬어 보았다. 머리는 이상하게 끈적거리고 끝이 뾰족한 느낌이었다. 미용사는 특별한 무스를 발랐다고 알려주면서 뒤쪽으로 빗질을 하라고 했다. 또 만일에 대비해서 무스 두 통을 사두라는 말도 덧붙였다. 그는 미소를 지으면서 새로운 스타일을 바라보았다. 새로운 모습에 익숙해지려고 했다. 그는 이제 자신의 모습이 아무도 주목하지 않는 키 큰 남자라기보다 스투레플란(Stureplan: 술집, 레스토랑, 클럽 등이 밀집한 스톡홀름의 번화가_옮긴이)을 고향처럼 느끼는 건방진 청년 같다고 중얼거렸다. 이 모습이 나아 보였다. 자신과는 다른 모습이었지만 목적을 위해서는 더 잘 어울린다고 생각했다. 이번에는 결코 일이 어긋나면 안 된다. 어떤 실수도 용납되지 않는다. 그가 숭배하는 남자는 이 일이 랄프에게 중요하기 때문에 한 번의 기회를 더 준 것이다. 선생님은 그의 감정에 관심을 보였다. 지금까지 그렇게 한 사람은 아무도 없었다. 그리고 그는 이 신뢰를 저버릴 생각이 없었다. 의상에 약간의 변화를 주고 부분적으로는 헤어스타일을 조금 바꿀 필요는 있었지만 전체적으로 볼 때는 최소한의 양보에 지나지 않았다. 중요한 것은 이제부터 일을 제대로 처리한다는 것이다. 그는 더욱 조심해야 했다.

그는 그의 뒤를 바짝 따르는 사람들이 얼마나 알고 있는지 알 수 없었다. 하지만 차 안에서 그 남자가 죽은 이후 시간이 흐르면 흐를수록 그만큼 더 안전하다는 확신이 들었다. 그들이 그의 신분을 알고 있었다면 벌써 집 앞에서 진을 치고 있었을 것이다. 그는 아무도 주목하지 않는 자였다. 알았다면 벌써 체포했을 것이다.

선생님은 네 명의 목표를 달성했다. 그는 지금 다섯 번째 목표를 향해 접근하는 중이었다. 그는 곧 역사 속으로 진입하게 될 것이다. 이 생각을 하자 기운이 솟아났다. 자신과 자신의 감정을 잘 다스려야 한다. 이제 마음의 안정을 찾는 것이 중요하다.

밖의 기온은 지난주보다 서늘해졌다. 그는 약 10분 거리에 있는 지하철역으로 걸음을 재촉했다.

이동 수단을 바꾼 것이 전혀 마음에 들지 않았지만 자신의 녹색 폴로를 몰고 가고 싶지는 않았으며 그럴 엄두도 나지 않았다. 그는 지시에 따라 은색 도요타를 울브순다에 두고 왔지만 선생님이 보낸 짤막한 통지에는 새 자동차에 대해 아무런 언급도 없었다. 지금까지 절도 차량은 그의 소유였다. 랄프는 이 차를 어디서 끌고 올지, 또 어디에 놓아둘지 단순하게 지시만 따르면 되었다. 이 차를 처분하는 것은 다른 사람의 몫이었다. 그 사람이 누구인지 랄프는 관심이 없었다. 그는 선생님을 위해 일하는 사람들이 많다는 것을 알고 있었다. 하지만 이번에는 그에게 새 자동차가 주어지지 않았다. 그래서 지하철로 바사스탄에 갔다 올 수밖에 없었다. 가는 길에 그는 화원에 들렀다. 빨간 장미 스무 송이를 사면서 여자 판매원에게 낭만적인 화환으로 묶어 달라고 부탁했다. 그리고 예쁜 카드도 사서 간단하게 인사말을 써넣었다. "미안해요. 당신의 세바스찬." 문구가 마음에 들었다. 세바스찬이 결코 미안하다는 말을 하지 않는 인간이라는 사실을 알았기 때문이고 또 한편으로는 세바스찬을 곧 죽을 여자와 함께 엮는 것이 기분 좋았기 때문이다. 랄프는 꽃다발을 여자 집의 주방 탁자에 놓아 경찰이 쉽게 카드를 발견하게 할 생각이었다. 경찰이 침실에서는 시체를 발견하고 주방에서는 낭만적인 꽃다발을 발견하는 모습을 직접 눈으로 보고 싶었다.

그는 이 방식이 의식에 들어맞는다고 생각했다. 흔적을 남겨놓는 것이다. 이것은 단지 다른 방식의 다른 흔적일 뿐이다. 선생님이 이런 태도를 높이 평가할 거라고 그는 확신했다.

랄프는 꽃값을 지불하고 다시 밖으로 나왔다. 막 사랑에 빠진 남자로 보일 필요가 있었다. 새로 사귀기 시작한 여자를 위해 꽃을 사는 속물로 비쳐야만 했다. 그는 베스터토르프 꽃집 체인을 알리는 조그만 스티커를 떼어냈다.

흔적은 남길 수 있다.

다만 그가 원하는 흔적이어야 한다.

정확한 계획에 따라야 한다.

엘리노르는 이날 마무리할 일이 너무 많았다. 백화점에 전화를 해서 단기간 휴가를 신청했다. 그리고 휴가를 받아냈다. 이어 엘리노르는 집 안에 있는 모든 화분에 물을 주고 4층에 사는 과부인 린델을 찾아가 며칠간만 화분을 돌봐달라고 부탁했다. 린델 노파는 잠시 들어와 커피와 케이크를 먹고 가라고 했다. 두 사람은 한 시간 가까이 함께 시간을 보냈다. 분위기는 화기애애했지만 얼마 뒤 엘리노르는 정리할 일이 너무 많아서 마음이 불안했다.

남자가 아무리 멋지다고 해도 남자 한 명 때문에 모든 일을 뒤로 미룰 수는 없었다. 그래서는 안 될 노릇이다. 언제나 마땅히 질서가 있어야 하며 집 안이 잘 정돈되어 있다는 것을 보여주어야 한다. 특히 옆집 여자가 들어와 집 안을 살필 것을 생각한다면 더욱 깨끗해야 했다. 그래서 엘리노르는 구석구석 청소를 했다. 진공청소기와 걸레로 먼지를 닦아냈고 바닥도 깨끗하게 걸레질했다. 유리창을 닦고 침대를 정리했으며 소파의 쿠션도 두들겨서 보기 좋게 폈다. 그런 다음 냉장고를 깨끗이 비우고 린델 노파가 집 안을 돌아나니지 않아도 되게끔 화분을 모두 베란다로 옮겼다.

집 안 정리를 완전히 마친 다음 엘리노르는 즐겨 마시는 코냑 한 잔을 들고 소파에 앉았다. 코냑은 여러 해 전부터 갖고 있었는데 특별한 일이 있을 때만 작은 잔으로 한 잔씩 마시는 술이었다. 코냑은 소규모

제조업체인 들라망Delamain 제품으로 어느 잡지에서 '가족을 위해 비축한' 것이라는 기사를 읽은 적이 있었다. 값은 비쌌지만 그만한 가치가 있었다. 부드러우면서도 독주처럼 쏘는 맛과 과일향이 밴 뒷맛이 좋았다. 이 코냑은 세속적인 보상의 세계에서 자신만이 선택받은 자라는 느낌을 갖게 해주었다. 엘리노르 같은 사람은 쉽게 맛볼 수 없는 세계였다.

이런 삶, 이런 사랑은 누려보지 못했다.

세바스찬 베르크만을 처음 만난 이후 며칠간은 강렬한 인상에서 벗어날 수 없었다. 마음이 통하는 세바스찬은 거대한 폭풍처럼 엘리노르의 인생을 지배했다. 이제 잠시 자신을 돌아보며 생각을 정리랄 필요가 있었다. 엘리노르는 코냑을 홀짝거리면서 그대로 앉아 있었다. 자신만을 위한 현재 그대로의 시간을 맛보고 있었다.

인생이 계속 진행되기 전에.

랄프는 오덴플란에서 내렸다. 그는 이곳이 베스트마나로에서 가장 가까운 역인지 자신이 없었다. 녹색 선을 타고 이곳에 와본 적은 거의 없었지만 어떻든 지도에는 그렇게 나와 있었다. 승강장에는 사람들이 별로 많지 않았다. 그는 재빨리 지하철 구역을 빠져나와 지상으로 올라갔다. 그리고 대로를 가로질러 서쪽 방향으로 걸음을 재촉했다. 베스트마나로는 교차로 몇 개만 지나면 나올 것 같았다. 아직까지 걸어서 그곳까지 가 본 적은 없었다. 가는 도중에 그는 어떻게 일을 진행할지 궁리를 해보았다. 그는 휴대전화를 들고 엘리노르 베릭비스트의 번호를 선택했다. 세 번째 신호가 울리자 여자가 전화를 받았다.

"네, 여보세요."

랄프는 즉시 전화를 끊었다. 여자는 집에 있었다. 그는 여자가 혼자 산다는 것을 알고 있었다. 세바스찬이 왔다 간 다음 날 그는 어떤 노파가 건물로 들어가는 것을 도와주는 척 하면서 정문 비밀번호를 확인해 두었다. 첫 번째 장애물은 제거한 셈이었다. 이다음 단계는 즉흥적인 아이디어로 대처할 수밖에 없을 것이다. 안나 에릭손의 경우처럼 불완전한 계획이라는 것이 마음에 걸렸다. 몇 주나 적어도 며칠은 여자를 관찰해야 했지만 더 이상 그럴 시간이 없다는 것을 그는 잘 알고 있었다. 새로운 임무가 시작된 것이다. 모든 절차를 더 빨리 해치워야 한다. 결단도 빠르고 행동도 빨라야 한다. 무슨 수를 쓰든 해내야만 했다. 하지 않으면 안 되는 상황이었다. 그 사이 경험도 쌓았다. 역사로 진입하기 직전이었다. 선물을 가지고 온 단순한 꽃 배달원처럼 보이면 된다. 어떤 여자가 꽃 배달원에게 문을 열어주지 않겠는가?

"미안해요. 당신의 세바스찬."

그는 자신의 계획을 생각하며 미소를 지었다.

그는 최종 목표인 건물 정문으로 다가갔다. 하지만 처음에는 머무르지 않고 그냥 지나쳤다. 대신 조그만 공원 쪽으로 올라가서 초록색 벤치에 잠시 앉아 있었다. 그리고 주위를 살폈다. 주변에 눈에 띄는 사람은 아무도 없었다. 랄프나 건물 입구를 주목하는 사람은 아무도 보이지 않았다. 청소차 한 대가 천천히 지나가면서 모퉁이 뒤로 사라졌다. 랄프는 다시 일어나 꽃다발로 얼굴을 가렸다.

이어 왔던 길로 천천히 돌아갔다. 너무 빠르지 않게 조심했다. 스트레스를 받아서도 안 되고 눈에 띄어서도 안 된다. 한 아름 가득한 장미만 보여야 한다. 사랑의 배달부가 여자를 찾아가는 것처럼 보여야 한다.

정문 비밀번호는 1439였다. 그는 만일에 대비해서 휴대전화에 입력해 놓은 번호를 다시 확인해 보았다. 이 번호가 맞았다.

정문은 저절로 열렸다. 문은 유모차를 끄는 사람이나 나이 든 사람들이 편하게 드나들 수 있도록 자동 장치가 되어 있었다. 이것이 마음에 들지 않았다. 그는 무대에 오르는 사람처럼 극적인 기분을 맛보며 건물 안으로 들어갔다. 이어 재빨리 넓은 로비로 가서 호별 이름이 적힌 팻말을 보고 배달할 집을 찾는 것처럼 행동했다. 물론 여자가 어디 사는지 정확히 알고 있었지만 배달부로 보이기 위해서였다. 5층이었다. 5층의 이웃은 세 가구가 있었다. 자동문이 그의 뒤에서 천천히 닫혔다. 거리의 소음이 차단되면서 갑자기 평화로운 적막이 찾아왔다. 신고전주의 양식의 그리스풍 조각이 보이는 멋진 입구는 하얀 칠이 되어있었고 낯선 분위기 한가운데로 들어서자 그는 자신의 모습이 눈에 띄지 않을 것 같은 기분이 들었다. 장미가 잘 어울리는 분위기였다.

빨간색과 흰색의 조화.

사랑의 색깔과 순수의 색깔.

죽음이 이런 분위기로 장식된다는 것은 얼마나 시적인가!

그는 엘리베이터를 타고 올라가기로 했다. 엘리베이터에 들어가면 다른 사람이 이용하지 못하도록 안에서 문을 차단할 생각이었다. 그러면 그들은 계단을 이용할 수밖에 없을 것이다. 또 누가 계단을 오르내리는지 소리를 들을 수 있을 것이고 어느 시점에 행동으로 옮길 수 있을지 판단할 수 있을 것이다(여기서는 벽 대신 창살만 있는 전면이 노출된 구형 엘리베이터를 말하는 것임_옮긴이). 초를 다툴 만큼 시간이 정확해야 한다.

엘리베이터가 대기 상태가 아니라 그는 칠이 벗겨진 까만 단추를 눌렀다. 엘리베이터가 덜컹거리며 움직이는 소리가 들렸다. 엘리베이터

터널을 통해 위를 올려다보자 5층이나 6층에서 내려오는 것 같았다. 엘리베이터는 짜증이 날 정도로 느리게 밑으로 내려오고 있었다.

가장 신경이 쓰이는 것은 현관문을 닫고 여자를 제압하기 전에 여자가 문을 열어주고 집 안으로 들어설 때까지의 시간이다. 불과 몇 초 걸리지 않을 이 시간에 가능하면 아무 소리도 들리지 않게 감쪽같이 해치워야 한다. 층계참에서 나는 소리는 유난히 크게 들릴 것이다. 그는 레테르만 잭나이프를 펴고 오른손 쪽의 장미 뒤로 숨겼다.

엘리노르는 마지막으로 집 안을 둘러보았다. 그리고 마지막 순간에 린델 노파가 들어올 때 곰팡내가 나지 않도록 발코니 문을 조금 열어놓았다. 린델 노파를 제대로 보았다면 오늘 저녁부터 집 안을 살필 것이 분명했다. 엘리노르는 발코니 문의 손잡이를 조정해 신선한 공기가 통하도록 했다. 집 안 정리는 만족스러웠다. 완벽하게 정리가 끝났다.

엘리노르는 현관문을 열고 밖으로 나간 다음 문을 잠갔다. 엘리베이터가 5층을 지나 아래쪽으로 내려가는 것이 보였다. 흔히 있는 일이었다. 1분만 일찍 나왔더라도 탈 수 있었을 것이다. 이제는 어쩔 수 없이 기다려야 했다. 엘리노르는 휴대용 짐 크기만 한 까만색 가방을 끌고 엘리베이터 쪽으로 향했다. 직원 할인용으로 산 것이었다. 아주 실용적이고 유행에도 뒤지지 않는 모델이라 마음에 드는 가방이었다. 엘리베이터는 기어가듯이 느린 속도로 계속 밑으로 내려가고 있었다.

지난번 주민회의 때 엘리베이터를 새것으로 교체하자는 의견이 나왔지만 이 안건은 뒤로 미뤄졌다. 창살이 달린 새장처럼 낡은 개방식에다 진한 빛의 나무로 만든 모델이라 엘리베이터는 독특한 매력이 있었지만 기능상으로는 부족한 것이 많았다. 엘리노르와 몇몇 다른 주민은 단추만 누르면 즉시 탈 수 있는 빠른 현대식으로 교체하자는 의견을 냈었다. 지금은 정지할 때까지 계속 누르는 수밖에 없었다.

랄프는 위에서 문이 열리는 소리가 들리자 깜짝 놀랐다. 몇 층에서 소리가 난 건지 불확실했다. 위층 높은 데서 들렸기 때문에 2층은 분명히 아니었지만 소리로 보아서는 정확하게 알 수 없었다. 그는 숨을 멈추고 귀를 기울였지만 덜커덩 거리는 엘리베이터 소리밖에 들리지 않았다. 계단에서 발자국 소리가 나기를 기다렸지만 아무 소리도 들리지 않았다. 그 사람은 랄프처럼 엘리베이터가 오기를 기다리는 것으로 보였다. 냉정하게 판단할 필요가 있었다. 그는 꽃이 얼굴 전체를 가리도록 화환을 더 바싹 끌어안고 손에 든 칼을 단단히 움켜쥐었다. 마침내 엘리베이터가 덜컹거리는 소리를 내며 도착했다. 개폐식 기계에서 나오는 끽 하는 날카로운 금속성 소음이 이어졌다. 그는 될 수 있는 한 소리가 나지 않게 살며시 문을 열었지만 당장 어떻게 해야 좋을지 알 수 없었다. 가능성은 두 가지, 계획을 중단하든가 아니면 그냥 올라가는 것이다.

그는 두 번째를 선택했다. 필요하다면 아무 때나 중단할 수 있을 것이다. 먼저 위에서 기다리는 사람의 행동을 확인할 필요가 있었다. 그는 문을 열어 엘리베이터가 움직이지 않게 했다. 건물 안은 조용했다. 쥐 죽은 듯이 조용했다.

1~2분이 흐르는 동안 랄프는 머리를 굴려 다른 대안을 궁리해보았다. 여러 생각이 머릿속을 스치고 지나갔다. 어쩌면 중단하는 것이 최선일지도 모른다. 조금 있다 일단 돌아가서 다시 처음부터 시작하자. 그가 막 엘리베이터 문을 닫고 그 자리를 떠나려고 할 때 위에서 기다리는 사람이 계단을 걸어 내려오는 소리가 들렸다. 발자국 소리가 점

점 빨라지면서 계속 그를 향해 다가오고 있었다. 그는 즉시 결단을 내렸다. 더 이상 물러설 곳이 없었다. 그는 엘리베이터 안으로 들어갔다.

엘리노르는 짜증이 났다. 늘 이 모양이었다. 사실 엘리노르는 계단을 이용하는 것을 마다하지 않았다. 걷는 것이 건강에 좋기 때문이다. 하지만 오늘은 짐이 있었다. 아래층까지 끌고 가기에는 짐이 좀 무거웠다. 게다가 최근에 읽은 기사에 따르면 계단을 내려가는 것은 몸에 좋지 않다고 했다. 올라가는 것은 건강에 이롭지만 내려가는 것은 피하라는 말이었다. 하지만 지금은 선택의 여지가 없었다. 더 이상 기다리고 싶은 생각이 없었다. 그런데 엘리베이터는 정말 짜증스럽게도 엘리노르가 4층으로 반쯤 내려왔을 때 움직이기 시작했다. 엘리노르는 잠시 5층으로 돌아갈지 생각하다가 그대로 내려가서 4층에서 멈추기를 기대했다. 4층에서 타면 된다는 생각이었다. 엘리노르는 나머지 계단을 내려가서 4층에서 기다렸다. 운이 좋다면 지금 올라오는 사람이 4층에 사는 로베르트 안데르손일 것이라는 생각이 들었다. 그는 보통 이 시간에 집에 오기 때문이다. 마침내 엘리베이터가 올라오자 엘리노르는 로베르트라면 한 걸음 옆으로 비켜서겠다고 생각했다. 하지만 그 사람은 로베르트가 아니라 몹시 키가 큰 어떤 남자였다. 베이지색 바지와 파란 폴로셔츠 외에 얼굴은 커다란 꽃다발에 가려 보이지 않았다. 엘리베이터는 4층에 멈추지 않고 계속 올라갔다. 엘리노르는 자신도 모르게 웃음이 나왔다. 위층에 사는 누군가가 오늘 멋진 꽃다발을 받는다는 생각이 들었기 때문이다. 사랑에 대한 생각을 하자 다시 힘이 난 엘리노르는 아래층까지 계속 걸어가기로 했다. 계속 4층에서 서성이며 계속 엘리베이터를 기다릴 시간이 없었다.

아, 이건 아니야! 이건 아니야. 이건 아니야.

그는 본능적으로 비상벨을 누를까 생각해보았다. 그가 막 이런 생각을 행동으로 옮기려고 하는 순간 그는 이미 4층에서 50센티미터는 올라온 상태였고 비상벨을 누른다면 4층과 5층 사이 한가운데 멈추게 될지도 모른다는 생각이 들었다. 엘리베이터 창살 사이로 엘리노르가 급히 내려가는 모습이 보였다. 그에게서 멀어져 가고 있었다. 의식에서 너무 벗어났다는 생각이 들었다. 엘리노르가 그에게서 도망치고 있다. 진하고 달콤한 장미 향기가 갑자기 역겨워졌다. 드디어 5층에 도착하자 랄프는 문을 열고 뛰기 시작했다. 조심할 여유가 없었다. 아무리 위험해도 이번에는 실수하면 안 된다. 어떻게든 임무에 성공해야 한다. 어떻게 의식을 치러야 했는지는 나중에 고민할 일이다. 그 자신의 발자국 소리가 너무 컸기 때문에 엘리노르의 발자국 소리는 들리지 않았다. 그가 순간 걸음을 멈추자 엘리노르의 발자국 소리가 다시 들렸다. 몇 발짝 못 갔을 것이다. 기껏해야 바로 한 층 아래 있을 것이다. 그는 속도를 높였다.

벌써 두 층이나 내려왔다. 그는 한 번에 두 계단씩 내려갔지만 가방에다 음식 봉투도 있고 양손으로 꽃다발을 들고 있어서 균형을 잡기가 어려웠다. 그는 살짝 미끄러지는 바람에 거의 넘어지기 직전에 간신히 난간을 잡고 균형을 잡을 수 있었다. 2층에 도착하자 그는 꽃다발을 내던지고 계속 뛰어 내려가 방금 지나온 우아한 로비에 이르렀다.

그곳은 텅 비어 있었다.

정문이 열려 있는 것으로 보아 여자는 방금 문으로 나간 것 같았다. 그는 잭나이프를 손에 감추고 문 쪽으로 달려갔다. 여자는 분명히 멀리 가지 못했을 것이다. 가까이 있을 것이다.

정말이었다. 여자는 노라 반토르예트 방향으로 가고 있었다. 거리는 불과 10여 미터밖에 되지 않았다. 보도에는 여자 혼자였지만 자동차가 계속 지나가고 있었다. 멀리 앞에서는 유행에 민감한 아기 엄마들이 유모차를 끌고 가는 모습이 보였다. 뭔가를 할 수 있는 상황이 못되었다. 그는 이제 어쩔 수 없이 뒤를 계속 따라가는 수밖에 없었다. 더 좋은 기회를 엿보며 여자를 눈에서 놓치지 않으려고만 했다.

그는 숨을 헐떡거리며 땀이 쏟아지는 것을 느꼈다. 이제는 걸음을 늦추고 눈에 띄지 않게 칼을 접어서 다시 주머니에 집어넣었다. 그는 일정한 거리를 두고 꾸준히 쫓아갔다.

그에게 지금 필요한 것. 그것은 인내와 과감한 결단이었다. 여자를 시야에서 놓치지 않으려고 애를 썼다. 달아나게 해서는 절대 안 된다. 그 여자는 그의 것이었다.

엘리노르는 택시를 찾았다. 보통 노라 반토르예트의 호텔 앞에 택시들이 서 있기 때문에 그쪽을 향해 갔다. 엘리노르는 평소에 택시를 즐겨 타지는 않았다. 걷는 것이 좋았다. 특히 날씨가 좋을 때면 스톡홀름의 여름 경치를 감상하며 걸었다. 보통 때 같았으면 오늘도 끝까지 걸어서 갔을 것이다. 하지만 오늘은 특별한 날이었다. 오늘은 되도록 빨리 이루어야 할 목표가 있었다. 시간은 생각했던 것보다 빨리 지나갔다. 시간은 이상한 느낌을 주었다. 늘 변치 않고 일정한 것이건만 상대적으로 보였다. 뭔가 시급히 해결해야 할 일이 있을 때면 시간은 빨리 갔다. 반면에 뭔가 급한 일이 없고 느긋할 때면 더디게 갔다. 그 반대가 좋을 것 같았다. 가만히 있을 때보다 중요한 일이 있을 때 더 시간 여유가 있다면 얼마나 좋을까! 빈 택시가 엘리노르 쪽으로 다가왔다.

손을 들자 택시가 앞에 멈췄다. 엘리노르는 속도를 줄이며 앞에 서는 택시를 반갑게 바라보았다. 엘리노르는 가방을 뒷자리로 밀어 넣고 그 옆에 탔다.

뒤쪽에서 웬 키 큰 남자가 서서 엘리노르를 쏘아보는 모습이 보였다. 그 남자는 막 문을 닫은 직후에 택시 쪽으로 달려들었다. 아마 그 남자도 택시를 기다린 것으로 보였다. 계속 보고 있자니 남자는 맞은편 길로 건너가 택시를 세우려고 했지만 택시는 그냥 지나갔다. 엘리노르는 자신도 모르게 웃으면서 여기서 택시를 잡아 다행이라는 생각이 들었다.

오늘은 의심할 여지없이 행복한 날이었다. 엘리노르는 택시 기사에게 외스테르말름으로 가자고 했다. 사랑이 기다리는 방향으로.

세바스찬 베르크만은 하루 종일 트롤레와 통화하려고 했다. 전화를 아무리 해도 받지 않자 갈수록 울화가 치밀었다. 두 사람이 안나 에릭손의 집 앞에서 만난 뒤로 16시간 가까이 흘렀다. 지금처럼 트롤레가 그리운 적은 없었다. 트롤레가 보고 싶을수록 세바스찬의 불안은 점점 구체적으로 변해갔다. 무엇보다 안나 에릭손의 안부가 궁금했기 때문이다. 어쨌든 트롤레는 세바스찬에게 연락을 해야 했다. 그것이 트롤레가 안나의 집을 감시하는 이유였다.

안나를 보호하고 반야를 보호하고 비밀을 지키는 것.

세바스찬은 계속 전화를 해보는 것 외에 달리 도리가 없었다. 다른 방법은 없었으며 그 혼자 불안을 떠안은 것 같은 기분이 들었다. 평소에 세바스찬은 아무도 필요로 하지 않았다. 그 자신 외에는 어떤 도움도 원하지 않았다. 그런 그가 이제 한계를 느끼고 있었다.

이런 생각을 떨쳐버리려고 그는 곧 이어질 힌데와의 만남에 생각을 집중하기로 했다. 반야가 지적한대로 그는 현재 수사팀에 별 도움을 주지 못하고 있었다. 그래도 힌데와의 만남은 어떻게 해서든지 성사시켜야 했다. 생각이 갈팡질팡하는 가운데 그는 면회 허가 때문에 토르켈을 찾기 시작했다. 에드바르트 힌데야말로 사건 전체의 열쇠를 쥔 인물이었다. 트롤레 때문에 생긴 불쾌감은 어느새 사라지고 없었다. 그는 반야를 염려할 필요가 없도록 힌데와 단독 면회를 하고 싶었다. 이번에는 힌데를 제압할 것이다. 그러자면 기습적인 질문을 해야 한다.

토르켈은 자기 방에 없었다. 세바스찬이 묻자 여비서는 행정적인 문제를 처리할 것이 있다고 했다. 고위직 사무실이 있는 위층의 회의실로 올라갔다는 말이었다. 세바스찬은 위층을 향해 계단을 뛰어 올라갔다. 그는 보통 이런 면담이 이루어지는 대회의실 쪽으로 다가갔다. 실제로 토르켈은 다른 고위층 간부들과 함께 그곳에 있었다. 금빛 견장이 달린 하얀 제복을 입은 몇몇은 멍청해 보였다. 세바스찬은 번쩍이는 어깨 장식 차림을 싫어했다. 경찰 말고는 할 줄 아는 게 없는 자들이었다. 이런 자들은 현장에도 가본 적이 없다. 텔레비전에 출연하거나 이런 회의실에 앉아 거들먹거리기나 할뿐이었다. 세바스찬은 회의실의 대형 유리창 바로 앞에 있는 의자에 보란 듯이 앉았다. 토르켈은 아직까지 그를 보지 못했거나 아니면 적어도 못 본 체 하는 것 같았다. 세바스찬의 좌절감은 이루 말할 수 없이 컸다. 15분 정도 그렇게 앉아 있자니 인내가 한계에 달한 기분이었다. 그는 자리에서 일어나 노크도 없이 문을 벌컥 열었다.

"이봐요! 지금 팔메(올로프 팔메Olof Palme : 1986년 정체불명의 괴한에게 암살당한 사민당 출신의 스웨덴 전 총리_옮긴이) 피살 사건이라도 논의하는 건가요?"

이들은 일제히 입을 다물고 세바스찬을 쳐다보았다. 한두 사람은 전에 근무할 때 본 것처럼 어슴푸레 기억이 났지만 대부분은 처음 보는 얼굴이었다. 그가 유일하게 잘 아는 사람이 자리에서 일어났다.

"세바스찬, 여기 들어오면 안 돼요!" 토르켈은 화를 억누르는 목소리로 말했다. "지금은 회의 중이에요."

"그래, 나도 알아요. 하지만 오늘 당장 힌데를 만나야겠어요. 오늘 중으로! 더 이상은 기다릴 수 없다고요!"

"아직 면회 허가가 나오지 않았어요. 될 수 있는 대로 당겨볼게요."

"더 재촉할 수 있잖아요. 어떻게 좀 해보라고요!"

"그건 지금 여기서 할 얘기가 아니에요, 세바스찬!"

토르켈은 간부들에게 눈빛으로 죄송하다는 제스처를 보이더니 다시 세바스찬 쪽으로 돌아섰다. "그만 나가줘요!"

"면회 허가를 받아주면 당장이라도 나가주지요. 약속해요."

세바스찬은 테이블 주위에 앉아 있는 사람들을 바라보았다. 이들은 경악과 경멸이 뒤섞인 시선으로 그를 빤히 보고 있었다. 세바스찬은 큰 잘못을 범했다는 것을 알았지만 우스꽝스러운 규칙을 지킬 마음은 없었다. 사람 목숨이 걸린 일이었다. 그 자신만의 문제가 아니었다.

"여기 멋진 제복을 입은 분들도 그놈이 다섯 번째 여자의 목을 따기 전에 사건이 해결되기를 원할 게 아닌가요. 그 해결 열쇠를 쥐고 있는 사람은 바로 나라고요."

세바스찬은 토르켈의 눈이 분노로 이글거리는 것을 보았다. 이제 그가 너무 멀리 나갔다는 것은 분명했다. 토르켈 오른쪽에 앉아 있던 여자가 침착한 태도로 일어났다. 세바스찬은 그녀가 전국경찰 총수라는 것을 알고 있었다.

"우리가 서로 아는 사이는 아닌 것 같은데요." 얼음장같이 차가운 목소리로 여자가 말했다. 말하자면 "너 도대체 누구야?"를 세련되게 표현한 말이었다.

"네, 맞습니다." 세바스찬은 의기양양한 표정으로 웃으면서 대답했다. "하지만 이 허가서만 받아주신다면 지금 당장 아는 사이가 되겠지요."

토르켈은 세바스찬에게 달려가 거세게 팔을 낚아챘다.

"죄송합니다. 금방 돌아오겠습니다."

그는 세바스찬의 팔을 잡고 밖으로 나가 문을 닫았다. "당신 또 무슨 엉뚱한 수작이야? 당신 돌았어? 내가 쫓아내기를 바라는 거야?"

"왜 그게 그렇게 오래 걸리는 거냐고? 하랄드손이 방해라도 하는 건가?"

"나도 몰라. 그리고 그건 중요하지도 않고. 기다리는 수밖에 없어. 당신이 현직 경찰이 아니라 오래 걸리는 걸 수도 있고. 마음에 들지 않으면 당장 짐을 싸서 나가도 안 말려."

"아, 그래. 툭하면 나를 협박하는군. 나는 살인을 막을 수 있는 유일한 사람이라고. 당신도 알잖아."

"맞아. 당신은 전문가고 남다른 본능으로 지금까지 우리를 잘 이끌었지."

"빈정대는 말은 당신답지 않아, 토르켈."

두 사람은 한동안 침묵했다.

토르켈은 한숨을 쉰 다음 생각을 가다듬고 말했다. "알았어. 일단 지금은 집으로 가. 당신은 참 비싸게 구는군."

"난 무보수로 일하고 있어."

"돈 얘기가 아니야."

세바스찬은 토르켈을 쳐다보며 입안에 맴도는 말을 애써 참았다.

"허가가 나오는 대로 연락해줄게요."

토르켈은 다시 문을 열고 대회의실 안으로 들어갔다. 토르켈이 사과하는 소리가 들리면서 문이 닫히자 분명치 않게 웅성거리는 소리가 세바스찬의 귀에 들려왔다. 이 순간 세바스찬은 다시 안으로 들어가 시원하게 야유를 해주고 싶었다.

하지만 지금도 이미 너무 멀리 나갔다는 생각이 들었다. 멀어도 너무 멀리 나갔다.

이곳에 들어갔다 나온 뒤 그의 입지는 더 위태로워졌다.

평소와 달리 그는 토르켈이 시키는 대로 집으로 향했다. 집으로 가는 길은 꽤나 오래 걸렸다. 처음에는 혹시도 있을지 모를 미행자를 살펴야 했다. 무엇보다 은색 도요타가 없는지 조심했다. 하지만 실제로는 지나가거나 주차해 있는 모든 차를 의혹의 눈길로 살펴야 했다. 그럴 수밖에 없었던 것은 그자가 그사이에 다른 차로 바꿔 타고 미행할 수도 있다는 생각이 들었기 때문이다. 그는 지그재그 코스를 택하면서 먼 길을 돌아갔기 때문에 시간이 꽤나 걸렸다. 마침내 뒤따라오는 자가 없다는 확신이 들었을 때야 비로소 그는 그레브 마그니가탄에 있는 정문을 통과했다. 집까지는 걸어서 올라갔다. 그는 집 안으로 들어가 방 안에 있는 침대에 걸터앉았다.

그는 미행당한다는 생각에 계속 불안했다. 비밀도 지켜야 했기 때문에 이중의 고통이었다. 트롤레와 여자들, 반야. 모든 상황이 그를 괴롭혔고 불합리한 행동을 강요했다. 이런 식으로 나가다가는 더 이상 힌데를 만나지도 못할 것 같았다. 경찰이라는 조직은 똑같이 지체되는 일이 있어도 특정 사안만 받아들인다는 것을 그는 알고 있었다.

그는 머리를 식히기 위해 침대에 누워 눈을 감고 잡념을 떨치려고 애를 썼다. 집 안은 무척이나 조용했다. 이렇게 혼자 누워 있는 기분도 괜찮았다. 지금은 이런 시간이 필요했다. 그는 옛날 릴리가 하던 대로 마음을 안정시키고 명상을 해보려고 했다.

심호흡을 했다. 천천히 규칙적으로. 마음의 고요를 찾고 싶었다.

세바스찬은 릴리를 너무도 사랑했었다. 릴리에 대한 기억은 언제나 자비네의 모습 뒤에 나타났다. 자비네보다 머리에 떠오르는 기억은 더 흐릿하고 약했지만 언제나 자비네를 그림자처럼 따라다녔다. 그는 왜 릴리가 꼭 두 번째로 나타나는지 알았다. 릴리에게 부끄러웠기 때문이다. 두 사람이 낳은 딸을 놓쳤기 때문이다. 바다에서 딸을 잃어버렸기 때문이다.

갑자기 상실의 고통이 엄습하는 바람에 그는 벌떡 일어났다. 평온하던 호흡은 즉시 밀어닥치는 슬픔 때문에 불규칙하게 바뀌었다. 무엇엔가 쫓기는 기분이었다. 자기 자신과 옛날의 기억에 쫓기는 것 같았다. 어떤 기억에서도 자유롭지 못한 기분이 들었다.

트롤레가 갖고 온 이카 봉투가 눈에 들어왔다. 침대 밑에 비닐 봉투의 손잡이가 삐죽이 튀어나와 있었다. 한 인간에 대한 증거물을 담은 봉투가 눈에 들어온 것이다. 반쯤 침대 밑에 가려져 있는 그 기록은 세바스찬이 반야 부모의 허물을 들춰내기 위해 돈을 들여 주문한 것이었다. 도대체 그들이 어떤 짓을 했다는 것일까? 별 잘못이랄 것도 없었다. 안나는 단지 무슨 짓이든 할 수 있는 남자로부터 딸을 보호하려고 했을 뿐이다. 발데마르는 세바스찬에 대해서 아무것도 모른다고 안나는 말했었다. 물론 맞는 말일 것이다. 그들 두 사람은 아무 죄도 없는데 괴롭히고 벌을 주려고 한 것이다. 그들은 실제로 그의 적이 아니었다. 오직 세바스찬 한 사람. 오직 그가 자신의 적이었다.

그는 천천히 바닥의 봉투에서 눈을 떼었다. 불태워버리는 것이 옳을 것이다. 폐기해야 한다. 그는 그들의 인생에 대해 아무런 권리가 없었다. 사실은 그 자신의 인생에 대해서도 특별히 많은 권리가 있는 것도 아니었다. 그는 한 번도 사용한 적이 없는 하얀 벽난로를 바라보았다. 성냥이 어디 있을까? 아마 주방에 있을 것이다. 그는 주방으로 들어가 서랍을 뒤지기 시작했다. 맨 위 칸에는 나이프와 포크가 있었다. 두 번째 서랍도 뒤졌지만 주방 용품만 있을 뿐 성냥은 없었다. 세 번째 서랍에는 사용하지 않은 주방용 장갑과 쟁반만 있었다. 그때 갑자기 문에서 벨소리가 들렸다. 그는 깜짝 놀라 현관문을 바라보았다. 마지막으로 벨소리를 들어본 것이 언제인지 기억이 나지 않을 정도로 오랜만에 들어보는 소리였다. 아마 외판원이 왔을 때가 마지막이었을 것이다. 아니면 여호와의 증인에서 나온 사람들이었는지도 모른다. 다시 벨소리가 들렸다. 그는 벨소리를 무시하기로 했다. 누군가를 쫓아낼 기분도 아니고 그럴 시간도 없었다. 그때 밖에서 사람 목소리가 들렸다.

"세바스찬, 문 열어요! 안에 있는 거 알아요."

엘리노르 베릭비스트였다. 어떻게 이럴 수 있을까? 저 여자가 여기 뭐 하러 온 거지?

"이봐요! 세바스찬, 문 좀 열어봐요."

그는 잠시 생각해 본 다음 처음 계획대로 무시하기로 했다. 하지만 여자는 계속 벨을 눌렀다. 이번에는 더 길게 눌렀다. 끈질겼다. 정말 그가 안에 있는 것을 아는 것인가? 엘리노르가 무슨 일을 저지를지 알 수 없었다. 다시 벨이 울렸다.

“세바스찬!”

세바스찬은 투덜거리면서 주방에서 나가 이카 봉투를 침대 밑으로 집어던졌다. 그리고 객실을 지나 현관으로 가면서 가능한 한 최대로 화가 난 표정을 지으면서 문을 열었다. 화난 표정을 짓는 것은 별로 힘들지 않았다. 엘리노르 베릭비스트가 밖에 서 있는 것을 보자 더욱 자연스러웠다.

엘리노르는 바퀴가 달린 까만색 작은 가방을 들고 반가운 표정으로 웃고 있었다. 마치 세상에 걱정거리란 없다는 표정으로 기대에 가득 찬 얼굴이었다.

“내가 왔어요.” 엘리노르가 내뱉은 첫마디였다. 웃음기 어린 얼굴과 똑같이 자신감이 밴 말이었다.

세바스찬의 대답도 자신감을 보였다. “대체 여기서 뭐 하는 거요?”

“당신이 잘 알 텐데요.” 엘리노르는 세바스찬의 뺨을 쓰다듬으려는 듯 손을 내밀었다.

세바스찬은 반사적으로 한 걸음 뒤로 물러섰다.

엘리노르는 계속 그를 빤히 쳐다보았다. “가방 좀 받아주실래요?”

세바스찬은 머리를 흔들었다. “당분간 숨어 있으라고 했잖아요. 살인 사건이 끝날 때까지.” 그는 진지한 표정으로 엘리노르를 쳐다보았다. “이해가 안 되나요? 당신은 지금 위험에 빠졌단 말이오.”

엘리노르는 대답 대신 가방을 끌고 세바스찬을 지나 집 안으로 들어섰다. 그는 어쩔 도리가 없었다. 정확하게 말하면 말릴 새도 없이 순식간에 일어난 일이었다. 기습적인 행동을 하는 데 특별한 재주가 있는 엘리노르는 이미 가방을 집 안에 내려놓았다.

"정말 내가 위험한 건가요?" 엘리노르는 현관문을 닫고는 돌아서서 그에게 다가왔다. 도저히 거역할 수 없는 파란 눈을 반짝이며 달려들었다. "아니면 당신 가까이 내가 있기를 바라는 게 진실인가요?"

엘리노르가 다시 몸을 만지려고 손을 내뻗자 이번에는 세바스찬도 피하지 않았다. 왜 그랬는지는 그 자신도 알 수 없었다. 엘리노르는 그가 알 수 없는 뭔가를 갖고 있었다. 엘리노르의 체취는 달콤하고 신선했다. 아마 페파민트 당의정을 빨고 있었는지도 모른다. 어느 때건 준비가 되어 있는 태도였다.

"내가 당신을 원하듯이?" 엘리노르는 말을 덧붙이면서 손으로 그의 뺨을 어루만지더니 목덜미를 쓰다듬다가 셔츠 속으로 손을 집어넣었다.

그는 갑자기 화가 나면서도 동시에 흥분이 되었다. 그는 수많은 여자를 사귀어봤지만 이런 여자는 처음이었다. 엘리노르는 그의 말에 전혀 귀를 기울이지 않았다. 무슨 말을 하든 곡해해서 받아들였다. 무슨 말이든 긍정적인 의미로 해석했다. 그녀 자신에게 긍정적인 의미로. 엘리노르는 자신만의 우주에 뜬 항성이었으며 현실과의 대립에서 제어하기 어려운 자연의 힘 같았다.

그는 다시 설득을 했다. "방금 내가 한 말이 진실이에요. 내가 지어낸 말이 아니라고."

"나도 그렇게 생각해요." 엘리노르는 거침없이 말하면서도 표정은 정반대로 생각하는 것 같았다. "하지만 호텔 방에 혼자 쭈그리고 있느니 차라리 당신 곁에 있겠어요." 엘리노르는 그의 손을 잡더니 자신의 가슴으로 끌어당겼다. "여기가 훨씬 더 편하고 포근한걸요."

세바스찬은 생각을 가다듬으려고 애를 썼다. 엘리노르가 보여주는 태도는 상사병이 틀림없었다. 또는 분명한 스토커 기질이 있었다. 첫

날 손을 잡고 늘어진다든가 수호성인의 날에 꽃을 보낸다든가 하는 모든 방식이 사랑의 열병을 앓고 있다는 증거였다. 엘리노르의 증상이 의학적인 병은 아니라고 해도 세바스찬에게 집착하는 태도는 분명히 정상이 아니었다. 여자를 내쫓아야 했는지도 모른다.

"지금까지는 내 집에서만 사랑을 나눴어요……." 엘리노르가 세바스찬의 귀에 대고 속삭였다.

"다른 곳에서는 사랑을 나누지 못했다고요. 섹스를 했잖아요."

"끔찍한 말로 이 아름다운 순간을 깨지 말아요."

엘리노르는 그의 귓불을 가볍게 물어뜯었다. 엘리노르에게서는 비누 냄새가 났고 피부는 따뜻하고 부드러웠다. 그는 여자가 이끄는 대로 손으로 가슴을 더듬고 이어 목덜미를 쓰다듬었다. 그는 자신이 한 말이 여자를 유혹하기 위해 꾸며낸 이야기가 아니라는 것을 당장 설명해야 했다. 자신의 말에 귀를 기울여야 하고 아주 심각한 상황이라는 것을 강조해야 했다.

하지만 그것이 진정 그의 목표라면 왜 우두커니 애매한 자세로 현관에 서 있단 말인가? 왜 여자를 끌어안고 객실의 침대로 데려가려 한단 말인가? 그는 상대의 파란 눈에 책임을 돌릴 수밖에 없었다.

그것은 여자의 책임이었다. 엘리노르에게는 말로 표현할 수 없는 뭔가가 있었기 때문이다. 엘리노르는 무슨 말을 해도 못들은 척 하는 사람이기 때문이다.

세바스찬이 침대에 걸터 앉아 있는 동안 엘리노르는 집 안을 이리저리 살피고 있었다. 놀랍게도 세바스찬은 긴장이 풀리는 것을 느꼈다. 오랫동안 느껴보지 못한 감정이었다. 릴리와 살던 이후로 이 집에서 여자와 잔 적은 없었다. 그는 필요할 때면 늘 밖에서 해결하고는 했다. 놀랍게도 그는 아무런 가책도 느껴지지 않았고 평소 섹스가 끝나고 느끼던 불안도 없었다. 그는 엘리노르가 집 안을 살피는 모습을 훔쳐보는 자신이 못마땅했다. 여자는 행복해 보였다. 그는 엘리노르가 방이 많고 다양한 용도로 쓸 수 있겠다고 명랑하게 재잘대는 목소리를 듣자 웃음이 절로 나왔다.

"집이 정말 넓어요. 이쪽은 멋진 식당을 꾸며도 되겠네요."

아무튼 두 사람이 그와 릴리가 함께 사용하던 침대에서 그 짓을 하지는 않았다고 세바스찬은 자위했다. 그리고 이 집은 릴리의 집이라고 할 수도 없었다. 여기서 한동안 함께 살기는 했지만 결혼식을 마치고 릴리는 쾰른으로 옮겼기 때문이다.

"그럴듯한 서재도 있네요."

세바스찬이 전혀 사용하지 않는 집 안 구석구석을 돌아다니는 이 여자에게는 정말 특별한 뭔가가 있었다. 엘리노르는 세바스찬이 알 수 없는 이상한 방식으로 매력을 발산했다. 아무리 내쳐도 그때마다 엘리노르는 세바스찬에게 돌아왔다. 아이들이 갖고 노는 탱탱볼[bouncy ball]처럼 충격을 흡수하는 물질 같았다. 엘리노르를 알게 된 문화 공연에 갈 때만 해도 이런 일이 벌어지리라고는 전혀 예상하지 못했다. 또 한편으로 그 이후 그가 예상하지 못한 많은 일들이 일어났다. 그로서는 한동안 생각지도 못하던 일들이었다. 엘리노르에 대해서는 여러 가지로 말할 수 있겠지만 한 가지 확실한 것은 그녀가 세바스찬에게 다른 생각을 하게 한다는 점이었다.

몇 분 지나자 엘리노르는 돌아왔다. 그의 셔츠를 걸치고 단추도 채우지 않은 차림이었다. 빨간 머리가 빛나는 엘리노르의 모습은 프랑스

영화에 나오는 여자처럼 보였다. 여성적이면서도 거역할 수 없는 분위기가 배어 있었다. 마치 두 사람이 같은 영화를 본 것 같은 기분이 들었다. 엘리노르는 침대에 앉아 다리를 끌어당기고는 그를 쳐다보았다.

"엄청 큰 집이네요."

"나도 알아요."

"그런데 왜 사용하지 않아요?"

"당신 때문이지요."

엘리노르의 눈이 성탄절을 기다리는 아이처럼 반짝 빛났다.

"정말이에요?"

"아니, 어차피 당신은 내가 무슨 말을 해도 들은 척도 안 하잖아요."

엘리노르는 장난치듯이 그의 옆구리를 툭 치고는 그의 투정을 무시했다. 그 정도의 푸념은 엘리노르에게 아무런 효과가 없는 것 같았다.

"집 안을 깨끗하게 정리해주겠어요. 약속하죠."

"전혀 정리할 필요가 없어요. 당신은 그저 여기서 며칠 지내다가 다시 옮기도록 해요."

"물론이죠. 나는 아무래도 좋아요. 내가 여기 있는 게 싫다면 당장이라도 나갈 수 있어요." 엘리노르는 말 탄 자세로 세바스찬 위로 올라와 입에 키스를 했다.

같은 영화를 본 것이 틀림없었다.

"잘됐군. 나는 정말 당신이 여기 있는 게 싫어."

엘리노르는 그가 말하는 모습을 웃으며 바라보았지만 귀를 기울여 듣지는 않았다. "그런데 왜 싫죠? 당신은 나를 걱정해주는데……. 내가 여기 있으면 언제든 나를 볼 수 있고 또 당신에게는 내가 필요하잖아요."

"나는 아무도 필요 없어."

"자기 거짓말 하는 거지? 당신에게는 누군가 있어야 한다고요. 척 보면 알 수 있어요."

세바스찬은 뭐라고 대답할지 알 수 없었다. 엘리노르의 말이 맞았다. 누군가가 필요한 것은 사실이다. 하지만 이 여자는 아니다. 어떤 경우에도 엘리노르는 아니다. 엘리노르는 대답을 기다리지 않고 주방으로 들어가더니 두 사람을 위해 커피를 끓이려고 했다. 세바스찬은 침대에 누운 채로 엘리노르가 내는 소리를 듣기만 했다. 엘리노르는 전혀 거리낌 없이 커피를 찾고 있었다.

지금까지 이런 사람은 아무도 없었다. 그런데 꼭 싫지만은 않았다. 오히려 그런 태도가 마음에 드는 자신이 싫었다.

"에드바르트 힌데가 소장님에게 할 말이 있다는데요."

아니카가 하랄드손의 방문을 열고 고개를 디밀었다. 하랄드손은 손님용 소파에 앉아 방금 읽던 서류에서 눈을 떼었다. 표지에는 '뢰브하가 2014, 전망과 목표'라는 제목이 붙어 있었다. 그는 30쪽이나 되는 문서의 앞 두 페이지를 읽던 참이었다. 탁자에는 그가 이해하지 못하는 문장 또는 배경지식이나 정보를 더 파악해야 하는 장을 메모해놓은 노트가 있었다. 메모는 벌써 A4용지의 절반을 가득 채우고 있었다. 사실 문서의 4분의 1은 그가 이해할 수 없는 내용이었다. 그런데도 그는 중요한 볼 일이 있다는 말을 듣자 너무도 기뻐 노트를 옆으로 치웠다.

"정말이요?"

"네, 교도관 한 명이 방금 전화를 했어요. 가능하면 빨리 뵙고 싶다는데요."

"그럼 당장 가봐야지."

하랄드손은 소파에서 일어나 사무실에서 나갔다. 결국 연락이 오고야 말았다. 그는 진작 힌데에게 가고 싶었다. 자발적으로 가보려고 했다. 하지만 자기 쪽에서 서둔다는 인상을 주기도 싫고 또 힌데와의 접촉 기회가 사라지는 것도 염려되었기 때문에 균형을 맞추기가 쉽지 않았다. 그런데 힌데가 먼저 보자고 한 것이다. 좋은 징조 같았다. 하랄드손은 정말 빠른 시간에 만나고 싶었다. 특별살인사건전담반에서 제출한 면회 신청을 더 이상 늦출 수 없었기 때문이다. 좋든 싫든 그들이 힌데를 만나 수다를 떠는 것을 허용할 수밖에 없었다. 하지만 하랄드손은 힌데를 만나 얘기를 나누는 기회를 먼저 갖고 싶었다. 나사를 조일 필요가 있었다. 힌데가 그에게 결정적인 정보를 준다는 생각을 하면 가슴이 설레었다. 그렇게 되면 내일 결혼기념일을 축하할 뿐만 아니라 스톡홀름을 충격과 공포의 도가니로 몰아넣은 연쇄살인범을 체포했다는 기사를 신문에서 읽는 기쁨도 누릴 수 있을 것이다. 미확인 정보에 따르면 결정적인 제보를 한 사람은 교도소장이라는 뉴스가 나올지도 모른다. 가장 이상적인 것은 뉴스에서 제보자의 이름도 언급하는 것이다. 어제 엑스프레센에서는 힌데와 새로운 살인의 연관성을 거론하기도 했다. 힌데가 연루되었다는 기사를 쓴 것은 아니지만 표면적으로 범행 방식이 비슷하다는 말을 흘렸다. 모방 범죄의 특징이 이미 널리 알려졌다는 것은 하랄드손도 인터넷에서 읽은 적이 있었다. 90년대의 희생자들이 다시 표지의 소재가 되고 있었다. 더욱이 힌데에 대한 별도의 초점 기사도 싣고 당시 사건 발생에서부터 그가 체포되기까지의 과정을 한눈에 알아볼 수 있게 했다.

그 살인범이 잡힌다면 사건을 해결한 사람은 바로 힌데가 복역하고 있는 곳에서 근무하는 사람이라고 알려지는 것이다. 역사의 한 페이지를 장식할 대 사건이 아닐 수 없었다. 정말 엄청난 일이다.

그는 계속 웃으면서 힌데의 감방으로 들어섰다.

"아주 행복해 보이네요." 힌데는 평소처럼 벽에 등을 기댄 채 다리를 포개고 침대에 앉아 있었다. "무슨 좋은 일이라도 생겼나요?"

책상에 딸린 의자는 이미 침대 앞에 준비가 되어 있었다. 하랄드손은 그 의자에 앉았다. 그는 방금 이어질 대화에 대한 기대감을 제대로 설명할 수는 없었지만 동시에 힌데의 기분을 맞춰주고 싶기도 했다. 그리고 두 사람 사이에 벌어지는 사소한 대화를 힌데가 높이 평가한다는 인상을 받았다. 어쨌든 그가 즐거운 표정을 짓는 데는 여러 가지 이유가 있었다.

"내일이 제니와 나의 결혼기념일이오."

뭔가 기억을 더듬듯이…… 하랄드손은 재빨리 감방 안을 둘러보았다. 마치 아내의 사진이 어디 걸려 있는지 보려는 것 같았다. 아무튼 힌데는 사진을 걸어놓은 것 같지는 않았다. 다행이었다. 혹시라도 직원들이 힌데가 방 안에 소장 아내의 사진을 걸어놓은 것을 보았다면 어떤 일이 벌어졌을까 하는 생각은 하고 싶지 않았다.

"좋으시겠어요." 힌데가 입을 열었다. "결혼한 지 몇 년이나 되었는데요?"

"5년."

"목혼식이네요."

"당신도 아는군. 목혼식을 아는 사람은 별로 없던데." 하랄드손은 깊은 인상을 받았다. 그 자신도 몇 개월 전에 구글 검색을 해서 알았기 때문이다.

“내가 모르는 것이 없다는 것을 알면 정말 놀랄걸요.” 힌데는 대답하며 자신의 목소리가 의도했던 것보다 오만하다고 생각했다.

“당신 퀴즈 프로그램에 출연해도 되겠네.”

“그럼요…… 하지만 보다시피 당장은 어렵겠네요.”

“물론이오.”

힌데는 흐뭇한 표정으로 입을 다물고 있는 하랄드손을 쳐다보았다. 그의 머릿속에서는 앞으로의 계획이 점점 구체화되고 있었다. 계획이 잘 추진되려면 적어도 몇 가지는 알아내야 했다. 대부분은 토마스 하랄드손이 도움을 줄 수 있는 것들이었다. 그리고 나머지는 오늘밤 240분간의 컴퓨터 작업을 하며 알아낼 수 있을 것이다.

힌데는 하랄드손이 내일 결혼기념일을 맞는다는 사실을 오래 전부터 알고 있었다. 신임 교도소장이 전직 경찰관이라는 사실을 오래 전에 알았던 것처럼. 뢰브하가에 신임 소장이 부임한다는 소식을 듣고 그는 철저히 조사를 해놓았다. 하랄드손이 결혼기념일 얘기를 꺼내지 않았다면 틈을 봐서 표가 나지 않게 그쪽으로 대화를 유도할 생각이었다. 이제 그 수고를 절약하게 된 것이다.

“내일은 어떻게 즐기실 건가요?” 힌데는 정말 관심이 있는 것 같은 목소리로 물었다. “결혼기념일 말입니다.” 그는 분명하게 덧붙였다.

“우선 침대로 아침 식사를 대령할 거요. 제니 직장에 내일 몇 시간 근무에서 빼달라고 얘기해 놓았는데 점심시간 전에 제니에게 택시를 보내 화려한 웰빙 코스 레스토랑으로 안내하는 거지…….”

“아, 어디 근무하는데요?”

“회사 이름은 BBO인데…… 회계감사 회사요. 저녁에는 멋진 식사도 준비하고…….”

"정말 완벽한 하루가 되겠군요."

"또 사과나무도 선물할 거요. 잉그리드 마리라는 종을 정원에 심는 거지."

"정말 자상하시네요."

"그런 대접을 받을 자격이 있는 사람이니까."

"지당한 말씀입니다."

다시 말이 끊어졌다. 하지만 침묵은 전혀 괴롭지도 않았고 불안하지도 않았다. 하랄드손은 이 조그만 감방이 오히려 편안하다는 느낌마저 들 정도였다. 어쨌든 힌데와 이렇게 다정하게 대화를 할 수 있다는 것이 의아했다. 힌데는 귀를 기울여 얘기를 들어주었다. 진정 관심을 갖고 들었다. 제니 말고 그가 아는 사람 중에 이 정도로 진지하게, 또 기분을 맞춰주면서 관심을 갖고 얘기를 들어주는 사람은 아무도 없었다. 하지만 하랄드손이 아무리 힌데를 만나 즐겁게 대화를 한다 해도 본래 방문한 목적을 잊어서는 안 될 일이었다.

"당신도 알다시피 내가 정말 대답을 듣고 싶은 질문이 몇 가지 있는데……." 하랄드손은 단도직입적으로 묻고 싶지는 않았다. 그는 어떤 경우에도 이 만남에서 어떤 이득을 취하기 위해 온 거라는 인상을 힌데에게 주고 싶지 않았다. 하지만 힌데가 다리를 당기고 앞으로 조금 나설 때 그는 불안해 할 필요가 없다는 생각이 들었다.

"그거 아주 잘됐군요. 나도 원하던 것이 있었는데." 힌데는 태연하게 웃으면서 팔을 벌렸다. "윈-윈 게임이죠."

"그래요." 하랄드손도 같이 웃어주면서 대체로 이익을 볼 사람은 자신이라고 확신했다. 반면에 힌데가 선선히 동의한 것은 하랄드손이 대체로 손해를 볼 것이라는 점을 알고 있었기 때문이다.

두 가지. 힌데는 두 가지를 원했다. 하랄드손은 두 가지 중 하나도 갖고 있지 않았다. 뢰브하가에서는 구할 수 없는 것이었다. 어쨌든 불쾌한 질문을 허용 받으려면 어떻게든 구해야 했다. 그래서 하랄드손은 힌데의 감방에서 나가 사무실로 돌아갔다. 그리고 아니카에게 잠시 외출한다고 말한 다음 자동차로 가까운 시내로 향했다.

두 가지 물건. 빨리 두 군데를 파는 상점에 들러야 했다. 다시 뢰브하가로 돌아가면서 하랄드손은 구입한 물건을 뒷자리에 놓고 힌데가 이것으로 뭘 하려는지 생각해보았다. 또 이것이 윤리에 어긋나거나 잘못된 것이 아닌지 궁리해보았다. 그러다가 그렇지는 않다는 결론을 내렸다. 하나는 처방전이 필요없는 약품이었고 나머지 하나는 채소였다. 병조림이었는데 하랄드손은 정확한 종류는 알 수 없었다.

토마스 하랄드손은 자신의 전용 주차 구역으로 들어가 차를 세운 다음 구입한 물건을 들고 직접 감호동으로 향했다. 중대한 결정을 목전에 두고 있다는 느낌이 밀려왔다. 힌데에게 무엇을 물어볼 것인지도 생각해 두었다. 힌데가 제대로 알아들었다면 오늘은 두 가지 질문을 할 생각이었다. 그 정도면 충분할 것이다.

경비원이 특별 감호동의 문을 열었다. 그들 중 한 명이 하랄드손을 따라 힌데의 방까지 수행했다. 하랄드손은 구입한 물건을 상의 품 안에 감추고 들어갔다. 유죄 선고를 받은 연쇄살인범에게 무엇을 갖다주는 것이냐는 불필요한 의문을 불러일으키고 싶지 않았기 때문이다.

힌데는 하랄드손이 나갈 때와 똑같은 자세로 침대에 앉아 있었다. 그는 문이 완전히 닫히기를 기다린 다음 침묵을 깼다.

"다 구했어요?"

하랄드손은 품 안에서 물건을 꺼내 한 봉투에 손을 집어넣었다. 그는 침대로 다가가 천천히 동시에 극적인 자세로 이카의 병조림 병을 탁자에 올려놓았다. 힌데는 재빨리 물건을 훑어보고 고개를 끄덕였다.

"물어볼 게 뭐죠?"

"이 네 명의 여자를 죽인 자가 누군지 알아요?"

"네."

"누구요?"

힌데는 눈을 감고 숨을 깊이 들이마셨다. 그는 환멸감을 드러내고 싶지 않았다. 어떻게 이런 식으로 나온단 말인가? 하랄드손은 이 만남에 대비할 충분한 시간이 있었다. 아마 자신에게 유리한 질문을 꼼꼼하게 따져봤을 것이다. 그런데 어째서 첫 질문을 "네 명의 여자를 죽인 자가 누구냐?"라고 물어보지 않는단 말인가? 힌데는 그 답을 알고 있었다. 신임 교도소장은 형 집행에 대한 힌데의 편견이 옳다는 것을 입증해 주었다. 그는 두뇌가 엄청 비상한 힌데의 마음을 사로잡지 못했다. 어쨌든 두 사람은 저녁이 되면 함께 이 건물을 나갈 수 있는 처지가 못 되는 관계였다. 힌데는 탄식했다. 상황은 어이없을 정도로 간단했다. 전혀 문젯거리가 못 되었다.

"'누구냐'라는 말은 새로운 질문이죠." 힌데는 분명하게 지적했다.

하랄드손은 욕이 나왔다. 일이 뜻대로 진행되지 않았다. 첫 질문으로 이름을 물어보고 두 번째로 장소를 물어봐야 했다. 그러면 하랄드손의 제보를 받은 경찰이 범인을 체포할 것이 아닌가. 그는 급한 마음에 너무 서두른 것이다. 그래도 아직 이름을 물어볼 기회는 남아 있다. 그것이면 충분할 것이다. 특별살인사건전담반에서 확보한 것보다 훨씬 중요한 정보가 될 것이다. 그 정도면 결정적인 정보라고 할 수 있다. 그는 여전히 사건을 해결할 열쇠를 쥔 사람이라고 할 수 있었다.

하랄드손은 약국에서 사온 물건을 꺼냈다. 그는 병 속에 든 것이 뭔지는 몰랐다. 그런 약을 먹어본 적이 없기 때문이다. 꺼림칙한 기분이 들었다. 그는 약병을 손에 들고 잠시 망설였다. 힌데에게 제니의 사진을 건넬 때와 비슷한 느낌이었다. 불현듯 혹시 자신이 잘못을 저지르는 것이 아닌지 하는 불안이 몰려왔다. 이윽고 그는 결단을 내리고 힌데에게 병을 내밀었다.

"그들을 죽인 자가 누구요?"

침묵이 이어졌다. 힌데는 두 손으로 약병을 만지작거리며 살펴보다가 하랄드손을 쳐다보았다. 그는 실화 극장에 나오는 배심원들처럼 대답을 망설이는 것으로 보였다. 긴장이 고조되는 순간이었다.

"내가 아는 남자요." 드디어 그가 입을 열었다.

"그건 대답이 아니지." 하랄드손의 목소리에는 어린애 같은 실망감이 묻어났다. 마치 사탕봉지를 열었을 때 채소가 들어 있는 것을 보고 실망하는 다섯 살배기 같았다.

힌데는 어깨를 으쓱해 보였다. "질문을 잘못한 것이 내 책임은 아니죠."

"나는 '누구냐'고 물었소."

"'그자의 이름이 뭐냐'고 물었어야죠."

다시 침묵이 이어졌다. 힌데는 조심스럽게 몸을 내밀고 약병을 침대 옆 탁자에 올려놓았다. 하랄드손의 시선이 힌데의 동작을 따라가다가 조그만 약병에서 멈췄다. 그는 대답이 못마땅해서 약병을 다시 집어넣을지 생각해보았다. 힌데는 이것을 받을 자격이 없다는 생각이 들었다. 첫 번째 질문을 잘못했다는 힌데의 지적은 옳았다. 하지만 두 번째 질문에 대해서 힌데는 완전히 속임수를 썼다.

"갖고 싶은 것이 또 있어요." 힌데가 그의 생각을 흩트려 놓았다.

하랄드손은 머리를 굴렸다. 원하는 것을 주고 질문을 하는 것이 규칙이다. 그렇다면 이 게임에서 최종 승자가 될 기회는 아직 남아 있는 것이 아닌가?

"아하, 그게 뭐요?" 하랄드손은 또 속내를 감추지 못하고 서둘러 물었다.

"내일 특별살인사건전담반의 반야 리트너와 전화 통화를 하고 싶습니다."

"왜?"

"반야와 통화하고 싶으니까요."

"좋아요. 그럼 이제 말해요, 누가 네 명의 여자를 죽였는지." 하랄드손은 그만 할 말을 숨기지 못하고 의자에서 일어났다. 너무 조급해 하고 있었다.

힌데는 천천히 고개를 흔들었다. "더 이상 요구할 대답이 없습니다."

"내가 반야와 통화하도록 해줄 거 아니요?"

"그렇죠, 그런데 왜 전화하는지 물어봤잖아요. 나는 그 질문에 대답했고. 사실 그대로입니다."

하랄드손은 동작을 멈췄다. 기가 막힐 노릇이었다. '왜'라는 질문은 반사적으로 나온 말이었다. 그 말은 질문이라고 할 수 없었다. 힌데가 반야와 통화하는 것은 정해진 사실이다. 그렇지 않다면 통화하게 해달라고 부탁을 하지 않았을 것이다. 그러니 대답이라고 할 수 없는 것이다. 힌데는 장난질을 하고 있었다. 계속 그런 식으로 나온다면 하랄드손이 강력하게 이의를 제기할 수 있는 문제였다. 그는 이제부터 힌데에게 우호적으로 대할 생각이 싹 가셨다.

"이 대화는 없던 걸로 합시다." 그는 손가락을 치켜들며 자신의 말에 힘을 주었다. "당신이 이름을 말하지 않는 한……."

"이미 맺은 협정을 깨지 마요, 토마스 하랄드손. 나에게 그러면 안 되죠."

하랄드손은 갑자기 힌데의 다른 모습을 보았다. 여전히 똑같은 자세로 침대에 앉아 있었지만 다른 사람 같았다. 나지막이 목소리를 깔았지만 전혀 다른 모습이었다. 두 눈은 어둡게 변했다. 그의 어조에는 하랄드손이 일찍이 깨닫지 못한 강렬한 메시지가 담긴 것 같았다. 힌데는 심각한 신호를 보낸 것이다. 협박이었다.

생명의 위협 같았다.

하랄드손은 갑자기 힌데가 살해한 네 명의 여자가 최후에 본 장면을 보는 기분이 들었다. 그 장본인이 바로 눈앞에 앉아 있었다. 그는 문 쪽으로 뒷걸음질 쳤다.

"다시 봅시다."

"아무 때나 환영합니다."

태연하게 몸을 숙이며 빠른 동작으로 약병과 병졸임 병을 침대 밑으로 감추는 힌데는 다시 평범한 영감으로 돌아가 있었다. 그 변신의 속도가 너무 빨라 하랄드손은 눈앞에서 벌어진 일이 믿어지지 않았다. 온몸에 소름이 돋는 기분이었다.

"원하는 이름을 듣게 될 거요." 힌데가 나지막이 말했다. "내 부탁을 들어준다면."

"그게 뭐요?" 하랄드손이 거의 속삭이는 목소리로 물었다.

"일단 승낙을 해요."

"뭐에 대해서 말이요?"

"무엇이든 결정적인 순간이 다가오고 있다는 것을 알게 될 겁니다. 그냥 동의해요, 그러면 질문에 정확한 대답을 할 테니까요."

하랄드손은 마지막으로 힌데를 흘끔 쳐다본 다음 복도로 나갔다. 만남은 계획대로 진행되지 않았다. 전혀 뜻대로 이루어지지 않았다. 하지만 아직도 마지막 기회는 남아 있다. 저자의 요구에 동의만 하면 된다. 도대체 저자의 속셈이 뭘까? 힌데는 반야 리트너에게 뭘 바라는 것일까? 또 하랄드손이 갖다 준 물건으로는 뭘 하려는 걸까? 의문이 꼬리를 물고 이어졌다. 의문스러운 것이 너무 많아 '뢰브하가 2014, 전망과 목표'에 대해 정신을 집중할 수가 없었다.

하랄드손은 탄력 근무 시간제를 이용해서 일찍 집에 가기로 했다. 제니가 기다리는 집으로.

세바스찬은 5시쯤 잠에서 깼다. 생각보다는 잠을 잘 잤다. 평소처럼 꿈을 꾸다 깼지만 여느 때처럼 꿈자리가 뒤숭숭하지는 않았다. 그는 오른손의 근육을 풀면서 조심스럽게 앞으로 뻗어보았다. 옆에서는 엘리노르가 자고 있었다.

그는 살며시 침대에서 나와 운동복 반바지를 입고 신문이 편지 투입구에 꽂혀 있는지 보려고 현관으로 나갔다. 다른 방문들은 열려 있었다. 엘리노르가 열어놓은 그대로였다. 그는 문이 열린 것이 못마땅해 하나하나 문을 닫았다. 엘리노르처럼 다른 사람이 볼 때는 아름다운 집이랄 수도 있었다. 특히 커다란 창으로 아침 햇살이 낮게 깔려 있을 때는 정말 아름다웠다. 하지만 열려 있는 문이나 문 뒤의 방들은 그가 기억하고 싶지 않은 다른 삶에 속하는 것이었다. 엘리노르가 들이닥친 일은 커다란 변화를 몰고 왔다. 세바스찬의 나머지 인생이 훼손되지 않고 온전히 있어야 했음에도.

어젯밤 그와 엘리노르 두 사람은 모든 가능성을 열어놓고 얘기를 나눴다. 주방에서. 엘리노르는 어느 날 느닷없이 집으로 돌아와 이혼을 요구한 전남편 하랄드에 대한 얘기를 했다. 막무가내로 이혼을 요구했다는 것이다. 그는 다른 여자를 사귀고 있었다. 엘리노르에게는 몹시 가슴 아픈 일이었다. 절망감에 빠지기 시작했다고 엘리노르는 설명했다. 이후 몇 년의 세월이 흘렀다. 엘리노르는 한동안 인터넷에서 다른 남자를 사귀려고 해보았지만 적당한 남자를 찾을 수 없었다. 쉽지 않은 일이었다고 했다. 그러다가 세바스찬이 나타난 것이다. 왜 하필 세바스찬인가? 왜 그밖에 없었는가? 세바스찬은 할 말이 없었지만 귀찮은 화제에서 빠져나올 수 있었다. 두 사람이 주방에서 커피를 마시는 동안 세바스찬은 대부분 엘리노르에게 발언 기회를 넘기고 관계니 동거니 하는 상투적인 표현과 어설픈 심리학적 표현들을 잠자코 듣기만 했다. 평소와 달리 이상하게도 세바스찬은 엘리노르의 수다가 별로 싫지 않았다. 최근에 일어난 모든 일 때문에 기분이 어수선한 데다가 마음이 약해진 탓도 있었다. 어쨌든 아무리 궁리를 거듭해보아도 그는 똑같은 결론에 이르렀다.

엘리노르가 곁에 있는 것이 마음에 든다는 사실이었다.

엘리노르는 끊임없이 웃었고 일상적인 대화를 자연스럽게 하면서도 세바스찬이 하는 말은 귀담아듣지 않았다. 자신의 비꼬는 말투가 전혀 먹혀들지 않는 사람을 대하는 것은 이상한 기분이었다. 이 때문에 그는 이런 말투를 계속할 의욕이 생기지 않았다. 엘리노르는 재미가 있었고 일상적인 생활의 분위기를 그의 삶으로 끌어들였다. 그 자신이 이런 생활을 원하는 것인지는 알 수 없었지만 바람직한 대조였다. 뭔가 새로운 것이었다.

그는 주방 탁자 위에 신문을 올려놓고 다시 트롤레에게 전화를 해봤지만 트롤레는 계속 받지 않았다. 세바스찬은 다시 불안해졌다. 무슨 일이 생긴 것일까? 왜 트롤레는 전화를 받지 않을까? 무슨 일이 벌어진 것이 틀림없다. 갑자기 그는 엘리노르가 자는 침대로 기어들어 가고 싶은 욕구를 느꼈다. 현실을 뒤로 미루고 싶었다. 모든 것을 일단 잊어버리자. 그는 갑자기 엘리노르가 자신에게 어떤 존재인지 깨달았다. 엘리노르는 인생이 고달플 때 어루만지고 싶은 상대였다. 언제나 그를 기쁜 얼굴로 바라보는 여자였다. 온갖 시름을 간단히 잊어버리는 사람이었다.

릴리에 대해 아무런 가책을 느끼지 못하는 것을 보면 그의 눈에 깍지가 낀 것이 틀림없었다.

엘리노르는 애완동물 같았다. 많은 사람이 키우는 개처럼 엘리노르 베릭비스트는 그를 보면 반갑게 달려오는 존재였다.

두 사람의 관계를 이렇게 규정한 자신의 생각에 만족하며 그는 커피를 끓이고 신문을 읽었다. 이어 길모퉁이에 있는 세븐일레븐으로 두 사람이 먹을 아침 식사와 엘리노르가 먹을 점심거리를 사러 갔다. 그는 엘리노르가 밖으로 나가는 것을 원치 않았다. 만일을 대비해서 집 안에만 있어야 한다는 생각이었다.

집으로 돌아왔을 때 엘리노르는 깨어나 그의 셔츠를 입고 주방에 앉아 있었다. 물론 엘리노르는 세바스찬의 계획을 자신에 대한 애정의 표시로 해석하고 있었다.

"어머, 당신 아침거리 사왔어요? 정말 자상하기도 해라."

그는 음식 포장을 풀었다. "당신이 나가는 걸 원치 않으니까. 집 안에만 있어야 해요."

"당신 지금 조금 과장하는 것 아니에요?" 엘리노르는 세바스찬에게 다가와 뺨에 키스를 하더니 싱크대에 등을 기댄 다음 팔을 쳐들고 위로 올라갔다. "잠시 문밖에 나가기 위해 사라지는 일은 없을 거예요."

세바스찬은 탄식을 했다. 엘리노르와 말다툼을 할 생각은 없었다. "그냥 내가 하라는 대로 하면 안 돼요?"

"물론 할 수 있죠. 그러면 당신 저녁 때 집에 올 때 저녁거리도 사와야 해요. 뭘 살지 써줄게요." 엘리노르는 다시 싱크대에서 내려왔다. "필기도구 어디 있어요?"

세바스찬은 방금 엘리노르가 앉아 있던 싱크대 밑의 서랍 하나를 가리켰다. 엘리노르는 거기서 까만 볼펜과 메모지를 꺼내더니 의자에 앉아 쓰기 시작했다.

"파스타, 소 등심, 샐러드용 채소, 골파, 감자당, 발사믹 식초, 송아지 육수, 옥수수 녹말. 혹시 이 중에 집에 있는 것 있으면 말해요." 엘리노르는 말을 끊고 세바스찬을 쳐다보았다. "버터는 집에 있죠? 그리고 레드와인 어때요?"

"나는 술 안 마셔요."

엘리노르는 조금 놀라는 표정으로 메모지에서 눈을 떼었다. "전혀 안 마셔요?"

"어떤 경우에도 술은 안 돼요. 안 마셔요."

"왜죠?"

이유는 여러 가지가 있었다. 몇 년 전 수개월간 알코올의 힘을 빌려 꿈을 떨치려고 했던 적이 있었다. 당시는 거의 술에 의존했었다. 그는 중독 성향이 있었기 때문이다. 또 한계를 지키는 것이 힘들었다. 하지만 이런 것까지 엘리노르가 알 필요는 없었다.

"그냥 안 마셔요." 그는 어깨를 으쓱해 보였다.

"그래도 도중에 시스템볼라겟을 지나게 되면 한 병 사와요. 소스를 만드는 데도 필요하니까요. 그리고 나는 한 잔 해도 되죠?"

"물론이지요."

"당신은 감자가 좋아요, 국수가 좋아요?"

"아무거나 상관없어요."

"좋아요. 특별히 좋아하는 후식이 따로 있나요?"

"없어요."

"그럼 내가 정하죠."

엘리노르가 쓰고 있는 동안에 세바스찬은 계속 아침을 먹었다. 일상적인 생활이다. 그는 평생 뭐를 적어가지고 장을 보러 간 적이 없었다. 또 엘리노르 같은 여자를 만난 적도 없었다.

세바스찬은 걸어가기로 마음먹었다. 그는 시내를 거쳐 크로노베리까지 걸어갔으며 회의실에 들어갔을 때는 특별살인사건전담반 팀원 중에 출근한 사람은 아직 한 명도 없었다. 그는 혼자 테이블 앞에 앉아 다른 사람들을 기다렸다. 이어 휴대전화를 꺼내 수없이 건 번호로 다시 전화를 했다. 트롤레는 여전히 받지 않았지만 이번에는 별로 불안하지 않았다.

아침 식사를 마친 다음 그는 다시 엘리노르와 잠을 잤었다. 섹스에 관한 한 두 사람은 아주 잘 맞았다. 그것은 사랑이 아니었다. 전혀 사랑이라고 할 수 없었다. 그런데도 거기에는 뭔가가 담겨 있었다. 사랑은 고통스러운 것이지만 이 경우에는 해당되지 않았다.

집을 나가려고 할 때 엘리노르는 새 셔츠를 내어주며 말끔하게 면도를 하라고 했다. 인생은 묘한 구석이 있었다. 최근에 발생한 일들은 너무도 의외여서 그는 이제 웬만한 일에는 놀라지 않았다. 어쨌든 트롤레는 찾아내야 했다. 그가 어떻게 된 건지 몹시 궁금했다. 혹시 빌리를 끌어들일 수 있지 않을까? 자세한 전말을 설명하지 않아도 미행당하는 것을 알고 트롤레를 만났다는 말을 하면 빌리는 이해해 줄 것이다. 세바스찬이 옛 동료에게 도움을 청했다는 것은 크게 이상한 일도 아닐 것이다. 빌리는 비밀을 지켜줄 줄 아는 사람이었고 요즘 반야와 관계가 꼬인 것을 보면 반야에게 발설하지도 않을 것이다.

빌리는 승진의 욕구가 있는 것이 분명했다. 반야는 그것을 못마땅해하고 있었다. 물론 겉으로는 인정하지 않아도 반야는 최근에 빌리가 많은 공로를 세웠다는 생각을 하고 있었다. 세바스찬이 볼 때는 분명했다. 하나의 조직은 모든 구성원이 각자의 역할을 받아들이고 이의를 제기하지 않을 때 잘 돌아가기 마련이다. 이런 점에서 세바스찬 자신은 조직 체질이 아니었다. 그는 다른 사람의 역할에 이의를 제기하는 기질이었기 때문이다. 그런데도 빌리는 나름대로 그에게 깊은 인상을 남겼고 매우 훌륭한 경찰관이라는 것을 입증했다. 게다가 빌리는 베스테로스에 있을 때 안나 에릭손과 실제 주소를 알아봐 달라는 세바스찬의 부탁을 남몰래 들어주기도 했다. 트롤레를 찾아야 하는 지금 빌리는 세바스찬에게 적합한 동맹자가 될 수 있을 것이다.

하지만 우선은 아침 회의를 마친 다음에 일단 트롤레의 집을 찾아가 보기로 했다. 거기서도 만나지 못한다면 빌리에게 도움을 청할 생각이었다. 이런 계획을 흡족하게 생각하며 그는 나가서 자판기의 커피를 뽑아왔다. 그는 생각을 정리하며 오늘은 반야나 토르켈과 부딪치지 말자고 속으로 다짐했다. 조직 내에서 자신의 위치를 지키고 협력하는 태도를 보여주어야 한다. 대립하면 안 된다.

30분쯤 지나 커피를 두 잔째 마시고 났을 때 다른 팀원들이 모여들었다. 세바스찬이 새 셔츠를 입었지만 그를 주목하는 사람은 없었다. 적어도 여자들은 쳐다봐줘야 하는 거 아닌가? 우르줄라는 자리에 앉자마자 서류철을 펼치며 다른 팀원 쪽으로 고개를 돌렸다.

"나부터 시작할까요? 아네테 빌렌의 검시 보고서가 도착했어요."

"시작해요." 토르켈이 입을 열었다.

우르줄라는 학대받은 흔적이 역력한 아네테의 나신을 확대한 사진을 테이블에 올려놓았다. 목이 쩍 갈라진 상처가 확연히 드러났다. 아네테의 죽은 모습을 세바스찬이 본 것은 처음이었다. 생각 이상으로 그의 마음은 쓰라렸다. 옷을 입고 사랑에 목말라 하는 모습으로 따뜻하게 살아 있는 아네테의 사진을 보다가 참혹한 사진을 보는 그의 감정은 극과 극을 달렸다. 우르줄라는 갈라진 목을 다른 각도에서 찍은 사진을 계속 보여주었다.

"기도와 경동맥이 절단되었어요. 한 차례 칼로 찌르고 뒤에서 힘껏 가른 형태가 다른 여자들과 같아요."

"엄청 고통스러웠겠지요?"

우르줄라는 세바스찬을 쳐다보았다. 그의 질문이 진심에서 우러나온 것은 틀림없었다. 우르줄라는 감정이 배제된 냉정한 어조로 대답했다. "빠른 시간에 일어난 일이에요. 아네테는 피를 흘리기 전에 질식했기 때문에 이내 목숨을 잃었을 거예요. 비교적 빨리 숨이 끊어졌어요."

세바스찬은 아무런 반응도 보이지 않았지만 얼굴이 갑자기 창백해지는 것은 숨길 수 없었다. 우르줄라는 세바스찬에게서 시선을 떼고 다른 팀원들에게 향했기 때문에 그는 혼자서 조용히 고통을 맛볼 수 있었다.

"정확한 범행 시간을 추정하기가 힘들어요. 아네테는 햇살을 받고 누워있었지요. 세바스찬이 5시경에 나갔다면 범인은 그 직후에 들어왔을 거예요. 잠정적인 결론을 내린다면 범행 시각은 5시에서 10시 사이로 추정되어요."

"그럼 세바스찬이 그 여자의 집까지 미행당한 건가요?"

"그랬을 가능성이 높아요. 더구나 세바스찬이 미행당하고 있었다는 걸 이제 우리 모두가 알고 있으니 그렇다고 봐야지요."

실내에는 침묵이 번져나갔다. 세바스찬이 나가고 범인이 그 직후에 들어온 상황을 생각하고 있었기 때문이다. 세바스찬은 운명의 검은 그림자가 드리운 그날 아침을 기억하느라 몹시 애를 썼다. 누구를 보았던가? 계단에서 누군가와 마주치지는 않았던가? 혹시 차 문을 닫는 소리를 듣고 고개를 돌리지는 않았던가? 희미한 옆모습이라도 본 적이 없었는가? 아무 생각도 나지 않았다.

"나는 아무도 보지 못했어요. 물론 누가 보이는지 확인하지도 않았지만……."

"그게 아니죠. 당신은 그저 거기서 허겁지겁 빠져나오기에 급급했던 거죠. 단란한 아침 식사는 당신의 안중에 없었을 테니까요." 반야가 냉랭한 어조로 말했다.

세바스찬은 눈을 내리깔았다. 대꾸하고 싶지 않았다. 대꾸해서도 안 되는 일이었다. 다시는 부딪치고 싶지 않았다. 대립이 아니라 협력해야 한다.

토르켈이 입을 열었다. "범행 시각의 윤곽이 좁혀졌으니 순찰차를 보내 이웃 주민들에게 알아보도록 하지요. 혹시 수상한 사람을 목격했을지도 모르니까요."

"파란색 포드 포커스의 목격자가 나오면 다행인데……." 빌리가 덧붙였다.

"말이 나온 김에 확인 좀 하지요, 자동차 건은 어떻게 됐어요?" 토르켈이 물었다.

"포드에서는 더 이상 건질 게 없어요. 도요타는 몇 군데 시내 통과 지점을 지난 것이 확인되었고요. 마지막으로 통과한 것이 어제 오전이었는데……."

이때 노크 소리가 들리더니 정복 차림의 젊은 여경 한 사람이 문을 열고 고개를 디밀었다.

"방해해서 죄송하지만 반야, 당신을 찾는 전화예요. 중요하다고 하던데요."

"기다리라고 해요, 지금 회의 중인 거 안 보여요?"

"뢰브하가에서 에드바르트 힌데라는 사람이 한 전화인데요……."

반야와 나머지 팀원은 깜짝 놀랐다. 모두가 순간 잘못 들은 게 아닌지 생각하는 눈치였다.

"확실해요?" 반야가 의심스럽다는 듯이 물었다. "힌데가 맞아요?"

"네, 그렇게 말했어요."

반야는 잠시 생각하다 테이블 위에 놓인 전화를 끌어당기며 말했다. "이쪽으로 연결해 줘요."

젊은 여경은 재빨리 돌아서서 문을 닫았다.

반야는 앞으로 몸을 내밀고 통화하기를 기다렸다. 나머지 팀원들도 앞으로 몸을 바싹 당겼다. 마치 테이블 한가운데 놓인 하얀 전화기가 갑자기 전체를 끌어당기는 중력의 중심으로 변한 것 같았다. 빌리는 반야 옆으로 가서 한 손을 스피커폰 위로 올리고 다른 손으로는 휴대전화를 스피커 옆에 놓았다. 모두가 말없이 기다리고 있었다. 세바스찬만이 테이블에서 좀 떨어졌을 뿐이다. 그는 이게 무슨 일인지 이해하려고 궁리를 거듭했다. 왜 힌데가 전화했을까? 통화하려는 저의가 무엇일까? 수사를 방해하려고 그러는 것인가? 그는 본능적으로 좋은 징조가 아니라고 판단했다. 힌데는 수사팀보다 늘 한 발 앞서 나갔기 때문이다.

힌데가 행동에 나섰다. 이들은 반응을 보였다. 그 반대가 아니었다.

벨소리가 적막을 깨고 울리자 일행은 기다리고 있었음에도 모두 움찔했다. 빌리는 스피커폰의 단추를 누르고 동시에 자신의 휴대전화 녹음 기능을 가동시켰다. 통화 상대는 힌데였다. 그자가 갑자기 수사팀 한가운데로 들어온 것이다. 반야는 정말 힌데인지 확인하려는 듯 무심코 몸을 앞으로 더 당겼다.

"반야 리트너입니다." 반야가 입을 열었다.

그러자 이내 저쪽의 대답이 분명하게 들렸다.

"에드바르트 힌데요. 나를 기억할지 모르겠군요."

의심할 여지가 없었다. 분명히 힌데였다. 노련하게 꾸민 목소리. 평온하고 흐트러지지 않은 태연함 너머에는 우월감이 진하게 느껴졌다. 말할 것도 없이 책략이 숨어 있었다. 세바스찬은 바로 눈앞에서 힌데를 보는 기분이었다. 미소와 차갑고 촉촉하게 젖은 눈매, 전화기를 입에 바싹 댄 모습.

반야도 평온한 목소리를 내려고 했다.

"기억해요."

"어떻게 지내시나요?" 힌데는 구김살 없이 사사로운 어조로 물었다.

마치 옛 여자 친구와 수다를 떨려고 전화한 목소리였다.

"원하는 게 뭐죠?" 반야가 되물었다. 쓸데없이 노닥거릴 시간이 없었다. "왜 전화했어요?"

일행은 힌데가 여유 있게 입맛을 다시는 소리를 들었다.

"반야, 나로서는 정말 오랜만에 처음 해보는 전화요. 좀 느긋하게 통화할 수 없어요?"

"당신은 통화가 금지되었을 텐데……."

"예외적으로 허용해주더군요."

"무슨 이유로?"

세바스찬은 반야에게 한 걸음 다가갔다. 바로 자신도 묻고 싶은 말이었다.

뢰브하가의 누군가가 힌데와 거래를 한 것으로 보였다. 그 사람은 밑지는 거래를 한 것이 분명했다. 세바스찬은 가능하면 이 통화를 빨리 끝내야 한다는 것을 본능적으로 느꼈다. 힌데의 말투에는 허물없이 장난하는 분위기가 배어 있었다. 그 목소리는 뭔가 세바스찬을 불안하게 만들었다. 아무튼 지금 그의 딸은 눈앞에서 끊임없이 술책을 부리는 자와 통화를 하고 있다. 그 술책을 끝까지 밀어붙이는 자였다.

토르켈은 세바스찬이 무엇을 하려는지 알아차리고 찌푸린 눈으로 쏘아보았다. 세바스찬은 불안했다. 팀 내에서 그의 입지는 어느 때보다 더 흔들리고 있었다. 그는 토르켈의 신임을 잃었다. 그는 애원하는 눈빛으로 반장을 쳐다보았지만 토르켈은 다시 고개를 흔들었다.

그사이에 대화는 계속 이어졌다.

"당신에게 이익이 되는 정보를 내가 갖고 있소."

"듣고 있어요."

"하지만 당신만 들어야 해요. 지금 다른 사람들도 우리 대화를 엿듣는 거 아니요?"

반야가 토르켈을 힐끗 쳐다보자 토르켈은 황급히 고개를 끄덕였다. 이 대화를 반야 혼자서 듣고 있지 않다는 것을 힌데가 알고 있을 가능성이 매우 높았기 때문에 거짓말을 하는 것은 위험해 보였다.

반야는 다시 전화기로 고개를 숙였다. "맞아요, 듣고 있어요."

"내가 당신에게 전해주려는 정보는 당신만 알아야 해요. 이쪽으로 와서 나와 만나주지 않겠소?"

"뭐 때문에요?"

"어쨌든 세바스찬은 당신에게 무척 마음이 쓰이는 모양인데. 마치 자기가 없으면 당신이 아무것도 못할 것처럼 말이오. 세바스찬도 거기 있나요?"

세바스찬은 토르켈의 허락도 구하지 않고 대답했다. 그는 반야 옆으로 다가가 입을 열었다.

"그래, 나 여기 있어. 원하는 게 뭐야?"

"반야가 이쪽으로 와서 나와 얘기 좀 했으면 해. 정중하게 부탁하고 싶은데……."

"대체 뭐 때문이야. 할 말 있으면 지금 해봐!"

"아니, 반야한테만 할 말이야. 단둘이."

"어림없는 소리." 세바스찬의 입에서 자신도 모르게 이 말이 나왔다.

하지만 너무 늦었다. 전화가 끊어지면서 이상한 소리가 들리더니 곧 멎고는 규칙적으로 뚜뚜 하는 소리만 들렸다. 통화는 중도에 끝났다. 힌데와의 대화가 끊어진 것이다. 반야가 단호한 자세로 일어나자 세바스찬은 어디로 향하는 건지 눈치챘다.

"안 돼요, 가지 마요! 뢰브하가에 가면 안 돼요!"

반야는 어리둥절한 눈빛으로 쏘아보았다.

"왜 안 되죠?"

"그자는 아무 정보도 주지 않을 테니까. 그저 주목을 끌려는 거라고요. 그자는 내가 알아요."

"잠깐. 우리는 지금 그가 사건에 연루되었다는 혐의를 두고 있어요. 그런 자가 지금 전화를 해서 정보를 주겠다는 거예요. 그 말을 그냥 무시하란 건가요?"

"그래요."

세바스찬은 애원하는 눈빛으로 반야를 바라보았다. 반야도 납득할 거라는 듯이. 그는 점차 모든 것에 대한 통제력이 빠져나가는 느낌을 받으며 어떻게든 이 상황을 막으려고 몸부림쳤다. 절대 포기할 수 없다는 것을 그는 알고 있었다. 다시 있어서는 안 될 일이었다. 반야는 절대 가면 안 된다.

"그자가 당신에게 전화를 하지 않아 마음에 걸리나요? 그래서 괴로워요? 하필 나에게 뭔가 설명하려고 해서?" 반야는 화난 얼굴로 세바스찬을 쳐다보았다. 여차하면 한판 붙어보려는 단호한 태도였다.

"그게 아니라 그자는 위험해요."

"도대체 지금 무슨 소리에요? 나는 알아서 방어할 수 있다고요." 반야가 두둔해달라는 눈빛을 보내자 토르켈은 즉시 허락한다는 신호로 고개를 끄덕여 보였다. 반야도 놀랄 정도였다.

"가봐요! 우리도 그자가 뭐라고 하는지 들어보게요."

"하지만 면회 허용이……."

"그건 알아서 처리할 테니 걱정 말고요."

"아하, 당신 이제는 갑자기 처리할 수 있다는 거로군."

토르켈은 세바스찬의 말을 못 들은 체 했다.

"내가 녹음장비 달아줄 수 있는데." 빌리가 말하며 문으로 다가갔다.

반야는 그를 말렸다. "아니, 혹시 그자가 발견하기라도 하면 말을 안 할지도 모르잖아요."

"어차피 그자는 별말 안 할 거예요." 세바스찬은 여전히 포기하지 않는 태도로 말했다. "그저 쓸데없이 수다나 늘어놓을 게 뻔해요. 당신을 골려 먹고 거짓말이나 할 거라고요."

반야가 세바스찬을 제지했다. "당신처럼 말인가요?"

"반야……."

세바스찬은 반야가 밖으로 나가는 모습을 바라보며 불안이 좀 더 뚜렷해지는 느낌을 받았다. 반야가 힌데에게 가고 있다. 그 괴물 같은 자에게. 이미 그에게 무서운 힘으로 상처를 입힌 자에게. 그런 힌데가 이제 그의 딸을 만나게 되는 것이다.

세바스찬은 도저히 포기할 수 없었지만 그가 마지막으로 반야에게 한 말은 힘없는 하소연에 불과했다. "가려면 나와 함께 가요."

반야의 반응은 전혀 이해할 수 없었다. 세바스찬을 쳐다보지도 않고 "미안하지만 당신은 부르지 않았어요."라고만 했기 때문이다. 그러더니 그대로 가버렸다.

갑자기 세바스찬은 반야를 다시는 보지 못할 것 같은 기분이 들었다. 이제까지 반야에게 들인 공이 한꺼번에 물거품이 되는 것 같았다. 그는 의자에 털썩 주저앉았다.

나머지 팀원이 세바스찬을 바라보았다. 그들은 그의 태도를 이해하지 못했다. 물론 그들은 세바스찬이 자기중심적이라는 것을 잘 알고 있었지만 그래도 이런 반응은 그들로서는 납득할 수 없는 것이었다.

토르켈의 눈으로 볼 때 이 같은 태도는 해도 해도 너무한 것이었다. 사실상 세바스찬은 판단력을 상실한 것으로 보였다. 세바스찬은 반야 혼자 힌데에게 가는 것을 개인적인 패배로 받아들이는 것이 분명했다. 이제 체념하는 태도를 보니 세바스찬이 피살자 전부와 잠을 잔 사이라고 털어놓던 순간이 떠올랐다. 그때 토르켈은 그의 눈에서 공포와 비감이 뒤섞인 표정을 읽었다. 그때는 그래도 이해할 수 있었지만 지금은 아니었다. 받아들일 수 없는 태도였다. 자신의 팀에서 가장 뛰어난 여자 수사관인 반야가 새로운 정보에 접근하려는 것을 방해하는 태도는 주제넘은 짓이었다. 세바스찬이 반야의 힘에 넘치는 일이라고 판단하든 아니든 또 자신이 적합한 대화 상대라고 생각하든 말든 그것은 상관없었다.

세바스찬이 토르켈부터 나머지 팀원을 한 명씩 쳐다보니 이해할 수 없다는 표정들이었다. 그는 뭐라고 핑계 댈 말이 없었다. 어차피 너무 상황이 복잡해 그들로서는 이해할 수 없을 것이다. 갑자기 세바스찬은 몸이 굳어졌다. 아뿔싸, 힌데가 그 비밀을 아는 것 아닐까?

그는 우르줄라를 향해 고개를 돌렸다. "당신 차 좀 빌려도 될까요?"

우르줄라는 고개를 흔들었다. "세바스찬."

"빌어먹을, 차 좀 빌리자고!"

우르줄라가 당황한 표정으로 토르켈을 바라보자 토르켈은 고개를 흔들었다.

"이제 그 정도면 됐어, 세바스찬." 토르켈은 화난 얼굴로 세바스찬을 쳐다보았다.

"나는 아니야. 열쇠 이리 줘!"

"세바스찬, 이제 그만 좀 해!" 토르켈이 소리쳤다.

"좋아! 됐다고." 세바스찬도 지지 않고 외쳤다. "나를 내쫓으라고! 상관없어. 하지만 지금 열쇠는 줘야겠어, 우르줄라!"

다시 토르켈을 쳐다봤을 때 어깨만 으쓱하는 것을 본 우르줄라는 의자에 걸쳐놓은 가방을 뒤졌다. 우르줄라는 열쇠를 꺼내 세바스찬에게 던졌다.

세바스찬은 부리나케 방에서 나갔다. 어떻게든 반야를 잡아야 한다. 아직 어떻게 말릴지는 알 수 없었다.

세바스찬은 텅 비어 조용한 복도를 뛰어갔다. 아직 근무 중인 직원들은 그를 이상한 눈으로 바라보았지만 그는 거들떠보지도 않았다. 그는 점점 더 빠른 속도로 계단을 향해 뛰어가며 반야가 탄 엘리베이터가 느리기만을 바랐다. 그는 계단 입구에서 커피를 들고 오는 여자 두 명과 부딪쳤다. 부딪치는 바람에 한 여자가 손에 든 커피 잔을 떨어트렸다. 세바스찬은 본체만체 하고 계단으로 통하는 문을 열고 뛰어 내려갔다. 나는 듯이 계단을 내려가며 아래층에 도착할 때까지 계속 층수를 세며 뛰었다.

4층. 3층, 2층. 이제 주차장 두 층만 남았다. 그는 반야가 평소대로 위쪽 주차장에 있기를 바랐다. 그는 반야를 발견하고 묵직한 회색 금속 문을 열었다. 그리고 자동차 사이를 헤집고 뛰어갔다. 주차장은 차로 가득 차 있었다. 그는 저 앞에서 시동 거는 소리를 듣고 그쪽을 향해 달려갔다. 반야는 이미 프리드헬름스플란 쪽으로 방향을 틀고 있었다.

"반야, 기다려!"

반야는 그를 보지 못한 것 같았다. 어쩌면 무시한 건지도 모른다. 어쨌든 반야는 멈추지 않았고 세바스찬은 멀어지는 차를 바라볼 수밖에 없었다. 그는 주위를 둘러보았다. 우르줄라의 차가 어떤 건지 알 수 없었다. 또 어디에 세워두었는지도 몰랐다. 그는 손에 든 열쇠를 보았다. 볼보였다. 그는 자동차 사이를 이리저리 헤집고 달리면서 열쇠에 달린 단추를 눌러 전조등이 켜지는 차를 보고 달려갈 생각을 했다. 하지만 그런 차는 보이지 않았다. 그는 지하 주차장을 헤매고 달리면서 계속 단추를 눌렀다. 드디어 우르줄라의 볼보가 반응을 보이는 소리가 들렸다. 그 차는 출구 반대편 쪽 멀리서 열심히 누르는 동작에 번쩍하는 신호를 보내고 있었다. 그는 그쪽으로 뛰어가 문을 열고 운전석에 앉았다. 급한 마음에 열쇠를 제대로 꽂지 못해 헤매다가 드디어 시동을 걸고 기어를 넣었다. 그는 힘껏 가속페달을 밟았다. 모퉁이를 돌 때 끼익하고 타이어가 콘크리트 바닥에 부딪치는 소리가 들렸다.

아직 어떻게 하겠다는 계획은 없었다. 가능한 한 빨리 달리는 것 말고는 생각나는 것이 없었다.

반야를 잡기 위해서.

하랄드손은 예상한 대로 아침을 맞았다.

6시 20분에 자명종이 울리자 기대에 부푼 그는 즉시 일어났다. 제니는 여전히 침대에서 깊이 잠들어 있었다. 그는 조용히 침실에서 나가 문을 닫은 다음 티셔츠와 조깅용 바지를 걸치고 아래층으로 내려갔다. 아침 식사를 준비하기 위해 계단을 내려갈 때의 느낌은 어린 시절의 성탄절이나 생일을 연상시켰다. 그는 욕실로 들어가 재빨리 샤워를 하고 주방으로 들어갔다. 먼저 과자 위에 바른 초콜릿을 중탕으로 덥히고 어제 집에 올 때 사온 딸기를 얹었다. 다시 초콜릿이 식어 굳어지기를 기다린 다음 접시에 담고 토스터와 프라이팬을 꺼냈다. 그리고 토스트를 만들고 베이컨을 구웠다. 멜론을 자르고 계란 네 개를 깨 우유에 섞어 저은 다음 버터를 프라이팬에 녹였다. 그리고 주전자에 물을 끓이고 녹차 봉지를 찻잔에 넣었다. 이어 냉장고에서 치즈와 나무딸기를 꺼내 나머지와 함께 커다란 쟁반에 담았다. 모든 것이 준비된 것을 확인한 그는 밖으로 나가 자동차의 글러브 박스에 있는 빨간 보석함을 꺼냈다. 다이아몬드와 루비 두 개가 박힌 금반지였다.

그는 결혼식이 끝난 다음 날 제니에게 첫 아침 선물(Morgengabe: 결혼 다음 날 아침, 신랑이 신부에게 주는 선물_옮긴이)을 주지 못한 게 늘 마음에 걸렸다. 당시에는 그런 선물을 해야 한다는 사실도 몰랐다. 알고 나서는 계속 뒷날로 미루기만 했다. 제니의 친구들이나 하랄드손의 동료들은 신부가 아침 선물을 못 받았다는 얘기를 듣고는 깜짝 놀라기까지 했다. 어쩌면 "첫날밤을 치르고 빈손으로 나온 제니의 마음이 어땠을까!"라는 베스테로스 경찰서의 마가레타가 한 말이 맞는지도 모른다. 그 말은 마치 제니가 토마스 하랄드손을 남편으로 맞은 사실이 없다는 투였다.

이에 대해 제니 자신이 뭐라고 말한 적은 없었다. 실망했다는 말은 단 한 마디도 한 적이 없었고 선물을 받고 싶다는 내색을 한 적도 없었다. 그런 제니가 이제 뒤늦게나마 아침 선물을 받게 된 것이다. 5년이 늦었지만 늦게라도 받는 것이 아예 없는 것보다는 나을 것이다.

하랄드손은 서둘러 집 안으로 들어가 빨간 보석함도 쟁반에 올려놓았다. 완벽했다. 그는 쟁반을 들고 계단을 올라갔다. 제니를 향해. 그는 실수로 "오래오래 사세요!"(생일 축가_옮긴이)를 부르지 않도록 조심해야 했다.

그가 들어가자 제니는 이미 깨어나 미소를 짓고 있었다. 그는 제니가 너무도 사랑스러웠다.

"결혼기념일을 진심으로 축하해요, 내 사랑!" 그는 이렇게 말하며 쟁반을 바닥에 내려놓은 다음 고개를 숙이고 제니에게 키스를 했다. 제니는 그의 목에 팔을 두르고 그를 침대로 끌어들였다.

"결혼기념일 축하해요!"

"아침 식사를 준비했어."

"소리를 들어서 알아요. 당신이 최고야."

제니도 그에게 키스했다. 제니가 벽에 대고 베개를 평평하게 펴는 동안 그는 일어나 쟁반을 들어올렸다. 이어 두 사람은 나란히 앉아 아침 식사를 했다. 그는 제니에게 딸기를 먹여 주었다. 제니는 반지를 보자 너무도 기뻐했다.

그가 예상한대로 출근은 늦었다.

그가 들어설 때 아니카는 이미 나와 있었다.

"늦어서 미안해요." 그는 휘파람을 불며 부속실을 지나갔다. "오늘이 결혼기념일이라……."

아니카에게 변명할 필요는 없었지만 그는 이런 식으로 축하할 일이 있다는 사실을 알릴 수 있었다. 아니카도 알고 있어야 한다는 듯. 아니카는 그런대로 관심을 보이는 것 같았다.

"어머, 축하해요!"

"고마워요."

"조금 전에 빅토르가 전화했어요." 아니카는 서둘러 화제를 바꿨다. "소장님에게 메일을 보냈는데 가능하면 빠른 대답을 듣고 싶다던데요."

"뭐라고 썼는데요?"

"직접 보시죠." 여비서는 턱짓으로 소장실을 가리키며 대답했다. "소장님 컴퓨터에 있으니까요." 아니카는 혹시 몰라서 덧붙였다.

"당신이 출력해주는 게 더 빠를 것 같은데. 내 컴퓨터는 꺼져 있고 당신 것은 이미 사용 중이니 말이요. 읽고 있는 동안 내 컴퓨터가 들어오면 그때 빨리 답장을 보내도록 하는 것이……."

"알았어요."

"좋아요. 인쇄되면 가져다줘요."

그는 대답도 기다리지 않고 자신의 방으로 들어가 웃옷을 벗은 다음 책상 뒤에 앉았다. 이어 컴퓨터를 켜고 '뢰브하가 2014, 전망과 목표' 문서를 집어 들었다. 그가 막 첫 페이지를 열려는 순간 아니카가 노크를 하고 들어오더니 인쇄물을 건넸다.

"고마워요."

하랄드손은 문서를 옆으로 밀어놓고 메일을 읽었다.

하랄드손 소장님.

어제 허락하신 에드바르트 힌데와 반야 리트너의 통화에 대한 건입니다.(이 문제는 다시 논의해야겠습니다만, 소장님이 개별 재소자에 대하여 보안 규칙을 완화할 때는 먼저 저에게 알려주셔야 한다는 것을 말씀드리고 싶습니다.)

오늘 아침에 이루어진 통화로 특별살인사건전담반에서 오늘 중으로 이곳에 온다는 결론이 난 것 같습니다. 제가 볼 때 별 문제는 없습니다만 이 경우에 먼저 소장님이 면회 허가서를 발부하셔야 될 것으로 봅니다.

이상입니다.

빅토르 베크만

그는 다시 한 번 메일을 읽었다. 힌데는 반야 리트너에게 전화를 했고 반야가 뢰브하가에 온다는 내용이었다. 오늘이라고 했다.

하랄드손은 뭔가 느낌이 좋지 않았다. 전혀 좋은 느낌이 아니었다. 하랄드손은 자리에서 일어나 서둘러 사무실에서 나갔다.

에드바르트 힌데가 늘 앉는 도서관 위층의 자리에 앉아서 책을 읽고 있을 때 계단을 올라오는 발자국 소리가 들렸다. 점점 가까워지고 있었다. 그는 어리둥절했다. 아니 또 새 입소자가 들어왔단 말인가? 그렇다면 즉시 이고르에게 말을 해 신참에게 이곳의 규칙을 설명하도록 해야 하는 상황이었다.

하지만 다가온 사람은 신참이 아니라 하랄드손이었다. 힌데는 읽고 있던 나폴레옹 책을 덮고 옆으로 밀었다.

하랄드손은 좀 떨어져 서 있는 교도관에게 고개를 끄덕인 다음 의자를 당겨 힌데 맞은편에 앉았다. 그는 서둘러 책상 위로 몸을 내밀었다. 그리고 "나도 그 자리에 있어야겠소."라고 속삭였다.

힌데는 하랄드손이 목소리를 낮추는 것이 도서관 안이라 그런지 아니면 교도관이 들어서는 안 되는 것이라 그런지 알 수 없었다. 어쨌든 중요한 것은 아니었다.

"어떤 자리요?" 힌데는 정말 몰라서 물었다.

"당신과 반야 리트너가 만날 때 말이요."

"그건 좋은 생각이 못 되는데요."

"거래하자는 말이 아니요. 무조건 나도 있어야겠소."

하랄드손은 자신의 말을 강조하기 위해 주먹으로 거의 책상을 치려다가 10~20센티미터 위에서 멈췄다. 아마 도서관이라 그런가보다고 힌데는 생각했다. 사실 교도관이 이쪽에서 나는 가벼운 소리를 들어서 안 될 이유는 없었다.

"글쎄 좋은 생각이 아니라니까요." 힌데는 태연히 같은 말을 반복했다.

"그러면 반야를 만날 수 없을 거요."

힌데의 눈빛은 어두워졌지만 하랄드손은 이미 예상하고, 할 말을 준비해놓고 있었다.

"나는 당신에게 반야와 만나도 좋다는 약속을 해준 적이 없어요." 그는 의기양양한 태도로 말했다. "통화야 할 수 있지만 만나도 된다는 말은 없었지. 그건 당신이 새로운 답변을 해야 한다는 의미란 말이요."

힌데는 물끄러미 앞을 바라보며 하랄드손의 머리를 움켜잡은 다음 책상에 대고 사정없이 쾅쾅 치고 싶다는 생각이 들었다. 또 교도소장이 미처 손쓸 틈도 없이 맞은편으로 돌아가 광대뼈를 손바닥으로 잡고 목을 비틀고 싶기도 했다. 뚝 하고 목이 부러지는 소리를 듣고 싶었다.

하지만 아무리 그러고 싶은 유혹을 느껴도 그렇게 할 수는 없었다. 대신 이제는 누가 주도권을 쥐고 있는지 보여줄 때였다.

"하랄드손, 당신은 정말 욕심이 많은 것 같군." 그의 목소리는 나지막했지만 한 마디 한 마디에 분명한 힘이 실려 있었다. "나는 이 직업이 당신에게 중요하다고 보는데 맞지요?"

하랄드손은 고개를 끄덕였다. 화제의 방향이 뭔가 불안하다는 생각이 들었다.

"내 방에는 당신이 가져다준…… 선물이 있어요." 힌데가 말을 이었다. "나를 위해 당신이 뭔가 몰래 반입한 것을 윗사람에게 어떻게 설명할 거요?"

"인정하지 않으면 되지."

"그 말을 믿어줄 것 같소?"

"어쨌든 당신보다는 내 말을 믿겠지."

힌데는 꿈짝 않고 그의 앞에 앉아 눈썹만 치켜떴다.

"아, 그럴까요?"

"그럼."

하랄드손은 어두운 빛으로 쏘아보는 눈을 바라보며 자신의 말대로 되었으면 좋겠다는 마음이 들었다.

"그 말은 그러니까 우리가 한 약속을 내가 발설해도 상관없다는 것인데…… 생각해 봐요. 내가 갖고 싶은 것을 가져다주는 조건으로 내가 알고 있는 것을 말해주기로 했다는 말을 했을 때 내 말보다 당신의 말을 믿는다는 거요?"

"그렇소."

하랄드손은 자신의 말이 현실과 동떨어졌다는 느낌을 받았다.

"그럼 이 물건들은 어떻게 설명할 거요?" 힌데의 목소리는 잔잔했지만 눈빛만은 상대의 눈을 파고들듯이 강렬했다.

"누군가 다른 사람이 준 것이 되는 거지."

"그런 거짓말로 지금까지 쌓아올린 모든 경력을 날려버릴 거요?"

하랄드손은 말없이 앉아 있었다. 그는 체스를 하는 기분이 들었다. 자신은 킹 하나밖에 안 남았는데 상대는 두 번째 퀸을 올려놓는 것 같았다.

"만일 윗사람들이 당신 말을 믿지 않는다면 직업을 잃는 데 그치지는 않을 거요. 아마 아기가 태어날 때쯤 철창에 갇히게 되겠지."

하랄드손은 벌떡 일어나 간다는 말도 없이 부리나케 계단을 내려갔다. 힌데는 얼굴 가득히 웃음을 머금었다. 계획대로 진행되고 있었다.

하랄드손은 분개해서 자신의 방으로 급히 돌아갔다. 일은 전혀 계획한 대로 진행되지 않았다. 이제는 어쩔 수 없이 방문 허가서를 발급해 주어야 할 것 같았다. 힌데는 그가 없는 자리에서 반야 리트너를 만날 것이다. 하지만 그는 면회를 마친 다음 반야를 자신에게 오도록 조치할 생각이었다. 이 만남에서 어떤 사실이 드러났는지 반야에게 억지로라도 말하도록 하려는 것이었다. 이 정도는 할 수 있었다.

아무튼 그가 관리하는 교도소였다. 그의 규칙을 따라야 했다.

순간 그는 힌데의 방으로 들어가 제니의 사진과 약병, 병조림을 찾아보는 것이 어떨까 하는 생각을 해보았다. 하지만 빈 감방에 그가 들어가 있는 것을 누가 보기라도 하면 어떤 핑계를 댈 것인가? 불시의 수색이라는 말을 할까? 안 될 말이다. 소장이 손수 하는 일이 아니기 때문이다. 그건 그의 직무도 아닐뿐더러 공연한 의심만 사게 될 것이다. 그리고 물건을 못 찾게 되면 어떻게 될 것인가? 안 될 말이다. 결국 힌데와 반야를 만나게 해주고 뒤에 반야에게 물어보는 것이 최선이다. 간접적으로 정보를 얻는 것이다. 마음에 드는 방법은 아니지만 일단 유리한 정보를 얻어내는 것이 먼저다. 반야는 그 정보를 토르켈에게 전하겠지만 그는 고위층에 직보할 수 있을 것이다. 그러니 아직 기회는 있는 셈이다. 아직 완벽한 하루를 보낼 가능성은 남아 있는 것이다.

교도소에서는 이미 반야를 기다리고 있었다.

경비원은 반야가 오는 것을 보자마자 정문을 열었다. 뢰브하가의 진입로는 한 군데밖에 없었다. 벽돌로 지은 조그만 경비 초소를 지나는 길이었다. 먼저 두 차례 왔을 때는 정문에서 신분증을 제시해야 했지만 이제는 경비원들이 얼굴을 알아보았기 때문에 반야는 곧장 통과할 수 있었다. 주차를 한 다음 반야는 가시철망이 쳐진 높은 담장을 따라 건물 쪽 길을 내려갔다. 맞은편에는 본관 옆으로 뻗어 나온 별관이 있었다. 몇몇 재소자가 뜰에 앉아 햇볕을 쬐는 모습이 보였다. 축구를 하기에는 너무 더워서 그냥 쉬는 것으로 보였다. 그들은 윗옷을 걷어붙인 채 이야기를 나누고 있었다. 그중 한 명이 일어나 반야를 쳐다보았다.

"나를 만나러 온 건가?" 그는 이렇게 말하면서 팔뚝 근육을 자랑하고 있었다.

"꿈도 야무지네." 반야는 이렇게 대꾸하면서 두 번째 바리케이드 쪽으로 다가갔다. 똑같이 가시철망이 쳐진 두 번째 담장 밑이었다. 특별감호동과 나머지 건물이 분리되는 경계 지점이었다. 이곳의 경비원은 신분증을 제시할 것과 무기를 맡길 것을 요구했다. 이곳에서도 이미 기다리고 있었던 것으로 보였다.

"빨리 오셨네요." 경비원이 말했다. "12시나 되어야 올 줄 알았거든요."

"길이 막히지 않았어요."

"소장님이 빨리 들여보내라고 하시더군요."

"소장님도 같이 가는 건 아니겠죠?" 반야는 소장의 동행이 마음에 들지 않는다는 것을 굳이 숨기지 않았다.

"아뇨, 동행하지는 않지만 당신이 도착하면 알려달라고 했죠." 경비원은 반야의 권총을 보관함에 집어넣은 다음 문을 잠그고는 열쇠를 쥐고 동료에게 무전으로 연락했다.

"힌데 면회자 도착!"

반야는 경비원에게 고개를 끄덕여 보인 다음 초소 앞에 있는 자갈길로 들어섰다. 1~2분 정도 걸어가자 다른 교도관이 나와 반야를 안내했다. 그는 반야를 철판을 씌운 커다란 문으로 데리고 가더니 문을 열었다. 두 사람은 보안장치가 된 문을 두 개 더 통과한 다음 왼쪽으로 돌아 복도를 따라 가다가 계단을 올라갔다. 언뜻 보아서는 지난번과는 다른 곳 같았다. 하지만 뢰브하가의 실내 설비가 다 똑같아 보여서 확실히는 알 수 없었다. 모두가 공공 기관에서 흔히 보는 하늘색 일색인데다가 조명도 어두웠다. 이 안에서는 시간이 정지된 것 같았다.

잠시 뒤 교도관은 걸음을 멈추고는 반야에게 조금 기다리라고 말했다. "여기서 잠시만 기다리세요. 그동안에 안전을 위해 그자의 몸을 철저하게 조사해야 합니다."

반야는 고개를 끄덕이면서 자신이 남자라도 똑같이 안전조치를 취했을지 생각해보았다. 아마 아닐 것이다. 물론 이상할 것은 없었다. 힌데는 말할 것도 없이 여자와 관련된 범죄를 저질렀기 때문이다. 반야는 자신을 방어할 수 있다는 자신감이 있기는 했지만 어쨌든 고마운 일이었다. 반야는 긴장하고 있다는 기색을 드러내고 싶지는 않았지만 위험할 수도 있다는 생각을 떨칠 수 없었다.

반야는 대기실로 들어가 평범한 단색의 소파에 앉았다. 그 안은 답답하고 어두컴컴했으며 빛이라고는 벽 높은 곳의 조그만 창으로 들어오는 햇빛이 유일했다. 반야는 딱딱한 소파에 등을 기대고 마음을 가라앉히려고 했다.

하루가 저속도촬영 화면처럼 순식간에 지나간 것 같았다. 힌데와 통화를 하다 중단된 일, 즉석에서 뢰브하가로 달려온 일이 머리를 스치고 지나갔다. 그리고 세바스찬 베르크만 생각도 났다. 그는 오늘 유난히 지나친 행동을 보였다. 완전히 정신 나간 사람 같았다. 토르켈은 몇 분 뒤 전화를 해서 세바스찬이 우르줄라의 차를 몰고 쫓아갔다는 말을 해주었다. 계속 청색 경고 회전등을 켠 반야는 빨리 올 수 있었고 뒷거울로 우르줄라의 차는 볼 수 없었다.

반야는 잠시 동료들에게 전화를 해서 세바스찬을 못 오게 해달라고 부탁할까 생각해보았다. 세바스찬은 제한속도를 어겨가며 쫓아올 것이 분명했다. 하지만 그것은 인력 낭비라는 생각이 들었다. 게다가 세바스찬은 어차피 수사팀에서 오래 버티지 못할 것이 확실했다. 긍정적인 상황은 그것이 유일했다.

반야는 세바스찬이 그동안 벌어진 일 때문에 심하게 압력을 받으리라는 것을 정확하게 알고 있었다. 그가 아무리 냉정하고 감정이 메말랐다 해도 이런 압력을 견디지는 못할 것이다. 이런 상황에서도 그가 계속 수사에 간여하려고 한다면 그것은 정말 미친 짓일 것이다. 반야는 토르켈이 세바스찬을 존중하며 그토록 오랫동안 비호한 것을 도저히 이해할 수 없었다. 물론 반야는 세바스찬의 전성기에 대해 아는 것이 없었다. 아마 그래서 이런 생각이 드는 건지도 모른다. 그가 정상적인 활동을 하던 시절에 대해서 반야는 아는 것이 없었다. 토르켈은 아무도 무시하지 않는 것이 흠이었다. 이런 과오만 없다면 토르켈은 반야가 만난 중에 최고의 상관이었다. 반야는 토르켈이 어떤 결정을 하든지 크게 반발하지 않기로 결심했다. 게다가 세바스찬의 저서를 읽고는 감동을 받기까지 했다. 그가 한때 눈부신 활동을 한 것은 사실 같았지만 그것은 어디까지나 과거의 일이었다. 이것은 토르켈도 이제는 분명히 깨닫고 있지 않던가.

반야는 일단 살인 사건을 해결하고 빌리와의 관계를 회복하는 데 정신을 집중하기로 했다. 반야는 빌리와 가까이 지내고 싶었다. 혹시 빌리의 심경이 갑자기 변한 것이 새로 사귄 여자 친구 때문이 아닐까? 그가 수사팀에서 요구하는 기술적인 측면에 만족하지 못하는 것도 그 때문이 아닐까? 어쩌면 빌리가 옳은지도 모른다. 반야가 그의 도움을 당연하게 생각하며 그의 의견을 묻지 않은 것은 사실이었다. 또 한편으로 두 사람은 이제까지 숨기는 것이 없는 사이였다. 반야가 갑작스런 변화를 이해하지 못하는 것도 이 때문이었다. 왜 하필 이 시점에 심경의 변화를 일으켰단 말인가? 왜 지금에 와서 갑자기 불만을 터트리고 아무 말도 하지 않는 것인가? 무슨 일이 있는지에 대해 아무 말도 안 하는 까닭은 또 뭐란 말인가? 반야는 사실 두 사람이 서로 신뢰가 깊은 것으로 생각했지만 알고 보니 그렇지도 않았다. 반야는 기회가 닿는 대로 이에 대한 얘기를 자세히 나눠봐야겠다고 다짐했다. 아마 이것이 유일한 방법일 것이다.

반야는 좀 떨어진 곳에서 문이 열리는 소리를 듣고 무슨 일인지 알아보려고 나갔다. 교도관이 돌아왔다.

"그자는 좀 멀리 있습니다."

반야는 조금 긴장된 기분으로 교도관을 따라가며 가능하면 평온하게 보이려고 했다. 반야는 지금까지 힌데를 꼭 한 번 보았지만 한 가지는 분명히 알고 있었다. 그것은 힌데가 사람의 마음을 들여다본다는 것이었다. 따라서 힌데는 반야의 마음도 읽을 것이다. 이 때문에 반야는 초조해 하거나 긴장해서는 안 되었다. 허세를 보일 필요가 있었다.

전과는 다른 방이었다. 처음 힌데를 만나던 곳보다는 작고 창도 없었다. 벽은 복도와 마찬가지로 때가 묻은 하늘색이었다. 사용하지 않는 감방으로 보였다. 가구라고는 중앙에 의자 두 개와 탁자 하나가 전부였다. 힌데는 반야에게 등을 돌리고 앉아 있었는데 수갑이 채워진 손과 발은 탁자와 연결된 족쇄에 단단히 묶인 상태였다. 또 탁자는 바닥에 나사로 고정되어 있었다. 경찰이 관리하는 구치소에서는 이 정도로 철저하게 하지 않는다. 거기서는 법률 고문이 재소자의 권리를 돌봐주지만 여기는 변호사가 없었다. 이곳은 뢰브하가이며 또 평소와 같은 심문을 하는 것도 아니었다. 아마 엄격한 안전 규정은 반야가 힌데를 안전하게 면회할 수 있도록 하랄드손이 내린 조치 같았다. 반야는 이런 연쇄살인범이 어떻게 빠른 시간에 만남을 성사시킬 수 있었는지 의아했다. 세바스찬은 아직도 면회 허가를 받지 못하고 있었다. 힌데가 뭔가 교도소장에게 대가를 제공한 것이 틀림없었다. 만나게 해준 것은 좋지만 반야는 하랄드손이 어떤 방식으로든 수사에 개입하는 것은 마음에 들지 않았다.

힌데는 반야가 들어온 것을 진작 알고 있을 텐데도 여전히 꼼짝 않고 앉아 있었다. 힌데가 내는 유일한 소음은 양손을 조금씩 움직일 때마다 사슬에서 저는 덜거덕거리는 금속성 소리뿐이었다. 교도관은 반야에게 빨간 단추가 달린 까만색의 조그만 통을 주었다.

"이건 비상벨입니다. 저는 문 앞에 있을 겁니다. 면회가 끝나면 문을 두드리세요." 반야는 비상벨을 받아 쥐고 미심쩍은 눈으로 바라보았다.

교도관이 웃었다. "만일에 대비한 거죠. 사실 규정상으로는 두 사람이 함께 면회를 하게 되어 있거든요. 그리고 하랄드손 소장은 면회가 끝나는 대로 당신에게 결과를 듣고 싶어 합니다."

"당연하죠." 반야는 싹싹하게 말하며 고개를 끄덕였지만 무슨 말이

든 하랄드손에게 해줄 마음은 없었다. 특히 하랄드손의 역할이 뭔지 알기 전까지는 해줄 생각이 없었다.

교도관은 나가서 문을 닫았다. 반야는 꼼짝 않고 앉아 있는 힌데의 등을 다시 바라보고는 잠시 그대로 서 있다가 그쪽으로 다가갔다.

"나 왔어요." 반야는 이렇게 말하면서 탁자로 가서 그를 쳐다보았다.

힌데는 뒤를 돌아보지도 않은 채 "알고 있습니다."라고 대답했다.

반야는 그와 거리를 두고 탁자를 돌아갔다. 이제 반야는 처음으로 힌데의 눈을 들여다보았다. 힌데는 푸근한 미소를 띠고 반야를 쳐다보았다. 마치 사슬에 묶인 채 외부와 차단된 감옥이 아니라 레스토랑에 앉아 커피를 마시는 듯 차분한 분위기가 감돌았다.

"당신이 와주어 정말 반갑네요. 앉아요." 힌데는 고개로 맞은편 의자를 가리켰다.

반야는 그의 말을 무시했다. "원하는 게 뭐에요?"

"깨물지 않을 테니 걱정 마요."

"원하는 게 뭐냐니까?"

"얘기 몇 마디 나누자는 거죠. 나는 여자를 만날 일이 없어요. 그러니 이런 기회를 헛되이 날려버리지 않게 해줘요. 당신이 내 입장이라도 마찬가지겠지."

"당신 입장이 될 생각은 없어요."

"난 세바스찬이 늘 말하는 그렇게 야비한 사람이 아닙니다. 모든 일에는 이유가 있는 법이죠."

반야는 한 걸음 더 가까이 다가서며 목소리를 조금 높였다. "나는 지금 얘기 몇 마디 나누자고 온 게 아니라고. 당신이 들려줄 말이 있다고 해서 온 거란 말이에요. 그런데 지금 보니 그게 허튼 소리였군요."

반야는 다시 돌아서서 문 쪽으로 향했다. 그리고 막 손을 들어 문을 두드리려는 순간 힌데가 입을 열었다.

"그러면 후회할 거요."

"뭣 때문에?"

"여자들을 죽인 자가 누군지 내가 알고 있으니까."

반야는 손을 내리고 다시 힌데 쪽으로 돌아섰다. 힌데는 여전히 앞만 본 채 꼼짝 않고 앉아 있었다.

"그걸 당신이 어떻게 알죠?"

"이 안에서도 알 수 있는 일은 있어요."

"허튼소리."

"당신도 내가 안다는 걸 알 텐데." 힌데는 처음으로 돌아서서 반야를 똑바로 쳐다보았다. "지난번에 왔을 때 당신도 그걸 눈치채지 않았나?"

반야는 깜짝 놀랐다. 이자가 그냥 넘겨짚는 것인가 아니면 정말로 자신의 반응을 눈여겨보았다는 것인가? 단지 느낌으로만 갖고 있던 생각을 본능적으로 알아냈단 말인가? 그렇다면 사람 속을 꿰뚫어보는 이자의 능력은 반야가 지금까지 만나 본 어떤 사람보다 뛰어나다고 할 수 있다. 뛰어난 만큼 더 위험하다.

"지난번에도 알고 있었다면 왜 그때는 말하지 않은 거죠?"

"그때는 확신이 없었어요. 지금은 분명하지만."

"그게 무슨 말이죠?"

"나는 어제 바로 그 젊은 남자와 얘기를 나눴지. 여기서 일하는 사람이요. 그자가 고백하더군. 게다가 자랑까지 하던걸. 나를 숭배하는 자요. 상상이 되나요?"

"아니, 그자 이름이 뭐죠?"

"그 전에 먼저 당신에 대해 알고 싶은 게 있어요. 개인적인 거죠. 당신은 아버지와 어머니 중에 누구를 더 닮았나요?"

"당신과 내 개인사를 얘기하고 싶지는 않아요."

"그냥 물어보는 거예요."

"그런 멍청한 질문이 어디 있어요?"

반야는 다시 힌데 주변을 서성거렸다. 힌데의 시선도 반야를 따라 움직였다. 미소는 사라지고 보이지 않았다. 힌데의 얼굴 표정은 여전히 친절해 보였지만 뭔가 불안하게 알아내려는 눈빛이었다. 반야는 그가 자신의 마음속을 읽으려고 한다는 느낌을 받았다. 꿰뚫어보려는 태도였다.

"그저 재미 삼아 물어본 거요. 나는 어머니를 더 닮았죠. 내가 성장한 뒤에 사람들이 그러더라고요."

반야는 머리를 흔들었다.

"난 아버지를 닮은 것 같아요. 그래 살인범이 누구죠?"

힌데는 반야를 바라보더니 눈을 감았다. 잠시 생각에 잠긴 모습을 하며 한숨을 쉬었다. 마음속으로는 그를 떠올렸다. 반야의 생부. 그는 결단을 내릴 수밖에 없었다. 반야에게 그 얘기를 해야 하나? 알자마자 곧 확인이 될 더러운 비밀을 발설해야 하는가? 반야는 그의 눈을 닮았다. 앞뒤 가리지 않는 정열도 닮았다. 반야의 그 모든 에너지를 빼앗기보다 차라리 그대로 두고 싶었다. 그 에너지를 파괴하고 못쓰게 만들고 싶었지만 참았다. 그는 스스로 제동을 걸어야만 했다. 계획하고 인내하고 단호하게 실천해야 한다. 기초부터 다져야 한다.

"나도 그렇게 생각해요." 힌데는 꿈에 잠긴 듯한 목소리로 말하며 다시 눈을 떴다. “내 생각에도 당신은 아버지를 더 닮았어.”
“마지막 기회니 말해요. 안 그러면 나는 갈 테니.”
힌데는 고개를 끄덕이더니 몸을 앞으로 내밀었다. “내가 당신 몸에 손을 대고 싶다고 하면 세바스찬만 화를 내는 건 아니겠지.” 힌데는 나지막한 음성으로 의미심장한 말을 했다.
반야는 팔짱을 낀 자세로 힌데 앞에 섰다.
“당신은 내 몸에 손대지 못해.”
“그럴지도 모르지. 하지만 나는 당신이 원하는 걸 갖고 있다고. 그리고 내 경험상 사람들은 원하는 걸 갖고 싶을 때는 못할 것 같은 짓도 하거든. 내 말이 틀렸나요?”
힌데는 꼭 쥐고 있던 오른손을 쫙 폈다. 그의 손바닥에는 꼬깃꼬깃 접힌 조그만 쪽지가 있었다. 엄지손톱만 한 크기였다.
“바로 이거요. 바로 당신 눈앞에 있어요.”
그는 다시 미소를 띠며 반야를 쳐다보았다.
힌데는 갑자기 고개를 숙이더니 눈 깜짝할 새에 쪽지를 입에 물었다. 그리고 고개를 들고 쪽지를 다시 보여 주었다. 이번에는 앞니로 쪽지를 물고 있었다.
“이걸 삼키는 데는 2초면 충분해.” 그는 이를 꼭 깨물어서 분명치 않은 발음으로 말했다. “그러면 이건 영영 사라지는 거요. 나는 더 이상 한 마디도 하지 않을 것이고. 아직도 당신을 만지면 안 된다는 거요?”
반야는 팔짱을 낀 채 조그만 쪽지를 응시했다.
“가슴을 만지자는 게 아니요. 그저 머리만 만질 거요.” 힌데가 말을 이었다. “뭐 큰 손해 보는 것도 아니잖아요.”
힌데는 조금 과장된 제스처를 쓰며 반야에게 손을 내밀었다. 20~30

센티미터 정도 오자 손은 쇠사슬에 막혀 멈췄다. 그래도 손가락으로 계속 유혹하듯이 신호를 보냈다.

"내 손바닥에 당신 머릿결만 닿게 하면 되는 거요."

반야는 어떻게 해야 좋을지 알 수 없었다. 정말 이 쪽지에 그토록 오랫동안 찾아 헤맨 수수께끼의 비밀이 들어 있을까? 아니면 단지 속임수에 지나지 않을까? 세바스찬은 힌데의 술책에 말려들지 말라고 경고했었다. 예외적으로 이 충고만은 따라야 할 것 같았다.

"당신이 거짓말 하는 건지 어떻게 알아?"

"나는 언제나 내가 한 말을 지켜요. 당신이 숙제를 열심히 했던 사람이라면 내 말을 알아들을 거요. 자, 결정은 당신 손에 달렸어."

힌데는 입술을 벌려 다시 이 사이에 낀 쪽지를 보여주며 손가락으로는 계속 오라는 신호를 보내고 있었다. 반야는 재빨리 상황을 분석해보았다. 지금은 모든 점에서 극단적인 상황이었다. 함정일 가능성이 컸지만 동시에 반야는 힌데가 진실을 말한다는 생각을 떨칠 수 없었다. 모든 태도가 너무도 태연해서 진부한 인질극으로 이어질 것 같지는 않았다. 힌데는 사슬에 단단히 묶여 있다. 또 지금 손에는 비상벨을 들고 있다. 방금 전에 느낀 불안감은 이제 새로운 호기심과 묘하게 뒤섞였다. 알 수 없는 모험심이 발동했다. 그냥 돌아서서 이 방을 나간다면 아마 후회할지도 모른다. 만일 힌데의 이 사이에 낀 쪽지에 해결의 열쇠가 들어 있다면 모험을 감행할 가치가 있기 때문이다.

만약 힌데의 말이 사실이라면 그것은 더 이상의 희생자가 나오지 않게 막는다는 것만 의미하지는 않는다. 그렇게 되면 반야는 에드바르트 힌데에게서 결정적인 정보를 빼낸 인물이 되는 것이다. 완전히 단독으로 공로를 세우는 것이다. 다른 사람이 아니라 바로 반야 자신이 해내는 것이다. 그렇게만 되면 팀 내에서 세바스찬의 존재는 영원히 무용지물이 될 것이다. 만약 반야가 이 사건을 해결한다면 팀에서 또다시 세바스찬 베르크만의 협조가 불가피하다는 말이 나올까? 절대 아니다.

반야는 왼쪽 엄지로 비상벨의 단추를 조심스럽게 만지작거렸다. 그걸 누르는 데는 1초도 채 걸리지 않을 것이다. 또 밖에 있는 교도관이 방으로 들어오는 데는 30초면 충분할 것이다. 힌데의 오른손은 거리가 미치지 않아 반야를 제압할 수 없었다. 한 손밖에 사용할 수 없는 상황이었다. 설사 그 손에 잡힌다 해도 한 번만 뿌리치면 빠져나올 수 있을 것이다. 전혀 고통이 없다고는 할 수 없겠지만 빠져나오는 데는 문제가 없을 것이다. 비교적 위험성이 작은 이런 상황에 노출되는 시간은 길어야 1분밖에 안 될 것이다.

반야는 모험을 해보기로 결심했다. 그리고 사슬에 묶인 남자 앞으로 천천히 고개를 숙였다. 될 수 있는 대로 떨어지려고 했지만 동시에 힌데의 왼손에 머리끝이 닿을 정도의 거리는 유지해야 했다. 사슬이 허용하는 거리까지는 머리를 내밀어야 했다. 사슬이 덜그럭거리는 소리가 들리자 곧 그의 손가락이 금발 머릿결에 닿는 느낌이 왔다. 두 사람의 눈이 마주쳤다. 그의 눈에서 반야는 무엇을 보았을까?

기대감?

행복?

그의 손가락이 고운 머릿결을 부드럽게 쓰다듬었다. 머릿결은 그가 상상했던 것보다 더 섬세하고 가늘었다. 손안에서 가벼움이 느껴졌다. 그는 과일향이 나는 샴푸의 냄새를 예상하고 좀 더 자세히 맡기 위해 몸을 조금 앞으로 숙였다. 갑자기 그는 반야를 자신의 몸에 사슬로 묶고 싶었다. 좀 더 동작이 자유로웠으면 좋겠다는 생각이 들었다. 반야의 몸을 온전히 느끼고 싶었다. 반야의 머리는 처음에 생각했던 것 이상으로 그를 자극했다. 동시에 그는 자신의 감정을 노출시키지 않으려고 자신의 욕망과 싸워야 했다. 그의 모친도 금발이었다. 모친의 머리는 더 길었지만 이 정도로 보드랍지는 않았다. 반야의 머릿결이 더 자극적이었다. 잔인하게 다루고 싶었다. 하지만 모든 것을 가질 수는 없는 법. 지금은 때가 아니다. 계획을 세우고 인내하고 단호하게 실천해야 한다.

이렇게만 하면 못할 것이 없다. 그는 마지못해 손을 물리고 쪽지를 탁자 한가운데로 밀었다. 그는 될 수 있는 한 부드러운 눈길로 반야를 바라보았다.

"자, 봐요, 약속을 지켰잖아요." 그는 이어 몸을 뒤로 당기고 끝났다는 것을 보여주려고 손을 내렸다.

반야는 몸을 일으키고 번개같이 쪽지를 집어 들었다. 그리고 쪽지를 펴지도 않고 문으로 향했다.

"또 봐요, 반야!"

"그럴 일은 없을 거예요." 반야는 힘껏 문을 두드렸다. "끝났어요."

몇 초도 지나지 않아 교도관이 문을 열었고 두 사람은 이내 조그만 방에서 사라졌다. 힌데는 그대로 자리에 앉아 반야의 향기를 머리에 떠올리고 있었다.

약속을 지켰다고 그는 생각했다.

반야, 또 만날 거야.

반야는 교도관에게 쪽지를 보여주지 않고 대신 화장실에 가야겠다고 부탁했다. 방문자용 화장실은 한 층 위의 관리실에 있었다. 그곳의 벽도 뢰브하가의 나머지 구역과 마찬가지로 어둠침침한 색깔이었지만 그래도 칠은 새로 한 것으로 보였다. 반야는 변기 뚜껑에 앉아 조그만 종잇조각을 펼쳤다. 거기에는 대문자로 된 사람의 이름이 연필로 쓰여 있었다.

랄프 스벤손RALPH SVENSSON.

어디선가 본 듯한 이름이었다. 성은 몰라도 ph로 끝나는 랄프는 낯이 익었다. 어디선가 본 이름이 분명했다. 어디서 봤을까? 반야는 휴대전화를 들고 이 이름을 알 만한 사람에게 전화했다. 빌리였다. 잠시 뒤 빌리가 전화를 받았다.

"여보세요. 사람 이름 하나 확인 좀 해줄래요? 랄프 스벤손인데 ph로 끝나는 랄프에요. 어때, 해줄 수 있어요?" 반야는 재빨리 한 마디를 덧붙였다.

"힌데에게 들은 이름이에요?"

빌리는 반야가 덧붙인 말의 의미를 미처 눈치채지 못한 것 같았다. 자판 두드리는 소리가 들렸다.

"힌데 말로는 그자가 범인이래요. 그런데 난 왠지 어디서 본 듯한 이름이라는 생각이 들어요."

"나도 그래요. 잠깐만."

빌리는 전화기를 옆으로 내려놓았고 반야는 자판 두드리는 소리를 들으며 그가 다시 전화기에 나오기를 기다렸다. 그리고 초조하게 기다리는 동안 손톱을 물어뜯었다. 문제는 이 첩보를 얼마나 믿을 수 있는가였다. 하지만 그건 반야가 걱정할 문제가 아니었다. 본부에서는 이 이름을 철저하게 조사할 필요가 있었다. 랄프 스벤손에 대한 모든 것을 알아내야 한다. 다시 빌리가 전화를 받았다. 반야는 그의 목소리가 흥분해 있다는 것을 즉시 알아차렸다.

"교도소 직원은 아니지만 뢰브하가의 통행증 소지자 명단에 들어 있는 자에요. LS-건물 청소라는 청소 회사에서 일하고 있어요. 벌써 조사해봤지만 특별히 수상한 점은 발견하지 못했고요."

"그자에 대한 모든 것을 알아봐요! 다시 차로 가서 전화할게요. 토르켈에게도 보고하고요."

반야는 통화를 끝내고 일어섰다. 손을 씻고 만일에 대비해서 물을 내리고 화장실에서 나갔다.

조금 떨어진 곳에 대기하던 교도관은 즉시 말을 걸었다. "준비되셨나요?"

"네, 빨리 가봐야겠어요."

"아니, 소장님이 기다리는데요. 지금 그쪽으로 가는 중이라고 벌써 말했는데요."

"중요한 용건이면 특별살인사건전담반에서 직접 전화할 거라고 전해주세요. 지금도 많이 늦었어요."

이 말을 남기고 반야는 출구라고 짐작되는 방향으로 걸어갔다. 교도관은 한동안 어리둥절한 표정으로 제자리에 서서 반야를 바라보더니 할 수 없다는 듯 뒤를 따라왔다. 따라오면서 그는 다시 자신의 처지를 설명했다. 거의 애원조였다. 하지만 이것은 타협할 문제가 아니었다. 지금 반야는 멍청이들을 상대할 시간이 없었다.

반야가 초소에서 무기를 되찾기도 전에 빌리에게서 전화가 왔다. 몹시 서두르는 목소리였고 뒤쪽에서는 토르켈의 목소리도 들렸다.

"토르켈이 얼마나 확실한 정보인지 물어보라는데요? 당신 생각에는 검사 앞에 내놓을 수 있을 만큼 1차 혐의로 확실한 정보예요?"

"얼마나 확실한 건지는 나도 몰라요. 힌데가 그 이름을 나에게 주었다는 게 전부예요. 뭐 알아낸 거 없어요?"

"특별한 건 없어요. 1976년생. 베스터토르프 거주. 전과 기록 없음. 7년 전부터 LS-청소 회사에 근무. 이 회사 사장과 통화했는데 성실한 사람이라고 말했어요. 그런데 이상한 것은 작년에 급여와 근무시간 면에서 조건이 더 좋은, 집 부근의 병원 청소 제의가 들어왔는데 랄프가 거절했다는 거예요. 뢰브하가의 일이 마음에 든다고 했다더군요."

"그자가 지금 거기서 일하는 중인가요?"

"아니, 어제 점심시간 무렵에 병가를 냈어요."

반야는 고개를 끄덕이며 막 보관함 문을 열고 있는 교도관이 통화 내용을 듣지 못하게 돌아섰다.

"그자가 힌데가 있는 구역에도 드나들어요?"

"그래요, 그자는 공공구역뿐 아니라 특별 감호동 청소도 맡아서 해요."

"냄새가 나는데. 그 정도면 두 사람이 접촉했을 가능성을 보여주는 단서로는 충분하고 혐의도 분명해요."

빌리가 방금 반야가 한 말을 토르켈과 상의하는 소리가 들리더니 빌리는 다시 전화를 받았다.

"토르켈은 지금 검사와 가택수색에 대해 논의 중이에요. 검사는 힌데가 정확하게 뭐라고 했는지 알고 싶어 해요."

"별말 없었어요. 그저 랄프가 그에게 범행을 털어놓았고 자랑하더라는 말밖에는. 겉으로 보기에는 힌데가 그자의 숭배 인물인 것 같더라고요."

"힌데가 그를 무고하는 것일 수도 있어요."

"그렇게 볼 수도 있지만 내 생각에는 그자가 범인이에요. 힌데가 거짓말할 이유가 어디 있어요?"

"다른 말 한 건 없고요?"

"없어요."

거기서 일어난 특별한 일에 대해서는 아무도 알면 안 된다. 힌데와의 만남에서 있었던 자세한 과정은 바로 이 특별한 일에 속하는 것이다. 어떻게 얻어낸 정보인가! 수색영장이 발부되든 안 되든 이 일이 영향을 주어서는 안 된다.

"그자가 왜 우리를 돕는지에 대해서는 아무 말 안 했어요?" 빌리가 물었다.

반야는 잠시 입을 다물었다. 반야는 힌데가 이들과 접촉하려 한 것이나 왜 그가 그랬는지 물어보는 것은 지극히 당연한 질문이라는 생각에 몹시 신경이 쓰였다.

"그 말은 안 했는데요. 그자가 법을 준수하는 시민이라서 그랬을까요?"

"그건 아니지요."

"그게 중요해요?"

"그렇지는 않아요."

"이유가 중요하다면 우리가 밝혀내면 될 거 아니에요." 반야는 다시 교도관 쪽으로 돌아서서 무기를 건네받고 총집에 넣었다.

"수색영장이 떨어지면 다시 전화해요. 일단 스톡홀름으로 돌아갈게요."

반야는 도와줘서 고맙다는 말을 하고 전화를 끊었다.

교도관은 커다란 정문을 가리켰다. "저 밖에 당신을 찾는 남자가 와 있습니다. 면회 허가서는 없더라고요."

반야는 그 남자가 누군지 즉시 알아차렸다. 면회 허가서가 없는 남자. 반야는 순간 하랄드손도 그 사람보다는 나을 거라는 생각이 들었다. 바보에도 종류가 있었다.

세바스찬은 우르줄라의 차 앞에 서서 높은 담장과 얼룩진 잿빛 건물을 바라보고 있었다. 차는 정문 바로 앞 갓길에 세워져 있었다. 가능한 한 도로를 막지 않으려고 노력한 흔적이 엿보였다. 세바스찬으로서는 일종의 타협책이었다. 직원들이 나와서 열심히 차를 치우라는 말을 늘어놓고 있었다. 그들이 주장하는 것은 차가 드나드는 데 방해가 된다는 것이었고 게다가 세바스찬은 경찰도 아니고 면회 허가도 없지 않냐는 말이었다. 세바스찬은 무조건 들어가야 하는데 멍청하게 규정에 얽매여 말귀를 못 알아듣는다고 욕을 늘어놓고 있었다. 그가 몇 분 간 계속 소리를 지르자 직원들은 결국 머리를 흔들며 그를 혼자 남겨두고 초소로 들어가 버렸다.

세바스찬은 초조한 듯 도로 양쪽을 오가며 계속 안절부절못하고 있었다. 절망감에 빠져 도로변에 있는 자갈을 걷어차기도 했고 민들레를 꺾어 어릴 때 하듯이 꽃씨를 공중에 대고 불기도 했다. 세바스찬은 뢰브하가의 관료주의나 반야에 대한 걱정을 잠시 접고 협상을 하는 편이 나았을 것이다.

교도소 사람들은 반야가 안에 있는지 확인해주려고 하지 않았다. 그는 교도소 경내의 건물 앞에 주차한 반야의 차를 볼 수 있었다. 하지만 그는 정문 밖에 주차할 수밖에 없었다. 이것이 요즘 세바스찬의 상황을 단적으로 보여주는 것 같았다. 세바스찬은 아무도 그에게 대거리를 하려고 하지 않는 외로운 존재였다.

그는 점점 화제의 중심에서 멀어지고 있는데도 팀에 합류한 이후 사실 어떤 방법으로 수사에 협조를 할 것인지 계획이 없었다. 당초에는 그저 반야 가까이 있는 것이 목적이었다. 자신의 인생을 되찾는 것만 생각했다. 사건을 해결하는 것은 그에게 가장 중요한 동기가 아니었다. 하지만 이 모든 것은 힌데를 발견하기 전의 상황이었다. 그와 개인적인 대결로 치닫기 전의 문제였다. 그에게 모든 문이 차단된 지금은 상황이 변한 것이다.

뢰브하가의 질문 앞에서 문전박대를 당한 것만이 아니다. 그는 오는 도중에 어떻게든 반야를 못 가게 막고 자신과 만나게 해달라는 부탁을 하려고 토르켈에게 전화를 했지만 토르켈은 전화도 받지 않았고 답전화도 없었다. 빌리도 마찬가지였다. 그는 모두가 그에게 적대적으로 나오는 것을 자신의 탓으로 돌렸다. 아무리 애를 써도 책임을 돌릴 만한 사람이 없었다. 동시에 시간이 갈수록 반야가 위험에 빠질 수 있다는 걱정은 줄어들었다. 반야는 영리했고 불필요한 위험을 감수하는 기질이 아니었기 때문이다. 게다가 힌데는 상투적인 인질극을 벌일 만큼 무모하지는 않을 것이다. 그럴 리는 없다. 그자는 훨씬 큰 그림을 그리는 인물이었다. 문제는 다만 어떤 그림이냐는 것이다.

힌데는 반야와 그 사이에 얽힌 진실을 알고 있다는 느낌이 들었다. 바로 이 때문에 그는 반야와 만나게 해달라고 통사정을 했던 것이다.

그자가 반야에게 진실을 발설할까? 아니면 그런 짓을 너무 유치하다고 생각할까?

세바스찬은 이런 불확실성이 너무 싫었다. 그는 다시 서성거리기 시작했다. 담장을 따라 걸으며 안쪽 동정을 살폈다. 그러다가 그는 갑자기 반야를 발견했다. 반야는 교도소 뜰을 건너와 빠른 걸음으로 자동차로 돌아가는 중이었다. 반야를 불러야 할까? 신호를 보내고 그 자리에 서라고 해야 할까? 반야는 무엇을 알고 있을까? 세바스찬은 가능하면 과장된 동작으로 길 한가운데를 막고 서서 반야가 지나가지 못하도록 막자고 결심했다. 그것이 가장 자연스러운 방법 같았다. 단순히 못 지나가게 방해하는 것이다. 그는 반야가 이쪽을 바라보는 모습을 보았지만 그 눈에서는 아무런 반응도 느낄 수 없었다. 단지 허공을 바라보는 것 같은 눈길이었다. 반야의 무관심을 확인하자 그는 기뻤다.

반야는 모르고 있었다. 만약 진실을 알았다면 분노나 혐오감을 드러냈지 저렇게 태연하지는 않았을 것이다. 보통 때라면 그렇게 기뻐할 일은 아니었지만 지금 이 상황은 분명히 마음에 들었다. 그는 자신도 모르게 얼굴 가득히 웃음을 머금었다.

반야는 차로 정문을 통과하면서 눈을 믿을 수가 없었다. 그가 그 앞에 서서 자신을 보고 흘리는 웃음은 경멸의 뜻인가? 아니면 애써 아무렇지도 않은 것처럼 보이려는 것인가? 반야는 어떻게 판단해야 할지 알 수 없었다. 세바스찬 베르크만은 정말 다른 사람들과는 달랐다. 아무튼 이제 그런 것은 아무런 의미도 없었다. 이제 그를 볼 날도 얼마 남지 않았다. 반야는 창문을 내리고 고개를 내밀었다.

"미안하지만 좀 비켜요."

그 사이 정문 차단기가 자동으로 올라갔다. 반야는 천천히 그를 향해 차를 몰았다. 세바스찬은 그 자리에 그대로 서서 비켜나려고 하지 않았다.

"할 애기가 있어요." 그가 입을 열었다.

"난 할 말 없어요. 대화는 두 사람이 하는 거라는 것쯤은 아시죠?"

반야는 50센티미터 정도 앞에서 브레이크를 밟았다. 설마 그대로 있지는 않겠지. 피하는 순간 가속페달을 밟고 쏜살같이 멀어지는 것이다.

"말해봐요. 힌데가 뭘 원해요?"

"살인범의 이름을 말해주던데요."

세바스찬의 입가에 계속 맴돌던 웃음이 갑자기 사라졌다. 그 생각은 못 했던 것 같았다.

"뭐라고? 지금 뭐라고 말했어요?"

"힌데가 살인범을 안다고 했다고요. 랄프 스벤손이라나. 여기서 청소부로 일하는 자래요. 힌데와 접촉할 수 있는 자라는 것이 밝혀졌어요."

"그래 그 말을 믿어요?"

"믿지 않을 이유가 있나요? 무슨 단서든 추적해야 하잖아요."

"그자가 왜 당신에게 그 말을 했지요?"

"왜 당신에게 말을 안 했는지 물어보는 건가요? 당신은 전문가라면서요. 그자의 입을 열게 할 수 있는."

반야는 고소하다는 생각을 숨길 수 없었다. 굳이 숨기려고 하지도 않았다.

세바스찬은 즉시 반야에게 바싹 다가왔다. "그럼 그자는 이 사건과 아무 관계가 없을까요? 정말 그렇다고 믿어요?"

"나는 경찰관이에요. 믿지 않죠. 뭐든 찾아내야죠. 지금은 일단 실례합니다."

반야가 가속페달을 밟자 끽 하고 타이어가 아스팔트와 마찰하는 소리가 들리며 차는 그 자리를 떠났다.

세바스찬은 다시 그 자리에 홀로 버려졌다. 그는 이런 상황에 점점 익숙해졌다. 그는 우르줄라의 차가 있는 곳으로 달려갔다.

토르켈이 베스터토르프에 있는 랄프 스벤손의 집으로 향하고 있을 때 수색영장이 발부되었다. 군나르 할렌 검사는 토르켈과 긴 통화를 한 끝에 결국 영장 신청에 동의했다. 일련의 간접증거라는 것은 확실했지만 문제는 힌데의 주장에 대한 평가였다. 무기징역을 받은 자라는 사실 때문에 반드시 믿을 수 있는 것이 아니었다. 토르켈은 다각도로 설득을 해야 했다. 하지만 몇 분 설득을 하자 토르켈은 할렌이 결국 수색영장에 동의하리라는 느낌을 받았다. 여론의 집중적인 주목을 받는 사건인 데다가 그의 경력에 결정적인 영향을 줄 수 있는 문제였기 때문이다. 모호한 추정에 근거한 수색영장이라고 해도 아무런 조치를 취하지 않는 것보다는 덜 위험했다.

토르켈은 빌리에게 신속히 가택수색을 위한 팀을 꾸리라고 지시했고 이 직후 이들은 차에 올라탄 것이다. 토르켈은 승인과 동시에 현장에 도착해 있을 생각이었다. 수사팀은 영장 발부를 놓고 앞뒤를 잴 여유가 없었다. 반야는 최대한 빠른 시간에 합류할 것이다. 토르켈은 가능한 한 반야를 기다리겠다고 약속했다. 그러나 세바스찬에게는 연락하지 않았다.

빌리는 50년대 지어진 빨간 임대주택 단지의 골목 끝 공터에 차를 세웠다. 랄프 스벤손의 집은 이곳에서 약 300미터 떨어진 작은 언덕에 있었는데 이제는 활기를 잃은 베스터토르프 중심가에서 가까운 곳이었다. 빌리는 특수기동대장과 접촉을 하고 5분 내로 출동한다는 약속을 받아냈다. 이어 우르줄라에게 전화를 해 주차한 곳을 알려주었다.

토르켈은 일대를 한 바퀴 돌고 나서 나무가 우거지고 황량한 고층 건물이 늘어선 녹지대로 들어섰다. 열린 창문에서는 후덥지근한 바람에 실려 음식 냄새가 나고 음악 소리가 들렸다. 어디선가는 웃음소리도 들렸다. 좀 떨어진 곳에서는 어린애들이 모래밭 주위에 몰려와 놀고 있었다. 모두가 평화로운 여름 풍경이었다.

빌리는 트렁크 문을 열고 방탄조끼를 꺼내 입었다.

토르켈은 놀란 눈으로 빌리를 쳐다보았다. "진입은 기동대원들에게 맡겨요."

"그래도 가볼래요. 어쨌든 우리가 맡은 사건이잖아요."

"그야 그렇지만 우리 담당이라고 안으로 들어가서는 안 돼요."

"알았어요. 그럼 그냥 보고만 있죠."

토르켈은 머리를 흔들었다. 최근 몇 주간 빌리에게 무슨 일이 생긴 것만 같았다. 전에는 빌리에게 보조 역할을 맡겨도 문제가 없었고 정보기술에 관한 한 토르켈이나 누구보다 반야를 지원하는 데 빌리는 전혀 불만이 없었다. 그랬던 빌리가 갑자기 무기를 들고 현장에 진입하려는 사람으로 바뀐 것이다.

"우린 늘 하던 대로 하는 거예요." 토르켈이 단호하게 말했다. "일단 다른 팀에서 용의자를 확보한 다음에 우리는 인도받으면 돼요."

빌리는 고개를 끄덕였지만 방탄조끼를 벗지는 않았다. 그대로 버티고 서 있는 그의 모습은 꼭 고집 센 10대 소년 같았다.

"나는 상관하지 말고 계속 입고 있어요. 그래도 내 곁을 떠나면 안 돼요!"

"알았으니 걱정 마세요." 빌리는 무뚝뚝한 소리로 대답했다.

"아무렴 그래야지요."

토르켈은 빌리에게 한 걸음 가까이 가 어깨에 손을 얹었다. "말해봐요, 무슨 일이 있었나요? 팀 내 분위기가 좀 이상해 보이는데. 특히 반야와 둘 사이에 말이에요."

빌리는 대답하지 않았다.

토르켈은 그대로 손을 얹은 채 말을 이었다. "무슨 일인지 나에게는 말해야지요. 우리는 한 팀 아닌가요. 내가 보기에는 지금 뭔가 이상해……."

"제가 훌륭한 경찰관이라고 생각하세요?" 빌리는 돌아서서 진지한 얼굴로 토르켈을 쳐다보았다.

토르켈이 기억하는 한 빌리가 이렇게 자신감에 의문을 갖는 것은 처음이었다.

"그렇게 생각하지 않으면 내가 당신과 함께 일할 리 없지요."

빌리는 고개를 끄덕였다. "그러면 우리가 한 팀이라면서 왜 서로 다른 대우를 받는 거죠?"

"그야 각자의 역할이 서로 다르기 때문 아닌가요." 토르켈은 당연하다는 듯 대답했다. "우리는 모두 장점과 단점이 각각 달라요. 그래서 팀을 이루는 거고. 서로 보완해준다고 봐야지요."

"그리고 반야는 최고의 경찰관이지요."

"그 말은 안 했어요."

"좋아요. 그럼 예를 들어 반야가 방탄조끼를 입고 현장에 가본다는 말을 했다고 가정해 봐요. 그래도 반야를 말렸을까요?"

토르켈은 당연히 그렇다는 대답을 하려고 했다. 하지만 입안에 맴도는 이 말을 할 수 없었다. 빌리의 말이 맞다는 생각이 들었기 때문이다. 정말 반야에게도 똑같은 말을 했을까? 아마 아닐 것이다. 반야가 더 우수한 경찰관이라서? 그럴지도 모른다. 이 때문에 토르켈은 침묵했다. 이것으로 이미 충분한 대답이 되었다.

랄프는 막 컴퓨터 앞에 앉아 fyghor.se에 로그인을 했다. 실패를 알리는 보고를 할 참이었다. 그는 어제 엘리노르가 사는 건물 입구 앞에서 해가 질 때까지 기다리면서 그녀가 돌아오기를 기다렸다. 하지만 엘리노르는 돌아오지 않았다.

집으로 돌아왔을 때 그는 너무 지쳐 있었다. 그는 늘 하던 대로 의식을 한 차례 치르고 모든 등을 순서대로 켰다. 그 다음에는 어찌할 바를 몰라 동작을 멈췄다. 스포츠 백과 음식이 있었다. 이것들을 어떻게 해야 하는가? 안타깝게도 실패한 것 때문에 새로운 의식을 만들어내야 할 것 같았다. 어떻게 의식을 치를 것인지 잠시 생각해보다가 그는 준비 의식을 반대 순서로 행하는 것이 최선이며 가장 자연스러울 것이라는 결론에 이르렀다.

그는 봉지에서 염소 병을 꺼내 다시 싱크대 밑에 넣고 음식물은 냉장고에, 봉지는 접어서 청소 도구함에 넣어두었다. 이어 침실로 들어가 스타킹과 잠옷 꾸러미를 풀어 맨 위 서랍에 넣었다. 여기서 막혔다.

본래 스포츠 백은 옷더미 사이에 보관해야 했지만 칼은 어디에 둔단 말인가? 사용하지 않았기 때문이다. 고민을 거듭할수록 정확한 의식의 기준에 따라야 한다는 욕구가 커졌다. 그는 가방을 들고 주방 싱크대로 갔다. 이어 칼을 꺼내 물로 씻은 다음 물기를 닦고 가방에 있는 새 비닐봉지에 싸두었다. 헌 봉지는 싱크대 밑에 있는 쓰레기통에 버리고 다시 가방을 들고 침실로 갔다. 그리고 장식장 맨 위의 서랍에 가방을 넣고 닫았다.

그는 너무 피곤해서 침대에 누웠다. 방 안은 밝고 더웠다. 구석마다 켜진 100와트 전등 때문에 마음이 놓였다. 불빛이 한 가닥 불안한 어둠의 그림자를 몰아냈기 때문이다.

몇 시간 숙면을 한 그는 잠이 깨어서 다시 정신을 가다듬어 보았다. 그날 오전은 엘리노르 베릭비스트를 찾는 데 시간을 다 썼다. 엘리노르는 직장에도 보이지 않았고 언제 오냐고 물어도 그곳 사람들은 대답을 하려고 하지 않았다. 그는 스톡홀름 택시에 전화를 해 JXU 346 번호판을 단 택시가 어제 16시경에 베스트마나로에서 탄 승객을 어디에 내려주었냐고 물었다. 하지만 택시 회사에서는 이렇게 간단한 정보도 알려주지 않았고 대신 전화한 사람이 누구냐고 묻자 그는 황급히 전화를 끊었다. 그는 결국 엘리노르를 찾아내지 못했다. 임무에 실패한 것이다.

랄프는 아이디와 비밀번호를 입력했다. 선생님의 메시지가 들어와 있었다. 지난밤에 보낸 것이었다. 내용은 짧고 간단했다.

"이제 네가 나다."

이 말뿐이었다. 랄프는 일어나 실내를 한 바퀴 돌며 생각해보았지만 아리송했다. 동시에 조금 기분이 좋기도 했다. 정확한 의미는 몰랐지만 어쨌든 그를 인정한다는 말이었기 때문이다. 그에게 동등한 자격을 부여한 것이다. 메시지를 달리는 해석할 수 없었다. 마음속으로는 흐뭇하기까지 했다. 이런 말을 들으리라고는 전혀 예상하지 못했다.

하지만 이 말이 무슨 뜻일까? 이제 선생님에게 임무를 받지 못한다는 말인가? 완전히 독자적으로 행동하라는 것인가? 스스로 기술을 연마하라는 것인가?

그가 이런 생각에 골몰하고 있을 때 문에서 폭탄이 터지듯 벼락 치는 소리가 들렸다. 그리고 거의 동시에 시커먼 옷에 헬멧을 쓴 자들이 보였다. 그들은 기관총 같은 것을 들고 총부리를 그에게 겨눈 채 달려들었다.

"경찰이다! 엎드려!" 그들은 이렇게 외쳤다.

순간 랄프는 번개같이 빠른 속도로 컴퓨터를 들고, 있는 힘껏 벽을 향해 집어던졌다. 플라스틱과 전자부품 조각들이 비 오듯 휘날렸다. 그가 컴퓨터 나머지 부분을 발로 짓밟을 때 그들은 무서운 힘으로 그를 낚아챘고 그는 꼼짝 없이 바닥에 엎드렸다.

손을 등 뒤로 돌리고 수갑을 채우는 동안 그는 전혀 저항할 수 없었다. 눈에는 부서져서 바닥에 흩어진 컴퓨터 잔해만 보였다. 랄프는 선생님을 보호한 것이다.

그들은 몹시 난폭했지만 그런 건 아무 상관이 없었다. 오히려 랄프는 갑자기 마음이 편안해지는 느낌을 받았다. 이런 느낌은 그들의 숫자가 늘어나고 그를 집 밖으로 끌어낼 때 더 커졌다. 그는 다음 단계로 진입한 것이며 그제야 선생님이 보낸 메시지의 진정한 의미가 무엇인지 이해했다.

"이제 네가 나다."

그는 실제로 이 말대로 된 것이다.

반야는 랄프 스벤손을 호송하는 특수 기동대의 버스가 출발할 때 그곳에 도착했다. 반야는 차 안에서 기동대원들이 키가 크고 삐쩍 마른 남자를 집에서 끌고 나와 버스 뒤쪽에 태우는 장면을 지켜보았다. 그 자는 아무 반항도 못하고 네 명의 기동 경찰에게 완전히 제압당한 상태였다. 반야는 떠나는 버스 뒤를 바라보다가 차에서 내렸다. 이어 꽝 소리가 들릴 만큼 문을 닫고 임대주택이 있는 방향으로 걸어갔다. 반야는 몹시 화가 났다. 방탄조끼를 입은 빌리가 미소를 지으면서 건물 입구에 서 있는 모습을 보자 계속 분노가 치밀었다.

"그자를 잡았어요! 반야, 그자가 범인이에요."

"그런데 왜 나를 기다리지 않았지요?" 반야가 가까이 다가갔다. "내가 알려준 거잖아요. 그자 이름을 밝혀낸 사람은 바로 나라고요!"

어린애처럼 싱글벙글하던 빌리의 얼굴에서 갑자기 웃음이 사라지고 얼음장같이 차가운 표정으로 변했다. 반야도 한 번 본 적이 있는 표정이었다.

"토르켈과 얘기해요! 그가 결정했으니까."

빌리는 반야를 혼자 두고 가버렸다. 조금 떨어진 곳에서 토르켈이 기동대장과 다가오는 모습이 보였다. 기동대장은 제스처를 크게 써가며 열심히 설명하고 있었다. 체포 과정에 대한 말을 하는 것으로 보였다. 반야는 그들에게 가볼까 하다가 생각을 바꿨다. 토르켈과 티격태격하고 싶지는 않았다. 게다가 토르켈의 결정은 지극히 정당한 것이었다. 반야 자신이 토르켈이라 해도 똑같은 조치를 취했을 것이다. 문제는 신속한 대응이지 누가 했는가는 중요하지 않았다.

하지만 이것은 경찰 업무를 기준으로 본 한쪽 측면일 뿐이고 개인적으로 볼 때 조직 내에서의 반야의 위치, 각자의 역할, 책임 분담과 관계된 다른 측면이 있었다. 이 사건 앞에서 모든 책임과 역할은 아주 명백하고 단순했다. 토르켈이 기동대장에게 손을 내밀고 헤어지는 모습이 보였다.

"잘했어요, 반야!" 토르켈이 큰 소리로 말하며 다가왔다.

"고마워요. 확증을 찾았나요?"

"우르줄라가 방금 도착했는데 현장 보존을 하기 전에 지금 혼자 조사하고 있어요. 집 안에 증거가 널렸어요."

"정말이에요?"

토르켈이 고개를 끄덕였다. 그는 크게 내색을 하지는 않아도 긴장이 풀린 모습이었다. 벌써 진범을 잡았다고 확신하는 표정이었다. 반야는 분노를 참고 함께 기뻐하고 싶은 기분이었다. 어쩌면 반야 자신이 실제로 사건을 해결한 것일 수도 있었기 때문이다.

"똑같은 스타킹과 잠옷이 열 벌이나 나왔고 살인 사건에 대한 신문 기사를 스크랩한 가죽 서류철도 있더라고요." 토르켈이 설명했다. "칼도 확인해 보니 상처 자국과 일치해요. 벽에는 희생자들의 사진이 걸려 있었어요."

"와, 정말 확실하군요!" 반야는 놀라서 소리쳤다. 랄프 스벤손의 잔인한 살인을 입증하는 것이 결국 이렇게 간단한 일이었단 말인가?

"그렇고말고요. 우르줄라가 방금 조사를 시작했으니 DNA 결과는 하루면 나올 거예요. 어쨌든 잠정적인 결론은 그래요."

반야는 고개를 끄덕였다. 두 사람은 사랑스러운 눈빛으로 마주 보았다. 두 사람 모두 이 순간의 의미를 정확하게 알고 있었다. 정말 기분 좋은 날이었다. 이들은 긴 건물의 그늘 안에 서 있었지만 주변에는 눈부신 햇살에 잔디의 녹색 빛이 아름답게 반짝이고 있었다. 그들 자신이 햇살을 잔뜩 받는 기분이었다. 오랜 시간 서 있던 그늘에서 밝은 곳으로 나온 느낌이었다.

"당신이 오기 전에 체포해서 미안해요." 토르켈이 다정한 목소리로 말했다. "더 이상 지체할 수가 없었어요."

"이해해요." 반야는 망설이지 않고 대답했다. "아주 잘하신 결정이에요."

빌리가 두 사람이 있는 곳으로 다가왔다. 방탄조끼는 벗은 모습이었다. 빌리도 걸어오면서 햇빛과 눈앞에 펼쳐진 녹지대를 바라보았다. "우르줄라 말이 우리 모두가 들어가려면 한두 시간은 더 걸린다네요."

토르켈과 반야는 고개를 끄덕였지만 아무 대꾸도 하지 않았다. 그들은 그 상태로 입을 다물고 서 있었다.

일사불란한 조직처럼.

한 팀처럼.

늘 그랬던 것처럼.

빌리의 휴대전화가 침묵을 깨트렸다. 나머지 두 사람은 빌리가 부드러운 목소리로 전화 받는 소리를 듣자 새로 사귄 여자 친구가 전화한 것이라는 것을 어렵지 않게 알 수 있었다. 빌리는 한 걸음 물러나 저녁 계획에 대한 말을 주고받고 있었다.

토르켈이 반야를 쳐다보았다. "할렌이 오늘 오후에 기자회견을 열 거예요. 내 생각에는 당신이 같이 갔으면 하는데."

반야는 깜짝 놀랐다. "기자회견에는 늘 반장님이 나가셨잖아요."

"그렇기는 하지만 이번에는 같이 가는 게 좋겠어요. 덕분에 사건을 해결했으니까."

반야는 미소를 짓고 토르켈을 마주 쳐다보면서 왜 전에 토르켈 회글룬트와 특별살인사건전담반에 지원했는지가 다시 생각났다. 그가 훌륭한 지휘관이었기 때문이다. 상대의 마음을 잘 헤아리는 사람이었다. 또 누구나 소속감이 필요하다는 사실을 아는 사람이었다.

세바스찬은 1시 조금 전에 경찰청으로 돌아와 토르켈과 나머지 팀원을 찾았다. 처음에는 아무도 그들이 어디 있는지 말해주는 사람이 없었다. 그러다가 특수 기동대로 가서 늘 인사를 나누는 제복을 입은 대원 한 사람에게 얘기를 들었다. 스톡홀름 남쪽 어딘가에 있으며 일이 원만하게 진행되었다는 것이다. 씁쓸한 기분을 맛보며 그는 팀원들에게 연락을 취해봤다. 토르켈부터 시작해서 계급 순으로 전화를 했다. 하지만 아무도 그의 전화를 받지 않았다. 그러다가 퍼뜩 떠오르는 생각이 나서 누구라도 만날 수 있지 않을까 하는 바람으로 경찰청 바로 옆에 있는 구치소로 가보았다. 이유는 모르지만 반야가 말해 준 랄프 스벤손이라는 자를 가두기 위해 그곳에 모여 있을지도 모른다는 생각이 들었기 때문이다. 하지만 그곳에도 팀원들은 없었다. 또 미결수를 기다리고 있는지 여부를 아무도 말하려고 하지 않았다. 그는 다시 고립무원의 처지에 놓인 기분이었다. 마치 그 자신이 존재하지 않는 공간에 갇힌 것 같았다. 그는 경비 초소가 있는 프리드헬름스플란 쪽의 주차장 입구로 나갔다. 이들이 돌아온다면 이곳을 지나갈 가능성이 높았기 때문이다. 그는 입구에서 조금 떨어진 풀밭에 앉아 무작정 그들을 기다렸다. 초소에 있는 직원이 미심쩍은 눈으로 그를 쳐다보았지만 풀밭에 앉는 것을 막지는 않았다. 사방이 트인 곳인 데다가 뭔가 규칙을 위반한 것이 없었기 때문이다. 구겨진 상의를 입고 무성하게 자란 잔디에 앉아 있는 중년의 남자 모습은 경비원의 눈에 분명히 알코올의존증자로 비쳤을 것이다. 크로노베리 공원으로 가다가 더 이상 가기가 힘들어서 눈에 띄는 잔디밭에 앉은 것으로 판단했을 것이다. 물론 술병은 보이지 않았지만.

세바스찬은 완전히 할 말을 잃었다. 최고 명문 대학들을 다니며 각종 과정을 이수했고 특히 미국의 FBI 콴티코 양성소를 비롯해 다양한 연수를 받았으며 베스트셀러 저자에다 다년간 스웨덴 최고의 프로파일러라는 평판을 들었지만 이제는 팀원들이 돌아오기만을 기다리며 다시 수사팀에 받아주기를 바라는 처지로 전락한 것이다. 이것이 유일한 계획이었고 그가 간직한 거대한 지식의 도구 상자에서 꺼내 쓸 수 있는 유일한 해결책이었다. 동시에 도저히 포기할 수 없는 희망이었다.

전화벨이 울리는 소리에 그는 서둘러서 휴대전화를 꺼냈다. 팀원 중의 한 사람일지도 모른다. 그러나 아니었다. 아직 한 번도 전화를 받아본 적은 없었지만 아는 번호였다. 세바스찬 자신의 집 전화였다. 그는 전화를 받았다. 당연히 엘리노르였다.

세바스찬은 지금의 좌절감을 그녀에게 쏟아붓고 고함을 지르고 자신의 고통을 느끼게 해주고 싶었다. 하지만 너무 기쁨에 겨운 목소리를 듣자 그만 그런 생각이 사라졌다. 엘리노르의 목소리는 진주처럼 매끄러웠고 사람의 마음을 잡아끄는 뭔가가 있었다.

"자기야 미안해. 근무 도중에 전화가 와서 방해받으면 짜증 난다는 건 나도 알지만…… 당신이 화를 낼지도 모르는 일을 하나 벌여서."

"뭔데요?"

"집에서 나왔거든요."

"왜 그랬어요?"

그의 분노는 걱정으로 바뀌었다. 어쩌면 쓸데없는 걱정인지도 모른다. 체포에 성공했고 랄프가 실제로 그들이 찾는 범인이라면 위험은 사라졌기 때문이다. 그러면 엘리노르는 집으로 갈 수 있는 것이다. 완전히. 엘리노르를 내쳐도 상관이 없는 상황이었다.

"그러니까…… 아주 집을 나왔다는 건 아니고요……."

"뭐라고요? 당신 어디로 간 건데 그래요?"

"이웃집에 갔었어요. 인사를 나누고 싶어서요."

세바스찬은 입을 다물었다. 처음에는 모두가 부정적으로 느껴졌지만 갑자기 엘리노르와 있으면 끝없는 평행선을 달린다는 이상한 느낌이 들었다. 근본적으로 엘리노르와는 서로 결합이 불가능했다. 두 사람은 공통점이라고는 없었기 때문이다. 서로 어울리는 구석이라고는 하나도 없었다.

"난 이웃 사람들과 전혀 어울리지 않는데." 세바스찬은 간단하게 대답했다.

"맞아요. 그 사람들도 그러더라고요. 그래도 당신에게 관심이 많아요. 그래서 몇 가지 사올 게 있어요. 불러줄게요."

"도대체 무슨 소린지 모르겠군." 그는 풀밭에 도로 주저앉았다.

"화내면 안 돼요. 바로 옆집 사는 남자를 저녁 식사에 초대했거든요. 얀 아케라는 사람인데 가족들이 여행을 떠났대요. 당신처럼 그 사람도 의사예요."

"난 의사가 아니라 심리학자야."

"그러니까 5시까지는 집에 와야 해요." 엘리노르는 세바스찬이 한 말을 못 들은 것처럼 자기 할 말만 했다. "그럼 슈퍼마켓에 가면 전화해요. 오늘 저녁은 즐겁게 보낼 수 있겠죠, 안 내켜요?"

세바스찬은 다시 화가 나면서 엘리노르가 눈물이 찔끔 날 정도로 가슴 아프게 들릴 말이 없나 생각해보았다. 하지만 적당한 표현이 떠오르지 않았다. 엘리노르의 분위기는 너무나 포근했다. 정겨웠다. 엘리노르가 생각하는 세상은 가치가 있다고 느껴졌다.

"내가 이러는 건 당신을 사랑하기 때문이란 걸 알죠? 이렇게 좋은 집에서 세상을 등진 사람처럼 살 필요가 있겠어요? 그래서는 안 되죠. 5시에 오는 거 잊지 마요."

"알았어요."

"키스."

"키스."

그 자신도 모르게 이 말이 입에서 흘러나왔다. 엘리노르는 전화를 끊었다.

그는 당혹스런 생각에 앉은 자리에서 일어났다. 20년 동안 말 한 마디도 하지 않은 이웃집 사람과 저녁 식사를 해야 한다. 그렇게 기분 나쁠 것 같지는 않았다. 오히려 기분 나쁜 것은 은근히 저녁 시간이 기다려진다는 사실이었다. 그가 화제의 중심에 설 곳은 달리 없었다. 그를 간절히 기다리는 곳은 없었다.

오랫동안 누려보지 못한 곳.

진정 자신의 집처럼 편한 곳.

현재는 아주 이상한 여자가 들어와 살고 있지만 그런 곳이 생긴 것이다. 자신의 집으로 여겨지는 곳이었다.

할렌 검사는 너무 기분이 좋아서 처음에는 넥타이 매는 법도 생각나지 않았다. 그는 이날을 기념하기 위해 평소에 사용하지 않던 하프 윈저노트(Half Windsorknot : 영국의 윈저 공이 창안한 넥타이 매듭법인 윈저노트의 변형. 두 번 돌리는 윈저노트 대신 한 번만 돌린다_옮긴이)로 바꿔 매보려고 했지만 잘 되지 않았다. 여러 번 시도한 끝에 겨우 넥타이를 맬 수 있었다. 그는 아내에게 전화를 해 SVT와 TV4의 방송을 녹화해 놓으라고 당부했다. 욕심 같아서는 특별방송이라도 해주면 좋겠지만 그의 바람이었을 뿐 그럴 만한 영향력은 없었다. 현재 드러난 증거만 해도 차고 넘쳤다. 엄밀하게 말하면 확실한 증거가 나와 수사를 완결할 때까지 기다려야 했지만 현실은 그렇지 못했다. 범인을 체포했다는 뉴스는 삽시간에 사람들 귀에 들어갈 것이고 이들은 소문이 확산되는 것을 막을 필요가 있었다. 먼저 결과를 입증해야 하기 때문이다.

토르켈 회글룬트와 반야 리트너는 이미 도착해 있었고 용의자의 집에서 사진도 가져왔다. 사진은 몸서리칠 만큼 끔찍했다. 그자는 희생자마다 각각 36장의 사진을 벽에 붙여놓고 있었는데 첫 번째 여자의 사진만 34장이었다. 사진을 보자 할렌은 속이 메스꺼워졌다. 살았을 때의 사진은 잠옷을 입고 결박당한 모습이었다. 목숨을 잃기 직전의 모습이었다.

그들은 함께 2층에 있는 기자회견장으로 갔다. 계단을 내려가면서 보니 이미 그곳은 발 디딜 틈도 없이 초만원을 이루고 있었다. 길 쪽에는 유명 방송사들의 중계차량이 보였고 접수처 앞에는 대기하는 사람들로 장사진을 이루고 있었다.

할렌이 토르켈 쪽으로 돌아섰다. "나는 간단히 인사말이나 할 테니 설명은 당신이 해요. 그리고 질문에 대한 답은 같이 하는 걸로 하고요. 동의하죠?"

"물론입니다."

할렌은 일어나 회견장을 가득 메운 채 조급해 하는 기자들 사이를 헤집고 앞으로 나갔다. 반야는 검사가 당당한 태도로 앞에 나서는 모습을 보며 미소를 지었다. 할렌은 달려드는 기자들에게 고개를 끄덕이며 앞으로 나가고 있었다. 반야는 모르는 얼굴들이었다. 토르켈은 이런 행동을 싫어한다는 것을 반야는 알고 있었다. 그의 몸짓만 봐도 누구나 분명히 알 수 있었다. 토르켈은 고개를 잔뜩 숙인 모습이었다. 토르켈도 기자들 대부분을 아는 것이 분명했지만 그는 누구에게도 아는 체하지 않았다. 그의 모든 행동은 이런 행사를 빨리 끝내고 다시 일을 하러 가고 싶다는 신호를 보내고 있었다. 반야 자신은 속으로 뿌듯한 쾌감이 점점 커지는 기분이었다. 동시에 이런 일에 차츰 익숙해질 것이라는 느낌을 받았다. 운이 좋다면 기자회견에 나가는 일이 이번 한 번으로 끝나지는 않을 것이다. 빌리가 무조건 자신의 입지를 다지기 위해 동분서주한다면 반야도 더 높은 직책을 위해 새로운 도전을 할 각오가 되어 있었다.

조금 떨어진 곳에 세바스찬의 모습이 보였다. 눈빛은 완전히 체념한 것 같았고 피곤해 보였다. 그는 그들이 베스트베르가에서 돌아왔을 때 주차장 입구에서 그들을 기다리고 있었다. 그리고 그 앞을 지나갈 때 반야를 뚫어지게 쳐다보았었다. 반야는 처음에 토르켈이 그를 무시하기를 바랐지만 토르켈은 그녀처럼 유치하지 않았다. 토르켈은 발을 멈추고 문을 열어 그에게 랄프 스벤손을 체포한 것과 곧 기자회견이 열린다는 사실을 간단히 알려주었다. 그리고 자세한 내용에 관심이 있으면 들어와서 들어도 좋다는 말까지 덧붙였다. 이어 토르켈은 문을 닫고 회견장으로 향했다.

토르켈은 옹졸하지 않을뿐더러 도량이 큰 인물이었다. 반야는 앞으로 토르켈을 적대시하는 일은 없을 거라는 느낌을 받았다. 결코 그런 일은 없을 것이다.

랄프는 비좁은 감방 안을 둘러보았다. 그는 종종 크로노베리 구치소 앞을 지나다니며 그 안은 어떤 곳일까 하고 생각한 적이 있었다. 이제 그 궁금증이 풀렸다. 침대 하나와 의자 딸린 탁자 하나, 화장실이 있는 구조였다. 가구는 밝은 소나무 재목으로 만든 것이고 벽은 두 가지 색깔로 되었는데 아랫부분은 노란색, 윗부분은 연한 회색이었다. 대부분 다른 사람들에게는 아마 별로 이상하지 않을지 모르지만 랄프는 이런 분위기를 마음속으로 민감하게 받아들였다. 길 쪽에서 보면 정체를 알 수 없는 벙커 비슷한 건물은 쿵스홀멘 한가운데 자리 잡고 위협적인 분위기를 발산했다. 건물의 외관만 보아서는 어떤 비밀도 알 수 없었다. 배후에 감춰진 역사를 담장이 가로막고 있기 때문이다. 하지만 일단 이곳에 들어와 본 사람은 위협적인 느낌을 받게 되어 있다. 감방 벽에 배어 있는 갖가지 사연이 떠오르기 때문이다.

선생님도 한때 이곳에 끌려왔었다. 랄프는 선생님이 어떤 방에 있었는지는 몰랐지만 그것은 중요하지 않았다. 그는 선생님의 발자취를 따르는 기분을 맛보았다. 선생님과 똑같은 복도를 걸어 다니게 된 것이다.

교도관들은 옷을 몽땅 벗으라고 하더니 무명으로 된 낡은 회색 죄수복을 주었다. 그리고 그의 몸을 샅샅이 검사했다. 랄프는 이러는 것이 흐뭇했다. 그들이 이렇게 거칠게 다루는 이유는 단 한 가지, 그들이 랄프를 두려워하기 때문이었다.

그는 주요 인물이었다.

무시할 수 없는 존재였다.

그는 그들의 눈에서 이런 사실을 읽었고 자신에 대해 하는 말을 들었다. 그들은 5분 간격으로 철문에 딸린 조그만 틈으로 그를 감시했다. 그가 자살하지 않을까 걱정하는 것으로 보였다. 아니면 단순한 호기심이었는지도 모른다. 실제 이유가 무엇이든 아무래도 그는 상관없었다. 그저 주목받는 사실 자체를 즐겼을 뿐이다. 그리고 자살 따위는 생각해본 적도 없었다. 자살은 패배라고 여겼기 때문이다. 이제 본격적인 승부가 시작된 것이다. 얼마 지나지 않으면 수사관들이 찾아와 첫 심문을 시작할 것이다. 적어도 하루는 걸릴 것이다. 선생님도 똑같은 절차를 거쳤다. 범행을 입증하기 위해 철저한 준비를 하고 올 것이다. 그의 판단력을 흐리게 할 것이 분명하다. 하지만 그는 이미 준비가 되어 있었다. 그가 바라는 것은 단 한 가지, 심문할 때 세바스찬 베르크만과 마주 앉았으면 하는 것이었다. 선생님을 상대했던 자를 똑같이 상대하는 기분이란 더할 수 없이 좋은 것이었다. 그는 세바스찬이 알고 싶은 사실을 캐기 위해 그의 머릿속을 꿰뚫어보려고 애쓰는 생각을 하면서 온몸에 짜릿한 쾌감을 맛보았다.

자백을 강요할 것이다.

세바스찬과 그는 같이 두뇌게임을 벌일 것이다. 랄프는 이 시간이 오래 걸리기를 바랐다. 한때 세바스찬과 선생님이 치렀던 심리적 결투처럼 길게 끌고 싶었다.

랄프는 저도 모르게 웃음이 나왔다. 그는 먼 길을 달려왔다. 칼과 피, 연쇄살인을 다루는 법을 배웠다. 이제 그는 현실의 적과 대치하는 법을 배울 것이다. 갑자기 그는 전에는 몰랐던 흥분을 느꼈다.

성적인 흥분이었다.

몸속의 맥박이 빨라져 가만히 앉아있을 수가 없었다. 그는 뻣뻣해진 자신의 성기를 쥐었다. 교도관들이 문틈으로 보든 말든 전혀 상관이 없었다. 그가 생각하는 것은 단 하나, 심문할 때 세바스찬이 나타나지 않으면 실망스럽다는 것뿐이었다.

여러 가지로 실망스러울 것이다.

기자회견이 시작되었다. 검사가 입을 열자 시끄럽게 웅성거리던 실내가 갑자기 조용해졌다. 세바스찬은 가능한 한 입구 가까이 다가갔다. 머릿속으로는 자신이 무얼 할 수 있을 것인지 하는 생각에 골몰하고 있었다. 이 사건에서 자신이 배제되었다는 것은 이제 명백했다. 동시에 그는 연단 위에서 회견을 하는 자들은 전체적인 진실을 볼 생각을 하지 않는다고 확신했다. 또 힌데가 이런 상황에 만족하고 손을 뗄 것이라는 판단은 절대 생각할 수 없는 것이었다. 그것은 힌데의 기질에 반하는 것이었다.

검사는 자신의 결단과 일반적인 검찰권을 강조하는 애매한 설명을 끝냈다. 이어 토르켈이 마이크를 넘겨받았다. 언제나 그렇듯이 그는 빨리 마치고 이 자리를 뜨려는 것처럼 단도직입적으로 본론으로 들어갔다.

"오늘 12시 45분에 스톡홀름 일대에서 연속적으로 여자들을 잔인하게 살해한 사건의 용의자를 체포했습니다. 우리가 계속 혐의를 두고 쫓던 자였습니다. 용의자는 자신의 집에서 체포되었으며 그 집에서 범행을 강력히 뒷받침하는 것으로 보이는 증거물을 다수 확보했습니다."

세바스찬은 반야가 몸을 똑바로 세우고 모여든 기자들을 훑어보는 모습을 지켜보았다. 반야는 세바스찬의 시선을 피하지 않고 똑바로 눈을 마주쳤다. 훗날 두고두고 세바스찬의 기억에 남을 순간이었다. 그의 딸이었다. 반야는 정말로 과거에 세바스찬이 전성기를 누릴 때의 모습을 그대로 닮았다. 눈앞에 모인 사람이 많을수록 흔들림이 없는 자부심에 가득 찬 눈빛이었다.

그는 반야의 감정을 이해했다. 반야가 생각하는 것 이상이었다. 기자들 앞에서 말해야 할 사람은 토르켈이 아니라 반야였다. 선천적으로 이런 일에 맞는 기질이었다. 언젠가 반야에게도 이런 기회가 오겠지. 문제는 다만 그때 그 자리에 그가 참석해서 반야의 말을 들을 수 있는가 하는 것이었다. 물론 세바스찬은 반야가 한 가지 실수를 저질렀다는 것이나 적어도 모든 상황을 보려고 하지 않는다는 것을 알았지만 그래도 그런 딸이 조금은 자랑스럽다는 느낌을 지울 수 없었다. 이런 점에서도 두 사람은 비슷했다.

"우리는 살인에 사용한 무기와 혈흔, 살인과 직접 관련되는 일련의 증거물을 찾아냈습니다. 그 밖에 범행 현장에서 채취한 DNA 정보는 우리가 체포한 용의자의 것과 일치하는 것으로 확인했습니다." 이어지는 토르켈의 설명이었다.

유난히 성급해 보이는 기자 한 명이 자리에서 일어났다. 그는 더 이상 기다릴 수 없었던 것으로 보였다. 엑스프레센에 있는 노련한 기자로 세바스찬도 아는 사람이었다. 세바스찬은 그 기자의 이름이 베버든가 뭐 그 비슷한 이름이라는 기억이 났다.

"에드바르트 힌데가 살인에 연루되었다는 소문에 대해서는 어떤 입장입니까?" 기자는 정곡을 찔렀다.

토르켈은 마이크를 조금 가까이 대고는 분명한 어조로 대답했다. "수사 결과를 미리 말할 수는 없습니다만 현재로서는 범인의 독자적인 행동이었다는 판단입니다. 다만 범인이 과거 에드바르트 힌데의 수법에 영감을 받았다는 점을 부인하지는 않겠습니다."

이 말은 끝없는 새로운 질문을 야기하는 신호탄으로 보였다. 다른 기자들이 비슷한 질문을 계속 반복했다. 모두가 이구동성으로 힌데, 힌데, 힌데를 외쳤다. 아마 이보다 더 좋은 헤드라인 뉴스는 없을 것 같았다. 살인마 힌데에게 영감을 받은 모방 범죄. 누구나 고개를 끄덕일 만한 제목이었다. 단순명료했다. 또 설명하기가 쉬웠다.

하지만 그렇게 간단한 문제가 결코 아니었다. 그것은 세바스찬도 알고 에드바르트 힌데도 알았다. 이들은 한 가지 이상의 다양한 수법이 동원되었다는 사실을 알고 있었다. 모든 범행 뒤에는 겉으로 보이는 것 이상의 진실이 숨어 있다는 것을 아는 사람은 이들 두 사람뿐이었다.

세바스찬은 기자회견을 충분히 들었다. 이제 문제를 단순화하는 설명에는 더 이상 관심이 없었다. 그는 기자회견장을 떠났다. 반야는 그를 별로 주목하지 않는 것 같았다. 세바스찬은 자신이 직접 진실을 파헤치지 않으면 안 된다는 사실을 깨달았다. 그는 에드바르트 힌데가 왜 살인범을 배신했는지 그 이유부터 추적할 생각이었다.

저 안에 있는 자들은 랄프 스벤손을 체포한 것으로 만족하는 것이 분명했다. 그들의 단순한 사고방식과 완벽히 일치하는 판단이었다.

이날 아침은 제니가 기대하는 것과 정확히 일치했다.

토마스의 시계가 6시 20분에 울리자 그는 즉시 일어났다. 그가 조심조심 침실에서 빠져나갈 때까지 제니는 눈을 감은 채로 누워 있었다. 제니는 침대에서 기지개를 켰다. 결혼한 지 5년. 함께 산 지는 8년이 넘었다. 힘들게 산 것은 아니지만 지금보다 잘 살았다고는 볼 수 없었다. 제니는 두 사람 모두 임신한 것에 대해 무척 행복해 한다는 것을 알고 있었다. 또 토마스의 새 직장도 마음에 들었다. 남편은 이전의 직장을 좋아하지 않았다. 적어도 새로 여자 상관이 취임한 뒤로는 그랬다. 케르스틴 한저. 그 여자는 분명히 토마스가 앉을 자리를 차지하고 들어왔다. 남편은 일을 무척이나 중요하게 생각했다. 최고가 되고 싶어 했다. 자신이 최고라는 것을 남들이 알아주기를 바랐다.

하지만 그렇게 알아주는 사람들은 거의 없었기 때문에 제니는 때로 토마스가 최고와는 거리가 멀다는 느낌을 받았다. 최고는커녕 제대로 하는 건지 의문이 들 때도 많았다. 토마스는 누구 못지않게 야심이 있었지만 흠이라면 문제를 너무 복잡하게 만들 때가 있다는 것이었다. 그는 자신의 허물과 약점을 감추려는 성향이 있었는데 역설적으로 감추려고 할수록 더 들어났다. 그러면서 토마스는 다른 사람들과 터놓고 지내는 데 익숙해져 갔다. 적어도 집에서는 그랬다. 제니는 그가 새 직장으로 옮긴 뒤로 어떻게 적응하는지는 몰랐지만 새 일자리가 뜻밖의 행운이라는 것은 알았다.

토마스는 전에는 늘 불만스러워했다. 그에게는 집이나 직장이 똑같이 불만스러웠다. 제니가 임신을 못하는 사실은 두 사람을 괴롭혔고 부부 관계에도 부담을 주었다. 그러면서도 언젠가는 두 사람에게 아이가 생길 것이라는 것을 제니는 의심하지 않았다. 제니가 볼 때 토마스는 의심하는 것 같았지만 본인은 아니었다.

그러다가 토마스는 총상을 입었다. 사람들이 물어보면 그는 가슴에 총을 맞았다고 했다. 다른 사람들 말로는 어깨라고 했다. 하지만 어디에 총알을 맞았든 중요한 것은 이 사건이 두 사람 모두에게 경종을 울렸다는 것이다. 그리고 인생에서 중요한 것에 눈을 뜨는 계기가 되었다. 고양이 세수하듯 낯간지럽고 진부한 이야기 같지만 어쨌든 사실이다. 일은 중요했지만 일이 전부는 아니다. 아이도 중요했지만 아이는 입양을 할 수도 있다. 하지만 두 사람은 누가 대체해줄 수 있는 관계가 아니었다. 그리고 이제는 나이도 들었다. 이뿐만이 아니었다. 제니는 토마스도 똑같이 나이 들어간다는 생각에 행복과 안정감을 느꼈다.

토마스가 주방에서 덜거덕거리는 소리가 들렸다. 제니는 어제 냉장고 뒤쪽 구석에 딸기가 있는 것을 보고 토마스가 딸기를 초콜릿에 담글 거라고 예상했다. 솔직히 말하면 아침상이 어떻게 나올 것인지 정확하게 알고 있었다. 지금까지 생일이나 결혼기념일이면 늘 똑같은 메뉴가 나왔기 때문이다. 언제나 스크램블드에그와 베이컨, 나무딸기 잼을 바른 토스트, 멜론, 초콜릿에 담근 딸기였다. 제니로서는 놀랄 것이 없었다. 제니를 놀라게 하려는 토마스의 계획이 성공하는 일은 드물었다. 하지만 얼마 전, 차 안에서 제니가 USB를 찾는 일만 없었다면 아마 오늘은 토마스의 작전이 성공할 수도 있었을 것이다. 제니는 USB가 글러브 박스에 있을 거로 생각했다. 하지만 그곳을 열어보니 장식품이 담긴 것 같은 빨간색의 조그만 갑이 눈에 띄었다. 반지가 들어 있었다. 순금 반지였다. 제니는 모르는 체 하며 토마스 앞에서 놀란 표정을 지어야 하겠지만 어쨌든 마음속 깊이 기쁨이 솟구쳤다.

제니는 토마스가 집 밖으로 나갔다가-아마 반지를 가지러 가나보다고 생각했다-다시 집 안으로 들어오는 소리를 들었다. 그는 곧 계단을 올라왔다. 제니는 더 이상 눈을 감고 자는 체 할 필요가 없다고 생각했다. 문이 열리자 제니는 그를 향해 미소를 보냈다.

아, 얼마나 남편이 사랑스러웠던지!

제니는 결국 출근이 늦었다.

하지만 크게 신경 쓰이지는 않았다. 일주일 내내 사무실에서 열심히 일했기 때문이다. 할 일은 많았지만 제니는 고객을 찾아가는 것보다 사무실에서 일하는 것이 더 능률적이라는 생각이 들었다. 외근을 하다 보면 본래의 업무보다 시간을 더 빼앗는 사회적인 교류도 해야 했기 때문이다. 게다가 추가 연수도 지지부진한 상태였다. 상급 세무사 시험 날짜도 다가오고 있었다. 제니는 전권 위임을 받고 싶었다. 사실 세무사 시험보다는 전권 위임이 더 중요했다. 그렇게만 되면 재량권이 늘어날 뿐 아니라 급여도 오를 것이기 때문이다. 하지만 오늘 저녁에는 연수를 위한 수업에 갈 수가 없었다. 토마스가 칼손 포 타케트에 자리를 예약해 놓은 것이 분명했다. 늘 그랬다.

제니가 이런 생각을 하고 있을 때 누가 문을 두드렸다. 고개를 들어보니 택시 기사 제복을 입은 남자 한 사람이 문을 열고 서 있었다.

"제니 하랄드손인가요?"

"네, 그런데요?"

"모시러 왔습니다."

"뭐라고요?"

"모시러 왔다고요." 남자가 같은 말을 반복했다.

제니는 책상에 놓인 달력을 힐끗 쳐다보았다. 오늘이 결혼기념일이라는 맨 위의 메모까지 확인했지만 별다른 사항은 없었다.

"뭔가 오해가 있는 것 같군요……." 제니는 남자를 다시 바라보았다. "나를 어디로 태우고 간다는 건데요?"

"놀랄 일이 기다리는 것 같던데요." 문가에 선 남자는 얼굴 가득히 웃음을 머금었다.

이제야 제니는 알아들었다. 이 순간 남자의 뒤쪽에서 킥킥거리는 소리가 들렸다. 상사인 베로니카와 동료 직원 아멜리아가 문에 모습을 드러냈다. 제니는 자리에서 일어나 그들을 향해 다가갔다.

"벌써 알고 있었어요?"

"그럼, 생각보다 조금 빠르네." 베로니카가 손목에 찬 고급 시계로 눈길을 주며 대답했다.

"나도 알고 있었어." 아멜리아도 한 마디 했다. "너무 부럽다!"

"어디로 갈 건데요?" 제니는 기분이 좋아 그 자리에서 껑충껑충 뛰는 소녀처럼 가벼운 흥분을 맛보았다.

"우리는 입 다물고 있을게." 베로니카가 진지한 얼굴로 말했다. "가서 마음 푹 놓고 즐거운 시간 보내라고. 그럼 내일 봐."

"간단히 정리하고 소지품 좀 챙겨올게요." 제니가 택시 기사를 향해 말했다.

제니는 서둘러 자신의 자리로 돌아갔다. 근무 중에 데리러 왔다! 이건 전혀 예상하지 못한 것이었다. 토마스는 정말 제니를 즐겁게 해주려고 애를 쓴 것이다. 제니는 이런 생각을 하며 일하던 서류를 덮었다. 마음 푹 놓으라고 베로니카는 말했다. 올봄에 하슬뢰 스파Spa를 홍보하는 광고지가 편지함에 꽂혀 있는 것을 본 적이 있었다. 그때 제니는 너무 아름답다고 하면서 언젠가 한 번 가보고 싶다고 말했었다. 토마스가 이 말을 가슴에 새기고 있었던 것일까? 어쨌든 흐뭇했다. 제니는 문 뒤 옷걸이에 걸린 상의와 핸드백을 집어들었다. 이제까지 지내본 것 중 최고의 결혼기념일이 될 것 같았다.

"준비됐어요."

"그럼 출발하시죠."

택시 기사는 이렇게 말하면서 앞장서라는 신호로 손을 들었다. 그는 다시 웃었다. 이 사람은 좀 더 자주 웃어야겠다고 제니는 생각했다. 웃으면 왼쪽 눈 밑의 흉한 상처가 조금 가려져 얼굴이 조금 더 부드럽게 보였기 때문이다.

그들은 사무실을 떠났다.

세바스찬은 기자회견장 앞에서 대기 중인 경찰관 한 사람에게 랄프 스벤손의 주소를 알 수 있었다. 아직 공식적으로는 수사팀에서 쫓겨나지 않은 것이 분명했다. 릴리에홀멘과 아네테 빌렌의 사건 현장에서 세바스찬을 본 적이 있던 이 경찰이 수사 진행 상황을 들려주었기 때문이다.

이 사람은 체포 현장에 있었지만 자세한 내용에 대해서는 모르고 있었다. 체포 작전이 신속하게 이루어져 용의자를 즉시 집에서 압송해왔다는 말만 했다. 한 가지 실수를 제외하면 나머지 과정은 예상대로 진행되었다고 했다. 실수란 컴퓨터를 말하는 것이었다. 랄프 스벤손이 벽에 대고 있는 힘껏 팽개쳤기 때문에 망가졌을 거라고 했다. 이 경찰관의 설명에 따르면 랄프 스벤손은 구치소에 수감되었고 아직 심문은 열리지 않은 것 같았다.

세바스찬은 잠시 자신이 직접 랄프를 심문하도록 손을 쓸 수 있을지 생각해보았다. 하지만 곧 이 생각을 접었다. 현실적으로 토르켈의 허락 없이는 누구도 수감자에게 접근할 수 없을 것이다. 그리고 토르켈이 이런 기회를 줄 가능성은 전혀 없었다.

대신 세바스찬은 택시를 타고 베스터토르프로 갔다. 운이 좋으면 집 안에 들어가 뭔가 발견할지도 모른다는 기대를 했기 때문이다.

집 앞에 경찰차가 있었지만 입구에는 경비 요원이 보이지 않았다. 그는 용의자의 집을 향해 계단을 올라가다가 복도에 서 있던 경찰관에게 강력한 제지를 받았다. 경찰은 어디 가는 것이냐고 물었다. 세바스찬은 여러 가지 방법을 동원해 열심히 설득하며 나중에는 애원하기까지 했다. 잠시 뒤 하얀 안전복 차림의 우르줄라가 문가에 모습을 드러냈다. 우르줄라는 어리둥절한 표정으로 세바스찬을 쳐다보았다.

"당신 여기서 뭐 해요?"

"안에 좀 들어가서 둘러볼 수 있을까 하고 왔지요. 당신이 다 마친 다음에."

우르줄라는 그를 뚫어지게 바라보다가 고개를 흔들었다. "나는 지금 당신이 수사팀에서 어떤 위치에 있는지 몰라요. 아직 팀원이기는 한 거예요?"

세바스찬은 어깨를 으쓱했다. "나도 몰라요." 우르줄라 앞에서는 솔직하게 말할 수밖에 없었다. "당신도 알다시피 내가 바라는 것은 오직 사건 해결뿐이에요. 다만 다른 사람들과 해결 방식이 다를 뿐이지요."

"당신이 모든 사건마다 이상한 생각을 하는 것은 우리도 얼마든지 참아줄 수 있어요. 다만 잘났다는 게 문제지. 너무 잘났어."

"미안해요."

"당신 책임은 아니에요. 사실 희생자들과의 관계가 알려졌을 때 당신을 내쳤어야 하는 건데." 우르줄라는 무뚝뚝하게 말했다.

"나 좀 들어가봐도 돼요? 내가 찾아내는 건 대개 쓸모 있는 거지. 손은 전혀 대지 않는다고 약속할게요."

우르줄라는 그를 똑바로 쳐다보았다. 세바스찬에게는 뭔가 사람의 마음을 움직이게 하는 것이 있었다. 그는 그나마 위태위태하던 지위마저 잃게 생겼고 우르줄라 앞에서 고개를 푹 숙인 모습이 안쓰럽기도 했다. 그가 이토록 무기력해 보인 적은 없었다. 우르줄라는 그의 눈빛에서 피로에 지친 기색을 읽었다.

"당신이 한 가지 질문에 대답하기만 한다면요."

"그게 뭔데요?"

"안으로 들어가자고요."

우르줄라는 보초를 서는 경찰관에게 비키라는 신호를 보내고 세바스찬과 함께 집 안으로 들어갔다. 실내는 밝고 세간은 거의 없었다. 왼쪽에 있는 주방은 거의 사용하지 않는 것 같았다. 복도 끝 오른쪽에 있는 거실에는 소파와 커다란 탁자가 유일한 가구였다. 탁자 위에는 손전등이 하나 있었고 집 안 구석구석에 전기스탠드가 배치되어 있었다. 집 안 전체는 아주 깨끗한 인상을 주어 실제로는 아무도 살지 않는 집 같았다. 집 안 공기가 더운 것은 무엇보다 커튼과 롤 블라인드가 없어 햇빛이 직접 집 안까지 쏟아져 들어오기 때문인 것으로 보였다. 세바스찬은 우르줄라를 따라 침실로 들어갔다.

"언뜻 봐도 이자는 아주 꼼꼼한 사람 같아요. 모든 것에 완벽한 질서가 잡혀 있잖아요." 우르줄라는 장식장의 맨 위 서랍을 열고 가지런히 포개져 있는 하늘색 잠옷을 보여주었다. 그 옆에는 포장을 뜯지 않은 스타킹 뭉치가 있었다.

"섬뜩하죠?"

세바스찬은 고개를 끄덕였다.

우르줄라가 말을 이었다. "저 건너편을 들여다보면 구역질이 날걸요."

우르줄라는 옷장이 있거나 아니면 작은 다용도실로 보이는 문을 하나 가리켰다. 세바스찬은 그쪽으로 건너갔다.

"덧신을 신어요."

우르줄라는 그에게 덧신 한 켤레를 건넸다. 세바스찬은 그것을 받아 허리를 숙이고 까만 구두 위에 덧신을 씌웠다. 그러자 우르줄라는 또 소독 장갑을 건넸다.

"이것도 끼고요."

그는 고마운 마음으로 장갑을 받았다.

"당신이 물어보려는 것이 뭔데요?" 세바스찬이 물었다.

"왜 언니하고 잔 거예요?"

세바스찬은 당황스러운 눈길로 우르줄라를 쳐다보았다. 100년이 지난다 해도 이 질문에는 답할 수 없을 것 같았다.

"난 언제나 그것이 의아했어요." 우르줄라가 보충 설명을 했다.

바르브로. 오래전 일이다. 뭐 때문에? 왜 이 그가 이 질문에 대답해야 하는가? 뭐라고 말할 수 있을 것인가? 아무런 말도 할 수 없었다. 그는 고개를 흔들었다.

"그 질문에는 대답할 수 없을 것 같아요."

우르줄라는 물끄러미 앞을 바라보며 고개를 끄덕였다. "좋아요. 당신을 용서해줄 수 있는 길을 찾아보지요."

"용서라니, 왜?"

"당신에게는 용서가 필요할 것 같은 느낌이 들기 때문이에요."

두 사람의 시선이 마주쳤다. 한동안 서로 상대를 응시했다. 우르줄라는 세바스찬을 잘 알았다.

하지만 우르줄라는 곧 시선을 거두고 체념하는 제스처를 썼다. "내 착각일 수도 있지만." 우르줄라는 주저 없이 말했다. "원하는 대로 둘러봐요!"

우르줄라는 돌아서서 주방으로 들어갔다. 세바스찬은 그 자리에 서서 우르줄라의 뒷모습을 바라보았지만 뭐라고 대답할지 알 수 없었다. 어떤 대답을 해도 우르줄라는 똑같이 상처를 입을 것이다. 그리고 그는 더 이상 상처를 주고 싶지 않았다.

그는 우르줄라가 가리켰던 문을 열어보았다. 작은 방이었다. 벽에 붙은 선반에는 인쇄기와 인화지가 담긴 상자가 있었다. 벽에는 메이소나이트 제품의 칠판도 걸려 있었다. 세바스찬은 그쪽으로 다가갔다.

칠판에는 네 뭉치의 사진이 각각 집게로 묶인 채 걸려 있었다. 위에는 1,2,3,4라는 번호가 사인펜으로 쓰여 있었고 동그라미가 쳐져 있었다. 가까이 가서 보니 무슨 사진인지 알 수 있었다. 피살된 여자들이었다. 네 명 전부가 있었다. 위에서 각도를 잡고 찍은 모습을 보자 소름이 끼쳤다. 마치 신이 인간을 지배하듯이 위에서 내려다본 모습이었다. 세바스찬은 장갑을 끼고 3번 뭉치를 내렸다. 카타리나 그란룬드였다. 처음 장면은 벌거벗은 채 우는 모습이었고 마지막 사진은 죽은 다음 눈동자가 굳은 모습이었다.

그는 다른 뭉치도 빠른 속도로 넘겨보았다. 자세한 모습을 보고 싶은 생각은 없었다. 뭉치마다 마지막 장면은 똑같았다. 여자의 목을 가른 칼. 세바스찬은 구역질이 났다.

할 수만 있다면 멀리 뛰쳐나가고 싶었다. 그렇게 해서 범행을 되돌릴 수 있다면 멀리 뛰쳐나가고 싶었다. 하지만 그는 그 자리에 그대로 서서 사진을 다시 걸어놓았다. 다시는 보고 싶은 마음이 없었다. 주방에서 우르줄라가 작업하는 소리가 들렸다. 우르줄라의 말은 옳았지만 동시에 착각일 수도 있었다. 어떻게 그를 용서한단 말인가? 더구나 이 사진을 본 마당에.

그는 다시 침실로 들어갔다. 무엇보다 사진에서 본 끔찍한 모습을 벗어나고 싶었다. 침실도 집 안 다른 곳처럼 적막이 감돌았다. 다만 밝고 정돈된 1인용 침대가 있는 것이 다를 뿐이었다. 많은 전기스탠드가 있고 탁자에 손전등이 있는 것도 같았다. 불빛으로 가득한 방이었다. 하지만 방의 구조로 볼 때 이것은 속임수였다. 그가 들어가 본 중에 가장 어두운 집이었다. 그는 단 하나 있는 옷장을 들여다보았다. 평범한 셔츠와 바지가 꼼꼼하게 다림질이 된 채 걸려 있었다. 그 밑에는 철사로 엮은 바구니에 배터리와 군용 손전등이 들어 있었다. 그리고 바구니 밑에는 양말과 팬티가 있었다.

그러니까 랄프 스벤손은 속옷보다 손전등을 더 소중하게 생각하는 자였다. 이자가 강박증에 걸렸다는 것은 의심할 여지가 없었다. 문제는 이런 진단을 내린 사람이 얼마나 되는가였다. 그리고 이런 증상을 극복하려고 노력했는지는 알 수 없는 노릇이었다. 어쨌든 세바스찬은 철저하게 조사할 생각이었다.

그는 커다란 손전등을 들고 넓적한 고무 단추를 눌러보았다. 즉시 불이 들어왔다. 아무 때나 사용할 수 있도록 준비가 된 것으로 보였다. 손전등을 제자리에 돌려놓다 보니 그 밑에 뭔가 있었다. 운전면허증 같았다. 어쨌든 세바스찬의 것과 똑같은 연분홍색이었다. 그는 조심스럽게 그것을 집어 돌려보았다.

면허증에 붙은 사진을 보자 트롤레 헤르만손이 세바스찬을 바라보고 있었다. 순간 세바스찬은 등골이 오싹하는 느낌을 받았다. 동시에 가슴이 찢어지는 고통을 맛보았다. 그는 그 사진을 다시 들고 인적 사항을 읽어보았다. 거듭해서 확인했다. 어김없는 트롤레 헤르만손이었다. 그래서 트롤레는 전화를 받지 않은 것이다. 그래서 집에 없었던 것이다. 그는 세바스찬을 미행하는 자를 찾아냈었다. 어쩌면 그가 안나의 목숨을 구했는지도 모른다. 하지만 그 대가로 자신의 목숨을 잃은 것이다. 달리 설명이 되지 않았다. 그렇지 않다면 무슨 이유로 트롤레의 운전면허증이 이렇게 어두운 집구석에서 발견된단 말인가?

세바스찬은 또다시 패배한 것이다.

그가 접근한 모든 사람이 그에게서 사라졌다. 그것도 잔인하고 끔찍한 방법으로. 이것이 진실이었다. 반복적으로 명백히 드러나는 유일한 진실이었다. 그는 진실과 거리를 두려고 오랫동안 싸웠다. 자기 자신이 아니라 늘 다른 사람에게 책임을 전가하려고 했다. 하늘에, 어머니, 아버지, 안나, 반야에게 책임을 돌리려고 했다. 실제로 책임을 져야 할 사람은 자신이 아니라 다른 모든 사람이라고 생각했다. 이때마다 정작 책임을 질 사람은 단 한 사람, 그 자신뿐이 남지 않는다는 것을 깨달았다. 그는 조심스럽게 손전등을 내려놓고 면허증을 주머니에 집어넣었다. 이제는 끝난 일이다. 다시 돌이킬 수 없다.

그때 갑자기 우르줄라가 그의 뒤로 다가왔다.

"여기 컴퓨터도 있었어요. 빌리가 조사하겠지만 스벤손이 컴퓨터를 벽에 패대기쳤기 때문에 찾을 게 있을지 모르겠네요."

그는 아무 대꾸도 하지 않았다. 우르줄라가 돌아서서 다시 나가려고 할 때 그는 아직 남아 있는 의욕을 동원해 잡았다.

"우르줄라?"

우르줄라는 말없이 걸음을 멈췄다.

"나도 용서가 필요하다고 생각해요. 하지만 내가 용서받을 수 있을지 모르겠어요."

"사실은 나도 같은 생각이에요. 하지만 정직이 용서받는 최선의 방법이라는 말은 있지요."

우르줄라는 다시 나갔다.

세바스찬은 할 말이 없었다.

하지만 주머니 속에 트롤레의 운전면허증이 있다는 느낌은 강하게 받았다. 동시에 자신의 어깨에 지워진 책임도 느꼈다.

그는 절대 포기할 수 없었다.

결코 포기하지 않을 것이다.

그들이 경찰차 옆에 차를 세울 때 세바스찬은 집 앞의 바위 위에 앉아 있었다. 그는 면허증을 손에 꼭 쥔 채 이 자리에 족히 30분은 꼼짝하지 않고 앉아 있었다. 마치 이렇게 해서 고통이 줄어들 것 같은 기분이었다. 두 사람은 차에서 내려 집 쪽으로 향하고 있었다. 반야가 앞장서고 토르켈이 뒤를 따라갔다. 뭔지는 모르지만 열심히 얘기를 주고받는 두 사람의 표정은 기분이 좋아 보였다. 마치 세바스찬은 전혀 안중에 없는 듯했다. 잘못된 태도라고 할 수도 없었다. 그는 이제 수사팀에서 빠진 것이 사실이었으니까.

반야는 첫 텔레비전 출연을 자랑스러워하는 것처럼 보였다.

"안나도 텔레비전을 보았나 봐요. 할머니 댁에서 전화를 했더라고요."

"할머니는 좀 어떠셔요? 편찮으시다고 했잖아요?" 토르켈은 반야를 앞세운 채 걱정스러운 표정으로 물었다.

세바스찬은 천천히 앉은 자리에서 일어나 운전면허증을 주머니에 넣었다. 이어 통행증을 들고 그들을 향해 다가갔다.

"많이 좋아지셨대요. 안나는 다시 집으로 올 거고요."

"좋아지셨다니 다행이군요."

두 사람은 그제야 다가오는 남자를 본 것 같았다. 그들은 놀란 눈으로 그가 가까이 올 때까지 말없이 기다렸다. 또 아무런 감정의 움직임도 보이지 않았다. 마치 오래전에 잊어버린 기억이 되살아나는 것 같은 표정이었다.

세바스찬은 두 사람 앞에서 걸음을 멈췄다.

"우리 얘기 좀 하지요." 토르켈이 입을 열었다.

세바스찬은 상대의 수고를 덜어주려는 듯 이번 주 초가 되어서야 받은 통행증을 토르켈에게 내밀었다.

"나는 그만 집에 가볼게요."

"알았어요……." 토르켈은 통행증을 받아들고 예전의 동료이자 친구인 세바스찬을 향해 고개를 끄덕였다.

"여러 가지로 미안해요." 세바스찬이 중얼거렸다.

"아무튼 범인은 잡았잖아요." 토르켈이 말했다.

그는 더 이상 다투고 싶지 않았다. 그것은 세바스찬도 마찬가지였다. 하지만 그는 이들이 아무리 자신의 말을 들으려고 하지 않아도 경고는 해줄 필요가 있었다. 양심에 비춰보더라도 꼭 해주어야 했다.

"힌데는 아직 끝낸 것이 아니에요. 알고들 있죠?"

"그자가 뭘 할 수 있겠어요?" 반야가 묻는 소리가 귀에 들어왔다.

"모르겠어요. 하지만 아직 끝난 것이 아니에요." 그는 상의 주머니에 있는 트롤레의 운전면허증을 만지작거리며 말했다. "이제 내가 아니라 당신들이 처리할 문제지요."

세바스찬은 그곳을 뜨려고 했지만 발길이 떨어지지 않았다. 아마 이 순간이 반야와의 마지막 만남이 될 것 같았다. 이제는 반야를 좇아다니지 않을 것이다. 반야를 보기 위해 다시는 나무에 기어오르는 일도 없을 것이다. 이제 꿈은 끝났다. 결코 꿈의 한계를 벗어난 적이 없었기 때문이다. 이 순간은 앞으로는 겪어보지 못할 단 한 번뿐인 작별이었다. 한 번도 소유해보지 못한 딸과의, 오직 마음속으로만 간절히 원했던 딸과의 마지막 순간이었다.

세바스찬은 거의 속삭이는 목소리로 말했다. "조심해야 해요. 조심한다고 약속해요."

반야는 슬픔에 잠긴 그의 눈빛을 이해할 수 없었다.

"랄프가 진범이라고 생각하지 않는 거예요?"

"범인은 맞아요. 하지만 내가 뭐 때문에 불안한지 알아요?"

"사건을 직접 해결하지 못해서요?" 반야의 목소리는 날이 서 있었다. 세바스찬이 오래전에 잊은 감정싸움을 계속하는 것이 분명했다.

"아니. 모든 사건의 배후에 힌데가 있다는 사실을 당신들이 외면해서에요. 그자는 결코 포기하지 않을 거예요. 절대로."

그리고 세바스찬은 가버렸다.

특별히 요란한 작별이랄 것도 없었다.

세바스찬에게 딱 들어맞는 방식이었다.

랄프 스벤손.

청소부 중의 한 사람. 가까우면서도 먼 존재였다. 하랄드손에게는 기회가 사라졌다. 이날 저녁에 대한 기대감도 그에게는 위로가 되지 못했다. 특별살인사건전담반 사람들은 힌데에게 범인의 이름을 들었다. 그들은 반야 리트너가 그에게 한 마디 말도 없이 뢰브하가를 떠난지 한 시간 만에 랄프 스벤손을 체포했다. 힌데를 만나게 해준 데 대한 조건이었는데도 반야는 이것을 싹 무시했다. 약속을 안 지킨 것이다. 특별살인사건전담반 사람들은 믿을 수 없다는 것을 알아야 했다. 그들은 끝없이 그를 실망시켰다. 반야가 힌데에게 무엇을 제공했기에 그자는 반야에게 이름을 말해준 것일까? 힌데와 협정을 맺고 협조적인 태도를 보이며 약속대로 필요한 것을 제공한 사람은 하랄드손이었다. 반야에게는 있고 그에게는 없는 것이 무엇일까? 그 대답이야 분명하지만 그들이 설마……. 반야가 그런 짓에 동의했을 리가 없다. 물론 면회실에 그들 두 사람만 있었던 것은 분명하지만 그래도 반야는 그런 짓을 할 여자로는 보이지 않았다.

전화벨 소리가 이런 생각에 빠진 그를 깨웠다. 휴대전화의 벨소리는 아바의 노래였다. 그는 전화기를 들고 화면을 보았다. 모르는 전화번호였다.

"토마스 하랄드손입니다."

"여보세요, 베스테로스 택시 회산데요." 남자 목소리였다. "오늘 택시 부르셨죠?"

하랄드손은 이마를 찌푸렸다. 이제서 확인 전화를 한단 말인가? 너무 늦은 것 아닌가? 그는 손목시계를 보았다. 이미 제니를 태우고 올 시간이었다.

"맞아요." 그는 다음 말을 기다리며 대답했다.

"불러주신 주소로 가봤습니다만 여자 분이 안 계시던데요."

"뭐라고요, 그 사람이 거기 없다고요?" 하랄드손은 택시 기사의 말이 제니가 지금 자리에 없다는 말을 하는 것으로 받아들였다. 그 밖에 다른 생각은 도저히 할 수 없었다. 아주 큰 회사는 아니라고 해도 이름만 대면 누구나 아는 회사였다.

제니는 분명히 거기 있을 것이다.

거기 있어야 한다.

이런 생각 끝에 하랄드손이 물어본 다음 질문은 논리적이었다. "제대로 찾아간 건가요?"

"엥엘브렉츠가탄 6번지 맞죠? 사모님 동료 직원 말로는 이미 오전에 다른 택시가 와서 타고 갔다는데요."

"아니 그럼 택시를 두 대 보냈나요?"

"아닙니다. 그래서 전화한 거고요. 다른 택시 회사도 부른 거 아닌가요?"

"아니요."

하랄드손은 도무지 영문을 알 수 없었다. 뭔가 일이 어긋난 것이 분명했다. 아무리 기억을 더듬어 봐도 자신이 실수했다는 생각은 들지 않았다. 두 사람이 이날 결혼기념일을 축하하는 계획에 대해서는 꼼꼼하게 계획을 세웠기 때문이다. 그는 베로니카에게 전화를 해보았지만 그녀도 택시 기사와 똑같은 말만 했다. 한 시간 전에 택시 기사 옷을 입은 남자가 제니를 태우고 갔다는 것이다. 말총머리에 얼굴에 흉터가 나고 키가 큰 남자라고 했다. 베로니카는 그 남자가 놀랄 일이 기다린다는 농담까지 한 것으로 보아 하랄드손이 부른 사람이 틀림없을 거라는 말도 덧붙였다.

하랄드손은 통화를 끝냈지만 여전히 의문은 풀리지 않았다. 택시 회사에서 뭔가 착오를 일으킨 것이 분명했다. 문제는 지금 이 시간에 제니가 어디 있는가였다. 그는 전화번호부에서 제니의 이름을 선택하고 휴대전화로 전화를 해보았지만 제니는 전화를 받지 않았다. 그는 자리에서 일어나 방 안을 서성거렸다. 그때 휴대전화에서 신호가 울리더니 메일 도착 신호가 왔다. 그는 메일함은 열어보지 않고 메시지를 듣는 즉시 전화를 해달라는 음성 메시지를 남겼다. 이어 집으로 전화를 해보았다. 집에서도 전화를 받지 않았다. 집 전화에도 똑같은 메시지를 남겼다. 이번에는 더 다급하고 걱정스러운 목소리였다. 그는 네 번째 전화를 끊으며 다시 자리로 돌아갔다.

그는 인터넷으로 스파를 찾아 전화를 해보았다. 아무튼 이번에는 누군가 전화를 받았다. 하지만 제니 하랄드손은 아직 오지 않았다는 말이 나왔다. 어차피 15분만 지나면 예약된 시간이니 제니가 도착하는 대로 남편에게 전화를 해달라고 부탁해볼까? 하랄드손은 전화받는 여자에게 제니에게 전화하라는 말을 전해달라고 당부했다.

그는 다시 책상 뒤로 가서 앉았다. 사실 불안한 것은 아니었지만 제니가 휴대전화를 안 받는 것은 아무래도 이상했다. 일단 경과를 지켜보기로 하고 그는 일단 제니의 소재에 대하여 궁금해 하는 생각을 접기로 했다.

베로니카에 따르면 제니를 태우고 간 남자는 놀랄 일이 기다린다는 말을 했다고 했다. 그의 계획을 아는 사람은 많지 않았다. 이때 갑자기 이 일을 베스테로스 택시 회사에서 알 리가 만무하다는 생각이 퍼뜩 스치고 지나갔다. 그는 단지 제니의 사무실로 차 한 대만 보내달라고 부탁했을 뿐이다. 택시에 태울 사람이 이 사실을 모른다는 말은 전혀 한 적이 없다. 놀라게 해줄 계획이라는 말을 해준 사람은 베로니카 한 사람뿐이었다. 제니를 보내줘야 할 상사였기 때문이다. 이것을 아는 사람은 베로니카가 유일했다.

베로니카…… 그리고…… 힌데가 있다.

갑자기 그는 등골이 오싹하는 느낌을 받았다.

혹시 힌데가 이 일과 관련이 있을까? 그것은 불가능해 보였다. 있을 수 없는 일이었다. 하랄드손과 힌데는 협력하는 관계였다. 힌데는 원하는 것을 다 얻었다. 설사 두 사람 중 한쪽이 거래에 불만이 있다 해도 그 사람은 오히려 하랄드손이었다. 힌데가 제니에게 무슨 볼일이 있겠는가? 물론 힌데가 제니에게 관심을 보인 것은 사실이다. 그래서 사진도 받았다. 하지만 힌데는 특별 감호동에 갇혀 있다. 또 특별살인사건전담반 사람들이 생각하듯이 그가 랄프와 무슨 일을 꾸몄다 해도 어차피 철창에 갇힌 몸이다. 그리고 이 수수께끼 같은 택시 기사가 제니를 태우고 떠난 지 한 시간 뒤에 랄프는 체포되었다.

그는 잠시 힌데를 찾아가 이 문제를 추궁해볼까 하다가 그만 생각을 접고 말았다. 우선 힌데가 제니의 실종과 관계가 있을 거라는 생각이 터무니없는 것처럼 보였기 때문이다. 실종이라는 말이 마음에 걸린 그는 스스로 위안 삼아 실종일지도 모를 일이라고 생각을 고쳤다.

어쩌면 아주 간단한 일인데 공연히 걱정하는 것일지도 모른다는 생각이 들었다. 또 한편으로는 지금까지 힌데와 직접 부딪쳐서 성공한 적이 없다는 판단도 한몫했다.

하랄드손은 불안한 마음을 떨쳐버리려고 머리를 흔들었다. 이런 생각은 편집증이나 다름없다. 힌데에 대한 생각을 지나치게 많이 했다. 이 역겨운 자가 그를 짜증 날 정도로 괴롭힌 것은 사실이다. 그는 다시 제니의 휴대전화로 전화를 했다. 아무 반응이 없었다. 메일함으로 들어가 보아도 제니의 소식은 없었다. 이제 하랄드손은 불안감을 떨칠 수가 없었다. 다시 '전망과 목표' 문서를 펼쳤다가 이내 옆으로 치워버렸다. 받은 편지함에는 답신을 보내야 할 몇몇 메일이 와 있었지만 정신을 집중할 수 없었다.

누군가 제니를 태우고 갔다.

제니는 그 택시를 타고 사라졌다.

그는 아무 일도 없다는 듯이 이대로 자리에 가만히 앉아 있을 수는 없었다. 하랄드손은 사무실에서 나와 집으로 갔다.

에드바르트 힌데는 침대 위에서 책상다리를 하고 앉아 있었다. 눈을 감고 천천히 규칙적으로 호흡을 했다.

정신 집중.

마음의 안정.

내면으로 침잠.

랄프에 대한 소문이 특별 감호동에 퍼지자마자 그는 즉시 작업에 착수했다. 그는 교도관 한 사람에게 몸이 좋지 않아 방으로 돌아가 쉬겠다고 말해놓았다. 그는 방에 들어가자마자 문을 닫고 침대 밑으로 기어들어가 통풍구 창살의 나사를 풀기 시작했다. 그는 이 시간이 자신의 계획 중에 최대 취약점이라는 것을 잘 알기 때문에 몹시 서둘렀다. 다른 재소자가 들어올 가능성은 거의 없었다. 만에 하나 그런 일이 생긴다 해도 잠시 지체될 뿐 별 문제는 아니었다. 하지만 교도관이 문을 연다면 만사는 끝장이다. 이런 생각 때문에 그는 전에 없이 서둘렀다. 이렇게 빨리 통풍구의 창살을 제거한 적은 없었다. 그는 몸을 쭉 펴고 거기서 어제 식당에서 집어 온 포크와 토마스 하랄드손이 가져다 준 유리병을 꺼냈다.

750그램의 절임 비트(Rote Beete : 샐러드용 채소_옮긴이).

힌데는 창살을 다시 구멍에 박기는 했지만 나사는 조이지 않았다. 그는 일어나서 포크는 양말 속에 집어넣고 병졸임 병은 풀오버 속에 감췄다. 이제 두 번째 위험한 순간이 이어질 것이다. 복통이 난 것처럼 두 손으로 배를 움켜쥔다고 해도 눈매가 예리한 교도관이라면 병을 발견할 수도 있을 것이다. 그래도 이 정도 위험은 감수할 수밖에 없다. 그는 몸을 조금 구부린 자세로 방에서 나가 서둘러 화장실로 갔다. 두 손으로는 배를 움켜쥐고 발을 질질 끌며 빠른 걸음으로 갔다. 화장실이 급한 사람처럼 보이는 모습이었다.

화장실의 한 칸에 들어간 다음 그는 병을 꺼내 세면대 가장자리에 내려놓았다. 이어 벽에 걸린 화장지를 두툼하게 뜯어내 변기 뚜껑 위에 놓고 몇 가닥씩 잘랐다. 이어 병을 열고 포크로 몇 조각씩 건져내어 잘라낸 화장지에 올려놓고 물기를 뺀 다음 꼼꼼하게 조각내기 시작했다. 비트 조각이 더 이상 보이지 않고 고운 죽처럼 보일 때까지 잘게 다진 뒤 그는 포크로 멀건 죽 같은 그것을 떠서 입으로 가져갔다. 그는 이 과정을 병이 다 빌 때까지 계속 반복했다. 끝에 가서는 고통을 참느라 몹시 힘들었다. 750그램의 비트는 생각 이상으로 많았기 때문이다. 화장실에서 나가기 전에 그는 병에 남은 빨간 염수를 단숨에 들이켰다. 이어 용기를 깨끗이 씻은 다음 다시 풀오버와 양말 속에 감춘 뒤 방으로 돌아갔다. 방으로 돌아간 뒤 그는 다시 병졸임 병을 숨기느라 힘들일 필요가 없었다. 그냥 책상 뒤에 놓는 것으로 충분했다. 그리고 침대로 올라가 다리를 접고는 눈을 감았다.

계획과 인내, 과감한 행동.

이제 그는 거의 한 시간이나 침대에 앉아 있었다. 그동안 롤란드 요한손이 베스테로스에서 임무를 완수한 것이 분명했다. 이제 그는 다음 단계를 준비할 차례였다. 제2단계 계획을 위한 절호의 기회였다.

힌데는 천천히 절도 있는 동작으로 다리를 뻗고 일어났다. 그리고 다시 침대에 누워 하랄드손이 가져다준 약병을 꺼냈다.

이페카쿠아나(Ipecacuanha : 구토제). 토근吐根. 250밀리리터.

그는 뚜껑을 열고 속에 든 것을 두 번에 나누어 마셨다. 맛은 없었지만 상관없었다. 어차피 몸에 오래 간직할 것은 아니었기 때문이다. 그는 방을 나가기 전에 빈 용기를 다시 통풍구 속에 숨기기로 했다. 부주의하고 태만한 이유로 일을 망치는 어리석은 짓을 저질러서야 되겠는가. 그래도 통풍구의 창살을 다시 조이는 일은 할 필요가 없다고 생각했다. 배 속이 부글부글 끓었다. 그는 여전히 두 손으로 배를 움켜쥔 채 공동 구역으로 나갔다. 턱이 뻣뻣해지면서 땀이 흐르기 시작했다. 그는 공동 구역 한가운데 멈췄다.

쇼를 할 시간이다!

위가 뒤틀리는 첫 증상을 느꼈을 때 그는 비명을 지르며 바닥에 쓰러졌다. 주위에 있던 모든 사람이 그를 주시했지만 그저 보고만 있었다. 힌데는 배를 바닥에 깔고 엎드렸다. 다시 비명을 지르려고 숨을 쉬었지만 속에서 토사물이 마구 쏟아져 나오는 바람에 소리는 지르지 못했다. 주변의 죄수들은 토사물을 보고 얼굴을 찡그리며 옆으로 피했다. 그가 쓰러질 때 가까이 다가온 교도관은 그 자리에 그대로 서서 어쩔 줄 몰라 쩔쩔매는 표정이었다. 교도소 직원들이 질병에 대해 무지하다는 것은 잘 알려진 사실이었다. 힌데는 이것을 노렸고 오늘 근무를 서는 두 교도관은 이 점에서 그를 실망시키지 않았다. 그들은 온몸이 마비된 듯 꼼짝 못하고 서 있기만 했다. 계획이 그대로 들어맞았다. 그는 다시 위가 뒤틀리는 느낌을 받았다. 토사물이 거의 검은색을 띠고 끈적끈적한 것을 눈물 젖은 눈으로 확인한 힌데는 다행이라는 생각이 들었다. 모양이나 색깔이 그럴듯했기 때문이다. 비트가 위산과 작용을 해 색소가 거의 다 빠져나간 것 같았다. 가까이 접근해서 냄새를 맡아보지 않는 이상 내출혈과 차이가 있다는 것을 알 수는 없었다. 힌데는 코를 디밀고 달려들 사람이 없다는 것을 냉정하게 염두에 두었다. 처음보다는 약해졌지만 세 번째 토사물이 쏟아졌다. 교도관 한 사람은 벌써 무전으로 비상 상황을 알렸고 다른 교도관은 토사물을 밟지 않고 힌데에게 접근할 방법을 생각하고 있었다. 힌데의 경련은 수그러들었다. 힌데는 코로 숨을 쉬면서 콧속에 걸린 토사물 찌꺼기를 삼켰다. 비트와 이페카쿠아나 맛이 났다. 힌데는 다시 몸을 꼬부리고 고통스러운 비명을 크게 내지르면서 좌우로 몸을 굴렸다. 끙끙거리는 신음 소리도 잊지 않았다. 교도관 한 사람이 그의 곁으로 오더니 무릎을 꿇고 그의 어깨에 손을 얹었다. 콜록콜록 기침을 하는 그는 너무도 고통스러워 보였다.

"나 좀 살려줘요!" 그는 죽어가는 목소리로 애원했다. "나 좀 살려줘요."

"걱정 마. 도와줄 테니." 상황 파악을 전혀 못하는 교도관이 말했다.

하랄드손은 모든 속도제한과 교통 규칙을 위반할 만큼 무서운 속도로 차를 몰고 집으로 향했다. 갈수록 걱정스럽고 불안해진 나머지 과속을 하지 않을 수 없었다. 그는 주차장으로 들어가 브레이크를 밟고 시동을 끈 다음 차에서 내렸다.

그사이 스파의 여직원이 연락을 했었다. 먼저 통화한 직원과 다른 그 여자는 제니 하랄드손이 오지 않았다는 말을 했다. 그러면서 혹시 늦게 도착할 수도 있는 것 아니냐고 했다. 그는 있는 그대로 말했다. 제니가 늦게라도 올 거라는 생각은 들지 않았다. 그 여직원은 뒤늦게 취소를 할 때는 요금의 75퍼센트를 물어야 하는 규정을 설명하면서 미안하다는 말을 덧붙였다. 그는 아무래도 상관없었다. 지금 불필요한 지출을 따질 상황이 아니었다. 그는 현관문을 벌컥 열고 집 안으로 들어갔다.

"제니!"

집 안이 조용했다. 그는 신발도 벗지 않고 집 안을 뒤졌다.

"제니! 당신 집에 있어?"

계속 조용했다. 그는 서둘러 거실을 확인한 다음 주방으로 가보았고 객실 겸 다용도실로 쓰는 방도 확인했다. 세탁실과 화장실 문도 열어 보았다.

비어 있었다.

집 안은 온통 적막뿐이었다.

그는 다시 복도로 나가 계단을 올라갔다. 몇 계단 올라가다가 그는 걸음을 멈췄다. 머릿속에 이상한 생각이 떠올랐다. 제니에 대한 걱정 때문에 미처 생각하지 못하다가 갑자기 머리를 스치는 것이 있었다. 힌데와 90년대에 있었던 네 건의 살인 사건이 생각난 것이다. 모든 것이 똑같았다. 모방 범죄와 신문에서 '여름의 살인마'라고 표현한 랄프 스벤손. 이번에도 네 명이었다. 그는 이 사건에 대한 기사를 읽었다. 범행 수법도 똑같았다.

몸을 결박하고 강간을 한 다음 목을 베었다.

집에서. 그들의 침실에서.

하랄드손은 위를 올려다보았다. 제니의 침실 쪽으로. 제니와 그가 사용하는 침실로. 이날 아침 두 사람이 아침 식사를 하고 사랑을 나눈 곳이었다. 문은 닫혀 있었다. 보통 때와는 달랐다. 집 안에 아무도 없는데 제니는 왜 침실 문을 닫아놓았을까? 작은 소리가 적막을 깼다. 하랄드손은 그 소리가 자신의 몸에서 나는 것이라는 것을 알았다. 자신도 모르게 흘러나온 신음 소리였다. 불안과 충격에서 나온 소리였다. 그는 나머지 계단을 마저 올라가지 않을 수 없었다. 한 걸음 한 걸음 조마조마한 마음으로. 다 올라갔을 때 그는 뒤로 나가떨어지지 않기 위해 난간을 꼭 잡아야만 했다. 그러면서도 닫혀 있는 침실 문을 눈에서 떼지는 않았다. 특히 이 여름날 하루 종일 문을 닫고 잠을 자는 사람이 어디 있을까를 생각하니 도저히 문에서 눈을 뗄 수가 없었다.

평소에 문을 닫지 않던 제니는 왜 문을 닫아 놓았을까? 그는 한숨을 들이켜며 문으로 다가갔다. 그때 갑자기 아바의 노랫소리가 들리는 바람에 몸을 움찔했다. 전화벨이었다. 그는 누군지 보지도 않고 전화를 받았다.

"하랄드손입니다."

마음속으로는 제니의 전화이기를 바랐다. 제니의 목소리가 들리기를 간절히 바랐다. 모든 것이 무사하기를, 악몽 같은 해프닝이었기를 바랐다.

"빅토르 베크만입니다."라는 말이 전화기에서 들렸다.

제니가 아니었다. 무사한 것이 아니었다. 실망감이 그를 덮쳤다. 다리에 힘이 쭉 빠지면서 서 있기도 힘들었다.

"에드바르트 힌데가 공동 구역에서 쓰러졌습니다. 피도 많이 토했고요."

"뭐라고?"

"네. 상태가 굉장히 안 좋아 보였습니다. 여기서는 아무 조치도 취할 수가 없어서요. 위에 이상이 생긴 것 같은데요."

"알았어요." 하랄드손은 빅토르가 하는 말을 들으며 왜 하필 이때 이런 문제가 생기는지 알 수 없다는 생각에 짜증이 났다. 이 상황에서는 그도 어쩔 도리가 없었다.

"구급차는 부르면 곧 올 겁니다. 그래서 소장님에게 전화한 거고요. 병원으로 옮기도록 조치를 취하셔야겠습니다."

"조치를 취해야 한다고요?"

"네. 그를 병원으로 옮길까요?"

그때 불쑥 하랄드손의 머리를 스치는 생각이 있었다. 힌데는 제 방

침대에 앉아 있고 하랄드손 자신은 등골이 오싹한 것을 느끼며 문가에 서 있던 기억이었다.

나지막이 말하던 힌데의 얼굴이 떠올랐다. "일단 승낙을 해요."

"뭐에 대해서 말이요?"

"무엇이든 결정적인 순간이 다가오고 있다는 것을 알게 될 겁니다. 그냥 동의해요, 그러면 질문에 정확한 대답을 할 테니까요."

"듣고 계세요?" 빅토르가 묻고 있었다.

"뭐라고? 아, 듣고 있어요."

"그자를 보낼까요? 가부를 말씀해주세요."

일단 승낙을 해요.

하랄드손은 방금 들은 말과 자신이 떠올린 기억과의 연결 고리를 파악해보려고 애를 썼다. 그렇다면 힌데는 자신이 병이 날 것이라는 것을 처음부터 알고 있었다는 말인가? 이런 대화가 있을 것이고 이런 질문이 나올 것이라는 것도? 틀림없었다. 하지만 어떻게 그럴 수 있을까? 아니면 단지 아는 체 한 것일까? 혹시 그가 갖다 준 물건과 상관이 있는 것은 아닐까? 비트와 약병과? 약 이름은 남미식 발음 비슷했다. 이카카카…… 뭐라고 했다. 왜 그는 아픈 것일까? 꾀병인가 아니면 정말 아픈 것인가? 앰뷸런스에 실려서 외부로 나가려는 것은 아닐까? 도망치려고? 빅토르에게 조심하라고 당부해야 할까? 힌데가 수상하다고 설명해줘야 할까?

일단 승낙을 해요.

승낙을 한다면 조심하라는 경고나 그의 술책을 막으라는 지시를 제대로 할 수는 없다. 단 한 마디만 하라는 요구였다. 승낙을 하라는 말이었다. 명령에 따르겠다는 말이었다. 아무리 궁리를 거듭해보아도 하랄드손은 이 결과를 예측할 수 없었다. 장단점을 비교할 수도 없었다. 머리가 어지러웠다. 침실 문은 닫혀 있었다. 그는 마지막 한 걸음을 떼어야 했다. 안을 들여다봐야 했다.

"여보세요, 아직 듣고 있어요?"

하랄드손은 침실 문손잡이를 잡았다. 숨을 깊이 들이마셨다. 그리고 눈을 감았다. 그리고 평소에는 믿지 않던 하느님에게 기도를 했다. 이어 짧게 숨을 내쉬면서 문을 열었다. 반창고를 뗄 때처럼 확 열었다. 최악의 사태를 각오했지만 동시에 아무런 마음의 대비도 하지 못한 상태였다.

방 안은 비어 있었다.

제니는 여기에도 없었다.

"그래요." 짤막한 비명 같은 소리가 그의 입에서 흘러나왔다.

"뭐라고요?" 빅토르가 물었다.

하랄드손은 헛기침을 한 다음 침울한 목소리로 반복했다. "그래요. 그를 옮기라고요."

"알았습니다. 그런데 지금 어디 계세요? 오늘 다시 들어오실 건가요?"

하랄드손은 그대로 전화를 끊고 휴대전화를 주머니에 집어넣었다. 그는 빈 침실 문 앞에 서서 울기 시작했다.

우르줄라는 이날 하루 일과를 끝내기 전에 만일에 대비해서 린셰핑에 있는 과학수사 연구소에 살균 처리된 위생 봉투 두 개가 도착했는지 확인해 보았다. 스벤손의 집에서 채취한 DNA 재료가 담긴 봉투였다. 한두 시간 전에 특별호송차로 재료를 보냈었다. 계획대로 진행된다면 내일 오전에 예정된 1차 심문에 토르켈이 잠정적인 결과를 알고 나갈 수 있을 것이다. 전화를 받은 기술 부장 발터 스텐은 우르줄라를 안심시켰다. 그는 아무 이상이 없으며 과학수사 연구소는 예정대로 검사할 것이라고 말했다. 그리고 내일 오전 중으로 결과를 넘겨줄 수 있도록 신경을 쓰겠다고 했다. 이 말에 우르줄라는 안심했다. 스텐은 오래전부터 알던 사이라 자신이 한 말을 지키리라는 것을 알고 있었기 때문이다. 우르줄라는 흡족한 기분으로 랄프 스벤손의 집을 떠났다.

우르줄라는 방금 교대한 두 경찰관을 계단에서 만났을 때 자신의 허락이 없이는 아무도 집 안에 들이지 말라고 단단히 일렀다. 혹시 몰라 우르줄라는 사무실 전화와 휴대전화의 번호를 남긴 다음 계단을 내려갔다. 무척이나 긴장된 하루였다. 우르줄라는 정신적으로나 육체적으로 기진맥진한 느낌을 받았다. 이어 출구에 이르자 걸음을 멈추고 잠시 따뜻한 풀밭에서 풍기는 여름의 향기를 음미해보았다. 우르줄라는 몸은 피곤해도 이날 하루가 만족스러웠다. 스벤손의 집은 증거의 보고나 다름없었다. 우르줄라는 더 자세한 검사를 하기 전에 우선 확인한 것들을 정리해보았다. 아직 할 일이 많이 남았지만 이미 확인한 것만으로도 전체적인 사건에서 랄프 스벤손의 혐의를 입증하는 데는 충분하다고 확신했다. 그가 자백을 하건 안 하건 전혀 상관이 없었다. 범행을 입증하는 것이 본래 우르줄라가 할 일이었다. 용의자의 주장이 전혀 소용이 없을 정도로 부인할 수 없는 강력한 증거를 찾는 것. 이 일을 우르줄라는 해낸 것이다. 객관적으로 판단할 수 있는 진실을 찾아낸 것이다.

우르줄라는 차로 가서 토르켈에게 전화를 할까 하고 신중하게 생각해보았다. 기자회견이 끝난 다음 반야와 토르켈은 다시 이곳에 왔었다. 집 앞에서 우연히 세바스찬을 만났을 때 토르켈은 가장 먼저 그가 수사팀에서 제외되었다는 말을 해주었다. 누구보다 반야가 이 조치를 반겼다. 반야는 힘이 흘러넘치는 목소리로 평소에 혐오하던 세바스찬을 보고 구제불능이라면서 저주에 가까운 악담을 퍼부었다.

이와 달리 우르줄라는 조금 걱정이 되었다. 세바스찬이 무슨 큰 공로를 세웠다는 생각이 들어서가 아니었다. 우르줄라는 오래전부터 세바스찬을 알고 있었다. 옛날에는 믿을 수 없을 정도로 내면의 확신이 강한 남자였다. 어깨를 축 늘어트리고 랄프 스벤손의 집을 떠나는 지금의 모습과는 달랐다. 그렇게 바닥까지 망가질 사람은 아무도 없을 것이다. 이렇게 변할 수는 없었다. 과거에 알던 세바스찬 베르크만이 아니었다. 그리고 이런 이유로 우르줄라는 반야의 즐거운 반응에 동조할 수 없었다.

토르켈은 이 집에서 나가기 전에 잠시 복도에 서서 우르줄라의 눈을 쳐다보았다. 근무 중일 때면 이와 비슷한 상황에서 우르줄라가 늘 접하는 눈빛이었다. 큰일을 해냈을 때만 볼 수 있는 시선이었다. 다른 사람들 앞이기는 했지만 두 사람은 이 순간을 길게 끌 수도 있었다.

하지만 우르줄라는 이번에는 그 눈빛을 보고 싶지 않았다. 뭔가 적절하지 않다는 생각이 들었기 때문이다. 다른 도시였다면 문제가 없었을 것이다. 그러면 이렇게 진지한 표정도 아니었을 것이다. 지금 그 눈빛은 유혹하는 것 같은 동시에 어딘가 때가 묻은 것 같았다. 게다가 미카엘과의 문제도 있었다.

우르줄라는 차에 올라가 어디로 갈지도 모르는 채 무작정 시내 방향으로 차를 몰았다. 아마 잠시 사무실에 들르는 것이 타협책일 수도 있었지만 별로 그러고 싶지 않았다. 우르줄라는 집으로 가기로 마음먹었다.

미카엘은 집에 있었다. 우르줄라가 들어갈 때 소파에 앉아 있던 그의 눈빛은 피곤해 보였다.

"당신 피곤해 보이네."

그는 고개를 끄덕이고 자리에서 일어났다. "커피 마실 거야?"

"좋지."

미카엘이 방에서 나가 커피를 준비하는 동안 우르줄라는 활짝 열린 창가로 가서 앉았다. 밖은 너무도 조용했다. 우르줄라는 조용한 분위기를 맛보며 주방에서 나는 소리를 듣고 있었다. 집에 오기를 잘했다는 느낌이 들었다. 규칙은 깨라고 있는 것이지 꼭 규칙대로 살라는 법은 없다고 생각했다. 우르줄라는 미카엘을 보면 마음이 가라앉는다는 사실을 인정하지 않을 수 없었다. 반드시 정열적으로 일하는 남자라고 할 수는 없어도 언제나 우르줄라가 필요한 자리에 있는 남자였다. 그리고 이것은 무척이나 소중한 가치가 있었다.

"당신들이 누군가 체포했다고 라디오에서 들었어." 주방에서 외치는 소리가 들렸다.

"그래. 오후 내내 그자의 집에 있다 오는 길이야." 우르줄라가 대답했다.

"당신 뭐 좀 찾아냈어?"

"아주 많이. 그자가 범인이야."

"잘됐군."

미카엘이 다시 들어와 우르줄라를 쳐다보았다.

"앉아." 우르줄라는 소파 옆자리를 손으로 툭툭 치면서 말했다.

그는 앉으려고 하지 않았다. "지금은 됐고, 우리 얘기 좀 해."

우르줄라는 잠시 멈칫하고는 몸을 똑바로 하고 그를 쳐다보았다. 미카엘이 얘기 좀 하자고 진지하게 나오는 일은 평소에 없었다.

"벨라 때문에 그래?"

그는 고개를 흔들었다. "벨라와는 상관없고 우리 얘기야."

우르줄라는 몸이 굳어졌다. 미카엘의 목소리가 갑자기 평소와 다르게 변했다. 마치 할 말을 미리 연습한 것처럼 들렸다. 이미 오래전부터 준비한 것 같았다.

"나 사귀는 사람이 생겼어. 당신한테 숨길 수가 없어서……."

우르줄라는 이 말을 듣는 순간 그가 무슨 말을 하는 것인지 이해가 되지 않았다. 잠시 뒤 우르줄라는 무슨 대답이 나올지 알면서도 다시 한 번 묻지 않을 수 없었다.

"무슨 말인지 잘 못 알아듣겠는데…… 그러니까 당신이 다른 여자를 사귄다는 말이야?"

"그래. 하지만 지금은 냉각기를 겪는 중이야. 그 사람에게 솔직하지 못한 게 마음에 걸렸어. 당신에게도 마찬가지고."

우르줄라는 충격을 받은 눈으로 그를 똑바로 쳐다보았다. "그래서 연애를 하다가 끝냈다는 말이야?"

"제대로 된 연애랄 수도 없어. 몇 차례 만났다가 지금은 완전히 냉각기 상태에 있어. 일시적으로. 당신에게 털어놓고 싶었어."

우르줄라는 할 말을 잃고 멍하니 앉아 있었다. 어떤 반응을 보일지 알 수 없었다. 분노가 가장 간단한 방법일까? 아무 여과 없이 곧장 화를 터트려? 하지만 마음속으로는 분노가 느껴지지 않았다. 마음으로는 아무 반응도 일지 않았다. 두 사람은 입을 다문 채로 있었다.

"우르줄라, 최근에 나도 할 만큼 했어. 파리 여행도 갔고 뭐든지 하려고 노력했다고. 하지만 이제는 그럴 의욕이 없어. 미안해. 내 잘못이야."

그의 잘못이란다. 그렇게 간단하다면 얼마나 좋을까! 우르줄라는 정말 뭐라고 말해야 좋을지 알 수 없었다.

구급 센터로 전화한 지 정확하게 18분 만에 앰뷸런스가 웁살라에서 뢰브하가로 왔다. 차에서 내린 파티마 올손은 뒤쪽으로 가 들것을 끌어내렸다. 마침내 현장에 도착한 파티마는 기분이 좋았다. 병원으로 돌아갈 때는 더 이상 차 앞쪽에서 케네트 하마렌 옆에 앉을 필요 없이 뒤쪽 환자 옆에 앉아갈 수 있게 되었기 때문이다. 파티마는 케네트를 좋아하지 않았다. 그가 파티마를 좋아하지 않는다는 단순한 이유 때문이었다. 왜 그가 자신을 좋아하지 않는지는 파티마도 알 수 없었다. 파티마가 이란 태생이라 그런 건지, 더 많이 배워-파티마가 중환자실 담당 간호사인데 비해 케네트는 구급 의료 대원에 불과했다-그보다 급여를 많이 받아서 그런 건지 아니면 파티마가 여자여서 그런 건지 알 수 없었다. 어쩌면 이 세 가지 요인이 뒤섞인 것일 수도 있고 아니면 이와 상관없는 다른 이유일 수도 있었다. 파티마는 그에게 이유를 물어본 적이 없었다. 케네트는 자신의 일을 제대로 하지 않으면서도 늘 못마땅한 표정을 지으며 비협조적이었고 틈만 나면 거들먹거리며 불만에 차 있었다. 그리고 꼭 파티마 앞에서만 이런 태도를 보였다. 파티마는 그가 다른 직원들과 근무하는 것을 본 적이 있는데 그때 케네트의 태도는 정상적이었다. 아무리 생각해도 그런 케네트의 태도는 파티마 때문인 것이 분명했다. 그가 파티마를 좋아하지 않기 때문이다.

케네트는 평소처럼 파티마보다 30초쯤 뒤에 내렸다. 들것을 꺼내는 일을 하지 않기 위해서였다. 파티마 올손은 응급처치 가방을 구급용

의자에 올려놓은 뒤 들것을 들고 이미 교도관들이 대기하는 특별 감호동으로 달려갔다. 그 사이에 케네트 하마렌은 올손을 앞질러 평소처럼 5미터 앞에서 가고 있었다.

로비는 여전히 바닥에 누워 있는 힌데와 그의 머리에 베개를 받쳐준 교도관 한 사람을 제외하고는 텅 비어 있었다. 나머지 재소자들은 각자 방으로 들어가 있었다. 즉시 현장의 상황이 파티마의 머리에 들어왔다. 중년의 남자. 심한 구토. 커피찌꺼기 같은 색깔의 토사물. 몸 상태로 판단할 때 심한 위통 같았다. 어쩌면 출혈성 위궤양인지도 모른다. 내출혈이 분명했다.

파티마는 힌데를 향해 허리를 숙였다. "이봐요. 내 말 들려요?"

바닥에 누운 남자가 눈을 뜨더니 힘없이 고개를 끄덕였다.

"내 이름은 파티마 올손이에요. 무슨 일인지 설명할 수 있나요?"

"갑자기 배가 아프더니……." 남자는 제대로 말을 잇지 못했다. 그러더니 오물로 지저분해진 바닥을 가리켰다.

파티마는 고개를 끄덕였다. "지금도 아픈가요?"

"네. 조금 전보다는 덜 아파요."

"우리와 같이 병원으로 가요."

파티마가 케네트에게 눈짓으로 신호를 보낸 뒤 두 사람은 환자를 들것에 눕히고 단단히 고정시켰다. 환자는 별로 무겁지 않았고 탈진 상태가 심한 것으로 보였다. 이들은 청색 경고 회전등을 켜고 병원으로 돌아갈 채비를 했다.

환자 옆에 앉아 있던 교도관이 복도를 지나 앰뷸런스까지 가는 이들을 따라왔다. 파티마와 교도관은 케네트의 도움 없이 들것을 앰뷸런스에 밀어 올렸다. 파티마가 뒷문을 닫으려고 할 때 교도관이 파티마 옆에 앉기 위해 앰뷸런스로 올라오려고 했다.

"지금 뭐 하시는 거죠?"

"같이 가야 합니다."

들것에 누운 힌데는 두 사람이 하는 말을 귀 기울여 들었다. 그의 계획 중에 그가 직접 통제하기 어려운 부분이었다. 그는 뢰브하가 측에서 환자의 이송을 어떻게 감시하는지에 대해서는 아는 것이 없었다. 교도관은 몇 명이나 동행할까? 교도관들은 무장을 하고 있을까? 교도소 내에서는 곤봉과 전기충격 총만 휴대한다. 환자 이송 중에는 다를까? 또 다른 차량도 뒤를 따를까? 두 대가 따라오는 것은 아닐까? 또는 경찰 차량이 동행하는 것은 아닐까? 힌데는 이런 부분에 대해 전혀 아는 것이 없었다.

그는 교도관이 에드바르트 힌데가 어떤 사람인지 설명하며 아무런 감시도 없이 그를 앰뷸런스에 태워 보내는 것은 있을 수 없다고 파티마에게 말하는 것을 들었다. 뒤쪽에 탄 사람은 힌데의 발치에 있는 교도관과 파티마, 그리고 힌데 자신을 포함해 세 사람이 될 것이고 나머지 교도관 한 명이 앞쪽 운전석 옆에 타려고 오는 중이었다. 따라서 힌데는 교도관이 두 명이라고 생각했다. 앰뷸런스는 앞뒤로 분리되어 있었고 무장 가능성이 있었다. 그렇다고 해도 문제가 될 것은 없었다. 아무튼 경찰이 따라온다는 말은 없었다.

다른 교도관 한 명이 달려오더니 조수석에 앉았다. 나머지 한 명이 힌데 옆으로 올라오자 파티마가 자리를 넓혔다. 문을 닫고 파티마가 운전석과 뒤 칸을 분리하는 불투명 유리를 두 번 치자 앰뷸런스는 출발했다. 몇 미터 지나자 앰뷸런스 사이렌이 울리기 시작했다. 힌데는 점점 긴장되는 기분을 느꼈다. 지금까지는 계획대로 잘 진행되었지만 이제부터가 가장 어렵고 위험한 부분이었다.

파티마가 힌데에게 시선을 돌렸다. "특별히 못 이기는 약이 따로 있나요."

"없습니다."

"지금 수분과 전해질이 많이 빠져나간 상태에요. 식염수 주사 좀 놓을게요."

파티마는 서랍을 열어 주사액이 담긴 비닐 백을 꺼내 환자 바로 위에 있는 고리에 조심스럽게 걸었다. 이어 일어나 환자 가까이 있는 캐비닛을 열고 작은 주삿바늘을 꺼냈다. 그리고 다시 자리에 앉아 옆에 걸려 있는 펌프 병에 대고 면 패드를 누른 다음 적신 패드를 환자의 팔꿈치에 대고 부드럽게 문질렀다.

"조금 따가울 거예요." 파티마는 익숙한 솜씨로 힌데의 팔에 바늘을 꽂고 반창고로 고정시킨 다음 비닐 백에서 호스를 늘어트리고는 바늘에 연결시켰다. 그러고 나서 주사 방울을 조정했다. 파티마의 가슴이 눈앞을 스칠 때 힌데는 반야를 생각했다. 주사액이 그의 몸으로 들어오기 시작했다.

"자, 됐습니다. 그럼 몇 가지 물어볼게요. 괜찮겠어요?"

힌데는 고개를 끄덕이며 힘겹게 웃어 보였다.

파티마는 미소로 답했다. "생년이 어떻게 되죠?"

힌데가 대답하려고 할 때 앰뷸런스가 급제동을 하더니 갑자기 차가 멈췄다. 칸막이 유리창을 통해 운전사가 욕하는 소리가 들렸다. 힌데의 신경은 극도로 예민해졌다.

물론 부주의한 다른 차 때문에 브레이크를 밟을 수밖에 없었을 수도 있지만 동시에 자유를 찾기 위한 마지막 기회가 온 것일 수도 있었다.

힌데는 파티마가 갑작스런 정지에 대해 사과하는 동안 옆에 앉은 교도관의 표정이 굳어지며 더욱 경계의 눈빛을 보내는 모습을 보았다. 힌데는 옆에 무기가 될 만한 것이 없는지 슬쩍 살펴보았다. 찌를 수 있는 것이라면 가장 좋을 것이다. 하지만 주위에는 무기가 될 만한 것이 보이지 않았으며 게다가 몸이 들것에 고정된 상태였다. 당장 손을 쓸 형편이 못 되었다. 기다리는 수밖에 없었다.

케네트는 다시 욕을 내뱉으며 상체에 잔뜩 힘을 주고 경적을 울려댔다. 누군가 빨간 사브를 왼쪽 도로변에 아무 생각 없이 주차시켰기 때문에 지나갈 수가 없었다. 게다가 바로 곡선로 뒤였다. 바보 같은 놈! 다행히 사브의 주인이 빨리 나타난다면 모르지만 그렇지 않으면 그 차와 부딪치지 않고는 지나갈 수가 없었다. 케네트는 다시 경적을 울렸다. 멍청한 사브 주인은 도대체 어디에 처박혀 있는 거야? 이렇게 엉망으로 차를 세워놓고 느긋하게 주변 숲에서 산책이라도 하는 건가? 그렇다면 분명히 가까운 곳에 있을 것이다. 그리고 사이렌 소리도 들었고 파란 비상 경고등도 보았을 것이다. 흔히 있는 일이었다. E55번 고속도로를 불과 200미터 앞둔 지점이었다. 고속도로라면 어떻게든 지나가볼 수 있겠지만 이 좁은 길에서는 불가능했다. 사브의 한쪽 편에는 가시철조망이 있었고 맞은편에는 깊은 도랑이 있었다. 케네트는 다시 경적을 울렸다.

운전석 옆에 앉은 남자는 초조해졌다. 그는 계속 주위를 두리번거리며 허리에 찬 전기 충격 총에 손을 얹고 있었다.

"도대체 무슨 일이지?" 케네트가 입을 열었다.

"모르겠네요. 돌아갈 수 있겠어요?"

케네트는 어깨를 으쓱하고는 후진 기어를 넣었다. 그는 옆자리에 앉은 남자가 무전기를 꺼내 입에 대는 모습을 보았다.

그때 천지가 진동하는 듯한 폭음이 들렸다.

앰뷸런스 뒤쪽에서는 사이렌 소리 외에 두 발의 총성이 들리면서 유리 깨지는 소리가 이어졌다. 모든 것이 거의 동시에 이루어진 것처럼 보였다. 그림자가 차단 유리창에 비치더니 운전석 쪽에서 움직임이 일며 시커먼 액체를 뿌렸다. 힌데 옆에 앉아 있던 교도관이 일어났다. 파티마는 비명을 지르며 두 손으로 목덜미를 감싸고는 팔꿈치로 귀를 막으면서 몸을 구부렸다. 파티마의 행동을 보면서 힌데는 전쟁 충격 증상이라고 생각했다. 그는 들것에 가만히 누운 상태로 불과 수 초 만에 일어난 혼란을 지켜보았다. 그 직후 둔탁하게 차를 세 번 두드리는 소리가 들렸다.

"세상에! 무슨 일이야?"

파티마가 외쳤다.

손에 전기 충격 총을 들고 있는 교도관은 그것을 어디로 겨누어야 할지 알 수 없었다. 이런 상황에서 힌데는 아주 태연하게 누워 있었다. 그는 주위의 주목을 받고 싶지 않았다. 여기까지 온 마당에 초조해진 교도관이 엉뚱한 생각을 할지도 모를 모험을 할 수는 없었다.

갑자기 앰뷸런스의 사이렌 소리가 멎었다. 계속 시끄럽던 뒤쪽에서는 갑자기 적막이 찾아왔다. 불안한 적막이었다. 꼼짝하지 않고 그 자리에 서 있던 교도관은 겨우 머리만 살짝 움직여 동정을 살폈다. 밖에서는 아무 소리도 들리지 않았다. 파티마는 몸을 일으키고 충격을 받은 표정으로 교도관을 쳐다보았다.

"대체 무슨 일이죠?" 파티마가 속삭였다.

"누군가 이자를 탈출시키려고 하는 것 같습니다." 교도관이 대답했다.

마치 교도관의 말을 증명이라도 하듯 뒷문이 열리더니 다시 두 번 불을 품는 총성이 울리며 교도관을 맞혔다. 첫 번째 탄환은 교도관의 늑골 아래 살을 파고들어 등으로 빠져 나가면서 불투명 유리창을 조각냈다. 나머지 한 알은 교도관의 흉골에 박혔다. 교도관이 쓰러지자 파티마가 비명을 질렀다.

롤란드 요한손은 나머지 반쪽 문마저 열었다. 그는 파티마가 보이자 그녀에게 총구를 겨누었다.

"안 돼!" 힌데가 나지막이 말했다.

롤란드는 총을 내리고 비좁은 차 안으로 들어왔다. 거구의 몸집이 들어오자 차 안은 더 좁아 보였다. 그가 말없이 고정 장치를 풀어주자 몸이 자유로워진 힌데가 들것 위에 일어나 앉았다. 마음 같아서는 손수 밖으로 뛰쳐나가고 싶었다. 그대로 달아나고 싶었다. 그는 모든 의지를 다하여 통제력을 발휘해야 했다. 이제 거의 그 단계에 이르렀다.

그의 시선은 주사액 방울이 떨어지는 위쪽으로 향했다. 그는 비닐백으로 손을 뻗쳐 고리에서 떼어냈다. "이건 가져갈 거야."

저항은 없었다. 파티마는 사색이 된 채 서 있었고 소리 없이 흐느끼면서 몸을 앞뒤로 흔들고 있었다. 시선은 마비된 듯 전혀 움직임이 없었다. 롤란드는 손을 내밀어 힌데가 들것과 차에서 내리도록 부축했다. 감옥에서 벌인 깜짝 쇼 때문에 그의 몸은 생각했던 것보다 훨씬 허약한 상태였다. 두 사람은 앰뷸런스 뒤에서 앞으로 가면서 차 옆에 붙어 섰다.

"혼자 걸을 수 있겠어요?"

"그래. 고마워."

힌데는 차에 기댔다. 롤란드는 그의 어깨를 살짝 밀며 그 자리에 세워놓고는 앞장서서 조수석 쪽의 문을 열었다. 그리고 아주 태연한 동작으로 자리에 쓰러져 있는 교도관을 끌어냈다. 롤란드가 총에 맞은 교도관을 끌고 뒤쪽으로 갈 때 힌데의 눈에 교도관의 턱 밑 목 부위와 쇄골 바로 밑 두 군데의 상처에서 흐르는 피가 보였다. 아직 목숨은 붙어 있었지만 오래 가지는 못할 것 같았다. 롤란드가 죽어가는 교도관을 차 뒤 칸에 밀어 넣을 때 파티마의 비명 소리가 다시 힌데의 귀에 들렸다. 힌데는 눈을 감았다.

이어 롤란드는 운전석 쪽으로 갔다. 조금 전 앞쪽의 교도관에게 총을 쐈을 때 운전사는 도망치려고 했다. 하지만 그는 별로 멀리 가지 못했다. 롤란드는 곧 그를 쫓아가 낚아채고는 차 지붕의 철판에 대고 운전사의 머리를 세 번 박았다. 이어 의식을 잃은 운전사를 끌고 가 역시 뒤 칸에 밀어 넣었다. 교도관들은 그를 걱정할 처지가 못 되었다. 한 사람은 이미 숨이 끊어졌고 나머지 한 사람도 죽기 직전이었다. 롤란드는 그들의 허리에 있는 수갑을 풀어 운전사 쪽으로 돌아서서는 손을 뒤로 돌리고 수갑을 채웠다. 이어 롤란드는 여전히 들것 옆의 의자에 앉아 있는 파티마 쪽으로 다가갔다.

"이리 와!"

파티마는 고개를 흔들었다. 움직일 힘도 없었다. 롤란드는 한 걸음 더 다가가 파티마를 의자에서 끌어내리고 바닥에 쓰러진 사람들 옆에 강제로 눕혔다. 롤란드가 손을 뒤로 돌려 수갑을 채우는 동안 파티마는 전혀 저항하지 않았다. 롤란드는 모포를 집어 들고 밖으로 나간 다음 다시 힌데를 지나 운전석 쪽으로 갔다. 이어 여기저기에 흩어진 유리 조각을 재빨리 치웠다. 유리를 다 치우자 그는 그 자리에 모포를 깔왔다. 그리고 다시 힌데에게 다가가 링거를 들고 있던 그를 부축해 조수석으로 갔다. 롤란드는 문을 닫기 전에 주먹으로 창에 붙은 나머지 유리 조각을 걷어냈다. 유리가 깨지기는 했지만 창문이 고장 난 것은 아니었다. 힌데에 대한 보호조치가 끝나자 롤란드는 서둘러 주차해 있는 사브로 다가가 뒷자리에서 접착테이프를 가져왔다. 그리고 다시 네 명이 쓰러져 있는 앰뷸런스 뒷자리로 가서 문을 열고 운전사와 여자의 다리를 테이프로 감아 묶었다. 물론 이 두 사람이 구조를 요청할 거라고는 생각하지 않았다. 남자는 의식을 잃은 지가 오래되었고 여자는 사색이 되어 꼼짝 못하고 있었기 때문이다. 그래도 만일에 대비해야 했다. 그는 그들의 입에 테이프를 두 번 감고 작업을 마무리했다. 이어 차에서 내려 문을 닫고는 운전대 앞으로 올라가 시동을 걸었다. 이 모든 과정이 채 5분도 걸리지 않았다. 이들을 본 사람은 아무도 없었고 어디서도 수상한 동정이 포착되지 않았다. 가까워지는 사이렌 소리도 들리지 않았다. 들리는 거라곤 숲 속에서 부는 바람 소리뿐이었다.

그들은 출발했다. 힌데가 거울로 뒤를 보자 빨간색 사브가 점점 작아졌다. 사브를 버리고 온 것이다. 마치 힌데가 뢰브하가 교도소를 버리고 떠난 것처럼.

이제는 느긋하게 앞만 바라보면 되었다.

롤란드는 제한속도를 살짝 넘겨가며 운전을 했다. E55번 도로는 경찰이 집중적으로 속도 단속을 벌이는 데가 아닐뿐더러 앰뷸런스를 단속할 리는 없었다. 물론 롤란드는 이렇게 확신하기는 했지만 불필요한 모험은 어리석은 짓이라는 생각이 들었다. 경찰을 만난다면 여러 가지로 불편할 것이다. 문의 유리도 깨어진 데다가 운전석에 핏자국도 보였기 때문에 수상하게 볼 것이다. 또 롤란드는 위생복을 입은 것도 아니었다. 관찰력이 예리한 경찰이 본다면 당장 눈에 띌 것이다. 하지만 이런 것은 닥치면 그때 가서 해결할 문제였다.

하늘은 구름 한 점 없이 맑았다. 주위는 여름날의 녹색 빛으로 가득했다. 눈앞에 전개되는 물결치는 경치를 보고 있으려니 힌데는 거의 어지러울 정도로 감격했다. 드넓은 초원이 펼쳐진 광경. 이런 경치를 보자 지나간 14년이 훨씬 더 제한된 공간의 부자유스러운 세월처럼 느껴졌다. 그동안 어떤 자유를 박탈당했는지 실감했다. 그는 느긋하게 드라이브를 즐기며 구불구불 이어지는 도로에서 계속 바뀌는 경치를 마음껏 맛보았다. 깨어진 유리 사이로 바람이 들어와 숱이 얼마 없는 머리를 휘날렸다. 그는 눈을 감고 심호흡을 했다. 긴장이 풀리며 해방감이 찾아왔다. 공기는 뭔가 가볍고 다르게 느껴졌다. 숨 쉴 때마다 힘이 솟구쳤다. 그는 이렇게 자유인으로서 호흡을 했다.

롤란드가 차츰 속도를 줄이자 힌데가 눈을 떴다. 이들은 E18번 도로로 진입했다. 30분만 더 가면 스톡홀름에 도착할 것이다. 힌데는 롤란드 쪽으로 고개를 돌렸다.

"전화기 있나?"

롤란드는 주머니에서 휴대전화를 꺼내 힌데에게 건넸다. 그가 기억 속에 있던 번호를 누르는 동안 롤란드는 다시 속도를 시속 110킬로미터로 높였다.

하랄드손은 침실 창가에 서 있었다. 그는 문을 열고 들어와 집 안이 비어 있는 것을 확인한 이후 그곳에서 꼼짝하지 못했다. 치우지 않은 2인용 침대를 지나 창가로 간 뒤 계속 그곳에 서 있었다. 그가 달리 무엇을 할 수 있겠는가? 제니를 찾아야 한다면 어디서 찾겠는가? 갈 곳이 없었다. 온몸이 마비된 것 같았다.

걱정. 불안. 제니. 직장에서 할 일.

그사이 정원에서는 사과나무를 심는 인부들이 들어와 작업을 시작했다. 하랄드손은 그들이 도착해 이리저리 돌아다니는 모습을 지켜보았다. 적당한 위치를 가리키며 의논하는 모습이 눈에 들어왔다. 이윽고 인부들은 맞춤한 자리를 결정한 뒤 측량을 하고 땅을 파기 시작했다. 흙에 나무가 담긴 자루도 들여왔다. 나무를 심는 두 사람에게는 완전히 정상적인 근무를 하는 하루였다. 정상적인 삶이 불과 몇 미터 앞에서 펼쳐지고 있었다. 손으로 잡을 수 있는 현실이 바로 눈앞에 있었다.

아무리 생각해도 가닥이 잡히지 않았다. 무엇을 할 수 있을까? 이 문제와 관련해 할 수 있는 것은 아무것도 없단 말인가? 정말 아무것도 없을까? 제니가 사라졌다. 무엇이든 해야 했다. 하지만 전혀 종잡을 수가 없었다. 제니에게 절대 무슨 일이 있어서는 안 된다. 그의 생각은 홈이 긁힌 레코드판에서 바늘이 겉돌듯이 계속 갈팡질팡했다.

힌데를 병원으로 이송해야 한다고 했다. 아마 벌써 뢰브하가를 떠났을지도 모른다. 그가 실려 가기를 바란 것인지도 모른다. 무슨 일이 일어날지도 모를 일이다. 무슨 일이? 하랄드손이 비상경보라도 발령해야 한단 말인가? 통과.

이 일이 제니를 찾는 데 도움이 될까? 제니가 사라졌다. 통과.

비상경보를 발령한다면 무슨 근거를 댈 것인가?

그는 힌데에게 허용한 조치에 대하여 확실한 직권을 설명할 수 없었다. 어떤 조항을 적용해 힌데가 처음으로 교도소 경내를 벗어날 수 있게 했는지에 대하여 대답할 수가 없었다. 단순히 근무 경력 상으로 자살행위일 뿐만 아니라 분명히 처벌받을 수 있는 조치였다. 통과.

제니는 도대체 어디 있는 것인가? 죽어서는 안 된다. 제니가 없이 무엇을 할 수 있겠는가? 제니 없이 어떻게 계속 살란 말인가? 통과.

제니가 사라진 시점에 힌데는 교도소를 벗어나지 못했고 랄프는 그 직후 체포된 상태였다. 이것은 무엇을 의미하는가? 힌데에게 아직도 교도소 밖에서 도와주는 조력자가 있을까? 통과.

잉그리드 마리가 감옥에 갇힌 아버지를 두고 자랄 수는 없는 노릇이다. 통과.

경보를 발령해야 하는가? 또 발령할 수 있을까? 어떻게 개인적인 불안을 이유로 댄단 말인가? 어쩌면 힌데가 정말 아픈 것인지도 모른다. 그리고 실제로 병원에 실려 갔다. 이런 상황에서 도주 우려가 있다는 경고를 한다면 의심을 사지 않을까? 그리고 실제로 그가 그런 결과를 우려한다면 왜 이송을 허용했단 말인가? 통과.

"나는 아직까지 임산부를 죽인 적은 없습니다." 통과.

경보를 발령한다면 무슨 일이 벌어질까? 통과.

또 발령하지 않는다면 무슨 일이 벌어질까? 통과.

제니는 어떻게 될까?

그때 휴대전화의 벨이 울렸다. 하랄드손은 주머니에서 전화기를 꺼내면서 어떤 희망에 대한 기대감으로 심장의 박동이 빨라지는 것을 느꼈다. 모르는 번호였다. 제니는 아니었다. 그는 조심스럽게 전화를 받았다.

"하랄드손입니다."

"나요, 에드바르트 힌데."

갑자기 하랄드손은 머리가 텅 비는 느낌을 받았다. 지금까지 반복되던 모든 생각이 일시에 사라진 기분이었다.

"어디서 전화하는 거요?" 그가 가까스로 뱉어낸 유일한 말이었다.

"어딘가는 중요하지 않고. 당신이 내가 요구한대로 해주었으니 이제 질문 하나 해 봐요."

하랄드손은 한 마디도 놓치지 않고 귀담아들었다. 듣기는 했지만 알아들을 수는 없었다. "뭐라고요?"

"나는 약속한 것을 지키는 사람이요. 당신이 내가 요구한 그대로 허용을 했으니 지금 질문 한 가지 할 자격이 있다는 말이지."

"당신이 무엇을……."

"잠깐." 에드바르트 힌데가 그의 말을 가로막았다.

하랄드손은 즉시 말을 멈췄다.

"참견하고 싶지는 않지만." 힌데는 부드러운 목소리로 말을 이었다. "내가 당신 입장이라면 '내 아내가 어디 있느냐?'고 물을 거요."

하랄드손은 눈을 감았다. 눈앞에서 번갯불이 번쩍였다. 당장이라도 정신을 잃지 않을까 겁이 났다. 그래서는 안 된다. 정신을 잃으면 아무것도 들을 수 없을 것이다. 그의 두 뺨에 눈물이 흘러내렸다.

"내 아내 어디 있소?"

목이 메여 거의 목소리가 나오지 않았다.

힌데는 설명을 시작했다.

집 안의 창문이란 창문은 전부 열어놓았는데도 너무 더웠다. 공기는 끈적끈적하고 숨이 막힐 것 같았다.

반야는 리모컨을 들고 소파에 앉아서 텔레비전 채널을 이리저리 돌렸다. 이 시간이 방송의 황금 시간대가 아니라는 것은 너무도 분명했다. 반야는 텔레비전을 끄고 리모컨을 소파로 던진 다음 탁자에 놓여 있는 두 가지 가판신문의 특별 호를 펼쳤다. 엑스프레센은 랄프 스벤손의 체포 기사를 10페이지나 보도했다. 스벤손의 커다란 사진으로 장식한 첫 페이지를 빼고도 10페이지나 되었다. 검은 테두리가 없는 사진 위에는 '여름의 학살자'라는 제목이 붙어 있었다. 자세히 들여다보면 훨씬 더 작은 활자로 '경찰의 판단'이라는 줄이 들어 있었다. 랄프는 아직 유죄판결을 받지 않았다. 반야가 아는 한, 그는 아직 영장 심사 판사에게 불려가지도 않았는데 이미 공개적인 비난을 받고 있었다. 이런 행태는 사진과 이름의 공개를 제한하는 시대정신에 맞지 않는 것이었다. 용의자를 너무 이른 시점에 범인으로 확정하고 사진과 이름을 공개하는 데에는 이른바 '국민적 관심'이라는 핑계가 들어 있다. 이런 행태는 모자이크 처리가 된 사진에는 독자가 관심을 보이지 않는다는 것을 의미한다. 반야가 개인적으로 이런 방식을 비윤리적으로 본다는 것을 제외하더라도 이런 상황은 수사팀을 힘들게 할 때가 많았다. 용의자의 얼굴이 신문마다 알려진다면 대질심문의 신뢰성이 갑자기 줄어든다. 엑스프레센의 첫 페이지를 장식한 랄프 스벤손의 사진은 그의 신분증에서 복사한 것으로 인상이 별로 좋지 못한 것이었다. 신분증의 사진이 대개 그렇듯이 그의 얼굴은 뭔가에 열광하는 모습이었다. 신문에는 그의 인생 전반에 대한 기사도 실렸다. 병든 어머니, 재혼한 아버지, 가까이 지낸 친척, 이사, 돈 문제, 여러 학교와 직장 등등. 옛날 학교 동창생들은 랄프 스벤손이 말이 없고 내성적인 성격이었다고 말하고 있었다. 또 조금 이상하고 접근하기 어려운 아이였다는 말도 나왔다. 대부분 외톨이로 지냈다는 것이다. 이런 말이 맞는지, 반야는 알 수 없었다. 하지만 그가 연쇄살인범으로 추정된다는 보도 대신에 가령 노벨상 수상자라는 말을 들려주었어도 똑같은 대답이 나왔을지는 의문이었다. 어쨌든 이런 모든 주장은 사진의 인상에 부합되는 것으로 보였다. 외로운 늑대, 독불장군, 괴짜 같은 이미지. 반야는 이 동창생들이 20년 동안 랄프에 대한 생각을 하지 않다가 여론의 기대 심리에 굴복했다는 생각이 들었다. 랄프의 인생 전반을 소개한 뒤-있었을지도 모를 그의 꿈과 희망, 바람, 이 밖에 그의 인간적인 면모를 보여줄 다른 화제는 전혀 없이-신문은 힌데에 대해서도 똑같이 자세한 보도를 했다. 랄프가 모방 범죄를 저질렀다는 것은 기자들에게 행운이었다. 1996년에 보도했던 내용을 그대로 늘어놓기만 하면 되었기 때문이다.

반야는 이 모든 기사를 자세히 읽어 볼 의욕이 생기지 않았다. 반야는 신문을 소파로 집어던지고 일어나 주방으로 들어가서 물을 한 잔 마셨다. 시간은 6시 반이 조금 지났다. 해가 지려면 아직도 2시간이 남았지만 기온은 차츰 견딜 만해졌다. 열린 창문으로 산들바람이 불었다.

반야는 심란했다.

보통, 사건이 하나 마무리되면 쾌적한 피로감이 찾아왔다. 수 주간의 긴장에서 몸과 머리가 벗어나는 기분이었다. 신경이 차츰 안정되었다. 이런 날이면 보통 피자를 먹거나 와인을 몇 잔 마시며 소파에서 빈둥거리는 것으로 충분했다. 그러나 이번에는 뭔가 달랐다.

이번에 체포한 자가 진범이라는 것을 반야는 확신했다. 세바스찬 베르크만이 쫓겨난 것도 기분 좋은 일이었다. 반야는 세바스찬이 다시 수사팀에 들어온다는 생각은 할 수 없었다. 토르켈은 세바스찬을 충분히 봐줬다는 생각이라는 것을 분명히 밝혔으며 세바스찬 자신도 이제는 싫증을 내는 것으로 보였다. 모든 것이 잘되었다. 기분 좋은 하루였다. 그런데도 반야는 왜 마음이 편치 못할까?

모든 것이 말끔히 해결된 것이 아니었기 때문이다. 빌리와의 사이에 앙금이 남아 있었다. 사건이 마무리 단계에 들어선 지금은 두 사람의 관계에 좀 더 집중할 수 있을 것이다. 차 안에서 자신이 더 우수한 경찰관이라는 말을 한 뒤로 두 사람의 관계가 다소 심각해진 것은 당연한 것이었다. 전에도 솔직한 말을 할 때면 이런 일이 있기는 했지만 이번에 모욕적인 발언을 한 뒤로는 거의 전면전 수준으로 치달았다.

어쨌든 반야가 느끼는 분위기는 그랬다. 물론 빌미를 제공한 것은 빌리였지만 기분 내키는 대로 말을 해서 상황을 악화시킨 책임은 자신에게 있었기 때문에 반야는 어떻게든 갈등을 해소해야 했다. 적어도 먼저 빌리에게 화해의 손을 내밀어야 했다. 이 문제를 그대로 덮어두기에는 빌리는 너무도 중요한 존재였다. 이런 상태로 계속 나가다가는 둘 중 한 사람은 다른 부서로 이동할 수밖에 없을 것이다. 그리고 반야는 어떤 경우에도 이런 상황을 받아들일 수 없었다. 시급히 관계를 정상화할 필요가 있었다. 반야는 거실로 나가 휴대전화를 집어 들었다.

뮈는 오븐을 열고 양젖치즈가루를 뿌려 구운 돼지고기를 꺼냈다. 빌리는 쿠스쿠스(Couscous : 알갱이가 작은 파스타의 일종_옮긴이)와 살짝 데친 채소가 담긴 대접을 식탁에 올렸다. 이른 저녁 식사였다.

이날 저녁에 시간이 난다는 것을 알았을 때 빌리는 연극을 보러 가기로 마음먹었다. 처음부터 연극을 보려던 것은 아니었고 두 사람이 의논해서 함께 내린 결정이었다. 이번 주에 네 차례 초청 공연을 한다고 뮈가 말하는 극단은 빌리가 들어보지 못한 이름이었다. 스파이몽키라는 이름의 영국 극단이었다. 뮈는 광대 익살극이라고 설명했지만 빌리는 이것이 뭔지 알지 못했다. 광대 익살극을 본 적이 없었기 때문이다.

"몬티 파이튼Monty Python과 새뮤얼 베케트Samuel Beckett를 섞었다고 보면 돼."

알았어. 어쨌든 그 정도면 빌리도 알아들을 수 있었다. 빌리는 몬티 파이튼을 좋아했다. 전부는 아니라 해도 몬티 파이튼의 작품 중에는 좋아하는 것이 많았다.

어차피 이번에는 뮈가 선택할 차례였다. 지난번에 빌리는 영화를 골랐었다. 게다가 빌리가 그동안 너무 바빠서 두 사람은 자주 보지 못했다. 그래서 빌리는 뮈의 곁에 있기만 한다면 영국의 광대극이라도 참고 보기로 한 것이다.

빌리는 뮈에게 와인 한 잔을 따라주고 식탁에 앉았다. 뮈를 알고부터 그의 메뉴 수준은 열 배는 향상되었다. 빌리는 이것이 마음에 들었다. 뮈의 많은 점이 좋았다. 어찌 보면 모든 것이 마음에 든다고 할 수도 있었다. 그때 전화벨이 울렸다. 화면을 들여다보니 반야였다.

"미안해, 금방 끝낼게."

"알았어. 간단히 끝내."

빌리는 일어나 다른 방으로 들어갔다. 그는 차 안에서 반야와 나눈 대화에 대해 뮈에게 말해주지 않았다. 빌리는 두 사람 다 좋아했다. 또 두 사람이 서로 좋아하기를 바랐다. 그런데 반야와 빌리가 심각한 갈등을 빚게 된 말싸움을 뮈가 안다면 그런 기회는 줄어들 것이 분명했기 때문이다. 그는 소파에 앉아 전화를 받았다.

"여보세요, 나에요." 반야의 목소리가 들렸다.

"알아요."

"지금 뭐 해요?"

빌리는 재빨리 생각을 더듬었다. 뭐라고 말해야 할까? 될 수 있으면 사실대로 말하자고 결심했다. "막 식사를 하려던 참이었어요."

"당신과 뮈가 함께?"

반야가 뮈의 이름을 말할 때는 약간 못마땅한 뉘앙스가 풍겼다. 반야는 뮈의 y를 뮈위이이 하고 조금 길게 발음한 것 같았다. 아니면 그렇게 생각해서 그렇게 들린 것일까? 뭔가 꼬투리를 잡으려는 마음 때문에? 그럴지도 모른다.

"그래요, 나와 뮈가." 그는 뮈가 와인을 홀짝거리는 주방을 건너다보았다. 빌리와 같이 식사를 하려고 기다리는 모습이었다. 일종의 예의 같았다. "어쨌든 식사는 금방 끝날 거예요. 그런데 뭐 특별한 용건이라도 있어요?" 빌리는 될 수 있으면 목소리를 부드럽게 하려고 애를 쓰면서 말을 이었다.

"나하고 조깅 한 바퀴 돌지 않을래요?"

"지금?"

빌리는 이런 질문을 예상하지는 못했다. 반야가 시간 약속을 요구하리라는 생각은 미처 못했다.

"조금 있다가 당신이 식사를 마치고 나서. 조금 있으면 기온도 조금 서늘해질 테니까요."

"글쎄……."

"조깅하면서 얘기도 좀 나누고…… 우리에 관해서."

빌리는 입을 다물었다. 드디어 뭔가 변화의 조짐이 보였다. 반야가 변화를 원하고 있었다. 빌리는 다시 주방 쪽을 바라보았다. 뮈는 미소를 지으면서 손가락으로 빨리 끝내라는 신호를 보내고 있었다. 빌리도 따라서 미소를 보내면서 통화할 내용이 많다는 것을 보여주려는 듯 눈을 곱게 흘기고 다시 고개를 돌렸다. 그러는 동안 그는 머릿속으로 다양한 선택을 놓고 부지런히 머리를 굴렸다. 그는 조깅을 하고 싶었다. 어쨌든 반야와 얘기를 나누고 싶었다. 두 사람에 대해서. 하지만 반야와 조깅하고 싶을 뿐만 아니라 동시에 뮈와 함께 연극을 보러 가고 싶기도 했다. 연극보다는 뮈와 함께 시간을 보내고 싶었다. 와인을 마시며 여자 친구 곁에 있고 싶었다. 그는 어쩔 수 없이 두 가지 중에 하나를 선택할 수밖에 없었다. 반야와의 사이에 얽힌 문제를 풀어야 한다고 느꼈다. 풀지 않으면 안 된다는 것을 알고 있었다. 하지만 오늘 저녁은 아니었다. 그는 뮈를 선택하기로 결심했다. 반야가 이해해주어야만 했다.

"정말 미안한데……." 빌리는 진지한 목소리로 말했다. "오늘은 곤란해요."

"뭐 할 건데요?"

반야의 목소리에 실망감이 느껴졌다. 이번에는 단지 그렇게 생각해서 나온 느낌이 아니었다.

"연극 한 편 보려고요. 희극 작품이에요."

"희극 작품이라고요?"

빌리는 자신의 어조가 어때야 했는지 깨달았다. 반야는 그가 연극을 지루해한다는 것을 알고 있었기 때문이다. 빌리는 자신이 싫어하는 것을 선택하고 반야의 기대를 저버린 것이다. 어쨌든 반야는 그렇게 생각할 것이 분명하다. 하지만 꼭 그런 것은 아니었다. 물론 그가 반야보다 뮈를 더 좋아하는 것일지도 모르지만 그런 말을 하고 싶지는 않았다.

"그래요, 벌써 오래전에 약속한 거예요." 사실 표를 예매한 것은 한 시간 전이었지만 이제는 사실대로 말하기보다 궁지에서 벗어나는 것이 중요했다.

"알았어요. 그럼 다음에 기회를 봐요."

"그래요."

"그럼 재미있게 보내요. 행운을 빌어요."

"그래요, 나도 정말 우리가……."

빌리는 말을 하다 말고 반야가 전화를 끊은 것을 알았다. 빌리는 그대로 소파에 앉아서 다시 전화를 해서 하려던 말을 마저 해줄지 생각해보았다. 그러다가 전화를 포기하고 내일 아침 사무실에서 만나 들려주자고 마음먹었다. 사무실에서 보지 못하더라도 그때 가서 전화를 하면 될 것이다. 반야는 범인을 체포한 다음 날이면 사무실에 나오지 않을 때가 많았다.

빌리는 자리에서 일어나 다시 주방으로 들어갔다.

"누구 전화야?" 뮈가 물어보면서 식사를 시작하려고 했다. 뮈는 정말 빌리를 기다렸다.

"반야."

"왜 전화했는데?"

"아, 별거 아냐."

빌리는 식탁에 앉아 와인 잔을 잡았다. 사실은 별거 아닌 것이 아니었다. 반야는 원하는 결과를 얻지 못했고 뮈가 이겼기 때문이다.

결혼기념일이 이렇게 되리라고는 상상도 못했다. 꿈에도 생각 못한 결과였다. 에드바르트 힌데의 전화를 받고 나서 하랄드손은 자동차로 달려가 그가 들려준 지점을 내비게이션에 입력했다. 즉시 지도가 눈앞에 펼쳐졌다. 수라함마르와 람네스를 지나고 좌회전한 다음 숲으로 들어가 외예호수에 이르는 코스였다. 그는 제니가 아직 살아 있는지 물었지만 이에 대한 대답은 듣지 못했다. 그것은 새로운 질문이고 하랄드손은 질문이 하나밖에 허용되지 않았다고 말하며 힌데는 전화를 끊었다.

하랄드손은 가는 동안 내내 만약 제니를 구할 수 없는 상황이라면 힌데가 제니의 소재를 알려주지 않았을 것이라고 스스로를 달랬다. 제니가 압력 수단으로서의 역할을 다 했다면 제니를 풀어주는 것이 논리에 맞다는 생각이 들었다. 제니에게 위해를 가할 이유가 전혀 없었다. 하지만 아무리 그가 자신을 이런 방식으로 안심시키려고 해도 마음속 깊은 곳에서는 힌데가 반드시 논리적인 것도 아니고 타당한 이유를 필요로 하는 존재도 아니라는 생각이 들었다. 힌데가 뢰브하가에서 14년의 세월을 보낸 중범이라는 것을 감안할 필요가 있었다. 힌데는 사이코패스였고 위험한 살인자였다.

하랄드손은 내비게이션이 지시하는 대로 따라갔다. 길은 갈수록 좁아졌고 숲은 더 빽빽해졌다. 조금 더 가자 나무 사이로 호수의 수면이 빛에 반사되어 반짝이는 광경이 눈에 들어왔고 길은 바로 그 앞에서 끝나 있었다. 그는 커다란 만병초 옆에 차를 세우고 내렸다. 여름 별장이 있었다. 호수에 접한 벼랑 밑에 있는 집이었다. 오래전에 지은 것으로 보였다. 요즘이라면 호수 바로 옆이라 건축 허가가 나오지 않을 것이다. 하랄드손은 그 집으로 다가가 문손잡이를 밑으로 눌렀다. 잠겨 있었다. 그는 옆에 있는 창문으로 안을 들여다보았다. 주방이었다. 전기도 안 들어오고 수도도 없는 것 같았다. 작은 조리대 위에 나무를 때는 구식 화덕과 뒤집어 놓은 플라스틱 물통이 보였다. 그 옆에 수도는 보이지 않고 등받이 없는 의자 위로 국자가 담긴 금속 용기가 있었다. 그림 같이 평화로운 광경이지만 비어 있었다.

"제니!" 그는 큰 소리로 불러보았지만 아무 대답도 없었다.

하랄드손은 집 주위를 뱅뱅 돌며 접근이 가능한 모든 창문으로 들여다보았다. 아무도 보이지 않았다. 그는 걸음을 멈추고 집 주변을 유심히 살펴보았다. 대지는 넓지 않았지만 경관은 몹시 아름다웠다. 3면에 초원이 펼쳐져 있었다. 호수까지 뻗어 있는 풀밭에는 배드민턴 코트가 있었다. 그 맞은편에는 정원용 가구와 깃대가 보였다. 누군지는 몰라도 주변을 꽤나 아름답게 꾸며놓았다.

"제니!"

호수 쪽에서 물새 우는 소리가 들렸다. 하랄드손은 마음속으로 공포심이 솟구치는 것을 느꼈다. 조금 떨어진 숲가에 화장실이 보였다. 그는 그쪽도 가보았지만 파리 떼만 윙윙거리고 있을 뿐 거기도 비어 있었다. 그는 문을 닫고 돌아서다가 깃대 뒤에 인공으로 만든 둥그스름한 언덕이 있는 것을 보고 문을 부수고라도 그 안으로 들어가 보기로 결심했다. 풀밭과 그 옆에 이탄을 쌓아둔 곳 사이로 커다란 바위가 튀어나와 있었다. 지하 창고였다. 하랄드손은 창고를 향해 달려들었다. 가까이 다가가자 희미하게 뭔가를 똑똑 두드리는 소리가 들렸다. 그는 걸음을 멈추었다. 정말 소리가 들린 것인가 아니면 단지 그렇게 생각한 것인가? 아니다, 분명히 누군가 지하실에서 두드리는 소리였다. 소리는 작았지만 분명히 들렸다. 그는 소리 나는 곳을 향해 다가갔다. 두드리는 소리가 점점 커지면서 그의 희망도 덩달아 커졌다.

"제니!"

하랄드손은 작은 언덕 주위를 맴돌다가 드디어 커다란 목제 문에 이르렀다. 그는 빗장을 뒤로 젖히고 문을 열었다. 몇 미터 간격을 두고 문이 또 하나 있었다. 이제 두드리는 소리가 또렷하게 들렸다. 어쨌든 제니는 살아 있었다. 조금 전에는 석벽을 두드리는 둔탁한 소리였지만 지금은 똑똑히 들을 수 있었다. 두 번째 문에는 열쇠가 꽂혀 있었다. 하랄드손은 열쇠를 돌리고 문을 열었다.

바로 문 뒤에 제니가 서서 빛에 눈이 부신 듯 얼굴을 찡그리고 있었다. 그는 제니에게 달려들어 힘껏 껴안았다. 제니도 그를 꽉 껴안았다. 오랫동안.

돌아가는 길에 처음에는 두 사람이 서로 입을 다물고 있었다. 당연히 제니는 극심한 공포에서 아직 헤어나지 못했다. 죽음의 공포였다. 처음 키 큰 남자가 별장 앞으로 데리고 왔을 때 제니는 뭔가 일이 잘못 돌아가고 있다는 낌새를 챘다. 이곳에 도착하자 그 남자는 핸드백을 낚아채고는 제니를 차에서 끌어내린 다음 지하 창고로 밀어 넣었다. 너무 당황한 제니는 차분하게 생각을 가다듬을 여유가 없었다. 그리고 무사히 위기를 모면한 지금은 의문이 들었다. 그 의문을 풀어야 했다.

하랄드손은 제니에게 거짓말하는 것을 몹시 꺼렸지만 지금 상황은 너무도 불확실한 것이 많아 진실을 그럴듯하게 꾸미기가 쉽지 않았다. 그는 실제의 택시 기사가 전화를 한 뒤로 옛날 동료들과 이야기를 나눴으며 직장으로 찾아가 사람들을 태우고 약탈하는 전문 범죄 조직의 소행이라고 둘러댔다. 그리고 경찰에서는 이 범죄 조직이 택시 회사의 웹사이트를 해킹해서 어떤 차를 불렀는지 알아내는 수법을 쓴 것으로 본다는 말도 했다.

제니는 납득하는 것처럼 보였다.

아마 시간이 지나 좀 더 상황을 정리하게 되면 제니가 다시 여러 가지 궁금한 것을 물어보겠지만 하랄드손도 그때쯤이면 이날 하루가 어떻게 전개되었는지 알게 될 것이고 상황에 맞는 대답을 준비할 수 있을 것이라는 생각이 들었다. 어쨌든 지금으로서 두 사람은 집으로 가는 것이 절실했다.

하랄드손은 제니가 아무 다친 데도 없이 무사한 것을 보자 기뻤다.

두 사람이 집 안으로 들어설 때 다시 빅토르의 전화가 왔다. 몹시 흥분한 목소리였다. 긴급 용건 같았다. 힌데를 태운 앰뷸런스가 웁살라에 도착하지 않았고 병원과 무전교신도 되지 않으며 쾨브하가에서 호송을 위해 같이 타고 간 교도관들과도 교신이 안 된다는 보고였다. 따라서 하랄드손이 당장 교도소로 복귀해야 한다는 말이었다.

그는 핑계를 대려고 했지만 빅토르는 이런 비상상황에서는 반드시 교도소장이 자리를 지켜야 한다고 강조했다. 하랄드손은 어쩔 수 없이 다시 일 때문에 나가봐야 한다는 말을 제니에게 하지 않을 수 없었다. 불가피한 상황이었다. 혼자 있을 수 없으면 친구에게 데려다 주겠다는 말을 했지만 제니는 그와 함께 있겠다는 주장을 굽히지 않았다. 그래서 두 사람은 다시 차를 세워둔 곳으로 향했다.

차를 타고 가는 동안 내내 제니는 말이 없었다. 이날 하루 벌어진 일을 곰곰이 되짚어보는 것 같았다. 하랄드손은 이런 분위기가 오히려 마음이 편했다. 생각할 수 있는 모든 시나리오를 점검해보고 이미 벌어진 일을 어떻게 설명하면 좋을지 궁리해야 했기 때문이다.

그는 피해를 최소화해야 할 시점이라는 느낌이 들었다. 어떤 일이 있어도 그가 이 사건과 관련이 있다는 사실이 밝혀져서는 안 된다. 자신의 행복을 위해서나 제니의 행복을 위해서도 드러나서는 안 된다. 이것이 모두를 위해 좋은 일이다.

그는 제니의 상황부터 시작했다. 제니가 실종되었다는 사실을 아는 사람은 아무도 없었다. 물론 제니와 같은 직장에 있는 여자들은 알 가능성이 있어도 그 밖에 다른 사람은 아무도 알지 못했다. 그리고 제니 자신만 아는 사실이 뢰브하가의 간부들에게 알려질 리는 없다. 따라서 제니가 부담이 되는 것은 아니다. 설사 제니가 근무 중인 직원 누군가에게 이날 겪은 일을 말하는 사태가 벌어진다 해도 이 말을 들은 사람이 이 문제를 힌데와 연관 짓지는 않을 것이다. 좋았어!

그 다음 문제. 비트 병과 약병을 감방에서 꺼내 와야 하는가? 위험할 수도 있다. 더욱이 누가 이것을 발견한다 해도 랄프가 반입했다고 생각할 것이다. 그러면 이 물건에서 지문을 채취하지는 않을까? 그렇지는 않을 것이다. 힌데와 오랫동안 접촉한 용의자를 이미 잡아넣었는데 그럴 리는 없다. 당연히 누구나 랄프가 힌데를 도왔다고 생각할 것이다. 따라서 힌데의 방에 먼저 접근하지 않는 것이 상책이다.

그래도 꺼내 와야 하지 않을까?

그가 먼저 발의해서 그 방을 직접 수색할 수도 있을 것이다. 그러면서 그 물건을 '발견'했다고 말하는 것이다. 그러면 이후에 지문 채취를 하는 경우가 있어도 그의 지문에 대한 해명이 될 것이다. 또 한편으로 절대 랄프의 지문이 발견될 리는 없다. 혹시 그가 청소를 하며 장갑을 낀 채 물건을 날랐다고 생각하지 않을까……?

생각에 골몰해 있는 그를 전화벨 소리가 깨웠다. 그의 집에 도착한 요리사의 전화였다. 지금 어디 있느냐는 것이었다. 하랄드손은 저절로 탄식이 나왔다. 요리사를 까맣게 잊고 있었다. 그는 긴급 상황이 발생해 이날 저녁 출장 요리는 유감스럽게도 취소할 수밖에 없다고 설명했다. 요리사가 화를 내는 것은 당연했다. 하랄드손이 전체 비용을 물어내야 한다고 했다. 음식, 와인, 왕복 차량 운행과 준비에 들어간 시간을 변상하라는 말이었다. 요리사는 분명히 알아두라고 강조했다. 하랄드손은 항의할 생각이 없어 미안하다는 말을 하고 전화를 끊었다.

"누구 전화예요?" 제니가 물었다.

"오늘 저녁에 우리 집에 와서 요리하기로 한 요리사." 이번에는 사실대로 말할 수 있어 기분이 좋았다. 미리 생각을 가다듬고 대답을 준비할 필요가 없었다.

"당신이 주문했어요?"

"그래. 그런데 오늘은 계획대로 일이 되지 않는군. 미안해."

"그게 어디 당신 책임인가요?"

"내 책임은 아니지만 그래도……."

"당신이 최고예요."

제니는 그에게 다가와 볼에 키스를 했다. 그는 미소를 지었지만 머릿속으로는 당장 눈앞에 닥친 일을 걱정하느라 정신이 없었다.

그래, 병조림 병과 약은 어떻게든 무사히 지나갈 것이다. 그런데 직원들이 헌데의 방을 수색하다가 제니의 사진을 발견한다면 어떻게 될까? 그는 헌데가 사진을 가지고 갔기를 바랐다. 그래도 헌데가 체포될 경우에 그가 교도소장 부인의 사진을 갖고 있다는 사실이 드러난다면……. 이때 그것을 본 사람은 정말 깜짝 놀랄 것이다. 세상에 어떻게 헌데가 그것을 지닐 수 있는지 어리둥절할 것이 틀림없다. 수수께끼로 남을 것이다.

이들이 도착했을 때 빅토르 베크만은 주차장에서 기다리고 있었다. 그는 제니를 보자 의아한 표정을 지었지만 하랄드손은 오늘이 결혼기념일이라 잠시라도 함께 있으려고 한다고 설명해주었다. 빅토르는 군말 없이 이 말을 받아들이는 눈치였다. 그의 머릿속에는 더 급한 용건이 있었기 때문이다. 이들은 함께 건물 안으로 들어갔다.

"힌데의 방을 수색했는데 구토제가 든 병과 비트 병이 발견되었습니다. 둘 다 비어 있었고요."

"어떻게 그런 생각까지 했지?" 하랄드손은 될 수 있는 대로 태연한 목소리로 물었다.

"랄프가 가져다준 것이 틀림없습니다."

"그래, 그렇겠지." 하랄드손은 가볍게 대답했다.

"하지만 더 심각한 일이 있습니다." 빅토르의 얼굴은 몹시 걱정하는 것 같았다. "모뎀을 발견했습니다."

"그게 무슨 말이요?"

"힌데가 외부와 무제한으로 접촉을 한 거죠. 탈출에 대한 단서를 찾아보려고 그자의 컴퓨터를 조사했거든요. 그런데 비밀번호로 잠겨 있어 좀 시간이 걸릴 듯합니다."

하랄드손은 빅토르의 말이 더 이상 들리지 않았다. 외부와 접촉을 했다니……. 그렇다면 몇 가지 의문은 설명이 된다. 어쨌든 이 문제는 빅토르의 관할범위에서 발생한 것이지 그의 책임이 아니었다. 이 문제는 무사히 넘어갈 것처럼 보였다. 그는 사진에 대해 물어볼 엄두가 나지 않았다. 아마 이들은 사진을 찾아내지 못한 것으로 보였다. 찾아냈다면 빅토르가 말을 안했을 리 없다.

보안 과장이 갑자기 걸음을 멈추고 뭔가 요구하는 눈길로 그를 쳐다보는 모습이 눈에 들어왔다.

"뭐요?"

"병원에서 아직도 앰뷸런스의 위치를 파악하지 못했다고 말씀드렸는데요, 이제 어떻게 하죠?"

"경찰에 연락해 탈출을 시도할 가능성이 있다고 말해야지." 하랄드손은 지휘권을 행사하면서 자신의 목소리에 흔들림이 없다고 느꼈다. 빅토르가 고개를 끄덕이자 이들은 다 같이 사무실 건물로 들어갔다.

평소에도 뢰브하가에 관심이 많던 기자들이 눈치를 채고 누군가 탈옥한 것이 아니냐고 의심하기까지는 오래 걸리지 않았다. 경찰은 허점을 보일 때가 많았다. 사라진 앰뷸런스에 대한 의문도 곧 드러나서 기자들은 야단법석이었다. 한동안 상황 파악을 하지 못하던 하랄드손은 드러난 사실에 대하여 통제권을 행사하려면 기자들이 자신과 접촉하는 것이 필요하다는 것을 깨달았다. 그는 기자들을 자신에게 보내라는 지시를 내렸다. 이런 조치는 마치 수문을 열어놓은 것 같은 결과로 이어졌다. 끊임없이 전화벨이 울렸으며 아니카는 전화가 올 때마다 일일이 하랄드손에게 연결해주었다. 수없이 많은 대화가 있었다. 그래도 대답은 천편일률적으로 똑같았다.

네, 맞아요. 그는 뢰브하가의 환자 한 명을 태운 앰뷸런스가 사라졌다는 사실은 확인해줄 수 있었다.

네, 맞아요. 여러 가지 정황으로 보아 탈옥을 시도한 것으로 보이지만 단정하기에는 아직 이르다고 했다.

아니요. 그는 앰뷸런스에 탄 죄수가 누군지는 말할 수 없다고 했다.

기자들은 그 죄수가 힌데가 아니냐고 한결같이 물었지만 그때마다 하랄드손은 전화를 끊었다. 이상하게도 이런 반응을 본 기자들은 다시 전화를 하지 않았다.

그는 일어나서 방문자용 의자에 앉은 제니에게 다가갔다. 탁자에는 식당에서 가져온 커피와 샌드위치가 있었지만 제니는 반도 먹지 않았다. 무슨 이런 결혼기념일이 있단 말인가! 하지만 나중에 따로 축하할 수 있겠지.

중요한 것은 두 사람이 함께 있다는 것이었다. 하랄드손은 마치 롤러코스터를 타듯 이렇게 극과 극을 오가는 느낌을 경험한 적이 아직 없었다. 하지만 지금까지 온갖 어려움을 극복했으니 앞으로도 잘 헤쳐 나갈 수 있을 것이다. 최악의 사태는 면했다.

"당신 괜찮아?" 그는 제니 앞에 있는 간이 의자로 가서 얼굴에 흘러나온 제니의 머릿결을 쓰다듬었다.

"내 생각을 정리해보는 중이에요."

"그래. 당신 마음을 알 수 있어." 하랄드손은 제니의 손을 꼭 잡았다. "오늘 일어난 일에 대해서 앞으로 누군가와 얘기를 해야 할 거야. 수사 관계자와 말이지."

제니는 멍한 표정으로 고개를 끄덕였다.

"여보."

"응?"

"당신 내가 있는 곳을 어떻게 알았어요?"

하랄드손은 갑자기 몸이 굳어졌다. 어쩌면 최악의 사태는 아직 지나가지 않은 것인지도 모른다.

그는 약속한 시간보다 일찍 집으로 향했다. 외스테르말름스토리를 지나갈 때 저녁 식사를 위해 장을 보기로 엘리노르와 약속했다는 생각이 났다. 아마 앞에서 쇼핑 봉지를 들고 가는 남자를 보고 기억이 난 것 같았다. 처음에는 그냥 무시할 생각이었다. 엘리노르뿐 아니라 알지도 못하는 이웃집 남자와 함께 저녁 식사를 한다는 것은 그가 볼 때 너무도 황당한 일이었다. 자신의 인생에서는 도저히 맞출 수 없는 퍼즐 조각 같았다. 하지만 아무리 이 약속을 잊으려 해도 그는 계속 이 문제가 마음에 걸렸다.

장을 본다는 단순한 행위에는 마음을 홀가분하게 만드는 뭔가가 있었다. 구입할 품목을 적은 종이와 장바구니를 들고 있는 모습. 장을 보기 위해 사람들 틈에 섞여 서 있는 모습은 그를 아주 정상적인 생활인인 것처럼 보이게 해주었다. 즐거운 표정을 지으며 저녁거리를 사기 위해 서 있는 모습이었다.

그는 시장 안으로 들어가 저녁거리를 위해 장을 보았다. 이때까지 한 번도 해보지 않은 일이었다. 소고기 등심, 햇감자, 채소, 과일과 디저트를 위한 10여 가지 치즈. 또 이탈리아 소시지와 프로슈토(Prosciutto : 이탈리아 식 말린 햄_옮긴이)를 맛보고 나서 두 가지를 다 사기로 결심했다. 그리고 딜(Dill : 미나리과 식물의 서양 자초_옮긴이)과 바질(basil : 향신료로 쓰이는 식물_옮긴이)도 바구니에 담았다. 아주 맛이 뛰어난 프랑스식 파스타와 즉석에서 빻아 끓이는 고급 프랑스 커피도 샀다. 이 밖에도 눈에 띄는 것이 있으면 서슴지 않고 사들였다. 맛나 보이는 모든 식품은 이전에는 결코 경험해보지 못한 가능성을 제공하는 것 같았다. 시장에서 나온 그는 시스템볼라게트를 지나가다 샴페인과 백포도주, 적포도주, 위스키, 코냑을 구입했다. 또 저장이 잘된 포트와인(Portwein : 포르투갈 산 적포도주_옮긴이)도 사려고 했지만 너무 많아 더 이상 들을 수가 없었다. 그는 집으로 가는 길에 계속 걸음을 멈추고 장바구니와 봉지를 내려놓아야 했다. 너무 무거워 손이 마비되는 바람에 떨어트릴 것 같았기 때문이다.

엘리노르는 뛰어나와 봉지를 받아들기 전에 그를 와락 껴안았다. 그를 보자 무척이나 반가운 표정이었다. 바짝 달라붙은 엘리노르의 몸에서는 향기가 났다. 엘리노르의 빨간 머릿결은 부드러웠고 그의 입에 닿는 입술은 훨씬 더 부드러웠다. 그는 엘리노르를 힘껏 안으면서 단순히 엘리노르와 해방감을 주는 그녀의 웃음 속으로 빨려들어 가고 싶었다. 두 사람은 이렇게 한동안 현관에 서 있었다. 엘리노르는 포옹을 풀었지만 그의 목덜미에 두른 손은 여전히 그대로 있었다. 그제야 엘리노르는 바닥에 놓인 봉지를 보았다.

"도대체 얼마나 산 거예요?"

"아주 많이. 적어준 것만으로는 성에 차지 않아서."

엘리노르는 행복한 듯이 깔깔거렸다.

"당신 정말 못 말려요." 엘리노르는 다시 그의 입에 키스를 했다. "하루 종일 보고 싶었어요."

"나도 당신이 보고 싶었어." 이 순간 그는 이 말이 거짓이 아니라는 것을 깨달았다. 어쩌면 이 여자를 직접 보고 싶었던 것은 아닐 것이다. 절대 그럴 리는 없다. 하지만 여자가 그를 끌어들이는 방향이 그리웠던 것은 사실이다. 오랫동안 그리워한 세계였다. 엘리노르가 봉지를 들고 주방으로 가는 동안 그는 그 자리에 서서 그녀의 뒷모습을 바라보았다. 그는 갑자기 샛길로 빠졌다는 느낌이 들었고 다시는 본궤도로 돌아오고 싶지 않았다. 절대 다시는.

엘리노르는 다시 나와서 미소를 지었다.

"당신이 장을 보다니 너무 좋아요."

"고마워."

"우리 먼저 침대로 올라갈까요, 아니면 샴페인부터 한 잔 할까요?"

"술은 안 마셔."

"샴페인도?"

"안 마셔."

"꽉 막힌 사람." 엘리노르는 아양을 떨며 미소를 지었다. "그럼 우리가 할 것은 한 가지밖에 없네요."

엘리노르는 긴 머리칼을 어깨 위로 흔들면서 그로서는 거역하기 어려운 눈빛으로 그를 쳐다보았다. 유혹하는 그 시선에 거의 굴복할 순간, 놀랍게도 그의 입에서는 전혀 다른 말이 튀어나왔다. "요리부터 해야 되지 않아? 이웃집에서 곧 올 텐데."

엘리노르는 짐짓 실망스러운 눈빛으로 그를 보았다. "꽉 막힌 사람."

이 말을 남기고 엘리노르는 돌아서 주방으로 들어갔다. 그는 뒤따라 들어가 시장 보따리를 푸는 것을 도왔다.

그는 점잖게 우선순위를 정한 자신의 태도가 놀라웠다. 섹스보다 이웃집 사람을 우선시하는 것은 그로서는 새로운 모습이었다.

엘리노르는 저녁 식단에 차릴 것을 불러주었다. 그는 요리에 관해 제대로 아는 것이 없어서 채소를 씻고 잘게 써는 것으로 만족했다. 엘리노르는 쉴 새 없이 말을 늘어놓으면서 고기에 기름을 발랐다. 또 그의 집을 위해서나 늦여름에 어떤 계획이 있는지 설명했고 집에 두고 온 꽃을 걱정하는 말을 했다. 엘리노르는 그 꽃을 이곳으로 가져오는 게 어떨지 생각해보았다. 세바스찬은 계속 말없이 듣고 있었지만 엘리노르의 말보다는 그 목소리의 음향에 귀를 기울였다. 그는 엘리노르의 말에 끼어들 생각이 없었다. 엘리노르는 옆에 놓인 샴페인 잔 같은 구석이 있었다. 진주처럼 고우면서도 한 잔 맛보고 싶을 정도로 유혹하는 샴페인 잔 같았다.

"라디오 좀 켜도 괜찮겠어요?" 갑자기 엘리노르가 물었다. 그는 자신의 집에 라디오가 있다는 사실은 전혀 몰랐다. 대체 그게 어디 있다는 거지?

"얼마든지."

"나는 앞만 보고 일하면서 음악 듣는 게 좋아요. 두 가지를 함께 하는 거죠."

엘리노르는 양념 선반 위에 놓인 조그만 라디오를 틀었다. 그제야 세바스찬도 라디오를 보았다. 그것이 어떻게 집 안에 있는지 아무리 기억을 더듬어보아도 도무지 생각이 나지 않았다. 라디오에서는 애달픈 곡조의 사랑 노래가 흘러나왔다. 그는 웃음을 참을 수가 없었다. 엘리노르는 보통의 샴페인이 아니라 장밋빛 샴페인이었다. 그가 늘 멀리하는, 경멸의 눈빛으로 바라보는 샴페인.

"이게 조화에요. 연인들을 위한 라디오." 엘리노르가 재잘거렸다. "난 조화로운 것이 좋아요!"

"나도 좋아." 세바스찬은 그렇게 별난 이름을 지닌 라디오방송국이 있다는 것을 처음 알았지만 같이 맞장구쳤다.

엘리노르는 잠시 객실로 들어갔다. 세바스찬은 잘게 자른 샐러드 잎을 그릇에 담고 드레싱을 어디에 두었는지 생각해보았다. 어쨌든 새로 사지는 않았다. 처음에는 비싼 발사믹 식초를 사려고 했지만 치즈 코너에 가서 이것저것 고르다보니 그만 잊어버렸다.

엘리노르가 다시 나왔다. "그런데요, 간단히 치우다가 이걸 찾아냈어요. 중요한 서류 같은데. 이거 어디다 두면 되죠?"

엘리노르는 트롤레가 준 봉투를 높이 쳐들었다. 손에 든 서류는 아주 가벼워 보였다.

그가 들었을 때는 무거웠었다. 훨씬 더 무거웠었다. 세바스찬의 눈앞에 갑자기 트롤레의 모습이 떠올랐다. 모퉁이를 돌아 영원히 사라지기 전에 마지막으로 웃던 모습이. 동시에 멀어져가는 트롤레와 몇 미터 떨어진 스토르셰르스 거리에서 봉투를 들고 서 있던 자신의 모습도 보였다. 불과 며칠 전의 일이었지만 그에게는 아득히 먼 옛날 같았다. 갑자기 몇 초 사이에 샛길에서 본궤도로 돌아온 기분이었다.

그 두 세계는 서로 바싹 붙어 있었다. 계속 평행선을 그렸다. 이 두 세계를 갈라놓는 데 필요한 것은 온갖 죄로 가득한 이 비닐 봉투가 전부였다. 그는 침을 꿀꺽 삼키면서 샐러드가 담긴 그릇을 바라보았다. 그는 장밋빛 샴페인이 있는 곳으로 돌아가고 싶었다. 그것도 당장.

"아, 그거 그냥 쓰레기야. 갖다 버려." 그는 애써 태연한 목소리로 말했다.

"정말이에요? 중요해 보이는 것을 실수로 버리고 싶지는 않아요."

"정말 별거 아냐." 그는 비닐 봉투의 내용물이 중요하지 않다는 것을 강조하기라도 하듯 엘리노르를 향해 미소를 지었다.

엘리노르는 고개를 끄덕이더니 밖으로 나갔다. 나가면서 방금 라디오에서 나온 노래를 흥얼거렸다.

그는 토마토 몇 개를 4등분 했다. 지금 그가 샛길의 세계를 선택한다면 라디오의 노랫소리나 옆에 붙어서 노래를 부르는 여자는 결코 사라지지 않고 언제까지나 삶에 대한 환상을 불러일으킬 것이다. 하지만 그럴 수는 없는 노릇이었다. 또 그렇게 할 수도 없었다.

라디오에서는 노래가 끝나고 광고가 나왔다. 누군가 인터넷 쇼핑몰을 홍보하고 있었다. 이어 뉴스가 나오면서 삶에 대한 환상은 완전히 깨졌다.

그는 순식간에 본궤도의 세계로 돌아갔다.

처음에는 뉴스를 진행하는 아나운서의 말을 제대로 알아들을 수 없었다. 앰뷸런스 한 대가 행방불명이라는 뉴스였다. 하지만 그 다음 보도를 듣자 그는 들고 있던 칼을 떨어트리고 말았다. 뢰브하가라는 말이 나왔기 때문이다. 환자를 이송하던 중이라고 했고 경찰도 그 이상은 파악하지 못하고 있다는 말만 나오고 그 다음 뉴스로 넘어갔다. 세바스찬은 즉시 휴대전화를 꺼내 떨리는 손으로 뢰브하가의 번호를 찾았다. 그 번호는 트롤레의 번호 다음에 나왔다. 뢰브하가는 오늘 오전에 반야를 만나기 위해 들어가려고 선택했던 번호였다.

엘리노르가 호기심을 보이며 현관으로 나왔다. 불안해 보이는 얼굴이었다. "무슨 일이에요?"

"조용히 해봐!"

엘리노르는 기분이 언짢은 표정으로 쳐다보았지만 아무래도 상관없었다. 지루하게 재잘거리는 엘리노르의 수다에는 더 이상 관심이 없었다. 전화 받는 사람이 하랄드손의 여비서라는 것을 목소리를 듣고 알 수 있었다. 목소리가 피곤해 보였지만 그는 개의치 않았다. 세바스찬은 단도직입적으로 토마스 하랄드손을 바꾸라고 말했다. 사라진 앰뷸런스와 관련된 굉장히 중요한 용건이라고 했다. 그리고 당장 하랄드손과 연결해주지 않으면 심각한 결과가 따를 것이라고 경고했다. 여비서가 즉시 연결하면서 연결 신호가 들렸다.

그는 통화를 기다리면서 엘리노르가 기분이 상해서 주방으로 들어가는 모습을 보았다. 이번에는 장난기 어린 실망이 아니었다. 그러면서도 동시에 의기소침한 표정이 좀 과장된 것은 분명했다. 마치 그렇게 해서 세바스찬이 내뱉은 말을 후회하게 만들려는 것처럼 보였다.

신호가 세 번 울리자 하랄드손이 전화를 받았다. 그의 목소리는 수없이 반복한 천편일률적인 말을 더듬거리듯 지치고 힘이 없는 것처럼 들렸다.

"교도소장 토마스 하랄드손입니다. 무엇을 도와드릴까요?"

"특별살인사건전담반의 세바스찬 베르크만이오. 사라진 앰뷸런스에 탄 사람이 누구요?"

"우리는 이 정보를 공개하지 않기로 결정했습니다."라는 대답이 나왔다. "교도소 규칙상……."

세바스찬은 그의 말을 가로챘다. "마지막으로 묻겠소. 대답하지 않는다면 당신의 인생은 끝장날 줄 아쇼. 당신도 내가 특별살인사건전담반장과 친하다는 것을 잘 알 거요. 내가 아는 사람 이름을 계속 대볼까?"

하랄드손이 입을 다물었다. 세바스찬은 이미 대답을 알고 있는 질문을 던졌다.

"그자가 힌데요?"

"그렇습니다."

"그러면 이 사태를 언제 우리에게 설명할 생각이었소?"

세바스찬은 하랄드손의 대답을 기다리지 않고 전화를 끊었다. 그는 지금 당장 앰뷸런스가 어디로 사라지고 힌데가 어디로 도망간 건지는 알 수 없었다. 어쨌든 사건이 일어나고 시간이 조금 지났다는 것은 분명했다. 그렇지 않다면 이 정보가 벌써 라디오 뉴스에 나올 리가 없다. 세바스찬은 연인들을 위한 라디오에 이 뉴스가 나왔다면 생각보다 시간이 많이 지났을 거라는 불길한 느낌이 들었다. 힌데는 훨씬 앞질러 가고 있는 것이다. 그리고 세바스찬이 정확하게 알고 있는 것 한 가지는 힌데가 이 같은 이점을 충분히 활용하리라는 것이었다.

세바스찬은 당장 반야를 찾아야 했다.

반야는 믿을 수 없을 만큼 조깅을 즐겼다. 여름이나 겨울이나 한결 같았다. 주변의 많은 남자들처럼 반야는 아주 다양한 스포츠를 즐겼고 여러 운동 센터를 다니기도 했다. 스피닝(Spinning : 실내에서 음악을 들으며 자전거를 타는 유산소운동의 일종_옮긴이)부터 요가까지 안 해본 것이 없을 정도였다. 이 중에서도 조깅을 가장 열심히 했다. 달리면서 생각할 때가 많았다. 보폭과 호흡의 리듬에 맞춰 머릿속을 비우고 다시 새로운 아이디어로 채울 수 있을 것 같은 생각이 들었기 때문이다. 게다가 반야는 단체로 하는 운동을 좋아하지 않았다. 혼자서 도전욕을 자극하기를 즐겼고 이날 저녁에는 아주 멀리 나갈 생각이었다. 시간이 많을 때면 도는 코스였다. 어쩌면 두 바퀴를 돌 수도 있을 거라는 생각이 들었다.

내일은 랄프 스벤손에 대한 첫 번째 심문이 예정되어 있었다. 토르켈은 전체적인 심문 과정에 반야도 참여하기를 바랐다. 이들은 잠정적인 DNA 분석 결과가 오기만을 기다리고 있었다. 토르켈은 가능하면 손에 쥔 카드를 다양하게 활용할 것이다.

반야는 린딩에베겐을 가로질러 스토렝스보텐까지 달렸다. 목표 지점은 조명 시설이 된 조깅 코스가 있는 릴 얀스 숲이었다. 반야에게 숲속에서 달리는 것보다 더 멋진 것은 없었다. 자연의 고요와 향기는 집중력을 길러주었고 바닥의 흙이 부드러워서 무릎과 관절에 별 부담을 주지 않았다. 반야가 막 속도를 높이려고 할 때 주머니 속에서 휴대전화의 진동을 느꼈다. 휴대전화를 항상 지참하는 것은 아니었다. 대개는 집에 두고 나왔다. 하지만 사건 수사에 집중하는 현재는 24시간 내내 가지고 다녔다. 처음에는 그냥 무시하고 받지 않으려고 했다. 두 번 짧게 들이마시고 한 번 길게 내쉬는 올바른 호흡의 리듬이 막 자리를 잡아서 이 상태를 계속 유지하고 싶었기 때문이다. 그러나 빌리의 전화일지도 모른다는 생각이 들었다. 어쩌면 생각을 바꿔 반야와 같이 조깅하고 싶다고 전화한 건지도 모른다. 그렇게만 된다면 이날은 완벽한 하루가 될 것이다. 반야는 걸음을 멈추고 휴대전화를 꺼냈다. 화면에 뜬 이름을 보니 진작 지우려고 했던 전화번호였다.

세바스찬 베르크만.

반야는 휴대전화를 다시 집어넣었다. 할 테면 얼마든지 해보라지. 반야는 절대 전화를 받지 않을 생각이었다.

세바스찬은 연거푸 세 번이나 전화를 했다. 반야가 두 번이나 받지 않자 세 번째는 중간에 끊어버렸다.

엘리노르가 다시 샴페인 잔을 들고 주방에서 나왔다. 화해하고 싶다는 듯 애정 어린 눈길로 그를 보고 있었다.

"요리 계속할까요?"

세바스찬은 대답 대신 문 쪽으로 가서 뒤도 돌아보지 않고 집을 나와 버렸다. 너무 세게 문을 닫는 바람에 빈 층계참까지 쾅 하는 소리가 크게 울렸다. 이제 그는 본궤도의 세계에 혼자 서 있었다. 에드바르트 힌데가 자유의 몸으로 활개 치는 세계였다.

그는 계단을 내려가면서 토르켈에게 전화했다. 예외적으로 이번에는 곧바로 전화를 받았지만 그의 목소리는 별로 달가워하는 것 같지 않았다.

"또 무슨 일이에요?"

세바스찬은 계단 중간에서 걸음을 멈추었다.

"내 말 똑바로 들어요, 토르켈. 힌데가 탈옥했어요."

"그게 무슨 소리예요?"

"내 말을 믿어야 해요. 내 생각에는 그자가 반야를 노리고 있어요."

"왜 그자가 반야를 노린다고 생각해요? 또 왜 당신은 힌데가 탈옥했다고 생각하는 거죠?"

세바스찬은 순간 속에서 좌절감이 솟구치는 느낌을 받았다. 공포가 몰려와 자신의 몸이 산산조각 나기를 기다리는 처지가 된 것 같았지만 그는 용케도 공포를 극복했다. 지금은 전문가적인 목소리를 내야 한다. 공포심을 드러낸다면 토르켈은 그의 말을 절대 믿지 않을 것이다. 어떻게든 믿게 해야 한다. 지금은 일분일초가 아쉬울 때다.

"나는 그자가 어디로 도망갔다고는 생각하지 않아요. 나는 알아요. 뢰브하가에 전화를 했었어요. 지금 옆에 텔레비전이 있나요?"

"있어요."

"그럼 자막 뉴스를 봐요. 반드시 거기 이 소식이 나올 거예요. 뢰브하가에서 환자를 이송한 뒤 앰뷸런스가 사라졌다는 뉴스. 그자가 힌데에요."

토르켈은 세바스찬의 목소리가 진지하다는 것을 직감했다. 그로서는 무시할 수 없는 간절함이 배어 있는 목소리였다. 토르켈은 텔레비전을 켜고 SVT1 채널로 돌렸다. 자막 방송을 찾았다. 화면 맨 위에 자막 뉴스가 나왔다.

"여기에 힌데라는 말은 없는데요."

"내 말이 믿어지지 않으면 그 멍청한 하랄드손에게 전화해보라고요!"

세바스찬은 다시 계단을 내려갔다. 그는 어디로 향하고 있다는, 어떤 행동을 취한다는 느낌이 필요했다.

"좋아요, 당신 말을 믿을게요. 하지만 왜 그자가 반야 뒤를 쫓는 거죠? 나는 이해가 안 돼요. 다른 살인 사건들은 모두 직접 당신을 겨냥한 거였잖아요. 그런데 왜 그자가 하필 반야 뒤를 쫓는 거죠?"

세바스찬은 심호흡을 했다. 이제 두 사람은 세바스찬으로서는 결코 넘어서는 안 될 한계점에 이른 것이다. 하지만 이제는 점점 이 비밀을 혼자 간직하는 것이 불가능한 상황으로 치닫고 있었다.

그만이 아는 비밀.

힌데도 알 가능성이 매우 큰 비밀.

진실.

"그냥 내 말을 믿어야 해요." 이 말이 그가 내뱉을 수 있는 유일한 대답이었다. "토르켈, 제발 내 말을 믿어줘요. 반야에게 전화해요! 내 번호는 받지 않으니까."

"자네 혹시 반야와 잠자리를 같이 했나요?" 토르켈의 목소리는 불신으로 가득 차 있었다.

"제발, 그게 아냐! 빌어먹을! 나는 힌데와 반야가 만날 때 벌써 눈치를 챘다고. 반야가 힌데의 내면에 있는 본능적인 심리를 일깨운 거야. 나는 그 자리에 있었어. 힌데는 반야와 내가 동료 사이라는 것을 알아버렸어. 그거면 충분한 이유가 된다고."

토르켈은 멍한 표정으로 고개를 끄덕였다. 어쨌든 전혀 터무니없는 말은 아니었다. 게다가 반야는 다시 힌데와 단둘이 만나기도 했다. 세바스찬의 말이 맞았다. 그리고 반야는 힌데를 만나 랄프의 이름을 들었을 때 나눈 대화에 대해서는 아직 자세한 말을 하지 않았다. 뭔가 회피하는 대답만 했을 뿐이다. 어쩌면 지금 상황은 그가 생각하는 것보다 더 심각한 위험이 도사리고 있는지도 모른다. 그로서는 결코 보고 싶지 않은 위험이.

"당장 반야에게 전화해볼게요. 그럼 본부에서 보자고요." 토르켈이 말했다. 그러고는 아무 소리도 들리지 않았다. 토르켈은 이미 전화를 끊었다.

세바스찬은 건물 정문을 빠져나와 열심히 택시를 찾았다.

반야는 가장 긴 오르막 구간을 달리고 있었다. 보폭을 줄이고 바닥의 반동을 이용해 껑충 뛰면서 속도와 호흡을 일정하게 유지했다. 배속 깊이 숨을 들이마시자 한결 몸이 가뿐했다. 힘이 솟는 것 같았다. 정상에 다다르자 반야는 좀 더 호흡에 정신을 집중했다. 맥박계를 보니 최대심박수(HFmax)의 88퍼센트를 가리켰다. 다시 전화벨이 울렸다. 이제는 포기할 때가 되었건만. 반야는 이제 주머니에서 휴대전화를 꺼내기도 귀찮아 그대로 달렸다. 벨은 계속 울리고 있었다. 당신도 이제는 소용없다는 걸 알아야지라는 생각을 하는데 벨 소리가 멈췄다.

반야는 호흡을 똑같이 유지하면서 보폭을 늘렸다. 속도를 높일 수밖에 없는 지형이라서 두 다리에 온 힘을 실었다. 맥박계는 90퍼센트까지 올라갔다. 남은 구간이 4킬로미터가 넘기 때문에 속력 질주를 하기에는 아직 일렀다. 반야는 속도를 조금 낮췄다. 두 번 들이마시고 한 번 내쉬고.

줄기차게 달린 반야는 이제 조명 시설이 된 조깅 코스에서 숲길로 이어지는 지점에 이르렀다. 길이 끊어진 옆쪽에 자동차가 한 대 보였다. 장작더미 바로 옆이었다. 오른쪽 깜빡이를 켜놓은 은색 도요타였다. 몇 미터 더 가자 자동차가 눈에 더 똑똑하게 들어왔다. 반야는 차츰 속도를 줄이다가 걸음을 멈췄다. 이어 허리를 숙이고 두 손으로 무릎을 받쳤다가 다시 몸을 일으켰다. 시간을 허비해서는 안 된다는 생각이 들었기 때문이다. 이번에는 허리에 두 손을 두르고 숨을 고른 다음 숲길로 들어섰다. 그곳에 시동이 꺼진 자동차가 서 있었다. 주변에서는 아무 소리도 들리지 않았고 아무리 사방을 둘러보아도 사람은 보이지 않았다.

WTF 766.

바로 이거다. 브루나에서 도난당한 바로 그 차. 반야는 빌리가 동료와 스웨덴에 WTF라는 번호판을 단 차가 있는지를 놓고 얘기를 주고받는 것을 들었기 때문에 기억이 났다. 둘 사이에 늘 그랬던 것처럼 빌리와 반야도 나눌 수 있는 대화였다. 그 동료는 LOL이라는 문자 조합으로 된 번호판이 있다는 것을 알고 있었으며 WTF라는 조합도 없으란 법이 어디 있느냐는 주장을 했다. 인터넷 용어가 빠르게 확산되는 세상에서 번호의 최신 동향을 모두 알 수 없다는 것은 분명했다(스웨덴에서는 소유주나 거주지가 아니라 자동차의 특징을 기준으로 문자 세 자리, 숫자 세 자리의 배열로 된 번호판을 발급한다_옮긴이).

숲길로 들어선 반야는 주차해 있는 그 차로 접근했다. 손목에 두른 밴드로 이마에 흐르는 땀을 씻고 턱 밑에 흐르는 땀은 티셔츠 소매로 닦아냈다. 반야의 몸에서 나오는 땀과 열기에 호기심이 당긴 날벌레들이 즉시 몰려들기 시작했다.

차 안은 비어 있었다. 반야는 손으로 이마를 가리고 창문을 통해 안을 들여다보았다. 조수석 바닥에 뭔가 거무튀튀한 것이 흐른 흔적이 보였다. 핏자국 같았다. 장갑은 끼지 않았지만 반야는 조심스럽게 문을 열려고 했다. 문은 잠겨 있었다. 이어 뒷자리를 보려고 오른쪽으로 걸음을 옮겼다. 반야가 휴대전화를 들고 차량을 발견했다는 연락을 하려는 순간 무슨 냄새가 났다. 그 악취는 오인할 수 없는 명백한 것이었다.

반야는 뒤쪽으로 가서 트렁크 옆에 섰다. 사실 전혀 열 필요도 없었다. 반야는 거기에 뭐가 있을지 벌써 알고 있었다. 누가 아니라 뭐가 있을지를.

곰팡내였다. 달콤하면서도 코를 찌르는 악취. 살짝 금속성 냄새도 났다. 부패의 악취였다.

반야는 트렁크 손잡이에 손을 얹고 여기도 잠겨 있기를 바랐지만 잠겨 있지 않았다. 찰칵하는 소리와 함께 트렁크가 열렸다. 문이 열림과 동시에 반야는 고개를 돌리고 손으로 입을 막았다. 구역질이 나는 것을 간신히 참으면서 반야는 다시 코를 막고 천천히 입으로 숨을 쉬었다.

웬 나이 든 남자였다. 벌써 시신은 청회색으로 부풀어 오른 상태였다. 갈라진 피부 사이의 물집에서는 적갈색의 방울이 져 있었고 코와 입에서는 부패한 액체가 흘러나와 있었다. 물집의 방울은 완전히 용해되어 거의 죽처럼 껄쭉한 인상을 주었다. 반야는 다시 트렁크 문을 닫고 뒤로 물러나 휴대전화를 꺼냈다.

반야는 마지막으로 전화한 사람이 세바스찬이 아니라 토르켈이라는 것을 알았다.

이때 뒤에서 바스락거리는 소리가 들렸다. 반야는 번개같이 빠른 속도로 주변을 살폈다. 점점 긴장되었다. 7~8미터 앞에 웬 키 큰 남자가 서 있었다. 휘어진 코와 말총처럼 묶은 머리, 왼쪽 눈 밑에서 뺨으로 그어진 빨간 상처. 롤란드 요한손이었다. 장작더미 뒤에 숨어 있다가 반야를 보고 소리 안 나게 접근한 것이 분명했다. 덩치가 큰 것에 비해 동작이 민첩한 자였다.

반야는 천천히 뒷걸음쳤고 롤란드는 한 걸음씩 다가왔다. 아주 태연해 보였다. 계속 간격을 유지했다. 몇 걸음도 못 가서 반야는 자동차에 가로막혔다. 반야는 뒤쪽을 흘끔 돌아보고 다시 롤란드와의 거리를 눈으로 재보았다. 아드레날린이 혈관을 타고 솟구치는 기분이었다. 차 옆을 더듬으며 오른쪽으로 걸음을 옮기다가 아무것도 손에 잡히지 않자 가슴이 마구 쿵쾅거렸다. 오른쪽으로 한 걸음 더 옮기자 이제는 길 한복판이었다. 뒤에는 더 이상 잡을 수 있는 것이 아무것도 없었다.

반야 앞에는 키가 크고 힘이 센 롤란드 요한손이 버티고 서 있었다. 접근전을 해서는 그를 제압할 수 없을 것이다. 하지만 달아날 수는 있었다. 롤란드는 계속 반야를 향해 다가왔다.

그가 한 발짝 앞으로 나오면 반야는 한 걸음 뒤로 물러섰다. 정신을 가다듬고 당황하지 않으려고 애를 썼다. 반야는 바닥을 딛고 선 발에 힘을 주고 방향을 틀었다. 여기서 비틀거리면 모든 것이 끝장이다. 여전히 똑같은 간격을 확보한 반야는 재빨리 돌아서서 달아날 준비를 했다. 쏜살같이 속력 질주를 하는 것이다. 7미터 정도 앞선 상태라면 롤란드는 반야를 잡지 못할 것이다. 반야의 속도라면 따라오지 못할 것이다.

반야가 막 질주를 시작하려고 할 때 롤란드는 제자리에 멈췄다. 이때다! 반야는 왼발로 바닥을 있는 힘껏 차고 돌아서서 달리기 시작했다. 순간 몸이 갑자기 허공에 뜬 느낌이 들더니…… 곧이어 가슴 언저리에 엄청난 통증이 왔다. 통증은 이내 온몸으로 번져나갔다. 계속 내딛어야 할 오른쪽 다리는 힘없이 떨렸고 자갈을 밟고 선 발은 마비된 것 같았다. 무릎이 꺾이면서 반야는 먼 데서 비명 소리를 들었다. 이어 바닥으로 쓰러지면서 반야는 비명이 자신이 낸 소리라는 것을 알았다. 바닥에 몸이 부딪칠 때 아파야 했지만 반야는 별로 아픈 것을 느끼지 못했다. 새로운 통증은 여전히 온몸을 뒤흔드는 첫 번째 통증보다 약했다. 바닥에 누워 몸을 떠는 동안 작은 돌부리가 머리를 찔렀다. 눈물이 흐르는 흐릿한 시야로 커다란 형상이 다가오는 모습이 보였다. 반야는 눈을 깜빡거렸지만 자신의 의도였는지는 알 수 없었다. 몸이 전혀 말을 듣지 않았다. 단 몇 초 동안이지만 반야는 분명히 보았다. 도저히 있을 수 없는 일이었다.

불가능하고 상상할 수도 없는 일이었다.

앞에 서 있는 자는 에드바르트 힌데였다.

전기 충격 총을 들고 있었다.

세바스찬은 유리문을 열고 경찰청 안으로 뛰어 들어갔다. 통행증이 없는 그는 안내소까지 갈 수밖에 없었다. 아무리 소리치고 애원을 해도 안내소에 있는 여직원은 그를 들여보내지 않았다. 토르켈은 아직 오지 않았다. 그는 세바스찬과 첫 번째 통화를 한 직후 다시 전화를 해 반야가 자신의 전화도 받지 않는다고 알렸다. 토르켈은 첫 번째 통화를 할 때보다 더 다급한 목소리로 반야가 있는 곳을 알지도 모른다며 빌리에게 전화해보겠다는 말을 했다. 그러면서 경찰청으로 오고 있다는 말을 했었다.

10분 전의 상황이었다.

세바스찬은 다시 밖으로 뛰쳐나갔다. 어디로든 부지런히 움직이는 동안에는 불안감이 덜한 느낌이 들었다. 그는 휴대전화를 손에 들고 한트베르카르 길을 따라 걸으며 토르켈이 다시 전화를 할지 몰라 기다렸다. 그때 저 앞에서 차를 몰고 다가오는 토르켈이 보였다. 그는 전화기를 다시 집어넣고 요란한 손짓과 함께 검은색 차를 향해 달려가며 큰 소리로 토르켈의 이름을 불렀다. 거리의 행인들이 그를 돌아보았지만 세바스찬은 전혀 개의치 않았다.

토르켈이 브레이크를 밟았다가 신호에 따라 차선을 바꾼 뒤 달려오는 것으로 보아 이제 세바스찬을 본 것이 분명했다. 토르켈은 도로변으로 차를 몰다 세바스찬 바로 앞에서 차를 세웠다.

토르켈이 창문 밖으로 고개를 내밀었다. “빌리 말로는 반야가 조깅을 할 거라던데. 적어도 조깅을 할 계획은 있었다고 말했어요.”

“반야는 언제나 공과대학 뒤쪽에서 조깅을 해요.”

“확실해요?”

“그래요. 적어도 내 생각으로는. 언젠가 반야가 말해준 적이 있었거든요.”

물론 세바스찬은 반야가 어디서 운동을 하는지 정확하게 알고 있었다. 또 실제로 그쪽으로 몇 번인가 미행한 적도 있었다. 물론 전 구간을 따라간 것은 아니지만 어쨌든 가본 곳이었다. 출발 지점과 도착 지점은 알았다. 반야는 오늘 긴 구간을 돌 것으로 보였다. 시간이 날 때면 언제나 그랬다. 이런 식으로 그가 반야 뒤를 쫓았다면 랄프도 뒤를 따랐을 가능성이 있었다. 그림자를 그림자가 뒤쫓는 꼴이었다. 그렇다면 힌데도 상황을 파악하고 있다고 봐야 한다.

세바스찬은 너무 오래 서 있었다는 느낌이 들며 공포가 밀려왔다. “무조건 반야를 찾아야 해요!” 세바스찬은 고함을 지르며 조수석으로 올라탔다.

토르켈은 세바스찬을 진정시키려고 했다. "빌리가 오는 중이에요. 기다려 보자고요. 빌리는 반야와 함께 몇 차례 조깅한 적이 있거든요. 반야가 뛰는 코스를 정확하게 알 거예요."

세바스찬은 한숨을 쉬었다. 이대로 기다리고 싶은 생각이 없었다. 하지만 빌리가 조깅 코스를 안다는 말을 듣자 다소 마음이 놓였다.

"지금 빌리는 어디 있는데요?"

"서둘러서 이쪽으로 오는 중이에요." 토르켈이 세바스찬의 눈을 들여다보자 그 눈빛은 온통 반야 생각에 여념이 없는 것 같았다.

"사람들을 보내요!"

토르켈은 고개를 끄덕이며 휴대전화를 집어 들었다. 세바스찬은 당장이라도 그쪽으로 달려가고 싶었다. 너무 긴장한 나머지 몸이 부들부들 떨렸지만 그는 그런 모습을 애써 감추려고 했다. 토르켈은 순찰차를 릴 얀스 숲으로 보내라고 지시하면서 이쪽으로 자전거를 타고 달려드는 사람을 손가락으로 가리켰다. 빌리였다. 빌리는 세바스찬이나 토르켈만큼 상황을 심각하게 받아들이는 것 같았다. 기를 쓰고 이쪽으로 달려오는 모습이었다. 빌리는 헐떡거렸다.

"당장 출발하자고, 빌리. 빨리 타요!" 토르켈이 외쳤다.

빌리는 자전거를 도로변 철책에 묶고 잠갔다. 이어 그가 자동차로 달려와 올라타려는 순간 전화벨 소리가 들렸다. 주머니 속에서 진동이 나는 것을 느낀 세바스찬은 자신의 전화라는 것을 알았다. 그는 떨리는 손으로 전화기를 들고 귀로 가져갔다.

"잠깐 기다려요." 그는 화면을 보았다. 간절히 바라던 번호였다. 그는 심호흡을 했다.

"반야에요." 세바스찬은 즉시 전화를 받았다. "반야, 어디 있어요?"

하지만 상대의 목소리는 반야가 아니었다.

"잘 있었나, 세바스찬?"

에드바르트 힌데의 목소리였다.

토르켈과 빌리는 세바스찬의 얼굴이 창백해지는 것을 보았다. 경련하듯 몸을 떨며 얼음장처럼 몸이 굳어지는 걸 느꼈다.

"원하는 게 뭐야?" 갑자기 그의 입에서 튀어나온 말이었다.

이 순간 나머지 두 사람도 세바스찬이 누구와 통화하는지 알아챘다. 단 한 명을 빼고는 세바스찬에게 이런 반응을 불러일으킬 사람은 없었다.

힌데의 말투에는 승자의 여유가 깔려 있었다. "자네가 잘 알 텐데. 반야에게 그 얘기는 언제 들려줄 건데?"

세바스찬은 나머지 두 사람에게 등을 돌렸다.

두 사람 앞에서는 감정을 숨기고 싶었다. 자신의 인생이 산산조각 나는 순간을 보여주고 싶지 않았다.

"처음에는 두 사람이 닮았다는 것을 나도 몰랐지." 힌데가 말을 이었다. "하지만 이제 기회가 왔으니 반야를 자세히 살펴봐야겠어."

"손대기만 하면 너는 죽을 줄 알아."

"겨우 그런 생각밖에 못하나? 자네는 이제 잘나가던 시절도 끝났어, 세바스찬. 전에는 자네가 쓴 글을 훔쳐보는 재미가 있었지만 이제 더 이상은 자네가 똑똑한 인물이 못 된다는 것을 알게 되었지."

세바스찬은 통화를 하면서 힌데가 얼마나 이 대화 자체를 즐기고 있는지 뚜렷이 느낄 수 있었다. 마치 이런 대화를 하기 위해 오랜 세월을 기다린 것 같았다.

"입 닥쳐. 네 장난질이라면 구역질이 나. 반야는 건드리지 마!"

"내가 저지른 네 건의 살인을 자네가 중단시켰는데 다시 네 명이 죽은 뒤 내가 랄프를 중단시켰으니 너무 시적이라는 생각이 들지 않나? 우리 두 사람은 갈수록 닮은 것 같지 않아? 자네와 나 말이야."

"난 여자를 죽이지 않아."

"맞아. 섹스만 할 뿐이지. 하지만 자네와 섹스를 한 여자가 바로 내가 죽인 여자야. 그 여자들은 단지…… 하찮은 존재에 지나지 않아. 자네는 그저 끝까지 갈 용기가 없었을 뿐이지. 아마 자네 마음에 들 거야."

세바스찬은 눈앞이 캄캄했다. 반야가 통화 상대에게 잡혀 있다는 생각만 하면 아찔했다.

"미쳐도 더럽게 미친놈."

힌데는 이런 욕이 전혀 먹히지 않았다. 세바스찬은 할 수 있는 표현을 모두 동원해 힌데를 불렀다. 사전에 나오는 욕이란 욕은 모두 사용했다. 하지만 아무런 의미 없는 단어의 나열일 뿐이었다. 다양하게 활용할 카드를 손에 쥔 사람은 힌데였다.

"방금 끝까지 가지 못할 거란 말을 했는데…… 자네 딸을 또 잃을 용기가 있을까?"

세바스찬은 신경이 곤두선 가운데 전화기를 귀에 바싹 대었다. 마음 같아서는 전화기를 땅바닥을 향해 있는 힘껏 팽개치고 싶었다. 딸 둘을 모두 잃게 생겼다. 이런 세상에서 무엇 때문에 더 살아야 한단 말인가?

"하지만 자네가 나를 찾아낼 수도 있겠지. 잘나가던 옛날처럼 말이야."

이어 힌데의 목소리가 사라지며 전화가 끊어졌다. 세바스찬은 전화기를 내려놓고 자신과 똑같이 창백한 얼굴을 하고 있는 토르켈과 빌리를 쳐다보았다.

“반야는 힌데의 수중에 있어요. 힌데는 내가 찾아내기를 바라고.”

힌데에게는 정말 중요한 문제 같았다.

그는 다른 사람들을 죽임으로써 세바스찬에게 복수하려는 것이 아니었다. 그는 순수한 복수를 원하고 있었다. 힌데가 노리는 것은 바로 세바스찬의 목숨이었다. 이것이 지금 이 순간 세바스찬이 받아들일 수 있는 타협책이었다.

그는 힌데를 찾아내기만을 바랐다. 그는 토르켈을 쳐다보았다.

“랄프를 만나야겠어요.”

토르켈은 주머니에서 통행증을 꺼내 세바스찬에게 건넸다.

“그럼 같이 가자고요.”

그는 어린 시절, 집 뒤에 있는 풀밭에서 나풀나풀 날아다니던 노랑나비를 기억에 떠올렸다. 그는 어릴 때 나비를 잘 잡았다. 나비를 잡아 뒤랄렉스 유리컵에 넣고는 달아나려고 몸부림치는 나비를 호기심을 갖고 관찰했다. 때로는 유리컵 안에서 죽게 내버려둔 적도 많았고 날개를 잘라내어 나비가 몸통으로 힘겹게 맴돌다 지친 나머지 조용히 바닥에 등을 대고 죽어가는 모습을 지켜보기도 했다. 나비를 어떻게 다루던 그것은 아무런 의미가 없었다. 그가 보고 싶었던 것은 살려고 몸부림치는 모습이었다. 처음부터 출구가 막힌 상황에서 생존을 위해 몸부림치는 광경을 보고 싶었다. 이런 광경은 언제나 그의 인생에서 공통된 주제였다. 희생자가 몸부림을 포기하고 운명에 굴복하는 바로 그 순간을 포착하는 것이 주제의 핵심이었다. 이런 순간을 지켜보는 혜택을 받은 사람은 극소수에 지나지 않았다.

그는 계속 집으로 향했다. 오랜만에 가보는 집이라 흐뭇한 기분이었다. 떨어져나간 팻말의 글자, 비바람에 상한 목조건물은 그가 오랫동안 머릿속에 간직한 장면과 완벽하게 일치했다. 그가 칠을 했던 건물벽. 오랫동안 꿈꾸던 곳.

이제 그 꿈이 드디어 현실로 변할 것이다. 이보다 더 멋진 환상을 실현하는 것은 어려울 것이다. 반야가 실제로 세바스찬의 딸이었기 때문이다. 이것은 더 이상 의심할 여지가 없는 사실이었다. 전화를 받을 때 세바스찬이 보인 반응이 그가 품은 마지막 불확실성을 날려 보냈다.

롤란드는 반야를 차에서 끌어내리고 집 안으로 데리고 들어갔다. 반야는 생각보다 강했으며 머리 위에 자루를 씌우고 팔다리를 결박했는데도 완강하게 저항했다. 문에 이르자 반야는 강철 스프링처럼 몸을 내뻗으며 들어가지 않으려고 버텼다. 힌데는 롤란드가 반야를 제압하기 위해 반야의 머리를 육중한 문에 짓찧으려는 것을 정확하게 알아차렸다. 마지막 순간에 힌데는 자신의 조수가 하려는 짓을 저지했다. 힌데는 대신 전기 충격 총을 반야의 목덜미에 대고 발사했다. 반야는 온몸에 경련을 일으키며 힘없이 롤란드의 품안에서 정신을 잃었다. 힌데는 반야가 이송 중에 부상당하는 것을 원치 않았다. 반야가 가능하면 상처 없이 깨끗한 몸을 유지하기를 바랐다. 멍이 들어서도 안 되고 찰과상도 입으면 안 되었다.

두 사람은 함께 반야를 커다란 침실에 있는 철제 침대로 끌고 갔다. 힌데는 침대가 아직 집 안에 있다는 롤란드의 말을 듣고는 다행이라고 생각했었다. 침실의 벽지는 벗겨져나갔지만 군데군데 보이는 파란 아이리스 꽃무늬는 여전히 형태가 분명했다. 또 먼지가 풀풀 날리고 곰팡내가 풍겼지만 그런대로 쓸 만했다. 나름대로 독특한 분위기가 깔려 있었다. 두 사람은 롤란드가 미리 가져다 놓은 시트를 침대 위에 깔고 반야의 다리를 다시 침대 발치의 기둥에 묶었다. 그리고 끈이 단단히 묶였는지 확인했다. 반야는 그동안 몸부림을 치느라 땀으로 몸이 흠뻑 젖었다. 힌데는 반야의 따뜻한 피부를 부드럽게 쓰다듬었다. 이어 두 사람은 차에서 나머지 물건을 갖고 오기 위해 밖으로 나갔다.

롤란드가 세워놓은 차는 담장 바로 앞에 있었다. 후덥지근한 저녁이었다. 두 사람은 말없이 오랜 가뭄으로 노랗게 변한 잔디밭을 가로질러 갔다. 힌데는 거구의 롤란드가 옆에 따르는 모습을 보고 마음이 든든했다. 그는 오랫동안 그가 필요했다. 이제 모든 것이 정상화된 기분이었다. 차가 있는 곳에 이르자 롤란드는 계속 뒷자리에 놓아두었던 이삿짐용 갈색 상자를 꺼냈다. 상자는 무거워 보였다. 힌데는 롤란드를 바라보았다.

"다 준비됐어?"

"응. 그래도 혹시 모르니 직접 확인해봐."

힌데는 고개를 흔들었다. "자네를 믿네, 롤란드."

힌데는 상자를 받아 옆에 내려놓았다. 그리고 차에서 상의를 꺼내 돌아가려는 롤란드 쪽으로 돌아섰다.

"우리는 여기서 헤어지자고. 나머지는 내가 알아서 하겠네. 차는 자네가 알아서 처리해. 시체는 트렁크에 둬도 돼."

롤란드는 고개를 끄덕였다. 그가 갈퀴 같은 손을 내밀자 두 사람은 악수를 했다.

"조심하고."

"걱정 마."

힌데는 작별의 표시로 가볍게 롤란드를 안았다. 마치 우정이 깊은 친구처럼 보였다. 롤란드는 은색 차로 올라가 시동을 걸고 그곳을 떠났다. 힌데는 그 자리에 서서 사라지는 차의 꽁무니를 바라보았다. 차는 집에서 조금 떨어진 숲 쪽을 향해 가고 있었다. 저녁놀 사이로 긴 그림자를 드리운 차는 드디어 나무들 사이로 사라졌다. 잠시 뒤 자동차 엔진 소리가 작아지더니 마침내 완전히 조용해졌다.

이제 이곳에 남은 사람은 그와 반야뿐이었다.

운이 좋다면 곧 세바스찬도 모습을 보일 것이다.

그는 무거운 상자를 들어 올리고 황량한 집을 향해 걸음을 옮겼다. 아직 할 일이 많이 남았다.

좁은 공간이었다. 공기는 숨이 막힐 듯 갑갑했고 먼지와 땀 냄새가 뒤섞여 있었다. 통풍 장치는 이미 낡은 데다가 온도는 30도에 가까웠다. 세바스찬은 창문이 없는 것을 보고 건축사에게 마음속으로 고마움을 느꼈다. 햇빛이라도 들어온다면 더 이상 견딜 수 없었을 것이다. 토르켈과 세바스찬은 랄프 스벤손을 마주 보고 나란히 앉아 있었다. 랄프는 번호가 없는 죄수복 차림이었다. 축 늘어진 모습이었다. 그의 시선은 두 사람 사이를 오가다 마침내 토르켈 쪽에서 멈췄다.

"나는 이 사람과만 이야기 할 거요." 랄프는 턱으로 세바스찬을 가리켰다.

"누구와 이야기할 건지는 네가 결정하는 게 아냐."

"좋아요, 그럼."

랄프는 묵비권을 행사하려는 것처럼 입을 꼭 다물었다. 그리고 두 손을 모으고 배 위로 갖다 대고는 고개를 숙였다. 토르켈은 한숨이 나왔다. 그는 결과를 무시하고 권위를 내세울 생각은 없었다. 랄프는 동료 직원이자 친구인 여자를 잡아두고 있는 힌데와 관련이 된 자였다. 꼬치꼬치 캐물을 시간이 없었다. 한시가 급한 두 사람은 신속하게 소기의 목표를 달성해야 했다. 토르켈은 의자를 뒤로 물리고 자리에서 일어났다. 그리고 세바스찬의 어깨를 가볍게 친 다음 말없이 문 쪽으로 가서 문을 열고 밖으로 사라졌다.

문이 닫히자마자 랄프는 고개를 들고 세바스찬을 쳐다보았다. 이어 몸을 꼿꼿이 세우더니 등을 쭉 편 다음 팔꿈치를 탁자에 괴고 허리를 숙였다. 세바스찬은 말없이 기다렸다. 랄프는 샅샅이 살피듯 그를 뚫어지게 바라보았다. 이런 태도는 힌데에게 물려받은 것이 분명했다. 하지만 세바스찬이 볼 때 랄프에게 이런 시선을 정당화해줄 근거가 있는지는 의심스러웠다. 어쨌든 잠시 같이 어울려줄 수는 있었다. 이 같은 침묵 속의 치킨게임을 그가 전혀 마다할 이유가 없었다. 생각을 가다듬고 감정을 배제할 시간을 벌 수 있다. 불안감도 털어내야 한다. 감정을 앞세우거나 흥분하는 것은 반야에게 전혀 도움이 안 될 것이다. 이제 한창 때 보여주었던 바로 그 세바스찬의 기질을 불러낼 때이다. 냉정하고 유연하면서도 분석적인 스타일.

"세바스찬 베르크만. 드디어 당신을 만나게 되는군."

랄프가 먼저 침묵을 깼다. 상대에 대한 일종의 매혹 같은 감정을 드러낸 것이다. 세바스찬은 이런 만남이 고마웠다. 그를 더 우월한 위치로 올려주는 만남이었기 때문이다. 랄프는 절대 힌데와 동등한 리그에서 뛸 수 있는 자가 못 되었다.

"지금 기분이 어때?" 세바스찬은 랄프의 말에는 개의치 않고 중립적인 목소리로 물었다. 상대를 인정하는 미소도 없었다.

"그게 무슨 말이오?"

세바스찬은 어깨를 으쓱해 보였다. "그냥 가벼운 질문이야. 기분이 어때?"

"왜 그걸 알려고 하지?"

사실 세바스찬은 랄프의 안부에는 전혀 관심이 없었지만 다년간의 경험으로 이것이 대화의 물꼬를 트기 위해 썩 괜찮은 질문이라는 것을 알고 있었다. 단순해 보여도 이런 질문은 생각 이상으로 상대를 유혹하기 마련이다. 이 경우에 대답에 대한 기피는 랄프가 자신의 안부에 대한 질문에 익숙하지 않다는 의미였다. 그런 질문은 랄프에게 불쾌한 것이었다. 어쩌면 그에게 이런 질문을 한 사람들이 대답 자체에 관심을 보이지 않았기 때문인지도 모른다. 따라서 이런 주제에 자신의 생각을 말할 필요는 없었다. 또 랄프가 자신의 감정을 드러내는 데 좋지 못한 경험을 했다는 의미일 수도 있다. 생각을 드러내어 많은 사람에게 알려지는 결과가 된다는 경험을 했을 수도 있다. 세바스찬은 계속 곰곰이 생각할 필요가 없었다. 그는 즉시 다른 전술을 시도해보았다. 가볍게 반발심을 자극하는 전술이었다.

"힌데를 흉내 낸 기분이 어때?"

"좋지요. 단순히 랄프로만 지내는 것보다야 낫지."

세바스찬은 멍하니 고개를 끄덕였다.

단순히 랄프로만 지내는 것……. 나약한 자화상이었다. 랄프는 자신을 하찮게 여겼다. 그가 단순히 힌데에게 가서 자신의 행위를 털어놓은 것이라고 본다면 말이 안 된다. 세바스찬 앞에 앉아 있는 이자는 평생 그렇게 완벽한 아이디어를 혼자 개발해낼 위인이 못 된다. 그런 식으로 주도권을 행사한 적이 없었을 것이다. 지금까지 살아오면서 혼자 힘으로 이런 일에 성공을 거두었다는 것은 세바스찬으로서는 도저히 상상할 수 없었다. 랄프가 얼마나 힌데를 숭배했는가를 보면 오히려 그 반대가 맞다고 할 수 있다. 이런 판단은 이들이 랄프의 집에서 찾아낸 신문기사의 스크랩만 봐도 아주 명백하다.

명성과 확인.

힌데는 이 두 가지를 랄프에게 제공했기 때문에 세바스찬으로서는 원하는 결과를 얻기가 쉽지 않았다. 쉽지는 않지만 불가능한 것은 아니었다. 이들 두 사람 사이를 갈라놓는 쐐기를 박을 수만 있다면 가능하다.

"우리가 당신을 어떻게 찾아냈는지 아나?"

"알아요."

"누가 당신을 배신했는지도 알고 있고?"

"누가 얘기해 줘서 알았죠."

"믿고 의지하던 사람이 배신하다니, 이상하지 않아?"

"선생님에게 계획이 있고 이것도 그중의 일부라면……." 랄프는 순진한 표정을 지으며 두 손을 들어올렸다.

이자가 네 명의 여자를 죽인 살인범이라는 사실을 모르는 사람이 본다면 경건한 신자라고 볼 정도로 순진한 얼굴이었다.

"나는 위대한 사람의 발자취를 좇으려고 하는 평범한 사람일 뿐이오." 랄프가 말을 이었다.

세바스찬은 좁은 방 안에서 서성거리기 시작했다. 시간이 얼마 없었다. 그는 자신의 초조함을 노출시키지 않으려고 바짝 긴장하지 않으면 안 되었다. 그는 안타깝게도 이 절차를 단축시킬 수 없다는 것을 알고 있었다.

"장담하는데 당신은 절대 평범하지 않아. 그러니까 힌데가 당신을 여기에 처넣은 거지."

"지금 나에게 아부하는 거요?"

"그럼 당신이 무가치한 존재라는 거야?"

"지금의 내가 있는 것은 모두 선생님 덕분이오. 당신도 마찬가지고."

"아, 그래? 얼마나?"

"당신이 쓴 책은 선생님이 한 말들이지. 그 책이 성공할 수 있었던 것은 그분의 행동이 있었기 때문이오. 내가 유명해진 것도 그렇고. 선생님은 위대한 인물이오."

세바스찬은 정확하게 들었다. 랄프의 말은 암송하듯이 빠르게 튀어나왔다. 미리 연습한 것 같았다. 마치 주문을 외듯 했다. 한때는 진실이었지만 이제는 한 가닥 의문의 여지가 있다는 뉘앙스가 담겨 있었다. 아니면 세바스찬 자신이 원하는 방향으로 들었기 때문일까?

"당신 말은 그러니까 우리 둘 모두 피라미에 불과하다는 거네. 그렇다면 정말 화가 나는걸."

"우리 두 사람의 차이는, 당신은 선생님과 견줄 수 있다고 생각하는 것이고 나는 내가 그런 존재가 못 된다는 걸 안다는 거요." 랄프는 마치 무슨 엄청난 깨달음을 얻기라도 한 표정으로 고개를 끄덕였다. "이것이 바로 그분이 우리에게 보여주려는 것이오. 인생이라는 지옥에서 우리가 차지한 위치를 말이오."

세바스찬은 하찮은 궤변을 무시하고 핵심을 찌르고 들어갔다. 맨 밑바닥에 있는 사람이라면 어떤 생각을 할까? 위로 올라가려고 할 것이다.

"하지만 당신은 당신의 위치를 떠났잖아." 세바스찬은 손바닥으로 탁자를 짚고 랄프를 향해 좀 더 몸을 앞으로 내밀었다. "당신은 많은 발전을 했어. 이제는 단순히 그자와 견줄 수 있는 정도가 아니야."

명성과 확인.

이 말이 효과를 일으킨 것이 분명했다. 랄프는 머리를 갸우뚱했다. 그는 이 말에 귀를 기울였을 뿐 아니라 곰곰이 생각하는 눈치였다. 그 모든 것을 다시 한 번 생각한다면 좋을 텐데.

"당신이 볼 때는 당신이 그를 능가하려고 하는 시점에 그가 당신을 철창에 가둔 것이 궁금하지 않아?" 세바스찬이 말을 이었다.

"나는 그렇게 생각하지 않는데……."

전에는 미처 몰랐지만 이제는 그런 생각이 꿈틀대는 것으로 보였다. 세바스찬은 이런 심리적 변화를 포착할 수 있었다. 그는 익숙한 길로 한 걸음 내디뎠다. 효과가 나타나고 있다는 느낌이 들었다.

명성과 확인.

"하지만 헌데 생각은 달라." 세바스찬이 계속 입을 열었다. "그가 당신을 이곳에 보낸 것은 딱 한 가지 이유밖에 없어. 당신이 그 자신보다 더 위대해지는 것을 두려워하기 때문이지."

세바스찬은 랄프가 앉은 자리에서 몸을 똑바로 세우는 것을 보았다. 한 마디 들을 때마다 심리적 변화가 엿보였고 새로운 인식을 하는 것으로 보였다.

"난 그렇게 보지 않아요."

아니, 넌 그렇게 보고 있어. 세바스찬은 속으로 생각했다. 이제 너도 그렇게 생각하고 있다고. 네가 철두철미한 사이코패스일 수는 있지만 네 몸짓을 통제할 정도는 못 돼.

이제 몇 마디만 더 하면 충분했다. 그에게 곰곰이 생각할 여유를 줘선 안 된다. 쐐기는 박혔다. 이제 랄프가 두르고 있는 갑옷을 벗길 때이다.

"그러면 나에게 물어봐. 힌데와 당신 중에 내가 누구를 두려워하는지. 내가 누구를 두렵다고 생각할까? 맞춰보라고."

이런 말이 세바스찬의 입에서 술술 풀려나왔다. 깊이 생각하고 자시고 할 것도 없었다. 할 말을 어떻게 꾸밀지 생각할 필요가 없었다. 이루 말할 수 없는 그간의 고초를 생각하면 사실이기도 했다. 사실을 털어놓는 기분은 좋았다. 뭐가 불안했는지, 얼마나 힘들었는지 있는 그대로 말했다. 세바스찬은 분노를 터트리지 않는 것에만 주의하면 되었다. 랄프의 자아를 자극하면 된다. 그는 앞으로 몸을 더 내밀고 거의 속삭이는 소리로 말했다.

"나에게 상처를 입힌 사람은 바로 당신이야. 나를 잠 못 이루게 한 사람도 당신이고. 당신이야말로 영웅이야. 여태껏 마음 놓고 행동한 사람이고. 신문이 누구에 대한 기사를 썼지? 온 세상이 두려워한 사람이 누구지? 누가 세상 사람들의 이목을 끌었냐고."

"그런 이목을 끄는 것은 지금도 변함없어."

"하지만 이제는 얼마 못 갈걸. 당신이 여기 갇혀 있는 동안에 힌데가 밖에서 활개 치고 있으니 말이야. 그자가 바통을 이어받은 거지."

랄프는 완전히 어리둥절한 눈으로 세바스찬을 쳐다보았다. 세바스찬은 랄프가 힌데의 계획을 알지 못한다는 느낌이 들었다. 이제는 굳이 물어보지 않아도 대답을 알 것 같았다.

"밖에서라니, 무슨 소리요? 그분이 탈옥했다는 거요?"

"그래."

세바스찬은 랄프가 이 말을 곱씹는 모습을 지켜보았다. 이 정보의 전후 관계를 면밀하게 헤아려보는 눈치였다. 하지만 정확한 판단을 못 내리는 것 같았다.

"당신 그의 계획을 모르고 있었나? 그자가 당신에게 설명해주지 않았어?"

랄프는 대답하지 않았다. 대답해서도 안 되었다. 그가 실망한 것은 명백하다.

"그자는 당신이 아는 것을 원치 않았던 거라고." 세바스찬은 어떻게 해서든지 랄프가 얼마나 정보에 어두운지를 깨닫도록, 아니면 이 일에 대한 논리적인 납득을 하도록 계속 입을 열었다. "그는 당신의 권력을 빼앗으려고 한 거야." 세바스찬이 분명하게 말해주었다. "그렇다면 누가 당신을 두려워한 걸까?"

랄프는 거의 혼란스러운 표정으로 세바스찬을 올려다보았다. 세바스찬은 상대가 곧 패배를 인정할 것이라는 느낌을 받았다.

"하지만 당신은 여전히 권력을 쥐고 있어." 세바스찬은 조용히 가능하면 신뢰가 담긴 어조로 말을 이었다. "당신이 통제할 수 있는 것에 대해 통제력을 발휘하란 말이야. 제자가 스승이 되는 법! 언제나 스승이 되는 것이 꿈이었잖아. 에드바르트 힌데 같은 사람이 되는 것 말이야."

"난 벌써 힌데를 넘어섰어."

세바스찬은 그가 '힌데'라는 호칭을 사용하자 속으로 쾌재를 불렀다. 더 이상 '선생님'이라고 부르지 않은 것이다.

랄프는 단호한 결심을 한 얼굴로 세바스찬을 바라보았다. "나는 다섯 명을 해치웠다고."

갑자기 세바스찬은 속으로 긴장했다. 다섯 명이라고? 희생된 여자가 한 명 더 있다는 거야? 수사진이 찾아내지 못한 여자가 또 있어? 어떻게 이것을 몰랐지? 도대체 누구란 말인가?

"뚱뚱한 남자를 보내버렸지." 초조하면서도 어리둥절해 하는 세바스찬의 눈빛을 보자 랄프가 설명했다.

아, 트롤레. 맞다. 트롤레가 죽은 것이다. 진작 알고 있기는 했지만 막상 사실을 확인하자 번개를 맞은 기분이었다. 아무 말도 못하고 그저 눈만 깜빡였다.

목표가 더욱 분명해졌다. 그는 랄프의 심리를 직접 파고들었다. 이미 여러 개의 방어선을 돌파했다. 이제 감정이 오락가락해서는 안 된다. 트롤레는 죽었다. 이미 지난 일이다. 뭔가 새로운 것이 필요하다. 랄프를 압박해야 한다.

"그것만으로는 충분치 않아."

"왜 충분하지 않지?"

"그건 계획에 없었던 거니까." 세바스찬은 살얼음판을 걷고 있다는 느낌을 받으며 랄프가 말뜻을 알아듣기를 바랐다. "길거리에서 누군가를 죽이는 것은 힘든 일이 아냐." 그는 계속 입을 열었다. "바보라도 할 수 있다고."

"자동차 안에서였지." 랄프가 생각에 잠긴 표정으로 말했다.

"뭐라고?"

"내가 차 안에서 그 남자를 찔렀단 말이야. 물론 당신이 무슨 말을 하는지는 알아. 그 사람은 의식의 일부가 아니었다는걸."

"당신은 의식을 벗어날 능력이 있어."

세바스찬을 바라보는 랄프의 눈빛이 따뜻해졌다. 힌데는 자신과 세바스찬 두 사람이 서로 닮았다는 말을 한 적이 있었다. 그 말대로 두 사람은 닮았다. 두 사람 모두 랄프를 알아보았다. 그가 어떤 사람인지 꿰뚫어 본 것이다. 있는 그대로의 랄프를 인정했다. 그가 무시할 수 없는 존재란 것을. 그런데 힌데는 그를 배신했다. 등 뒤에서 비겁하게 칼로 찌른 것이다.

세바스찬은 의아해하면서도 미소가 담긴 랄프의 눈빛을 보았다. 그를 대하는 태도가 부드러워졌다. 랄프를 제압한 것이다. 인정을 해달라고 외치는 이 정체불명의 녀석을 훤히 꿰뚫어 본 것이다. 정확하게 이런 방식으로 계속 몰고 갈 필요가 있었다.

"지금 기분이 어때? 당신 많은 일을 했잖아."

"이상하게 힘이 솟는 기분이야." 랄프는 곰곰이 생각하는 듯 잠시 말을 끊었다가 물끄러미 앞을 보았다. "대우받는 기분이라고 할까."

"당신은 대우를 받을 자격이 있어. 당신은 무시 못 할 적수라고. 하지만 먼저 누구의 적수가 될 건지 결정해야 해. 그래야만 승리를 거머쥐는 거야."

"당신 말은 내가 그를 대적해야 한다는 건가?"

"당신은 그자보다 우월해." 세바스찬은 숨을 깊이 들이마셨다. 거의 결승점에 다다랐다. 이제 더 이상의 사전 작업은 할 여유가 없었다. 불가피하게 목표를 달성해야 했다. 반야를 생각한다면 한시가 급했다.

"당신 도움이 필요해!"

랄프가 그를 올려다보았다. 완전히 어리둥절한 표정이었다.

"당신을 도우라고?"

"그것이 유일한 가능성이야. 내가 없으면 당신은 힌데에게 도전할 수 없어. 기껏해야 역사의 하찮은 에피소드로 남을 뿐이라고. 그동안에 힌데는 계속 살아서 활개 치겠지."

"그럼 내가 뭘 하면 되는데?"

세바스찬은 터져 나오는 웃음을 참느라고 꽤나 힘이 들었다. 아주 잘했어! 드디어 옛날의 그로 돌아가는 것이다.

“질문 한 가지에만 대답해.”

“좋아요.”

“힌데가 희생자의 집에 있지 않다고 가정해보지. 이때 힌데는 여자를 어디로 데려갈까?”

“당신은 그럼 그가 다음 제물로 누구를 골랐는지 알고 있나?”

“알아.”

“그가 벌써 행동을 시작했다는 거요?”

“그래.”

“그런데 그들이 어디 있는지는 모르고?”

“몰라.”

랄프는 미소를 지으면서 고개를 흔들었다. 이제 어느 정도 상황을 파악한 것 같았다. 세바스찬은 랄프가 이제 자신과 힌데 두 사람 중 한 명을 적으로 여길 뿐만 아니라 두 사람 모두에게 도전하리라는 예감을 받았다. 일을 빨리 마무리 짓고 싶었지만 계속 이런 식으로 나간다면 굽실거린다는 인상을 줄 것이다.

“당신이 쓴 책을 봐.” 랄프가 말했다.

“무슨 책?”

“제1권. 112쪽.”

랄프는 다시 미소를 지었다. 가볍게 딸꾹질까지 했다.

“내가 놓친 것이 있나?” 세바스찬은 이렇게 말하며 몸은 벌써 밖으로 나갈 준비를 했다.

“구급 센터 번호지, 112라는 숫자는. 구조를 기다릴 때 거는 전화번호. 나는 그 상징성이 마음에 들어.”

세바스찬은 그 문장을 언급한 적이 없었다. 그는 밖으로 나가면서 다시는 돌아오는 일이 없기만을 바랐다.

"저자가 뭐래요?"

심문실 바로 앞에서 기다리던 토르켈이 세바스찬을 따라 복도를 걸으며 물었다.

"혹시 내 책 가진 거 있어요?"

"무슨 책이요?"

"내 저서 말이에요. 여기 있어요?"

"내 방에 있는데."

세바스찬은 걸음을 재촉하며 계단으로 통하는 문을 열었다. 그리고 한 걸음에 두 계단씩 올라갔다. 엘리베이터가 더 빠를지도 모르지만 그는 가만히 서서 기다릴 수가 없었다. 에너지가 물리적인 힘처럼 솟구치는 기분이었다. 토르켈은 보조를 맞추기 위해 힘을 들였다.

"반야 소식 새로 들어온 것 없어요?" 세바스찬이 부지런히 계단을 오르며 어깨 너머로 물었다.

"없어요. 릴 얀스 숲에 있는 조깅 코스를 수색했는데 아무 성과가 없었어요." 토르켈은 숨이 가빠 헐떡거렸다. 너무 숨이 찬 표정이었다. "하지만 앰뷸런스는 찾아냈어요. 사망 두 명, 부상 두 명. 공범이 있는 게 분명해요."

"롤란드 요한손이겠죠."

"아마 그렇겠지요."

세바스찬은 속도를 줄이지 않고 계속 위로 올라갔다.

"당신 저서가 무슨 관계가 있는데요? 그자가 뭐라고 했어요?"

토르켈은 숨이 가쁜지 걸음을 옮길 때마다 멈췄다. 세바스찬은 대답하지 않았다. 그 자신도 이제는 숨이 가빴지만 쉬지 않고 계속 위로 올라갔다.

"세바스찬, 말 좀 해봐요!"

토르켈의 목소리는 헐떡거리면서 힘겹게 나왔다. 그는 반야에 대한 걱정 때문에 거의 제정신이 아니었다. 이해할 만했다. 그는 세바스찬의 대답을 들을 자격이 있었다.

"랄프의 말이 책 속에 힌데의 소재가 들어 있다는 거예요."

"당신 저서 속에?"

"저서 중 한 권 속에."

"그 책을 쓴 사람은 당신이잖아요. 그런데도 전혀 기억이 나지 않아요?"

세바스찬은 대답을 아꼈다. 그 구절을 안다면 이렇게 허겁지겁 계단을 오르지는 않을 것이다. 반야를 걱정하느라 차분한 생각을 할 겨를이 없었다. 그는 계속 계단을 올라갔고 토르켈은 뒤따르기에 바빴다.

토르켈의 사무실로 들어가자 세바스찬은 즉시 서가로 다가갔다. 그는 노란색 글씨가 박힌 갈색 표지를 즉시 알아보고 제1권을 뽑았다. ≪그는 언제나 친절한 인상을 주었다≫라는 제목이었다. 부제는 '에드바르트 힌데-연쇄살인범'이라고 되어 있었다. 제목은 힌데와 3년간 함께 일한 적이 있는 남자의 말에서 인용한 것이었다. 세바스찬이 저술하는 동안에 만난 모든 사람들과 마찬가지로 이 남자도 같이 일하는 동안 내내 힌데에게서 수상한 점을 전혀 발견하지 못했다. 이상할 것도 없었다. 에드바르트 힌데는 무척이나 조작을 잘하고 지극히 위장에 능한 인물이기 때문이다. 사람들은 누구나 자신이 원하는 것만을 그에게서 보았다.

"어느 부분에서 찾아야 하는지는 알아요?" 토르켈이 초조하게 물었다.

"그래요. 조금만 기다려요."

세바스찬은 해당 페이지를 펼치고 거기 있는 구절을 읽기 시작했다.

구조를 갖추기 좋아하는 힌데 같은 연쇄살인범에게는 범행 장소의 선정이 매우 중요하다. 이때 무엇보다 중요한 것은 지리적인 여건이다. 예컨대 거주지와의 거리, 그곳에 접근할 수 있는 가능성, 도주로 같은 것이다. 하지만 이런 요인도 상징적인 가치보다는 못하다…….

그는 몇 줄 건너뛰었다.

희생자의 사적인 생활 주변을 범행 장소로 결정할 때는 발각될 염려가 적다. 전체적인 사건을 보면 그는 살인을 저지를 때 처음 가보는 희생자의 집에 있었다. 한편 범행 장소를 고를 때 그가 가장 우선시하는 것은 안정감이다. 처음 발을 들여놓는 곳에서 안정감을 느낀다는 것은 어떻게 보면 모순되는 것처럼 보인다. 하지만 여자들이 공격을 받으리라는 예상을 하지 못하는 곳이 저항을 하거나 도피를 시도할 위험성이 적은 법이다……

세바스찬은 입을 다물고 서둘러 다음 장을 펼쳤다.

"여기 있어요!"

어떤 이유로 피해자의 집에 침입하는 것이 불가능할 때는 그가 포기할 가능성이 높다. 힌데 자신의 설명에 따르면 그는 마지막 대안으로서 그곳을 뒤로 미루거나 아니면 그에게 의미가 큰 곳을 다시 찾는 방법을 생각한다. 예를 들어 자기 환상이나 연쇄살인이 시작된 곳을 찾는 식이다.

세바스찬은 책을 덮었다.

"연쇄살인이 시작된 곳이라……." 토르켈이 들은 내용을 반복했다. "첫 번째 살인이 어디서 일어났지요?"

"정확한 주소는 기억나지 않지만 스톡홀름 남부였어요. 베스트베르가나 미드소마르크란센인가 그 어디쯤이었어요."

"빌리에게 찾아보라고 하지요."

토르켈은 빌리를 찾으러 밖으로 나갔다. 세바스찬도 따라 나갔다.

"환상은 그자의 집에서 일어난 게 분명해요." 세바스찬이 말했다. "모친이 사망한 다음이지요. 권리침해가 시작되었을 때에요."

토르켈과 세바스찬은 서로 눈을 마주쳤다. 기대감과 긴장감이 동시에 느껴졌다.

"그자의 양친 집은 메르스타에 있어요."

힌데의 어머니인 소피 힌데는 죽을 때까지 자신의 부모 집에서 살았다. 메르스타 북쪽에 있는 리케비 부근의 외딴 농가였다. 힌데는 이곳에서 성장했다. 세바스찬은 90년대 말, 첫 번째 저서를 집필할 때 이 집을 두 번 찾아갔었다. 이미 당시에도 사람이 살지 않는 빈 집이었다.

토르켈과 세바스찬은 파란 비상등을 켠 특수 기동대의 선두 차량에 앉아 E4 고속도로에서 북쪽을 향해 달리고 있었다. 이들 뒤에서는 나머지 기동대원들이 탄 두 대의 유개 트럭이 따르고 있었다. 토르켈과 기동대장은 지도를 펴놓고 작전 회의 중이었다. 메르스타의 경찰은 이미 이 집으로 빨리 진입하도록 도로 차단 조치를 취했다. 토르켈은 기동대가 특수 훈련도 받았고 필요한 장비도 갖췄기 때문에 기동대가 선두에서 진입해야 한다는 생각이었다. 메르스타 경찰은 예비 병력 기능만 해야 한다는 것이었다.

병력 투입은 복잡했다. 그 집은 한적한 곳에 있었지만 사방이 트인 들판에 둘러싸여 있기 때문에 눈에 띄지 않고 접근하기가 힘들었다. 여자 경찰관이 인질로 잡혀 있기 때문에 상황이 더 까다로웠고 모두에게 주는 압박감은 그만큼 더 컸다. 물론 기습 작전은 언제나 긴장되었지만 이번에는 자칫 잘못하면 심각한 결과를 부를 것이 분명했다. 동료 경찰의 목숨이 달려 있는 일이었기 때문이다.

세바스찬은 기동대장에게 그곳의 지형을 기억나는 대로 자세하게 일러준 것 말고는 가는 동안 내내 입을 다물었다. 안타깝게도 기억나는 것은 많지 않았다. 집이 크다는 것은 여전히 기억하고 있었다. 낡고 황폐한 2층 건물이었다. 기억이 가장 생생한 곳은 힌데가 어릴 때 갇혀 지내던 계단 밑의 작은 방이었다. 그는 그곳을 결코 잊지 못할 것이다. 천장에 달랑 전구 하나만 달려 있던 춥고 음산한 곳이었다. 울퉁불퉁한 마룻바닥과 오줌 썩는 냄새. 어두운 이 방을 생각할수록 점점 더 불안해졌다. 반야가 힌데의 부모 집에 갇혀 있다는 생각만 해도 견딜 수가 없었다.

이들이 우프란드의 베스비를 지나고 있을 때 빌리에게서 보고가 왔다. 그는 문서에서 미드소마르크란센 집 주소를 찾아내 제2 기동대와 함께 가는 중이라고 했다. 그러면서 상황을 더 파악하는 대로 다시 연락하겠다고 했다.

이제 수색을 위해 두 개 팀이 동원된 것이다. 목적은 단 하나 반야를 구출하는 것이다. 토르켈은 지도에서 눈을 떼고 세바스찬을 건너다보았다.

"당신 생각에는 그들이 메르스타에 있을 것 같아요?"

세바스찬은 고개를 끄덕였다. "양친 집이 그에게는 첫 번째 범행 장소보다 더 중요할 거예요. 더 많은 환상을 일으킨 곳이니까요."

세바스찬은 다시 입을 다물고 창밖을 내다보았다.

토르켈은 잠시 더 물어볼까 생각하다가 그만두기로 했다. 그는 힌데가 무슨 생각을 하는지에 대해서는 별로 알고 싶지 않았다. 어쨌든 세세하게 알고 싶지는 않았다. 그것은 세바스찬에게 맡기면 될 일이었다. 그에게 중요한 단 하나의 관심은 반야를 찾는 것이었다.

기동대장이 몸을 앞으로 내밀었다. "늦어도 20분이면 현장에 도착합니다."

토르켈이 고개를 끄덕였다.

작전시간이 다가오고 있었다.

힌데는 방 안에 서서 반야를 보고 있었다. 그는 반야의 발에 묶인 결박을 풀고 조깅용 바지를 벗겼다. 반야의 다리가 근육질인 것을 본 힌데는 만일에 대비해서 다리의 결박을 하나씩 풀었다. 어쨌든 반야는 꼼짝도 하지 않고 결박을 푸는 동안 내내 그대로 누워 있었다. 그는 자루를 뒤집어쓴 반야가 그동안에 의식을 찾은 건지 아닌지 확실히 알 수 없었다. 그는 따뜻한 반야의 맨다리를 만지고 이불 밑에서 반짝이는 검은 속옷을 보면서 한동안 이 광경을 만끽했다.

그는 일어나 방 한가운데 내려놓은 이삿짐 상자 쪽으로 갔다.

그는 상자를 열고 맨 위에 있는 잠옷을 조심스럽게 꺼냈다. 잠옷은 부드러운 면직으로 만든 것이었고 한 번도 입지 않은 새것이었다. 어릴 때 본 것과 거의 같은 종류였다. 어머니가 입던 모델은 생산이 중단되었기 때문에 힌데는 많은 상점을 돌아다니다가 이만하면 비슷하다는 생각이 들어 사온 것이었다. 비록 디자인은 조금 달랐지만 잠옷의 형태는 90년대 범행을 저지를 때 사용하던 것과 똑같다는 인상을 주었다.

그는 새 바람을 쏘이기 위해 잠옷을 흔들어 털고는 침대 발치에 걸쳐놓았다. 그리고 다시 상자 쪽으로 가서 스타킹과 새로 구입한 주방용 식도를 꺼냈다. 그 밑에는 식품도 있을 것이라고 생각했지만 그것은 나중에 꺼내면 될 것이다. 일단 반야를 먼저 의식에 맞게 준비시켜야 한다. 그는 스타킹을 잠옷 옆에 걸쳐놓고 칼이 담긴 포장을 풀어 칼날을 검사했다. 칼은 날이 예리했고 손으로 잡기가 편했다. 강철과 연철을 100번 단련해 만든 것으로서 무엇이든 벨 수 있을 것 같았다.

갑자기 반야가 눈앞에서 몸을 뒤척였다. 큰 동작은 아니었지만 분명히 움직인 것으로 보아 의식이 깨어난 것 같았다. 이제 위험할 수도 있는 다음 단계로 나갈 차례였다.

힌데는 반야가 스스로 잠옷을 입기를 바랐다. 비록 자발적으로 입지는 않더라도 자신의 힘으로 입기를 바랐다.

그는 여전히 풀려 있는 반야의 왼발을 다시 끈으로 침대에 묶기 시작했다. 반야는 조금 반발했지만 힌데는 물러서지 않고 억세게 다루었다. 이내 발은 다시 침대에 묶였다. 그는 일어나 스타킹은 조금 있다 신기기로 했다. 이 작업은 제2단계가 될 것이다. 그는 침대를 돌아 반야 옆으로 가서 시트 위에 앉았다. 낡은 침대에서 삐걱거리는 소리가 들렸다. 반야는 딱딱하고 불편하다는 느낌을 받을 것이다. 하지만 반야가 여기서 잠을 잘 것은 아니므로 그것은 전혀 문제가 안 되었다.

힌데는 칼을 들고 반야의 상체에 씌운 자루를 묶은 허리의 끈을 잘랐다. 이어 두 손으로 자루 끝을 잡고 있는 힘껏 자루를 벗겼다. 그러자 반야의 얼굴과 금발 머리가 드러났다. 반야는 정말 의식을 찾았다. 그는 호기심 어린 눈빛으로 반야를 쳐다보았다. 입 위에 붙인 접착테이프 때문에 반듯한 얼굴이 일그러져 있었다. 그런데도 반야는 아름다웠다. 머리는 헝클어졌고 긴장한 나머지 얼굴은 벌겋게 달아올랐지만 눈빛은 초롱초롱 빛났다.

"안녕, 반야!" 그가 말했다. "우리가 다시 만날 거라고 내가 말했지."

반야는 분노의 고함을 내질렀다. 힌데는 반야가 여기가 어디인지 확인하려고 주위를 두리번거리는 모습을 지켜보았다. 그는 고개를 숙이고 반야의 긴 머리를 쓰다듬었다. 조심스럽게 머리를 가지런히 해주려고 했다. 반야는 그의 손을 떨쳐내려고 머리를 앞뒤로 마구 흔들었다. 그는 반야가 저항하지 못하도록 머리칼을 꽉 움켜잡았다. 그리고 반야에게 더 바싹 다가갔다.

"다음 단계로 넘어갔으면 좋겠어." 그는 칼을 꺼내 예리한 칼날을 반야의 목에 갖다 댔다. 칼이 기도 바로 위에 있는 턱밑의 연한 살을 파고드는 동안 그는 반야가 완전히 겁에 질리는 모습을 지켜보았다.

"이제 팔을 풀어줄 거야. 바보같이 굴면 이 칼을 사용할 수밖에 없어. 내가 충분히 그럴만한 능력이 있다는 걸 잘 알겠지?"

반야는 대답하지 않았다.

"내 말을 알아들었으면 고개를 끄덕이라고."

반야는 한 치도 꿈쩍하지 않고 힌데를 노려보기만 했다.

그는 사랑스러운 눈빛으로 미소를 지었다. 멋진 몸부림을 보게 될 것이다. 그는 갈수록 반야가 마음에 들었다.

그들은 몸을 낮추고 숲을 통과하고 있었다. 세바스찬은 앞에서 포복하는 경찰들을 바라보았다. 특수 기동대는 세 개조로 나뉘었다. 제1조는 동쪽 숲에서 접근했다. 세바스찬과 토르켈이 뒤따르는 팀이었다. 북쪽 호수에서 접근하는 제2조는 주로 예상되는 도주로를 차단하는 것이 주 임무였고 1조를 지원하는 역할을 했다. 서쪽에서 그 집으로 접근하는 제3조는 선두 진입의 임무를 맡았다. 이들은 목표 지점에 이를 때까지 눈에 띄지 않으려고 무성하게 자란 풀밭에서 포복을 해야만 했다. 한 가지 다행인 것은 넘어가는 저녁 햇살을 등지고 있었기 때문에 쉽게 노출되지 않는다는 것이었다. 작전 성패에 가장 결정적인 지점은 마지막 20미터였다. 이 지점이 집 안에서 가장 잘 보이기 때문이다. 기동대는 사방이 트인 이 마지막 구간을 전력 질주해야 한다. 한시가 급한 상황에서 다른 선택의 여지가 없었다.

기동대장은 서쪽에서 접근하는 팀을 직접 지휘하면서 나머지 팀과 무전으로 교신을 했다. 토르켈과 세바스찬은 동쪽에서 접근하는 팀과 함께 작전이 이루어지는 동안 초원 끝에 있는 낡은 창고에서 대기하기로 기동대장과 약속을 한 상태였다. 이곳은 본채 건물이 잘 보이는 유리한 위치였다. 이 팀은 창고 앞에 있는 도랑까지 접근했다가 선두 공격조가 집 안으로 진입하자마자 즉시 건물을 포위하기로 되어 있었다. 충격탄으로 무장한 공격조는 힌데의 전투력을 무력화하기 위해 방마다 충격탄을 던질 것이다. 충격탄은 상해를 입히지는 않지만 강력한 섬광과 폭음을 일으키고 폭발할 때 방 안에 있는 사람들은 한동안 충격으로 정신을 잃는다. 이들의 목적은 힌데가 반야에게 위해를 가하는 것을 저지할 충분한 시간을 확보하는 것이었다.

창고까지 약 20미터를 남겨놓고 세바스찬이 집을 바라보았을 때 작은 언덕이 나타났다. 세바스찬은 몸을 낮춘 상태에서 동작을 멈췄다. 집은 여러 해 전에 그가 마지막으로 다녀갔을 때보다 더 황폐해진 것 같았다. 정원에는 잡초가 무성했고 창문의 문짝은 떨어져 나가고 없었다. 전면 벽의 일부도 허물어져 폐허나 다름없었다. 세바스찬은 당시 집행관이 이 집을 경매로 매각하려 했지만 관심을 보이는 사람이 아무도 없었던 것을 기억했다. 연쇄살인범이 예전에 살던 집은 인기를 끄는 부동산이 될 수 없었다.

세바스찬은 북쪽 팀이 목표물에 접근하는 것을 지켜보았다. 그리고 선두 공격조가 있어야 할 방향으로 눈을 돌렸지만 그들이 보이지 않자 마음이 놓였다. 힌데도 이들을 볼 수 없을 것이라고 판단했기 때문이다. 사실 그는 선두 공격조에 가담하고 싶은 생각이 간절했지만 이 점에서 토르켈은 태도가 아주 분명했다. 세바스찬은 관측자의 역할을 벗어나면 안 된다는 것이었다. 아마추어가 아니라 전문가가 펼치는 작전이라는 이유에서였다.

반야는 힌데가 손목의 결박을 풀 때까지 기다렸다. 그리고 기습적으로 일격을 가하려고 시도했지만 힌데는 민첩하게 한 발 뒤로 물러나면서 반야의 공격을 피했다. 힌데도 가만있지 않았다. 그는 반야의 공격이 빗나가자 칼등으로 무자비하게 관자놀이를 수차례 가격했다. 반야는 침대로 벌렁 나자빠지면서 왼쪽 얼굴에 극심한 통증을 느꼈다. 피가 흐르는지 맥박이 뜨겁게 뛰었다. 반야는 너무 아파서 저도 모르게 손으로 얼굴을 감쌌다. 힌데는 칼을 손에 쥔 채 반야를 바라보았다.

"나는 부드러울 수도 있고 잔인할 수도 있어. 그 결정은 전적으로 너에게 달린 거야."

그게 아냐, 네가 이곳의 결정권을 쥐고 있는 거지. 반야는 속으로 생각했다. 힌데의 촉촉한 눈은 기대감으로 빛났다.

반야는 힌데가 자신을 죽이는 것은 아주 간단할 거라고 확신했다. 하지만 그의 눈빛은 그 이상의 욕구를 드러냈다. 이 상황 자체를 즐길 뿐 아니라 반야와 함께 의식을 치르고 싶어 하는 눈빛이었다.

뢰브하가에서 힌데가 반야의 머리를 만지고 싶어 했던 것은 이런 욕구의 일부였다. 지금 반야는 이런 사실을 간파했다. 처음부터 세바스찬의 말이 옳았다. 힌데가 단둘이 만나려고 했던 데도 다 이유가 있었다. 그는 반야 가까이 있고 싶었던 것이다. 만지고 싶었던 것이다. 그리고 반야는 랄프의 이름을 알아내기 위한 대가치고는 이 정도는 아무것도 아니라고 생각했기 때문에 힌데의 요구를 허락한 것이다. 이제는 이런 판단이 틀렸다는 것을 알았다.

또 하나의 범행 장소에 자신이 와 있다는 생각을 하자 갑자기 소름이 끼쳤다. 조금 있으면 자신이 새로운 희생자가 되는 상황이었다. 또 그 세부적인 과정 하나하나를 알기 때문에 더욱 견디기가 어려웠다. 빠진 것은 하나도 없었다. 발치에 놓인 스타킹, 침대 끝에 걸쳐져 있는 잠옷. 그가 손에 들고 있는 칼.

다른 여자들은 앞으로 무슨 일이 벌어질지 몰랐다는 장점이 있었다. 하지만 반야는 그들과 반대였다. 의식의 과정 하나하나를 알고 있었다.

동시에 약간의 희망도 있었다. 어떤 점에서는 시간을 지연시킬 가능성이 있었기 때문이다. 목숨이 붙어 있는 시간이 길면 길수록 수색 팀은 더 많은 시간을 확보하게 될 것이다. 이미 수색 작전이 시작되었다는 것을 반야는 알고 있었다. 에드바르트 힌데의 행방을 찾으려고 전력을 기울일 것이기 때문이다. 힌데는 무명의 살인범이 아니었다. 그가 뢰브하가에서 탈옥했는데 긴급 지명수배가 내려지지 않을 리가 없었다. 곳곳에서 수색 작전이 전개되고 있을 것이다. 어쨌든 반야는 속으로 이렇게 자위할 수밖에 없었다.

갑자기 힌데는 반야를 똑바로 일으켜 앉히더니 상의와 스포츠브라를 벗겼다. 전혀 예상치 못한 기습적인 공격이었다. 힌데의 의식이 시작된 것이다. 이제 반야는 팬티밖에 걸친 것이 없었다. 반야는 분노를 터트리면서 본능적으로 가슴을 가렸다. 이 때문에 반야는 방어 능력이 더 떨어졌다. 이런 생각을 하자 반야는 그가 가슴을 보도록 손을 내렸다. 목숨을 걸고 싸워야 하는 마당에 가슴이 드러난 것을 부끄러워할 이유가 전혀 없었다.

힌데는 잠옷을 던졌다. 잠옷은 반야의 턱 밑으로 떨어졌다.

"입어!"

반야는 그 천 조각을 내려다보았다. 전에도 이런 식으로 진행되었을 것이다. 다른 희생자들은 자발적으로 잠옷을 입었을 것이다.

"세바스찬을 포함해서 모두가 간과한 것이 뭔지 알아? 어떻게 그럴 수 있는지 나는 늘 궁금했지. 이것이 인간의 오감 중에서 가장 무시되는 부분이기 때문일 거야."

반야는 무표정한 얼굴로 그를 바라보았다.

"이것은 랄프에게도 말해주지 않았지. 하지만 반야, 너는 곧 알게 될 거야. 우리 사이에 서로 비밀이 없다는 것을."

그는 방을 가로질러 가더니 조금 떨어진 곳에 있는 이삿짐 상자에서 뭔가를 꺼냈다. 그리고 네모난 작은 향수병을 손에 들고 돌아왔다. 그는 미소를 띠고 몇 차례 반야의 알몸에 향수를 뿌렸다. 반야는 축축하고 미세한 향수 안개가 머리에 닿는 느낌을 받았다.

"엄마가 즐겨 쓰던 향수지."

냄새가 진했다. 반야는 무슨 향수인지 알았다. 샤넬 No.5.

마지막 몇 분 동안 무전 교신이 늘어났다. 작전 개시 시간이 되었다는 것을 먼저 확인한 것은 북쪽 공격조였다. 잠시 뒤 토르켈과 세바스찬이 따르는 팀도 준비가 완료되었다는 무전을 보냈다. 두 사람은 집이 가장 잘 보이는 창고 옆 좁은 측면에서 서 있었다. 전과 마찬가지로 여전히 주위에 아무것도 없는 외딴 집이었다. 사방에는 쥐 죽은 듯 조용한 적막이 감돌았다. 윙윙거리며 날아다니는 하루살이조차 보이지 않았다. 세바스찬은 머리부터 발끝까지 긴장감에 휩싸였다. 온몸이 땀으로 젖은 가운데 뜨겁게 달아오른 기분이었다. 범행 현장이나 심문, 강의에는 익숙한 그였지만 이런 분위기는 처음이었다.

그는 무력감을 느꼈다. 목숨이 왔다 갔다 하는 상황임에도 그는 이 모든 상황을 객석에서 구경만 해야 하는 처지였다.

"지금 진입하는군." 토르켈이 이 말을 하는 순간 세바스찬이 바라보니 까만 제복을 입은 대원 여섯 명이 집과 가까운 풀밭에서 몸을 일으키고 있었다. 이들은 마지막 20미터를 단번에 질주해야 하는 상황이었다. 이들은 목표물을 보면서 있는 힘을 다해 달렸다. 바짓가랑이에 테이프를 감았기 때문에 이들의 발밑에 짓밟히는 풀이 바스락거리는 소리밖에 들리지 않았다.

세바스찬은 꼼짝하지 않고 이 광경을 보면서 창문이 떨어져 나간 벽틈 사이로 움직임이 없는지 주시했다. 집 안의 움직임은 보이지 않았다. 그는 이것이 안도해야 할 상황인지 아닌지 판단이 서지 않았다.

선두 공격조가 건물에 도착하자 검은 옷을 입은 대원들이 현관 옆의 벽에 바싹 붙는 모습이 보였다. 이어 도착하는 대원들은 속속 각자의 위치로 흩어졌다. 아래층의 커다란 창문 옆에 선 대원이 보였다. 또 다른 대원은 뒤쪽에 있는 지하실 입구 옆에 붙었다. 이들 중 두 명이 충격탄을 들고 문으로 기어갔다. 앞에 있는 도랑에서 나온 대원의 헬멧이 보일락 말락 하는 모습이 세바스찬의 눈에 들어왔다. 이들은 어쩔 줄 몰라 당황하며 초조해 한다는 인상을 주었다.

전 대원이 각자의 위치로 가자 진입 작전이 매끄럽고 신속하게 전개되었다. 세바스찬은 앞에 선 대원 두 명이 문을 열고 충격탄을 던지는 광경을 보았다. 창문에 붙은 대원들도 충격탄을 던졌다. 일순간 조용하더니 곧 네 차례의 폭음이 거의 동시에 들리고 창문에서는 섬광이 번쩍였다. 대원들은 즉시 집 안으로 진입했다. 동시에 도랑에서 나온 대원들도 집을 향해 질주하기 시작했다. 선두조보다 더 빠른 것 같았다. 세바스찬이 창고 옆에서 뛰쳐나왔을 때 다시 폭음이 들렸다. 창문마다 하얀 연기가 새어 나왔다. 세바스찬은 대원들이 집 안을 장악했다는 것을 알았다.

그는 당장이라도 집 안에 들어가야 했다.

힌데가 그를 기다리고 있었다.

그는 갑자기 집을 향해 있는 힘껏 달렸다. 뒤에서 토르켈이 부르는 소리가 들렸다.

"세바스찬! 빌어먹을, 또 무슨 짓이야?"

그러거나 말거나 그는 계속 달렸다. 그의 두 다리는 풀밭 위를 나는 듯이 달렸다. 도랑 부근에서 잠시 발이 걸려 비틀거렸지만 다시 균형을 잡고 달렸다. 이렇게 빠른 속도로 뛰어본 것은 평생 처음이었다. 두 번째 공격조의 대원 한 사람이 손짓을 하며 그를 제지하려고 했다. 그래도 세바스찬은 무시했다. 어떻게든 딸을 찾아야 한다는 마음이 앞섰기 때문이다.

마침내 현관문에 이른 그는 어두컴컴한 집 안으로 뛰어 들어갔다. 집 안은 충격탄의 연기가 자욱했고 마그네슘 및 다른 금속의 냄새가 집 안 곳곳에 깔려 있었다. 전속력으로 달려와 숨이 가쁜 세바스찬은 숨 쉴 공기마저 없었다. 그는 계단 밑 칸막이 방으로 향했다. 이곳이 가장 먼저 생각나서 다가갔지만 그때 대원 한 명이 나오다가 그를 보고 걸음을 멈췄다.

"안에 뭐가 있어요?"

대원은 고개를 흔들었다.

"아뇨. 텅 비었어요. 아무것도 없어요."

"바닥에 음식물도 없어요?"

"뭐라고요?"

그때 위층에서 다시 폭음이 들리자 그는 계단을 뛰어 올라갔다. 그곳은 힌데 모친의 침실이 있던 곳이다. 아마 반야는 그곳에 있을 것이다.

위층은 더 어두웠고 연기도 더 자욱했다. 세바스찬은 앞이 보이지 않아 어디가 어딘지 분간할 수 없었다. 자욱한 연기 때문에 콜록콜록 기침을 하면서도 그는 침실이 있다고 여겨지는 방향을 손으로 더듬었다. 바닥에는 잡동사니가 흩어져 있었다. 그는 군데군데 구멍이 난 마룻바닥을 밟고 가다 휘청거리며 쓰러질 뻔 하다가 다시 몸을 추슬렀다. 안타까운 시간만 계속 흘러간다는 느낌이었다. 이렇게 어물대다 반야를 잃는다는 생각이 들었다.

그는 침실을 향해 달려가다가 문가에서 누군가와 거의 부딪칠 뻔했다. 그는 깜짝 놀라 한 걸음 뒤로 물러났다. 기동대장이었다.

"아니 여기서 뭐 하는 거예요?"

"반야는 어디 있어요?"

기동대장은 체념한 듯 고개를 흔들었다.

"이 방은 비었어요. 여기는 아무도 없어요."

세바스찬은 믿을 수 없다는 듯 그를 빤히 쳐다보았다.

"지금 뭐라고 한 거예요?"

"여기는 아무도 없다고요. 개미 새끼 한 마리 없단 말입니다."

이들은 기동대 차량을 집 앞에 세워두고 신속하게 작전 회의를 열었다. 토르켈과 기동대장은 맨 앞에 서 있었다. 건물 전체를 세 번이나 수색했지만 아무것도 찾아내지 못했다.

세바스찬은 직접 계단 밑의 방을 한 번 더 가보기도 했다. 이 방에 들어설 때는 오싹하는 기분이 들었다. 어두웠기 때문에 그는 대원 한 명에게 손전등을 빌렸다. 방 안은 전과 다름없이 악취가 배어 있었다. 하지만 아무것도 보이지 않았다. 음식물도 보이지 않았다. 이것만 있다면 세바스찬이 볼 때는 충분한 증거였다. 힌데가 이 과정을 빠트릴 리가 없었다. 음식물은 세바스찬에게 범행 장소를 입증하는 유일한 단서였다. 그가 이곳을 확인하고 싶었던 이유는 밖에서 잠금장치가 되어 있는 방 한구석에 음식물이 있다면 그곳이 반야가 있는 곳일 거라고 확신했기 때문이다. 반야를 발견할 때까지 음식물은 남아 있을 것이다.

반야는 이미 죽었는지도 모른다. 지금까지 했던 것과 똑같은 속도로 수색을 한다 해도 목숨을 잃었을 가능성이 있다.

세바스찬은 가능하면 빨리 경찰청으로 돌아가 처음부터 다시 시작하고 싶었다. 랄프가 거짓말을 한 것이다. 이번에는 거두절미하고 솔직한 대답을 하도록 무섭게 추궁할 작정이었다.

좌절감을 맛보며 그는 토르켈과 나머지 경찰관들을 건너다보았다. 그는 무슨 회의가 그렇게 오래 걸리는지 이해할 수 없었다. 한시가 급한 상황이 아닌가?

그들이 마침내 회의를 끝낸 것으로 보였다. 토르켈이 전화기를 귀에 댄 채 그에게 다가왔다. "빌리에요." 토르켈은 세바스찬을 보며 알았다고 대답하고 있었다. 이어 토르켈은 세바스찬을 바라보며 고개를 흔들었다.

"빌리도 찾지 못했다는군요."

"나 좀 잠깐 바꿔줘요!"

토르켈은 세바스찬에게 전화기를 건넸다. 빌리는 수심이 가득하고 힘이 빠진 목소리였다.

"방금 말했지만 미드소마르크란센 집에는 지금 한 가구가 살고 있어요. 이 사람들 말로는 할아버지, 할머니까지 포함해서 친척들이 모여 집 안 파티를 했기 때문에 그들이 올 수 없었다는 거예요."

"알았어요. 그럼 이제 어떻게 할 건가요?"

"지금 다시 사무실로 가는 중입니다. 랄프의 컴퓨터를 조사해 보려고요. 뭔가 찾아낼 수 있을 겁니다."

빌리는 인사도 없이 전화를 끊었다. 지금 그런 예의를 따질 겨를은 없었다.

세바스찬은 토르켈에게 전화기를 돌려주고 타고 온 자리로 돌아가기 위해 기동대 차량으로 갔다. 하지만 그가 차에 오르려고 할 때 기동대장이 제지했다. 작전이 이루어질 때 세바스찬이 보여준 행동을 지적

하며 뒤차에 타라는 것이었다. 세바스찬은 그와 다툴 생각이 없었다. 그는 원칙을 철저히 지키는 규율에 고개를 내젓고는 다음 차로 다가갔다. 뭐가 먼저인지 모르는 자들이었다. 멍청한 경찰들이 싫었다. 그가 뒤차에 올라타자 아무도 그 옆에 앉으려는 사람이 없었지만 그는 개의치 않았다. 어차피 그들과 수다를 떨 생각은 없었다.

몇 분 뒤 그들이 다시 큰 도로로 나갔을 때 갑자기 휴대전화의 진동이 울렸다. 진입 작전이 끝난 뒤 다시 벨소리로 전환하지 않았기 때문이다. 전화기를 꺼내보니 생전 처음 받아보는 MMS(멀티미디어 메시지 서비스)가 들어와 있었다. 모르는 번호였다. 그는 숨을 깊이 들이마시며 갑자기 위가 뒤틀리고 입안이 바싹 마르는 느낌을 받았다. 그는 가슴이 찢어지는 메시지라는 것을 직감했다. 그는 한숨을 쉬면서 메시지를 열었다.

짤막한 문장이 곁들인 사진이었다. 사진을 보자 그의 얼굴에서는 마지막 남은 혈색마저도 가셨다. 잠옷을 무릎에 깔고 알몸으로 앉아 있는 반야의 사진이었다. 카메라를 바라보는 반야의 시선은 애원하는 것 같았다. 랄프의 집 벽에 붙어 있던 사진의 주제가 떠올랐다. 위에서 내려다보는 각도, 알몸, 공포심. 그는 평정심을 유지하기 위해 창밖을 내다보아야 했다. 머릿속에서 사진의 잔상을 말끔히 지우고 싶었다. 다시 정신을 차리고 보니 사진 밑에 짤막한 글이 있었다.

"내가 찍을 36장의 사진 중에 첫 번째 거야. 자네 어디 있나?"

그는 재빨리 사진을 삭제하고 창밖을 내다보았다. 속이 메스꺼워졌지만 내색은 하지 않았다. 이제 문제를 해결하는 것은 그의 몫이었다. 제복을 입은 이 멍청이들이 아니었다.

힌데는 그것을 원하고 있었다.

세바스찬도 마찬가지였다.

랄프가 조그만 감방의 딱딱한 나무 침대에 누워 조용히 천장을 바라보고 있을 때 밖에서 부지런히 다가오는 발자국 소리가 들렸다. 발자국 소리가 그의 방 앞에서 멈추더니 열쇠를 자물쇠에 꽂는 소리가 들렸다.

"너 나를 놀리는 거야?"

문이 채 열리기도 전에 세바스찬은 잔뜩 화난 목소리로 외쳤다. 종전의 정중한 태도는 전혀 찾아볼 수 없었다. 그는 격식을 따질 여가가 없었다.

"힌데를 잘 안다며? 완전히 헛소리였어."

랄프는 일어나 똑바로 앉았다. 조그만 구멍으로 세바스찬의 얼굴이 보이자 그의 안색이 밝아졌다.

"거기에 없던가요?"

문이 열리자 세바스찬은 교도관을 밀어내고 방 안으로 달려들었다. 그의 얼굴만 보아도 충분한 대답이 되었다.

"어디로 갔었는데요?"

"메르스타."

랄프는 입을 비죽이며 웃더니 지명만 들어도 모든 것을 알 수 있는 것처럼 머리를 흔들었다. "거기서 시작한 것이 아니죠."

"힌데는 예측할 수 없는 자야. 마음에만 들면 어디든지 '시작'한 곳이 될 수 있다고."

"그렇지 않아요. 나는 그가 어디 있는지 알아요."

바로 이 말을 세바스찬은 듣고 싶었다. 그곳으로 가야 했다. 그는 랄프가 힌데를 제대로 안다는 인상을 주어 첫 번째의 실패를 보상해주고 그의 체면을 살리기를 바랐다. 그러자면 누구도 예측하지 못할 정도로 랄프만 아는 곳이어야 했다. 이제는 대화를 마무리해야 했다.

"어디야? 그가 어디 있는데?"

"보여줄 수 있어요."

세바스찬은 걱정스러운 듯 이마를 찌푸렸다. 랄프의 목소리에는 그가 그곳을 지도로 가리켜주겠다는 의미가 아니라는 말투가 담겨 있었다.

"나에게 보여준다고?"

"내가 당신과 같이 가는 거예요."

"안 돼."

어쩌면 너무 매정한 반응인지도 모른다. 그는 랄프의 밝은 표정이 사라지는 것을 보았다. 일을 엉뚱한 방향으로 몰고 가서는 안 된다. 랄프를 데리고 간다는 생각은 할 수 없었다.

"당신은 내가 헌데와 동등하다고 말했지." 랄프는 세바스찬이 한 말을 상기시키며 자리에서 일어났다. 그의 목소리는 갑자기 전에 없이 냉정하게 들렸다. 그는 손으로 자신을 가리켰다. "나는 다섯 번째 여자를 찾을 거예요. 헌데보다 더 뛰어나다는 것을 보여주는 거지. 최고가 될 거란 말이오."

그는 마지막 말을 꿈에 잠긴 듯 허공을 바라보며 내뱉었다. 세바스찬은 처음에 잘못 들은 것이 아닌가 생각했다. 이제 랄프의 광기는 한계를 뛰어넘었다. 랄프는 정말로 같이 나가서 살인을 저지를 수 있다고 생각하는 걸까?

랄프는 다시 세바스찬을 응시했다. "당신만 승리를 차지해서는 안 되지."

겉으로 본다면 맞는 말이었다. 세바스찬은 이것이 두려웠다. 이제

한데뿐만 아니라 세바스찬 자신도 그의 적수가 된 것이다.
모두가 랄프의 적수였다.
이때 세바스찬의 휴대전화가 삑삑거렸다. MMS가 왔다. 두 번째 사진이었다.
세바스찬은 물끄러미 앞을 보면서 심호흡을 했다. 생각에 잠겼다. 그리고 이 경우에 깊이 생각할 여지가 없다는 빠른 결론을 내리고 문밖 복도에서 대기하고 있는 교도관을 불렀다.
"이자도 같이 갈 거요." 세바스찬은 턱으로 랄프를 가리켰다. 랄프는 득의만면한 표정으로 비죽이 웃고 있었다. 교도관이 방으로 들어오자 랄프는 고분고분 두 손을 등 뒤로 돌렸다. 교도관은 그에게 수갑을 채우고 복도를 지나가면서 세바스찬에게 열쇠와 함께 랄프를 인계했다. 이들은 긴 복도를 따라 걸었다.
랄프는 착각하고 있었다.
세바스찬만이 유일한 승자가 될 것이다. 어떤 대가를 치르더라도.

이들은 엘리베이터를 타고 아래층으로 내려갔다. 두 사람 모두 침묵했다. 할 말도 별로 없었다. 랄프는 세바스찬이 연보랏빛 철문을 열고 그를 엘리베이터 밖으로 끌어낼 때도 여전히 뻔뻔하게 만족한 표정을 지었다. 두 사람 앞에는 긴 지하실 통로가 기다리고 있었다. 천장에는 노란색과 녹색 천으로 감싼 파이프가 보였다. 5미터 간격으로 달려 있는 반구형의 하얀 전등을 빼면 벽에는 아무것도 없었다. 세바스찬은 굴속 같은 긴 통로로 족쇄를 찬 랄프를 밀면서 따라갔다. 두 사람의 발자국 소리가 콘크리트 바닥에 유난히 크게 울렸다.
"어디로 가는 거요?"

랄프가 물었다.

"주차장."

20미터쯤 걸어간 다음 세바스찬은 하얀 래커 칠을 한 문 앞에서 걸음을 멈추었다. 문에는 왼쪽으로 표시가 된 육중한 철제 핸들이 붙어 있었다. 그리고 문 한가운데는 용도를 가리키는 간단한 그림과 함께 '방공호'라는 글자가 쓰여 있었고 그 밑에는 최대 수용 인원 60명이라는 설명이 적힌 플라스틱 팻말이 붙어 있었다.

"잠깐……."

랄프는 제자리에 섰다. 세바스찬은 아랑곳하지 않고 철제 손잡이를 오른쪽으로 돌려 문을 열었다. 경첩에서 끼익 하는 소리가 났다. 세바스찬은 손을 더듬어 스위치를 찾고 불을 켠 다음 랄프의 팔을 낚아챘다.

"지금 뭐 하는 거요? 여기서 뭘 하려고?"

랄프가 저항했지만 세바스찬은 문 맞은편 벽에 붙어 있는 라디에이터가 있는 곳까지 랄프를 끌고 갔다. 그리고 바지주머니에 있는 수갑 열쇠를 꺼냈다. 그리고 랄프의 한쪽 손을 풀어 45도 각도로 돌려세운 다음 풀린 수갑을 라디에이터에 채웠다.

"뭐 하는 거냐니까?"

"힌데는 뛰어난 자야. 하지만 뢰브하가에서 14년 동안이나 썩어야 했지. 왜냐? 내가 거기 처박아 놓았거든……."

세바스찬은 돌아서서 문 쪽으로 걸어가 방공호에서 나갔다. 랄프는 초조한 눈빛으로 사방을 두리번거렸다. 밖에서는 세바스찬이 지하실 통로를 걸어가는 발자국 소리가 들렸다. 방공호 안은 온통 눈부시도록 하얀색뿐이었다. 긴 쪽 벽에 붙어 있는 벤치 두 개를 제외하면 실내는 텅 비어 있었다. 낡은 나무 의자를 손에 든 세바스찬의 모습이 다시 문에 나타났다.

"……그러니까 내가 한 수 위야." 세바스찬이 하다 중지한 말을 마무리했다. 그는 의자를 문 바로 옆에 내려놓았다. "네가 힌데보다 더 뛰어날 수는 있지. 하지만 지금은 라디에이터에 묶여 있는 신세일 뿐이야."

세바스찬은 몸을 돌려 문을 닫았다. 문이 철컥하고 닫히자 육중한 철문이 닫히는 소리가 실내에 크게 울렸다. 세바스찬은 두 개의 핸들을 안쪽으로 돌렸다. 랄프는 침을 꿀꺽 삼켰다. 두 사람은 방공호 안에 갇힌 것이다. 랄프는 가슴이 철렁 내려앉았다.

"최고는 바로 나라고!"

세바스찬은 전혀 서두르는 기색이 없이 천천히 실내를 가로질러 랄프에게 다가갔다. 그리고 랄프 쪽으로 바싹 가서 섰다. 랄프는 그를 바라보기가 쉽지 않았다. 그는 사태가 뭔가 잘못 돌아간다는 느낌이 들었다. 그가 예상하던 것과는 전혀 딴판이었다.

"그런데 너 알아? 내가 뭐가 아닌지를?" 세바스찬은 이렇게 물었지만 랄프의 대답을 기다리지는 않았다. "나는 경찰이 아니야. 따라서 나는 여기서 간단히……."

세바스찬은 갑자기, 전혀 사전 경고도 없이 주먹으로 랄프의 머리를 쥐어박았다. 주먹은 정확하게 그의 머리를 가격했다. 이어 이마로 랄프의 코를 들이받았다. 코가 찌부러지면서 양 콧구멍에서 피가 흘렀다. 랄프는 비명을 내지르며 무릎을 꺾었다. 세바스찬은 다시 느릿느릿 의자로 돌아가서 앉았다. 그리고 수갑이 풀린 손으로 코를 훔치는 랄프를 내려다보았다. 피를 바라보는 랄프의 눈빛은 마치 자신의 피라는 것을 도저히 이해할 수 없다는 것처럼 보였다.

세바스찬은 랄프를 두들겨 주는 것으로는 절대 만족할 수 없었다. 문제는 세바스찬이 무엇이든 할 수 있다는 것을 랄프가 깨닫게 하는 신속하고도 효과적인 수단이었다. 이런 방법은 효과가 있는 것으로 보였다. 여전히 충격을 받은 시선으로 피를 쳐다보는 랄프의 눈에서는 눈물이 흘러내렸다. 세바스찬은 허리를 숙이고 팔꿈치를 다리에 괸 채 손깍지를 끼었다.

"나는 사는 집을 보면 어떤 사람인지 정확하게 알 수 있어. 그리고 나는 너의 집에 가봤지."

랄프는 고개를 뒤로 젖히고 코로 짧고 빠른 호흡을 하면서 코피를 멈추게 하려고 했다. 이 바람에 그는 피를 삼키지 않을 수 없었다. 그는 힘겹게 숨을 쉬며 몸부림을 쳤다. 그는 이대로 패배하고 싶지 않았다. 그는 권력을 물려받았다. 세바스찬이 이 권력을 다시 빼앗아 가면 안 된다. 그는 그렇게 하도록 내버려둘 생각이 없었다. 그는 자신의 힘이 어느 때보다 강하다고 생각했다.

"문제는 행동 모형을 찾아내는 거야." 세바스찬은 말을 이었다. "사소한 것에서 말이지. 연관성을 파악하는 것이 중요해. 너의 집 창문에는 커튼도 없고 롤 블라인드도 없더군. 침실에도 없고. 너는 화장실과 침대 옆에 손전등을 하나씩 갖고 있었지. 방마다 하나씩 있었어. 서랍에는 배터리와 손전등의 여분이 있었고." 세바스찬은 의도적으로 말을 잠깐 끊었다. "내가 맞춰볼까? 너는 어둠이 싫은 거야."

그를 바라보는 랄프의 눈빛은 그의 말이 맞는다는 것을 보여주었다.

"어둠 속에서 무슨 일이 벌어지는 거지, 랄프? 뭐가 보이는데? 뭐가 두려운 거야?"

"두렵지 않아." 랄프는 들릴 듯 말듯 속삭이는 목소리로 대답했다.

"그러면 내가 여기 불을 꺼도 아무 상관이 없겠네?"

세바스찬은 일어나서 스위치 두 개가 붙은 벽 쪽으로 돌아섰다. 랄프는 아무 대답도 하지 않았다. 힘겹게 침을 삼키는 소리가 들렸다. 눈은 불안하게 깜빡거렸다. 세바스찬이 보니 랄프의 이마에 땀이 흐르는 것 같았다. 이곳은 전혀 덥지 않은데도 땀을 흘렸다.

"제발 끄지 마! 그가 있는 곳을 알아." 랄프는 애원하는 목소리로 빌었다.

"나도 네 말을 믿어. 하지만 이미 힌데에게도 말했듯이 나는 사이코패스와 장난칠 생각은 없어."

"장난치는 게 아니야."

"안심이 안 돼."

세바스찬이 스위치 두 개 중 하나를 누르자 첫 번째 열의 전등이 꺼졌다. 랄프는 비명을 질렀다.

"이 안은 너무 어두워서 눈을 뜬 건지 감은 건지 알 수 없을걸."

그곳과 똑같다고 랄프는 생각했다. 그들이 나타났던 지하실과 똑같아. 그는 몸을 부르르 떨면서 발에 달린 족쇄를 잡아챘다. 숨소리가 거칠어졌다.

세바스찬은 망설였다. 랄프의 반응은 예상했던 것보다 훨씬 더 격렬했다. 불안한 공포와 씨름하는 것으로 보였다. 그래도 세바스찬은 계속할 수밖에 없었다. 어쩔 수 없이 생각할 수 있는 모든 수단을 동원해야 했다. 이렇게 하지 않으면 자신을 용서할 수 없을 것 같았다. 세바스찬은 아네테 빌렌의 모습을 기억에 떠올렸다. 이것으로 충분치 않다는 생각이 들면 휴대전화에서 본 반야의 사진을 떠올렸다. 이 생각을 하자 다시 분노가 폭발했다.

그는 나머지 불도 껐다. 랄프는 숨이 막힐 듯이 신음 소리를 냈다. 벽에 몸을 부딪치고 어지럽게 몸을 좌우로 비틀었다. 입 밖으로 말은 뱉지 못하고 숨을 내쉴 때 고통스러운 신음 소리밖에 나오지 않았다. 정말 문틈으로 새어 들어오는 한 줄기 빛을 본 것일까? 아니면 생각이 너무 복잡해서 기억에 떠오른 형상에 속는 것일까? 문이 열린 것일까? 그래, 열린 거야. 그들이 들어왔어. 벌거벗은 몸으로. 그들이 나를 보았어. 짐승 가면을 쓴 사람들. 사람의 모습을 한 짐승들. 그들이 숨을 쉬고 있다. 속삭이고 있다.

"불 좀 켜줘. 제발…… 불 좀 켜!"

가느다란 불빛이 그의 얼굴에 비쳤다. 세바스찬의 휴대전화기에서 나오는 불빛이었다. 랄프는 돌아서서 가능하면 많은 빛을 받으려고 몸부림쳤다. 그는 짐승의 가면을 쓴 사람들이 주변에서 엿듣는 모습을 볼 수 있었다. 이리저리 움직이고 있었다. 소리 나지 않는 이상한 스텝으로 춤을 추고 있었다. 어둠이 다시 그를 집어삼키면 그에게 다가올 때를 기다리고 있었다.

사방에 깔려 있었다. 그의 주위에서. 그를 향해서. 그의 내부에서.

"힌데는 어디 있어?" 불빛 뒤에서 얼굴을 볼 수 없는 세바스찬이 물었다.

그는 전화기의 불을 껐다.

"꺼졌어."

캄캄했다. 어둠이 그를 향해 달려들었다.

"켰어."

다시 불빛이 보였다.

"꺼졌어."

다시 사라졌다.

"켰어. 어떤 게 좋아?"

랄프는 대답을 못하고 헐떡거리기만 했다.

"꺼졌어."

랄프는 다시 숨이 막혔다. 어둠 속에서는 쥐 죽은 듯이 고요한 적막만 있었다. 속삭이는 소리밖에 들리지 않았다. 소리 나지 않는 발자국. 여러 사람의 몸이 움직이는 동작. 그는 혼자가 아니었다. 절대 아니었다.

"세바스찬……."

대답은 들리지 않았다. 누군가 그의 다리를 낚아챘다. 랄프는 고함을 내질렀다. 그는 옛날로 돌아갔다. 그 당시로. 그들에게로.

엄청난 힘이 그에게 가해졌다. 단순한 기억이 아니었다. 그는 냄새를 맡았다. 맛을 느꼈다. 중얼거리는 소리를 들었다. 그들이 왔다. 그들이 그를 낚아챘다. 그들은 거칠었다. 오랜만이지만 멈추지 않을 것이다. 그는 그들을 물리치려고 애를 썼다. 몸을 이리저리 비비 꼬고 손발을 버둥거렸다. 수갑에 묶인 손을 쉴 새 없이 문지르자 불에 덴 듯 쓰라렸다. 그는 라디에이터에 머리를 부딪쳤다. 수갑 속의 살이 찢어질 때까지 수갑을 마구 잡아당겼다. 그래도 소용이 없었다. 이제는 비명을 내지를 기력도 없었다.

불이 들어왔다.

그는 온몸으로 천장의 불빛을 받았다. 번쩍이는 구원의 불빛. 세바스찬이 그에게 다가왔다. 랄프는 세바스찬이 고마워서 미소를 지었다.

"어디서 시작했지, 랄프? 그들은 어디 있어?"

랄프는 설명하려고 했다. 큰 소리로 그곳을 외치고 싶었다. 하지만 입에서는 더듬거리며 토막 난 말밖에 나오지 않았다. 세바스찬은 귀를 바싹 들이댔다.

"오-셰르-스-스트……."

세바스찬은 그를 향해 고개를 더 깊이 숙였다. 랄프의 뜨거운 숨결이 그의 귀를 파고들었다. 이제는 울림이 없는 속삭임밖에 들리지 않았다. 그는 귀를 기울여 들은 다음 일어섰다.

"고마워."

이 밖에 무슨 말을 하겠는가? 이 순간이 세바스찬 개인적으로 볼 때는 영광의 시간이랄 것도 없었다. 다만 수없이 생각했듯이 딸을 되찾기 위해서라면 무슨 일이든 하겠다는 마음가짐이 중요했다. 그리고 또 한 명의 딸을 잃지 않겠다는 각오가 중요했다.

그는 문 쪽으로 가서 손잡이를 돌리고 문을 열었다. 그리고 마지막으로 돌아서서 바닥에 쭈그리고 있는 랄프를 바라보았다. 얼굴에서 나오는 피가 팔뚝으로 흘러내리고 머릿결은 이마에 끈적끈적 달라붙은 채 초점 없는 시선으로 멍하니 앞을 보는 모습이었다.

세바스찬의 휴대전화에서 다시 삑 하는 신호가 울렸다.

세 번째 사진이었다.

그는 불을 끄고 방공호에서 나갔다.

아무것도 찾을 수 없었다. 아무것도. 종적이 묘연했다.

메르스타에서 돌아왔을 때 토르켈은 만일에 대비해서 90년대 범행을 저질렀던 나머지 세 군데에도 차량을 파견했다. 이 사건에 관한 한, 그 자신을 포함해 누구도 최선을 다하지 않았다는 말이 나와서는 안 된다. 이런 이유로 그는 브로마와 뉘네스함, 툼바, 릴리예홀멘 등 최근에 범행이 일어난 네 군데 현장에도 순찰차량을 파견했다. 사실 그는 힌데가 이곳으로 갔으리라고는 생각하지 않았다. 이곳은 랄프의 범행 장소여서 힌데는 직접 관련이 없었기 때문이다. 그래도 토르켈은 반야를 구할 수 있다는 생각이 드는 곳은 어디든지 순찰차량을 파견했다. 섹스 노이로제 장애가 있는 연쇄살인범이 탈옥을 해서 여자 경찰관을 인질로 잡고 있는 전대미문의 사건이었다. 평범한 탈옥이거나 지극히 정상적인 행방불명 사고라고 생각하는 사람은 아무도 없었다. 토르켈도 마찬가지였다. 그는 필요하다고 생각할 때는 제한 없이 병력을 동원해 지시를 내렸으며 뿐만 아니라 수많은 동료들은 자발적으로 나서거나 뭐 도울 것이 없냐고 물어왔다. 대대적인 인력을 투입했지만 지금까지는 아무런 성과도 없었다. 파견 나간 차량마다 한결같이 부정적인 결과만 보고했다.

아무것도 찾을 수 없었다. 아무것도. 종적이 묘연했다.

토르켈은 다음 단계를 생각해보았다. 누구보다 가장 가까이 기댈 수 있는 사람은 랄프였다. 그리고 그가 무엇을 원하는가는 중요하지 않았다. 그는 무조건 토르켈과 얘기를 하지 않으면 안 된다. 그가 뭔가 아는 것이 있다면 토르켈에게도 알려줘야 한다. 그는 사무실에서 나와 서둘러 구치소로 향했다. 하지만 랄프의 감방은 비어 있었다. 토르켈은 교도관을 찾았다.

"랄프 스벤손이 어디 있는지 아나?"

"네. 1시간 전쯤에 동료 분이 데려갔습니다."

토르켈은 어떤 동료인지 굳이 물어볼 필요도 없었다. 경찰청으로 돌아온 뒤로 그는 세바스찬을 보지 못했다. 세바스찬은 차에서 내리자마자 어디론가 사라졌다. 약 한 시간 전의 상황이었다. 토르켈은 휴대전화를 꺼내 전화를 해보았다. 세바스찬은 한참 만에 받았다.

"무슨 일이에요?"

"빌어먹을, 랄프 어디 있어?"

"진정해요. 지금 지하의 방공호에 있어요. 당신이 가서 불 좀 켜주라고."

토르켈은 한숨을 내쉬었다. 그는 랄프가 알고 있는 정보를 캐내기 위해서라면 무엇이든 할 각오가 되어 있었지만 세바스찬이 앞서 간다는 것을 알았다. 그것도 한참 멀리 앞서 갈 것이다.

순간 토르켈은 세바스찬이 이 연쇄살인 용의자를 데리고 경찰청 밖으로 나가는 것이 아닌지 걱정이 되었다.

"당신은 지금 어디에요?" 그는 궁금해서 물었다.

잠시 침묵이 이어졌다. 토르켈은 대답을 듣지 못할 거라는 예감이 들었다.

"지금은 말할 수 없어요."

토르켈의 예감이 맞았다. 토르켈은 다시 불안해졌다. 랄프는 방공호 어딘가에 갇혀 있는 것으로 보였다. 그리고 세바스찬은 어디로 간다는 말도 없이 방공호를 빠져나갔다. 이 상황이 의미하는 것은 한 가지밖에 없었다.

세바스찬은 단순히 앞서가는 것이 아니었다.

"당신 헌데가 있는 곳을 아는군요." 토르켈이 피곤한 목소리로 말했다.

"알아요."

"주소 좀 말해 봐요. 그리고 우리가 갈 때까지 거기서 기다려요."

"그럴 수 없어요."

"세바스찬, 또 왜 그래요? 내 말대로 하란 말이에요!"

"아니. 이번에는 그럴 수 없어요."

이번에는? 토르켈은 이 말이 무슨 뜻인지 생각해보았다. 마치 전에는 토르켈이 말한 대로 했다는 투였다. 아니면 다른 누구의 말을 들었던가. 명령을 따르는 것은 세바스찬 베르크만의 장점에 포함되지 않았다. 그의 많은 특징이 그렇듯이.

"당신 혼자 힌데에게 가면 안 돼요." 토르켈은 마지막으로 세바스찬을 설득하려고 했다. 세바스찬을 압박할 적당한 말을 꺼냈다. "당신이 자살도 마다하지 않는다는 건 알지만 반야 생각도 해야지요."

"바로 그 생각을 하는 거예요."

세바스찬은 더 이상 말이 없었다. 토르켈은 어찌 해야 좋을지 생각이 나지 않았다. 굽실거리고 간청하고 윽박질러보았지만 아무 소용이 없었다.

"미안하네, 토르켈. 이건 힌데와 나의 문제야."

이 말을 끝으로 세바스찬은 전화를 끊었다.

자동차 전조등에 오셰르스 스튀케브루크가 쓰인 표지판이 보였다. 화살표는 오른쪽을 가리키고 있었다. 세바스찬은 깜빡이를 켜고 우회전했다.

무슨 일이 일어난다 해도 곧 잠잠해지겠지.

토르켈은 맥이 빠진 나머지 휴대전화를 바닥에 떨어트리지 않으려고 조심할 정도였다. 바보 멍청이 같은 녀석. 당연히 세바스찬을 가리키는 말이었지만 자기 자신에게 향하는 욕이기도 했다. 애초에 세바스찬을 끌어들이는 것이 아니었다. 다시는 그런 일이 없을 것이다. 절대로. 그걸 알면서도 끌어들인 자신이 멍청했다.

토르켈은 구치소에서 나가기 전에 교도관에게 랄프 스벤손이 있는 곳을 알려주었다. 그리고 심문을 받을 수 있도록 그를 데려오라고 했다. 5분 뒤에 따라가겠다는 말도 덧붙였다. 일단은 그가 동원할 수 있는 인력을 집합시켜 세바스찬을 찾는 일이 먼저였다. 세바스찬은 어딘가에서 자동차를 빌렸을 것이다. 그 차가 지금 어디 있는지 알면 가장 좋겠지만 그렇지 못하다면 무조건 누구의 차인지 알아내야 한다. 그런 연후에 차종과 모델, 번호판을 수배해야 한다. 전 지역에 걸쳐 수배령을 내려야 한다.

토르켈이 자신의 방으로 들어설 때 구치소의 교도관 한 명이 전화를 했다. 랄프 스벤손을 찾았는데 심문을 받을 상태가 못 된다는 것이었다. 그들이 방공호로 들어갔을 때 랄프는 말을 하지도 못했고 말을 걸거나 건드려보아도 아무 반응도 보이지 않더라는 것이었다. 부상을 당했는데 자해를 한 것으로 보인다는 말도 했다. 머리와 얼굴에 부상을 입었다고 했다. 손목도 부러졌다는 것이다. 그래서 지금 병원으로 이송 중이라는 말이었다.

토르켈은 저절로 욕이 나왔다. 도대체 세바스찬이 어떻게 한 거지? 용의자에게 학대 행위를 했다는 말인가? 토르켈이라면 도저히 생각할 수 없는 일이었다. 정말 걱정스러웠다.

"토르켈!" 문에서 빌리가 부르는 소리가 들렸다.

토르켈은 몸을 돌렸다.

"또 무슨 일이에요?"

"뭔가 찾아냈어요. 랄프의 컴퓨터에서요."

미드소마르크란센 집에서 돌아온 이후 빌리는 집중적으로 일에 매달렸다. 한편으로는 뭔가 사건 해결에 기여해야 한다는 생각 때문이었고 다른 한편으로는 만약 반야와 함께 조깅하러 갔다면 어떻게 되었을까 하는 자책감에서 벗어나고 싶었기 때문이다. 반야가 부탁할 때 승낙했더라면! 친구라면 마땅히 승낙해야 했다.

토르켈은 빌리를 옆으로 불러 세우고 만약 그가 반야와 함께 릴 얀스 숲으로 조깅을 하러 갔다면 목숨을 잃었을 것이라고 위로했다. 아니면 경찰에서 구조 작전을 펴야 할 동료가 두 명으로 늘어나는 결과만 불렀을 것이라고 위로했다. 빌리는 고개를 끄덕였다. 그것은 분명했다. 그래도 반야의 요청을 받아들여 지금 이 자리에 같이 앉아 있다면 얼마나 좋겠는가 하는 생각이 들었다. 힌데를 체포했더라면! 하지만 빌리는 이런 생각이 엉뚱하고 아무 도움도 못 된다는 것을 알았다. 어쨌든 그는 죄책감에서 벗어나지 못했다. 그는 더 늦기 전에 반야를 구하기 위해서 무엇이든 할 수밖에 없었다. 이 사건에 매달리는 직원이라면 누구나 어물어물하면 반야가 목숨을 잃는다는 사실을 알았지만 이 말을 입 밖에 내는 사람은 아무도 없었다. 다만 문제는 이들에게 시간이 얼마나 남았을까였다. 어쩌면 이미 늦었는지도 모른다. 바로 이런 생각들을 빌리는 떨쳐버리려고 했던 것이다. 이런 생각을 하면 몸이 마비된 듯 말을 듣지 않았다. 그래서 빌리는 파손된 랄프의 하드디스크를 복구하는 일에 매달렸다. 그리고 여기서 쓸모 있는 결과를 찾아낸 것이다.

토르켈은 빌리를 따라 그가 앉아 있던 곳으로 갔다. 토르켈은 모니터를 향해 허리를 숙였다.

"이들은 fyghor라는 홈페이지의 채팅 프로그램으로 통신을 했어요. 이들이 주고받은 문자를 부분적으로 복구하는 데 성공했고요."

"요점을 말해봐요!"

토르켈은 초조했다. 그의 관심은 어떻게가 아니라 무슨 말을 주고받았는가였다.

빌리는 모니터를 가리켰다. "여길 보세요…… 랄프는 전에 할아버지와 자주 다녔던 숲 속의 별장 얘기를 하고 있어요. 무슨 짐승 같은 사람들이라는 두서없는 말도 나오고요……."

"좋아. 그러니까 이들이 지금 거기 있다는 건가요?" 토르켈은 빌리를 닦달했다.

"아뇨. 하지만 랄프가 그에 대한 답을 주었어요. 잊지 않으려고 강조한 듯 꽤 오랫동안 주고받은 말이 있어요. 랄프는 어렸을 때 어머니와 같이 휴가를 보내기 위해 가본 삼촌이라는 사람에 대한 말을 하고 있어요. 이 삼촌이 힌데를 언급한 것은 아니지만 어머니를 몹시 학대한 것은 분명해요. 힌데는 이 이야기를 자신의 체험과 결합시킨 것 같아요. 어머니에게 큰 상처를 주었다는 말에 자극을 받은 거죠. 여기를 보세요."

빌리는 계속 밑으로 내려갔다.

"나는 거기서 모든 것이 시작되었다고 생각한다."

"여기가 어딘지 알아요?"

"힌데의 어머니와 외삼촌을 찾아냈어요. 외삼촌은 오셰르스 스튀케브루크에서 살다가 죽었죠."

"주소 있어요?"

"그럼요."

토르켈은 빌리가 포스트잇에 주소를 적어주는 것이 가장 간단하다고 생각했지만 빌리가 너무 힘들어 하는 것을 이해할 수 있었다. 빌리는 죄책감을 보상하고 싶어 했다. 반야를 구하기 위해 무엇이든 한다는 것을 보여주려고 했다. 그가 할 수 있는 것은 무엇이든 하려고 했다.

토르켈은 빌리의 끈질긴 노력을 이해한다는 듯 어깨를 두드려주었다.
"아주 잘했어요."
사무실에서 나가기 전에 토르켈은 특수 기동대에 비상을 걸었다.

반야는 힌데가 휴대전화를 손에 들고 앞에 섰을 때 무엇을 하려는 건지 알 수 없었다. 모든 과정이 신속하게 진행되었기 때문이다. 하지만 그가 미소를 지으며 잠옷을 입으라고 요구했을 때 사진을 찍으려고 한다는 것을 분명히 알았다.

반야는 분노한 나머지 제정신이 아니었다. 이내 깨달았어야 했다. 반야가 상황 파악을 하지 못한 것은 정식 카메라가 아니라 휴대전화였기 때문이다. 반야는 씩씩거리며 힌데를 노려보았다. 힌데는 어쩔 수 없이 반야 스스로 잠옷을 입도록 할 수밖에 없을 것이다. 하지만 절대로 자발적으로 입게 하지는 못한다. 반야는 일련의 사진이 힌데가 품고 있는 환상의 일부라는 것을 알고 있었다. 또 랄프의 집에서 본 사진들 역시 이와 똑같은 방식으로 시작한다는 것도 알았다. 먼저 지금 자신이 앉아 있는 모습 그대로 여자를 발가벗기는 단계부터 시작한다. 그 다음 단계는 잠옷을 입는 순서가 될 것이다. 이것도 반야는 알고 있었다.

이 사진을 찍자면 다만 얼마라도 시간이 들 것이다. 반야는 이 시간을 계산에 넣을 필요가 있었다.

반야는 대답대신 고개를 흔들면서 그의 요구를 뿌리쳤다. 힌데는 반야를 무자비하게 시트에 찍어 누르면서 칼과 전기 충격 총으로 위협했다. 반야는 저항하면서 될 수 있는 한 그가 어떤 무기도 사용하지 못하도록 실랑이를 벌이는 시간을 길게 끌려고 애를 썼다. 가능하면 효과적으로 방어하면서 동시에 자신을 가격하지 않아도 곧 목적을 달성할 수 있다는 느낌을 주는 것이 쉽지는 않았다.

이 모든 노력은 시간을 벌기 위함이었다.

바로 이때 반야는 갑자기 뭔가 손에 닿는 느낌이 들었다. 침대 오른쪽 시트 위로 뭔가 딱딱하고 날카로운 것이 손을 찌르고 있었다. 이 사이에 힌데는 잠옷을 반야의 얼굴에 대고 누르면서 씌우려고 했고 반야는 힌데의 손아귀를 벗어나려고 오른쪽으로 몸을 뻗치고 있었다. 이제 반야는 그 날카로운 것을 향해 욕을 내지르면서 그것이 무엇인지 알려고 애를 썼다. 현재의 위치에서는 그것이 무엇인지 알 수 없었다. 게다가 두 눈은 잠옷으로 거의 가려진 상태였다. 그래서 반야는 대신 손으로 만져보려고 했지만 이제는 오른쪽으로 더 몸을 뻗을 수 없는 상태였기 때문에 손에도 닿지 않았다. 반야는 다시 반항하려고 마음먹었다. 이번에는 그 날카로운 것을 손으로 잡으려는 목적이었다. 반야가 침대 바닥에 두 다리를 괴고 근육에 단단히 힘을 주며 반항하자 힌데는 순간 당황하는 것 같았다. 이어 반야는 다시 몸을 오른쪽으로 틀며 손가락을 조금 더 뻗어보았다. 손가락으로 시트 가장자리를 더듬으면서 열심히 날카로운 것을 찾았다.

반야는 힌데의 손아귀가 좀 느슨해지면 좋겠다는 생각을 했다.

힌데는 다시 무자비하게 반야를 밑으로 찍어 누르면서 통제력을 되찾으려고 했다. 반야는 그가 하는 대로 내버려둔 채 침대 가장자리를 꽉 움켜잡았다. 효과가 있었다. 잠옷을 좀 더 씌우도록 허용하기는 했지만 손가락으로는 계속 더듬을 수 있었다. 힌데는 한 손으로 잠옷을 반야의 머리에 씌우려고 하면서 동시에 다른 손으로는 반야의 저항을 억누르랴 바빴다. 반야의 오른손은 계속 부지런히 움직였다. 이때 갑자기 그 물건이 다시 손가락에 닿았다. 뭔가 딱딱하고 날카로운 금속 같았다. 몸싸움을 하는 와중에 다시 놓치기는 했지만 이제는 대강 어디쯤에 있는지 알 듯 했다. 그러다가 그것이 다시 손에 들어왔다. 느낌으로는 침대 받침대에서 삐져나온 낡은 철제스프링 같았다. 반야는 집게손가락과 엄지로 그것을 떼어내려고 해보았지만 잘 떨어지지 않았다. 이번에는 작전을 바꿔 그것을 떼어내기 위해 손으로 잡고 몸을 앞뒤로 흔들었다. 되도록 빠른 속도로 앞뒤로 흔들었다.

마침내 스프링이 떨어지는 순간 반야는 번개같이 빠르게 그것을 손에 감췄다. 그리고 힌데가 자신의 머리 위로 잠옷을 씌우는 일에 완전히 집중하도록 저항하면서 계획을 밀고 나갔다. 힌데는 화난 표정으로 반야를 노려보면서 다시 칼을 높이 쳐들었다.

"누가 이기나 해보자."

반야는 체념한 듯 고개를 끄덕였다. 그의 의도대로 하도록 틈을 주면서 그 일에만 매달리게 했다. 반야는 일어나 앉아 잠옷을 머리에 똑바로 걸치면서 부러진 스프링을 오른쪽 주먹에 감췄다. 이어 잠옷을 차츰 밑으로 내려 입는 동안 슬며시 스프링을 두 다리 사이로 떨어트리고 잠옷에 가려 안 보이도록 했다. 두 다리 사이에 낀 금속 조각은 차갑고 날카로웠으며 불쾌한 느낌이 들었지만 실제로는 반야의 희망이었다.

힌데는 휴대전화로 다시 한 번 사진을 찍었다. 이어 앞으로 나오더니 왼쪽 다리와 침대를 묶은 끈을 잘라냈다.

"돌아누워!"

반야는 이제 무엇을 할 차례인지 알았다. 배를 깔고 엎드리는 단계였다.

처음에는 그에게 애를 먹일까도 생각해보았지만 이내 스프링을 들고 스스로 돌아눕는 것이 더 간단하다는 것을 깨달았다. 반야는 왼쪽 다리를 오른쪽 다리에 포개면서 허벅지 사이에 스프링을 끼우고 상체도 따라 움직였다. 오른쪽 다리에 묶였던 끈이 잘릴 때 반야는 아파서 비명을 질렀지만 배를 깔고 엎드릴 때까지 스프링이 허벅지 사이에 잘 끼어 있다는 느낌을 받았다.

힌데는 말을 탄 자세로 반야의 다리 위에 걸터앉고는 반야의 두 손을 등 뒤로 돌리고 스타킹으로 묶었다. 조금 속도를 늦춘 느낌이 들었다. 이제는 다음 단계로 나갈 수 있는 자세였다. 그는 일어서서 침대 발치로 가서 섰다. 이어 반야의 왼쪽 다리를 바깥쪽으로 벌리고 발을 다른 스타킹으로 침대 틀에 단단히 묶었다. 그리고 오른쪽 발도 스타킹으로 침대에 묶은 다음 먼저 묶여 있던 끈을 잘라냈다. 이 일을 만족스럽게 마무리한 뒤 그는 이삿짐 상자 쪽으로 갔다. 반야는 그가 낱개의 포장을 차례로 꺼내는 모습을 볼 수 있었다. 무엇인지 알 수 있었다. 의식에 사용할 식품이었다.

힌데는 이 물건들을 손에 들고 밖으로 나갔다. 밖에서 잠글 수 있는 작은 공간이 필요했기 때문이다.

반야는 스타킹에 묶인 손으로 느슨하게 다리 사이에 끼어 있는 스프링 조각을 잡으려고 힘겹게 애를 쓰다가 간신히 잡을 수 있었다.

힌데가 잠시 밖에서 안 들어왔으면 좋겠다는 생각이 들었다. 시간이 필요했기 때문이다.

그가 지나가는 자갈길은 통행이 거의 없기 때문인지 잡초가 무성하게 자라고 있었다. 한동안 꾸불꾸불 이어지는 숲을 빠져나가자 좌우로 훤히 트인 초원이 나타나면서 숲길은 끝났다. 조금 떨어진 곳에 있는 집 한 채가 눈에 들어왔다. 전조등은 긴 짚단을 비추고 있었다. 마치 노란 건초의 바다를 지나가는 기분이 들었다. 짚단에 반사되는 불빛에 눈이 부셔서 겨우 그 집의 검은 윤곽만 알아볼 수 있었다.

곧 임시로 형성된 막다른 길 같은 담장이 나타났다. 그는 거기서 멈추고 시동을 끈 다음 차에서 내렸다. 그리고 눈이 어둠에 익을 때까지 잠시 기다렸다. 이어 그 집의 정확한 형태가 눈에 들어왔다. 완전히 버려진 집 같았고 집 안에서 불빛이라곤 찾아볼 수 없었다.

그는 조심스럽게 담으로 기어 올라갔다. 밤하늘 밑으로 서 있는 건물이 점점 뚜렷하게 보였다. 약 100미터쯤 떨어진 건물은 커 보이기는 했지만 전혀 마음이 끌리지는 않았다. 골기와와 건물 전면 위쪽으로 달이 떠올라 푸른빛을 비추고 있었다. 잠시 뒤 세바스찬의 눈에 어두컴컴한 창틀이 들어오자 그는 그쪽으로 접근했다. 몇몇 창문에서 깜빡이는 촛불 빛이 새어나왔다. 창문과 벽 위로 알 수 없는 그림자가 어른거릴 때 집 안의 어둠은 오렌지 빛을 머금은 것처럼 보였다. 이제 세바스찬은 그 그림자가 바로 힌데라는 것을 알았다.

그는 계속 다가갔다.

그가 자신의 운명을 향해 걸음을 옮길 때마다 무성하게 자란 풀에서 바스락거리는 소리가 났다.

자신의 목숨과 반야의 목숨을 맞바꿀 수 있다면 그것이 가장 좋을 거라는 생각이 들었다. 최악의 경우에는 두 사람 다 이날 밤에 목숨을 잃을 수도 있을 것이다.

반야는 위에서부터 잠옷을 걸치고 가능한 한 등을 뒤쪽으로 한껏 굽히면서 스타킹에 묶인 손으로 다리 사이에 끼어 있는 스프링 조각을 다시 단단히 잡을 수 있었다. 스프링은 오른쪽 주먹에 감췄다. 하지만 모처럼 힌데가 밖으로 나간 사이에 스타킹을 겨우 한두 가닥밖에 찢지 못했다. 조금 전 그가 나간 것은 초에 불을 붙이기 위해서였다. 그렇지 않다면 계속 옆에서 지켜보고 있었을 것이다. 힌데는 누군가를 기다리는 것 같았다. 마치 지금까지 공을 들인 의식이 갑자기 부수적인 일로 바뀐 것 같았다. 그는 누군가를 기다리는 태도로 계속 서성대고 있었다.

반야는 이제 자신이 주인공이 아니라는 느낌이 들었다. 생각해보니 자신이 지금 이곳에 누워 있는 데에는 다른 이유가 분명히 있었다. 이 때문에 반야는 여전히 목숨이 붙어 있는 것이었다. 반야는 손바닥을 찌르는 스프링 끝을 느끼며 스타킹을 자르는 일에 전념할 수 있도록 힌데가 사라져주기를 바랐다. 두 손은 여전히 단단히 묶여 있는 데다가 혈액순환이 잘되지 않아 갈수록 차가워졌다. 가장 염려되는 것은 근육이 차츰 이완되는 것이었다. 얼마나 더 견딜 수 있을지 불안했다.

그가 다시 들어오지만 않는다면 어떻게 해볼 수 있을 텐데.

하지만 그는 여전히 집 안에 있었다. 이제는 꼼짝하지 않고 있었다.

세바스찬은 한때 주방으로 사용했던 것으로 보이는 공간에 있는 문 옆의 떨어져 나간 창문을 통해 안을 엿보았다. 그 안은 지저분했고 벽에는 낙서가 가득했다. 벽에는 싱크대를 뗀 흔적이 남아 있었고 구석에는 20세기 초에 사용하던 목탄 난로가 달빛에 모습을 드러냈다. 조금 떨어진 곳에서는 옆방에 켜놓은 것으로 보이는 촛불 빛이 눈에 들어왔다. 세바스찬은 잔뜩 긴장한 가운데 엿들었지만 아무 소리도 들리지 않았다. 그는 허리를 굽히고 살짝 열려 있는 문 쪽으로 살금살금 다가가 보았다. 유리 조각이 흩어져 있었다. 그는 몸을 일으켰다.

이제는 자신이 왔다는 것을 알릴 때였다.

그는 삐걱거리는 문을 열고 어둡고 좁은 복도로 들어섰다.

"나 여기 있어!"

그는 이렇게 소리치고는 반응을 들으려고 걸음을 멈췄다. 아무 대답도 들리지 않았다. 조금 전과 마찬가지로 집 안은 여전히 조용했다. 힌데는 아직 모습을 드러낼 준비가 안 된 것으로 보였다.

세바스찬은 왼쪽으로 방향을 틀고 밖에서 보았던 주방으로 들어갔다. 마룻바닥은 절반 정도가 떨어져나갔기 때문에 그는 시커먼 구멍에 빠지지 않으려고 돌아가야만 했다. 퀴퀴한 곰팡내를 맡으며 그는 촛불이 깜빡거리는 옆방 쪽으로 다가갔다. 널찍하고 요란하게 치장한 것으로 보아 한때 이 집의 만찬장으로 사용된 곳으로 보였다. 하얀 바닥에 난 시커먼 흔적은 카펫이 깔렸던 자리로 보였고 벽지는 울퉁불퉁 기복을 이루고 군데군데 떨어져서 밑으로 늘어져 있었다. 마치 벽에 손이 달려서 보는 사람에게 팔을 내뻗는 모양이었다. 낡고 우아한 모습의 금속 라디에이터 위에는 촛농으로 고정시킨 촛불 하나가 켜져 있었다.

여기서 세바스찬이 갈 수 있는 곳은 두 방향이었다. 바로 앞에는 더 큰 방이 있었고 오른쪽으로는 계속 집 안으로 들어가는 복도가 나 있었다. 이쪽에도 깜빡거리는 촛불이 보였다. 힌데가 촛불을 따라 오라는 표시를 한 것으로 보였다.

어쨌든 세바스찬은 그를 만나야 했다.

반야는 누군가의 목소리를 들었다. 처음에는 뭔지 잘 알지 못했다. 정확하게 말하면 그 목소리와 이 상황을 어떻게 연관시킬지 알 수 없었다.

힘들게 힌데 쪽으로 돌아서자 비로소 제대로 들었다는 것을 알 수 있었다. 그의 얼굴이 기대감으로 환하게 빛났기 때문이다. 그는 경계를 늦추지 않은 표정으로 반야를 내려다보았다. 조금 전에 들린 소리는 그가 기다렸던 목소리 같았다. 아주 오랫동안 기다린 목소리로 보였다.

힌데는 칼을 들고 살금살금 문밖으로 나갔다. 반야는 그의 뒷모습을 쳐다보느라 손에 쥔 스프링 조각을 잠시 잊었다.

세바스찬이 여기서 뭘 하려는 거지? 왜 집 안으로 들어오기 전에 힌데에게 미리 알린 걸까?

도저히 있을 수 없는 일이었다. 세바스찬은 자신 외에는 결코 다른 사람을 위해 행동하는 인물이 아니었다. 반야가 알다시피 그는 그런 자였다. 그런 그가 여기 나타난 것이다.

세바스찬은 아래층을 지나갔다. 촛불이 몇 개 더 보이고 오래된 잡동사니가 나뒹구는 것 말고는 텅 비어 있었다. 그는 위층으로 올라가는 계단으로 돌아갔다. 이곳은 힌데를 찾느라 벌써 여러 차례 지나친 곳이었다. 이제 위층을 바라보며 조심스럽게 동정을 살폈다. 다시 불러보았다.

"어디 있어?"

그러나 이번에도 대답은 들리지 않았다. 그는 계단을 올라갔다. 중간에 촛불이 또 보였다. 그는 점점 이 유치한 놀이에 짜증이 나기 시작했다. 다시 불러보았다. 이번에는 더 큰 소리로 외쳤다.

"힌데, 자네가 여기 있는 걸 알아."

그는 계속 올라갔다. 계단 몇 개는 부서져서 위로 넘어가야 했다. 위층에 오르자 다시 복도가 보였다. 좌우 양쪽에 문이 있었고 복도 끝에 또 하나의 문이 보였다. 전부가 닫혀 있었다.

세바스찬은 첫 번째 문을 살짝 열어보았다. 창문은 폐쇄된 상태였고 방 안은 온통 암흑 천지였다. 그는 복도의 빛이 들어가도록 문을 활짝 열고 방 안으로 들어섰다. 여기도 비어 있었다. 모퉁이에 낡은 책상이 비뚜로 놓여 있는 것을 빼면 아무것도 없었다.

그가 다시 방에서 나가려고 할 때 등 뒤에서 무슨 소리가 들리는 듯했다. 그는 번개같이 돌아섰지만 이미 늦었다. 얼굴에 힌데의 숨결이 닿는 것과 동시에 목에 날카로운 칼날이 느껴졌다. 그가 당황하지 않으려고 애를 쓰는 동안 힌데는 퀴퀴한 냄새가 나는 축축한 벽으로 그를 밀어붙였다.

"이 순간을 기다렸지." 힌데가 나지막이 중얼거렸다.

얼굴을 너무 바싹 들이댔기 때문에 힌데가 흥분한 것을 또렷이 느낄 수 있었다. 힌데는 서두르지 않았다. 칼은 날카로웠다. 조금만 더 세게 눌렀다면 칼은 곧바로 피부를 파고들었을 것이다.

"자네를 기다렸지. 이제 시작해볼까."

세바스찬은 힌데의 눈을 들여다보았다. 주위는 어두웠지만 그는 그 눈빛이 반짝인다는 것을 알 수 있었다.

반야는 죽지 않았다. 아직 살아 있다.

"반야는 풀어줘, 내가 왔잖아." 세바스찬은 설득하는 목소리로 간청했다. "이건 자네와 나 사이의 문제라고."

힌데가 그에게 미소를 지었다. 눈빛이 모든 것을 말해주고 있었다. 이어 고개를 흔드는 동작은 세바스찬이 두려워한 최악의 시나리오가 맞다는 것을 보여주었다.

"아니. 난 자네가 봤으면 좋겠어. 자네도 나를 연구할 수 있으니 마음에 들 거야. 아주 가까이서 나를 볼 수 있는 기회를 잡은 거야."

세바스찬은 침착한 태도를 유지하려고 애를 썼지만 쉽지 않았다.

"반야는 풀어줘, 대신 나를 잡으면 되잖아."

"대신이라고? 대신은 없어. 자네까지라고 해야지."

힌데는 갑자기 세바스찬 등 뒤로 돌아갔다. 칼은 여전히 목을 겨누고 있었다. 그는 세바스찬을 방 밖으로 밀어내고 복도로 나갔다.

"이제 모든 결정은 내가 내린다." 그가 말했다.

마치 이 말을 강조하기라도 하듯 그가 칼을 더 바싹 들이밀자 세바스찬은 숨이 막힐 것 같았다. 힌데는 그를 앞세우고 복도 끝까지 갔다. 끝에 있는 문이 점점 가까워지자 세바스찬은 이 방에서 일이 벌어질 거라고 예감했다. 복도 끝에 있는 방이 목적지였다.

세바스찬은 이 모든 것이 우스꽝스럽다는 것을 알았지만 달리 어쩔 도리가 없었다. 그는 애원했다. 절대 반야를 잃을 수는 없었다.

"제발. 대신 나를 잡아넣으라고, 제발."

"자네, 꽤나 눈물겹게 구는군. 자네로서는 물론 그럴 만한 충분한 이유가 있지." 힌데가 조롱하듯이 말했다.

마침내 마지막 문에 다다랐다. 힌데는 칼을 잡지 않은 손으로 문을 열었다.

"이제 다 모였군!"

그가 빈정거리는 말투로 소리쳤다.

세바스찬과 힌데가 믿을 수 없는 광경을 목격하기까지는 몇 초가 걸렸다.

침대가 비어 있었던 것이다. 조금 전까지 결박을 당한 반야가 있던 곳에는 찢어진 두 개의 스타킹밖에 보이지 않았다. 깜짝 놀란 힌데는 이 순간 세바스찬을 놓쳤다.

세바스찬은 번개같이 빠른 동작으로 칼을 겨누고 있던 손을 뿌리치고 힌데의 손아귀에서 벗어났다. 그리고 여전히 당황한 표정으로 서 있는 힌데 쪽으로 돌아섰다.

"뭔가 계획대로 되지 않나?"

실망과 분노로 힌데는 칼을 들고 세바스찬을 공격하기 시작했다. 세바스찬은 침대 쪽으로 물러섰다. 빠져나갈 구멍이라고는 전혀 없다는 것을 알면서도 다행이라는 생각이 들었다. 반야가 도망친 것으로 보였기 때문이다. 가장 중요한 것은 반야가 빠져나갔다는 것이었다. 세바스찬은 집 안에 들어설 때부터 이미 반야 대신 자신을 희생할 각오가 되어 있었다. 그런 마음은 지금도 마찬가지였다.

힌데는 다시 그를 향해 칼을 날렸고 세바스찬은 구석으로 피했다. 잡히는 것은 시간문제였다. 방어할 만한 것이 없는지 두리번거렸지만 아무것도 보이지 않았다. 여기서 버티는 시간이 길면 길수록 반야는 그만큼 더 멀리 달아날 것이다. 그는 뒷걸음으로 침대로 올라가려고 하다가 헛딛는 바람에 비틀거리다가 침대로 쓰러졌다. 그러자 순식간에 힌데가 그를 덮쳤다. 그는 발길질을 하며 공격을 막으려고 했지만 어느새 힌데의 칼이 장딴지를 파고들었다. 눈물이 찔끔거릴 정도로 아팠다. 세바스찬은 두 손으로 침대 틀을 잡고 몸을 일으키면서 힌데의 공격을 피하려고 했다. 다리의 상처에서는 피가 쏟아지고 있었다.

힌데는 제자리에 서서, 다리를 절룩거리며 모퉁이로 피하는 세바스찬을 말없이 바라보았다. 다시 뜸을 들이고 있었다.

"조금 차질은 있지만 아무튼 자네는 빠져나가지 못해."

힌데는 천천히 세바스찬에게 다가섰다. 피를 흘리며 모퉁이로 피한 상대를 바라보는 그의 눈빛에서는 얼음처럼 차가운 냉기가 흘렀다. 그는 칼을 높이 쳐들었다.

세바스찬도 상대를 똑바로 쳐다보았다. 더 이상 빠져나갈 틈은 없었다. 그는 곧 이어질 결과를 받아들일 준비가 되어 있었다.

그는 칼이 번쩍하고 허공을 가르는 것을 보았다. 이어 배에 엄청난 통증이 느껴졌다. 힌데는 칼을 뽑고 다시 위로 쳐들었다. 이번에는 더 위쪽을 겨누는 것 같았다.

"내가 어떻게 해줄 건지 알아? 내가 뢰브하가에서 썩은 햇수만큼 자네를 찔러줄 거야. 그러니까 아직 열두 번이 남았어."

세바스찬은 의식이 점점 희미해지는 것을 느꼈지만 정신을 잃지 않으려고 몸부림쳤다. 자신도 모르게 입에서 힘겹게 말이 새어나왔다. "반야가 해냈어." 이 말을 할 때는 입가에 한 줄기 미소까지 띠었다. 화난 얼굴로 그를 바라보는 힌데는 다시 칼을 높이 올렸다.

이 순간 세바스찬은 갑자기 반야를 보았다. 반야는 손에 뭔가를 들고 문으로 뛰어 들어왔다.

무조건 달아나야 할 반야, 이제는 여기에 있을 필요가 전혀 없는 반야였다.

안 돼!

힌데는 마지막 순간에 등 뒤의 인기척을 느끼고 돌아섰다. 그는 반야의 손에 전기 충격 총이 들려 있는 것을 보았다. 반야가 총을 발사할 때 그는 머리를 숙여 총을 피할 수 있었다. 그는 반격 자세를 취하고는 칼등으로 반야의 머리를 사정없이 가격했다. 반야는 총을 떨어트리고 바닥에 쓰러졌다. 힌데는 반야를 덮쳤다. 반야는 반항했지만 무자비한 힌데의 공격을 막지는 못했다. 이어 힌데는 동작을 멈추고 죽은 듯이 뻗어 있는 반야를 내려다보았다.

그는 세바스찬을 향해 미소를 지었다. "이런 것을 보고 진정한 사랑이라고 하지. 반야가 돌아온 것 말일세."

세바스찬은 마지막 남은 힘을 다해 반야에게 기어갔다. 이미 셔츠와 바지는 온통 피투성이였다. 핏자국을 따라 다리를 질질 끌었다.

"그만해! 제발 그만해!"

힌데는 만족한 표정으로 그를 바라보았다. "나를 용서하게. 이제 끝을 봐야지." 힌데가 반야를 내려다보다가 머리채를 휘어잡고 반야의 머리를 뒤로 젖히자 하얀 목이 드러났다. "잘 봐, 세바스찬! 자네가 살아서 보는 마지막 장면이 될 테니."

세바스찬은 이제 통증도 느껴지지 않았다. 아무런 감각이 없었다. 그는 계속 기어갔지만 겨우 몇 밀리미터밖에 나가지 못한 느낌이 들었다. 이제는 만사가 끝이라는 생각이 들었다.

힌데가 다시 칼을 쳐들었을 때 갑자기 문에서 누군가의 목소리가 들렸다. 세바스찬은 희미한 의식 속에서 어렴풋이 빌리와 비슷한 얼굴이 보인다고 생각했다. 빌리, 저 친구가 여기서 뭐 하는 거지?

세바스찬은 총소리를 듣는 것과 동시에 힌데가 뒤로 쓰러지는 모습을 보았다.

이어 모든 것이 캄캄해졌다.

세바스찬은 구급차에 실려 간 것이나 병원에 도착한 것, 수술실로 들어간 것에 대해서는 일체 기억이 나지 않았다. 그가 힌데가 쓰러지는 것을 본 뒤 다시 의식을 되찾고 처음 눈을 뜬 곳은 회복실이었다. 복부의 꿰맨 상처는 찢어질 듯이 아팠다. 의사는 그가 믿을 수 없을 만큼 운이 좋았다고 말하며 혀를 내둘렀다. 그리고 그가 어떤 부상을 당했는지, 또 자칫 어떤 부상을-훨씬 심각한-당할 뻔 했는지 설명해주었다.

세바스찬은 더 이상 귀를 기울이지 않았다. 어쨌든 살았고 곧 건강을 회복하리라는 것이 중요했지 나머지 다른 것에 대해서는 관심이 없었다.

의료진은 몇몇 검사와 철저한 테스트를 해보았다. 이어 반야와 토르켈이 들어왔다. 이들은 몸 상태가 어떤지 물었다. 그러면서 힌데가 칼로 공격을 할 때부터 지금까지 어떤 일이 있었는지 들려주었다.

"당신…… 여러 가지로 곤란하죠?" 세바스찬은 몹시 피곤해 보이는 토르켈에게 물었다. 한숨도 못 잔 얼굴이었다.

"아직은 괜찮아요. 이제부터 시작인걸요."

"미안해요."

"견뎌내야지요." 토르켈은 어깨를 으쓱해 보였다.

"반야는 괜찮아요. 랄프 스벤손뿐 아니라 롤란드 요한손도 체포했고. 힌데는 죽었어요. 경찰 조직을 잘 알잖아요. 목적이 중요하지 과정은 문제가 안 돼요."

"롤란드도 체포했다고요?"

"그래요. 다른 도난 차량을 몰고 예테보리로 가다 잡혔어요." 토르켈은 잠시 말을 멈췄다. 계속 말을 해도 좋을지 생각하는 눈치였다. "그리고 당신도 트롤레 헤르만손을 기억하지요?" 잠시 뜸을 들인 토르켈이 쉰 목소리로 말했다.

세바스찬은 누운 자리에서 조금 몸을 일으켰다. 트롤레의 이름을 들으리라곤 전혀 예상하지 못했다. 모든 것이 끝난 지금, 자신은 안전하게 보호받는 여기서 들으리라고는 생각 못 했다. 토르켈의 목소리는 심각했다.
"그런데요?"
"우리가 발견했을 때는 이미 사망했더라고요. 도요타 차 안에서."
"맙소사!"
토르켈은 체념한 표정으로 고개를 가로저었다.
"트롤레는 개인적으로 수사를 했던 것 같아요. 아마 자신이 무슨 사건에 휘말렸는지 몰랐을 거예요."
세바스찬은 힘없이 고개를 끄덕였다. 맞는 말이었다. 트롤레는 세바스찬을 돕기로 결심했을 때 어떤 사건에 뛰어든 건지 몰랐으니까.
"불쌍한 친구."
"그래……."
트롤레에 대해서는 더 말이 없었다. 사건은 이제 해결되었다. 이들이 같이 일을 하게 된 것도 모두 이 사건 때문이었다. 아마 토르켈과 세바스찬은 한동안 볼 일이 없을 것이다. 두 사람 다 이것을 알고 있었다.
"난 이제 사무실로 들어가서 보고서에 서명을 해야겠어요." 토르켈은 가봐야겠다는 듯 문을 가리켰다. 그는 반야에게 돌아섰다. "지금 같이 갈 거예요?"
"아뇨, 여기 조금 더 있을게요."
"알았어요. 세바스찬, 몸조리 잘해요. 또 보자고요."
별 의미 없는 상투적인 인사였다.
토르켈이 방에서 나가자 문이 소리 없이 닫혔다.
반야가 조용히 침상으로 다가오더니 옆 침대에 있는 의자를 끌어당겼다. 세바스찬은 호기심 어린 눈길로 자신의 머리맡에 앉는 반야를 바라보았다.

"당신에게 감사드리고 싶어요."

"천만에요."

"집 밖에서 외치는 소리를 들었어요. 내 대신에 당신을 잡아놓으라고 부탁하던데요. 왜 그랬어요?"

세바스찬은 어깨를 으쓱했다. 이때 상처 부위가 당겨서 얼굴을 찌푸렸다. "어설프게 정의의 기사 흉내를 내고 싶었던 게지요."

반야는 그를 쳐다보면서 미소를 짓고 일어났다. 그리고 고개를 숙이고 세바스찬을 안았다. 반야가 속삭였다. "고마워요."

세바스찬은 대답을 할 수 없었고 할 생각도 없었다. 다만 이 순간을 정지시키고 꼭 움켜잡고 싶었다. 반야는 여전히 그를 안고 있었다. 사랑이 넘치는 눈빛이었다. 세바스찬은 바로 이런 순간을 열망했다. 수개월 전부터 그랬다. 솔직히 말하면 더 되었을 것이다. 누군가 눈앞에서 이런 사랑의 정을 보여주기를 얼마 동안이나 고대했던가! 물론 엘리노르가 있지만 그 여자는…… 그저 엘리노르일 뿐이었다.

세바스찬도 마주 안았다. 조금 길게 안았지만 반야는 전혀 이상하게 생각하지 않는 것 같았다.

반야는 다시 미소를 띠면서 의자에 앉았다.

세바스찬은 될 수 있는 한 조심스럽게 숨을 내쉬었다. 반야를 안는 바람에 상처 부위가 몹시 아팠지만 아픈 거야 아무래도 상관없었다.

"이제 뭘 할 건데요?" 반야가 물었다.

"당신 여기 담당하는 예쁜 간호사 보았지요?"

반야는 웃으면서 세바스찬을 가볍게 쳤다. 가볍게 쳤는데도 아팠다. 세바스찬은 아프지 않고 할 수 있는 일이 뭐가 있을지 생각해 보았다.

"무슨 일을 할 건지 물어본 거죠."

"모르겠어요."

반야는 고개를 끄덕이더니 잠시 무릎에 놓인 손을 내려다보다가 다시 고개를 들고 진지한 시선으로 그의 눈을 들여다보았다.

"우리가 다시 함께 일할 것 같다는 생각이 드네요."

"정말로요?"

"네."

"그럼 나야 좋지요."

그는 반야의 눈을 마주 쳐다보면서 이 말이 솔직한 심정이라는 것을 알아주기를 바랐다. 듣기 좋으라고 한 말이 아니었다. 비꼬는 말도 냉소적인 말도 아니었다. 진심에서 우러나온 말이었다.

반야의 휴대전화가 울렸다. 간절히 고대하던 특별한 순간은-실제로 이런 순간이 있었다면-지나갔다. 반야는 가방에서 휴대전화를 꺼내 화면을 보았다.

"아, 이제 가봐야겠네요."

반야는 침대에서 등을 돌리며 전화를 받았다. "네, 아빠…… 아뇨. 지금 병원이에요. 세바스찬 병실에…… 네, 바로 그 세바스찬이죠."

반야는 세바스찬을 보며 살짝 미소를 지었다. 그도 따라 미소를 보냈다. 적어도 미소로 보이기를 바랐다. 만감이 교차했다. 기쁨, 슬픔, 자랑스러움, 고통…….

"네, 거기 있었어요." 반야가 계속 입을 열었다. "얘기가 너무 길어요. 나중에 전화할게요……. 알았어요. 저도 아빠를 사랑해요."

반야는 통화를 마치고 다시 전화기를 집어넣었다.

"아버지예요. 인터넷으로 힌데에 관한 기사를 읽었다네요."

"자세한 것은 아직 모르겠지요?"

"모르세요. 또 어디까지 얘기를 해드려야 할지도 모르겠고요. 아빠는 늘 걱정하니까요. 차라리 얘기를 안 하는 게 좋겠어요. 안나에게도……."

집 안 내력인가보다고 세바스찬은 생각했다. 그 자신도 불편한 진실을 다른 사람이 모르게 하는 습성이 있었기 때문이다. 자신의 신분을 밝히지 않는 것처럼.

"이제 가볼게요." 반야는 이렇게 말하면서 일어났다. "좀 쉬어야죠."

반야는 의자를 들고 처음 놓여 있던 자리로 갔다.

"당신 같은 딸을 둬서 아버지가 좋으시겠어요." 세바스찬이 반야의 등 뒤에 대고 말했다.

"네, 그럴 거예요."

반야는 의자를 내려놓고 문으로 향했다. 그러더니 문고리를 잡고 발을 멈췄다. 발길이 떨어지지 않는 것 같은 모습이었다.

"그럼 가볼게요. 몸조심해요."

"그래요, 당신도."

세바스찬은 반야가 떠나는 모습을 지켜보았다. 이제는 화난 표정이 아니었다. 말싸움도 없었다. 그리고 세바스찬은 마음속으로 다짐했다. 트롤레가 발데마르에 대해 찾아낸 것이 무엇이든 그것을 결코 이용하지 않겠다고 결심했다. 이런 생각은 이제 흔들리지 않을 정도로 확고부동했다. 발데마르에게 상처를 주는 것은 반야에게 상처를 주는 결과가 될 것이다. 물론 지금까지는 분명치 않았지만 이제 이것은 불 보듯 확실하고 당연한 것이기도 했다. 이제는 지난 일이었다. 발데마르가 무슨 짓을 했든 그 서류를 절대 보지 않을 것이다. 집에 도착하는 즉시 그 봉투에 든 서류를 불태워버릴 것이다. 트롤레는 이 비밀을 무덤까지 가져가야 한다.

침대에서 돌아눕자 다시 상처 부위가 아팠다. 그는 시선을 창밖으로 돌렸다. 아직 이른 아침이었는데도 햇살이 벌써 뜨거웠다. 날씨가 좋을 것 같았다.

반야는 무엇을 할 것인지 물었다.

아무튼 무엇을 하지 않을 것인지는 알고 있었다. 세바스찬은 반야의 아버지가 되지는 않을 것이다. 결코 그럴 생각은 없었다. 딸을 찾기 위한 노력은 포기할 것이다. 그래도 잘만 하면 반야 가까이 머물 수는 있을 것이다. 또 친하게 지낼 수도 있을 것이다.

사랑을 받지는 못하더라도 최소한 지금보다는 더 높은 평가를 받을 수는 있을 것이다. 그 정도면 만족이다.

이제 그의 인생에 기대할 만한 것은 별로 없기 때문에 이런 기회마저 걷어찬다면 정말 어리석은 일이 될 것이다.

잘될 것이다. 그는 만사가 잘 풀릴 것이라는 느낌이 들었다.

빌리는 일찍 출근했다. 가장 먼저 나왔다. 뮈는 자기 집에서 잤기 때문에 더 이상 침대에서 혼자 뒹굴 이유가 전혀 없었다. 게다가 눈이 말똥말똥해져서 제대로 잠을 잘 수가 없었다.

그가 총을 쏘아서 사람이 죽었다. 그가 죽인 것이다.

누가 봐도 그에게는 선택의 여지가 없었다. 반야나 토르켈이 그 입장이었다 해도 똑같이 했을 것이다. 만약 그가 총을 쏘지 않았다면 힌데가 반야를 죽였으리라는 것은 100퍼센트 확실했다. 그렇다고 해도 반드시 힌데를 죽여야만 했을까? 뭐라고 말할 수가 없었다. 설사 힌데에게 부상을 입혔다 해도 그는 몇 초 안에 반야에게 위해를 가할 수 있는 상황이었다. 그것도 치명적인 상처를 입혔을 것이다. 빌리가 이런 위험을 감수할 수는 없었다.

반야와 그는 세바스찬이 실려 가고 난 다음 두 번째 구급차를 기다리면서 짤막한 대화를 나눴었다.

두 사람은 서로 화해를 했다. 납치와 총살은 훌륭한 갈등 해소의 계기가 되었다. 이 밖에 다른 모든 것은 갑자기 사소하게 보였다.

다른 일들은 중요하지도 않았고 얼마든지 극복할 수 있었다.

그는 컴퓨터 앞에 앉아서 샤워를 해야 좋을지 잠시 생각해보았다. 하지만 별로 땀을 흘린 것도 아니었기 때문에 천천히 자전거를 타고 경찰청으로 향하면서 여름날 아침의 스톡홀름 거리를 누볐다. 또 일할 수 있을 때 일할 기회를 활용하고 싶었다. 경찰 내부 조사가 시작될 것이다. 단순히 무기를 꺼내 총격을 가한 것이 아니라 사람이 죽는 결과로 이어졌기 때문이다. 분명히 조사를 받고 결국에는 책임이 없다는 결론이 나올 것이다. 빌리는 이런 결과를 확신했다. 샤워는 내부 조사관이 와서 그를 데려갈 때 해도 늦지 않을 것이다.

빌리는 랄프의 파손된 하드디스크를 켰다. 랄프 스벤손에 대한 자료는 모두 확보했기 때문에 당장 필요한 것은 아니었다. 지문, DNA, 희생자들의 혈흔, 스타킹, 신문기사 스크랩 외에 본인의 자백도 확보했다. 랄프의 범행을 입증하기 위해 복구된 컴퓨터의 내용을 확인하려드는 사람은 아무도 없을 것이다.

하드디스크를 분석하는 것은 수사를 위해서가 아니라 빌리 자신을 위해서였다.

반야를 걱정하던 어제와 마찬가지로 성가신 잡념을 떨쳐버리는 데 일이 도움이 되었기 때문이다. 총격에 대한 기억을 잊고 싶었다. 한 사람의 생명에 대한 가책을 떨쳐버리고 싶었다. 그 밖에 컴퓨터는 그의 전문 분야인 데다가 재미도 있었다. 바로 여기에 그가 도전하는 세계가 있었다. 그가 성과를 올린 것도 컴퓨터였다. 뮈는 자신의 생각대로 말했다. 빌리의 '오랜' 과제 때문에 그가 힌데에게 갔고 반야를 구할 수 있었다는 것이다.

그사이 빌리는 힌데가 랄프에게 이제 환상에 머물지 않고 실행으로 옮겨야 할 때라고 설명하는 대화 부분을 찾아냈다. 힌데는 랄프에게 희생자를 지목했다. 제물로 삼을 여자들을 차례로 정해준 것이다. 마리아 리에, 자네트 얀손 뉘베리, 카타리나 그란룬드. 이름뿐만 아니라 주소도 주었다.

동시에 랄프는 세바스찬이 새 여자와 섹스를 하면 이에 대해서 정기적으로 보고했다. 특히 아네테 빌렌이 있었다. 이에 대해 힌데는 즉시 답을 주었다. 바로 그날 중으로 이 여자를 죽이라는 것이었다. 세바스찬과의 연관성을 확실하게 드러내려는 의도였다. 짤막하면서도 명확한 이 문답을 읽고 이들이 네 명의 여자를 살해했다는 것을 알고 나자 이상한 기분이 들었다.

빌리는 계속 읽어 내려갔다.

그가 아는 이름도 나왔다. 안나 에릭손. 그 사람이 아닌가……?

베스테로스에 있을 때 세바스찬은 빌리에게 주소를 찾아달라는 부탁을 한 적이 있었다. 안나 에릭손이라는 사람이었다. 그 사람과 이름이 똑같았다. 아주 흔한 이름이기는 했지만 우연이라고 하기에는 너무도 미심쩍었다. 당시 빌리는 세바스찬에게 이 사람의 주소를 찾아주었었다. 이것이 무슨 의미일까?

빌리는 랄프의 하드디스크에 있는 내용의 창을 축소하고 자신의 컴퓨터에서 '베스테로스'라고 쓰인 폴더를 열어보았다. 여기서 '기타 자료'라고 쓰인 제목을 클릭해보았다. 수사를 하는 동안에 모아 놓은 하찮은 저장물들이 나타났다. 구체적으로 무엇과 관련되는지 알 수 없는 자료들이었다. 그 밑에 주소가 하나 있었다.

스토르스케르스가탄 12번지.

그는 인터넷의 전화번호부에 이름과 주소를 입력해보았다. 맞았다. 이 주소에서 안나 에릭손은 발데마르 리트너와 함께 사는 것으로 나왔다.

리트너.

잠깐.

안나는 반야의 어머니 이름이었다.

혹시 세바스찬이 말한 안나 에릭손이 반야의 어머니일까?

모든 퍼즐 조각이 눈앞에 있었지만 빌리는 이것을 맞출 수가 없었다. 빌리는 체계적으로 달라붙었다. 맨 처음부터 다시 시작했다.

세바스찬은 안나 에릭손을 찾으려고 했다. 밝혀진 대로 이 사람은 스토르스케르스가탄에 살고 있다. 이 사람은 반야의 어머니였다.

랄프는 힌데에게 스토르스케르스가탄 12번지에 사는 안나 에릭손을 가능한 제물로 보고했다.

이 말은 세바스찬이 이 여자와 잠을 잤다는 의미일까? 이것은 분명해보였다. 언젠지는 몰라도 어쨌든 잠을 잔 사이다. 세바스찬과 반야의 어머니가.

반야는 이 때문에 세바스찬만 보면 짜증을 낸 것일까?

빌리는 의자에 등을 기대고 생각에 잠겼다. 어쩌면 이 이상의 비밀이 숨어 있는지도 모른다. 왜 세바스찬은 베스테로스에서 안나를 찾았을까? 이 여자가 반야의 어머니란 것을 그가 알았다면 반야에게 직접 물어보는 편이 훨씬 간단했을 것이다. 하지만 세바스찬은 그렇게 하지 않았다. 이것은 무슨 의미일까? 이 사실을 몰랐거나 아니면 반야에게 묻고 싶지 않았던 것일까?

본능적으로 빌리는 이 문제에 대해서는 더 이상 캐보지 않는 게 좋을 거라는 느낌을 받았다. 어쩌면 방금 새로 연 안나 에릭손 파일도 삭제하는 것이 좋을 것이다. 어차피 이 정보를 필요로 하는 사람은 아무도 없다. 그럼에도 빌리는 한동안 더 생각에 잠겼다. 결국 호기심이 발동했지만 이 문제는 누구도 알아서는 안 되는 것이었다. 그는 자신의 컴퓨터 사용 흔적과 랄프의 하드디스크에 있는 해당 자료를 삭제했다.

이것은 자신만의 작은 프로젝트로 남겨두기로 했다.

잘 알려진 대로 인터넷에서는 무엇이든 찾아낼 수 있다. 이 말이 맞다는 것을 빌리는 알고 있었다. 내부 조사로 근무에서 제외되는 동안 그는 느긋하게 이 문제를 알아볼 수 있을 것이다.

엘리노르는 6시 직전에 잠을 깼다. 세바스찬은 집에 오지 않았다. 밤새 들어오지 않은 것으로 보였다. 그의 이불과 베개는 사용한 흔적이 없이 고스란히 있었다. 엘리노르는 그대로 누워 있었다. 사실 일어날 이유도 없었다. 일주일 휴가를 냈고 그녀를 기다리는 사람은 아무도 없었기 때문이다.

하지만 엘리노르가 기다리는 사람은 있었다.

엘리노르는 침실 탁자에 있는 전화를 들고 세바스찬의 휴대전화로 전화를 했다. 그는 받지 않았다. 어젯밤과 마찬가지였다. 마지막으로 전화를 걸어 본 것이 밤 1시가 조금 지났을 때였다. 도대체 세바스찬은 어디 있는 것일까? 무엇을 하고 있을까? 다시 잠을 잘 수는 없었기 때문에 엘리노르는 일어나 그의 셔츠 하나를 걸치고 주방으로 들어갔다. 주전자에 물을 채우고 스위치를 켰다. 물이 끓는 동안 엘리노르는 빵 두 쪽에 치즈를 바르고 토마토를 얹었다. 그리고 끓는 물에 차를 타고 현관에서 신문을 집어온 다음 아침 식사를 시작했다. 창밖으로 시선을 돌린 엘리노르는 맞은편 집의 물받이 홈통을 물끄러미 바라보았다.

세바스찬을 안 지는 오래되지 않았지만 그가 밤새도록 일할 사람으로는 보이지 않았다. 그렇다면 어디에 있단 말인가? 왜 전화도 안 받고 전화를 해주지도 않는 것일까? 혹시 다른 여자가 생긴 것일까?

그는 어제 저녁에 통화를 하면서 힌데라는 이름을 말한 다음 사라졌다. 또는 힌데라는 사람과 통화를 한 건지도 모른다. 힌데가 이름일까, 성일까? 여자일까?

누가 누구에게 속하는 것인지, 임자가 따로 있다고 호되게 꾸짖는다면 뭐가 잘못된 것인지 친절하고 시원하게 대화를 할 사람이 필요했다. 엘리노르의 전남편은 그녀를 속이고 버렸다. 전남편은 이제 죽고 없었다.

하지만 지난 며칠간을 되돌아보니 이런 의심에는 근거가 없는 것 같았다. 세바스찬이 너무도 살갑게 대했기 때문이다. 그가 엘리노르를 보호하느라 무던히도 애를 쓴 것은 사실이다. 엘리노르가 들어오자마자 또 자신이 원하는 것을 얻자마자 그가 엘리노르를 속일 까닭은 없었다. 지금까지 엘리노르에게 아주 다정하게 대하지 않았던가.

완벽한 남자였다.

엘리노르는 세바스찬에 대해 속단을 한 것 같아 조금 부끄럽기까지 했다. 그가 돌아온다면 다시 잘해 주어야겠다고 결심했다. 그가 갑자기 사라지고 외박을 한 데에는 다른 이유가 있을 것이다. 틀림없이 다른 이유가 있다. 찻잔의 차가 식는 동안 엘리노르는 어제 일어난 일을 찬찬히 정리해보았다. 그는 스트레스를 받은 표정으로 나갔다. 아마 무슨 문제가 생긴 것 같았다. 직업상의 일일 수도 있고 개인적인 문제일 수도 있다. 물론 그에게 문제가 생길 때 엘리노르는 자신에게 털어놓고 상의하기를 바랐지만 남자들이란 고집불통이어서 모든 짐을 혼자 떠맡으려고 할 때가 많기 마련이다. 남자들은 다른 사람에게 도움을 청하는 것을 끔찍하게 생각한다. 하지만 세바스찬은 엘리노르에게 도움을 요청할 필요가 없었다. 어차피 알아서 도와줄 테니까. 다만 어떻게 도울 것인지 방법만 알면 된다.

엘리노르는 어제 두 사람이 함께 한 일을 곰곰이 생각해보았다. 혹시 그가 이상한 반응을 보인 적이 있었던가? 뭔가 숨기려고 하는 기색은 없었던가?

엘리노르의 생각은 이카 봉투에서 멈추었다. 중요한 서류 같았지만 엘리노르가 물어보았을 때 세바스찬은 즉시 대답하지 않았다. 그가 잠시 입을 다물고 있었다는 생각이 났다. 잠시 생각에 잠긴 그의 표정은 슬퍼 보이기까지 했다. 마치 봉투에 든 것이 부담스러운 것 같았으며 엘리노르와 같이 볼지 말지 생각하는 것 같았다. 그리고 엘리노르를 자신의 문제로 끌어들이는 것이 합당한가를 생각하다가 그녀를 성가시게 하지 않기로 결심한 것 같았다. 그러더니 세바스찬은 봉투에 든 것을 버리라고 했다. 짐짓 아무것도 아니라는 투로 말했다. 대수롭지 않은 것이며 버려도 상관없는 것처럼 말했다. 하지만 그가 겉으로만 이렇게 말했다는 것을 엘리노르는 간파했다. 그는 엘리노르를 보호하려고 했다. 엘리노르는 그가 돌아오면 무조건 이 문제를 따져봐야겠다고 생각했다. 엘리노르는 보호받을 필요가 없었다. 자신의 능력은 그가 생각하는 것 이상으로 많았다. 그렇기는 해도 그가 자신을 보호하려고 하는 태도는 마음에 들었다.

잔잔한 미소를 지으면서 엘리노르는 침실로 들어가 그 봉투를 꺼냈다. 이어 아침상을 옆으로 밀고 봉투에 든 것을 식탁 위로 펼쳐놓았다. 이것을 다 읽는 데는 45분이 걸렸다. 그리고 전체를 다시 읽었다.

모든 서류가 발데마르 리트너라는 사람에 관한 것이었다. 너무도 많은 잘못을 저지른 사람이었다. 엘리노르가 이해하는 한 불법적인 음모투성이였다. 이 내용은 사실로 보였다. 세바스찬은 이따금 경찰과 공조해서 일한다는 말을 한 적이 있었기 때문이다. 경찰이 이 남자를 추적한 것일까? 경찰이 주시하고 있다가 심리 분석을 의뢰하려고 수사 자료를 세바스찬에게 넘긴 것일까? 정체를 파악하기 위해서? 충분히 그럴 가능성이 있다.

그렇다면 왜 세바스찬은 봉투에 든 것을 버리라고 했으며 무엇 때문에 이 서류가 부담스러웠을까? 왜 세바스찬은 사실대로 말하지 않았을까? 무엇에 관한 것인지 또 왜 더 이상 필요가 없는 것인지 설명하지 않았을까? 아무래도 앞뒤가 맞지 않는다. 엘리노르는 법적인 지식은 없었지만 이 자료만 있으면 충분히 발데마르라는 사람을 일정 기간 감옥에 보낼 수 있다는 것쯤은 알았다.

틀림없이 배후에 말 못할 사연이 숨어 있는 것 같았다.

리트너라는 사람은 자신이 곤란한 처지에 놓여 있다는 것을 알고 있을까? 혹시 세바스찬과 다른 경찰들에게 협박을 해서 수사를 중단하게 한 것은 아닐까? 엘리노르는 세바스찬이 어제 전화기에 대고 '힌데'라는 이름을 언급한 생각이 났다. 어쩌면 '리트너'라는 이름을 잘

못 들은 건지도 모른다. 멀리서 들으면 발음이 비슷했고 게다가 귀를 기울여 들은 것도 아니다. 세바스찬에게 무슨 일이 생긴 것은 아닐까? 그래서 집에 못 오는 것은 아닐까? 엘리노르는 자리에서 일어났다.

엘리노르 베릭비스트는 자신의 주관적 생각에만 의존하는 사람은 아니었다. 자료 사이에는 누군가의 이름과 전화번호를 적은 쪽지가 있었다. 이 서류를 수집한 사람의 것으로 보였다. 엘리노르는 전화기를 들었다. 사실을 조금 더 확인한다고 나쁠 것은 없었다. 사실을 확인하면 조금 마음이 놓일 것이다. 벨이 세 번째 울릴 때 웬 남자가 전화를 받았다.

"네……."

"여보세요." 엘리노르가 말했다. "트롤레 헤르만손 씨 좀 부탁해요."

"누구십니까?" 웬 남자 목소리였다.

"내 이름은 베릭비스트고요 올렌스 백화점에 근무하는 사람입니다. 주문하신 물건이 도착해서요."

엘리노르는 참지 못하고 살짝 미소를 지었다. 조금 긴장되었다. 세바스찬이 알면 칭찬해줄 것이다. 엘리노르의 목소리는 거의 여자 경찰관 같았다.

상대는 말이 없었다.

"여보세요? 거기 어디죠?" 엘리노르가 물었다.

"경찰서요."

"헤르만손 씨에요?"

다시 잠잠했다. 전화 받는 남자는 한동안 망설이다가 결심을 하고 말하는 것처럼 들렸다.

"그 사람은 사망했어요."

전혀 뜻밖의 대답이 나왔다.

"네? 아, 그래요……. 그분이 언제 사망했는데요?"

"며칠 되었습니다. 어쨌든 주문한 상품을 가지러 갈 사람은 없을 것 같군요."

"아니 그럴 필요는 없어요...네, 알았습니다. 고맙고요 조의를 표합니다." 엘리노르는 재빨리 이렇게 덧붙이고 전화를 끊었다. 그리고 다시 주방 탁자로 가서 앉았다. 도무지 마음이 안정되지 않았다. 그 반대였다. 이 자료를 수집한 남자가 죽었다. 이제 이 자료는 폐기해야 한다. 그렇게 되면 발데마르 리트너가 죗값을 치르는 일은 없을 것이다. 물론 세바스찬에게 도움이 된다면 다르겠지만.

만약 발데마르 리트너가 그녀의 남자를 위협한다면 엘리노르로서도 손을 쓰지 않을 수 없을 것이다. 이것이 이 상황에서 엘리노르가 할 수 있는 최소한의 선택이었다.